원본
# 백범일지

김 구 지음
우현민 현대어역

서문당

# 저자의 말머리

이 책은 내가 상해와 중경에 있을 때에 써놓은 〈백범일지〉를 한글 철자법에 준하여 국문으로 번역한 것이다. 끝에 본국에 돌아온 뒤의 일을 써넣었다.

애초에 이 글을 쓸 생각을 한 것은 내가 상해에서 대한민국 임시정부의 주석이 되어서, 내 몸이 죽음이 언제 닥칠지는 모르는 위험한 일을 시작할 때에 당시 본국에 들어와 있던 어린 두 아들에게 내가 지낸 일을 알리자는 동기에서였다. 이렇게 유서 대신으로 쓴 것이 이 책의 제1편이다. 그리고 제2편은 윤봉길 의사 사건 이후에 중일전쟁의 결과로 우리 독립운동의 기지와 기회를 잃어 목숨을 던질 곳이 없이 살아남아서 다시 오는 기회를 기다리게 되었으나, 그때에는 내 나이 벌써 70을 바라보아 앞날이 많지 아니하므로, 주로 미주와 하와이에 있는 동포를 염두에 두고 민족 독립운동에 대한 나의 경륜과 소회를 고하려고 쓴 것이다. 이것 역시 유서라 할 것이다.

나는 내가 살아서 고국에 돌아와서 이 책을 출판할 것은 몽상도 아니 하였다. 나는 완전한 우리의 독립국가가 선 뒤에 이것이 지나간 이야기로 동포들의 눈에 비치기를 원하였다. 그런데 행이라 할까, 아직 독립의 일은 이루지 못하고 내 죽지 못한 생명만이 남아서 고국에 돌아와 이 책을 동포의 앞에 내어놓게 되니, 실로 감개무량하다.

나는 사랑하는 몇 친구들이 이 책을 발행하는 것이 동포에게 다소의 이익을 드림이 있으리라 하기로 나는 허락하였다. 이 책을 발행하기 위하여 국사원 안에 출판소를 두고 김지림 군과 삼종질 홍두가 편집과 예약 수리의 일을 하고 있는바, 혹은 번역과 한글 철자법 수정으로, 혹은 비용과 용지의 마련으로, 혹은 인쇄로 여러 친구와 여러 기관에서 힘쓰고 수고한 데 대하여 고마운 뜻을 표하여둔다.

끝에 붙인 '나의 소원' 한 편은 내가 우리 민족에게 하고 싶은 말의 요령을 적은 것이다. 무릇 한 나라가 서서 한 민족이 국민생활을 하려면 반드시 기초가 되는 철학이 있어야 하는 것이다. 이것이 없으면 국민의 사상이 통일되지 못하여, 더러는 이 나라의 철학에 쏠리고, 더러는 저 민족의 철학에 끌리어 사상의 독립, 정신의 독립을 유지하지 못하고, 남을 의지하고 저희끼리는 추태를 나타내는 것이다.

오늘날 우리의 현상으로 보면 더러는 로크의 철학을 믿으니, 이는 워싱턴을 서울로 옮기는 자들이요, 또 더러는 마르크스·레닌·스탈린의 철학을 믿으니 이들은 모스크바를 우리의 서울로 삼자는 사람들이다. 워싱턴도 모스크바도 우리의 서울은 될 수 없는 것이요, 또 되어서는 안 되는 것이니, 만일 그것을 주장하는 자가 있다고 하면, 그것은 예전 동경을 우리 서울로 하자는 자와 다름이 없는 것이다. 우리의 서울은 오직 우리의 서울이라야 한다. 우리는 우리의 철학을 찾고 세우고 주장하여야 한다. 이것을 깨닫는 날이 우리 동포가 진실로 독립정신을 가지는 날이요, 참으로 독립하는 것이다.

'나의 소원'은 이러한 동기, 이러한 의미에서 실린 것이다. 다시 말하면 내가 품은, 내가 믿는 우리 민족철학의 대강령(大綱領)을 적어본 것이다.

그러므로 동포 여러분은 이 한 편을 주의하여 읽어 주셔서 저마다
의 민족 철학을 찾아 세우는 데 참고를 삼고, 자극을 삼아주시기를
바라는 바이다.

내가 이 책 제1편을 쓸 때에 10살 내외이던 두 아들 중에서 큰아
들 인(仁)은 그 젊은 아내와 어린 딸 하나를 남기고 연전에 중경에서
죽고, 작은 아들 신이 26살이 되어서 미국으로부터 돌아와 아직 홀몸
으로 내 곁을 들고 있다. 그는 중국의 군인인 동시에 미국의 비행 장
교다. 그는 장차 우리나라의 군인이 될 날을 기다리고 있다.

이 책에 나오는 동지 중에 대부분은 생존하여서 독립의 일에 헌신
하고 있으나, 이미 세상을 떠난 이도 많다. 최광옥·안창호·양기탁·현
익철·이동녕·차이석 이들도 모두 이제는 없다.

무릇 난 자는 모두 죽는 것이니 할 수 없는 일이어니와, 개인이 나
고 죽는 중에도 민족의 생명은 늘 있고, 늘 젊은 것이다. 우리는 우리
의 시체로 성벽을 삼아서 우리의 독립을 지키고, 우리의 시체로 발등
상을 삼아서 우리의 자손을 높이고, 우리의 시체로 거름으로 삼아서
우리 문화의 꽃을 피우고 열매를 맺게 하여야 한다. 나는 나보다 앞서
서 세상을 떠나간 동지들이 모두 이 일을 하고 간 것을 만족하게 생
각하고 감사하게 생각한다. 비록 늙었으나 이 몸뚱이를 헛되이 썩히지
아니할 것이다.

나라는 내 나라요, 남들의 나라가 아니다. 독립은 내가 하는 것이
지 따로 어떤 사람이 하는 것이 아니다. 우리 민족 삼천만이 저마다
이 이치를 깨달아 이대로 행한다면 우리나라가 독립이 아니 될 수도

없고, 또 좋은 나라, 큰 나라로 이 나라를 보전하지 아니할 수도 없는 것이다. 나 김구가 평생에 생각하고 행한 일이 이것이다. 나는 내가 못난 줄을 잘 알았다.

그러나 아무리 못났더라도 국민의 하나, 민족의 하나라는 사실을 믿으므로 내가 할 수 있을 일을 쉬지 않고 하여온 것이다. 이것이 내 생애요, 이 생애의 기록이 이 책이다.

그러므로 내가 이 책을 발행하기에 동의한 것은 내가 잘난 사람으로서가 아니라, 못난 한 사람이 민족의 한 분자로 살아간 기록으로서이다. 백범(白凡)이라는 내 호가 이것을 의미한다. 내가 만일 민족독립운동에 조금이라도 공헌한 것이 있다고 하면, 그만한 것은 대한 사람이면, 하기만 하면 누구나 할 수 있는 것이다.

나는 우리 젊은 남자와 여자들 속에서 참으로 크고 훌륭한 애국자와 엄청나게 빛나는 일을 하는 큰 인물이 쏟아져 나오기를 믿거니와, 그와 동시에 그보다도 더 간절히 바라는 것은 저마다 이 나라를 제 나라로 알고 평생에 이 나라를 위하여 있는 힘을 다하게 되는 것이다. 나는 이러한 뜻을 가진 동포에게 이 '범인의 자서전'을 보내는 것이다.

단군기원 4280년 11월 15일
개천절 날

이 글은 처음 책을 내면서 그 책머리에 붙였던 문장이다.

# 차 례

저자의 말머리 _ 3

● 상권 _ 9
上卷

인·신 두 아들에게 주는 글 _ 11
仁 信

1. 출생과 유년기 _ 13

2. 동학접주가 되다 _ 34
東學接主

3. 청계동 시대 _ 51
淸溪洞

4. 강계 진공작전 _ 65
江界

5. 청계동을 떠나다 _ 80

6. 왜놈 군인을 때려죽이다 _ 87

7. 사형집행 직전에 생명을 구하다 _ 102

8. 탈옥의 길 _ 121

9. 3남을 떠돌아다니다 _ 135
三南

10. 마곡사에서 중이 되다 _ 152
麻谷寺

11. 개화꾼으로 돌아서다 _ 166

12. 기독교에 입문하다 _ 183

13. 신교육 사업에 뛰어들다 _ 198

14. 안악사건 _ 222
安岳事件

15. 17년 형을 언도받다 _ 241

16. 서대문 감옥의 감옥살이 _ 266

17. 3·1 만세 운동 _ 288

18. 상해로 가다 _ 302
上海

● 하권 _ 311
下卷

1. 상해 임시정부의 탄생 _ 313
2. 이봉창 의사의 왜왕 폭살 미수사건 _ 326
倭王
3. 윤봉길 의사의 상해의거 _ 349
4. 동포가 쏜 총탄에 맞다 _ 373
5. 광복군 창설 _ 394
6. 그 후의 일들 _ 413
조국 땅에 들어와서 _ 424
〈백범일지〉 하권을 쓰고 _ 432
나의 소원 _ 436
所願
백범 김구 연보 _ 450
해 설 _ 459

백범 김구 자서전

# 백범일지

● 상권
上卷

# 인·신 두 아들에게 주는 글
仁 信

　너희는 아직 나이 어리고, 또한 나와 반만 리나 되는 먼 곳에 떨어져 살아 좀처럼 얘기해줄 수도 없구나. 하지만 그간 내가 겪은 일들을 간략하게 적어 동지들에게 맡겨두었다. 장차 너희들이 장성하여 아비의 겪은 일들을 알고 싶은 때가 되거든 보여 주기 위해서이다. 그러나 내가 가장 한스럽게 생각하는 것은 너희 형제가 장성했더라면 부자간에 서로 따뜻한 사랑의 대화를 나눌 수 있고, 그래서 만족할 수도 있으련만, 세상 일이 뜻대로 되지 않는다는 점이구나.

　내 나이는 벌써 쉰셋인데도 너희들은 이제 겨우 열 살, 일곱 살의 어린아이들이니, 너희 나이와 지식이 점점 불어갈수록 나의 정신과 기력은 쇠퇴할 뿐이겠구나. 게다가 나는 이미 왜놈 원수들에게 선전포고를 해놓고 지금 사선(死線)에 서 있는 몸이 아니냐. 그렇기 때문에 지금 이 글을 써두려는 것이다. 지금 이것을 기록하는 것은 결코 너희 형제로 하여금 나를 본받으라는 것은 아니다. 내가 진심으로 바라는 것은 너희도 또한 대한민국의 국민인 만큼, 동서고금의 많은 위인들 가운데 가장 존경할 만한 인물을 선택하여 가르침을 받는 것일 뿐이다.

　그러나 너희들이 장차 크더라도 아비의 일생경력을 몰라서는 안 되겠기에 이를 간략하게나마 적는 것이다. 다만 한 가지 유감스러운 것은 벌써 오래 된 일들이라 잊어버린 것이 많다는 점이다. 그러나 일부러 지어낸 것은 없는 만큼 믿어주길 바란다.

대한민국 11년(1929) 5월 3일
중국 상해에서 아버지가

# 1. 출생과 유년기

우리 조상은 안동 김씨로 김자점(金自點) 어른의 방계이다. 일찍이 자점씨가 역적의 죄로 온 가족이 멸망의 화를 당할 때, 우리 조상은 처음에는 고양군(高陽郡)으로 망명했다. 그러나 그곳이 서울에 가까운 지방이라 먼 시골인 해주읍(海州邑)에서 서쪽으로 10리 떨어진 백운방(白雲坊-지금 雲山面으로 고침) 기동(基洞-텃골) 마을 팔봉산(八峰山) 앞 양가봉(楊哥峰) 밑으로 옮겨가서 숨어 살았다.

이런 것은 족보를 들여다보아도 명백하다. 내 나이 11살 때, 조부모의 분묘를 비롯하여 조상의 묘소들이 후포리(後浦里-뒷개) 선산에 줄줄이 있고, 그 산 밑에 조모의 산소도 있었다.

그때는 이조(李朝)의 전성시대라, 온 나라를 통하여 양반과 상인의 계급이 빈틈없이 조직되어 있었을 때다. 따라서 우리 조상들도 양반이 싫어 상놈 행세를 즐겨 했을 리는 없지만, 자기네가 멸문지화를 면하기 위해 김자점의 겨레붙이인 것만은 감추고 싶었을 것이고, 그러기 위해 일부러 상놈이 되었던 것이다.

양반 냄새가 나는 문화생활을 아예 한쪽으로 걷어치우고, 시골의 생업인 농사일에 매달려서 임야를 개간하면서 생계를 꾸려나갔다. 그러다가 영원히 판박이 상놈이 된 원인이 생겨나게 되었다.

그것은 이조시대 군제(軍制)로, 역둔토(驛屯土) 이외에 이른바 군설전(軍設田)이란 명목의 땅이 있었다. 이것은 누구든지 가난한 사람들이 지어먹는 땅이다. 그러나 국가 유사시에 정부에서 징병령이 떨어지면 그 전토를 경작해 먹는 자가 병역에 응해야 하는 것이다.

우리 조상도 이런 땅(基洞 북쪽 텃골 고개)을 지어먹다가 영원히 벗어날 수 없는 상놈이 되어버린 것이다. 그 때문에 텃골 근처에서 양반 행세하던 진주 강씨·덕수 이씨들에게 대대로 천대와 억압을 받으며 살아왔다. 우리 문중의 딸들이 저희네 가문에 시집가는 일은 있어도, 우리가 저희네 가문의 딸에게 장가드는 일은 없었다.

그러나 중년에는 우리 가문도 꽤 창성하였던 모양으로, 텃골 우리 가문의 터에는 기와집이 즐비했고, 또 선산에는 석물(石物)도 크고 많았다.

내가 여남은 살 될 때까지도 우리 문중에 혼인이나 상사 같은 큰일이 있을 때에는 언제나 이정길(李貞吉)이란 사람이 와서 일을 보았는데, 이 사람은 본래 우리 집 종으로서 속량 받은 사람이라 한다. 우리 같은 상놈 집에 종으로 태어났다니 참으로 흉악한 팔자라고 아니할 수 없다.

우리가 해주에 와서 산 뒤로 역대 조상들을 상고해보면 글하는 이도 없지 않았지만 이름난 이는 없었고 불평객만 많았다. 내 증조부는 가짜어사(御史) 노릇을 하다가 해주 영문에 갇힌 것을 서울 어느 양반의 청편지(請片紙)를 얻어다대고 겨우 형벌을 면하셨다는 말을 집안 어른들로부터 들었다.

암행어사라는 것은 임금이 지방 사정을 알기 위해 신임하는 젊은 관원에게 큰 권세를 주어서 순회시키는 벼슬인데, 허름한 과객의 행색으로 다니는 것이 상례다.

증조항렬 네 분 중에 한 분은 내가 대여섯 살 때까지 생존하셨고, 조부 형제는 모두 살아 계셨으며, 아버지 4형제도 다 살아 계셨는데, 백부 백영(伯永)은 얼마 후에 돌아가셨다. 내가 5살 때 종형들과 함께 곡하던 것이 기억난다.

아버지 휘 순영(淳永)은 4형제 가운데 둘쨋 분으로, 집이 가난하여 제때 장가를 못 드셨다. 그렇게 한동안 노총각으로 계시다가, 24살 때 삼각혼이라는 기괴한 방법으로 장련(長連)에 사는 현풍 곽씨(郭氏)의 딸 14살 된 이와 성혼하여 종조부 댁에 붙어사셨다. 그러다가 2,3년 뒤에 살림을 차려 나오셨다.

내가 태어난 것은 바로 그 무렵이었다. 그때 어머님의 나이는 17세 이셨다. 푸른 밤송이 속에서 붉은 밤 한 톨을 얻어서 감추어둔 것이 태몽이라고 어머님은 늘 내게 말씀하셨다.

병자년 7월 11일 자시(子時-이날은 조모님 기일이었다)에 텃골에 있는 웅덩이 큰댁이라고 하여 조부와 백부가 사시는 집에서 내가 태어났던 것이다. 내 일생이 기구할 조짐이었던지 그것은 유례가 없는 난산이었다. 진통이 일어난 지 6, 7일이 지나도 아이는 태어나지 않고, 어머님의 생명이 위태로울 정도가 되었다.

혹은 약으로, 혹은 예방으로 온갖 시험을 다 했지만 효험이 없었다. 그래서 어른들의 강제로 아버지가 소의 길마를 머리에 쓰고 지붕에

백범이 태어난 황해도 해주읍 전경, 마주보는 산이 수양산이다. 하지만 김구의 선조 일가는 숨어서 살아야하는 연유로 여기서 오른쪽으로 80리나 더 들어간 산골, 백운방 텃골 조부의 집에서 살았으며 거기서 태어났다.

올라가서 소 울음소리를 냈더니 비로소 내가 나왔다고 한다.

겨우 17세 되시는 어머님은 내가 귀찮아서 어서 죽었으면 좋겠다고 짜증을 내셨다고 한다. 젖이 말라서 암죽을 먹이고, 아버지가 나를 품속에 품고 다니시며 동네 젖을 얻어 먹이셨다.

먼 촌 족대모 핏개댁[稷浦宅]이 밤중이라도 싫은 빛 없이 내게 젖을 물리셨다는 말을 들었다. 내가 10살 갓 넘어 그 어른이 작고하신 뒤, 그 산소 앞을 지날 때마다 경의를 표하였다.

내가 마마를 치른 것이 3살 아니면 4살적인데, 몸에 돋은 것을 어머니가 예사 부스럼 다스리듯 죽침으로 따서 고름을 짜낸 바람에 내 얼굴에 굵은 벼슬자국이 생긴 것이다.

내가 5살 때 부모님은 나를 데리시고 강령(康翎) 삼거리로 이사하셨다. 뒤에는 산이요, 앞은 바다가 있는 곳이었다.

종조·재종조·삼종조 여러 댁이 그리로 가시기 때문에 우리 집도 따라간 것이다. 거기서 2년을 살았는데, 우리 집은 얼마나 외따로 떨어져 있었는지 호랑이가 사람을 물고 우리 집 문 앞으로 지나간 일도 있었다. 산 어귀의 호랑이 길목에 우리 집이 있었던 것이다.

밤이면 한 걸음도 문밖에는 나서지 못했다. 낮이면 부모님은 들일을 다니시거나 바다에 무엇을 잡으러 가시고, 나는 거기서 가장 가까운 신풍(新豊)의 이생원 집에 가서 그 집 아이들과 놀다가 오는 것이 일과였다.

그 집 아이들 중에는 나와 동갑인 아이도 있었고, 2,3살 위인 아이들도 있었다. 그 애들이 이놈 해줏놈 때려주자고 공모하여 나는 억울하게도 한 차례 매를 맞았다.

나는 분해서 집에 와서 부엌에서 큰 식칼을 가지고 다시 이생원 집으로 갔다. 기습으로 그놈들을 다 찔러죽일 생각으로 울타리를 뜯고 있는 것을 18살 된 그 집 딸이 보고 소리소리 질러 오라비들을 불렀기 때문에 나는 목적을 달하지 못하고, 오히려 놈들에게 붙들려 실컷 얻어맞고 칼만 빼앗긴 채 집으로 돌아왔다.

식칼을 잃은 죄로 부모님께 매 맞을 것이 두려워서 어머님께서 식칼이 없다고 찾으실 때에도 나는 시치미를 떼었다.

또 하루는 집에 혼자 있노라니까 엿장수가 집 앞으로 지나가면서,

"헌 유기나 부러진 수저로 엿을 사시오."

하고 외치는 소리가 들려왔다.

엿은 먹고 싶었지만, 엿장수가 아이들의 자지를 잘라간다는 말을 어른들께 들은 일이 있으므로 방문을 꽉 닫아걸고 엿장수를 불렀다. 그리고는 아버지의 성한 숟가락을 발로 짓밟아 분질러서 반은 두고 반만 창구멍으로 내밀었다.

헌 숟갈이라야 엿을 주는 줄 알았기 때문이다. 엿장수는 내가 내미는 반 동강의 숟가락을 받고 엿을 한 주먹 뭉쳐서 창구멍으로 들이밀었다.

내가 반 동강 숟가락을 옆에 놓고 한창 맛있게 엿을 먹고 있을 때에 아버님께서 돌아오셨다. 나는 사실대로 말씀드렸다. 아버님은 다시 그런 일을 하면 경을 친다고 걱정만 하시고 때리지는 않으셨다.

역시 그때의 일로, 아버지께서 엽전 20냥을 방 아랫목 이부자리 속에 두시는 것을 보았다. 아버지가 나가시고 나 혼자만 있을 때에 심심하기도 하고 해서, 동구 밖 거릿집에 가서 떡이나 사먹자 하고 그 20냥 꾸러미를 모두 꺼내 허리에 감고 문을 나섰다. 얼마를 가다가 마침 우리 집으로 오시는 삼종조를 만났다.

"너! 이 녀석, 돈은 가지고 어디로 가느냐?"

하고, 내 앞을 막아서신다.

"떡 사먹으러 가요."

하고, 나는 천연덕스럽게 대답했다.

"네 애비가 보면 이 녀석 매 맞는다. 어서 집으로 가거라."

삼종조는 내 몸에 감은 돈을 빼앗아 아버지에게로 가셨다.

먹고 싶은 떡도 못 사먹었기 때문에 자못 심통이 나서 집에 와 있노라니, 뒤따라 아버지께서 들어오시는 것이다.

아버님은 아무 말씀도 없이 빨랫줄로 나를 꽁꽁 동여서 들보 위에 매달더니 회초리로 후려갈기기 시작했다. 아파서 죽을 지경이었다. 어머니도 밭에서 안 돌아오신 때라 말려줄 이도 없었다.

이때 마침 장련(長連) 할아버지인 재종조께서 들어오셨다. 이 어른은 의술을 하는 이로서, 나를 귀여워하시던 어른이다. 내게는 정말 천행으로, 이 어른이 우리 집 앞을 지나가시다가 내가 악을 쓰고 우는 소리를 들으신 것이다.

장련 할아버지는 들어오시는 길로 불문곡직하고 들보에 매달린 나를 끌러 내려놓으셨다. 그러고는 아버지께 까닭을 물으셨다. 아버지가 내 죄를 고하시는 말씀을 다 듣기도 전에 장련 할아버지는, 나이는 아버지와 동갑이시지만 아저씨의 위엄으로 아버지에게서 회초리를 빼앗아서 아버지의 머리와 다리를 마구 때리시는 것이었다. 그리고 나서야 비로소,

"어린 것을 그렇게 무지하게 때리느냐?"

하고 책망하셨다.

나는 아버지가 매 맞으시는 것이 퍽도 고소하고, 장련 할아버지가 고맙기 짝이 없었다.

장련 할아버지는 나를 업고 들로 나가서 참외와 수박을 사서 실컷 먹게 한 다음 할아버지 댁으로 업고 가셨다.

　장련 할아버지의 어머니 되시는 종증조모께서도 그 아드님으로부터 내가 아버지한테 매 맞은 연유를 들으시고,

　"네 아비 밉다. 집에 가지 말고 우리 집에서 살자."

하고, 아버지의 잘못을 수없이 책망하시고 밥과 반찬을 맛있게 차려주셨다.

　나는 마냥 즐거웠고, 아버지가 그 할아버지한테 맞던 것을 생각하니 후련하기 짝이 없었다. 이런 식으로 이 댁에서 여러 날을 묵은 후에야 집으로 돌아왔다.

　한번은 장맛비가 많이 내린 통에 근처 샘들이 솟아서 여러 갈래 작은 시내를 이루었다. 나는 빨강과 파랑 물감 등을 집에서 꺼내다가, 한 시내에는 빨강이를 풀고, 또 한 시내에는 파랑이를 풀어서 붉은 시내, 푸른 시내가 한데 모여서 어우러지는 모양을 재미있게 구경하다가 어머니께 몹시 매를 맞기도 했다.

　종조께서 이곳에서 작고하셔서 백여 리나 되는 해주 본향으로 힘들여 행상(行喪)한 것이 빌미가 된 것인지, 내가 7살 되던 해에는 여기 와서 살던 가까운 일가들이 한집 두집 해주 본향으로 돌아갔다. 우리 집도 이 통에 텃골로 돌아올 때에 나는 어른들의 등에 업혀오던 것이 기억난다.

　고향에 돌아와서도 우리 집은 농사로 살아가게 되었다. 아버지께서 비록 학식은 기성명 정도이지만, 허우대가 좋고 성정이 호방하며, 술이 한량 없으셨다. 그리고 강씨·이씨라면 만나는 대로 때려주고 해주 감영에 잡혀가 갇히기를 한 해에도 몇 번씩 하셔서 문중에 소동을 일으키셨다.

　인근 양반들은 아버지를 미워하지만 어찌할 도리가 없는 모양이었다. 그때 시골 관습은 누가 사람을 때려서 상처를 내면, 맞은 사람을

때린 사람의 집에 떠메어다가 눕혀두고 그가 죽나 살아 나나를 기다리는 것이었다. 그래서 우리 집에는 한 달에도 몇 번씩 피투성이가 되어 다 죽게 된 사람을 메어다가 사랑에 누이는 일이 있었다.

아버지가 이렇게 사람을 때리시는 것은 비록 취중에 한 일이라 하더라도 다 무슨 불평에서 나온 것이었다. 아버지는 당신께 아무 상관도 없는 일이라도, 양반이나 강한 자들이 약한 자를 능멸하는 것을 보시면 참지 못하셨다. 〈수호전〉에 나오는 호걸처럼 친불친을 막론하고 패어주었다. 이렇게 아버지가 불같은 성정이신 줄을 알므로 인근 상놈들은 두려워 공경하고 양반들은 무서워서 피하였다.

해마다 세밀이 되면 아버지는 달걀·담배 같은 것을 한 아름 장만하여서 감영의 영리청·사령청에 선사를 하셨다. 그러면 그 답례로 책력이며 해주 먹 같은 것이 왔다. 이것은 강씨·이씨 같은 양반들이 감사나 판관에게 붙는 것에 대응하는 수였다. 영리청이나 사령청에 친하게 하는 것을 계방(禊房)이라고 하는데, 이렇게 계방이 되어두면, 감사의 영문이나 본아에 잡혀가서 영청이나 옥에 갇히는 일이 있더라도 영리와 사령들이 사정을 두기 때문에 갇히는 것은 명색뿐이요, 기실은 영리·사령들과 같은 방에서 같은 밥 먹고 편히 지내는 것이다. 또 설사 태장이나 곤장을 맞는 일이 있더라도 사령들은 매우 치는 시늉을 하고, 맞는 편에서는 죽어가는 엄살만 하면 그만이었다.

뿐더러 만일 아버지께서 되잡아 양반들을 걸어 소송을 해 그들이 잡혀 오게 되면, 제 아무리 감사나 판관에게 뇌물을 써서 모면한다 하더라도 아버지 편인 범 같은 영속들에게 호되게 경을 치고, 많은 재물을 허비하게 되는 것이다. 이렇게 망한 부자가 일 년 동안에 10여 명이나 되었다는 말을 들었다.

아버지를 무서워하는 인근 양반들은 회유책으로 아버지를 도존위

(都尊位)에 천거했다. 그러나 아버지는 도존위 행공을 할 때는 다른 도존위와는 반대로, 양반에게 가차 없이 하고, 가난하고 천한 사람들에게는 후하게 했다.

세금을 받는 데도 가난하고 천한 사람의 것은 자담하게 내는 수도 있었지만, 그들에게 가혹하게 하는 일은 없었다. 이 때문에 3년이 못되어서 아버지는 공전흠포(公錢欠逋)로 면직 당했다.

그래서 아버지는 인근에 사는 양반들의 꺼림과 미움을 받아, 그들 아낙네와 아들까지도 김순영이라는 이름만 들어도 치를 떨 정도였다.

아버지의 어릴 적 별명은 '효자'였다. 그것은 할머니께서 돌아가실 때 아버지께서 왼손 무명지를 칼로 잘라서 할머니의 입에 피를 흘려 넣으심으로써 소생하셔서 사흘이나 더 사신 일이 있었기 때문이다.

아버지의 4형제 중 백부(휘 백영)는 보통 농꾼이셨고, 셋째 숙부도 특기할 일이 없으나, 넷째 계부(휘 준영)가 아버지와 같이 별난 데가 있으셨다.

계부는 국문을 배우는 데도 한 겨울 동안에 기역 자도 깨우치지 못했다고 한다. 그러나 술은 무한량으로 마시고, 또 주사가 대단해서 취하기만 하면 꼭 풍파를 일으키는데, 아버지는 양반에게만 주정을 하셨으나, 준영 계부는 아무리 취해도 양반에게는 감히 못 덤비고 일가 사람에게만 시비를 걸었다. 그러다가 한번은 조부님께 매를 맞으시던 것을 나는 기억한다.

내가 9살 때 조부님 상사가 났는데, 장례 날에 이 삼촌이 상여꾼들에게 심한 행패를 부리는 바람에 결국은 그를 결박지어놓고야 장례를 모셨다. 장례를 지낸 뒤에 증종조의 발의로 문회(門會)를 열고 의논한 결과, 이러한 패류(悖類)는 그대로 둘 수가 없으니, 단단히 징치해서 후환을 막아야 한다고 하여 준영 삼촌을 앉은뱅이를 만들기로 결론을 내렸다. 그래서 삼촌의 발뒤꿈치를 베었으나 다행히 힘줄은 다 끊어지지 않아 병신까지는 되지 않았다.

그러나 그가 조부댁 사랑에 누워서 호랑이처럼 영각을 하는 바람에 나는 무서워서 그 근처에도 얼씬 못했던 것이 생각난다. 지금 생각하니 상놈의 짓이라고 아니할 수 없다. 그때 어머니는 내게 이런 말씀을 하셨다.

"너의 집에 허다한 풍파가 모두 술 때문이니 두고 보아서 네가 또 술을 먹는다면 나는 자살을 해서 네 꼴을 안 보겠다."

나는 이 말씀을 깊이 새겨들었다.

이때쯤에는 나도 국문을 배워서 이야기책은 읽을 줄 알았고, 천자문도 이 사람 저 사람에게 언어 배워서 다 떼었을 무렵이었다. 그러나 내가 정작 글공부를 하리라 결심한 데는 동기가 있었다.

하루는 어른들에게서 이러한 말씀을 들었다. 몇 해 전 일이다. 문중에 새로 혼인한 집이 있었는데, 어느 할아버지가 서울 갔던 길에 사다가 두셨던 관을 쓰고 새 사돈을 대하셨던 일이 있었다. 그런데 그 일이 양반들에게 발각되어 그 관은 찢겨졌다. 그로부터 우리 김씨는 두 번 다시 관을 못 쓰게 되었다는 것이다.

나는 이 말을 듣고 몹시 울었다. 그리고 그 사람들은 어찌해서 양반이 되고, 우리는 어찌해서 상놈이 되었는가 물었다. 어른들이 대답하는 말은 이러했다. 방아메 강씨도 그 조상은 우리 조상만 못하지만 일문(一門)에 진사가 셋이나 살아 있고, 자라소 이씨도 그러하다는 것이다. 나는 어떻게 하면 진사가 되느냐고 물었다. 진사나 대과(大科)나 다 글을 잘 공부해서 큰 선비가 되어 과거에 급제하면 된다는 대답이었다.

이 말을 들은 뒤로 나는 부쩍 공부할 마음이 생겨 아버지께 글방

열두 살에 처음으로 그리던 서당에 입학, 성심껏 천자문과 문장 등을 외워나갔다. <참고 사진>

에 보내달라고 졸랐다. 그러나 아버지도 주저하지 않을 수 없었다. 우리 동네에는 서당이 없기 때문에 이웃 동네의 양반네 서당으로 갈 수밖에 없다. 그런데 양반네 서당에서 과연 나를 받아줄지 알 수 없는 일이었다. 또 거기 들어간다 하더라도 양반 자식들의 등쌀에 견뎌낼는지도 의심스러웠다.

그래서 얼른 결단을 못 내리다가, 마침내 우리 동네 아이들과 이웃 동네 상놈의 아이들을 모아서 새로 서당을 하나 만들어, 청수리 이생원이라는 양반 한 분을 선생으로 모셔오기로 했다. 이생원은 지체는 양반이지만 글이 밭아서 양반 서당에서는 데려가는 데가 없기 때문에 우리 서당으로 오신 것이었다.

이선생이 오신 다음날 나는 머리를 빗고 새 옷을 갈아입고 아버지를 따라 마중 나갔다. 저 앞에서 나이가 쉰 남짓 되어 보이고 키가 후리후리한 노인 한 분이 오시는 모습이 보였다. 아버지께서 먼저 인사를 하시고 나서 날더러,

종이가 귀했던 시절, 글은 외우지만 글씨는 땅바닥에 10번 이상 쓰는 것이 공부 〈참고 사진〉

"창암(昌岩)아, 선생님께 절하여라."

하셨다. 나는 공손하게 너붓이 절을 하고 나서, 그 선생을 우러러보니 신인(神人)이라 할지 하느님이라 할지, 얼마나 거룩해 보이는지 몰랐다.

우선 우리 사랑을 글방으로 정하고, 우리 집에서 선생의 식사를 받들기로 했다. 그때 내 나이가 12살이었다.

개학하던 첫날 나는 '馬上逢寒食(마상봉한식)' 다섯 자를 배웠는데, 뜻은 알든 모르든 기쁜 맛에 자꾸 읽었다. 밤에도 어머님께서 밀 매갈이하시는 것을 도와드리면서 거듭 되뇌었다. 새벽에는 일찍 일어나 선생님 방에 가서 누구보다도 먼저 배웠다. 그리고 밥그릇 구럭을 메고 먼 데서 오는 동무들을 내가 가르쳐주었다.

이렇게 우리 집에서 석 달을 지내고는 산골 신존위 집 사랑으로 글방을 옮기게 되었다. 나는 밥이 든 구럭을 메고 고개를 넘어 다녔다.

집에서 서당에 가기까지, 서당에서 집에 오기까지 내 입에는 글소리가 끊어질 적이 없었다. 글동무들 중에는 나보다 정도가 높은 아이도 있었으나, 배운 것을 강(시험치기)하는 데는 언제나 내가 최우등이었다.

이렇게 지내다가 반년 만에 선생과 신존위 사이에 반목이 생겨서 결국 선생을 내보내기에 이르렀다. 신존위가 말하는 이유는, 이선생이 밥을 너무 많이 자신다는 것이다. 그러나 사실은 그 아들이 둔재여서 공부를 잘못하는데, 내 공부가 일취월장하는 것을 시기한 때문이었다.

앞서 한번은 월강(月講-한 달에 한 번 하는 시험)을 할 때 선생이 내게 조용히 부탁하는 것이었다.

"네가 늘 우등을 하였으니 이번에는 네가 글을 일부러 못 외는 것처럼 하고, 내가 물어도 대답을 말고 모른 체하여라."

나는 그러하오리다 하고, 선생의 부탁대로 했다. 그날은 신존위 아들이 장원을 했다. 그리하여 닭 잡고 술상 차려 한턱 잘 얻어먹은 적이 있었다. 그러나 필경은 선생이 해고되고 말았으니, 정말이지 몰상식한 놈의 짓거리라 아니할 수 없겠다.

어느 날 내가 아직 아침밥을 먹기 전에 그 선생님이 집에 찾아와서 나에게 작별의 말을 하셨다. 나는 정신이 아득하여 그만 선생님의 품에 뛰어들어 목을 놓아 울었다. 선생님도 눈물이 비 오듯 하셨다. 결국 눈물로 작별하고 나서도 나는 밥도 먹지 않은 채 내쳐 울기만 했다.

얼마 후 또 그와 같은 돌림 선생을 한 분 모셔다가 공부는 계속하게 되었다. 그런데 호사다마라고 이번에는 아버님이 갑자기 전신불수의 병에 걸리셨다. 그때부터 나는 공부도 못하고 집에서 아버님 심부름을 도맡게 되었다. 워낙 가난한 사람이 의사와 약을 대야 하니, 없는 가산이지만 그나마 탕진할 수밖에 없었다. 너덧 달 치료 끝에도 아버님은 완치되시지 않았다. 입은 비뚤어지고, 말소리도 분명하지 못하며, 한쪽 다리와 팔을 전혀 쓰지 못하셨다. 그러나 한쪽 팔다리나마 쓰시는 것이 퍽 신기해 보였다.

그러나 돈이 없으니 고명한 의원을 부른다는 것은 아예 불가능한 일이었다. 그래서 부모님 내외는 집을 떠나 무전여행을 나서셨다. 문전걸식이라도 하면서 어디든지 고명한 의원을 찾아가 고치리라 작정하신 것이다. 집도 밥솥까지도 다 팔아치우고, 나는 백모 댁에 떼어둔 채 떠나셨다.

나는 백모 댁에서 종형들과 같이 송아지 고삐나 끌어 잡고서 산허리 밭두렁으로 다니면서 세월을 보내게 되었다. 그러다가도 부모가 그리워 견딜 수가 없어 여행하는 부모님을 따라서 신천·안악·장련 등지로 돌기도 했다. 그러나 나는 여전히 귀찮은 존재인 듯 장련의 육촌친척(장련 종조 매씨) 집에 다시 맡겨지고, 부모님 내외만 본향으로 조부님 대상제를 거행하기 위해 떠나시고 말았다.

장련의 그 댁에서도 농사를 짓는 집이었으므로 나는 주인과 같이 구월산(九月山)으로 나무 베러 가기 일쑤였다. 나는 어려서 그다지 덩치가 크지 못했기 때문에 나뭇짐을 지고 다니면 나뭇짐이 혼자서 걸어 다니는 것 같이 보였다. 그러한 고역을 처음 겪으니 고통스럽기 짝이 없었다. 게다가 동네엔 큰 서당이 있어서 밤낮없이 글 읽는 소리가 들려올 때마다 말할 수 없는 슬픔을 느껴야 했다.

얼마 후 부모님이 나를 다시 찾아오셨을 때 나는 굳게 마음을 먹고 고향으로 가서 공부하겠다고 졸랐다. 그때에는 아버님께서도 한쪽 팔다리를 좀 더 쓰실 수 있었고, 기력도 차차 회복되고 있을 무렵이었다. 아버님은 내가 그처럼 공부하고 싶어 하는 것을 기특하게 여기시고 환향의 길에 올랐다.

이렇게 하여 마침내 고향으로 돌아와 보니 의·식·주 어느 한 가지도 전혀 기댈 데가 없었다. 친척들이 조금씩 추렴을 한 끝에 겨우 있을 곳을 정해 살아가게 되었고 나도 곧 서당을 다니게 되었다.

책은 빌려서 읽었지만 붓이나 먹 같은 것은 살 돈이 없었다. 어머님이 남의 집 김을 매주거나 길쌈을 하여 먹과 붓을 사주시면 얼마나 감사한지 이루 말할 수가 없었다.

그러나 내가 14살이 되고 보니 만나는 선생 모두 고루하게만 보였다. 아무 선생은 벼 열 섬짜리, 아무 선생은 닷 섬짜리라는 식으로 훈료(訓料)의 많고 적음으로 그 학력을 짐작하게 되었다. 그뿐 아니라, 어린 내 소견으로도 그 마음 씀이나 일 처리하는 품이 남의 사표(師表)가 될 만한 자격을 갖춘 것 같아 보이지 않았다.

그때 아버님은 때때로 한마디씩 내게 훈계를 하셨다.

"밥 벌어먹기는 장타령이 제일이라고 너도 큰 글을 하려고 애쓰지 말아라. 그저 세상 돌아가는 대로 관청문서나 제사축문 같은 것에나 주력 하려무나"

'右名文事段'(우명문사단) 하는 식의 토지문서 작성하기나, '右謹陳訴旨段'(우근진소지단)하는 식의 솟장(訴狀) 올리기나, '維歲次敢略告'(유세차감략고)하고 내려가는 제축문(祭祝文) 쓰기나, '僕之第幾子未有伉儷'(복지제기자미유항려) 하는 식의 혼서문(婚書文) 쓰기나, '伏未審'(복미심)하고 내려가는 서한문 쓰기 같은 것이나 하라는 말씀이셨다.

나는 그런 문서작성이나 편지쓰기를 짬짬이 연습하여 그래도 무식총중(無識叢中)에 명성(明星) 꼴이었다. 문중에서는 나에 대해 장래에 상당한 존위(尊位)의 자격은 됨직하다고 촉망을 거는 것 같았지만, 그때 내 한문의 정도는 겨우 말을 끌어 붙여 억지 작문하는 데 지나지 않았다. 그러나 〈통감(通鑑)〉이나 〈사략(史略)〉 같은 것을 읽을 때, '왕후장상이 어찌 종자가 있으리오(王后將相寧有種子)?' 하고 외쳐대는 진승(陳勝)의 말이나, 칼을 빼어 뱀을 베어버렸다는 유방(劉邦)의 행동이나, 빨래하는 노파한테서 밥을 얻어먹은 한신(韓信)의 사적을 읽을 때에는 나도 모르게 양어깨에서 신바람이 나는 듯했다.

나는 어떻게 해서든 공부를 계속하리라 마음먹었지만, 집을 떠나 고명한 선생을 모시고 배울 처지도 못되었다. 이런 일로 아버님도 무척 괴로워하시는 것 같았다. 그러던 중 마침 좋은 길이 열리게 되었다.

우리 동네에서 동북쪽으로 십리 가량 되는 학명동(鶴鳴洞)에 정문재(鄭文哉)라는 분이 있었다. 그분은 우리와 같은 계급의 상인(常人)이나, 당시 과유(科儒-과거 보는 선비)로서 손꼽히는 선비였다. 게다가 백모와 재종 남매간이기도 했다. 그 정씨 집에는 사방에서 선비들이 모여들어 시도 짓고 부(賦)도 지으며, 한쪽에서는 서당도 차려 아이들을 가르치기도 했다.

아버님이 그 정씨와 교섭하여, 훈료 없이 배우는 면비학동(免費學童)으로 통학해도 좋다는 승낙을 얻어냈던 것이다. 나는 너무나 기쁜 나머지, 날마다 밥구럭을 메고 깊고 험한 산골길을 걷고 넘어 거기서 기숙하는 학생들이 미처 일어나기도 전에 도착하곤 했다.

제작(製作-시문을 지음)으로는 과문(科文)의 초보가 되는 대고풍(大古風) 18구(句), 학과로는 한·당시와 〈대학(大學)〉〈통감〉, 습자로는 분판(粉版)을 주로 썼다.

이때 임진년 경과(慶科-科制 맨 마지막이 됨)를 해주에서 거행한다는 공포가 있었다. 이 사실을 정선생이 아버님에게 말씀하셨다.

"이번 과행에 창암이를 데리고 가면 좋겠는데, 글씨를 분판에만 같으면 제 명지(名紙-과거에 글지어 바치는 종이)는 쓸 만하나, 종이에 연습하지 않으면 초수(初手)론 잘못 쓸 터이니, 장지(狀紙-書厚紙)를 조금 샀으면 싶으나 노형 가난한 터에 주선할 도리가 없겠지?"

"종이는 내가 주선해볼 것이지만, 글씨만 쓰면 되겠습니까?"

"글은 내가 지어줌세."

아버님은 자못 기뻐하시면서 서후지 5장을 사다주셨다.

나는 어찌나 기쁘고 고마운지 스승의 가르치는 법대로 정성을 다해 연습했다. 그러다 보니 하얀 백지가 까만 흑지로 되어버렸다.

과비(科費)를 장만하지 못한 우리 부자는 과거를 보는 동안 먹을 좁쌀을 등에 진 채 선생을 따라 해주로 갔다. 그리고 아버님이 전부터 잘 아는 계방 집에 기숙하면서 과거 날을 기다렸다.

관풍각(觀風閣-宣化堂 옆) 주위에는 새끼줄로 그물을 엮어 둘러치고, 열을 지어 이른바 부문(赴門-과장 문을 개방)을 한다는 것인데, 선비들이 접(接)마다 흰 베에 산동접(山洞接)·석담접(石潭接) 등 그 접의 이름을 써서 장대 끝에 매달고, 저마다 종이 양산을 들고서 도포에 유건을 쓴 모양으로 제 접의 자리를 먼저 잡기 위해 용사들을 선도로 밀려들고 있었다. 이 대혼잡을 이루는 광경은 참으로 장관이었다. 과장에는 노소 귀천이 없이 무질서한 것이 유풍이라고 한다.

또 가관인 것은, 늙은 선비들의 걸과(乞科-小科에 낙방한 늙은 선비가 자기실력을 믿고 試官의 면전에 詩才를 청하는 일)라는 것인데, 관풍각을 향해 새끼그물에 머리들을 들이밀고 큰 소리로 외쳐대는 것이다.

"소생은 성명이 아무개이옵는데, 먼 시골에 거생하면서 과시(科時)마다 내 참가하였던바, 금년 나이 70도 훨씬 넘었사오니 다음에는 다시 참과(參科)하지 못하겠습니다. 초시라도 한번 급격이 되면 죽어도 한이 없겠습니다."

그런가 하면, 어떤 이는 고함을 질러대고, 또 어떤 이는 목 놓아 울어대는 것이다. 그 모습은 비루해 보이기도 하고 가련해 보이기도 했다.

우리 집에 와서 보니 선생과 접장들이 작자(作者)·작서자(作書者) 등을 쓰고 있었다. 나는 선생님에게 늙은 선비들이 결과하는 모양들을 말하고 이렇게 청했다.

"이번에 제 이름으로 말고 제 부친의 명의로 과지(科紙)를 작성해주시면 좋겠습니다. 저는 앞으로도 기회가 많지 않겠습니까?"

선생님은 내 말에 감탄하시며 쾌락했고, 접장 한 분이 또 찬성해주셨다.

"그럴 일이다. 네가 글씨가 나만은 못할 터이니 너의 부친의 명지는 내가 써주마. 후일 네 과거는 더 공부하여 네가 짓고 쓰고 하여라."

"네, 고맙습니다."

나는 고개 숙여 인사를 올렸다.

이 날은 아버님의 이름으로 과지를 작성하여 새끼그물 사이로 시관을 향해 들여보냈다.

그러고 나서 나는 주위를 둘러보면서 이런 말 저런 말을 듣고 있었다. 시관에 대해 불평을 늘어놓는 자가 있는가 하면, 시관에게는 뵈지도 않고 과지 한 아름을 도둑질해간 통인 놈들도 있었다. 또 과장에서 글을 짓고 쓸 때에는 남에게 보이지 않도록 하는 것이 중요하다는 말도 들었다. 이유는 글을 지을 줄 모르는 자가 남의 글을 보고 가서 자기의 글로 써서 들인다는 것이다.

그런가 하면 또 이런 괴이한 말도 들었다. 돈만 많으면 과거도 할 수 있고, 벼슬도 할 수 있다는 것이다. 글을 모르는 부자들이 큰 선비의 글을 몇 백 냥, 몇 천 냥씩 주고 사서 진사도 하고 급제도 한다는 것이 아닌가.

어디 그뿐인가. 이번 시관은 누구인가에서부터, 서울 아무 대신이 편지를 내려 보냈으니 틀림없이 된다고 자신하는 사람도 있고, 아무개는 시관의 수청기생에게 주단 몇 필을 선사했으니 이번엔 꼭 급제를 한다고 장담하는 자도 있었다.

나는 과거에 대해 의문이 생기기 시작했다. 이상의 몇 가지 현상으로만 보아도 과거제도를 실시하는 나라(나라가 임금이요, 임금이 곧 나라로 아는 시대)에서 이런 모양의 과거를 한다면 무슨 가치가 있겠는가? 내가 심혈을 기울여 장래를 개척하기 위해 공부를 하는 것인데, 오직 하나뿐인 선비의 진로인 과거가 이 꼴 이 모양이니 나랏일이 어떻게 되겠는가. 나랏일이 이 지경이면 내가 빨리 시를 짓고 부를 지어 과문 대체에 능통한다 하더라도 아무 선생, 아무 접장 모양으로 과장의 대필업자에 지나지 않을 것이 아닌가. 나도 이제는 앞길을 다른 방향으로 연구하리라!

나는 과행에서 불쾌한 느낌과 비관적인 생각만 품은 채 집으로 돌아와서는 아버님과 상의했다.

"이번 과장에서 여러 가지 살펴보니 비관되는 게 한두 가지가 아닙니다. 제가 어떻게든 공부를 성취해가지고 입신양명하여 강가·이가의 압제를 면할까 했습니다만, 오직 하나의 진로라는 과장의 악폐가 이와 같으니, 저는 비록 큰 선비가 되어 학력으로는 강가와 이가를 압도한다 한들 그들은 공방(孔方-엽전)의 마력을 가졌는데 어찌하겠습니까. 또한 큰 선비가 되도록 공부를 하려면 약간의 금전이라도 있어야 되겠는데 집안이 이같이 적빈하니 이제 공부는 그만두겠습니다."

아버님 역시 옳게 여기시고 이렇게 말씀하셨다.

"그러면 풍수공부나 관상공부를 해보아라. 풍수에 능하면 명당에 조상을 잘 묻어 자손이 복록을 누리게 된다. 또 관상을 잘 보면 선인

군자를 만나게 되지 않겠느냐."

나는 매우 이치에 닿는 말씀이라고 생각되었다.

"그것을 공부해보겠습니다. 서적을 얻어주십시오."

아버님은 우선 〈마의상서(麻衣相書)〉 한 책을 빌려다 주셨다. 나는 그것을 가지고 독방에서 공부하기 시작했다.

상서를 공부하는 방법은 면경을 앞에 놓고 얼굴을 비쳐보면서 그 부위와 이름을 익혀나가는 것인데, 그렇게 나의 상으로부터 시작해서 타인의 상으로 미쳐나가는 것이 첩경이다. 그런 모양으로 공부해가다 보니 재미가 있는 것은, 타인의 상보다 내 자신의 상을 더 잘 볼 필요가 있겠다는 생각이 들었다.

그래서 두문불출하고 3달 동안이나 상법·상론(相論)에 의해 내 상을 관찰해보았다. 그러나 한 군데도 귀격(貴格)이나 부격(富格) 같은 달상(達相)이 없을 뿐 아니라, 얼굴과 온몸이 온통 천격(賤格)·빈격(貧格)·흉격(凶格)뿐이 아닌가.

앞서 과장에서 얻은 비관을 벗어나기 위해 상서를 공부하던 것이 더 강한 비관에 빠져버렸다. 짐승과 같이 살기나 한다면 몰라도 그렇게 세상 살고 싶은 마음은 조금도 없었다.

그런데 상서 중에 이런 구절이 있었다.


相好不如身好(상호불여신호)
身好不如心好(신호불여심호)


'상이 좋은 것이 몸이 좋은 것만 못하고, 몸이 좋은 것은 마음이 좋은 것만 못하다.' 라는 것인데, 이 글을 보고 상이 좋은 사람보다 마음이 좋은 사람이 돼야겠다는 생각을 굳게 하게 되었다.

　이제부터는 밖을 가꾸는 외적 수양은 어떻게 되든, 안을 가꾸는 내적 수양에 힘을 써야만 사람 구실을 하겠다고 마음을 먹었다. 종전의 공부를 잘해 과거를 하고 벼슬을 하여 천한 주제 벗어보겠다는 생각은 순전히 허영이고 망상으로, 마음이 좋은 호심인(好心人)이 취할 바가 아니라고 생각되었다.

　그러나 좋지 않은 마음으로 마음이 좋은 사람이 되는 방법이 있겠는가 자문하니 역시 막연하다. 상서는 그만 덮어버리고 지술(地術)에 관한 지가서(地家書)를 좀 보았으나 취미를 얻지 못해, 병서(兵書)인 〈손무자(孫武子)〉, 〈오기자(吳起子)〉, 〈삼략(三略)〉, 〈육도(六韜)〉 등의 책을 보기 시작했다. 이해하지 못할 곳도 많았지만, 장재(將材)감으로

　泰山覆於前 心不妄動(태산복어전 심불망동)

　'태산이 앞에서 무너져도 마음은 결코 흔들리지 않는다.'

　與士卒同甘苦(여사졸동감고)

　'사졸과 고락을 함께 한다'

　進退如虎(진퇴여호)

　'진퇴의 빠르기가 호랑이와 같다.'

　知彼知己 百戰不敗(지피지기 백전불패)

　'적을 알고 나를 알면 백번 싸워도 지지 않는다.'

하는 등의 구절은 매우 흥미가 있었다.

　그래서 재미가 나서 소리를 내어 읽곤 했다. 그러면서 1년을 보내게 되었다. 이때 내 나이는 17살이었지만, 일가 아이들을 모아 훈장 노릇을 하기도 했다. 그러는 한편으로는 의미도 알지 못하는 채 병서만을 계속해서 읽어나갔다.

## 2. 동학접주가 되다
東學接主

이러는 동안에 사방에 이상한 말들이 떠돌아다니는 것을 듣게 되었다. 어디서는 이인(異人)이 나타나서 바다에 떠다니는 화륜선(火輪船)을 못 가게 딱 붙여놓고 세금을 내야만 놓아 보낸다는 둥, 머지않아 정도령(鄭道令)이 계룡산에 도읍을 하고 이조국가(李朝國家)는 없어질 터이니 바깥목에 가서 살아야 제2세 양반이 된다는 둥, 그래서 아무개는 계룡산으로 아예 이사를 했다는 둥 하는 말들이 여기저기서 들려왔다.

그런가 하면 이런 소문이 떠돌았다. 동네에서 남쪽으로 20리가량 떨어진 갯골[浦洞]의 오응선(吳膺善)과 그 건너 동네 최유현(崔琉鉉) 등은 충청도에 가서 최도명(崔道明)이란 동학선생(東學先生)에게 입도해서 공부하는데, 방문도 여닫지 않았는데 갑자기 있다가도 없어지며 공중으로 걸어 다닌다는 것이다. 또한 그 선생인 최명도는 하룻밤에 충청도까지 능히 내왕한다는 것이다.

나는 호기심이 나서 한번 찾아가 봐야겠다고 생각했다. 그런데 그 집을 찾아가는 데는 특별한 예절이 필요하다는 것이다. 육류를 먹지 말고, 깨끗이 목욕하고 새 옷을 입고 가야 접대를 한다는 것이다.

나는 생선이나 고기도 먹지 않고, 목욕하고 머리를 빗어 땋아 늘였다. 내 나이 18살 되는 정초였다. 나는 청포에 치대를 띠고 갯골 오씨댁으로 찾아갔다.

그 집 문 앞까지 가니 방안에서 무슨 글 읽는 소리가 들려왔다. 보통 시나 경전을 읽는 소리와는 다른 것이었다. 무슨 노래를 합창하는 것 같았으나, 도무지 뜻을 알 수가 없었다. 공경하는 마음으로 문 앞까지 가까이 가서 주인과의 면회를 청했다.

그러자 잘생긴 청년 한 사람이 접대를 하는데, 양반이란 것을 알고는 갔지만 틀림없어 보였다. 상투를 짜고 통천관(通天冠)을 쓴 모습이었다. 공손히 절을 올리니 그 사람도 공손하게 맞절을 한다. 그리고는 내게 물었다.

"도령은 어디서 오셨소?"

나는 황공하기만 하여 얼른 본색을 하였다.

"내가 어른이 되어도 당신께 공대를 듣지 못하련만 하물며 아이인데 어찌 공대를 하나이까?"

관례(冠禮)를 올려 갓을 썼던 것도 아니었기에 그렇게 말했던 것인데, 그분은 감동하는 빛을 보이면서 말했다.

"천만의 말씀이오. 다른 사람과 달리 나는 동학 도인인 까닭에 선생의 교훈을 받아 빈부귀천에 차별대우가 없습니다. 조금도 미안해하지 마시고, 찾아오신 뜻이나 말씀하시지요."

나는 이 말만 들어도 별세계에 온 듯한 기분이었다. 나는 묻기 시작했다.

"제가 온 것은 선생이 동학을 하신단 말을 듣고 도리를 알고 싶어왔습니다. 이런 아이에게도 말씀해주실 수 있겠습니까?"

"그처럼 알고 싶어서 오셨다니 내가 아는 데까지는 말씀하겠습니다."

"동학이란 학은 어떤 종지이며 어느 선생이 천명하였습니까?"

"이 도는 용담(龍潭) 최수운(崔水雲) 선생께서 천명하셨으나, 그 선생은 이미 순교하셨고, 지금은 그 조카 최해월(崔海月) 선생이 대도주

(大道主)가 되어 포교 중인데, 종지로 말하면 말세 간사(奸邪)한 인류로 하여금 개과천선하여 새 백성이 되게 해서, 장래에 참된 진주(眞主-眞命之主)를 모셔 계룡산에 신국가를 건설하는 것이외다."

나는 이런 설명에 금방 마음이 끌렸다. 상격(相格)에 낙제하고 마음이 좋은 사람(好心人)이 되기를 진심으로 맹세한 나에게는 천주(天主)를 몸에 모시고 체천행도(體天行道)한다는 말이 가장 마음이 쏠렸으며, 또 상놈 된 원한이 골수에 사무친 나로서는 동학에 입도만 하면 차별대우를 철폐한다는 말이나, 이조의 운수가 끝났으니 장래의 신국가를 건설한다는 말에는 참으로 가슴이 뛰고 끓었다.

작년에 과장에서 비관을 품었던 것이 연상되기도 했다. 동학에 입도하고 싶은 마음이 불같이 일었다. 오씨에게 입도절차를 물으니 백미 한 말, 백지(白紙) 세 묶음, 황촉(黃燭) 한 쌍을 준비해서 오면 입도식을 올려주겠다고 말했다.

나는 〈성경대전(聖經大全)〉 등 동학서적들을 두루 열람한 뒤에 집으로 돌아왔다. 아버님께 오씨와 만나 얘기한 것을 상세히 보고하니, 아버님도 쾌히 허락하시고, 입도식에 필요한 예물들을 준비해 주시는 것이었다.

나는 곧바로 예품을 가지고 달려가서 입도를 한 후 동학공부에 몰두하기 시작했다. 아버님도 내 뒤를 이어 곧 입도하셨다.

당시의 인정세태 관계로 양반들은 가입하는 자가 사뭇 적었던 반면, 상놈들의 취향이 동학으로 많이 기울어지는 편이었다. 불과 몇 달 사이 함께 들어온 부하라 할까 제자라 할까, 이른바 연비(連臂-포덕하여 얻은 신하)가 수백 명에 달했다.

그 무렵 나에 대한 터무니없는 평판들이 인근에 두루 유포되고 있었다. 그래서 나를 찾아와 묻는 사람이 많았다. 그대가 동학을 해보니 무슨 조화가 나더냐 물으면, 나는 정직하게 '제악막작(諸惡莫作), 중선봉행(衆善奉行)', 악을 저지르지 아니하고 좋은 일만을 봉행한다는 것이 이 학의 조화라고 대답해주었다. 그렇지만 듣는 사람들은 내가 숨기며 조화를 보여 주지 않는다고 혼자 짐작들을 해버리는 것이었다.

그리고 퍼뜨리기는 김창수(金昌洙-나는 이때부터 김창수라고 이름을 고쳐 불렀다)가 한 길 이상 공중을 걸어가는 것을 보았다는 식으로 말을 전하고 다녔다. 이렇게 잘못 전해진 말들이 더욱 눈덩이처럼 불어나는 바람에 황해도 일대는 물론, 평안남북도에까지 함께 끼어드는 연비가 수천에 달했다. 당시 황해·평안 양서(兩西) 학당(學黨) 중 내가 연소자로 가장 많은 연비를 가졌었기 때문에 내 별명은 아기 접주(接主)가 되었다.

이듬해 계사년 가을, 오응선·최유현 등은 충청도 보은(報恩)에 계시는 해월 대도주로부터 각기 자기 연비들의 명단을 보고하라는 경통(敬通-公函)을 받았다. 그래서 도내에서 명망이 높은 도유(道儒) 15명을 선발하는데, 나도 그들 중 한 사람으로 뽑히게 되었다. 편발로는 가기 불편하다 하여 나는 갓을 쓰고 출발하게 되었다.

연비들이 여비를 염출해주어 특산품의 예물로 해주에서 향묵(香墨)을 특제하여 준비하기도 했다. 육로·수로를 지나서 보은군 장안(長安)이라는 동리에 도착하니, 이집 저집 이 골목 저 골목에서,

侍天主造化定(시천주조화정)
永世不忘萬事知(영세불망만사지)나,
至氣今至願爲大降(지기금지원위대강)

같은 주문 외는 소리가 들리고 있었다. 그런가 하면, 한쪽은 떼를

동학교주 최제우(1824~1864), 사도난
정의 죄로 대구에서 처형되고 1907년
신원되었다.

지어 몰려나가고 한쪽은 떼를 지어 몰려 들어오며, 집집마다 사람들로 들어차 있었다.

우리는 접대하는 사람에게 우리 일행 15명의 명단을 주어 해월선생에게 통자(通刺)했다. 이윽고 황해도 도인들을 부른다는 통지를 받고 15명이 함께 해월선생의 처소로 갔다.

인도자의 뒤를 따라 그 집에 들어가서 해월선생 앞에 15명이 한꺼번에 절을 올렸다. 선생도 역시 한쪽에 앉으셔서 손을 바닥에 짚고 상체를 굽혀 답례의 절을 했다. 그리고 멀리서 오느라 수고가 많았다는 간단한 인사를 하셨다.

우리 일행의 대표로 15명이 각기 책으로 작성한 명단을 선생 앞에 드렸다. 선생님은 그 명단 책을 문서 책임자에게 맡겨 처리하라고 분부하셨다. 다른 동행들도 물론 그런 생각이었겠지만, 우리가 불원천리하고 온 것은 선생이 무슨 조화 줌치(주머니)나 주시지 않을까 하는 기대감과, 선생의 도골·도풍을 보고자 하는 생각이 간절했기 때문이다.

그래서 자세히 눈여겨보니, 연세는 60쯤 되어 보이고 수염은 보기 좋게 뻗어 약간의 검은 털로 보였다. 얼굴 안면은 맑고 수척하며 머리에 큰 흑립(黑笠)을 쓰고, 저고리만 입은 채 일을 보시는 것이었다.

방문 앞에 놓인 무쇠 화로의 약탕관에서는 독삼탕(獨蔘湯)을 달이는 김이 오르고 있었는데, 그것은 선생님이 잡수신다는 얘기였다.

방 안팎으로 많은 제자들이 옹위하고 있는 가운데, 그 중에서도 더욱 친근히 모시고 있는 사람은 손응구(孫應九) 병희(秉熙), 김연국(金演局)—이 두 사람은 선생의 사위라 한다—을 비롯, 유명한 제자인 박인호(朴寅浩) 등 여럿이 있었다.

내가 보기에 손씨는 젊은 청년이었고, 김씨는 나이가 40 가까이 보이는데, 에누리 없는 농부 같았다. 손씨는 부적의 글에 "天乙天水"(천을천수)라고 쓴 것을 보아도 필재가 있어 보였다.

그 무렵 남도의 각 관청에서 동학의 무리들을 체포하여 압박을 가하는 가하면, 한편 고부(古阜)에선 전봉준(全琫準)이 벌써 군사를 일으켰다는 보고가 우리가 그 자리에 입시하고 있던 때 들어오기도 했다. 우리는 그 보고를 직접 들었다. 이어서 그 보고는 아무 군수는 도유(道儒)들의 전 가족이 다 붙들고, 가산(家産)도 모두 강탈했다는 것이다.

선생은 진노한 얼굴빛으로 순 경상도 사투리로 말씀하셨다.

"호랑이가 물러 들어오마 가마이 앉아서 죽을끼가. 참나무 몽둥이라도 들고 나가서 싸우자!"

선생의 이 말은 다름 아닌 동원령이었다. 각지에서 와서 대령해 있던 대접주들이 물밀듯 밀려나가기 시작했다.

우리 열다섯 사람에게도 제각기의 명의로 접주라는 첩지(牒紙)를 교부했는데, 거기에는 해월의 도장(海月印)이 찍혀 있었다. 도장은 둥글고, 전자체로 판 것이었다.

우리는 선생에게 하직하는 절을 올리고, 속리산을 구경한 후 귀로에 올랐다. 오는 도중에 벌써 곳곳에 백의(白衣)에 칼을 찬 모습들을 한 상민들이 모여 있는 것이 눈에 띄었다. 우리는 여러 군데서 그러한 광경을 보게 되었다.

광혜원장(廣惠院場)에서는 수만의 동학군이 진영을 벌리고서 행인

동학혁명의 불길을 밝혔던 동학접주 전봉준(1854~1895)

들을 검색하고 있었다. 특히 가관인 것은 부근 양반들 중 평소 동학당을 학대한 악질들을 붙들어다가 길바닥에 앉혀 놓고 짚신을 삼게 하는 일이었다.

그들은 우리 일행의 증명을 보더니 그대로 통과시켰다. 인근 촌락에선 밥을 짐으로 지고 도소(都所)라는 데로 날라 가는데, 그 행렬이 끝없이 이어지고 있었다. 그런가 하면, 논에서 벼를 베던 농부들은 동학당이 물밀듯 모여드는 것을 보더니 낫을 내던진 채 그대로 달아나는 것이었다.

우리는 이런 광경들을 보아가며 경성(京城)에 다다랐다. 경성을 지나면서 보니, 경군(京軍)이 벌써 삼남으로 향해 떠나가고 있는 중이었다.

그해 9월경, 우리는 고향으로 돌아갔다. 황해도 동학당들도 양반과 관의 압박을 적지 않게 받아 온데다, 삼남에서 마침 향응하라는 경통(敬通)이 잇달아 오고 있었기 때문에 우리 15명의 접주를 위시하여 모두가 모여 의논한 결과 거사하기로 결정이 내려졌다.

제1회 총결집 장소로는 죽천장(竹川場) 갯골[浦洞] 부근 시장으로 정하고, 각처에 경통을 띄웠다. 나는 팔봉산 밑에 사는 까닭으로 팔봉산이란 접의 이름을 지어 청사(青紗)에 '八峯都所'(팔봉도소) 넉 자를 크게 쓰고 표어로는 '斥倭斥洋'(척왜척양) 넉 자를 써서 달았다.

우리는 모여서 의논하기를, 거사가 곧 시작되면 경군(京軍)과 왜병

(倭兵)이 와서 접전이 될 것이다, 따라서 연비들 중 총이나 다른 무기가 있는 사람은 그것을 모두 수집하여 군대를 편제한다는 것으로 결정했다.

나는 본래 산골 출신인데다 상민인 까닭에 우리 접 동지들 중에는 산포수인 상민 연비가 가장 많았다. 인근 부잣집들에서 그들의 호신용으로 쓰는 무기를 다소 거둬 모으기도 했으나, 대부분은 사냥꾼 포수들이 자기네 총기를 직접 가져왔다.

동학2대 교주 최시형(1827~1898), 백범은 1893년 동학 입도식을 마치고 최시형을 만나 팔봉접주로 임명되었다.

그렇게 하여 그들을 군대로 편성해보니 총 가진 군인이 7백여 명이나 되었다. 무장한 병력으로 본다면 거사 초기에 있어서 우리 접은 어떤 접보다 우월한 위치에 있었다.

최고회의에서 작성한 전술전략은 수부(首府)인 해주성부터 먼저 함락하고, 탐관오리와 왜놈들을 몽땅 잡아 죽이기로 결정했다. 회의에서는 '팔봉접주(八峯接主) 김창수(金昌洙)를 선봉으로 한다'는 결정이 내려졌다.

그렇게 된 데는 몇 가지 이유가 있었다. 나이는 비록 어리지만 평소 무학(武學)에 연구가 있었고, 무엇보다도 순전한 산포수만으로 군을 편성한 것이 더없이 큰 이유가 되었다. 또한 그 이전에는 자기네가 총알받이 되기 싫다는 이유도 물론 있었다.

그러나 나는 이를 쾌히 승낙했다. 즉시 출동에 나서 전군을 후방에 따르도록 하고 나는 선봉이 되어, '先鋒'(선봉)이라는 사령기를 단 말을 타고서 해주성을 향해 진군해갔다.

해주성 서문 밖 선녀산(仙女山) 위에 진을 치자, 총지휘부에서 총공격의 전령이 내려왔다. 작전계획은 선봉에게 맡긴다는 것이었다. 나는 이런 계획을 세워서 올렸다.

지금 성안에는 아직 경군이 도착하지 않았고, 오합지졸로 편성된 수성군(守城軍) 2백여 명과 왜병 7명만 있으니 선발대로 하여금 먼저 남문으로 향해 진공케 한다. 그러면 선봉이 영솔하는 부대가 온 힘을 쏟아 서문을 공격하여 함락시킨다. 총지휘소에서는 가만히 형세를 보고 있다가 약한 쪽을 지원하도록 한다.

이 헌계(獻計)는 채택되었다. 작전에 따라 공격준비를 하고 있을 때, 왜병이 성 위에 올라 멀리 총을 너댓 방 탕탕 쏘아댔다.

남문으로 향하던 선발대가 도망쳐 달아나기 시작했다. 그러자 왜병은 남문을 나와 도주하는 무리들에게 대고 총을 연발로 쏘아대는 것이었다.

나는 선두에서 전군을 몰아 서문 밑으로 달려가 맹공을 가했다. 그러자 갑자기 총지휘소에서 퇴각령이 내려지고 선봉대는 미처 돌아서기도 전에 만산편야 제멋대로 흩어져서 도망치는 것이 아닌가.

퇴각명명을 내린 까닭을 물으니, 너댓 명 도유(道儒)가 남문 밖에서 총 탄에 맞아 전사했다는 것이다. 도리 없는 일이었다. 선봉군도 퇴각하지 아니할 수 없었다. 되도록 조용하게 퇴각하여 해주 서쪽 80리 되는 회학동(回鶴洞) 곽감역(郭監役) 집에 선도대를 보내놓고 후방의 퇴병(退兵)들을 집합시키기로 했다.

내가 최후로 군병을 이끌고서 회학동에 이르니 무장군인들 전부가 모여 있었다. 모두 원래대로 정리·정돈하고 이번 실패에 분개, 군대훈련에 힘을 다하기로 결의했다.

원근 각 지방에서 동학이든 동학이 아니든 불문하고 전에 장교의

경력이 있는 자라면 정중하게 맞아다가 총술과 행군·체조를 가르치
며 교련에 힘썼다.

이렇게 군의 훈련에 열을 올리고 있던 어느 날, 한 사람이 면회를
청해왔다. 맞아서 애기해 보니, 문화(文化)의 구월산 밑에 사는 정덕
현(鄭德鉉)·우종서(禹鍾瑞)라는 사람이었다. 두 사람의 나이는 나보다
10여 세 이상씩 되고, 세상일 많이 보고 많이 경험해온 식견 있는 인
사들이었다.

찾아온 이유를 물으니, 아주 태연하게 대답하는 말이 이랬다.

"동학군이란 한 놈도 쓸 것이 없는데, 풍문인즉 그대가 좀 낫다는
말을 듣고 한번 보고자 왔노라."

그 말을 듣자 좌중에서 두 사람을 향해 도(道)를 훼방하는 자라느
니, 무례한 놈이라느니 온갖 고함과 시비가 일어났다.

나는 분격하여 좌중의 여러 사람들을 책망했다.

"손님을 모시고 내가 면담하는 때에 모두가 이렇게 무례하게 나서
는 것은 나를 돕는 것이 아니고 나를 멸시하는 것이오!"

나는 좌중을 향해 잠시 나가 있어 달라고 청했다. 그리고 세 사람
만이 앉아 회담했다.

나는 공손하게 정·우 두 분을 향해 입을 뗐다.

"선생님들께서 이렇게 수고도 마다 않으시고 오신 것은 소생에게
좋은 계책을 가르쳐주시려는 성의가 계셨던 때문이 아니겠습니까?"

정씨가 말을 받았다.

"내가 이제 혹 계책을 말한다 하더라도 군이 한 귀로 흘려듣고 말
지, 또는 실행할 자격이 있겠는지가 의문이구려."

그렇게 전제를 달고 이어서 말했다.

"요새 동학군 접주라는 자들이 호기 충천하여 선배를 눈 밑에 까

는 판에 군도 그 접주의 한 사람 아닌가?"

나는 더욱 기를 죽여 말했다.

"본 접주가 다른 접주와 다를지는 소생을 가르쳐주신 뒤에 어떻게 나가는가 보시면 되지 않겠습니까?"

그러자 정씨는 기쁘게 웃으며 악수를 하고 방책을 말하기 시작했다.

"첫째, 군기숙정. 병졸을 대할 때, 서로 절하거나 공경하는 말 같은 것을 폐지할 것. 둘째, 민심을 얻어야 한다. 동학의 무리들이 총을 가지고 촌간에 쑤시고 다니면서 곡식을 내놓으라니, 돈을 내놓으라니 해가며 강도적 행위를 하는 것을 금할 것. 셋째, 어진 현사(賢士)를 모시겠다는 글을 발표하여 경륜 있는 인물을 많이 얻을 것. 넷째, 전군을 구월산에 집합시켜 훈련을 실시할 것. 다섯째, 양도는 재령(載寧)·신천(信川) 두 군에 왜놈들이 쌀을 무역해다가 적치해놓은 것이 수천 석 있으니 그것을 몰수하여 패엽사(貝葉寺)에 옮겨 쌓을 것……"

이런 5개 항이었다. 나는 너무나 기뻐서 5가지 계책을 실행하기로 결정했다.

나는 즉시 총소집령을 내리고 집합장소에 나가, 정씨는 모주(謀主), 우씨는 종사(從事)라고 선언하고, 전군을 지휘하여 두 분에게 최대의 경례를 올렸다.

종사로 하여금 간략한 군령 몇 개 조를 만들어 공포하게 하고, 위반자는 태(笞)와 곤(棍)으로 다스리게 했다. 그리고 구월산으로 이동할 준비에 들어섰다.

그러던 어느 날 밤, 안진사(安進士)의 밀사가 왔다. 안진사는 이름이 태훈(泰勳)으로, 우리의 진이 있는 회학동에서 동쪽으로 24리 되는 천봉산(千峰山)이란 큰 산 너머 신천군(信川郡) 청계동(淸溪洞)에 사는 선

비로, 그 문장·명필은 해서(海西)는 물론 경향 각처에 널리 알려졌을
뿐만 아니라, 지략(智略)을 겸비하여 당시 조정대관들까지도 크게 대
접하는 인물이었다.

동학의 궐기를 보고 안진사는 자기 자제들까지 포함한 특별군을 모
집했다. 그는 백여 명의 포수들을 청계동의 자기 집에 설치한 의려소
(義旅所)에 모집해놓은 후, 경성 대신들의 원조와 황해감사의 지도하
에 벌써 신천에서 동학토벌에 좋은 성적을 올리고 있었다.

이런 까닭으로 각 접(接)이 두려워하여 그쪽에 대비, 경계하고 있는
중이었고 우리도 청계동에 대해 경비를 게을리 하지 않고 있는 참이
었다.

그런데 그 안진사가 밀사를 보내온 것이다. 정씨 등이 만나 사정을
들었는데 별다른 것은 아니었다.

"안진사가 비밀조사로 알아본 결과, 군의 연소 담대한 인품을 애중
히 여겨 군대를 내어 토벌하지는 않겠지만, 김창수는 인근의 땅에서
큰 군을 옹휘하고 있으니, 만에 일이라도 청계를 침범하려다가 패멸을
당하게 되면 인재가 아깝다는 후의에서 밀사를 보낸다는 것이구려."

이런 사연이었다.

나는 즉시 참모회의를 열어 의결한 결과, 남이 나를 치지 않으면 나
도 남을 치지 않는다는 것과, 양방에서 어느 한쪽이 불행에 빠지게
되는 경우 다른 한쪽은 그 한쪽을 돕는다는 밀약이 성립되었다.

우리는 예정한 방침대로 준비도 끝나 구월산 패엽사로 군대를 이동
해 갔다. 후사(後寺)로 본관(本管)을 삼고, 동구에는 파수막을 짓고, 군
인의 산외 출입을 엄금했다. 신천군의 왜놈들이 사들여 쌓아놓은 백
미 1천여 섬도 몰수한 후, 산 아래 각 가호에 훈령을 내렸다. 백미 한
섬을 패엽사까지 운반하는 자는 백미 3말을 준다는 내용이었다. 그랬

더니 그날 안으로 전부가 절에까지 운반되어 쌓여졌다.

또 각 마을에 훈령하여 동학당이라 칭하고, 금전을 강요하거나 행패하는 자가 있을 때에는 급히 알리라고 조치해놓았다. 그래서 보고가 되는대로 군을 급파, 체포해서는 무기가 있는 자는 무기를 뺏은 뒤에 곤장·태장으로 엄하게 다스렸으며, 맨손으로 행패한 자도 엄하게 처치하니 사방이 마음을 놓고, 인심 또한 안정되어갔다.

매일같이 군인들로 하여금 실탄연습과 전술을 교수하고, 초현문(招賢文)을 배포하여 유능한 인재를 맞아들이기로 했다. 나는 길 안내자를 앞세워 구월산 안팎의 지인지감(知人之鑑)이 있다는 인사라면 남김없이 조사하여 단신 도보로 방문하기도 했다.

그러던 중에 월정동(月精洞) 송종호(宋宗鎬) 씨를 스승으로 섬기고, 산사(山寺)로 모셔다 고문으로 받들어 자문을 받았는데, 송씨는 일찍이 상해(上海)에 유력하여 해외 사정에도 정통하고, 사람됨이 기걸한데다 영웅의 기풍이 있었다. 풍천군(豊川郡)에서는 허곤(許坤)이란 명사가 와서 합류하게 되었다. 허씨는 문필이 뛰어나 시무(時務)에 밝은 인사였다.

절에는 뛰어난 도승(道僧)으로 그 명성이 경향 각지에 널리 알려진 하은당(荷隱堂)이란 스님이 있었다. 그가 절 일을 모두 총지휘하는데, 제자와 배우는 사람들을 합쳐 수백 명의 남녀 승도가 있었다. 나는 때때로 하은대사한데 가서 설법을 듣기도 했다.

그러면서 간간이 최고 회의를 열어 장래 방침을 토의하곤 했다. 이때는 이미 경군과 일병들이 해주성을 장악하고, 근방에 산재한 동학기관을 소탕하면서 점차 서진하여 옹진·강령(康翎) 등지를 토평, 학령(鶴嶺)으로 넘어오고 있었다.

그런데 구월산 근방에 널려 있는 동학들 중에는 이동엽(李東燁)이란 접주가 큰 세력을 형성하고 있었다. 그 부하들이 가끔씩 패엽사 부근 촌락을 약탈하다가 우리 군에게 붙들려오는 일들이 빈번히 일어났다. 그렇게 잡혀 와서는 군 기계를 뺏기는 형벌을 당하고 돌아가곤 하는 것이다. 한편 내 부하들 가운데 간간이 촌락에 나가 재물을 약탈하다가 엄벌을 받고는 도망가 이동엽의 부하가 되는 자도 있었다.

그러한 자들이 날로 많아져 갔다. 노략하고 싶은 자는 어두운 밤에 도주하여 이동엽의 부하로 넘어갔다. 따라서 이동엽의 세력은 날로 커지고, 내 세력은 날로 줄어들기만 하는 것이었다.

최고회의에서 적당히 기회를 보아 가지고 나는 동학접주의 감투를 벗기로 결심했다. 그래서 허곤을 평양에 파견하여 장호민(張好民)의 소개를 얻고 황주병사의 양해를 받아 패엽사에 있는 군대를 인계하기로 했다. 허곤은 사명을 받자, 송종호가 써주는 편지 한 장을 지니고서 평양으로 출발했다.

이때가 내 나이 19살 되는 갑오년 섣달 무렵이었다. 며칠 동안 나는 신열이 나고 두통이 심해 조실방(操室房)에서 혼자 드러누워 앓고 있었다. 하은 대사가 문병을 와서 자세히 들여다보더니 적이 놀라는 것이었다.

"허어, 홍역도 못 치른 대장이구려!"

대사는 영장(領將) 이용선(李龍善)에게 알려 사람들의 방안 출입을 절대 금지시키고, 치료와 간호를 맡을 사람으로 여승당에서 홍역에 경험이 있는 나이 많은 수자(修者)를 뽑아 조리하게 해주었다.

하루는 이동엽이 전군을 이끌고서 공격해온다는 급보가 있었다. 그리고 그 보고가 미처 끝나기도 전에 총을 쏘고 칼을 휘두르는 자들이 순식간에 절 안으로 쏟아져 들어오는 것이었다. 우리 군은 흩어져 달아나고 더러는 육박전을 벌이기도 한다는 것이었다.

이동엽이 호령했다.

"김접주에게 손을 대는 놈은 사형에 처한다! 이용선을 잡아 처형하라!"

여기에는 그럴 만한 연유가 있다. 나는 해월선생(海月先生)이 도장을 찍은 접주로 동학의 정통이지만, 이동엽의 접주는 제2세에 지나지 않기 때문이었다. 그는 임시로 임종현(林宗鉉)의 차첩(差帖)을 받은 자였다.

따라서 나에게 박해를 가하면 후일 큰 화를 당하지나 않을까 두려웠던 것이다.

나는 그 말을 듣고 벌떡 일어나서 뛰어나갔다.

"안 된다! 이용선은 내 지도 명령을 받아서 모든 것을 시행했을 뿐이다. 만일 이용선에게 죽을죄가 있다면 그것은 곧 내 죄니, 나를 총살하라! 나를 죽여라!"

이동엽은 부하에 명하여 내 손발을 꼼짝 못하게 하고서는 이용선만 끌고 나갔다. 얼마 후 동네 어귀에서 총소리가 들렸다. 절에 있던 이동엽의 부하는 그 총소리와 함께 거의 퇴거했고, 이용선은 총살되었다는 보고가 있었다.

나는 그 말을 듣자 곧바로 동구 쪽으로 달려갔다. 아니나 다르랴, 이용선은 총에 맞아 쓰러졌고, 온몸의 옷에는 불이 붙어 타고 있는 중이었다.

나는 그를 끌어안고 통곡했다. 한참을 울다가 나는 저고리를 벗어 그 머리를 둘러쌌다. 이 저고리는 어머님이 내가 남의 윗사람 노릇한 대서 처음으로 지어 보내주신 명주 저고리였다. 나는 그 저고리를 벗어서 죽은 이용선을 싸주었다. 그리고 동민들을 지휘하여 잘 매장하게 했다.

내가 눈 속에서 벌거벗은 몸으로 호곡하는 것을 본 이웃 사람들이 의복을 갖다 주었다. 나는 그것을 입고 그 밤으로 부산동(釜山洞)의 정덕현(鄭德鉉)집으로 갔다.

내가 이용선이 죽은 이야기를 하니 정씨가 말했다.

"이용선 군이 죽은 것은 불행이지만 형은 이제부터는 일을 다 끝낸 장부다. 며칠간 홍역여독이나 조리한 다음 나와 함께 풍진을 피해 유람이나 떠납시다."

나는 이용선의 원수를 갚아야 한다고 말했지만 정씨는 고개를 저었다.

"의리로 당연한 일이지만, 지금 구월산을 소탕하려는 경군과 왜놈들이 아직 맹공으로 나오지 못하고 있는 것은 산 밖에 이동엽의 세력이 크고, 산사에는 우리가 또 천험에 의지한 정병인 까닭에 가만히 염탐이나 하며 때를 기다리고 있는 것이오. 그러나 오늘 소문을 듣는 날은 즉시 이동엽부터 쳐서 섬멸할 것이고, 그러면 패엽사도 끝장이오. 원수를 갚는다 어쩐다 할 여지가 없소이다."

이용선으로 말하면 원래 함경도 정평(定平) 출신의 행상으로 황해도에 와서 살았다. 사냥하는 총술이 있고, 배운 것은 없지만 사람을 부릴 줄 아는 재능이 있어 내가 화포영장(火砲領將)으로 임명했던 것이다.

그가 죽은 후, 자질들이 와서 정평 본고향으로 이장해갈 때 동리 사람들에게 이씨 피살 당시의 상황을 듣고, 내가 저고리로 시신의 머리를 싼 것을 보았다. 그래서 내게 아무런 악감도 품지 않고 돌아갔다는 말을 들었다.

정씨 집에서 2, 3일 요양한 뒤에 나는 장동군(長洞郡) 몽금포 근처 마을로 피신하여 석 달을 숨어서 살았다. 동쪽에서 전해오는 풍문을 들으니, 이동엽은 벌써 잡혀가서 사형을 당하고, 해주 각 고을의 동학은 거의 소탕되었다는 얘기였다.

정씨와 함께 텃골 본집에 와서 부모를 뵙고, 매우 불안한 상태로 있을 수밖에 없었다. 왜병들이 죽천장(竹川場)에 진을 치고, 부근 동학당을 수색하고 있는 중이었기 때문이다.

양친께서도 내게 먼 땅으로 가서 화를 피하라고 말씀하셨다. 다음날 정씨는 청계동으로 안진사를 찾아가보자고 말했다. 나는 주저했다. 안씨가 받아들여 준다 하더라도 패군지장인 나에게 포로와 같은 취급을 한다면 어쩔 것인가?

그러자 정씨가 자신 있게 말했다.

"안진사가 그때 밀사를 보냈던 진의는 무슨 책략 같은 그런 것이 아니라, 진심으로 형의 연소 담대한 재기(材器)를 아껴서 그랬던 것이오. 염려 말고 같이 갑시다."

이토록 힘써 권하는 바람에 나는 정씨와 함께 그날 천봉산을 넘어서 청계동 동구까지 갔다.

# 3. 청계동 시대
清溪洞

동네는 사위가 험준 수려하며, 주밀하지는 못하더라도 4, 50호 인가가 여기저기 자리 잡고 있었다. 동네 앞에는 긴 시냇물이 흐르고, 그곳 암벽 위에 안진사의 친필로 '청계동천(清溪洞天)' 4자가 새겨져 있었다. 글자는 마치 흐르는 물소리 따라 살아 움직이는 듯했다.

동구에 작은 산이 하나 있는데, 산마루에는 포대가 보였다. 지키는 군사에게 명함을 대니, 의려장(義旅長)의 허가가 있었다면서 위병이 인도했다. 위병을 따라 안진사 댁인 의려소로 들어가면서 주위를 눈여겨 살펴보았다.

문 앞에 작은 규모의 연못을 파고, 못에는 한 간의 초정(草亭)을 지어 놓았다. 안진사의 형제가 평소 술을 마시고 시를 읊으며 소일하는 곳이라 한다.

대청으로 들어가니, 벽 위에 안진사의 친필로 의려소 석 자가 횡액으로 씌어져 붙어 있었다.

우리의 명함을 본 안진사는 정당(正堂)에서 우리를 친절히 맞아들였다. 수인사 후에 안진사의 맨 첫말이 이러했다.

"김석사(金碩士)가 패엽사에서 위험을 벗어난 뒤에 심히 우려되어 계신 곳을 탐색하였은즉, 가신 곳을 모르던 터에 오늘 이처럼 찾아주시니 감사합니다."

그러면서 다시 나를 향해 물었다.

"구경하(具慶下-두 어버이 시하)라 시던데, 양위 분은 어디 안접(安接)

백범이 안진사의 초청으로 찾아간 황해도 신천군 두라면 청계동 전경. 이곳은 안중근 의사가 다니는 천주교회당과 안 의사가 믿음과 세계정세에 눈을 뜨게 한 빌헬름 신부가 있는 곳이기도 했다.

할 곳이라도 계십니까?"

"별로 안접할 곳이 없고, 아직 본동에 계십니다."

안진사는 즉시 오일선(吳日善)에게 30명의 담총꾼을 붙여주고 명했다.

"당장 텃골에 가서 김석사 부모님을 모시고, 이웃 근동의 우마를 잡아 그 댁 가산 전부를 옮겨오게 하여라!"

그러고 인근에 집 한 채를 사서 그날로 청계동에서 살게 해주었다. 내 나이 20살 되는 을미년 2월이었다.

안진사의 후의는 여기서 끝나지 않았다. 안진사는 나에게 부탁했다. 날마다 사랑에 와서 그가 없는 사이라도 자기 동생들과도 놀고, 사랑에 모인 친구들과 얘기를 하든지, 책을 보든지 마음대로 해가며 아무 상관 말고 안심하고 지내라는 것이다.

안진사의 6형제는 맨 맏이 큰형은 태진(泰鎭)이란 이름이었고, 그 다음은 태현(泰鉉), 안진사는 태훈(泰勳)으로 셋째가 된다. 넷째는 태건(泰健), 다섯째는 태민(泰民), 여섯째는 태순(泰純)이었다. 모두 학식이 풍부하고 인격도 상당한 편이었으나, 그중에서도 안진사가 학식으로

나 기량으로나 탁월했다.

안진사는 나에게 때때로 시험 삼아 훌륭한 이야기도 하고, 고담준론(高談峻論:뜻이 높고 바르며 엄숙하고 날카로운 말)도 해주었지만, 사실 나는 아직도 유치한 거동이 많은 때였다. 하루는 봄기운이 화창한 때여서 포군(砲軍)들을 데리고 술과 안주를 마련, 놀이판을 벌이게 되었다. 그리고 씨름 잘하는 자를 모아 씨름을 시켰다.

마지막 결승에 들어가서 두 사람이 용맹하게 붙어서 씨름하는 것을 구경하게 되었다. 서로가 재(才)·용(勇)이 비등하여 쉽게 승부가 나지 않고 있었다.

안진사가 나에게 물었다.

"창수가 보기에는 어느 사람이 이길 듯싶은가?"

"키가 크고 힘이 세어 보이는 사람이 좀 작은 사람에게 질 줄로 생각합니다."

진사가 그렇게 생각되는 이유가 무엇이냐고 물어와서 내가 또 대답했다.

"아까 씨름할 때에 키 큰 사람의 바지가 찢어져서 볼기가 드러나게 되었습니다. 그 때문에 기운을 다 쓰지 못하는 빛이 있으니 나는 단연코 그 사람이 질 줄로 압니다."

말을 마치기도 전에 아니나 다르랴 그 사람이 넘어졌다. 이것을 본 진사는 나를 더욱 사랑하는 것이었다.

진사에게는 아들이 셋 있었다. 큰아들이 중근(重根)으로, 그때 나이 열여섯이었는데, 상투를 틀고 자주 수건으로 머리를 동이고서 동방총(메고 다니기에 편리하도록 만든 장총)을 메고는 날마다 노인당(老人堂)과 신상동(薪上洞)으로 사냥 다니는 것을 일로 삼았다.

영기가 발발하여 여러 군인들 중에도 사격술이 제일이라고들 했다.

사냥할 때에도 나는 새, 달리는 짐승을 백발백중시키는 재주라는 것
이다. 태건씨와 숙질이 동행하는데, 어떤 때에는 하루에 노루·고라니
를 여러 마리씩 잡아 왔다. 그것을 가지고 군을 먹이는 것이었다.

진사의 6형제는 다 술 잘 마시고 글 읽기를 좋아했기 때문에 짐승
을 사냥해 꼭 한자리에 모였다. 그 밖에 오주부(吳主簿), 고산림(高山
林), 최선달(崔先達) 등도 합석했다. 나는 술을 마시는 데도 시를 읊는
데도 아무 자격이 없었지만, 그래도 부름을 받아 들짐승·들새들의 진
미를 함께 맛보곤 했다.

진사는 자기 자질들을 위해 서재를 꾸미기도 했다. 그리고 빨간 두
루마기를 입고 머리를 땋아 늘어뜨린 8살, 9살인 정근(定根), 공근(恭
根)에게는 글공부를 독려해도 큰아들 중근에게만은 공부하라고 꾸짖
는 법이 없었다.

진사의 6형제는 모두가 장사 체격으로, 허약하게 보이는 사람은 한
사람도 없었다. 그중 진사는 특히 안광이 찌를 듯하여 사람을 위압하
는 힘이 있었다. 그래서 당시 조정대관들 중에도 필단(筆端)이나 면담
으로 항변을 당하면, 그 당장에는 안진사를 나쁘게 평하더라도 직접
만나기만 하면 저도 모르는 새에 공경하는 태도를 가지게 된다는 것
이었다.

내가 보기에도 그랬지만, 그러나 품성이 퍽 소탈하여 무식한 하류
들에게 오만한 빛을 전혀 보이지 않고 친절하고 공손했다. 그래서 상
류에서 하류까지 누구에게나 호감을 사는 분이었다. 얼굴은 매우 청
수했지만, 주량이 과하여 코끝이 늘 빨간 것이 흠이라면 흠이었다.

거기에 얹혀 지내던 사람들이 안진사의 잘된 율시들을 전송하는 것
을 나는 많이 들었다. 진사 자신도 때때로 나에게 득의의 작을 읊어
주곤 했다. 기억에 남는 것으로는 〈내(來)〉란 것만 생각난다. 황석공

(黃石公)의 〈소서(素書-三略素書)〉를 직접 손으로 써서 벽장문에 붙여 두고 주홍이 날 때면 늘 낭송하곤 하는 것이었다.

진사의 조부 인수(仁壽)씨는 진해현감(鎭海縣監)을 역임한 뒤, 많은 재산을 지친들에게 나눠주고 자신은 3백여 석을 추수할 만한 자본만을 가지고, 손자 중근이 2살 때에 청계동으로 왔다고 한다. 산수가 수려할 뿐 아니라 더없는 피난지가 되겠다고 생각했기 때문이라고 한다.

진사는 거자(擧子-과거 보는 선비)로서 경성의 김종한(金宗漢) 집에 여러 해 머무르며 과시에 참가했다. 결국 소과에 합격된 것도 김종한이 시관이었던 때문이라 한다. 그런 까닭으로 안진사는 김종한의 문객이니 식구니 하는 소문이 당시 있었다.

나는 날마다 진사댁 사랑에 다니며 놀았는데 그때 자주 오는 노인 한 분이 있었다. 나이가 50여 세 되어 보이고, 기골이 장대하지만 의관은 매우 검소했다. 이 노인이 때때로 사랑에 오게 되면 안진사는 내 약력을 그분에게 알려주는 것이었다. 그 노인은 다름 아닌 고능선(高能善)이란 학자였다. 사람들은 흔히 고산림(高山林) 선생이라고 불렀다.

고능선은 해주 선문 밖 비동(飛洞)에서 대대로 살았고, 중암(重庵) 유중교(柳仲敎)의 제자요, 의암(毅岩) 유인석(柳麟錫)과 동문이며, 당시 해서(海西)의 행검(行儉)으로서 손꼽히는 학자였다.

안진사가 창의하던 초기에 고능선을 모사(謀師)로 모시고, 그 전 가족을 옮겨 청계동에 살게 했다는 것이다. 하루는 역시 안진사 사랑에서 고씨를 뵙고 종일 논 뒤, 헤어질 즈음에 고씨가 내게 이런 말을 했다.

"창수, 내 사랑 좀 구경하지 않겠나?"

나는 고마워서 이내 대답했다.

"선생님 사랑에도 가서 놀겠습니다."

다음날 나는 고선생 댁을 방문했다. 고선생은 노안에 기쁜 빛을 띠고 친절히 맞아주었다. 그리고 큰아들 원명(元明)을 불러 인사를 시켰다. 원명은 나이가 서른이 넘었고, 영민하게는 보였으나 웅위(雄偉)하고 관후한 부친의 뒤를 잇지는 못할 것이라는 생각이 들었다. 둘째 아들은 성인이 되어 사망했고, 과부 며느리만 솔거하는 중이었다. 큰아들 원명은 열 대 여섯 살 되는 큰딸과 너댓 살 되는 딸을 두었고, 아들은 아직 없다는 얘기였다.

고선생이 거처하는 사랑은 작은방인데, 방안에 쌓인 것은 모두가 책이고 사방 벽에는 옛 명현(名賢) 달사(達士)들의 좌우명이나 자신의 마음에 간직해두어야 할 것들을 쓴 글들을 죽 둘러 붙여놓고 있었다.

고선생은 무릎을 개고 앉아 마음을 기르기도 하고, 더러는 〈손무자(孫武子)〉와 〈삼략(三略)〉 같은 병서도 보는 것 같았다.

고선생이 나를 향해 이야기하는 가운데, 이런 말을 하였다.

"자네가 매일 진사 사랑엘 다니며 소일하지만, 내가 보기에는 자네에게 절실히 필요한 정신수양에는 별 효험이 없을 듯하니, 날마다 내 사랑에 와서 나와 함께 세사도 담론하고, 문자도 토론하고 하는 게 어떠한가?"

나는 황공하고 감사하기만 했다.

"선생님이 이처럼 후용(厚容)하시나 소생이 어찌 감당할 만한 재질이 있겠습니까?"

고선생은 미소를 띠며, 분명히 말하지는 않으나, 나에 대해 사랑하는 마음이 가득한 것을 엿볼 수 있었다.

그때 나의 심리상태를 말한다면, 제1착으로 과장에서 숱한 비관을 품은 후 희망을 상서(相書) 공부로 옮겼고, 내 자신의 상격(相格:관상(觀相)에 있어서 얼굴의 생김새)이 너무도 못생긴 것을 비탄하다가 속이 좋

은 사람, 호심인(好心人)이 되리라고 결심했는가 하면, 호심인이 되는
방법이 아득하던 중에 동학의 수양을 받아 새 국가, 새 국민을 꿈꾸
었으나 지금 와서 보면 그것 역시 바람 잡은 것일 뿐, 이제 패군지장
의 신세로 안진사의 후의를 입어 생명만은 안전하게 보존하고 있으나
장래를 생각하면 어떤 곳에 발을 붙이고 서야 할 것인가, 어떻게 진로
를 잡아나가야 옳을까 여전히 망망하기만 하여, 나 스스로 가슴이 답
답하고 가엾어 견딜 길이 없었다.

고선생이 저처럼 나를 사랑하는 빛이 보이지만, 내 자신 이런데, 저
렇듯 고명한 선생의 사랑을 제대로 받을 만한 소질이 내게 있겠는가?

내가 저분의 과분한 사랑을 받는다 해도 종전의 과거니 관상이니
동학이니 하던 것과 같이 효과를 내지 못하게 된다면, 내 자신이 타락
됨은 물론이고, 고선생과 같이 순결한 양반에게 누를 끼치지나 않을
까?

나는 고선생에게 내 진심을 말했다.

"선생님, 선생님은 저를 잘 보시고 가르쳐주셨습니다. 하지만 저는
불과 20살에 인생 진로를 잘못 잡아 허다한 실패를 겪고, 지금에 와
서는 참으로 민망합니다. 선생님이 제 자격이나 품성을 밝히 보시고
장차 진보가 있을 것같이 보이시거든 사랑도 해주시고, 교훈도 내려
주십시오. 그러나 만일 좋은 사람 될 조짐이 없다면 선생님 높은 덕에
누를 끼칠 뿐이니 그것은 제가 원치 않는 바입니다."

나도 모르는 새에 눈물이 눈시울에 가득 찼다.

고선생은 내 마음에 괴로움이 있는 것을 알아보시고, 자못 동정하
는 투로 말씀하셨다.

"사람이 자기 자신을 알기도 쉬운 일이 아니지만, 하물며 남을 밝
히 알 수 있는가? 그러므로 성현을 목표로 하고 성현의 발자취를 밟

아가는 중에 고래로 성현의 자리까지 도달하는 자도 있고, 좀 못 미치는 자도 있고, 성현이 되기까지는 아주 고원하다 하여 중도에 옆길로 빠지거나, 또한 자포자기 하여 금수나 별로 다름없게 떨어지는 자도 있네. 자네가 호심인이 되려는 본뜻을 가진 이상, 몇 번 길을 잘못 들어서 실패와 곤란을 겪었다 하더라도 본심만 변하지 않고 고치고 나아가고 고치고 또 나아가노라면 목적지에 달하는 날이 반드시 있을 것이니, 지금 마음에 고통을 가지는 것보다는 힘써 행하여 가는 게 좋지 않겠는가? 실패는 성공의 어머니요, 고통은 지락의 근본이니, 자네는 너무 상심 말게. 이 같은 늙은 사람도 자네의 앞날에 혹시 보탬이 되는 게 있다면 영광이 아니겠는가?"

나는 고선생님의 말씀을 듣고서 위안만 될 뿐 아니라, 그것은 젖에 주린 아기가 어머니 젖을 움켜 먹는 것과도 같았다.

나는 고선생에게 다시 물었다.

"그러시면 전도에 대한 모든 것을 선생님 보시는 대로 교훈해주신다면 마음을 다해 봉행하겠습니다."

"자네가 그같이 결심하면, 내 안광이 미치는 데까지, 자네 역량이 있는 대로 내게 있는 한은 자네를 위해 마음을 다할 터이니, 젊은 사람이 너무 상심 말고 매일 나와 같이 노세. 갑갑할 때에는 우리 원명이와 산 구경도 다니며 놀게."

이날부터 나는 밥을 안 먹어도 배고픈 줄을 모르고, 고선생님이 죽으라면 죽을 수도 있을 것 같았다.

나는 매일 고선생님의 사랑에 가서 놀았다. 선생은 고금의 위인들을 비평해주시기도 하고, 자신이 연구하여 깨달은 요지를 가르쳐주시기도 했다. 그런가 하면 〈화서아언(華西雅言)〉이나 〈주자백선(朱子百選)〉 중에서 요긴한 구절들을 골라 가르쳐주시며, 의리가 무언가 파고

들기도 하는 것이었다.

사람이 아무리 발군의 재간과 능력이 있는 자라 하더라도 의리를 벗어나면 그 재능은 도리어 화근이 된다는 말이라든지, 사람의 처세는 마땅히 먼저 의리에 기본을 두어야 한다는 말이라든지, 일을 해나가기 위해서는 판단·실행·계속 이렇게 세 단계로 중점을 잡아 사업을 이루어나간다는 등등의 금언을 들려주시는 것이었다. 가만 보면 언제든지 내게 보여 주기 위해 책장을 접어두었다가 들춰가며 가르쳐 주시는 것이 아닌가. 그것만 보아도 온 정력을 기울여 가르치고 계신 것을 알 수 있었다.

그것은 고선생의 생각에 뚜렷하게 서 있는 교수법이라 할 수 있었다. 경서를 차례대로 교수하는 것보다 나의 정신 여하와 재질을 봐서 적당히 맞게 비유하여 나가는 교수법이었다. 뚫어진 곳을 기워주고, 빈 구석을 채워주는 식의 이른바 구전심수(口傳心受)의 첩경이 되는 교법이라 할 만 했다.

고선생이 나를 보시고서 가장 큰 결점으로 생각하는 것은 과단성의 부족이 아니었나 싶다. 매양 가르치는 말씀을 하실 때, 무슨 일이나 밝게 보고 잘 판단해놓고도 실행의 첫 출발점이 과단성이 없으면 다 쓸데없다는 말씀을 하시면서, 그런 때면 으레,

得樹攀枝無足奇(득수반지무족기)
懸崖撒手丈夫兒(현애살수장부아)

란 구절을 힘 있게 설명하곤 하셨다. 나무를 타고 오르는 것은 기특할 것 없고, 낭떠러지에서 손을 놓아버리는 것이 장부이다.

이렇게 하기를 여러 달을 지냈는데, 안진사도 가끔 고선생을 찾을

때가 있었다. 그럴 때면 셋이 함께 앉은 가운데, 진사와 고선생 두 분이 서로 주거니 받거니 고금의 일들을 담론하는 것을 곁에서 듣는 재미도 비할 데 없이 즐거웠다.

내가 청계동에서 살면서 처음에는 갈 곳도 없고 아는 사람도 없어서 가는 곳이라야 안 진사의 사랑에 가서 노는 것뿐이었는데, 안진사도 자리에 없을 때면 포군 놈들이 나를 향하여 일부러 들으라고 큰소리로 말하는 것이었다.

"저자는 진사님만 아니었다면 벌써 썩어졌을 것이다. 아직도 접주님, 접주님 하고 여러 사람들한테 대접받던 생각이 날걸!"

"그렇고말고! 저자는 우리 같은 포군들은 초개같이 볼 거라구."

이렇게 내 눈치를 기웃거려가며 빈정대는 것이었다.

어떤 자는 입을 비쭉 내밀어 빈정대는 저희들 동료를 주의시키는 체하면서,

"그런 말들 말게. 귀에 담아두었다가 훗날 동학이 다시 득세하는 날은 원한을 갚으려 할지 누가 알겠나?"

하고 한 수 더 뜨는 소리를 하기도 했다.

이런 말들을 들을 때면 나는 즉시 청계동 생활을 걷어치우고 싶은 생각이 불꽃같이 일었다. 그러나 주장(主將)인 안진사가 그토록 후대하는데, 무식한 병졸들의 짓거리를 탓하는 것이 오히려 용렬한 짓이라 싶어 그냥 참고 지냈다.

그런데 진사는 매양 사랑에서 연회를 할 때나 흥취 있게 놀 때면 꼭 고선생을 모셨고, 또한 술로나 글로나 나이로나 차림으로나 좌석의 빛을 더는 것밖에 더할 게 없는 나였지만 함께 부르는 것을 잊지 않았다. 조금만 지체되어도 군인이나 하인을 불러,

"너 속히 가서 돼짓골의 창수 김서방님 모셔오너라!"

하고 명하는 것이었다.

자연 포군들의 태도가 공손해져갔다. 그뿐 아니었다. 안진사 친동생들도 처음 만났을 때와는 많이 다른 것 같았다. 처음 만나서 수작했을 때만 해도 내가 별로 볼 것이 없었을 것이다. 자기 사랑에서 군인들이 나에게 불손한 언동을 하는 것을 곁에서 보면서도 그들에게 아무런 주의를 시키는 빛도 보이지 않았었다. 그러나 그 같은 사실을 진사에게 보고해서, 진사는 무식한 군인들을 직접 꾸짖는 것이 도리어 내게 이롭지 못하겠다 생각하고 나를 그와 같이 특별대우를 한 것인지도 모르겠다. 어찌되었든 군인들은 점점 태도가 공손해졌다.

더욱이 고선생이 내게 친근하게 접대해주는 것을 본 동네 사람들의 태도까지도 차차 달라져갔다.

나는 몇 년 전부터 홍역이 시작되어 종종 고생을 했다. 이때에도 병기운이 생겨 안진사 사랑에 늘 다니는 오주부에게 물어보니 사삼(沙蔘-더덕뿌리)을 많이 먹으면 병근이 끊긴다는 것이었다.

그래서 고선생 댁에서 놀다가 원명과 함께 약 캐는 괭이를 둘러메고 산에 올라가 더덕도 캐고, 바위 위에 앉아서 정다운 이야기도 나누어가며 세월을 보냈다. 더덕을 석 달 장복했더니 병 기운은 완전히 근치되었다.

그 얘기를 들은 그때의 신천 군수 아무개가 안진사에게 청하고, 안진사는 또 내게 청해 더덕 한 구럭을 캐어 보낸 일도 있었다.

이렇게 하여 매일 고선생 댁에서 놀며 밥도 선생님과 같이 먹고, 밤이 깊어 사람들도 고요해질 때면 나랏일을 토론했다. 고선생은 이런 이야기를 들려주었다.

"만고 천하에 흥해보지 못한 나라는 없고, 망해보지 못한 나라도 없다. 그러나 전에는 나라라 함은 토지와 인민은 가만두고 그 임금 자리만 뺏는 것으로 흥망을 말했지만 지금은 그렇지가 않다. 토지와 인민과 주권을 병탄하는 것이야. 우리나라도 반드시 망하게 되는데, 결국은 왜놈들에게 멸망을 당하게 되는 게지. 이른바 조정대관이란 것들이 전부가 미외사상(媚外思想)을 가지고서 노와 친해 자기 지위를 보전해볼까, 영·미와 친하면, 불과 친하면, 왜와 친하면 자기 지위가 공고해질까 순전히 이 따위 생각들뿐이니, 나라는 망하는데 나라 안의 최고학식을 가졌다는 산림학자(山林學者-벼슬을 갖지 않은 재야의 학자)들까지도 세상일을 개탄만 할 뿐이고, 어떤 구국의 경륜이 있는 자가 보이지 않는 것이 큰 유감일세. 나라 망하는 데도 신성하게 망하는 것과 더럽게 망하는 게 있는데, 우리나라는 아주 더럽게 망하게 될 걸세."

나는 놀라서 물었다.

"더럽게 망한다니, 어떻게 더럽게 망한다는 것입니까?"

"나라가 신성하게 망한다 함은 일반 인민이 의를 품어 끝까지 싸우다가 적에게 복몰(覆沒)을 고해 망하는 것이고, 더럽게 망한다 함은 일반 신민이 적에게 아부하다가 적의 술수에 떨어져 항복하고 망하는 것일세. 왜놈들의 세력이 전국에 온통 넘쳐서 대궐 안까지 침입해 대신을 제 뜻대로 내고 쓰고, 만반 시정을 저희 멋대로 하니 제2 왜국이 아니고 무언가. 만고천하 오래 가서 망하지 않는 나라는 없고, 만고천하 오래 살아 죽지 않는 사람은 없으니, 자네나 나는 이제 일사보국할 한 가지 일만 남았네!"

선생은 비장한 얼굴빛으로 나를 보시고 나도 눈물을 흘렸다.

"그러면 망할 것을 망하지 않게 할 방법은 없겠습니까?"

"자네 말이 옳네. 기위 망할 나라라 하더라도 망하지 않게 힘써보는 것도 신민의 의무이지. 우리는 현 조정대관들 모양으로 외국에 꼬

리나 치는 식으로 하진 말고, 서로 돕는 호조적(互助的)으로 청국과 손
잡을 필요가 있지. 작년에 청일전쟁에서 청나라가 패했으니 언제든 청
나라가 복수전쟁을 한번은 할 것이란 말야. 그러니 쓸 만한 인재가 있
으면 지금 청나라에 가서 사정도 조사하고, 인물도 연락하고 했다가
후일 서로 한 목소리로 호응하고 상조하고 하는 것이 절대 필요하니,
어때? 자네 한 번 가보려나?"

"저 같은 연소 몰지각으로 간들 무슨 효과를 얻겠습니까?"

고선생은 듣고 짐짓 웃는 얼굴로 이렇게 말했다.

"그야 그렇지. 자네만으로 생각하면 그렇지만, 우리 동지들이 많으
면 청나라 정계와 학계·상업계 등 각 방면으로 들어가서 활동하게
될 터이고, 그래서 그런 뜻을 가진 사람들이 많아질 게 아니겠는가.
자네 혼자 생각이라도 그렇게 하는 것이 후일 유익하겠다 싶으면 실행
해보는 것이지."

나는 두말없이 쾌락했다.

"가겠습니다. 마음이 항상 울적하기만 한데, 먼 곳 바람도 쐴 겸 떠
나보겠습니다."

고선생은 매우 만족해하며 말했다.

"자네가 떠난 뒤에는 자네 부모 내외가 외로우실 테니, 자네 아버지
와 내가 역시 우리 사랑에 모여서 늘 이야기나 하며 놀도록 하겠네."

하고, 부모 일까지 걱정해주셨다.

나는 고맙기가 한량없었다.

"안진사와도 상의를 하면 어떻습니까?"

이에 대해 고선생님은 이렇게 말씀하신다.

"내가 안진사의 의향을 짐작하는바, 천주학(天主學)을 해볼 마음이
있는 성싶네. 만일 양놈 오랑캐에 의뢰할 심리가 있다면 대의에 위반

된 행동이거든. 안진사에 대한 태도는 후일 결정할 날이 있겠으니, 아직은 출국에 대한 문제는 말 않는 것이 좋겠네, 안진사는 틀림없는 인재니, 훗날 자네가 청나라를 돌아본 결과 좋은 동기가 있을 듯하면 그때 가서 상의해도 늦지 않을 것이니, 지금 가는 것은 비밀에 붙이고 그냥 떠나는 것이 좋을 걸세."

나는 그 말씀을 옳게 여기고 출발준비를 서둘렀다.

그러던 중 하루는 안진사 댁 사랑엘 갔다가 참빗장수 한 사람을 만났다. 가만히 언어·동작을 살펴보니 보통 돌아다니는 참빗장수와는 달랐다. 그래서 내가 먼저 인사를 청했다. 그는 남원군(南原郡) 귓골(耳洞)에 사는 김형진(金亨鎭)이라는 사람으로, 나와 본이 같고, 나이는 나보다 8, 9세가량 많았다.

나는 그 사람에게 이렇게 청했다.

"우리 집에서 참빗을 살터이니 같이 갑시다."

그러자 그 역시 자리에서 일어서서 나를 따라 집까지 왔다.

하룻밤 같이 자면서 얘기를 나눠보니 역시 장사가 목적이 아니라 뜻은 딴 데 있었다. 삼남에서도 신천 청계동 안진사는 당세의 문장이요, 대 영웅이란 소문이 있어 한번 찾아보기 위해 왔다는 것이다.

사람됨이 그다지 출중하지도 않고, 학식이 넉넉한 편도 아니었지만, 시국에 대해 불평을 품고, 무언가 해보겠다는 결심만은 있어 보였다. 다음날 나는 그와 함께 고선생 댁을 방문하고, 인격을 감정하게 해보았다.

고선생도 이야기해보더니 우두머리나 중심이 될 인물은 못되지만 남을 따라 일을 성사시키는 데는 그런 대로 소질이 있어 보인다고 하셨다. 그리하여 나는 집에서 부리는 말 한 필을 팔아 2백 냥의 여비를 마련해서 김형진과 함께 청나라를 향해 출발했다.

## 4. 강계 진공작전
### 江界

　먼저 백두산부터 답파하고, 그런 다음 동3성(東三省-만주)을 거쳐 마지막에는 북경(北京)까지 간다는 것이 우리의 계획이었다. 우리는 평양까지 무사히 도착하여 여행방법을 협의한 결과, 김형진이 이미 참빗 장수로 행세해오는 터여서 같은 방법을 쓰기로 하고, 나는 여비 전부를 참빗과 필묵, 그밖에 산중에서 필요로 하는 요긴한 물품들을 구입하여 두 사람이 한 짐씩 나누어 졌다. 그러고서 모란봉·을밀대(乙密臺)를 잠시 구경한 후, 강동(江東)·양덕(陽德)·맹산(孟山)을 거쳐 고원(高原)·정평(定平)을 지나 함흥 감영에 도착했다.

　평양에서 함흥에 도착하는 사이 겪은 일 가운데 아직까지 기억에 남아 있는 것은, 강동의 어느 시장에서 숙박을 하다가 시중의 70노부 술주정꾼에게 애꿎게 매를 맞은 일이다. 우리는 공매를 맞고서도, 원대한 목적을 품고 먼 길을 가는 처지로서 사소한 봉변 같은 것에 마음 둘 바 아니라 하며, 김형진과 둘이서 한신(韓信)이 회음(淮陰)의 젊은 놈에게 봉변당한 일을 위로삼아 얘기하기도 했던 것이다.

　고원군 함관령(咸關嶺) 위에서 이태조의 전승비(戰勝靺鞨之碑)를 구경하고, 홍원(洪原)·신포(信浦)의 경치와 북어잡이하는 광경을 보았다. 건강하게 보이는 한 여자가 광주리에 꽂게 한 마리를 힘들게 이고 가는데, 게 다리 하나가 내 팔뚝보다 굵었다.

　함경도의 교육제도가 양서(兩西)보다 일찍 발달되었다 싶은 것은 아무리 가난한 게딱지만한 집(보통 양서의 가옥에 비하면 구조가 잘되었지만)

들을 짓고 사는 동리라도 서재만은 반드시 기와집으로 지었고, 그밖의 도청(道廳)이나 각 동리의 공용가옥들도 비교적 넓고 화려하게 지어져 있었다. 그

명태 잡이 중심항이었던 당시의 신포항을 보며

래서 그 집에 모여 놀기도 하고, 옛 얘기책도 보고, 짚신도 삼고하는 것이었다.

동네 안의 어느 집이나 손님이 오게 되면 식사를 대접하며, 잠은 도청에서 자게하고, 돈 없이 쉬기를 청하면 도청의 공금으로 식사를 대접하는 규칙이 있었다. 그런가 하면 오락기구로 북·장구·꽹과리·통소 등 악기를 비치해두고 마을사람들이 이따금 모여서 즐기기도 하고, 내빈 위로도 하는 아름다운 풍속도 있었다.

홍원(洪原)지방의 한 서재에는 선생이 세 사람이나 있어서 학과를 고등·중등·초등으로 나눠 각기 한 반씩 맡아가지고 가르치는 것이었다. 이것은 옛날 서당으로서는 드문 일이었다. 서재의 대청 좌우에는 북과 종을 달아매놓고, 북을 치면 글 읽기를 시작하고, 종을 치면 쉬었다.

더구나 북청(北靑)은 함경도 중에서도 글을 숭상하는 고을이어서 내가 그곳을 지날 때에도 살아 있는 진사가 30여 명이고, 대과(大科)에 급제한 조정 관원이 일곱 사람이나 있었다. 가위 문향(文鄕)이라 할 만하여 나는 크게 탄복했다.

우리가 단천(端川) 마운령을 넘어서 갑산읍에 도착한 것은 을미년 7월이었다. 이곳에 와서 놀란 것은 기와를 이은 관청을 제하고는 집집마다 지붕에 풀이 무성하여 마치 사람이 살지 않는 빈 집과 같은 점이었다. 그러나 뒤에 알고 보니, 이것은 지붕을 덮은 벗나무껍질을 흙덩이로 눌러놓아 거기 풀이 무성해져서 그런 것인데, 아무리 억수가 퍼부어도 흙이 씻기지 않는다는 것이다.

벗나무껍질은 희고 단단해서 기와보다 오래 간다 하여, 사람이 죽어 벗나무껍질로 싸서 묻으면 천년만년 가도 해골이 흩어지는 일이 없다는 말도 들었다.

혜산진(惠山鎭)은 압록강을 사이에 두고 동3성을 바라보는 곳이다. 여기에 이르러서 보니 건너편 중국 사람들의 집에서 개 짖는 소리가 들릴 정도였다. 압록강도 여기서는 걸어서 건널 만했다.

혜산진에 있는 제천당(祭天堂)은 우리나라 산맥의 조종이 되는 백두산 밑에 있어, 예로부터 나라에서 제관을 보내어 하늘과 백두산 신에게 제사를 드리는 곳이다. 그 주변에는 이런 글이 씌어 있었다.


六月雪色山 白頭而雲霧(유월설색산 백두이운무)
萬古流聲水 鴨緣而洶湧(만고류성수 압록이흉용)


우리는 백두산 가는 길을 물어가면서 서대령을 넘고 삼수·장진·후창을 거쳐 자성의 중강을 건너서 중국 땅인 마울산[帽兒山]에 다다랐다. 지나온 길은 비할 데 없는 험산준령으로 어떤 곳은 7,80리나 무인지경인 데도 있어 밥을 싸가지고 간일도 있었다.

산은 매우 험하지만 맹수는 별로 없었고, 숲이 깊어서 지척을 분간하기 어려운 곳도 많았다. 나무 하나를 벤 그루 위에 7, 8명이 모여앉아 밥을 먹을 만한 큰 나무도 드물지 않다는 말을 거기 벌목꾼들에게서 들었다. 내가 본 나무 중에도 엄청나게 굵은 통나무가 있었다. 곡식 넣는 통을 파느라고 장정 하나가 그 통 속에 들어서서 도끼질을 하는 광경을 본 것이다.

장관인 것은 이 산마루에 선 나무가 쓰러져서 저 산마루에 걸쳐져 있는 것이었는데, 우리는 그 나무를 다리삼아서 건너간 적도 있었다.

이 지역은 사람들의 인심이 말할 수 없이 순후하고, 먹을 것도 넉넉해서 찾아오는 손을 지극히 반가워하며, 얼마든지 묵여보내는 것이었다. 곡식은 대개가 귀밀과 감자요, 산 개천에는 이면수라는 물고기가 많이 나는 데, 그 맛이 참으로 좋았다.

주민들의 의복이 짐승 껍질을 가지고 만들어 입은 것을 보니, 원시시대 생활이 그대로 이어지고 있는 것 같았다. 삼수읍(三水邑)의 성안 성 밖의 민가는 30여 호라고 했다.

마울산에서 서북으로 향하여 노인치(老人峙)라는 높은 영을 넘고, 서대령(西大嶺) 가는 길을 걷는 도중에 우리 동포 사람을 백리에 두서넛 만났다. 거의가 금광의 광부들이었지만, 만나는 사람마다 백두산 행은 그만두라고 말리는 것이었다.

이유는 서대령을 넘는 도중에 향적(响賊)이란 중국인 산적 떼가 숲속에 숨어 있다가 행인이 지나면 총살한 뒤에 지닌 물건을 몽땅 뺏어가는데, 최근에 우리 동포 사람들이 피살되었다는 것이다.

그래서 우리 두 사람은 서로 상의한 끝에 백두산 행은 그만두고 곧장 통화현성(通化縣城)으로 갔다. 이 통화현성은 쌓은 지가 오래 되어 관사나 성루의 문 서까래가 허옇게 흰빛을 띠고 있었다.

성 안팎의 주민들 집은 5백여 호라고 하는데, 그 가운데 우리 동포는 겨우 한 집뿐이었다.

남자 주인은 통화현 군대에서 복무하는 중국어 통사였고, 여인들은 완전히 한복차림이었다.

부근 10리 남짓한 곳에 심생원(沈生員)이라는 동포가 산다기로 찾아가 보니, 글을 조금 해득하는 사람인데, 정신없이 아편을 피워 몸이 뼈다귀 나 다름없게 된 사람이었다.

이곳 땅을 돌아보는 가운데 가장 밉게 보이는 것은 되놈말 통사였는데, 중국말 몇 마디 배워가지고는 같은 동포에게 못된 짓들을 하는 것이다. 우리 동포들은 갑오년의 난리를 만나 사람도 땅도 생소한 이 국땅에 건너와, 산림이 험악하여 중국 사람들이 살지 않는 곳을 찾아서 화전이나 일구고 조나 강냉이를 심어 겨우겨우 살아가는 형편이었다. 그러한 우리 가엾은 동포들을 되놈말 통사들이 중국 사람에게 붙어가지고 별스럽게 괴롭히고 학대하는 것이다.

여자의 정조를 유린하고, 돈이나 곡식을 빼앗는 등, 참으로 말로 다 할 수 없는 악행이 허다했다. 나는 어느 중국 사람의 집에서 우리 한복을 한 댕기 머리의 편발 처녀를 한 명 보았다. 남들에게 물어보니, 이 처녀 역시 그러한 통사의 희생물이었다.

처녀의 부모가 혼처를 구하는 것을 눈치 챈 통사가 되놈에게 빚을 갚지 못한 것을 빌미로 처녀의 부모를 위협, 강제로 그 중국 사람에게 넘겨버렸다는 것이다.

내가 돌아다닌 곳은 통화·환인(桓仁)·관전(寬甸)·임강(臨江)·집안(輯安) 등 여러 고을이었는데, 어느 곳이나 되놈말 통사의 악폐는 거의 같았다.

당시 무논은 보지 못했지만, 원래가 토지가 비옥하여 곡식을 심으면 전혀 비료를 주지 않아도 한사람이 지어 열 사람이 먹을 만한 정도였다. 다만 한 가지 소금을 구하기가 가장 어려운 일이었다. 그 지방으로 들어오는 소금은 모두가 의주(義州) 방면으로부터 수로로 수천 리 실려와 판매되는 만큼 값이 아주 비쌌다.

곳곳에 두세 집 내지 여남은 집들이 모여 산림을 개척하고, 말(斗)만한 자그만 소옥(小屋)을 지어 살고들 있었으나, 인심은 지극히 순후하여 거기 말로 '앞대 나그네'(고국 사람이란 뜻)가 왔다 싶으면 동네에 발을 들여놓기가 무섭게 반갑게 영접하고, 남녀노유가 모여들어 고국 이야기를 하라고 조르며, 이집 저집에서 다투어 음식을 내오는 것이었다.

그곳에 이주해간 사람들은 대부분 생활난 때문에 간 자들이지만, 갑오년의 청일전쟁 때 피난하여 살게 된 사람들도 많았다. 또 더러는 죄를 짓고 도주한 자들, 남북 각도 각 군의 민요장두(民擾狀頭—주동자)들도 있었고, 또한 공금을 흠포(欠逋—횡령·착복)한 평안·함경 양도의 벼슬아치·구실아치들도 심심찮게 있었다.

지역 형세로 말하면 파저강(婆猪江) 좌우에는 설인귀(薛仁貴)·천개소문(泉蓋蘇文—연개소문)의 관루유지(管壘遺址)가 있고, 도처에 한 사람이 막아서도 만 사람을 무찌를 수 있는 천험(天險)들이 있었다. 여진(女眞)·금(金)·요(遼)·고구려의 발상지·근원지라는 관전(寬甸)이었던 듯한 곳에 비각이 있었는데, 비문에 '三國忠臣 林慶業之碑'(삼국충신 임경업지비)라고 적혀 있었다. 인근의 중국 사람들이 병이 나면 그 비에 와서 제사를 드리는 유속이 있다고 한다.

이 지방을 돌아다니며 안 일이다. 벽동 사람으로 김이언(金利彦)이란 사람이 용력이 대단하고, 학식 또한 풍부하여 일찍이 심양자사(瀋陽刺史)가 그의 용력을 가상히 여겨 상으로 준마(駿馬) 한 필과 〈삼국지(三國志)〉 한 벌을 주었다고 하고, 청나라 고급 장령(將領)들로부터도 융숭한 대우를 받는다는 것이다. 그리고 지금 청나라의 원조를 받아 의병을 일으키려 하고 있다는 애기도 있었다.

그래서 우리 두 사람은 찾아가 만나보기로 하고, 둘이서 길을 나누거나 또는 동반하여 김이언의 비밀주소를 알아냈다. 강계군(江界郡) 서문인 인풍루(仁風樓) 밖으로 80여 리를 가서 압록강을 건너자 통칭 황성(皇城)이란 곳에 닿았다. 거기서 다시 10여 리쯤 떨어진 삼통구(三通溝)라는 곳으로 갔다.

김이언을 찾아갈 때 우리 두 사람은 같이 동행하는 것보다 서로 모르는 사람처럼 따로 떨어져서 가는 것이 좋겠다고 애기가 되었다. 그렇게 해야만 김이언의 인격을 서로가 잘 관찰할 수 있고, 또 진짜로 의병을 일으킬 마음인가, 혹은 무슨 술책을 가지고 사람들을 속이기나 하는 자가 아닌가 하는 것을 보다 잘 파악할 수 있겠다고 생각했기 때문이다.

그래서 나보다 며칠 앞서 김형진을 유람객의 행색으로 차려 먼저 떠나보내 김이언과 그 추종자들의 내막을 탐지하게 하고, 나는 4, 5일 뒤에 출발, 남쪽으로 향했다.

길을 가던 중, 압록강을 100여리 앞둔 지점에서 청나라 무관 한 사람을 만나게 되었다. 엉덩이에 관인(官印)의 낙인을 찍은 말을 탄 그는 머리에는 증자(鐺子-玉鷺 모양)를 꽂고 홍사(紅絲) 천을 늘어뜨린 마래기(청나라 군인의 모자)를 쓰고 있었다. 나는 다짜고짜로 앞으로 달려 나가서 말머리를 잡았다.

무관은 곧 말에서 내렸다. 나는 청나라 말을 모르기 때문에 언제나 호주머니 속에 사정을 적은 취지서 한 장을 지니고 다녔다. 그래서 청나라 사람들 중 글을 아는 사람이 있으면 그것을 내보여 의사소통을 해왔는데, 이 무관에게도 그것을 보여주었다.

그런데 무관은 그것을 다 읽기도 전에 별안간 길바닥에 털썩 주저

앉더니 소리 내어 울지 않는가. 나는 놀라 그 까닭을 물었다.

무관은 글 속에서 '아프다! 저 왜적은 나와 더불어 하늘을 이지 못할 원수로다(痛彼倭敵與我不共戴之天讐讎)'라는 글을 가리키며 다시 나를 붙들고 통곡하는 것이었다.

여기서 나는 휴대하고 다니던 필통을 꺼내 필담을 시작했다. 그 사람이 먼저 물었다.

"왜놈들이 어찌하여 그대의 원수인가?"

"우리나라는 임진왜란 이후 대대로 나라의 원수일 뿐 아니라, 지난달에 왜놈들이 우리 국모(國母)를 불태워 죽였다. 그러니 어찌 원수가 아닐 수 있겠는가?"

그러고는 나는 다시 물었다.

"그대가 초면에 이렇게 통곡함은 무슨 까닭이오?"

"나는 갑오년에 평양에서 전사한 서옥생(徐玉生)의 아들(이름은 잊어버렸음)이오. 강계 관찰사에게 부친의 시체를 찾아달라고 의뢰했는데, 강계관찰로부터 부친의 시체를 찾아놓았으니 운구해 모시라는 회답이 와서 가보니 부친의 시체가 아니었소. 그래서 헛걸음을 치고 지금 돌아오는 길이라오."

그는 자기 집은 금주(錦州)인데, 집의 양병(養兵) 1,500명 중 자기아버지가 1,000명을 영솔하고 출전했다가 아버지와 같이 모두 전멸했다는 것이다. 현재 집을 지키는 군인은 500이 있을 뿐이지만, 재산은 넉넉하고, 자기 나이는 서른 몇 살, 아내는 몇 살이고, 자녀는 몇 하는 식으로 자세하게 자기 소개를 했다.

나는 그에게 내가 평양의 보통문 들 가에서 서옥생의 전망처(戰亡處)라는 나무비(일인이 세웠음)를 보았다는 사실을 말해주었다.

서씨는 내가 자기보다 나이가 아래이기 때문에 나를 슝디(兄弟-아

우란 말)라 하고, 자기에게는 꺼거(哥哥−형이란 말)라 부르라고 써서 보여
주었다. 그러고는 내가 짊어진 봇짐을 말에 매고, 나를 말 등에 올려
태웠다.

나는 같이 걷겠다고 청했으나, 그는 염려 말라고 하며, 10리만 가면
관마(官馬)를 잡아탈 수 있다고 말했다.

나는 마상에서 곰곰 생각해보았다. 서씨의 얘기를 듣고 보니 장차
교제에 좋은 길이 트일 것 같았고, 같이 지내면 더없이 좋을 것 같다
는 생각이 들었다. 그러나 먼저 길을 떠난 김형진에게 사실을 알릴 길
이 없잖은가. 또 김이언이 창의(倡義)를 한다는데 그 확실한 내막을 알
고 싶은 생각이 앞섰기 때문에 금주의 서씨 집에 머무를 수 없었다.

나는 말에서 내려 또 필담으로 서씨에게 말했다.

"여보, 꺼거(哥哥), 내가 고국의 부모와 이별한 지 벌써 1년이 가까
워 오고 있지만 소식을 알지 못하고, 황실(皇室)이 변을 당한 뒤에 나
라 사정 또 어떻게 돌아가고 있는지도 모르니, 이 슝디가 한번 귀국해
서 부모님께 승낙을 얻은 후 꺼거와 같이 살면서 장래를 경영해나갈
까 하오."

그러자 서씨는 대단히 섭섭해 하면서,

"슝디 사정이 그렇다면 속히 고국으로 돌아가 부모를 뵌 뒤 다시
와서 만나기로 합시다."
하고, 눈물로 당부하는 것이었다.

5,6일 뒤에 나는 삼도구(三道溝)에 이르러 참빗장수 행세를 하며 이
집 저집 방문하면서 김이언의 동정과 그 부하들의 사정을 염탐해 알
아보았다. 그렇게 해서 내가 알아낸 것은, 김이언은 일 꾸미기를 좋아
하는 성벽이 있다는 점, 자신이 지나쳐 남의 말을 받아들이는 도량이
부족하다는 점 등이었다. 그러나 용력은 절등하여 그때 나이 50여 세

인데도 5백 근 되는 대포를 두 손으로 들어 올렸다 내렸다 한다는 것이다.

그러나 나의 관찰로는 심용(心勇), 곧 마음의 용기가 부족하지 않을까 하는 느낌이 들었다. 오히려 김이언보다는 그의 동지인 초산(楚山)의 이방을 지낸 김규현(金奎鉉)이란 자가 의절도 있고, 지략도 능한 듯 보였다.

김이언은 창의의 수령이 되어, 압록강을 사이에 둔 강변 고을인 초산·강계·위원(渭原)·벽동(碧潼) 등지의 포수를 비밀리에 모집하고, 강을 건너 청나라 지역 연안 일대의 이주민 포수(집집마다 거의 모두 엽총이 있었다)들을 모집한 수가 3백 명 가까이 되었다.

거의(擧義)의 명분으로, 국모가 왜놈원수들에게 피살된 것은 국민 모두의 큰 치욕이며 참을 수 없는 일이라는 내용을 김규현에게 격문으로 지어 뿌리게 했다.

군을 일으키는 모의에는 우리 두 사람도 참가했다. 나는 강계성에 숨어들어가 구입한 화약을 짊어지고 압록강을 건너기도 하고, 초산·위원 등지를 잠행하며 포군을 모집하기도 했다.

거사한 때는 을미년 11월 초였다. 압록강은 거의 얼어붙어 빙판이 되어 있었다. 그래서 삼도구에서 출발, 얼어붙은 압록강을 건너 강계성까지 곧장 가기로 한다는 계획을 세웠다.

나는 위원에서 일을 마치고 삼도구로 돌아가던 중 급한 길에 박빙을 밟아 가다가 얼음이 꺼지는 바람에 강에 빠진 적이 있었다. 몸은 얼음으로 빠져들고 양손은 얼음 가장자리를 간신히 잡고 있는 형편이 되었다.

나는 죽을힘을 다해 겨우 밖으로 나올 수 있었다. 그러나 물에 젖은 옷은 삽시간에 얼음덩이로 변해 한 걸음도 발을 뗄 수가 없었다.

빠져죽는 것만은 면했지만 이번엔 얼어 죽을 판이었다. 나는 있는 힘을 다해 고함을 질러댔다.

어찌나 소리를 질러댔던지 산골짜기에서 사는 사람들이 그 소리를 듣고 달려 나왔다. 그리고는 자기네 집으로 데리고 가서 구호에 힘써 준 덕분에 나는 겨우 살아날 수 있었다.

김이언에게 강계 진공책을 물어보니 강계 병영의 장교들이 내응하기로 되어 있으니 입성은 문제가 없다는 것이었다.

"그러면 그 장교들이 순전한 애국심으로 내응하겠다는 것입니까, 아니면 다른 이유라도 있는 것입니까?"

내가 거듭 묻자 김이언은 이렇게 대답했다.

"내가 심양의 인명(仁明) 대감 나리와 친하고, 말까지 하사받은 일을 그 장교들이 알고서, 청병의 응원을 받기만 한다면 언제든지 향응하겠다고 굳게 약조했소. 그러니까 입성은 문제없소."

나는 또 물었다.

"그러면 청병은 이번에 다소간이라도 쓸 수 있습니까?"

"이번은 안 되나 우리가 거사하여 강계라도 점령하면 원병이 오오."

이런 식의 막연한 대답이었기 때문에 나는 이런 의견을 개진했다.

"포군 중에는 청나라 말을 잘하는 자도 많으니, 몇 십 명은 청병 장관의 복색을 시켜 청나라 장교나 대장으로 위장시키고, 그 밖의 나머지는 한복을 입혀 후방에 따르도록 합시다. 그리고 선두에는 장군의 사마(賜馬)를 타게 하고, 긴 칼을 찬 청장(淸裝) 군인이 서서 선두 입성하는 것이 득이 아닐까 싶습니다."

나는 그렇게 주장하고, 이유도 덧붙여 설명했다.

"이유는 다름이 아니라, 강계성 장교들의 내응이란 것을 말 그대로 믿기 어려운 때문입니다. 그 사람들은 다만 청병이 와야만 내응하겠다는 것이지, 의리상 꼭 내응하겠다는 것은 아닙니다. 따라서 청병의 그림자도 없으면 세부득이 적 쪽으로 돌아설 가능성도 다분하기 때문입니다."

김이언은 또 먼저 고산진(高山鎭)부터 쳐서 군기(軍器)를 탈취하고 그런 다음 강계 공략에 나선다는 것이다. 나는 이에 대해서도 안 된다고 역설했다.

"지금 3백여 명의 포수가 있으니, 이 병력만으로도 질풍뇌우의 형세로 치고 들어가면 충분히 성을 함락시킬 수 있습니다. 선발대가 비록 수효가 많지 않다 하더라도 우리 뒤에 얼마나 병력이 있는지 모를 테니 적이 당황하는 틈에 덮치면 이길 수 있을 것입니다."

이런 나의 주장에 김규현·백진사(白進士-京畿 사람) 등은 찬동했지만 유독 김이언만은 반대하고 나섰다.

"첫째 청장(淸裝)이란 것은 청나라 장교를 가장하는 것이오. 우리가 당당하게 국모의 원수를 갚는다는 격문까지 돌린 이상 그렇게 할 수는 없소이다. 당연히 백의군인으로 입성하는 것이 옳소. 그리고 둘째는 우리는 아직 군인은 있으나 무기가 부족하오. 먼저 고사리(거기 말로 高山鎭)를 쳐서 무기를 탈취한 다음 강계를 점령함이 옳소."

이렇게 고집불통이었기 때문에 어찌할 도리가 없었다. 그러나 우리 두 사람은 김이언에 대해 노골적인 반기를 들지 않고 그냥 따라가 보자는 방향으로 의논을 정했다.

그리하여 제1착으로 야음을 틈타 고산진을 쳐서 무기를 탈취한 후 맨손 종군하는 자들에게 나눠주고, 다음날 강계로 진군해갔다. 한밤중에 전군이 얼음 위를 밟아 인풍루(仁風樓) 밖 10리쯤 되는 곳에 선두가 도착했을 때 강 남쪽 언덕인 송림 속에서 수많은 번쩍이는 화승

총 불빛을 등지고 몇 사람 장교(강계군대)가 우리 쪽으로 다가오고 있
는 모습이 보였다.

그들은 김이언을 찾더니, 대뜸 물었다.

"이번에 같이 온 청병이 있소?"

김이언이 대답했다.

"우선 강계부터 점령하고 통지하면 곧 청병이 오기로 돼 있소."

그러자 장교들은 고개를 설레설레 젓더니 몸을 돌려 가버리는 게
아닌가 얼마 후 송림 속에서 총소리가 요란하게 울리더니 탄알이 비
오듯 쏟아지기 시작했다. 순식간에 빙판 위에서는 약 1천 명의 인마가
일대 혼잡을 이루며 물밀듯이 밀리기 시작했다. 벌써 총알에 맞아 죽
는 자, 상처를 입고 울부짖는 자들이 속출했다.

나는 김형진과 함께 뒤로 물러나면서 상의했다.

"김이언의 이번 실패는 치명적이라 다시 수습하지 못할 거요. 그러
니 우리가 같이 퇴각한다 해도 희망이 없소. 괜히 생소한 행색으로
붙들리기 십상이니 일단 강계성 부근에서 화를 피했다가 고향으로
돌아갑시다."

그리하여 우리는 산 쪽으로 피했다.

강계성에 가까운 어느 촌락에 들어가 보니, 한 동네가 모두 피난 가
버리고 사람 있는 집이 없었다.

우리는 일단 어느 집으로 들어가 보았다. 바깥문도 안문도 모두 열
려진 채였고, 주인을 불러 봐도 대답하는 사람 하나 없었다. 안으로
들어가 안방에 들어가니 화덕(산 고을 주민들이 방 한구석에 구덩이 모양으
로 설치한 화로)에 불이 피어 있었다.

우리 두 사람은 화덕 옆에 앉아 불을 쬐며 언 손발을 녹였다. 방안
에서는 기름 냄새와 술 냄새가 났다. 선반 위의 광주리를 꺼내 보니

온갖 고기가 가득했다. 닭다리와 돼지갈비를 숯불에 쬐어 한참 먹고 있는 참인데, 베 건(巾)을 쓴 사람이 가만히 문을 열고 들여다보는 게 아닌가.

나는 짐짓 책망조로 소리를 쳤다.

"웬 사람인데 야밤에 기척도 없이 남의 집에 침입한단 말인가?"

그 사람은 자못 놀라고 겁먹은 표정을 하면서 중얼거렸다.

"어? 이건 내 집인데요."

"누가 주인이든지간에 들어와 몸이나 녹이시오."

그 사람이 들어오자 내가 물었다.

"그대가 이 집 주인이라면 집을 비우고 어디 갔었단 말이오? 내가 보기엔 주인 같아 보이지 않구려. 어쨌든 추울 테니 이 고기나 드시오."

그 사람은 하도 어이가 없는 모양으로 가만히 쳐다보다가 말했다.

"오늘이 우리 어머님 대상입니다. 각처 조객이 와서 제사를 지내려던 참인데, 동구에서 포성이 진동하는 바람에 조객들은 모두 달아나고, 나도 식구들을 산중에 데려다놓고 지금 잠시 보러 왔던 참이오."

나는 실례했던 것을 사죄함과 동시에 위안의 말을 곁들여 했다.

"우리도 장사로 성내까지 왔던 참인데 닿자마자 난리 소동이 나서 이리로 피란을 온 거요. 와서 보니 이 집 문이 열려 있기에 들어왔고, 들어와 보니 음식이 있기에 마침 시장하던 판에 요기를 하던 중이었소. 난시에는 이런 저런 일 있는 법이니 용서하시오."

주인은 그제야 마음을 놓았다. 나는 다시 주인을 위로한 다음 산중에 피난 가서 숨은 식구들을 데려오도록 일렀다.

주인은 그래도 여전히 겁이 나는 모양이었다.

"지금도 동구 밖에 병사들이 몰려가던데요."

"병사들이 무슨 일로 출발하는지 물어보았소?"

"강 건너(청나라를 지칭) 의병들이 밀려와서 강계를 치려다가 병대들에게 되밀려간다는 애기 같은데, 그 전말이야 알 수 있습니까."

"의병이 오나 병대가 오나 촌민에게야 무슨 관계가 있겠소? 부인들과 아이들이 눈 속에 밤을 보내다가 무슨 위험이 닥칠지 모르니 어서 집으로 데려오시오."

하고 나는 다시 권했다.

"우리 집 식구뿐 아니라 온 동네가 모두 거기서 밤을 보낼 준비를 했습니다. 손님은 과히 염려치 마시고 기왕 내 집에 오셨으니 집이나 봐주시오. 나는 산속의 식구들에게 가봐야겠습니다."

우리는 그 집에서 하룻밤을 쉰 다음, 아침 일찍 출발하여 강계를 떠났다. 그리하여 적유령(狄踰嶺)을 넘어 며칠 뒤 신천(信川)에 도착했다.

# 5. 청계동을 떠나다

청계동을 향해 가는 길에 탐문해보니, 고 선생네 집에 호열자가 발생해서 큰아들과 큰 자부 원명(元明) 부처가 일시에 죽었다는 것이다. 나는 크게 놀랐다. 동구에 들어서기가 무섭게 먼저 고 선생 댁으로 달려갔다. 그런데 정작 고 선생은 자약한 빛이어서 나는 무슨 말부터 해야 할지 몰랐다.

집으로 가기 위해 자리에서 일어날 때 고 선생은 무슨 뜻인지 알 수 없는 말씀을 하셨다.

"곧 성례를 하도록 하세."

그 말 한마디 듣고 나는 집으로 갔다. 부모님과 얘기하는 중에 부모님이 말씀하셨다.

"네가 떠난 뒤에 고 선생 손녀(元明의 큰딸)와 너와 약혼이 되었다."

그제야 비로소 고 선생이 말씀하시던 것을 알만했다.

아버님과 어머님은 번갈아가며 저간의 사정을 설명하셨다.

"네가 떠나간 뒤에 고 선생이 집에 찾아오셔서, 요새는 아들도 없고 매우 고적하실 터이니 내 사랑에 오셔서 이야기나 하며 같이 지냅시다 그러시더라. 감사한 마음으로 그 사랑에 가서 지내는데, 고 선생이 네가 어릴 때 일을 자세히 묻더구나. 그래서 나는 네가 어렸을 때에 공부를 열심히 하던 것과 해주 과장에서 크게 실망하고 돌아온 얘기며 상서(相書)를 보다가 낙심하던 이야기, 상이 좋지 못하니 마음이나 좋게 되기 위해 호심인(好心人)의 길을 찾아서 동학에 입도(入道)하던 이야기, 이웃 동네의 강가·이가들은 조상의 뼈를 사고파는 죽은 양반들이나, 저는 마음의 수양과 몸의 실행으로 산 양반이 되겠다고 하던 이야기들을 모두 하였구나."

어머님은 거기에 덧붙이셨다.

"어느 날 고 선생님이 우리 집엘 오셔서 나더러 너 자랄 때 행동거지를 물으시기에, 네가 강령서 긴 칼을 가지고 신풍(新豊) 이생원 집 아이들을 죽이러 갔다가 칼도 뺏기고 매만 맞고 왔던 얘기와, 돈 20 냥을 허리에 차고 떡 사먹으러 갔다가 제 아버지에게 매를 맞던 이야기, 내가 사서 둔 파랑, 빨강 두 물감을 죄다 가지고 나가 개천에 풀어버려 실컷 매 맞았던 일이며, 아침에 울기 시작하면 종일토록 울었다는 이야기들을 모두 해드렸단다."

아버님이 다시 말씀하셨다.

"하루는 고 선생님 댁에 가서 놀았는데 선생이 갑자기 '노형, 우리 집과 혼인하시면 어떻습니까?' 하는구나. 나는 무어라고 대답할지를 몰랐다. 선생님이 재차 말씀하시기를 '내가 청계동에 와서 있은 뒤로 무수한 청년을 다 시험해봤으나 노형 아들만한 청년을 아직 보지 못하였구려. 거기서 불행히도 아들 며느리 다 죽고 보니, 내 몸과 마음을 의탁할 사람을 생각하지 않을 수 없고, 그러다 보니 노형 아들과 내 장손녀가 혼인을 하고, 나까지 창수에게 의탁할 수 있게 해주면 좋겠소' 하시더구나. 나는 황송스럽기만 해서, 선생님께 그처럼 자식을 사랑해 주시니 그저 감사할 따름입니다. 그렇지만 반상(班常)의 구별로나 덕행의 존비로 보나, 또 제 집 형편으로나 자식 처지로 보나 감당할 수가 없습니다. 제 자식의 내심은 모르나, 저도 자인하는 바와 같이 외모도 못나서 선생 문중에 욕이 될까 두렵습니다고 그랬다. 그러자 고 선생은 이런 말씀을 하시더라. 자식을 앓은 아비만한 사람이 없다고 하나, 내가 노형보다 좀 더 잘 알는지 어찌 알겠소? 아들이 못생겼다고 걱정할 필요는 없소. 보건대 창수는 호상(虎相)이오. 인중(人中)이 짧은 것이라든지, 이마가 불룩한 것이라든지, 걸음걸이라든지, 장차 두고 보시오. 범의 냄새도 풍기고, 범의 소리도 질러서 세상을 발칵 뒤집히게 할는지 알겠소. 그러길래 그래저래 약혼을 하게 되었구나."

나는 고 선생이 나에게 그처럼 촉망하며 자원하여 손녀를 허혼한데 대해 책임감을 느낄 뿐이었다. 그러나 그 규수 또한 생긴 품위로나, 상당한 가정교육 교훈을 받은 점으로 볼 때 만족한 마음 없을 수 없었다.

그 후 고 선생님 댁에 가면 안에서도 인정하는 빛이 보이고 예닐곱 살 되는 둘째 손녀아이는 나에게 아저씨라고 부르며 곧잘 따르곤 하는 것이었다.

그 규수는 조부의 밥상에 내 밥도 함께 차려들고 내가 있는 방으로 들어오는데, 그럴 때면 내 마음은 더없이 기쁘기만 했다. 원명 내외의 장례도 내가 힘을 도와 치렀다.

나는 고 선생에게 청나라를 돌아본 자초지종을 하나하나 보고했다. 압록강·두만강 건너편의 땅이 비옥한 것과, 지세의 요충이나 인심의 상황, 서옥생(徐玉生)의 아들과 의형제를 맺은 사실 하며, 돌아오는 길에 김이언을 만나서 의병전에 동참했다가 실패한 것들을 말씀드리고, 장차 북방에서의 활동지대, 다름 아닌 용무지지(用武之地)란 것을 상세히 보고했다.

마침 그때는 단발령이 내려진 때여서 군대도 경찰도 거의가 단발되고, 무관에 대해서도 군(郡)까지 실시되어가고 있는 중이었다. 그래서 고 선생과 나는 안진사와 함께 의병 일으킬 문제를 논의했다. 안진

사는 승산도 없이 거병하면 실패할 것밖에 없으니 아직은 일어날 생
각이 없다고 말했다. 그리고 자기는 천주교나 봉행하다가 후일 기회를
보아 싸움을 일으키겠지만, 지금은 깎게 되면 깎기까지라도 할 의향
을 가지고 있노라는 것이다.

고 선생은 두말 않고,

"진사, 오늘부터 끊네 !"

선언하고는 그대로 일어서는 것이었다.

끊는다는 말은 우리나라에서 예로부터 사류(士類)가 절교한다는
말이다. 나는 그렇게 선언하고 자리를 뜨시는 것을 보고 심사가 매우
언짢아졌다. 안 진사가 인격이 어떻든 간에 내 나라에서 일어난 동학
은 토벌하면서, 서양 오랑캐들이 하는 서학(西學)을 한다는 말이 심
히 괴이하기만 했다. 뿐만 아니라 의리 있는 인사라면 누구나 "차라
리 지하에서 목 없는 귀신이 될지언정 살아서 머리 깎은 사람은 되지
않으리라(寧爲地下無頭鬼, 不作人間斷髮人)"는 의로운 주장을 가지는 때에
안진사가 단발할 의향까지 보이는 것은 자못 옳지 못하다는 생각이
들었다.

나는 심사가 뒤틀려 고 선생과 상의하기를 속히 성혼이나 하고 청
계동을 떠나기로 결정했다.

부모님은 나 외에 다른 자녀라고는 없고, 또 거기에 고 선생과 같은
훌륭한 가문출신의 며느리를 맞게 된 것이 무엇보다도 기뻐서 없는
돈 다 털어 혼수준비·성혼채비에 바쁘게 돌아다녔다. 그러나 호사다
마라고 뜻하지 않았던 일이 터지고 말았다.

하루는 10여 리 되는 해주 검·단(檢丹) 등지의 친구 집에 가서 일
을 보고 날이 저물어 그 집에서 자고 아침에 일어나려는 참인데, 고
선생이 나를 찾아오신 것이다.

천만 낙심하여 하는 말씀이,

"자네가 어렸을 적에 뉘 집에 약혼했다가 싫어서 퇴혼했다고 하는데, 그것이 지금 와서 문제가 되네그려. 내가 어제 사랑에 앉아 있노라니 성이 김가라고 하는 사람이 찾아와서, 내 앞에 칼을 들이대고 하는 말이, 들으니 당신 손녀를 김창수에게 허혼하였다 하니, 그래 첩으로 주는 것이오, 정실로 주는 것이오? 하며 따지고 들지 않겠나. 하도 괴상하여 이 김가를 책하며 초면에 그게 무슨 무례한 말이냐 한즉, 김가는 노기가 등등 하여 하는 말이, 김창수의 정실은 바로 내 딸이오, 그런데 지금 들으니 당신 손녀와 혼인한다 하니 첩이라면 모르되, 정실이라면 이 칼로 생사를 결단하고 말겠소 하지 않겠나. 그래 나는 김창수가 전에 약혼한 곳이 있었지만 이미 파혼된 줄로 알고 허혼했지만, 이제 그대의 말을 들건대 여전히 약혼 중이란 얘기면 내가 김창수와 해결할 터이니 그대는 물러가라고 해서 돌려보냈네. 이 일을 어찌하나? 우리 집안에서는 지금 큰 소동이 났네."

나는 이 말을 듣고 출발이 재미없게 된 것을 알고 고 선생에게 말했다.

"제가 선생님을 사모해온 뜻은 손서나 되려는 데 있지 않았습니다. 다만 선생님의 교훈을 심골에 새겨 종신토록 성교(聖敎)를 봉행하기로 마음에 맹세했던 때문입니다. 그러니 혼인을 하고 안하고 무슨 상관이겠습니까. 혼사 일은 깨끗이 단념하고 의리로만 선생님을 받들겠습니다."

이렇게 말은 했지만 내심은 섭섭하기 그지없었다.

고 선생은 내 말을 듣고 눈물을 흘리시며 자탄하셨다.

"내가 장차 몸을 의탁할 만한 사람을 물색하기에 온힘을 다한 끝에 자네를 만나 혼사까지 성약한 것인데, 이런 괴변이 어디 있겠나. 하지만 이젠 어쩔 수 없네그려. 지금 관리들이 단발을 하고 나면 그 다음은 평민들 차례가 될 터인즉, 자네는 시급히 몸을 빠져나가 발화(髮禍)를 면하게나. 이 늙은 사람은 발화가 닥치면 죽기로 작정하였네."

여기서 지난 일 한 가지를 말해두어야겠다. 내 나이 15살 때 아버님이 어떤 술집에서 함경도 정평(定平) 사람인 김치경(金致景)이란 함지박 장수를 만나, 취중에 설왕설래하다가 그에게 8, 9세 되는 딸이 하나 있다는 말을 듣고 농담 삼아 청혼을 했다. 김치경은 승낙했고, 얼마 후 사주까지 보냈다.

그런 뒤로 아버님이 그 여자애를 가끔 집에 데려오곤 하셨다. 내가 서당에 다닐 때인데, 동네 아이들이 그 일을 놀려대곤 했다.

"야 임마, 너 함지박 장사 사위지? 너희 집에 데려온 처녀 예쁘더라."

이런 식의 조롱을 받을 때면 심사가 썩 불쾌했다. 하루는 추운 겨울 빙판에서 팽이(쓰리)를 돌리며 놀고 있는데, 그 여자애가 내 곁에 와서 구경하다가 팽이를 하나 깎아달라고 말했다.

나는 그 말을 듣고 너무나 싫은 감정이 솟구친 나머지 어머님에게 졸라 그 애를 도로 보내버렸다. 물론 약혼을 해제한 것은 아니었다.

그러다가 갑오년 청일전쟁이 일어나니 일반 인심들이 아들이건 딸이건 혼인하여 치우려는 쪽으로 쏠렸다. 그때 나는 동학접주를 하면서 동분서주하는 판에 하루는 집에 들어서니, 술 빚고 떡 만들고 하며 혼사준비를 하는 중이 아니겠는가. 나는 한사코 장가는 가지 않겠다고 버티었다. 부모님도 할 수 없이 김치경에게 자식이 절대로 안 되겠다고 하니 혼약을 해제할 수밖에 없다고 말했다.

그러자 김치경도 도리 없는 일이라 생각했던 것이다. 신천(信川) 수유령(水踰嶺-청계동에서 10여 리쯤 떨어진 곳)에 있을 때인데, 그때 김치경이 고 선생 댁과의 혼인소문을 듣고, 이를 방해하면 돈이라도 좀 줄 것으로 생각하고 나섰던 것이다. 아버님은 분기충천하여 당장 김치경의 집으로 달려가 대판 싸움을 벌였다.

그러나 이미 지난 일, 김치경은 이미 이웃 동네에 돈을 받고 딸의 혼약을 해버린 상태였다. 그러니 순전히 돈이 목적이었던 것이다.

이리하여 고 선생은 비동(飛洞)으로 옮겨 가시고, 우리 집은 텃골로 다시 나왔다. 그리고 나는 시급히 청나라 금주(錦州) 서옥생의 집으로 가리라 작정했다. 김형진은 자기 고향으로 가게 되어 있었기 때문에 동행할 수 없었다.

# 6. 왜놈 군인을 때려죽이다

나는 단신으로 출발했다. 평양에 도착하니 관찰(觀察) 이하 모두가
단발을 하고 길목을 막고 서서 행인을 붙들어서 상투를 잘라주고 있
었다. 그들에게 붙들려 머리를 깎이지 않으려고 촌(村)으로 산고을[山
郡]로 도망쳐 가는 인민의 원성이 길에 가득 찬 것을 목격하고 나는
머리끝까지 분기가 치밀어 올랐다.

안주(安州)에 도착하여 게시판을 보니 단발 정지령이 나붙어 있었
다. 소문을 들으니, 경성의 종로에서 주민들을 단발하려다가 대소동이
일어나, 일인(日人)의 가옥을 때려 부수고, 일인을 무수히 타살하는 등
변란이 나고, 당시 정부 당국에 큰 변동이 났다는 애기들이었다. 여기
서 나는 생각을 다시 하게 되었다. 삼남방면에 전병(戰兵)이 봉기하였
다 하니 도로 돌아가 시세를 관망하기로 마음을 정했다.

그리하여 용강군(龍江郡)에서 안악군(安岳郡) 치하포(鴟河浦)로 가는
배에 몸을 실었다 때는 병신년 2월 하순이었다. 강물에는 얼음산이
떠다녀 15, 6명의 남녀 선객들이 탄 배는 강을 건너다가 빙산에 포위
되어 진남포 하류에까지 휩쓸려 내려갔다. 그리고 조수를 따라 다시
상류로 올라오고, 상류에서 하류, 하류에서 상류로 오르락내리락하기
만 했다. 선객들은 물론이고 선부들까지 모두가 빙혼(氷魂)이 된 줄 알
고 두렵고 겁이 나서 어쩔 줄을 모르는 것이었다.

나도 해마다 결빙기·해빙기 양계절이면 이곳 나루에서 빙산의 포
위로 가끔 참사가 일어났던 것을 알고 있었다. 오늘도 불행하게 내가

그러한 위험에 떨어진 듯 싶었다. 배에 탄 사람들이 모두가 곡성이 진동했다.

나는 살 길을 궁리해보았다. 도선(渡船)에는 식량이 없기 때문에 얼어서 죽기 전에 굶어서 죽기 십상이다. 그런데 다행히도 배에는 나귀가 한 마리 있었다. 얼음산의 포위가 여러 날 계속될 것 같으면 잔인하지만 나귀를 잡아 15, 6명 사람의 생명을 보전할 수밖에 없겠다 싶었다.

울부짖는 것만이 목숨을 건지는 길은 아니다. 선역(船役)을 선부에게만 맡길 것이 아니라, 선객 모두가 덤벼들어 얼음산을 밀어내면 떨어져 나갈 수도 있지 않겠는가. 설사 쉽사리 밀려나지 않더라도 운동은 되니 손해날 것은 없다.

나는 이런 주장을 내세우며, 같이 나서 힘을 합쳐줄 것을 호소했다. 그러자 선객과 선부들이 일제히 동조해 나섰다. 나는 몸을 날려 빙산 위로 뛰어올라갔다. 그리고 형성된 빙산의 크기를 돌아보고, 큰 것에 몸을 기대고는 작은 것을 힘껏 밀어냈다. 그러자 빙산이 떠밀려가고 뱃길이 열리는 것이 아닌가.

그래서 원래 목적지인 치하포까지는 가지 못했지만 5리 밖 강 언덕에 배를 갖다 댈 수 있었다. 서산에 지는 달이 아직 남은 빛을 보이고 있었다. 치하포까지 걸어 선주의 집에 들었다. 배 주인은 여관까지 겸하고 있었다. 풍랑으로 뱃길이 막혀 유숙하는 선객들로 세 칸 여관방이 꽉 들어차 있었다. 자정이 넘은 때여서 방에서는 드렁드렁 코 고는 소리들이 흘러나오고 있었다.

함께 고생한 우리 일행들도 그 세 칸 방에 나눠 끼어들어가 잘 수밖에 없었다. 막 잠이 들참이었는데 먼저 들어와 자던 행객들이 일어나, 오늘은 날씨가 좋으니 어서 배를 건너게 하라고 한바탕 소란을 벌이기 시작했다. 그러고 얼마 안 되어 아랫방에서부터 아침식사가 시작되었다. 곧이어 가운데 방에도, 윗방에도 모두 밥상이 들어왔다.

그때 가운데 방에서 단발을 한 한복 차림의 사람이 자리를 같이한 행객과 인사를 나누었다. 성은 정(鄭)이고, 장연(長淵)에 산다고 한다. 당시 황해도에선 장연이 먼저 단발하여 평민들 중에도 단발한 사람들이 더러 있었다. 그러나 이 사람의 말씨는 장연 말이 아니고, 경성 말이었다.

내가 보기에는 틀림없는 왜놈이었다. 그래서 자세히 살펴보니 흰 무명 두루마기 밑으로 칼집이 보이는 게 아닌가. 어디까지 가느냐고 물으니 진남포에 간다고 말한다.

나는 그놈의 정체에 대해 곰곰이 생각해보기 시작했다. 보통 상공업에 종사하는 자는 아닌 것 같았다. 이곳은 진남포의 대안인만큼 그런 왜놈이라면 모두가 변장하지 않고 통행하는 곳이다.

혹시 지금의 경성 분란을 틈타 민후(閔后)를 살해한 미우라[三浦梧樓] 놈이 숨어서 도망하는 것은 아닐까? 만일 이 왜놈이 미우라가 아니라 하더라도 미우라의 공범임은 틀림없을 것이다. 그것은 아니라 해도 칼을 차고 밀행하는 왜놈이라면 어쨌든 우리 국가와 민족의 독균임은 틀림없는 사실이다.

이런 놈을 하나 쳐 죽이는 것도 얼마간이나마 우리의 치욕을 씻는 길이다. 그렇게 생각하고 주위환경과 내 역량을 살펴보았다. 세 칸 방 객원 총수가 40여 명인데, 저놈의 앞잡이가 몇 명 섞여 있을지는 모를 일이었다. 17, 8살쯤 되는 총각이 곁에 있으면서 무슨 말을 하고 있었다.

나는 단신 적수이며 손에 아무것도 든 것이 없다. 공연히 서투른 행동을 하다가는 내 목숨만 저놈의 칼 앞에 헛되게 쓰러지고 마는 게 아닐까 하는 생각도 들었다. 정말 그렇게 된다면 나의 의지와 목적을 세상에 나타내 보이지도 못한 채 도적놈에게 한낱 송장만 남기고 영원히 가고 마는 것이다.

또한 내가 맨손으로 단번에 죽일 수 없는데도 죽일 결심으로 손을 쓴다고 하자. 그럴 때 방안 사람들이 만류할 것이고, 만류할 때는 저놈의 칼이 내 몸에 들어올 것이 아니겠는가. 아무리 생각해도 불가능하기만 한 일이었다.

이런 모양으로 생각에 잠겨 있으려니 가슴이 심하게 뛰었다. 심신이 자못 혼란한 상태에 떨어져서 고민하는 가운데 퍼뜩 한 줄기 빛이 심골에 비치는 듯했다. 바로 고후조(高後凋-能善의 號) 선생의 교훈이었다.

"得樹攀技無足奇, 縣崖撤手丈夫兒"

(나무를 타고 오르는 것이 기특할 것도 없고,

낭떠러지에서 손을 놓아버리는 것이 장부이다.)

나는 자문자답하기 시작했다.

"네가 보기에 저 왜놈을 죽여 설욕하는 것이 틀림없이 옳은 일이라고 인정 하느냐?"

"그렇다."

"네가 어릴 적부터 마음이 좋은 사람이 되는 것이 지원(至願)이 아니었더냐?"

"그렇다."

"지금 왜놈을 죽여 원수를 갚겠다고 하고, 죽이다가 성공을 못하고 오히려 왜놈의 칼에 죽고 만다면 단지 송장을 세상에 남겨놓고 가는 꼴이 된다고 걱정한다. 그렇다면 너는 마음이 좋은 사람이 되겠다는 것은 거짓이고, 좋은 몸, 좋은 이름의 사람이나 되자는 게 너의 바람이 아닌가?"

이리하여 죽일 생각으로 마음을 작정하고 나니, 가슴에 일었던 생각의 물결은 조용히 가라앉아 여러 계략이 꼬리를 물고 일어났다.

내가 방안에 있는 40여 명의 길손들, 거기에 마을사람 수백 명까지 보이지 않는 끈으로 꽁꽁 결박을 지어서 나서지 못하게 하고, 저 왜놈에게도 불안한 상태를 보여선 안 된다. 그러면 대비를 할 것이다. 저놈을 절대로 안심시켜야 한다.

그래서 나는 연극을 꾸며내기로 계략을 세웠다. 밥상이 들어왔다. 아랫방에서 먼저 수저를 잡은 사람이 자던 입에 새벽밥이라 달 턱이 없었다. 자연 반도 못 먹고 있을 때 나중에 밥상을 받은 나는 너댓 숟가락에 한 그릇 밥을 다 먹어치워 버렸다.

그리고서 일어나 주인을 불렀다. 골격이 준수하고 나이 대략 서른일곱 여덟 되어 보이는 사람이 안문 앞에 나섰다.

"어느 손님이 불렀소?"

"네, 내가 좀 청했소이다. 다름 아니라 내가 오늘 7백여 리나 되는 산길을 걸어가야만 하는데, 아침을 더 먹고 가야겠으니 밥 일곱 상만 더 차려 다 주시오."

그러자 주인은 아무 대답도 없이 한동안 쳐다보기만 하더니, 내 말에는 대답도 없이 손들 쪽을 보면서 한마디 불쑥 내뱉듯이 말했다.

"젊은 사람이 불쌍도 하다. 미친놈이군!"

그리고 안방으로 들어가 버렸다. 나는 한쪽에 드러누워서 방안의 평판과 공기를 보면서 왜놈의 동정을 살폈다.

방안에는 두 파의 쟁론이 벌어지고 있었다. 식자층인 듯한 청년들 중에서는 주인처럼 나를 미친 사람이라 하는가 하면, 긴 담뱃대를 입에 물고 식후일미로 담배 맛을 즐기고 앉은 노인들은 청년을 나무라는 말을 한다.

"여보게, 말을 함부로 말게. 지금인들 이인(異人)이 없으란 법 있겠나. 이런 말세에 마땅히 이인이 날 때니…."

청년들은 그러나 반박한다.

"이인이 없을 리 없겠지만 저 사람 생긴 꼴을 보십시오. 무슨 이인이 저렇겠습니까."

그 왜놈은 별로 주의를 기울이는 빛도 없이 식사를 마치자 바깥 문기둥에 몸을 기대고 서서 총각이 연가(밥값) 계산하는 것을 살펴보고 있을 뿐이었다.

나는 천천히 몸을 세워, "이놈!"소리를 버럭 지르면서 왜놈을 발길로 차버렸다. 왜놈은 한 길이나 되는 댓돌 밑으로 나가떨어졌다. 나는 곧장 쫓아내려가 왜놈의 목을 짓밟았다.

방문 4개가 일시에 열리면서 그 문으로 사람들이 우르르 몰려나왔다.

나는 그들을 향해 한마디 선언했다.

"누구든지 이 왜놈을 위해 내게 덤비는 자는 남김없이 죽일 것이다!"

그렇게 선언하고 얼마 안 있어 내 발에 밟혔던 왜놈이 새벽 달빛에 검광을 번쩍이면서 달려들었다. 나는 면상에 떨어지는 칼을 잽싸게 피하면서 발길로 왜놈의 옆구리를 걷어차서 거꾸러뜨리고는 칼을 잡은 손목을 힘껏 밟았다. 칼이 저만치 떨어져나갔다.

나는 그 칼을 집어 들고, 왜놈을 머리에서부터 발끝까지 마구 난도질을 쳤다. 피가 샘처럼 용솟음쳐 마당에 흘렀다.

나는 손으로 피를 움켜 마시고, 얼굴에다 처발랐다. 그리고 칼을 들고 방안으로 들어갔다.

"아까 왜놈을 위해 내게 덤벼들려던 놈이 누구냐?"

방안의 사람들 중 몇몇 도주하지 못한 자들은 모두 꿇어 엎드렸다.

"장군님, 제발 살려주시오. 나는 그놈이 왜놈인 줄 모르고 말리려고 나갔던 것입니다."

그런가 하면 어떤 자는,

"저는 어제 바다에서 장군님과 같이 고생하던 장사꾼입니다. 왜놈과 같이 오지도 않았습니다."

하고 빌어대는 것이다.

아까 청년들을 꾸짖으며 나를 변호해주던 노인들이 다른 사람의 용서를 빌기도 했다.

"장군님, 아직 지각이 없는 청년들이니 용서하십시오."

이러는 가운데 주인 이화보(李和甫) 선달(先達)이 왔다. 그는 방안에 들어올 엄두도 못 내고 문 밖에 꿇어 엎드렸다.

"소인이 눈은 있어도 눈알이 없어 장군님을 멸시했사오니, 그 죄 죽어 마땅합니다. 하오나 왜놈과는 다만 밥 팔아먹은 죄밖에 없습니다."

나는 방안에서 꿇어 엎드려 떨고 있는 사람들을 향해, 내가 맡아서 할 터이니 모두 일어나 앉으라고 명했다. 그러고서 다시 주인에게 물었다.

"네가 그놈이 왜놈인 것은 어떻게 알았느냐?"

"소인이 포구에서 객주를 하는 탓으로 진남포로 내왕하는 왜놈들이 종종 제 집에서 자고 다닙니다. 그러나 한복을 하고 온 것은 금시 초견이올시다."

"왜놈은 복색만 아니고 조선말이 능한데 어찌 왜놈인 줄 알았느냐?"

"몇 시간 전에 황주에서 온 목선 한 척이 포구에 들어왔는데, 뱃꾼들의 말에 일본 장교 한 분을 태워왔다고 하기에 알았습니다."

"목선이 아직 포구에 매여 있으면 못 떠나게 하고, 선원들을 불러오도록 하라."

그는 내 말대로 한 뒤, 밥 일곱 그릇을 한 상에 놓고, 또 한 상에는 반찬을 놓아 들여왔다. 앞에 놓고 먹기를 청하는지라 나는 세수를 하고 밥을 먹기 시작했다. 밥을 먹은 지 불과 10분밖에 안 되었으나, 격심한 운동을 한 탓으로 한두 그릇은 충분히 더 먹을 수 있었지만, 일곱 그릇까지는 자신이 없었다.

그러나 당초 일곱 그릇을 더 요구한 것을 거짓말로 알게 해서는 재미없는 일이었다. 그래서 큰 양푼 하나를 가져오게 하여 밥과 반찬을 거기에 함께 쏟아 부었다. 그리고 숟가락을 하나 더 가져오라 하여 숟가락 두 개를 하나로 겹쳐 들고 밥 한 덩이가 사발 통만큼이나 하게 떠올렸다.

보는 사람들로 하여금 대관절 저런 식이라면 저 밥 몇 번도 안 떠서 다 먹겠다고 느끼게끔 척척 뜨고 걸쳐서 한 두어 그릇 분량을 먹어 치웠다. 그렇게 먹다가 숟가락을 내던지며 말했다.

"오늘은 먹고 싶었던 원수의 피를 많이 먹었더니 밥이 들어가지를 않는구나."

그러고 나서 나는 일처리에 착수했다. 왜놈을 싣고 온 선원 일곱 명이 문 앞에 무릎 꿇고 엎드려 청죄하는 것이었다.

"소인들은 황주에 사는 뱃사람들로 왜놈을 싣고 진남포까지 뱃삯을 작정하고 가던 죄밖에 없습니다."

나는 뱃사람들에게 명해 왜놈 소지품을 죄다 갖고 오게 했다. 조사해본 결과 왜놈은 쓰지다[土田讓亮]란 자이고, 계급은 육군중위였다.

소지한 돈이 엽전 8백 냥이나 되었다.

그 돈에서 뱃삯을 계산해주고, 객주주인에게는 동장을 불러오라고 명했다. 그러자 그가 말했다.

"소인이 동장 명색이올시다."

나는 그에게 명해 마을의 극빈 가정에 남은 돈을 모두 나눠주도록 했다. 시체는 어찌하오리까 하기에 이렇게 분부했다.

"왜놈은 우리 조선 사람만 원수가 아닌즉 바다에 던져 어별(魚鼈)까지 즐겁게 뜯어먹도록 하여라!"

그러고는 주인장에게 필구(筆具)를 갖고 오게 하여 포고문을 썼다. 먼저 '국모의 원수를 갚을 목적으로 이 왜놈을 타살하였노라' 하고, 끝에다

"海州 白雲坊 基洞 金昌洙"

라 썼다. 그래서 통로의 벽 위에 누구나 볼 수 있도록 붙인 다음 주인에게 말했다.

"네가 본동 동장인즉 곧 안악 군수에게 사건의 전말을 보고하여라. 나는 내 집에 가서 하회를 보겠다. 왜놈의 칼은 기념으로 내가 가지고 가겠다."

이렇게 조치해놓은 후 출발하려고 내 행색을 살피니 말이 아니었다.

백의가 온통 피로 물들어 홍의가 되어버렸다. 그러나 다행히도 벗어두었던 두루마기가 있어 그것을 걸치고 허리에는 칼을 찼다. 그리고 조용한 태도로 행객(行客)들과 동네 사람 수백 명이 운집하여 바라보는 가운데 유유히 걸어 나갔다.

그러나 내심으로는 심히 조급했다. 만약 마을 사람들이 앞을 막아서서 네가 원수를 갚았든지 무엇을 하였든지, 우리 동리에서 살인을

했으니 그대로 갈 수는 없다고 한다면 어떻게 할 것인가? 물론 이것은 내 상상이었을 뿐, 그렇게 따지고들 사람은 없을 것이었다.

그러나 마음이 초조한 것은 마찬가지였다. 사실을 설명할 겨를도 없이 왜놈들이 와서 나를 붙들어 죽일 것이 아닌가. 그래서 빨리 달아나야만 하는 발길을 일부러 천천히 하자니 마음은 더 급하고 죽을 지경이었다. 그런 걸음으로 겨우 산마루에 올라서면서 곁눈으로 치하포를 내려다보았다. 사람들은 여전히 모여서서 내가 떠나는 것을 바라보고 있었다.

아침 해가 벌써 서너 뼘이나 산 위로 올라와 있었다. 내를 넘어서부터 나는 걸음을 빨리했다. 신천읍(信川邑)에 도착하니, 그날은 마침 신천읍의 장날이었다. 시중 여기저기서 치하포 이야기가 나돌고 있었다. 오늘 새벽에 치하포에서는 장사가 나타나서 일인을 한 주먹으로 때려죽였다지. 그 장사하고 같이 용강(龍江)에서부터 배를 타고 왔다는 사람을 만났는데, 그 장사의 나이는 스물도 못돼 보이는 청년이더래. 강물에 얼음산이 몰려와 배가 그 사이에 끼여 다 죽게 되었는데, 그 청년 장사가 큰 빙산을 손으로 밀어내고 사람들을 모두 살렸다더군. 대충 이런 얘기들이었다.

그런가 하면, 그 장사는 밥 일곱 그릇을 눈 깜짝할 새 다 먹더라는 얘기도 있었다.

이런 저런 말들을 듣다가 나는 신천 서부의 유해순(柳海純-그 전 동학 친구)을 찾아갔다. 유씨가 인사를 한 다음, 형의 몸에서 피비린내가 난다하며 자세히 살펴보다가 깜짝 놀란다.

"아니, 옷에 웬 피가 그렇게 묻었소?"

내가 대수롭지 않은 듯 말했다.

"오다가 왜가리새 한 마리 잡아먹었더니 이렇게 피가 묻었소이다."

"그 칼은 웬 것이오?"

"여보 노형, 노형이 동학 접주 노릇 할 때 남의 돈 많이 뺏어두었다
는 말을 듣고 강도질하러 왔소."

"동학 접주가 아니고서 그런 말을 해야 믿지요. 어서 사실대로 말
해보구려."

나는 할 수 없이 대강의 경과를 말해주었다. 유해각(柳海珏)·유해
순 형제는 놀라면서, 과연 쾌남아의 소위라 하고, 본집으로 가지 말고
다른 곳으로 피신하라고 강권하는 것이었다.

나는 절대 그렇게는 못하겠다고 말했다.

"사람 일은 광명해야 사나 죽으나 값이 있지, 세상을 속이고 구차
히 살아가는 것은 장부의 길이 아닌 것이오!"

이렇게 말하고 이내 그곳을 떠나 집으로 갔다. 아버님께 그 일을 모
두 말씀드리니 역시 피신을 힘써 권하셨다.

나는 이번 왜놈을 죽인 것은 사감의 소치가 아니고, 나라의 큰 부
끄러움을 씻기 위한 것인만큼, 구차하게 피신할 생각이었다면 애당초
그런 일을 저지르지도 않았을 것이라고 말했다.

"기왕 실행한 이상 자연 법사(法司)의 조치가 있을 터이오니 그때
가서 일신을 희생하여 만인을 교훈하면 비록 죽어도 영광이옵니다.
제 소견에는 집에 앉아서 당하는 것이 의에 맞는 일인 줄로 생각합니
다."

아버님도 더 이상 강권하지는 않으시고 이런 말씀을 하셨다.

"내 집이 흥하든 망하든 네가 알아서 하여라."

그럭저럭 석 달 남짓 아무 소식도 없더니, 5월 11일, 아직 잠자리에
서 일어나기 전인데 어머님이 급히 사랑문을 열고 말씀하셨다.

"애야, 못 보던 사람들이 집을 둘러싸고 있구나."

말씀이 끝나기가 무섭게 수십 명이 철편·철퇴를 가지고 달려들었다.

"네가 김창수냐?"

나는 태연하게 말했다.

"내가 그렇소만, 그대들은 무엇 하는 사람인데 이같이 요란하게 남의 집에 침입하느냐?"

그랬더니 그들은 내무부령(內務部令)을 등인(等因-의한다는 뜻)한 체포장을 내보이며 같이 가자고 했다. 해주로 압송하겠다는 것이다.

순사와 사령(使令)이 모두 30여 명이나 되었다. 내 몸은 쇠사슬로 여러 겹 묶였다. 몇 사람은 앞뒤에 서서 쇠사슬 끝을 잡고, 그 밖의 사람은 나를 둘러싸고 가는 것이다.

동네의 30여 호 전부가 집안이지만 모두 두려워서 한 사람도 감히 내다볼 엄두도 못 냈다. 이웃 동네 강씨·이씨들은 김창수가 동학 한 죄로 붙들려가는 줄 알고 수군거렸다.

이틀 만에 나는 해주감옥에 들어갔다. 어머님과 아버님이 모두 해주로 오셔서, 어머님은 밥을 빌어다가 먹여주시는 옥바라지를 하시고, 아버님은 당신이 예전에 하셨듯이 사령청·영리청(令吏廳) 계방(契房)의 교섭수단으로 운동을 벌이셨다. 그러나 시세가 전과는 다르고, 게다가 사건이 사건인 만큼 아무 효과도 없었다.

옥에 갇힌 지 한 달 남짓 하여 신문이 시작되었다. 나는 옥에서 쓰던 대전목(大全木) 칼을 목에 건 모습으로 선화당(宣化堂) 뜰에 들어섰다.

감사 민영철이 신문했다.

"네가 안악의 치하포에서 일인을 살해하고 도적질을 하였다는데 사실이냐?"

"그런 일 없소."

"네 행적에 증거가 소연한데
잡아떼느냐?"

집형하라는 호령이 나자 사령
들이 달려들어 두 발과 두 무릎
을 한데 친친 동인 후, 다리 사
이에 주장(朱杖) 두 개를 들이밀
고서 좌우를 힘껏 짓눌러댔다.
그러자 대번에 정강이뼈가 허옇
게 붉거져 드러났다. 내 왼다리

감방이나 이동에서도 큰칼을 썼던 백범, 조선
시대 형구인 칼에는 큰칼과 작은 칼이 있는
데 큰칼은 1미터30센티 작은 칼은 1미터정도
였다. 의병들은 잡히면 처형에 앞서 모두 큰칼
을 씌웠다. <참고 사진>

정강이 마루에 큰 흉터가 있는 것이 바로 그때의 상처이다.

나는 입을 다물고 말하지 않다가 결국은 기절하고 말았다. 그러자
형을 중지하고 얼굴에 냉수를 뿌려 회생시키고는 다시 신문했다.

나는 감사에게 말했다.

"본인의 체포로 보면 내무부훈령 등인(等因)이라 하니 본 관찰부에
서 처리할 수 없는 사건인즉 내무부에 보고만 해주시오."

관찰사는 아무 말 없이 다시 나를 하옥시켜 버렸다.

그로부터 거의 두 달이 지난 7월 초, 나는 인천으로 옮겨지게 되었
다. 인천 감리영(監理營)으로부터 4, 5명의 순검(巡檢)이 나를 압송하기
위해 왔다. 사태가 이렇게 되자 아버님은 집을 비롯하여 모든 가산을
정리해서 인천이든 서울이든 내가 가는 데로 따라가기로 작정하시고
일단 집으로 돌아가셨다. 그리고 어머님 혼자 남아 나를 따라 인천으
로 동행하시는 것이었다.

첫날은 연안읍에서 일숙했다. 이튿날 나진포로 향하는 도중 연안

백범은 해주 감영에서 치아포사건의 자백을 강요하며 주리
틀기 고문 받아 왼쪽다리 정강이 마루에 큰 흉터가 생겼다.
〈참고 사진〉

읍에서 약 5리쯤 되는 길가 옆에서 잠시 쉬게 되었다. 날씨가 무더웠다. 순검들은 참외를 사먹으며 다리를 쉬었다. 나는 무심코 옆에 있는 비문을 보았다. '효자 이창매지묘(孝子李昌梅之墓)'라고 새겨져 있었다. 비의 뒷면 각자(刻字)를 보니, 어느 임금이 이창매의 효성을 기리기 위해 효자정문(孝子旌門)을 내렸다는 것이다. 이창매의 무덤 옆에 그 아버지의 무덤이 있었다. 이창매는 본시 연안 통인(通引-하급 구실아치)으로, 아버지의 장례를 지낸 후 비가 오나 눈이 오나 사철을 가리지 않고 지성으로 산소를 모셨다는 것이다. 묘소 앞 신을 벗은 자리로부터 절하는 데까지 걸어간 발자국과 두 무릎을 꿇은 자국, 향로·향합을 놓았던 자리 등에는 영영 풀이 나지 않는다고 했다. 만일 사람이 그 팬 자리를 흙으로 메우는 날이면, 즉시 뇌성이 진동하며 큰 비가 쏟아져 그 흙을 씻어낸다는 등등의 이야기를 근처 사람과 순검들이 하는 것이었다.

눈으로 그 비문을 읽고 귀로 그 이야기를 들으며, 나는 순검들이 알세라, 어머님이 알세라 속으로 피가 섞인 눈물을 흘리며 이창매에게 대죄(待罪)했다.

이창매는 부모가 죽은 뒤까지 저렇듯 효도의 자취가 있으니, 그 부모생전에 효도가 어떠했던가를 알 만하지 않은가. 내 뒤를 따라 혼백

도 다 달아나버린 듯 허둥지둥 오셔서 내 곁에 앉아 하염없이 한숨만
을 짓고 계시는 어머님을 볼 수가 없었다. 또 이창매는 무덤 속에서
살아나와 나를 보며, "네가 나무는 조용하고 싶어도 풍우가 멎지 않
는다는 구절을 알지 못하느냐?"며 책망할 것 같았다.

출발할 때 나는 이창매의 무덤을 다시 돌아보며 수없이 마음으로
절을 올렸다.

나진포까지 걸어간 끝에 배를 탔다. 병신 7월 25일, 달도 없어 천지
가 캄캄하고, 바닷물조차 보이지 않고 파도소리만 들려올 뿐이었다.

강화도를 지날 때의 일이었다. 종일 뜨거운 해 아래를 걸어왔던 순
검들이 모두 잠든 것을 보고, 어머님은 뱃사공도 듣지 못할 나직한 말
로 나에게 말씀하셨다.

"이애, 네가 이제 가면 왜놈 손에 죽을 테니 맑은 물에 너와 내가
같이 빠져죽어서, 귀신이라도 모자가 같이 다니자."

이렇게 말씀하시고는 내 손을 끌어 뱃전으로 나가신다. 나는 더없
이 비감한 가운데 어머님을 위안했다.

"어머님은 자식이 이번에 가면 죽는 줄 아십니까? 결코 죽지 않습
니다. 자식이 나라를 위해 하늘에 사무치게 정성을 다해 원수를 죽였
으니, 하늘이 도우실 것입니다. 결코 죽지 않습니다."

어머님은 자기를 위안하는 말로 들으시고, 다시 내 손을 잡아 당기
셨다. 나는 자식의 말을 왜 안 믿으시냐고 강하게 말했다. 그러자 어
머님은 투신할 마음을 버리시고 다시 말씀하셨다.

"네 아비와도 약속했다. 네가 죽는 날이면 양주 같이 죽자고."

어머님은 내가 죽지 않는다는 말씀을 어느 정도 믿으시는 것 같았
다. 그래서 하늘을 향해 두 손 모아 비시면서 알아듣지 못할 낮은 음
성으로 축원을 올리시는 것이었다.

# 7. 사형집행 직전에 생명을 구하다

나는 인천옥(仁川獄)에 수감되었다. 내가 인천으로 옮겨진 이유는 갑오경장(甲午更張) 후에 외국인 관계사건을 재판하는 특별재판소가 인천에 있었기 때문이다.

감옥의 위치는 순검청 앞이었다. 내리(內里) 마루에 감리서(監理署)가 있고, 왼쪽은 경무청이었다. 감옥 앞에는 길을 통제하는 2층 문루가 있었다.

바깥 주위로 높이 담을 쌓고 담 안에 평옥 몇 간이 있었는데, 반 갈라 한편에는 징역수와 강도·절도·살인 등의 죄수를 수용하고, 다른 한편에는 이른바 잡수(雜囚), 즉 소송과 범법자들을 수용하고 있었다.

형사피고의 기결수는 푸른색 옷을 입고, 윗옷 등판에 강도·살인·절도 등의 죄명을 먹글씨로 썼다. 옥외로 출역(出役)할 때는 좌우 어깨 팔을 쇠사슬로 동이고, 2인 1조로 등 쪽에 자물쇠를 채워 압뢰(押牢-간수)가 인솔하고 다녔다.

입옥하는 즉시 나는 적수간(賊囚間)의 9인용 긴 차꼬 중간에 엄수(嚴囚)되었다. 치하포에서는 이화보가 한 달 전에 체포, 압송되어 인천옥에 갇혀 있었다. 그가 나를 보더니 무척이나 반가워했다. 그는 이제 자기의 무죄가 밝혀져 풀려날 줄 아는 모양이었다.

이화보는 왜놈이 가서 조사할 때 내가 벽 위에 붙여둔 포고문을 떼어서 감추고 순전히 살인강도 사건이었다고 말했던 것이다.

어머님은 옥문 밖까지 따라
와 내가 옥문 안으로 들어가
는 것을 보시고는 눈물을 흘
리며 서 계셨다. 어머님이 비
록 시골에서 생장하셨으나 범
사에 다 해낼 만하시고, 특히
바느질에 능하셨다. 어머님은
자식의 목숨을 구하기 위해

백범은 인천감옥으로 옮겨오자 차꼬에 엄수 되
었다. 차꼬는 여러 죄수들의 발목 하나씩을 틀
에 끼워 거동을 제한하는 조선시대 형구로 족가
(足枷)라고도 했다. <참고 사진>

감리서 삼문 밖에 있는 개성 사람 박영문(朴永文)의 집에 들어가서 따
라온 사연을 얘기한 후, 그 집 식모가 되어 집안일을 돕겠다고 청하셨
다.

그 집은 당시 항내(港內)의 유명한 물상객주(物商客主)로서 안방의
밥을 짓는 일이나 바느질 등 할 일이 아주 많았다. 어머님은 이렇게
하여 그 집에서 일하게 되셨는데, 조건은 하루 세 때 옥에 밥 한 그릇
씩을 갖다 준다는 것이었다.

압뢰가 내게 밥을 들여 주면서, 네 모친도 의탁할 데가 생겨났고,
네 밥도 하루 세 끼 들여줄 테니 안심하라고 말해주었다. 같이 있는
죄수들도 매우 부러워하는 눈치였다.

옛사람이 '애애부모(哀哀父母)여, 생아구로(生我劬勞)셨다.' 라 했지
만, 나의 부모님은 나를 낳으실 때도 크게 구로하셨고, 먹여 살리는
데도 천중만금의 구로를 다 감당하셨다.

불서(佛書)에 부모와 자녀는 천생백겁(千生百劫)에 은애소유주(恩愛所
遺注)라 한 말이 허언이 아니었다.

옥 안은 말할 수 없이 불결하고 무더웠다. 나는 장질부사에 걸려 고
통이 극도에 달한 나머지 자살하려고 마음먹었다. 다른 죄수들이 잠

이 든 때를 타서 이마에 손톱으로 '忠(충)' 자를 각서(刻書)하고 허리띠로 목을 졸랐다. 그리하여 마침내 숨이 멎기에 이르렀다.

숨이 끊길 즈음 나는 잠시 동안 고향에 가서 평소 친하던 재종제 창학(昌學-지금은 泰運)이와 놀았다. 고시(古詩)에

故園長在目(고원장재목) 魂去不須招(혼거불수초)

라 했는데, 정말이지 맞는 말이었다. 문득 정신이 회복되니, 다른 죄수들이 고함을 치며 죽겠다고 소동을 벌이는 것이 아닌가.

이것은 그자들이 나를 생각해서 그러는 게 아니라, 내가 숨이 넘어갈 때 무슨 격렬한 요동을 치는 바람에 일어난 소동이었다. 이런 뒤로는 여러 사람의 주의로 자살할 기회도 없었다. 또 그 후로는 병마로 죽든지 원수에게 죽든지, 죽는 것은 어쩔 수 없는 노릇이지만 자살은 옳지 않다고 생각하게 되었다.

그러는 통에 발한(發汗)은 되었으나, 보름 동안 음식을 입에 넣을 수조차 없었다. 그때 마침 신문이 있다는 기별이 왔다.

나는 생각했다. 내가 해주에서 다리뼈까지 드러나는 악형을 당하면서도 사실을 부인한 것은 내무부에까지 가서 대관들에게 내 뜻을 밝히겠다는 마음에서였던 것이다. 그러나 불행히도 여기서 병으로 죽게 되었으니, 부득불 이곳에서라도 내 뜻을 말하고 죽는 것이 좋겠다고 생각하게 되었다.

나는 압뢰의 등에 업혀 경무청으로 들어갔다. 업혀 들어가면서 살펴보니 도적을 신문하는 형구를 삼엄하게 갖춰놓고 있었다.

압뢰가 업어다가 문 밖에 앉혀놓은 나를 보자 경무관 김윤정(金潤晶-尹致昊의 장인)이 물었다.

"어찌하여 저 죄수의 형용이 저렇게 되었느냐?"

열병으로 그렇게 되었다고 압뢰가 아뢰었다.

김윤정이 내게 물었다.

"네가 정신이 있어 족히 무슨 말을 대답할 수 있겠느냐?"

"정신은 있으나 성대가 말라붙어서 말이 나오지 않으니, 물을 한 잔 주면 마시고 말을 하겠습니다."

그러자 그는 곧 청지기에게 물을 가져오게 해서 먹여주는 것이었다.

김윤정은 정상(庭上)에 앉아 전례에 따라 성명·주소·연령 등을 묻고 사실심리에 들어갔다.

"네가 안악의 치하포에서 모월모일 일인을 살해한 일이 있느냐?"

"본인은 그날 그곳에서 국모의 원수를 갚기 위해 왜놈 원수 한 사람을 때려죽인 사실이 있습니다."

나의 이 대답을 듣자 경무관·총순(總巡)·권임(權任) 등이 일제히 서로의 얼굴을 쳐다보며 멍한 표정으로 나를 볼 뿐이었다. 정내(庭內)는 갑자기 죽은 듯이 조용해졌다.

나의 옆에서 의자에 걸터앉아 신문을 방청하는 것인지, 감시하는 것인지 하고 있던 와타나베[渡邊] 왜놈 순사가 신문 벽두에 정내가 조용해진 것을 의아하게 여겨 통역에게 그 까닭을 묻는 것 같았다.

그래서 나는 있는 힘을 다해, '이놈아!' 하고 한마디 호령했다. 그러고 나서 이어,

"현금 이른바 만국공법이니, 국제공법이니 하는 조규 가운데 통상(通商)·통화(通和)를 불문하고 조약을 체결한 후에 그 나라 임금이나 왕후를 살해하라는 조문이 있더냐? 이 개 같은 왜놈아! 너희는 어찌하여 우리 국모를 살해했느냐? 내가 죽으면 귀신으로, 살면 이 몸으

로 네 임금 놈을 죽이고, 왜놈을 씨도 없이 다 죽여서 우리나라의 치욕을 씻으리라!"

통렬히 매도하는 것이 두려워 보였던지 와타나베 놈은

"칙쇼(畜生-짐승이라는 뜻의 욕말)!"

한마디 던지고는 대청 후면으로 도망쳐 숨는 것이었다.

정내에는 공기가 긴장해졌다. 총순인지, 주사(主事)인지가 김윤정에게 말했다.

"사건이 하도 중대하니 감리 영감께 말씀드려 직접 신문을 주장하도록 하여야겠습니다."

그리하여 얼마 후 감리사 이재정(李在正)이 들어와 주석에 앉았다. 김윤정이 그에게 신문한 진상을 보고했다.

그때 정내에서 참관하는 관리와 청속들이 분부가 없는데도 찬물을 가져다가 내게 마시게 해주었다.

나는 정상의 주석인 이재정에게 말하기 시작했다.

"본인은 시골의 한낱 천한 몸이나 신민(臣民)의 한 분자가 된 의리로 국가가 치욕을 당해 백일청천하에 내 그림자가 부끄러워서 한 놈 왜놈 원수라도 죽였거니와, 나는 아직도 우리 사람으로 왜황(倭皇)을 죽여 복수하였단 말을 듣지 못했거늘, 지금 당신들이 몽백(夢白-국상으로 백립을 쓰고 소복을 입은 것)을 했으니, 춘추대의에 군부(君父)의 원수를 갚지 못하면 몽백을 아니한다는 구절도 읽어보지 못하고 한갓 영귀와 작록만을 도적질하는 더러운 마음으로 인군(人君)을 섬기느냐?"

이재정·김윤정을 위시하여 수십 명 참석한 관리들이 내 말을 듣는 광경을 보자하니, 각기 얼굴에 홍당무 빛을 띠는 것이었다.

이재정이 마치 내게 하소연이라도 하는 듯한 투로 말했다.

"창수의 지금 하는 말을 들은즉, 그 충의와 용감함을 흠모하는 반면에 내 황공한 마음도 비할 데 없소이다. 그러나 상부의 명령대로 신문하여 상보(上報)하려는 것뿐인즉, 사실이나 상세히 공술해주시오."

김윤정은 나의 병 정황이 아직 위험함을 보고 감리에게 무언가 소곤거렸다. 그러고는 압뢰에 명해 다시 나를 하옥시켰다.

신문한다는 소문을 듣고 경무청에 오신 어머니는 문 밖에서 내가 압뢰 등에 업혀 들어가는 것을 보시고선, 신병이 저 지경이 되었으니 무슨 말을 잘못 대답하여 당장에 죽지나 않을까 하는 근심이 가득하셨다. 그러다가 신문 벽두부터 관리들이 떠들기 시작하고, 감리영 부근 사람들은 희귀한 사건이라며 구경하려고 빽빽이 모여들어 정내는 설 자리조차 없었다. 게다가 사람들이 문 밖까지 둘러서서 수군대는 것이다.

"참말 별난 사람이다. 아직 아이인데, 대관절 무슨 사건이냐?"

압뢰와 순검들이 듣고 본 대로 대답했다.

"해주 김창수라는 소년인데, 민중전(閔中殿) 마마의 복수를 할 양으로 왜놈을 때려 죽였답니다."

그런가 하면 이런 말도 들렸다.

"아까 감리 사또를 책망하는데, 사또도 대답을 잘 못하더랍니다."

내가 압뢰의 등에 업혀 나가면서 얼핏 어머님의 안색을 살펴보았다. 약간 희색을 띠고 계셨는데, 그것은 여러 사람들이 구경하면서 지껄여댄 이야기를 들으신 까닭인 듯싶었다.

나를 업고 가는 압뢰가 어머님을 보고는 이렇게 말했다.

"당신, 안심하시오. 어쩌면 이런 호랑이 같은 아들을 두셨소?"

나는 감옥에 들어가자마자 또 한 차례 일대소동을 일으켰다. 이유인즉, 나를 다시 적수간(賊囚間)에다가 차꼬를 채워두는 데 대해 크게 분격했던 것이다. 소리를 벽력같이 지르며 관리를 향해 통렬히 꾸짖었다.

"전날에 내가 아무 의사도 발표하지 아니한 때는 대우를 강도로 하던 무엇으로 하던 입 다물고 있었지만, 오늘은 정정당당하게 뜻을 발표했거늘 아직도 나를 이 따위로 홀대하는 것이냐! 땅에 금을 그어 옥이라 하더라도 그 금을 넘을 내가 아니다. 내가 당초에 도망쳐 살 생각이 있었다면 왜놈을 죽이고 주소·성명을 갖춰 포고를 하고 내 집에 와서 석 달 남짓이나 체포를 기다리고 있었겠느냐? 너희 관리 떼거리들이 왜놈들을 기쁘게 하기 위해 내게 이런 박대를 하는 것이냐?"

이런 말을 하면서 어찌나 요동을 쳐댔던지, 한 차꼬 구멍에 같이 발목을 넣고 있는 자가 좌우로 네 사람씩 모두 아홉 명인데, 그 양쪽에 있는 죄수들이 말을 보태서, 내가 한 다리로 좌우 여덟 사람과 차꼬까지 모두를 들고 일어서는 바람에 저희들 발목이 다 부러졌다고 하면서 야단들을 쳤다.

김윤정이 즉시 옥 안에 들어와 이 광경을 보고는 애꿎은 압뢰만을 꾸짖는 것이었다.

"아니, 이놈아! 저 사람은 다른 사람들과 자별한데, 어쩌자고 적수와 함께 섞어두느냐? 하물며 중병이 있지 않으냐. 즉시 좋은 방으로 옮기고, 신체에 대해 구속은 조금도 말고 너희들이 잘 보호해드리도록 하라!"

이로부터 나는 옥중 왕이 되었다. 그러자 면회 오시는 어머님의 초조한 얼굴에도 희색이 돌았다.

"아까 네가 신문받고 나온 뒤에 경무관이 돈 1백 50냥(지금 3원)을 보내며 네게 보약을 먹이라고 하더라. 오늘부터는 주인 내외는 물론이

고, 사랑손님들도 나에게 매우 존경하여, 옥중에 있는 아드님이 무슨
음식을 자시고자 하거든 말만 하면 다 해주겠다고 한다. 일전에는 어
떤 뚜쟁이 할미가 와서 당신이 아들을 위해 이곳에서 고용살이하는
것보다는 내가 중매를 서서 돈 많고 권력도 많은 남편을 얻어줄 테니,
그리 가서 옥에 밥도 맘대로 해 가져가고, 일도 주선하여 속히 나오도
록 해주는 것이 어떠냐 하기로, 나는 남편이 있어 일간에 이곳에 온다
고 말한 일도 있구나."

　나는 그 말씀을 들으니 천지가 아득하기만 해서

　"그것이 다 이놈의 죄올시다."

하였을 뿐이었다.

　이화보는 불려가서 신문당할 때나, 옥중에 있을 때나, 김창수는 지
용을 겸전하여 아무도 당할 수 없고, 하루 행보가 7백 리며, 한 번에
밥 일곱 그릇을 먹는다는 둥 선전을 해댔다. 또 내가 감옥에서 소동
을 벌일 때나 죄수들이 소동할 때 이화보는 자기가 한 말이 부합이나
되는 것처럼 떠들어 대는 것이었다.

　그는 자기 집에서 살인을 하는 데 방관하고 있었으며, 죽이고 난 뒤
라도 살인자를 결박해놓고 관청에 고발해야 할 것이 아니냐는 등의
신문을 당한 모양이었다.

　다음날부터는 옥문 앞에 지면면회(知面面會)를 청하는 사람들이 하
나 둘 생기기 시작했다. 그것은 감리서·경무청·순검청·사령청 등 수
백 명의 직원들이 각각 자기가 본 대로, 제물포 개항 9년 만에, 즉 감
리서가 생긴 이래 처음 보는 희귀한 사건이라고 자랑 겸 선전을 해댄
까닭이었다.

　항내의 유력자와 노동자들까지도 자기가 아는 관리에게, 김창수의
신문이 있을 때는 알려달라는 부탁이 많다는 말을 듣던 참에 2차 신

문을 당하게 되었다.

그날도 역시 압뢰의 등에 업혀 옥문 밖으로 나서면서 사방을 살펴보니, 길에는 사람으로 가득했다. 경무청 안에는 각청의 관리와 항내 유력자들이 모인 모양이었고, 담장 꼭대기와 지붕 위에까지, 경무청 뜰이 보이는 곳이라면 모두 사람들이 올라가 있었다.

정내에 들어가 앉으니 김윤정이 슬그머니 내 곁으로 지나가면서 오늘도 왜놈이 나왔으니 기운껏 호통을 치시오 한다.

그때 김윤정은 어느 정도의 양심이 있는 듯했지만, 오늘날까지 경성부(京城府) 참여관(參與官) 노릇을 하고 있는 것을 보면, 그때는 신문정(訊問庭)을 하나의 연극장으로 보고, 나를 배우의 한 사람으로 사람들에게 구경 시키려 한 것이 아니었나 하는 생각도 든다. 또 어쩌면 떳떳하지 못한 사람이 그렇듯이, 그때는 의분심이 조금 생겼다가 날이 지나니 마음이 변한 것으로도 볼 수 있겠다.

다시 신문이 시작되었을 때, 나는 전날에 할 말을 했으니 더 할 말이 없다고 말을 끝맺고 뒷방에 앉아서 나를 넘겨다보는 와타나베를 향해 통매를 하다가 다시 옥으로 돌아왔다. 그런 뒤로는 하루하루 면회인의 수가 증가되어갔다. 그들이 면회 와서 하는 말들은 대개 이랬다.

"나는 항내에 거주하는 아무개올시다. 당신의 의기를 사모하여 신문정(訊問庭)에서 얼굴을 뵈었소이다. 설마 오래 고생할라구요 안심하고 지내십시오. 출옥 후에 한 자리에서 반가이 뵈옵시다."

면회 올 때는 음식을 한 상씩 잘 차려 들여 준다. 나는 그 사람들의 인정에 감심하여 먹게 되는데, 몇 점씩 먹고는 적수간에 차례로 분배해주었다. 그때는 감옥 제도가 제대로 자리 잡히지 못해 죄수들에게 끼니를 규칙적으로 제공하는 것이 아니라, 징역수라도 짚신 삼아

서 압뢰가 인솔하고 거리에 나가 팔아다가 죽이나 쑤어먹는 그런 판
이었다.

내게 가져오는 음식은 각기 모든 사람에게 돌아가도록 잘 갖춘 것
이라, 나도 처음 보는 음식이 많았다. 그것을 앉은차례대로 내가 나오
는 날까지 나누어주었다.

3차신문은 감리청에서 하는데, 왜놈은 보이지 않았다. 감리가 친절
하게 묻고, 나중에 신문서 꾸민 것을 열람하게 하여 고칠 것은 고친
후 빈 칸에 이름을 썼다.

이로써 신문은 끝이 났다. 며칠 뒤에는 왜놈들이 나를 사진을 찍는
다고 하여 경무청으로 또 업혀 들어갔다. 그날도 뜰 안, 뜰 밖에는 수
많은 사람들이 모여들어 인산을 이루었다.

김윤정이 슬며시 오더니 나의 귀에다 속삭였다.

"오늘 저 사람들이 창수의 사진을 박으러 왔으니 주먹을 쥐고 눈을
부릅뜬 모습으로 사진을 찍어라."

그런데 사진을 찍어간다 못 찍어간다는 논란이 벌어졌다. 한참 동
안 논의가 분분하다가 필경은 청사에서는 허락하지 못하니 길에서나
찍으라고 나를 업어서 길 한가운데에 앉히는 것이었다.

왜놈이 다시 청하기를 김창수에게 수정(手錠-수갑)을 채우든지 포
승을 얽든지, 죄인 된 표시가 나게 해달라고 요구했다.

김윤정은 이를 거절했다. 죄수는 계하죄인(啓下罪人-임금의 재가를 받
은 죄인)인즉, 대군주 폐하께서 분부가 없는 이상 그 몸에 형구를 댈
수 없다고 주장했다.

왜놈은 다시 반박했다.

"정부에서 형법을 정하여 사용하면 그것이 곧 대군주의 명령이 아
니겠소?"

김윤정은 경장(更張) 이후에 형구는 폐지되었다고 말했다. 그러자 왜놈이 다시 질문했다.

"귀국 감옥 죄수들이 쇠사슬 찬 것과 칼 쓴 것을 내가 보았소."

그러자 김윤정은 노한 음성으로 왜놈을 꾸짖었다.

"죄수의 사진을 박는다는 것은 조약에 없는 의무요. 단지 상호간 참고자료에 불과한 미세한 일로, 이같이 내정간섭을 하는 것은 묵과할 수 없다는 말이오."

관중들은 경무관이 명관이라며 소리소리 칭찬했다. 나는 왜놈이 다시 청하여 내가 앉은 옆에 포승을 놓아만 두고 사진을 찍었다.

며칠 전보다 나는 기운이 많이 나아져 있었다. 그래서 나는 오늘따라 경무청이 들먹들먹할 정도로 소리 질러 왜놈을 통매하고, 일반관중을 향해서도 연설했다.

"이제 왜놈이 국모를 살해했으니 온 나라 신민의 대치욕일 뿐 아니라, 왜놈의 독해가 궐내에만 그치지 않고 당신들의 아들과 딸이 마침내는 왜놈의 손에 다 죽을 터이니, 나를 본받아서 왜놈을 보는 대로 만나는 대로 다 죽이시오!"

와타나베 왜놈이 직접 나에게 말을 걸었다.

"네게 그러한 충의가 있는데 어찌 벼슬을 못하였느냐?"

"나는 벼슬을 못할 상놈인 때문에 조그만 놈이나 죽였지만, 벼슬하는 양반들이야 너희 황군(皇君)의 목을 베어서 원수를 갚을 것이다!"

하고 호통을 쳤다.

그러자 김윤정이 와타나베를 향해,

"당신들은 수인에게 직접 신문할 권리가 없으니 가라!"

고 하며, 퇴장을 명했다.

그들이 나간 뒤, 나는 김윤정에게 이화보의 석방을 요구했다.

"이화보는 아무 관계가 없으니 금일로 방면시켜주시오."

"알아서 처리할 터이니 과히 염려 마시오."

김윤정의 대답이었다.

옥에 돌아와 조금 있으니 이화보가 호출되어 나갔다. 그는 옥문 밖에서 나를 향해,

"당신이 말을 잘해주어 무사히 석방되게 되었습니다."

치사하고 작별했다.

이로부터의 옥중생활의 대강을 든다면 첫째 독서인데, 아버님이 오셔서 〈대학(大學)〉 한 권을 들여보내주셔서 나는 날마다 〈대학〉을 독송했다. 인천은 맨 먼저 개항된 항구로서, 구미 각 국인이 들어와 외인 주거자·유력자들이 상당수 있었다. 그런 연유로 감리서 서원 중에도 나와 애기를 나눈 뒤에는 신서적 읽기를 권하는 사람이 있었다.

나라의 문을 걸어 잠그고 제 것만 지키던 구지식·구사상만으로는 구국할 수가 없으니, 세계 각국의 정치·문화·경제·도덕·교육·산업이 어떠한지를 연구하고, 내 것이 남만 못하면 좋은 것을 수입하여 우리 것을 만들어 국계(國計) 민생(民生)에 유익케 하는 것이 시무(時務)에 맞는 영웅의 사업이지, 한갓 배외사상만으로는 도저히 멸망을 피할 수가 없다. 그러니 창수와 같은 의기남아라면 마땅히 신지식을 갖게 될 때 장래 국가의 큰 사업을 할 수 있을 것이라 하며, 세계대사(世界大史)·지지(地誌) 등 중국에서 발간된 책자와 국한문으로 번역한 책들을 갖다 주면서 읽기를 권하는 것이었다.

'조문도석사가의(朝聞道夕死可矣-아침에 진리를 들어 깨치면 저녁에 죽어도 한이 없다는 뜻)' 란 말이 있듯이 나는 죽을 날이 올 때까지 글이나 읽을 작정으로 책을 손에서 놓는 적이 없었다.

감리서원들이 가끔 와서 신서적에 열중하는 나를 보면 매우 좋아하는 빛을 보였다. 신서적을 보고 새로 깨달은 것은, 고선생이 전날 조상제사를 지낼 때 유세차(維歲次) 영력(永曆) 2백 몇 해라고 쓴 축문을 읽는 것이나, 안진사가 양학(洋學)을 한다 하여 절교한 일이나 모두가 그리 달관한 것같이 보이지 않는다는 점이었다.

의리는 학자에게 배우고, 일체 문화와 제도는 세계 각국에서 배워 적용하면 국가의 복리가 되겠다는 생각을 갖게 되었다.

옛날 청계동에서 단지 고선생만을 신인(神人)처럼 숭배할 때, 나는 척왜(斥倭)·척양(斥洋)이 우리나라 사람의 당연한 천복(天福)이요, 이에 반하면 비인(非人), 즉 금수라는 생각을 가졌다.

우리나라 사람에게만 한 가닥 양맥(陽脈)이 잔존하고, 세계 각국이 거의 미개한 오랑캐라는 고선생의 말만 믿었었다. 그러나 〈태서신사(泰西新史)〉한 책만 보아도, 눈이 깊고 코가 높은 그들이지만 원숭이와 다를 바 없는 오랑캐가 아니라, 도리어 건국치민의 좋은 법도가 사람답기만 하지 않은가. 또한 아관박대(峨冠博帶)로 선풍도골(仙風道骨)을 좇는 탐관오리들이 도리어 오랑캐의 이름에 걸맞다는 각성이 들게 되었다.

둘째는 교육. 당시 같은 죄수로 있던 자들이 줄잡아 백 명 가량은 되는데, 들락날락하는 민사소송사건 외로 대다수는 절도·강도·살인 등의 징역수로서, 그 10분의 9가 문맹자였다. 내가 글을 가르쳐주겠다고 했더니, 그 죄수들은 글자를 배워 후일 잘 써먹으려는 마음보다는 내게 잘못 보이면 진수성찬을 얻어먹을 수가 없다는 생각에서 마지못해 배우는 자들이 많았다.

화개동(花開洞) 기생서방으로 기생을 중국으로 팔아넘긴 죄로 10년 징역을 받은 조덕근(曹德根)은 문학(文學)을 배우는데, 인생팔세개입소학(人生八歲皆入小學)을 고성대독하다가 '개입' 다음 자를 잊고 '개 아가리 소학' 이라고 읽는 것을 보고서 포복절도하며 웃은 적도 있었다.

당시는 건양(建陽) 2년 무렵이라 황성신문(皇城新聞)이 창간된 때인데, 어느 날 신문을 보니 내 사건이 실려 있고, 김창수가 인천옥에 들어온 뒤로는 옥이 옥이 아니라 학교라고 써놓은 기사가 나 있었다.

셋째는 대서(代書)다. 그 시대에도 비리나 억울한 송사가 많은 때라, 내가 옥에 갇히는 자들을 위해 말을 자세히 들어보고서 솟장을 써주면 더러 송사에 이기는 적도 있었다.

갇힌 죄수의 처지로 옥외에 통신하여 비용을 써가며 대서소를 이용하려 해도 어려움이 많지만, 대서자인 나와 상의하여 인찰지만 사다가 써 보내는 것은 편리하기 짝이 없는 일이었다. 비용 한 푼 안 들뿐만 아니라, 내가 성심으로 솟장을 써주기 때문에 옥 안에서는 물론이고, 김창수가 쓴 솟장은 모두가 승소한다고 과장되어, 심지어 관리의 대서까지 맡은 일이 있을 정도였다.

그런가 하면 인민을 모함하여 금전을 강탈하는 사건이 있으면 그것을 대서, 상급관리에게 권계하여 파면시킨 일도 있었다. 이런 저런 일로 압뢰들까지도 나를 꺼려서 수인들에게 함부로 하지 못했다.

넷째는 성악(聲樂)이다. 나는 향촌에서 컸으나 소리 한마디 제대로 불러본 적이 없고, 시나 풍월을 읊은 것밖에 없었다.

그때 옥규(獄規)는 낮잠을 허락하고, 야간엔 죄수들로 하여금 잠을 자지 못하게 하며 밤새도록 옛이야기를 시키는 그런 제도였던 것이다. 야간에 잠을 재우면 잠든 틈을 타서 도주한다는 것이다.

내게는 그런 규칙을 시행하지 않았지만, 모두가 다 그러니까 나도 자연 밤에 오래 놀다가 자게 되었다. 그리하여 시조나 타령이나 남들이 잘하는 것을 들어 운치를 알게 됨은 물론, 조덕근에게 온갖 시조

의 여창지름·남창지름·적벽가·가새타령·개구리타령들을 배워서 죄
수들과 같이 합창하며 지내게 되었다.

하루는 아침에 황성신문을 보니 경성·대구·평양·인천에서 아무
날(지금까지 기억되기는 7월 27일로 생각한다), 강도 누구, 살인 누구, 인천
에선 살인강도 김창수를 처교(處絞)한다는 기사가 실려 있었다.

나는 그 기사를 보고도 어찌된 일인지 아무런 마음의 동요도 생기
지 않았다. 단명대(斷命臺)에 갈 시간이 며칠도 안 남았지만 식사나 독
서며 남들과의 대화도 평소와 다름없이 하며 지냈다.

그건 고선생의 이야기 중에 나왔던 박태보(朴泰輔)의 보습단근질에,

"이 쇠가 왜 이리 차냐? 불에 더 달구어 오너라!"

라는 사적이라든가, 삼학사(三學士)의 역사를 힘있게 들었던 효험이
아니었겠나 싶다.

그 신문이 배포된 뒤로 감리서가 술렁이고, 항내 인사들의, 이를테
면 생조문[生弔問]이 옥문 밖에 줄을 이었다.

찾아온 사람들이 나를 면대하면,

"마지막 인사드리러 왔소."

하고는, 수없이 눈물을 흘리는 통에 나는 도리어 그 사람을 위로해 보
내고 〈대학〉을 외곤 했다.

그러고 있노라면 또 아무 나리가 오셨소, 아무 영감께서 오셨소 하
여 나가보면, 그 사람들도 역시,

"우리는 김석사가 살아 나와서 상면할 줄 알았더니 이것이 웬일이
란 말이오?"

하고선 눈물을 비오듯 흘리는 것이다.

그런데 어머님이 오셔서 음식을 직접 들여 주시는데 평시와 조금도
다름이 없다. 주위의 사람들이 내가 죽는다는 사실을 모르게 한 모양

이었다.

인천옥에서 사형수 집행은 매일 오후에 끌고나가서 우각동(牛角洞)에서 교살하는 것이었다. 아침밥 점심밥도 잘 먹고, 죽을 때 어떻게 하리라는 준비를 하고 싶었지만 그럴 수가 없었다. 동료 죄수들이 너무나 슬퍼하는 것을 그대로 두고 볼 수 없었기 때문이다.

나에게 음식을 얻어먹던 죄수들과 글을 배우던 옥중 제자들 그리고 소송에 대해 지도를 받던 잡수(雜囚)들이 하나같이 통곡해대는 것이다. 제 부모 죽었을 때도 그렇게 애통해했을까 싶을 정도였다.

이윽고 끌려갈 시간이 되었다. 그때까지 성현의 말씀에 잠심하다가 성현과 동행할 생각으로 〈대학〉만 읽고 앉아 있었으나 종내 아무 소식이 없어 그럭저럭 저녁밥까지 먹게 되었다.

사람들은 창수는 특수(特囚)이기 때문에 야간집행을 하는 것으로 알고 있었다. 밤 초경(初更)이나 되었을 때, 사람들의 붐비는 소리가 들리더니 옥문 열리는 소리가 났다.

"옳지, 지금이 나로군!"

하고 앉았는데, 내 얼굴을 보는 다른 죄수들은 마치 자기가 죽기라도 하는 것처럼 벌벌 떨어대는 것이다.

안쪽 문을 열기도 전에 옥뜰에서 외치는 소리가 들렸다.

"창수, 어느 방에 있소?"

"이 방이오."

그리고 다시 소리가 들려왔다.

"아이구, 이제는 창수 살았소! 각 청사 직원들이 아침부터 지금까지 밥 한 술 뜨지 못하고, 창수를 어찌 차마 우리 손으로 죽인단 말이냐 하고 면면상고하면서 한탄했더니, 지금에사 대군주 폐하께옵서 대청(大廳)에서 감리 영감을 불러 계시며 김창수 사형은 정지하랍신 친

백범의 사형집행 당일에 그 집행을 특사
한 고종황제(1852~1919)

칙(親勅)을 내리사, 밤이라도 옥에 내려가 창수에게 전지(傳旨)해주라는 분부를 듣고 왔소. 오늘 하루 얼마나 상심하였소?"

이러한 것이 아니겠는가.

그때 관청수속이 어떠했는지는 모르지만 나는 대략 이렇게 짐작했다. 먼저 이재정이 공문(公文)을 받고 상부, 즉 법부(法部)에 전화로 교섭한 것 같다. 그 후 대청에서 나오는 소식을 들으면, 사형은 형식적이나마 임금의 재가를 받아 집행하는 법이기 때문에, 법무대신이 사형수 각인의 공술을 가지고 조회(朝會)에 들어가서 상감 앞에 놓고 친감을 거친다고 한다.

그때 입시했던 승지 중 한 사람이 각 죄수 공술을 넘길 때, '국모보수(國母報讐)' 라는 네 글자가 눈에 띄어 이상히 여긴 나머지 재가수속을 마친 안건을 다시 내어 임금에게 올렸다. 대군주는 그것을 읽자 즉시 어전회의를 열고 의결을 한 결과, 국제관계니만큼 일단 생명이나 살리고 보자하며 전화로 친칙(親勅)했다 한다.

어쨌든 대군주(이태황)가 직접 전화한 것만은 사실이다. 이상한 일은, 그 사이 경성부내는 이미 전화가 가설된 지 오래지만 장거리 전화는 오로지 인천까지가 처음이었던 것이다. 인천까지의 전화가설공사가 끝난 것은 겨우 3일 전의 일이었다. 병신(丙申) 8월 26일로, 3일째 되는 날인데, 만일 전화선이 놓이지 않았더라면 사형이 집행될 수밖에 없는 사정이었다.

감리청에서 내려온 주사(主事)가 이런 말을 했다.

"우리 관원뿐 아니라, 오늘 항내의 전 객주(客主)들이 긴급회의를 열고 통문 돌렸소. 항내 매호마다 몇 사람씩이든지 형편 되는 대로 우각현(牛角峴)의 김창수 처교(處絞)하는 구경을 가되, 매 사람에게 엽전 한 냥씩 거두어 그 모인 돈이 김창수의 몸값이 안 되면 부족한 액수는 전 객주가 담당해서 창수를 살리기로 의론을 모았었소. 하지만 지금 이렇게 살았으니 얼마나 다행한 일이오. 며칠만 있으면 궐내에서 은명(恩命)이 내릴 테니 이젠 아무 염려할 것 없소이다."

서리·눈이 내리다가 갑자기 봄바람이 부는 듯한 형색이었다. 옥문 열리는 소리를 듣고 벌벌 떨던 죄수들이 이 소식을 듣고서는 모두들 좋아서 어찌할 바를 모를 지경이었다.

신골 방망이로 차꼬 등을 두드리며 노래를 부르는가 하면, 또 푸른 바지저고리 차림으로 춤추며 하는 것이 마치 푸른 옷 배우들의 연극판을 보는 것 같았다. 그리고 다른 죄수들은 나를 보며 정말 이인(異人)이라며 놀라는 것이었다. 사형을 당할 날인데도 모든 것에 평소와 조금도 다름없이 행동한 것을 보면 죽지 않을 것을 미리 안 것이 아니냐고들 하는 것이다.

관리들 중에도 그렇게 말하는 사람이 있었다. 또 누구보다도 어머님이 그날 밤에야 감리(監理)가 대군주의 친전을 받고 어머님께 전지(傳旨)하여 비로소 아시고는 나를 이인으로 생각하는 것이었다. 지난번 갑곶이 바다를 지나올 때 바닷물에 같이 빠져죽자고 하실 때에 나는 결코 죽지 않는다고 하던 일을 생각하시고, 내 아들은 미리부터 죽지 않을 줄 알고 있었다고 확신하시고, 내외분이 다 그런 신념을 갖게 되셨다.

대군주가 친칙으로 김창수의 사형이 정지되었다는 소문이 전파되니, 전날 와서 영결하던 사람이 치하 면회를 하러 옥문에 몰려왔다.
덕분에 난 옥문 안에 자리 잡고 앉아서 여러 날을 응접으로 보냈다.

이전에는 순전히 나의 연소한 의기를 아깝게 여겨 동정하던 것이
었는데, 이제는 그런 사람 이외에 내가 얼마 안 가서 대군주의 소명을
입어 영귀하게 될 줄 알고 미리부터 아첨하는 사람이 관리 중에도 있
었고, 항내 사람 중에 그런 빛이 보이는 자가 없지 않았다.

## 8. 탈옥의 길

압뢰 중 우두머리인 최덕만(崔德萬)이란 자는 강화도 읍내 김우후(金虞候) 집의 비부(婢夫)로서, 부인을 잃은 후 인천으로 와서 경무청 사령으로 다년간 봉직한 끝에 사령의 우두머리가 된 자였다.

그가 강화도에 가서 자기 옛 상전인 김우후를 보고 나의 이야기를 했던 모양이다. 하루는 감리서 주사가 의복 일습을 가지고 와서 감리 사또에게 내놓으면서, 김창수에게 입도록 해달라는 청원을 했다. 그리고 옷을 입고 김주경(金周卿)이란 친구가 면회 오거든 보시오 하고 가는 것이었다.

그리고 얼마 안 되어 옥문에서,

"김주경이오."

하고 인사하고 가는 사람이 있었다.

어머님이 저녁밥을 가지고 오셔서,

"아까 강화에 계신 김우후라는 양반이 네 아버지와 나를 찾아와서, 네 의복을 한 벌 주셨다. 또 우리 양주에게는 옷감을 끊어주시고, 돈 200냥을 주시면서 열흘 후에 다시 찾겠다고 하고 가더라. 네가 보니 어떠하더냐? 밖에서 듣기에는 아주 훌륭한 사람이라고 하더라."

내가 대답했다.

"사람을 한번 보고 어찌 잘 알 수 있겠습니까마는 그 사람이 한 일은 감사한 일이지요."

나는 최덕만에게 물어 김주경의 내력과 인격을 자세하게 알게 되었다.

김주경의 자(字)는 경득(卿得), 원래 강화의 이속(吏屬)이었다. 병인
양요(丙寅洋擾) 이후 운현(雲峴-대원군)이 강화에 3천 명의 별무사(別武
士)를 양성하고, 섬 주위에 석루(石壘)를 높이 쌓아 국방영(國防營)을
만들 때, 김주경은 포량고(包糧庫) 고지기가 되었다. 위인이 어려서부
터 호방하여 초립동 시절부터 독서 같은 것은 거들떠보지도 않고 오
로지 도박에만 몰두했다.

부모가 그를 징계하기 위해 곳간에 가두었다. 그는 곳간에 들어갈
때에 투전 한 목을 가지고 들어가서 갇혀 있는 동안에 묘법을 연구해
가지고 나왔다. 서울로 올라가서 투전을 몇 만목을 만들면서 눈표를
해서 다시 강화로 가져와 팔았다.

강화는 섬인 때문에 사면 포구에 어선이 숲처럼 선 곳이다. 김경득
은 그 투전을 동무들에게 분배하여 각 어선에 들어가 방매케 했다. 그
리고 자신은 어선으로 돌아다니며 투전을 하여 수십만 냥의 거금을
땄다. 그는 그 돈으로 각 관청 하속배를 모조리 매수, 자기의 지휘명
령을 받도록 하고, 원근의 지혜와 용력이 있는 자는 거의 모두 망라하
여 자기 식구로 만 들었다.

그런 다음 어떤 양반이라도 비리를 저지르면 관을 움직여 처벌케
했다. 경내에 도적이 나서 포교가 체포하는 것도 먼저 김경득에게 보
고한 후 그 지시에 따랐다고 한다.

당시 강화에 두 사람 인물이 있었는데, 양반으론 이건창(李健昌)이
요, 상놈으론 김경득이었다. 대원군은 나름대로 김경득의 인격을 알아
보고 포량감(包糧監)의 중임을 맡겼다고 한다.

김경덕이 했다는 말은 대개 다음과 같았다. 김창수를 살려내야 할
터인데 지금 고관들은 눈에 동록이 슬어서 돈밖에는 아무것도 보이

지 않는다. 불가불 금력을 사용하지 않으면 쉽게 방면되지 않을 것이다. 그러니 자기가 집에 가서 가산을 전부 방매한 후, 김창수 부모를 모시고 경성에 올라가서 시간이 얼마나 걸리더라도 석방되도록 주선하겠다. 그렇게 말하고 돌아갔다는 것이다.

10여 일 뒤에 김경득이 다시 찾아왔다. 그는 부부 중 한 분만 서울로 동행하자고 했다. 그래서 어머님이 가시기로 하고 아버님은 인천에 머무셨다.

김경득은 서울에 올라가자 먼저 법부대신 한규설(韓圭卨)을 찾아가서 말했다.

"대감이 책임을 맡아 김창수의 충의를 표창하고, 조속히 방면하도록 해야 옳지 않습니까? 폐하께 밀주(密奏)라도 하셔서 장차 많은 충의지사가 생기도록 하는 것이 대감의 직책이 아니오이까?"

한규설도 내심으로는 경복하면서도, 하야시 곤쓰케[林權助] 일본공사가 김창수 사건을 국제문제로 삼고, 대신 중에 이 사건으로 폐하에게 상주하는 자만 있으면 별별 수단을 다 써 위협하는 판국이라며 난색을 표하는 것이었다.

그래서 여하튼 공식으로 솟장이나 내자 하여 1차로 법부에 소지(訴紙)를 올렸다. 얼마 후 '원수를 갚았다는 말이 그 뜻은 가상하나 일이 중대하여 함부로 다룰 수 없는 일이로다.' 는 제지(題旨)가 왔다.

2차, 3차로 각 아문에 일일이 솟장을 올렸으나, 이 역시 이 평계 저 평계로 도무지 결말이 나지 않았다.

이렇게 7, 8개월 소송에 전력하다 보니 김경득의 금전은 모두 소모되었다. 그동안에 아버님과 어머님이 체류하여 인천으로 경성으로 오르락내리락하다가 마침내 김경득은 소송을 포기하기에 이르렀다. 그는 돌아와서 나에게 편지 한 통을 보내왔다.

편지는 보통의 위문이고, 단율(單律) 한 수가 있었다.


脫籠眞好鳥 跋扈豈常鱗(탈롱진호조 발호개상린)
求忠必於孝 請看依閭人(구충필어효 청간의려인)


이것은 내게 탈옥을 권하는 시였다. 나는 읽고 즉시 김주경에게 회
답을 보냈다. 그간 나를 위해 심력을 다하심에 대해서는 지극히 감사
할 따름이다. 일시 구차하게 살기 위해 생명보다 중한 광명을 버릴 수
는 없다. 과히 우려하지 말라는 뜻으로 회답을 한 후 그대로 옥중생
활을 계속하면서 구서적보다 신서적을 열심히 읽었다.

김경득은 그 길로 집에 가보니 가산이 다 거덜난 것을 보고 동지를
규합했다. 그때 관용선(官用船-윤선)으로 청룡환(靑龍丸)·현익호(顯益
號)·해룡환(海龍丸) 3척이 있었다. 그 가운데 어떤 배든 한 척 탈취하
여 대양(大洋)에서 해적 노릇을 할 준비를 하다가 강화군수에게 염탐
되는 바람에 도주할 수밖에 없게 되었다.

그런데 그는 상경하던 도중, 마침 그 군수를 만나게 되어 실컷 두들
겨 주고 해삼위(海蔘威) 방면으로 도망쳐버렸다. 그리고 그곳 어디로
잠복해 버렸다는 이야기였다.

그 뒤 아버님이 경성에 가서 솟장 올렸던 문서 전부를 가지고서 강
화의 이건창(李健昌)을 찾아갔다. 그에게 방책을 물었지만 이건창 역시
탄식만 할 뿐 별방법을 내놓지 못했다.

그때 나와 같이 옥중에서 장기형을 받은 죄수로는 조덕근이 10년,
양봉구(梁鳳求) 3년, 김백석(金白石) 10년, 그밖에 종신수도 있었다.

이 사람들이 나에게 감히 말은 못하지만, 내가 하려는 마음이 없어
그렇지, 만일 자기네들을 살리려는 마음만 있으면 자기들을 한 손에

몇 명씩 잡고 공중에 날아가서라도 충분히 구해줄 재주가 있는 것처럼 믿고, 얘기할 때면 종종 그러한 기미를 비치는 것이었다.

어느 날 조덕근이 나를 보고는 눈물을 흘리면서 말했다.

"상감께서 어느 날이든지 특전을 내려 김서방님이 나가시는 날이면 압뢰의 학대가 비할 데 없이 심해질 것입니다. 어찌 우리가 10년 기한을 채우고 살아나갈 수가 있겠습니까? 김서방, 우리들이 불쌍하지 않습니까? 그간 가르치심을 받아 국문·한자 모르던 것이 국한문 편지를 쓰게 되었으니, 만일 살아생전 나간다면 종신 보배가 되겠으나, 여기서 죽는다면 공부한 것이 다 소용이 없지 않겠습니까?"

나는 엄연한 태도로 말했다.

"나는 옥수(獄囚)가 아니오? 어느 날이고 동시 출옥이 안 되면 그 섭섭한 마음이야 어찌 말할 수가 있겠소."

조덕근은 그래도,

"김서방은 아직은 우리 더러운 몸들과 같이 계시지만 내일이라도 영광스럽게 옥을 면하실 터인즉, 저는 살려만 주시면 결초보은하겠습니다."

하는데, 말의 의미를 여러 가지로 생각하게 했다.

어찌 들으면 내가 대군주의 특전을 입어서 나간 뒤에 권력으로 자기를 구해달라는 것도 같고, 또 어찌 들으면 내가 나가기 전에 나에게 있는 용력으로 자기를 구해달라는 말로도 들렸다.

나는 그만 입을 다물고 말았다.

그때부터는 나도 모르게 마음이 동요되기 시작했다. 나를 이대로 언제까지나 가두어둔다면 어쩔 것인가? 이대로 옥에서 죽는 것이 옳으냐, 옳지 않으냐? 당시 왜놈을 죽인 것을 우리 국법에 범죄행위로 인정한 것은 아니다. 왜놈을 죽이고 내가 죽어도 한이 없다고 생각한 것은 나의 힘이 부족하여 왜놈에게 죽든지, 나의 충의를 몰라주는 조선 관리들이 나를 죄 인으로 몰아 죽이더라도 한이 없다고 결심한 것이다.

지금 대군주가 나를 죽일 놈이 아니라고 인정한 것은 윤 8월 26일에 전칙(電勅)한 사형정지의 한 가지만으로도 충분히 증명할 수 있다. 그리고 그로부터 감리서에서 경성 각 관아에 올린 제지(題旨)를 보아도 나를 죄인이라고 지적한 곳이 없다. 또한 김경득이 그같이 자기 가산을 몽땅 털어서까지 내 한 목숨 살리려 하던 것이라든가, 항내 사람 중 한 사람도 내가 옥중에서 죽는 것을 원하는 사람이 없다는 것을 분명히 보여준 것만 보아도 밝히 알 수 있는 일이다. 나를 죽이려 애쓰는 놈은 왜놈 원수들인즉, 왜놈을 즐겁게 하기 위해 옥에서 죽는 것은 아무 의미가 없는 일이 아닌가?

이렇게 심사숙고하다가 마침내 나는 파옥(破獄)하기로 결심했다.

다음날 나는 조덕근에게 비밀히 말했다.

"조서방이 꼭 내가 하라는 대로 한다면 살려줄 도리를 강구해보리다."

조덕근은 감심하고 또 감심하여 지도를 따르겠다고 다짐했다.

그래서 네 집에서 밥 가지고 오는 하인 편에 집에 편지하여 돈 2백 냥만 가져다가 감추어두라고 일렀다. 그는 즉시 그날로 실행에 옮겨 백동전으로 2백 냥을 가져왔다.

그때 옥에서 죄수 중 세력을 가진 자가 있었다. 징역 살다가 곧 만기되어 나가게 된 자에게 죄수 감시를 시켰다. 강화 출생인 황순용(黃順用)이란 자가 절도로 3년을 살다가 출옥날을 10일 남짓 남겨두고 있었다. 그 황가가 바로 옥중의 세력자인 것이다. 황가의 남색 상대인 김백석(金白石)은 나이 17, 8세의 절도재범으로 10년 징역을 받은 지

몇 달도 못 된다.

조덕근을 가만히 시켜 김백석으로 하여금 황가에게 애원케 하여 살려 달라고 하면 황가가 백석의 애정에 못 이겨 살게 될 방법을 물을 것이다. 그러면 황가에게 창수 김서방에게 애원하게 한다. 김서방이 그 말을 받아 들여 4명이 살 방도를 찾아줄 것이다. 이런 식으로 황가를 조르게 하라고 하였다.

황가가 백석의 애원을 듣고 더러운 정에 못 이겨 하루는 나에게 와서 백석이를 살려달라고 간청했다.

나는 황가를 엄히 꾸짖었다.

"네가 출옥될 기한도 멀지 않았는데 사회에 나가서 좋은 사람이 될 줄 알았더니 벌써 출옥도 하기 전에 죄지을 생각을 하느냐? 백석이는 어린것이 중역(重役)을 진 것이다. 나도 동정이 가지 않음은 아니나, 피차 수인의 처지로 무슨 도리가 있겠느냐?"

황가는 송구스러운 듯 그냥 물러갔다.

나는 다시 조덕근으로 하여금 백석을 시켜서 재차 김서방에게 허락을 받아내도록 하라고 일렀다.

황가는 다음날 내게 와서 눈물을 흘리면서 말했다.

"될 수만 있으면 백석의 징역을 대신이라도 살겠으니, 김서방님은 능력이 없으신 것은 아니니, 백석이를 살려주십시오. 살려만 주신다면 죽을 데라도 사양하지 않겠습니다."

나는 다시 황가를 믿지 못하겠다는 태도로 말했다.

"네가 백석이를 얼마나 사랑하는지 모르나, 너는 단지 더러운 정으로 백석이를 살렸으면 하는 생각이 아니냐. 그러나 내가 백석에 대해 그 어린 것이 필경 옥중 혼이 될 것을 불쌍히 생각하지 않는 것은 아니다. 허나, 내가 설사 백석이를 살려주마고 허락하고 수속을 한다면 너는 그것을 순검청에 고발하여 나를 망신이나 시킬 것이다. 네가 나와 근 2년이나 이곳에 있으면서 보았겠지만, 이순보(李順甫)가 탈옥했을 때 옥수 전부가 불려가 매를 맞았으나, 관리들이 나에 대해서는 감히 말 한마디 묻는 것을 보았느냐? 만일 너의 백석이를 불쌍히 여기는 마음으로 백석이를 살리려다가 만에 하나라도 잘못되면 오늘까지 내가 관리들에게 경애를 받아온 것이 다 허사가 되고 말 것이다. 또한 백석이를 살리려다가 도리어 백석이를 죽이는 것이 될 것이다. 나는 살고자 하는 백석이보다 살리려는 네 마음을 믿을 수 없다.”

황가는 별별 맹세를 다 했다. 그리고 내가 같이 나가지는 않고 자기들만 옥문 밖으로 내어놓을 생각인 것으로 알고 있었다.

황가에게 절대 복종하겠다는 서약을 받고서야 승낙했다. 조덕근·양봉구·황순용·김백석은 다 내가 자기네들을 옥문 밖으로 내어놓을 줄 믿기만 할 뿐, 어떤 방법을 쓸 것인가는 감히 묻지도 못했다. 자기들 생각에 나는 결코 도망치지 않을 것으로 믿는 것이다.

황가가 나에게 물었다.

“우리가 나가면 노잣돈이 있어야겠지요?”

그는 조덕근이 돈을 가지고 있는 것을 보았을 뿐, 내게는 한 푼도 없다는 것을 잘 알고 있었다.

무술 3년 9일 하오에 아버님을 오시게 하여, 대장간에 가서 한 자 길이의 삼릉창(三稜槍) 한 개를 만들어서 새 옷 속에 싸서 들여 달라고 부탁했다. 아버님도 내가 무슨 일을 꾸미고 있는 줄 아시고, 즉시 세모 날 모양으로 제조한 철극(鐵戟) 하나를 옷 속에 넣어 들여보내주셨다.

나는 그것을 받아 아무도 모르게 감추었다. 어머님이 저녁밥을 갖다 주실 때, 나는 당부의 말씀을 드렸다.

"오늘밤에 제가 옥에서 나가니, 내가 찾을 때를 기다리시고, 두 분은 오늘 저녁으로 배를 타시고 고향으로 가십시오."

어머님도 선선히 작별의 말씀을 하셨다.

"네가 나오겠다니 그럼 우리 둘이는 떠나마."

그날 오후에 압뢰를 불러 돈 1백 50냥을 주면서, 내가 오늘 죄수들에게 한턱 낼 터이니 쌀과 고기와 모주 한 통을 사달라고 부탁했다. 이런 일은 종전에도 가끔씩 있었다. 나는 또 그에게 50전을 쥐어 주면서 당신이 오늘밤 당번이니 이것으로 연토(煙土-생아편)를 사다가 밤에 실컷 먹으라고 권했다. 그때는 매일 밤 압뢰 한 명이 옥방에서 같이 밤을 지내게 돼 있었던 것이다.

그자는 아편쟁이에다가 성행이 불량하여 죄수들에게 특별히 미움받던 자였다.

저녁밥 때 50여 명의 징역수와 30여 명의 잡수까지 그동안 주렸던 창자를 고깃국과 모주로 실컷 채우며 차츰 취흥이 도도해져가고 있었다. 그럴 즈음에 나는 압뢰에게 가서 청했다.

"적숫간에 가서 소리나 시켜 들읍시다."

그러자 압뢰는 생색이나 쓰는 듯,

"김서방님 듣게 너희들의 장기대로 노래를 부르라."

하고 명령을 내린다.

명령이 떨어지자 죄수들은 노래하느라고 야단들이다.

김압뢰는 자기 방에서 아편을 있는 대로 빨고는 나가떨어지고 말았다. 나는 적숫간에서 잡수방으로, 잡수방에서 적수간으로 왔다 갔다 하다가 틈을 보아 마루 밑을 들어갔다. 그리고 박석으로 깐 바닥돌을 창끝으로 들추어낸 후 땅속을 파고 옥외로 나갔다.

옥담을 넘어 줄다리를 매어놓고 나니 문득 딴생각이 들었다.

"조덕근 등을 데리고 나가서 무슨 변이 날지 모르니 이 길로 곧장 가 버리면 좋지 않을까?"

"그자들은 결코 동지가 아니다. 건져내어 무엇 하리?"

그런가 하면 또 이런 생각도 났다.

"그렇지 않다. 사람이 현인군자의 죄인이 되어도 대천입지(戴天立地)에 부끄러운 마음 견디기 어렵거늘, 저와 같은 더러운 죄인의 죄인이 되고서야 평생토록 그 부끄러움을 어찌 견디랴?"

나는 나온 구멍으로 다시 들어가서 천연스럽게 내 자리에 앉았다. 그리고 눈짓으로 네 명을 하나씩 다 내보낸 후 마지막으로 내가 나갔다.

나가서 보니 먼저 내보낸 네 사람이 옥담 밑에 쪼그리고 앉아서 벌벌 떨고 있을 뿐 감히 담 넘을 생각을 못하고 있는 게 아닌가.

내가 한 명씩 옥담 밖으로 다 내보낸 후 마지막으로 막 담을 넘으려 할 때였다. 먼저 나간 자들이 감리관과 옥을 통합하여 송판으로 막은 데를 넘느라고 야간에 요란한 소리를 내는 바람에 경무청과 순검청에서 호각을 불어 비상이 걸리고 말았다.

곧이어 옥문 밖에서 사람들이 달려오는 소리가 들려왔다. 나는 옥담 밑에 있었다. 내가 만일 옥방 안에만 있어도 관계가 없으나 이미 옥담 밑에까지 나와 있는 몸이었다. 이제는 탈주 외에는 방법이 없었다.

그런데, 남을 넘겨주는 것은 쉬웠지만 혼자서 한 길 반도 더 되는 담을 넘기는 어려운 일이었다. 시간이 급박하지만 않으면 줄사다리로라도 넘어 보겠지만, 지금은 그럴 수도 없었다. 문 밖에서는 벌써 옥문 여는 소리가 나고, 감방의 수인들도 떠들어대기 시작하는 것이다.

곁에 약 한 길쯤 되는 몽둥이가 눈에 띄었다. 역수(役囚)들이 물통을 멜 때 쓰는 목도였다.

나는 몽둥이를 가지고 몸을 솟구쳐서 담꼭대기를 손으로 잡고 내
리뛰었다. 그때는 최후 결심으로 한 때라, 누구든지 나의 가는 길을
막는 자 있으면 결투를 할 마음으로 철극(鐵戟)을 손에 들고 곧장 삼
문(三門)으로 내달았다. 삼문을 파수하는 순검도 비상소집에 갔는지
인적이 없다. 나는 곧바로 큰길로 나왔다.

봄날의 밤안개가 자욱했다. 나는 몇 해 전 서울 구경을 하고 인천
을 지난 적이 있었지만, 길이 생소하기만 하여 어디가 어딘지 도무지
분간조차 할 수 없었다.

더구나 지척도 분간 못할 깜깜한 밤이었다. 밤새도록 해변 모래사
장을 헤매다가 마침내 동녘 하늘이 훤할 때에 어딘가 하고 보니 감리
청 뒤 방룡동(方龍洞) 마루턱에 와 있었다.

그런데 바로 저 앞에서 순검 한 명이 군도를 절그럭거리며 달려오
고 있었다. 또 죽었구나 하고 급히 주변을 둘러보며 은신할 곳을 찾았
다. 길 옆 가게의 아궁이가 눈에 띄었다. 서울이나 인천 길거리의 상점
에는 방문밖에 아궁이를 내고, 방 앞 아궁이를 가리기 위해 긴 판자
쪽을 덮어놓는다. 거기다 신을 벗고 점방 출입을 하는 것이다.

나는 재빨리 판자 밑으로 들어가 누웠다. 순검의 흔들리는 환도집
이 내 코끝을 스치듯이 지나갔다. 나는 얼른 일어나 나왔다. 하늘은
벌써 훤히 밝고 저 앞으로 천주교당 뾰족집이 보였다.

그곳이 동쪽인 줄 알고 걸어갔다. 어느 집 앞에 가서 주인을 불렀
다. 안에서 누구냐 묻는 소리가 들렸다.

"아저씨, 나와 보시오."

하고 말하자 그 사람은 더욱 의심이 나는 모양이었다.

"누구냔 말이다."

"제가 김창수인데, 감리(監理)가 비밀로 석방하여 출옥했지만 갑자기 갈 데가 없으니, 댁에서 낮을 지내고 밤에 가면 어떻겠습니까?"

그래도 주인은 승낙하지 않았다. 나는 할 수 없이 다시 화개동을 향해 걸었다. 얼마를 가다가 어떤 모군꾼 한 사람을 보았다. 맨상투 바람에 두루마기만 입고 식전 막걸리 집엘 가는 모양이었다.

나는 그 사람에게 다가가 성명을 말하고, 비밀 석방되었다는 사유도 설명한 후 길을 물었다. 그는 반겨 승낙하고, 이 골목 저 골목 으슥한 길로 만 가서 화개동 마루턱에 올라서더니 동쪽을 가리켰다.

"저리로 가면 수원 가는 길이고, 저리로 가면 시흥으로 해서 서울 가는 작은 길이오. 그러니 마음대로 행로를 취해 가시구려."

나는 시간이 급박하여 성명도 묻지 못한 채 그 사람과 헤어진 후 시흥 가는 길을 잡아 서울로 갈 작정을 굳혔다.

나의 행색으로 보면 누가 보든지 진짜 도적놈으로 보기 십상이었다. 염병을 앓은 뒤 머리털은 모두 빠지고 새로 난 두발은 이른바 솔입 상투로 꼭대기만 노끈으로 졸라매고 수건으로 동이었을 뿐이다.

거기에 두루마기도 없이 바지저고리 바람이었다. 옷을 본다면 가난한 사람의 의복답지 않게 새로 지은 것이다. 그러나 그 새 옷에 보기 흉하게 흙이 묻어 있었다. 아무리 살펴보아도 여느 사람으로는 보이지 않았다.

5리 인천항 밖에서 아침 해가 올라왔고, 바람 편에 호각소리가 들려왔다. 인천 근처 산 위에도 사람들이 희뜩희뜩 올라가 있었다. 이런 행색으로 길에 나섰다간 몇 발짝도 못 가 잡히리라, 그렇다고 산속에 은신한다 하더라도 반드시 산을 수색할 것이니, 그 또한 어리석은 일이 아닐 수 없다.

이렇게 생각한 끝에 나는 허즉실(虛則實), 실즉허의 용법을 취하기로 하고 대로변에 숨으리라 작정했다. 인천서 시흥 가는 대로변에는 잔솔로 이룬 방석솔 포기가 드문드문 서 있다. 나는 그 솔포기 밑으로 두 다리를 들이밀고 누워보았다. 얼굴이 드러났다. 솔가지를 꺾어 가리고 그대로 드러누웠다.

과연 순검과 압뢰가 떼를 지어 시흥대로를 달려간다. 주거니 받거니 논의가 분분하다. 조덕근은 서울로, 양봉구는 윤선(輪船)으로 도망쳤는데, 김창수는 어디로 갔을까?

"그중에도 김창수는 제일 잡기가 어려울걸. 과연 장사야! 창수만은 잘했지. 잘 도망간 거야."

바로 나더러 들으라고 하는 말 같았다.

보아하니 부근 산기슭을 샅샅이 수색한 모양이었다. 해가 서산에 걸릴 즈음 하여 아침에 갔던 순검들과 압뢰 김장후(金長後) 등 한 무리가 바로 내 발부리 앞을 지나서 인천으로 돌아가는 것을 보고서야 비로소 나는 솔포기 속에서 나왔다. 그러나 심한 기갈로 정신을 차릴 수 없었다. 저녁 해가 높을 때 저녁을 먹은 데다 밤에는 파옥에 힘을 다 쏟았고, 밤새껏 방향을 잃은 채 모래밭을 헤맸으며, 게다가 다시 황혼이 되도록 물 한 모금 못 마신 채 있었으니 하늘과 땅이 빙빙 도는 것 같았다. 나는 근처 동네에 들어가 한 집을 찾아가 청했다.

"나는 청파(青坡) 사람으로, 황해도 연안에 가서 곡식을 싣고 오다가 간밤에 북성포(北城浦)에서 파선을 하고 서울로 가는 길입니다. 시장하니 밥을 좀 먹게 해주십시오."

집주인이 죽 한 그릇을 내주었다. 내 품속에는 누가 정표로 준 화류 면경 하나가 있었다. 나는 그것을 그 집 아이에게 주었다. 면경 한 개의 값은 엽전 한 냥이었다. 그것으로 하룻밤 자고 아침에 가겠다고 청해보았지만 거절당하고 말았다. 결국 죽 한 그릇을 쌀 한 말 값 주고 사먹은 꼴이 되었다. 집주인은 내 모양을 보고 수상한 생각이 들었던 것이다.

"저기 저 집 사랑에 행객이 더러 자고 다니니 그리로 가서 물어보시오."

할 수 없이 그 집으로 가서 하룻밤 숙박을 청했으나 역시 거절당하고 말았다. 가만히 살펴보니 동네에는 디딜방앗간이 있고 그 옆에 짚단 더미가 있었다. 나는 볏짚을 안아다가 방앗간에다 잠자리를 만들었다.

볏짚을 깔고 덮고 베고 누웠으려니, 인천감옥 특별 방에서 2년 동안 지낸 연극의 제1막이 내리고, 지금은 방앗간 잠으로 제2막이 열린 것이구나 하는 회포가 일었다. 나는 누운 채 〈손무자〉와 〈삼략〉을 독송했다. 바깥에서 동네 사람들이 몰려와 수군거리는 소리가 들렸다.

"글을 읽는데!"

"그렇군! 아마 거지가 아닌가 본데. 아까 큰사랑에 와서 하룻밤 자고 가기를 청하던 사람이야."

나는 서글픈 생각이 들기도 했지만, 장량(張良)이 겪던 일에 비하면 그래도 낫다고 생각하고, 미친 사람 모양 마구 욕설을 내뱉다가 잠이 들었다.

## 9. 3남을 떠돌아다니다
三南

새벽 일찍 잠에서 깬 나는 작은 길을 따라 경성으로 향했다. 벼리 고개 쪽으로 걷다가 아침밥을 얻어먹기 위해 어느 집 문전으로 갔다.

전에 고향에 있을 때 이른바 떼거지라고 10여 명씩 몰려다니며 집 집마다 가서 성난 소리로 크게 외쳐대며 장타령을 불러 제끼던 것을 보았지만, 나는 그처럼 신명나게는 못하고, 다만 '밥 좀 주시오.' 하고 크게 소리 지를 따름이었다. 그런데도 사람은 듣지 못했는지, 그 집개 가 먼저 사납게 짖어대기 시작했다. 그러자 주인이 얼굴을 내밀었다.

"밥을 얻어먹으려면 미리 시킬 일이지, 시키지도 않았는데 무슨 밥 이 있느냐?"

그래서 내가 또 부탁했다.

"여보, 그럼 숭늉이라도 좀 주시오."

하인이 갖다 주는 숭늉 한 그릇을 마시고 떠났다. 큰길을 피해 매 양 촌동네로만 길을 잡아, 이 동네에서 저 동네로 가는 마을 사람처 럼 해서 인천·부평 등 군을 지나갔다.

2, 3년간 작은 천지, 좁은 세계의 생활을 하다가 넓은 세상에 나와 서 가고 싶은 곳을 활개를 쳐가며 가노라니 심신이 상쾌했다. 그래서 감옥에서 배운 시조와 타령을 읊어가면서 길을 걸었다.

그날로 양화도(楊花渡) 나루에 당도했다. 날도 이미 저물고 배도 고 프고 나룻삯 줄 돈도 없었다. 동네 서당에 들어가 선생과의 면담을 청 했다. 선생은 내가 어리게 보이는데다가 의관을 제대로 갖추지 못한 것을 보고는 초면인데도 경어를 사용하지 않고 내리보는 말을 했다.

나는 정색하고 선생을 꾸짖었다.

"당신이 남의 사표가 되는 사람으로서 교만하니, 아동교육이 잘못될 것이 아니오. 내 일시 운수가 불길하여 행로 중에 도적을 만나 이 모양으로 선생을 대하나, 결코 선생에게 하대나 열대를 받을 사람은 아니오."

선생은 사과하고 내력을 물었다. 나는 경성 사는 아무개인데 하고서,

"인천에 볼 일이 있어 갔다가 돌아오는 길에 벼리고개에서 도적을 만나 의관과 행리를 다 뺏기고 집으로 가는 길이오. 그런데 날도 저물고 주리기도 하여 예절을 아실만한 선생을 찾았습니다."

하며 적당히 말을 꾸며댔다.

선생은 그곳에서 같이 숙식하기를 승낙하고, 문자 토론으로 하룻밤을 쉬며 보냈다.

다음날 아침에는 식사 후 선생이 학도 2명에게 편지를 주어 나룻배 주인에게 전하게 했다. 덕분에 나는 무료로 양화나루를 건너 경성에 닿을 수 있었다.

내가 서울로 가는 데는 그럴 만한 까닭이 있었다. 인천옥에 있는 동안 각처 사람들과 많이 친하게 된 가운데, 경성 남영희궁(南永禧宮)에서 청지기 하던 사람을 알게 되었다. 그는 배오개의 유기장 등 5, 6명과 함께 인천 앞바다에 배를 띄우고 백동전을 사주(私鑄)하다가 동아리와 함께 체포되어 인천감옥에서 1년 여를 고생한 일이 있다. 그때 그들은 나에게 평생 잊을 수 없는 은혜를 입었다면서, 출옥할 때 알려만 주면 자기들이 와서 맞이하겠다며 신신당부했던 것이다.

출옥 후 의관을 바꿔줄 사람도 없고 해서 나는 그 사람들도 찾을

겸 조덕근도 만나보려는 생각이었다.

남대문을 들어서서 남영희궁을 찾아갔을 때는 이미 땅거미가 질 무렵이었다. 나는 청지기 방문 앞에서 소리쳤다.

"이리 오너라."

그리고 청지기 방에서 누가 미닫이를 반쯤 열고 말했다.

"어디서 편지 가져왔나? 두고 가려무나."

목소리를 들으니 진(陳) 오위장이 아닌가.

"편지를 친히 받으시오."

하고, 나는 뜰 안으로 들어섰다.

진이 마루에 나와서 자세히 나를 보더니만,

"아이고! 이게 누구요?"

하고, 버선발로 마당에 뛰어내려와 내게 매달렸다.

그는 자기 방으로 나를 끌고 들어가 곡절을 물었다. 나는 바른 대로 말했다. 진 오위장은 자기 방에 나를 앉혀놓고서 식구들을 불러 인사를 시키는 한편, 그때의 공범들을 다 불러 모였다.

내 행색이 수상함을 근심하여 그들은 백립과 두루마기·망건 등을 각기 하나씩 사와서 나에게 주면서 속히 관과 망건을 하라고 권했다.

몇 년 만에 처음 망건을 쓰니, 어찌된 일인지 눈물이 나왔다.

이 사람들과 며칠을 잘 보낸 후 청파동으로 조덕근의 집을 찾아갔다.

그런데 조덕근의 큰마누라가 나를 보더니 꺼리는 빛이었다.

"우리 댁 선달님이 옥에서 나왔다고 인천 집에서 기별은 있으나, 이 모댁에 나와서 계신지 어떤지 모르겠습니다. 내가 오늘 가보고 내일 오시면 말씀하겠습니다."

그날은 그냥 돌아갔다가 다음날 다시 찾아갔다. 그러나 역시 모른다는 것이다.

그 말하는 눈치가 조덕근과 상의한 것 같았다. 나는 자기보다 중죄인이고, 또 이미 탈옥한 바에야 다시 만난들 이익이 없다는 생각에서 잡아떼는 수작임에 틀림없다.

내가 참으로 어리석었다. 그때 내가 혼자서 쉽게 달아날 수도 있었지만 그가 내게 애걸하던 정경을 생각하곤 2중의 험지에 재차 다시 들어가서 그자들을 구해준 것인데, 지금 내가 빈손으로 찾아온 것을 알고 나를 거절하는 것이다. 아마 내가 돈이라도 요구할 줄 아는 모양이었다.

나는 이런 생각을 하면서, 그런 행실을 크게 나무랄 것은 없다 하고 돌아섰다. 그러고는 다시 찾아가지 않았다.

며칠을 두고 이 사람 저 사람에게 잘 얻어먹고 푹 쉰 뒤에 팔도강산 구경이나 하겠다면서 작별을 고했다. 그러자 또 노자를 모아 한 짐 지어주는 것이었다.

그날로 나는 동적강(銅赤江)을 건너 삼남으로 떠났다. 그때 마음이 매우 울적하여 폭음을 하기 시작, 밤낮 쉬지 않고 마셔대면서 과천을 지나 수원(水原), 오산(烏山)장에 도착하니, 한짐 지고 떠난 노자는 벌써 바닥이 나버리고 말았다.

오산장 서쪽 동네에 김삼척(金三陟)이라는 사람의 집이 있었는데, 주인 노인은 용력이 있어 삼척영장(三陟營將)을 지낸 사람이다. 아들이 여섯 있는데, 그중 맏아들이 인천항에서 장사를 하다가 실패한 관계로 인천옥에서 한 달 남짓 고생한 적이 있었다. 그때 나와 알게 되었는데 나를 무척이나 사랑하여, 자기가 방면될 때에도 갈라서기 어렵다는 정의에서 훗날 다시 상면하기로 굳게 언약했던 것이다.

나는 그 집에 찾아가 그들 6형제와 같이 술을 마시고 노래하면서 며칠을 보냈다. 그러고서 약간의 노자마저 얻어가지고 다시 남으로 향해 길을 떠났다.

공주를 지나서 은진 강경포(江景浦)의 공종렬(孔鍾烈) 집을 찾아갔다. 그 역시 나와 감옥 친구인데, 그때 자기 아버지 공중군(孔中軍)이 작고하여 상중에 있었다. 그는 위인이 연소 영리하고, 문자도 알만했다.

일찍이 운현궁 청지기를 지냈고, 조병식(趙秉軾)의 사음(舍音-마름)으로 강경포의 물상객주(物商客主)를 경영하다가 금전관계로 소송에 걸려들어 여러 달 인천옥에 갇혀 있는 동안 나와 친하게 된 사람이었다.

집은 대단히 크고 넓었다. 공종렬은 내 손을 끌고 일곱째 대문을 들어 자기 부인 방에 나를 유숙하게 했다. 공의 자당도 인천에서 알게 되었으므로 반갑게 인사 올렸다.

공군이 나를 내실에 머물게 하는 등 극진히 대접하는 것은 옥중 친구였던 인정 때문인 것은 말할 것도 없지만, 또 그 포구가 인천과는 아침저녁으로 내왕하는 곳으로서, 각 사랑에 동서남북 각 지방 사람들이 출입하는 까닭에 혹시 내 비밀이 탄로 나지나 않을까 두려웠기 때문이었다.

거기서 며칠을 휴양하고 있던 중, 하룻밤은 달빛이 뜰에 가득한데, 공군의 자당 방문이 열리고 닫히는 소리가 들렸다. 나는 가만히 일어나 앉아 창문 유리로 뜨락을 내다보았다.

그러자 홀연 칼 빛이 번쩍였다. 자세히 살펴보니 공종렬은 칼을 들었고, 어머니는 창을 잡고 있었다. 뜻밖의 변이라도 있지 않을까 싶어 얼른 옷을 걸쳐 입었다. 그러자 얼마 후 공군이 한 청년의 상투를 끌고 들어온다. 그리고 하인들을 불러 두레 집을 짓게 하더니 그 청년을 거꾸로 매다는 것이었다.

그런 다음 10살 안팎의 어린아이들을 불러다가 망치 한 개씩을 주면서,

"너희들의 원수니 너희들의 손으로 때려죽여라!"

하는 게 아닌가. 그러고는 공군이 내가 있는 방으로 들어와, 형이 매우 놀랐겠는데 미안하다고 하고 지초자종을 말하는 것이었다.

"형과 나 사이야 무슨 꺼리고 숨길 것이 있겠소. 내 누님 한 분이 과부로 지내며 수절을 하다가 우리 집 상노 놈과 통간하여 일전에 해산을 하고 죽었소. 그래서 그놈을 불러 네 새끼를 데리고 먼 곳으로 가서 영원히 내 앞에 보이지 말라 그랬는데, 이놈이 천주학을 하여 신부의 세력을 믿고서 우리 집 옆에 유모를 두고, 우리 집안에 수치를 끼치는 거요. 세상 이럴 수가 있겠소. 형이 나가서 호령하여 저놈이 겁을 먹고 멀리 도망쳐 달아나도록 해주오."

나는 어디로 보든지 그만한 청쯤 들어주지 않을 수 없는 처지였다. 나는 나가서 매달려 있는 상노를 풀어 앉히고, 하나하나 죄를 꾸짖었다.

"네가 이 댁에서 길러준 은혜를 생각하더라도 주인의 면목을 그다지도 무시할 수 있단 말이냐?"

그 자는 나를 슬쩍 쳐다보더니 겁먹은 기색으로 머리를 조아렸다.

"나리 분부대로 하겠습니다. 살려만 주십시오."

공종렬이 그 자를 보고 다그쳤다.

"오늘밤으로 자식을 내다버리고 이 지방을 떠날 것이냐?"

그러자 상노는 그렇게 하겠다고 다짐하고 물러갔다.

나는 공군에게 물었다.

"저자가 자식을 데리고 갈 곳은 있는가?"

"개 건너 임파[臨陂] 땅에 제 형이 사니까 그리 가면 자식도 기를 수 있겠지요."

"아까 그 두 아이는 누군가?"

"그게 내 생질이오."

대강 사정을 안 나는 내일 아침 어디든 다른 곳으로 떠나가겠다고 말 했다. 이 집의 형편으로 보나 또 내가 잠복했던 사실이 드러난 것으로 보나, 공군 역시 그렇게 하는 것이 좋겠다는 생각이었다.

그는 자기 매부 진선전(陳宣傳)이 무주읍(茂州邑)에서 살고 있는 부자이고, 거기에 그 읍은 깊숙한 시골이니 그곳으로 가서 세월을 기다리는 편이 좋을 것 같다고 하며 소개편지까지 한 장 써주는 것이었다.

다음날 아침 나는 공군과 작별하고, 무주를 향해 떠났다. 강경포를 채 벗어나기 전에 거리에 사람들이 모여 웅성거리는 것이 눈에 띄었다.

지난 새벽에 갯가에서 어린 아기 우는 소리가 들렸는데, 그 소리가 끊어진 지 오래이니 아기는 죽었을 것이라고 야단들이었다.

나는 이 말을 듣자 천지가 아득하기만 했다.

"오늘 나는 살인을 하고 가는 길이로구나. 그자가 밤에 내 얼굴을 대할 때에 심히 무서워하는 것 같더니, 공종렬의 말을 곧 내 명령으로 생각하고 제 새끼를 안아다가 강변에 버리고 달아난 것이 아니겠는가. 가뜩이나 마음이 울적한데, 세상에 아무 죄도 없는 어린 아기를 죽게 만들었으니, 이 얼마나 큰 죄악인가."

마침내 무주읍에 닿아 진선전의 집을 찾아갔다. 그러나 변변치 못하게 한 곳에만 죽치고 들어앉아 있다가는 공연히 울증만 쌓일 것 같아 마음을 고쳐먹고 다시 길을 떠났다.

내 걸음이 이미 삼남 일대를 돌아다니고 있을 바에는 남원에 가서 김형진을 만나봐야겠다고 생각했다. 평소에 들은 말로, 전주 남문 안 한약국 주인 최군선(崔君善)이 그의 매형이라는 사실을 알고 있었다. 나는 먼저 남원 이동(耳洞)에 들러 김형진을 찾아보았다.

그러자 동네 사람들이 놀라며 찾는 까닭을 되묻는 것이다. 나는 김형진을 경성에서 알아 지나는 길에 찾아본 것이라고 말했다.

마을 사람들이 하는 말은 이랬다.

"김형진이 이 동네에서 대대로 살아온 것은 사실입니다만, 연전에 동학에 가입했다가 끝에 가서 도주하고는 그 후 다시 소식을 알 수 없답니다."

나는 그 말을 듣고 다소 섭섭한 생각이 들었다.

그는 나와 청나라까지 같이 가서, 여러 번 위험을 같이 겪어가면서 친형제보다 정의가 더 깊었던 처지가 아닌가. 그런데 어찌해서 동학 가입에 대해서 그렇게 숨겼단 말인가.

여하튼 전주까지 가서 행방을 알아보리라 마음먹었다. 그리하여 전주읍의 최군선을 찾아가 김형진의 친구란 말을 하고, 지금 있는 곳을 물었다.

그러나 최군선은 역시 냉담한 어조로 말하는 것이다.

"김형진이 내 처남 되는 건 틀림없습니다만, 내게는 지기 어려운 무거운 짐을 지워놓고 자기는 벌써 황천객이 되어 가버렸답니다."

천신만고 끝에 찾아간 나는 슬픈 감회를 금할 길이 없었다. 거기에 최의 응대마저 냉담하기 짝이 없어 더 물어볼 마음조차 나지 않았다.

이내 작별하고 밖으로 나왔다. 그날은 마침 전주 장날이었다. 나는 장터에 나가서 장구경을 하면서 돌아다녔다. 이리저리 다니다가 백목전에 이르렀다. 농꾼 모습의 한 청년이 포목을 팔고 있었다.

그런데 얼굴이 김형진과 너무나 닮은 것이 아닌가. 김형진보다 좀 어리게 보이지만 틀림없는 김형진이었다. 단 김형진은 문사(文士)의 자태에 가깝지만, 이 사람은 농꾼처럼 보이는 것이 다를 뿐이었다. 말하는 모습에다 짓거리는 김형진과 꼭 같았다.

나는 그 사람이 장일을 마치고 돌아가려 할 즈음 그를 붙잡고 물었다

"당신, 김서방 아니오?"

그러자 그가 서슴없이 대답했다.

"네, 그렇소만 당신은 뉘시오니까?"

"노형이 김형진씨 계씨가 아니오?"

그는 잠시 머뭇거리며 말대답을 못했다. 나는 또 물었다.

"당신 얼굴을 보아 김형진씨 계씨임이 분명한 것 같소. 나는 황해도 해주 사는 김창수란 사람이오. 노형 백씨 생전에 혹시 내 애기를 들은 적 없소?"

그 청년은 단박 두 눈에 눈물을 글썽거리더니, 차마 말할 수가 없는 듯 흐느껴 울기 시작했다. 한동안 그렇게 울더니 이윽고 입을 열었다.

"과연 그렇습니다. 내가 형 생전에 당신의 말씀을 들었을 뿐 아니라, 별세하실 때에도 창수를 생전에 다시 못 보고 죽는 게 유한이라 하더군요. 자, 어서 저희 집으로 가십시다."

그는 나를 끌고 금구(金溝) 원평(院坪)으로 가서 조그마한 집에 들어갔다. 그가 자기 자당과 형수에게 내가 찾아온 사유를 말하자 집안은 이내 곡성이 진통했다.

김형진이 작고한 지 19일 되었다는 것이다. 60 노모는 자기 아들을 생각하고, 30 젊은 과부는 자기 남편을 생각하는데, 아들 맹문(孟文)은 아직 8, 9세 어린 아이로 아무 것도 모르는 철부지였다.

장터에서 만난 사람은 바로 형진의 둘째 아우로, 그에게는 아들 맹열(孟悅)이 있고, 농사지어 생활하고 있었다.

나는 이 집에서 며칠을 쉬었다. 그러고는 다시 무안(務安)·목포로 떠났다. 목포에 도착하니 새로 열린 항구로, 아직 관사(官舍)도 짓지 못한 상태였고, 모든 것이 보잘 것이 없고 썰렁해 보이기만 했다.

거기서 양봉구(梁鳳九)를 만나 인천 소식을 듣게 되었다. 인천에선 조덕근이 서울서 잡혀가서 눈 하나가 빠지고 다리가 부러졌다고 하고, 그때 압뢰였던 김가는 아편쟁이로 몰려 옥중에서 죽었다고 한다. 그리고 나에 대한 소문은 듣지 못했다고 한다. 그러면서 인천과 목포 사이는 순검들이 서로 내왕하고 있으니 오래 머무를 곳이 아니라며, 약간의 여비를 주면서 어서 목포를 떠나라는 것이다.

목포를 떠나서 나는 해남(海南) 관두(舘頭)와 강진, 고금도(古今島) 완도 등지를 구경한 후, 장흥·보성으로, 화순·동복(同福)으로, 순창·대명(大明)으로 두루 다니다가, 하동 쌍계사(雙溪寺)에 가서 칠불아자방(七佛亞字房)을 구경하기도 했다.

그리고 다시 충청도 계룡산 갑사(甲寺)에 도착했다. 때는 8, 9월이어서 절 부근에는 감나무가 숲을 이루고, 붉은 감이 익어서 저절로 떨어지고 있었다.

절에서 점심을 사먹고 앉아 있다가 동학사(東鶴寺)에 와서 점심을 먹는 유산객 한 사람을 만나게 되었다. 인사를 나누어보니 공주 사는 이서방이라 한다.

그가 유산시(遊山詩)를 들려주는데, 나이는 40이 넘은 선비로, 시로나 말로나 퍽 비관(悲觀)을 품은 사람이었다. 초면이라도 담론이 매우 잘 나가 이내 친구하게 되었다.

그가 나의 행방을 묻기로, 나는 개성에서 생장하여 상업에 실패하고 홧김에 강산 구경이나 하자고 떠나서, 근 1년을 남도에서 지내다가 지금은 고향으로 가는 길이라고 말했다.

이 서방이 다정하게 내게 청했다.

"형이 기왕 구경을 떠난 바에는 여기서 40여 리를 가면 마곡사(麻谷寺)란 절이 있으니 그 절이나 같이 구경하고 가시는 것이 어떻겠소?"

마곡사란 말이 심히 뜻이 있게 들렸다. 어렸을 때부터 보았던 〈동국명현록(東國名賢錄)〉이란 책에 이런 얘기가 나온다. 서경덕(徐敬德) 화담(花譚) 선생이 동지하례에 참례하여 껄껄 웃었다. 그러자 임금이,

"경은 무슨 일로 중인(衆人)들 중에 그토록 광소(狂笑)하느냐?"
고 하문한다.

화담이 아뢰었다.

"오늘밤 마곡사 상좌중이 달야자화죽(達夜者火粥)이라가 불승기면(不勝其眠)하야 죽부중(粥釜中)에 익사하였는데, 중승(衆僧)이 전연부지(全然不知)하고 죽을 먹으며 희희낙락하는 것을 생각하니 우습습니다."

임금이 즉시 파발말을 놓아 하루 밤낮 3백여 리를 달려 마곡사에 가서 조사하게 한즉 과연 그렇더라는 얘기다. 아버님이 늘 이것을 가지고 소설로 이야기하시던 것이 연상되는 것이었다.

나는 승낙하고 이서방과 같이 마곡사로 향해 갔다.

나의 만유(漫遊)는 이것으로 끝났지만, 그 사이에 돌아본 것과 직접 겪은 사실들을 대략 들어보면, 아산(牙山)의 배암밭 동네에 들어가 충무공 이순신의 기념비를 우러러보았고, 광주 나귀마을이라는 동네에 들어간즉, 촌동리에 몇백 호인지는 모르나 일곱 사람의 동장이 일을 본다는 것이었는데, 서북(西北)에서는 보지 못한 일이었다.

광(光)·나주(羅州), 순(順)·대명(大命) 등 도처의 대밭이 역시 서북에는 없는 특산이다. 내가 10여 세 때까지 대나무는 일 년에 한 마디씩 자라는 줄은 알았지만 실지로 본 것은 처음이었다. 장흥·보성 등 각 군에는 여름철에 콩잎사귀를 따서 국을 끓여먹거나, 또 뜯어서 말렸다가 삼동에 먹기도 하는데, 그 말린 것을 소나 말에 지워 장에 내다팔아 상품의 대종(大宗)이 되는 것을 보기도 했다.

해남의 이 진사 집 사랑에서 며칠 머무는 동안 같이 머문 손이 5, 6명 되었다. 그중에는 그 집 손 노릇한지가 8, 9년 된 자도 있었다.

손님이 일을 하면 주인이 가난해진다는 미신이 있어, 손가락 하나 까딱하지 않고 주인과 똑같은 대접을 받는다.

양반이 아니면 비록 큰 재산가라도 감히 사랑문을 밖으로 열지 못한다. 그런 고로 지나는 손이 주인을 찾아 숙박을 청하면, 첫째에 묻는 말이 이렇다.

"간밤은 어디서 유숙하였소?"

만일 유숙한 집이 양반의 집이면 두말없고, 중인(中人)의 집에서 잔 것 같으면 손을 타이르는 한편, 손을 접대한 상인들은 양반이 잡아다가 사형(私刑)을 가하는 등 별별 괴악한 습속이 많다.

내가 직접 보지는 못했지만, 그런 지방 과객으로 유명한 자는 홍초립(洪草笠)·박도포(朴道袍) 등이라 한다. 홍가는 초립동 때부터 평생을 과객으로 종신했고, 박도포는 늘 도포만 입고서 과객 노릇을 했다는데, 그 자들은 어느 집에 들어가든지 주인이 조금만 접대를 잘못해도 심하게 발악했다고 한다.

해남은 윤(尹)·이(李) 두 성이 가장 큰 양반으로 세력을 차지하고 있었다. 윤성(尹姓)의 사랑에서 유숙할 때였는데, 밤이 이슥할 무렵 사랑문 앞 말뚝에 어떤 사람을 결박해놓고 호된 형벌을 가하는 소리가 들렸다. 주인의 목소리였다.

"네 이놈! 죽일 놈! 양반이 작정해서 준 품삯대로 받는 것이 아니라 네 멋대로 더 친단 말이냐?"

형벌을 받는 사람은 온갖 말로 죽을죄를 지었다며 살려달라고 애원했다. 나는 주인에게 물었다.

"양반이 작정한 품삯은 얼마고, 상사람이 자의로 더 붙인 것은 얼마가 되오?"

"내가 금년은 동네 품삯을 년은 두 푼, 놈은 서 푼씩 정한 것인데, 저 놈이 어느 댁 일을 하고 한 푼을 더 받았기 때문에 버릇을 고치려고 징치하는 것이오."

나는 다시 물었다.

"노상의 행인에 대한 여점(旅店) 식대도 한 끼에 최하 5, 6푼인데, 하루품삯이 밥 한 상 값의 반액도 못되면 독신생활도 지탱하기 어렵거든 하물며 권속을 데리고 어찌 생활을 한단 말이오?"

"저놈들 한 집에 장정이 연놈 하여 두 명씩이라 하면, 매일 한 평씩이라도 양반집 일을 안 할 때는 없고, 일만 하는 날은 그놈 집에 전 식구가 와서 먹소이다. 그러니 품삯을 많이 주면 돈이 남아 상놈들이 옷이나 잘 입고 다니게 되고, 그래서 자연 양반에 공손치 못하게 되므로 그같이 품삯을 작정해서 주는 것이오."

나는 이 말을 듣고 깜짝 놀랐다. 내가 상놈으로 해주 서촌에서 난 것을 늘 한탄했었는데, 이곳에 와서 보니 양반의 낙지(樂地)는 삼남이요, 상놈의 낙지는 서북이 아닌가!

"내가 해서(海西) 상놈이 된 것이 큰 행복이지. 만일 삼남 상놈이 되었던들 얼마나 불행했을꼬?"

경상도 지방의 반상(班常)은 약간 다르다. 소 잡는 백정은 삼남에서 망건을 쓰지 못한다. 그냥 맨머리에 패랭이[平凉子] 쓰고 출입하는 것이다. 경상도는 패랭이 밑에 대테[竹丸]를 둘러대고, 거기다가 끈을 맨 것이 백정 놈이다. 백정이 길을 갈 때는 노소남녀를 막론하고 사람을 만나게 되면 반드시 길 아래로 내려서야 한다. 그리고,

"소인 문안드리오."

하고, 행인을 먼저 보낸 다음 자기가 가는 것이다.

경상도만의 특수한 현상이라 하겠다. 삼남에선 양반의 위엄이나 속박이 지나치게 심하지만, 그런 가운데도 약간의 미속(美俗)이 없는 것은 아니다.

모를 내는 이앙기에 김제(金堤) 만경(萬頃)을 지나며 본 일이다. 농꾼이 아침에 일을 나갈 때면 사령기를 들고 장구를 치면서 들로 나간다. 그리하여 농기(農旗)를 세우고 모를 심을 때는 선소리꾼은 북을 치며 농가(農歌)를 인도하고, 남녀 농꾼은 손발 춤을 추어가면서 신이 나서 일을 한다.

주인은 탁주를 논두렁 여기저기에 동이로 놓아두어 마음대로 먹게 하고, 행인이 지나면 다투어 권한다. 농꾼이 음식을 먹을 때는 시임(時任) 감사나 수령이라 할지라도 말에서 내려 인사말을 한다.

대개 노동자들은 조직이 있어, 농주(農主)가 일꾼을 고용할 때면 그 수령에게 교섭하게 되는데, 그렇게 교섭하여 일꾼을 결정할 때엔 의복·새경·휴식·질병 등에 대한 조건들을 정하고, 실제 감독은 그 수령[有司廳首]이 맡아 한다. 만일 일꾼이 태만해도 주인이 마음대로 책벌하지 못하고 그 수령에게 고발하여 징계한다.

양반·상놈의 구별이 이같이 심하지만 정월 초승과 8월 추석 때에는 동네와 동네 중간에 나무기둥이나 돌기둥을 세우고, 그 기둥에 동아줄을 매어 각기 자기 동네로 그 기둥 끝이 쓰러지도록 줄다리기를

할 때에는 남녀·노소, 반·상의 구별 없이 즐겁게 어우러져 논다고 한
다.

고금도의 충무공 전적과 금산(錦山)의 조중봉(趙重峰-趙憲, 문신, 의병
장) 패적유지(敗績遺址), 공주에서 승(僧) 영규(靈奎)의 비를 보고는 많
은 느낌을 받았다.

임실에서 전주로 향하던 중 당현(堂峴)을 넘을 때였다. 전주와 임실
중간의 큰 고개이다. 풍채가 부잣집 주인같이 보이는 40 남짓의 중노
인이 혼자 나귀를 타고 가는 것을 보았다. 그 사람은 고개 밑에 이르
자 나귀에서 내려 걷기 시작했다. 자연 나와 동행이 되었다.

인사를 한즉, 임실읍내에 사는 오위장 문원래(文元來)라고 한다. 같
이 이야기를 해가면서 영마루에 당도했다. 거기에는 너댓 집의 술집이
있었다. 마침 그날은 전주 장날이었기 때문에 보부상 수십 명이 장에
갔다가 돌아오는 길인 모양으로 고개 위에서 다리를 쉬고 있었다.

문원래는 고개 위에 오르자 나에게 같이 쉬어 가자고 청해왔다. 문
씨에게 달리 반기는 사람이 없어 나와 같이 한 잔 하자면 사양할 것
은 없겠지만, 문씨가 술집 주인에게 환대받는 모양이므로 나는 굳이
사양했다.

고개를 넘어설 때는 어느새 해가 서산에 뉘엿뉘엿하고 있었다.

급히 걸어 상관(上關) 술집에 와서 들었다. 저녁밥을 먹은 후 앉아
서 담배를 피울 즈음 급보가 날아들었다. 오늘 해가 지기 직전 고개
위에서 30여 명의 강도가 나타나 행상의 재물을 약탈했다고 한다. 문
오위장은 그 도적들을 보고 취중에 호령을 하다가 도적들이 도끼를
후려치는 통에 두골이 두 쪽으로 갈라지고 머리와 몸이 세 토막 나버
렸다는 것이다.

내가 만약 문씨의 손에 이끌려 주석에 동참했더라면 신명이 어찌되

었을 것인가? 심히 놀라지 않을 수 없었다.

문씨는 임실의 이속(吏屬)으로, 자기 친동생이 민영준(閔泳駿)에게
신임 받는 청지기라 한다. 그는 동생을 믿고 세도를 부린 탓에 인심을
잃었다는 것이다. 이번의 화도 그런 것이 빌미가 되어 입었다는 얘기
들이었다.

다음은 전주의 이야기를 해보자. 전주에선 관리와 사령이 서로 원
수이기 때문에, 당시 진위대(鎭衛隊) 병정을 모집하는데 사령이 입영될
까 두려워한 나머지 관리들이 자기 자식들을 죄다 병정으로 입영시켜
버렸다는 것이다. 그런데 그들은 머리에는 상투를 그대로 둔 채 구모
를 높직이 맞추어 쓰고들 있었다.

다시 공주 이서방 이야기로 돌아가자. 갑사(甲寺)에서부터 함께 동
행 하던 중에 이서방이 자기 내력을 소개했다. 그는 홀아비로 몇 년간
글방 훈장노릇을 했다고 한다. 그런데 지금은 마곡사로 가서 중이나
되어 평생을 고요히 지내려 한다는 것이다.

그러면서 나에게도 함께 중이 되자고 권하는 것이 아닌가.

나도 얼마간 마음이 없는 것은 아니었다. 그러나 돌연한 문제이므
로 급히 결단할 수가 없어 이야기만 하고, 종일 걸어 마곡사 남쪽 산
위에까지 올랐다. 벌써 해는 황혼이었다.

온 산이 단풍으로 울긋불긋하고, 나그네 가을바람에 마음 스산하
기만 했다. 저녁 안개가 산 밑에 있는 마곡사를 감싸 돌고, 절은 그 짙
은 안개 속에 잠겨 있었다. 나와 같은 온갖 풍진 속에서 떠도는 자의
더러운 발을 거절하는 듯이 보였다.

또 한편으로, 저녁 종소리가 둘러싼 안개를 헤치고 나와 나의 귀에
와서, 일체 번뇌를 해탈하고 어서 입문하라고 권고하는 것 같기도 했
다.

이서방은 나의 의사를 다시 물었다.

"노형, 어찌하려오? 세상일 다 잊고 중이나 되십시다."

나는 이서방을 보고 말했다.

"이 자리서 노형과 결정한다고 해서 무슨 소용이 있겠소. 일단 절에 들어가 봐서 중이 되려는 자와 중을 만들 자 사이에 의견이 맞아야 될 게 아니겠소?"

"그도 그렇군."

우리는 일어나서 안개를 헤치며 마곡사를 향해 나아갔다.

한 발짝, 한 걸음씩 오탁세계에서 청량계(淸凉界)로, 지옥에서 극락으로 옮겨 들어간다. 세간(世間)에서 걸음을 옮겨 출세간(出世間)으로 천천히 걸어 들어가는 것이다.

## 10. 마곡사에서 중이 되다
麻谷寺


처음 당도한 데가 매화당(梅花堂)이었다. 큰 소리를 내며 산문으로 급하게 달리는 시냇물 위에 긴 나무다리가 걸쳐져 있었다. 그 다리를 지나서 심일당(尋釼堂)으로 들어갔다.

머리가 허옇게 벗어진 늙은 중이 화폭을 펼쳐보다가 우리를 보고는 인사를 한다. 이서방은 전부터 아는 사이인지 반갑게 인사하는 것이었다.

중은 자기를 포봉당(抱鳳堂)이라 한다고 말해주었다. 이서방은 나를 심일당에 앉혀놓은 후 다른 방으로 건너갔다.

얼마 후 나에게도 한 그릇 객반(客飯)이 나왔다. 저녁을 마치고 앉아 있는데, 백발노승이 나와서 내게 공손히 인사한다.

나는 내 소개를, 개성출생으로 조실부모하고, 도와줄 만한 친척도 없는 독신자로 강산 구경이나 하려고 만유중이라고 말했다.

노승은 속성이 소씨(蘇氏)로, 익산(益山)서 살았으며, 삭발한 지가 4, 50년 되었다고 하면서, 은근히 자기의 상좌가 되어줄 것을 청하는 것이다. 나는 다소 겸양을 하면서 사양했다.

"나는 본래 학식이 부족하고 재질이 둔하여 늙은 스님께 누가 될 것 같아 주저하나이다."

그러나 노승은 물러서지 않는다.

"그대가 내 상좌만 되면 고명한 대사에게 각종 불학(佛學)을 학습하여 장래 대강사가 될지도 모르니, 부디 결심하고 삭발하오."

백범이 찾아갈 무렵의 마곡사 전경. 신라 선덕왕 9년에 자장율사가 창건했던 것을 고려 명
종 때 보조국사가 증수했다. 마곡사 옆으로 이어지는 계곡은 8킬로서 수십 개의 골짜기에
서 흘러내리는 맑은 물은 울창한 숲을 만들어 절경을 이루게 한다.

　밤을 지난 뒤 이 서방은 벌써 달걀머리가 되어 나와서 내게 문안하
는 것이었다.

　"노형도 주저 말고 곧 삭발을 하시오. 어제 찾아왔던 하은당(荷隱
堂)은 이 절에서 재산이 갑부(甲富)인 보경대사(寶鏡大師)의 상좌라오.
후일 노형이 공부를 하려 한다면 학자(學資) 같은 건 염려도 없을 것
이오. 내가 노형 말을 했더니, 자기가 직접 보겠다면서 노형을 만난 거
요. 그러고는 매우 마음에 든다면서 나더러 권면하여 빨리 결정하도
록 하라고 하더이다."

　나도 역시 하룻밤 사이 청정법계(淸淨法界)에서 만념(萬念)이 다 재
가 되어버린 터이라 중이 되기로 결심했다.

　사제(師弟) 호덕삼(扈德三)이 체도(剃刀)를 가지고 나를 데리고 냇가
에 나가 삭발 진언(眞言)을 하더니, 내 상투가 모래 위에 툭 떨어졌다.
이미 결심한 바였지만, 그래도 눈물이 뚝뚝 떨어졌다.

법당에서는 종을 울리고, 향적실(香積室)에서는 공양주가 불공밥을 짓고, 각 암자에 가사 착복을 한 중들이 수백 명 회집하고, 흑장삼·홍가사를 입고 대웅보전으로 인도한다.

곁에서 덕삼이 배불(拜佛)하는 것을 가르치고, 은사(恩師) 하은당이 내 승명(僧名)을 원종(圓宗)이라 명명하여 불전에 고하고, 수계사(受戒師)는 용담(龍潭)이란 점잖은 화상으로, 경문을 낭독하고 오계(五戒)를 준다.

예불을 마친 뒤에는 노스님 보경당(寶鏡堂)을 비롯하여 절 안에 있는 연로한 대사들을 윤배(輪拜)한 후, 승배(僧拜)를 연습하고 진언집(眞言集)과 초발심자경문(初發心自警文) 등과 간이 승규(僧規)를 배우는 것이다.

승행(僧行)은 하심(下心)이 제일이라 하여, 인류는 물론이고 금수·곤충에 이르기까지 하심하지 않으면 지옥고(地獄苦)를 받는다는 것이다.

어젯밤 처음 만났을 때는 지극히 공손하던 은사 하은당부터

"이애, 원종아!"

하고 기탄없이 이름을 부르는가 하면,

"생기기를 미련스럽게 생겨먹어서 고명한 중은 되지 못하겠다."

"상판대기가 저렇게 밉게 생겼을까? 어서 나가서 물도 긷고, 나무도 쪼개어라."

하는 식으로 마구 대하는 것이다.

나는 깜짝 놀랐다. 망명객이 되어 사방에 유리하면서도 영웅심과 공명심을 버리지 않은 내가 아니었던가. 또한 평생의 한이던 상놈의 껍질을 벗고, 평등이 아니라 월등한 양반이 되어 양반들에게 숙원을 갚으리라는 생각까지 품고 있었다.

그렇건만 중이 되고 보니 그 같은 허영심이나 야심적인 심리는 바로 악마로, 불씨(佛氏) 문중에는 터럭 끝만큼도 용납될 곳이 없었다. 만일 이러한 악한 생각이 마음속에 싹틀 때에는 즉시 호법선신(護法善神)에 의뢰 하여 물리치지 않으면 안 된다.

이런 모양이 되어버렸으니, 하도 많이 돌아다닌 끝이라 나중에는 별난 세계 생활을 다한다 싶어 자소(自笑)·자탄이 저절로 나왔다.

그렇지만 순종하는 수밖에는 도리가 없었다. 장작도 패고, 물도 긷고 했다.

하루는 앞 냇가에 가서 물을 지고 오다가 물통 한 개를 깨뜨렸다. 은사가 어찌나 몹시 야단을 치던지, 노스님 보경당이 한탄을 했다.

"전에도 사람들이 다 괜찮다는 사람을 상좌에게만 데려다주면 못 견디게 굴어서 다 내쫓았는데, 이번 원종이도 잘 교도하기만 하면 장차 제 앞 닦이는 하겠건만 또 저 모양이니 몇 날이나 붙어 있을꼬?"

이런 말을 하는 것을 들으니 좀 위로는 되었다.

낮에는 노역을 하고 밤에는 보통 중의 본무인 예불절차와 〈천수경(千手經)〉〈심경(心經)〉 등을 외고, 수계사 용담스님에게 불학의 요집(要集)인 〈보각서장(普覺書狀)〉을 배웠다.

용담은 당시 마곡의 불가(佛家) 학식뿐 아니라, 유가(儒家) 학문도 풍부했다. 또한 사람됨이 세상 도리를 알아 높이 우러러 뵈는 인물이었다.

용담을 모시는 상좌로 혜명(慧明)이라는 청년 불자(佛子)가 내게 동정을 보였다. 용담도 하은당네 가풍(家風)이 괴상한 것을 알고서 글을 가르치다가도 가끔씩 나를 위로하기도 했다. '견월망지(見月忘指)'라, 달을 보면 그만이지 그 달을 가리키는 손가락이야 아무러면 어떠냐는 뜻의 오묘한 이치를 말하고, 칼날 같은 마음을 품으라는 '忍(인)'

자의 의미를 해석 해주기도 했다.

어느덧 벌써 반년의 광음이 지나고, 기해년(己亥年) 정월이 되었다. 백여 명의 치도(緇徒-중)들 중에는 나를 매우 부럽게 생각하는 자들도 더러 있었다.

"원종대사는 아직은 고생을 하지만 노사(老師)와 은사가 다 7, 80 노인이니, 그이들만 작고하는 날이면 큰 재산이 다 원종대사의 차지가 될 게 아닌가."

하는 것이었다.

내가 추수책(秋收冊)을 보니 백미로 받는 것만도 2백 석이 넘었다. 그것은 단지 소작인이 해마다 갖다 바치는 것일 뿐이고, 금전으로나 기타 상품으로 들어오는 것이 수십만 냥이었다.

그러나 나는 진세와의 깊은 인연을 다 끊지 못하고 있었다. 망명객의 임시 은신처로 알았거나 어찌되었든 간에, 오로지 청정적멸(淸淨寂滅)의 도법에만 인생을 바칠 마음은 없었다.

작년 인천옥을 탈출하던 날 작별했던 부모님이 살아 계신지 돌아가셨는지도 모르고 있을 수는 없는 일이었다. 또한 나를 구하기 위해 집안 재산을 탕진하고 몸까지 망친 김경득의 뒷일도 몹시 알고 싶었다. 해주 비동(飛洞) 고후조(高後凋) 선생님도 보고 싶었고, 천주학을 하겠다던 안진사를 대의(大義)에 어긋나는 사람으로 생각하고 물러나 왔는데, 지금은 그 안진사도 다시 만나고 싶었다. 그리고 과거의 오해를 사과하고 싶었다. 이런저런 지난 일들이 가슴 속에 꽉 차서 보경당의 재산 같은 것은 꿈에도 미련을 갖지 않았다.

하루는 보경노사에게 말했다.

"소승이 기왕 중이 된 이상에는 중이 마땅히 해야 할 공부를 해야 하겠사오니, 금강(金剛)으로 가서 경지(經旨)나 연구하고, 일생에 충실한 불자가 되겠나이다."

"내가 벌써 추측하였다. 할 수 있느냐, 네 원이 그런 바에야."

보경노사는 즉시 하은(荷隱)을 불렀다. 그리고 둘이가 한참 다투더니 세간을 내어주는 것이다.

나는 백미 열 말과 의발(衣鉢)을 받아들고 큰 방으로 나왔다. 이날부터 나는 자유의 몸이 된 것이다.

백미 열 말을 방매하여 여비를 마련하고 서울을 향해 출발했다. 며칠 뒤 경성에 도착했으나, 그때까지 중은 경성 문안을 들어가지 못하는 국금 중(國禁中)이라 성곽 밖 새 절에 가서 하루를 묵었다. 그런데 거기서 사형(師兄)인 혜명(慧明)을 만났다.

혜명은 내게 물었다.

"원종대사, 어쩐 일로 이곳에 왔소?"

"사형은 어찌하여 이곳에 왔소?"

내가 대답 대신 반문하자 혜명이 말했다.

"내 은사가 장단(長湍) 화장사(華藏寺)에 있기로 찾아뵈옵고, 얼마간 지내려고 가는 길이오."

나는 금강산으로 공부하러 가는 길이라 말하고 작별했다.

거기서 또 경상도 풍기의 혜정(慧定)이란 중을 만났는데, 그는 평양 강산이 좋다기에 구경 가는 길이라는 것이다.

"그렇다면 나와 동행합시다."

나는 그와 약조하고, 서쪽으로 임진강을 건너 송도 구경을 했다. 그리고 해주감영부터 구경하고 평양으로 가기로 하고, 수양산(首陽山)에 들어갔다. 신광사(神光寺) 부근 북암(北庵)에 머물면서 혜정에게 내 사정을 얘기한 뒤, 텃골 본가의 부모님을 몰래 방문해달라고 부탁했다. 그쪽의 안부만 알고 내 몸이 건재하다는 것만 말하되, 어디에 있다는 것까지는 아직 말하지 말라고 당부해서 보냈다.

그러고서 나는 북암에서 혜정의 회보만을 기다리고 있었다. 4월 29일 석양에 혜정이 사람을 달고 나타났다. 바로 부모님이 아닌가!

두 분은 혜정이 전하는 자식의 안부를 듣자,

"네가 내 아들 있는 곳을 알고 있을 터이니 자네를 따라가면 내 아들을 볼 수 있을 게 아니냐."

하시며 따라나섰다는 것이다.

두 분은 중이 된 아들을 보고는 얼싸안는다. 세 식구가 서로 붙들고 한 동안 눈물을 흘렸다. 북암에서 닷새 머물면서 휴식한 후, 중의 행색을 그대로 한 채 두 분을 모시고 혜정과 같이 평양 구경을 나섰다.

길을 가면서 지난날 두 분이 겪으신 일들을 말씀하셨다.

"무술년 3월 초아흐렛날에 인천에서 집으로 돌아왔는데 곧이어 인천 순검이 뒤를 따라왔구나. 그 길로 체포되어 3월 13일에 우리 양주가 다 인천옥에 갇혀 악형을 당했다. 그러다가 네 어미는 곧 석방되고 나는 석 달 뒤에 풀려났다. 그런 뒤로 이태 동안 네가 살았는지 죽었는지 모른 채 하루하루를 고대하던 중, 꿈만 불길해도 종일 음식을 먹지 못하고 걱정으로 지새웠구나. 그러면서 기다리던 중 혜정 중이 와서 우리의 안부만 알고 간다 하기로 따라나선 거란다."

대체로 이런 설명이었다.

우리는 평양을 향해 갔다. 5월 4일, 평양에 도착하여 여관에서 하룻밤을 묵었다. 그리고 다음날 단오날에는 모란봉에 가서 그네뛰기를 구경했다. 돌아오는 길에 관동(貫洞) 골목을 지나며 보니, 어느 집에 머리에 치포관(緇布冠)을 쓰고, 소매 넓은 심의(深依)를 입은 학자가 무릎을 개고 단정하게 앉은 모습이 눈에 띄었다.

나는 수작을 좀 하리라 하고 다가갔다.

"소승, 문안드리오."

그 학자는 나를 가만히 보다가 들어와 앉으라고 권한다.

학자의 이름은 최재학(崔在學)이요, 호는 극암(克菴)인데, 간재(艮齋) 전우(田愚)의 제자였다.

"소승은 마곡의 한승(寒僧)으로, 이번 서행(西行) 노차(路次)에 천안 금곡(金谷)에 가서 간재 선생을 배방코자 했으나, 마침 그때 선생이 출 타중이시라 만나 뵙지 못했더니, 오늘 선생을 뵈오니 심히 반갑습니 다."

초인사를 하고, 도리(道理) 연구에 대해 다소 문답이 있었다.

그 자리에 최재학 옆에 노인 한 분이 앉아 있었다. 긴 수염에 위풍 이 늠름해 보이는 노인이었다.

최재학은 나를 소개해주었다.

나는 그에게 합장 배례했다. 노인의 이름은 전효순(全孝淳)으로, 당 시 평양 진위대(鎭衛隊) 영관(領官)이었고, 뒤에는 개천(价川) 군수를 지 냈다.

최재학이 전효순에게 청했다.

"이 대사는 도리가 고상한 중이오니, 영천사(靈泉寺) 방주(房主)를 내주시면 영감 자제와 외손들의 공부에 매우 유익하겠는데, 영감의 의 향이 어떠하오?"

전씨는 쾌히 응낙했다.

"내가 지금 방청하는 바에도 대사의 고명함을 흠앙해 마지않소이 다."

그리고 나를 보고는 이렇게 권했다.

"대사, 어찌하려나? 내가 최선생님에게 내 자식과 외손자 놈들을 부탁하여 영천사에 가서 공부하는데, 주지승이 성행이 불량하여 술에 취해 방랑이나 하고, 그런 까닭에 음식 제절에 곤란 막심한 중이니, 대사가 최선생님을 보좌하여 내 자손들의 공부를 조력해주면 은혜 크겠소이다만….”

나는 짐짓 겸양의 빛을 보였다.

“소승의 방랑이 그 중보다 더할지 어찌 아십니까?”

최재학은 전효순에게 곧 평양 서윤(庶尹) 홍순욱(洪淳旭)에게 교섭하여 영천사 방주 차첩(差帖-아랫 관리를 임명하는 사령서)을 맡아달라고 청했다.

전효순은 그 길로 홍순욱을 방문하고, 승(僧) 원종(圓宗)으로 영천암 방주를 차정(差定)한다는 첩지를 가지고 왔다. 그리하여 내게 그날로 취임을 청하는 것이었다.

나로서는 적이 만족스러운 일이었다. 그럴 것이, 부모를 모시고 행걸(行乞)하기도 황송한데다, 학문하는 자와 동거하면 학식에도 많은 도움이 될 뿐만 아니라 의식주 문제에도 근심이 없게 된다.

또한 망명의 본의에도 위배될 게 없지 않는가.

이렇게 생각하고 나는 쾌히 승낙했다. 이리하여 혜정과 함께 최재학을 따라 평양 서쪽 대보산(大寶山) 영천암으로 가서 대강 사무(寺務)를 정돈한 후, 빈 방을 잡아 부모를 모시게 되었다.

학생은 전효순의 아들 병헌(炳憲)·석만(錫萬)이고, 사위 김윤문(金允文)의 아들 형제 그리고 장손·중손(이름은 寬浩였다)이고, 그밖에도 몇몇 학생이 또 있었다.

전효순은 진수성찬을 하루 걸러마다 절에 보내왔다. 또 산 밑 신흥동(新興洞)의 육고(肉庫-각 관아에 딸려 육류를 공급하는 푸주)를 영천암 용달소로 해주어, 나는 매일 그 육고에서 고기를 한 짐씩 져왔다. 그리고 중옷을 입은 채로 터놓고 고기를 먹으며, 염경(念經) 대신 시를 읊 곤 했다.

그런가 하면 때때로 평양성의 최재학과 동반하여 사숭재(四崇齋)에 서 황경환(黃景煥) 등 시객(詩客)들과 율(律)을 짓거나, 밤에는 대동문 옆에 가서 냉면을 먹었다. 처음에는 가게주인이 주는 대로 소면을 먹 다가, 나중에는 육면을 고기 있는 그대로 먹었다.

불가에서 말하는 이른바, '손에 돼지머리를 들고 입으론 성경(聖經) 을 외는 꼴이라 할까.' 바로 그런 말에 근사하게 되어가는 중이었으니, 평양성에서 그때 말로 '걸시승(乞詩僧)' 이라 하는 것이었다.

하루는 최재학과 학생들이 평양에 가고 나 혼자 있노라니, 대보산 (大寶山) 앞 대평(大平) 시내 마을의 사숙(私塾) 훈장이 학동 수십 명과 시객 여러 명을 동반하여 영사시회(靈寺詩會)를 차리고, 술과 안주를 장만해서 절에서 모였다.

벽두에 방주승(房主僧) 호출령이 내렸다. 나는 공손히 합장 배례했 다.

한 사람 시객이 자못 오만한 태도로 나왔다.

"너, 이 중놈아! 선배님들이 오셨는데, 거행이 이다지도 태만할 수 있단 말이냐?"

나는 공손하게 답했다.

"소승이 선배님들 오시는 줄을 알지 못하여 산 밖에 나가 봉영(奉 迎)을 못한 것이 매우 죄송하옵니다."

"이놈! 그뿐이냐? 네가 이 절의 방주가 된 지는 얼마냐?"

"3, 4삭 전에 왔습니다."

"그러면 그 사이에 근동에 계신 양반들을 찾아뵙지 않은 것은 죄가 아니더냐?"

"네, 소승이 온 시초에 사무 정리를 위해 아직 근린에 계신 양반들을 못 찾아 뵌 죄 막대하옵니다만 용서하심을 바라나이다."

이른바 항자불살(降者不殺) 격으로 훈장이 한편으론 나를 꾸짖고, 한편으론 선배를 타일러 겨우 사태가 가라앉았다.

나는 그날 일 치름을 잘못하지만 않을까 마음 죄어가며 지냈다.

술이 거나하게 되자 훈장 김우석(金愚石)을 위시하여 여러 재주 있는 자들이 큰 소리로 시를 읊어대기 시작했다. 나는 그런 가운데서 술 부어 올리고, 물 떠다 바치는 일에 바빴다.

그러는 틈틈이 주시해보니 글씨부터 촌티가 나는 것이었다. 그런 것을 두고 이른바 절창이니, 득의작(得意作)이니 하고 떠들지 않는가. 나는 은근히 비위가 거슬렀다.

내가 지난날 시를 전공하진 않았지만, 최재학과 만난 후로 종종 산사에 서 호정(湖亭) 노동항(盧東恒)의 글씨와 왕파(汪波) 황경환(黃景煥), 김성후(金醒後) 등 당시 평양의 일류명사들과 몇 달 사귀며 지내다 보니 시나 글씨에 대해 약간의 이해가 없진 않았다.

그런 까닭으로 나는 훈장에게 청했다.

"소승의 글도 더럽다 아니하시고 끝에 붙여주실 수 있겠습니까?"

훈장은 특별히 허락하며 물었다.

"네가 시를 지을 줄 아느냐?"

"네, 소승이 금일 여러 선배님들에게 불공한 죄가 많으니, 겨우 운자나 채워서 사죄코자 하나이다."

이러고서 연구(聯句)를 썼다. 끝은 잊었으나 대체로 이런 것이 아닌가 생각된다.

儒傳千歲佛千歲 (유전천세 불천세)

我亦一般君一般 (아역일반 군일반)


이것을 본 훈장과 시객들이 저마다 서로 얼굴을 쳐다보며, 중놈이 참으로 오만하다고 생각들 하는 모양이었다. 그러한 기색이 각자의 얼굴에 역력히 드러날 즈음, 최재학 일행 여러 명의 명류(名流)가 절에 올라왔다.

그들은 촌객(村客)들의 풍류를 구경하다가 맨끝의 봉연승(奉硯僧) 원종의 글에 이르러 유전천세(儒傳千歲)란 구가 있는 것을 보더니 마치 복음 중창의 노래를 부르기라도 하듯이 모두 손발 흔들어가며 산사가 떠나가도록 걸작이니 절창이니 하고 야단들을 하는 것이었다.

그러는 바람에 촌객들의 당당하던 호기는 쑥 들어가고 말았다.

이 소식이 평양에 전파되면서 기생들의 노래 곡조로 불려 졌다고 하는 얘기를 뒤에 들었다.

이런 연유로 평양에서는 ‘걸시승 원종’ 이란 별명이 떠돌았다. 하루는 어느 술집 앞을 지나는데, 갑자기 술집 안에서

“이놈! 이 중놈!”

하고 호령이 들렸다. 고개를 돌려보니 쑥대강이같이 흐트러진 마을 청년 10여 명이 큰 술잔을 기울여대며 취흥이 도도했다.

나는 문 앞으로 가서 합장 배례했다. 그러자 한 자가 썩 나서더니 사납게 묻는다.

“이 중놈, 어디 사느냐?”

나는 공손히 대답했다.

“네, 소승은 충청도 마곡에 있습니다.”

“이놈, 충청도 중놈의 버릇은 그러냐? 양반님들 앉아 계신 데를 인

사도 없이 그냥 지나가도 되느냐? 괴이한 중놈이로군!"

"네, 소승이 크게 잘못했습니다. 소승이 갈 길이 바빠서 미처 생각을 못하고 그냥 지났습니다. 용서해주십시오."

"이놈, 네가 지금 어디를 가는 길이냐?"

"네, 갈골을 찾아갑니다."

"갈골 뉘 집에?"

"강재(强齋) 김씨 댁으로 갑니다."

"네가 김선생을 아느냐?"

"네, 선면(先面)은 없고, 성내 전효순(全孝淳)씨 편지를 가지고 갑니다."

이 말을 듣자 그는 갑자기 주위를 두리번거리며 말을 못하는 것이다. 방안에 앉은 자들도 서로 쳐다볼 뿐이었다.

이윽고 그중에서 한 자가 나오더니 시비하던 자를 책망한다.

"이 사람, 내가 보기는 저 대사가 잘못한 것은 없네. 길 가는 중이 가게마다 다 찾아 인사를 하려면 길을 어찌 가겠나? 자네 취했네그려. 대사, 어서 가게."

내가 보니, 전효순이 진위대 영관임을 알고 겁을 먹은 모양이었다.

나는 한번 물었다.

"저 양반의 택호가 뉘신지요?"

나에게 시비하던 자를 두고 물은 것인데, 말리던 사람이 대답한다.

"저 양반은 이 안마을 이군노(李軍奴) 댁 서방님이라네. 물을 것 없이 어서 가게."

나는 속으로 웃으면서 그곳을 떠났다. 황혼녘이었다. 농부들이 소를 몰고 집으로 돌아가고 있었다. 나는 그중 한 사람을 붙들고 이군노씨 댁을 물었다. 농부는 손을 들어 산기슭에 있는 한 집을 가리켰다.

나는 또 물었다.

"이군노 양반이 집에 계신가요?"

"아니오. 이군노는 죽고, 지금은 그 손자가 당가(當家)라오."

나는 우습기도 하고, 한심한 생각도 들었다. 강재 선생을 찾아가서 하룻밤을 얘기하며 쉬었다. 강재는 그 뒤 강동군수로 나갔다는 관보(官報)를 보았을 뿐 다시 만날 기회는 없었다.

절까지 같이 와서 지내던 혜정은 나의 불심(佛心)이 약하고 속심(俗心)이 커가는 것을 보고 고민하는 것 같았다. 자신은 고향으로 돌아가고 싶지만 나를 떠나기가 심히 애처로운 모양이었다.

그래서 날마다 산 입구까지 함께 나갔다가 차마 그대로 갈라서질 못하고 다시 울며 돌아오기를 월여나 계속했다. 그런 뒤 결국은 약간의 노자를 마련해서 경상도 자기 고향으로 돌아가게 해주었다.

중의 행색으로 서도에 내려온 후 아버님이 다시는 삭발을 불허하는 까닭에 나는 장발승이 되었다. 9, 10월경 나는 상투를 짜고 선비의 의관으로 차린 후 부모님을 모시고 고향 해주 텃골로 돌아갔다.

## 11. 개화꾼으로 돌아서다

인근 양반들과 친척들은 이제 김창수가 돌아왔으니, 앞으로 또 무슨 일이 터지지 않을까 불안해했다. 그런 중에도 계부 준영(俊永)은 그 사이 지난날을 회개하고 중백(仲伯)인 아버님을 공경하며 섬기지만 나에 대해서는 털끝만한 동정도 없었다.

식자우환이라며, 집에서 생산 작업에 종사할 성의가 없다는 것이 그 이유였다. 또 나에게 난봉기나 있는 줄 아는 모양이었다. 그리고 집에서 일하지 않는 것을 무엇보다도 미워했다.

그래서 계부는 부모 내외분께, 농사를 짓게 하면 자기가 맡아서 장가도 보내주고 살림도 차려줄 의향이라고 말했다. 그러나 아버님은 나의 원대한 뜻을 짐작하시는지라, 이제는 자식이라도 장성했으니 제가 알아서 할 수밖에는 없다고 말씀하셨다.

계부는 부모님에게 불평을 터뜨렸다.

"형님 내외분이 창수놈을 글공부 시킨 죄로 그렇게 심한 고생을 하셨는데도 아직도 각오를 못하신다."

계부의 관찰이 실상은 맞다고 할 수 있었다. 만일 내가 문맹으로 있었으면 동학두령이나 인천사건 같은 것은 없었을 것이고, 텃골의 한 농부로 밭 갈아 먹고, 우물 파 마시기나 할 뿐 세상을 시끄럽게 할 일은 없을 것이다.

경자년(庚子年) 2월, 계부가 새벽이면 와서 나를 깨워 밥을 먹이고는 가래질 일을 시켰다. 나는 며칠을 순종하다가 홀연히 강화 가는 길로 몰래 떠나버렸다.

고선생이나 안진사를 먼저 찾을 일이지만, 아직도 번듯이 나서서 방문 하기는 이르다는 생각이 들었다. 그리하여 이름을 바꿔 김두래 (金斗來)라하고, 강화에 도착하여 김경득의 집을 찾아 남문 안으로 들어갔다.

그러나 김경득의 소식은 묘연하다는 것이었고, 그 셋째 동생 진경 (鎭卿)이 나를 접대하고 물었다.

"어디 있으며, 가형을 기왕에 친숙히 압니까?"

나는 내방한 뜻을 밝혔다.

"연안에서 살았고, 백씨와는 막연한 동지인데, 수년간 소식을 몰라 궁금하기로 찾아왔습니다."

진경도 그렇게 알고 저간의 사정을 말했다. 사백(舍伯)이 출가한 지 벌써 3, 4년에 한 장 편지도 없고, 어떻게 할 수가 없어서 형님이 계시던 집으로 합쳐 살면서 형수를 모시고 조카를 솔권하고 있다는 것이다. 집은 비록 초가일망정 처음에는 꽤나 화려하고 멋들어지게 잘 지은 것이었다. 그러나 해를 지내면서 수리를 하지 않아 여기저기가 헐고 망가진 채였다.

그런데 동생은, 김경득이 앉았던 방석이라든가 동지 중에 신의를 위배하는 자가 있으면 직접 징벌하던 몽둥이가 아직도 벽 위에 걸려 있는 것을 가리키면서 지난 일을 얘기하기도 했다.

사랑에 나와서 노는 7살짜리 유태(有泰)란 애가 있는데, 이 아이가 바로 김경득의 아들이었다.

천신만고 끝에 찾아갔지만 김경득의 소식은 알 수 없고, 그렇다고 진경에게 과거 사실을 다 얘기할 수도 없는 일이었다. 그래도 그냥 떠나자니 섭섭하기만 했다. 그래서 진경에게 이렇게 말했다.

"내가 백씨의 소식을 모르고 가기가 매우 섭섭하니 백씨 자제에게 글이나 가르쳐주고 지내며 같이 소식을 기다리는 것이 어떤가?"

진경은 감격해 마지않는다.

"형장이 그같이 해주신다면 오죽 감사하오리까. 유태뿐 아니라 중형(仲兄) 무경(武卿)의 두 아들이 다 학령에 달했는데도 그대로 놀러만 다닙니다. 그러시면 중형께 통기하여 조카들을 데려다가 같이 공부를 시키겠습니다."

그는 자기 근촌 무경에게 가서 전후 사정을 설명하고, 무경의 두 아들을 데리고 왔다. 그래서 그날로 학습을 시작했다.

유태는 〈동몽선습(童蒙先習)〉으로, 무경의 아들은 〈사략(史略)〉 초권을, 또 한 아이는 〈천자(千字)〉를 가지고서 심혈을 다해 가르쳤다.

그 사랑에 내왕하는 무경의 친구와 진경의 친구들이 내가 열심히 가르치는 것을 보고선 진경에게 청해 저희네 아이들을 데려왔다. 한 달도 못되어 그 크나큰 세 간 사랑에 30여 명의 아이들이 복작거렸다.

나도 무한한 흥미를 가지고 아이들을 가르쳐나갔다.

개학 후 석 달이 지난 어느 하루, 주인 진경이 서울서 온 편지 한 장을 보면서 혼잣말을 투덜거리는 것이었다.

"이 사람은 알지도 못하는 나에게 자꾸 편지만 하니 어쩌란 말이야? 이런 사실이 없다고 답장을 했는데도 불구하고 또 사람을 보내?"

그 말을 옆에서 듣고 내가 물었다.

"무얼 가지고 그러는가?"

진경이 대답했다.

"부평 유씨(柳氏)의 유인무(柳仁茂), 혹은 완무(完武)라고 하는 양반이 몇 년 전에 여기서 30리가량 되는 촌에서 상제 몸으로 한 3년 동안 살다가 간 일이 있습니다. 그런데 자기는 양반이지만, 우리 형님을 문수산성(文殊山城)으로 청해서 며칠간 같이 지낸 적이 있었고, 그 후는 우리 형님이 유씨 댁에 방문한 일도 있었지요. 그런 후 재작년에 해주 사람 김창수란 사람이 왜놈을 죽이고 인천 감리청에 갇혔는데, 압뢰 중 전에 우리 집에 비부(婢夫)이던 최덕만(崔德萬)이 놈이 형님께 김창수가 인천항을 떠들썩하게 해놓았다는 얘기를 한 적이 있지요. 감리나 경무관이 꿈쩍을 못하게 호령하는가 하면, 그러다가 사형까지 받게 된 것을 상감이 살려주셔서 죽이지는 않고 있다는 말을 했거든요. 그 말을 듣고 형님은 우리 집 재산을 있는 대로 털어서 근 일년 서울 가서 김창수를 살리려고 애를 썼지만, 그게 어디 될 법한 일이던가요? 결국 금전만 소모하고 돌아온 형님은 또 무슨 다른 사건으로 피신하게 됐는데, 후에 들으니 김창수는 파옥 도주했다고 합니다. 그런데 지금 유완무는 벌써 여러 번 지면도 없는 내게 해주 김창수가 오거든 자기에게 급보해달라고 편지를 하기에 그런 사람 온 적이 없다고 회답을 했지요. 그런데 형님이 평소 친하던 통진(通津) 사는 이춘백(李春伯)이란 양반은 유씨와도 친한 모양으로, 이춘백을 보내니 의심 말고 자세히 말해주라는 부탁입니다."

대개 이런 사연이었다.

나는 그 애기를 듣자 모골이 송연하기도 하고 여러 가지로 의아심이 일기도 했다.

"김창수라는 사람이 다녀는 갔는가?"

"형님도…. 생각해보시오. 여기서 인천이 지척인데요. 혹 형님이 계신다면 몰래 올지도 모르지요. 설령 그 사람이 왔다 하더라도 형님이 계시는지 몰래 알아보고 집에 안 계신 줄 알면 들어올 리가 있겠습니까."

나는 다시 말을 던져보았다.

"그것은 아우의 말이 옳은데, 그러면 어떤 왜놈의 부탁이나, 현 관리의 촉탁을 받고 하는 정탐이 아닐까?"

"그런 것은 결코 아닐 줄 믿습니다. 내가 유완무 그 양반을 보지는 못했지만 지금 보통 입조(入朝)하는 양반과는 판이한 모양입니다. 유씨는 학자의 기풍이 있는데다, 형님에게 의용남아라며 조금도 반·상의 구별을 하지 않고 극히 존대를 하더랍니다."

나는 곰곰 생각해보니 위험이 박두한 것 같기도 하고, 유완무란 사람의 본의를 알고 싶은 마음이 들기도 했다.

그러나 진경에게 더이상 물을 수도 없었다. 바깥으로는 자연스러운 태도를 지켰지만 내심으로는 산란하기 짝이 없었다.

다음날 아침 식사 후, 기골이 장대하고 얼굴에 얽은 자국이 있는 사람이 찾아왔다. 나이는 30살 남짓 보이는 사람인데 서슴없이 사랑에 들어오는 것이다. 그리고는 내 앞에서 공부하는 유태를 보고 일렀다.

"이놈, 유태야, 그새 퍽 컸구나. 안에 들어가 작은 아버지 좀 나오시라고 해라. 내가 왔다고."

유태는 곧 안방으로 들어가더니 진경을 앞세우고 나왔다.

그 사람이 진경과 간단한 인사를 마치더니 대뜸 묻는 말은 이러했다.

"백씨 소식, 못 들었지?"

"아직 소식이 없습니다."

"하아, 걱정이로군. 유완무의 편지 보았겠지?"

"네, 어제 받았습니다."

그 말을 하고서 진경은 내가 앉은 앞방을 미닫이로 막고 둘이만 이야기를 한다.

나는 학동들이 글을 읽으면서, 하늘 천 따지를 하눌소 따갑이라고 잘못 읽어도 그것을 고쳐줄 성의는 반점도 없고, 다만 윗방에서 이춘백과 진경이 이야기하는 말에만 귀를 기울일 뿐이었다.

진경이 먼저 불평을 터뜨렸다.

"유완무란 양반이 지각이 없지 않아요? 김창수가 형님도 안 계신데 왜 내 집에 오리라고 생각하고, 그렇게 여러 번 편지를 하십니까?"

"자네 말이 옳네만, 우린 일 년 남짓을 김창수 때문에 별별 애를 다 썼지 않은가? 유완무가 남도로 이사한 후 서울 다니러 왔다가, 자네 형이 김창수를 구출하려고 가산을 탕진하고 종말에 피신까지 한 것을 알게 된 거라네. 그래서 우리 몇 사람과 함께 김창수를 구출하기로 했다네. 그런데 법률적 사면이나, 뇌물을 쓰는 것 등은 자네 백씨가 다 해보았으니, 이제는 강제 탈취하는 방법 밖에 없다고 하여, 뜻 있는 청년 13명을 모았는데 그중에 나도 들었네. 그 13명이 인천항구 요해처에 밤중에 석유 한 통씩을 지고 들어가 7, 8군데 불을 지르고 감옥을 깨어 김창수를 구출하자는 방침을 정했네. 유씨가 나더러 두 사람을 데리고 인천항에 들어가 요해처와 감옥 형편, 김창수의 동정을 조사하라 하기로 그렇게 하지 않았겠나. 그런데 벌써 3일 전에 김창수가 다른 죄수 4명과 같이 탈옥해버린 거야. 그래서 우리는 유씨와 함께 김창수의 종적을 탐지할 것을 연구하는데, 하나는 해주 본고향이지만, 필연코 고향에 갈 리도 없는데다, 그 부모에겐 설혹 통기가 있었다 하더라도 결코 발설할 리가 없지 않겠는가? 괜히 잘못 탐지하다가는 도리어 그 부모에게 놀라게만 하는 꼴이 될 터이란 말이야. 그렇기로 그것은 제외하고, 다음은 자네의 집이야. 그래서 얘긴데, 김창수가 이곳에 직접 오기는 매우 어려운 일이지. 그렇지만 어디 다른 곳에 편지했던 일은 없는가?"

"편지도 없습니다. 편지를 하고 회답을 바랄 것 같으면 차라리 자기가 직접 와서 조사할 게 아니겠습니까?"

두 사람의 이야기는 여기서 끝이 났다. 그러고 딴 얘기로 들어가, 진경이 물었다.

"언제 서울에 가시렵니까?"

"오늘 친구나 좀 찾고, 내일은 곧 상경할 걸세."

내일 아침 작별할 것을 기하고 이춘백은 물러갔다.

두 사람의 하는 말을 들으니 유완무란 사람이 참으로 내게 대해 그같이 성의를 썼다면 곧 만나주어야겠다는 생각이 들었다. 그러나 만약 정탐하는 짓이라면 어찌할 것인가?

그러나 역시 그런 것은 아닌 것 같았다. 이춘백이 진경에게 하는 말은 진짜 동지로 알고 숨김없이 하는 말임이 분명하고, 또 유씨가 김경득의 실패에 뒤이어 나를 구하기 위해 위험한 모험을 감행하려 했다는 말도 믿을 만한 것이었다.

군자는 가기이방(可欺以方)이란 말과 같이, 의리로 알고 속은 것은 내 허물이 아니다. 내가 이만큼 내막을 알고서도 끝내 자취를 감춰버린다면 그 또한 불의가 아닐 수 없다. 그래서 이날 밤은 그대로 자고 이튿날 아침 진경과 한 식탁을 하고 밥을 먹을 때 진경을 보고 물었다.

"어제 왔던 사람이 이춘백인가?"

"네, 그렇습니다."

"언제 또 오는가?"

"아침 지나서 작별하고 서울로 간다니까 조금 있으면 오겠지요."

"이춘백이 오거든 내게 인사소개나 해주게, 백씨와 평소 친한 동지라니 나도 반가운 마음이 있네."

"그러지요."

나는 다시 말을 이었다.

"오늘 자네와 작별하게 되고, 유태 종형제 아이들과도 아울러 작별하게 되겠네. 섭섭한 것을 말로 다 할 수 없네."

나의 눈에서는 눈물이 괴어 흘렀다. 진경은 이 말을 듣더니 대경실색을 한다.

"형님, 이게 무슨 말씀이오? 제가 무슨 잘못한 일이 있습니까? 별안간 작별한다는 말씀이 웬 말씀이오? 저야 미거한 사람이니, 형님을 생각하시고 저를 용서도 하시고 책망도 해주십시오."

"내가 바로 김창수일세. 유완무란 친구의 추측이 바로 맞았네. 어제 자네가 이춘백과 이야기하던 말을 다 들었네. 자네 생각에 정탐에 유인된 것만 아니라고 믿거든 나를 놓아주어 유완무란 친구를 만나도록 해주게."

진경은 이 말을 듣고 또 한 번 깜짝 놀란다.

"형님이 진짜 그러시면 제가 어찌 만류하겠습니까. 최덕만은 작년에 죽었지만, 이곳에서 감리서 주사(主事)로 다니는 자도 있고, 순검으로 다니는 자도 있어 종종 내왕이 있습니다."

그런 후 진경은 학동들에게도 말해주었다.

"선생님은 오늘 본댁에 다녀오실 터이니, 너희들은 그만 집으로 돌아가거라."

이러고 나서 얼마 안 있어 이춘백이 진경에게 작별하기 위해 왔다.

진경은 그를 맞아들인 뒤에 나와 인사를 붙였다. 나는 이씨를 보고 나도 서울 갈 일이 있으니 동행해주기를 청했다.

이씨는 보통으로 알아들은 모양이었다.

"심심한데 이야기나 하면서 동행하시면 매우 좋겠습니다."

진경은 이의 소매를 끌고 뒷방으로 들어가 두어 마디 수군거리는 모양 같았다.

그러고 나와서 우리는 곧 출발했다. 학동 30여 명과 그 부형들이 몰려 나와 남문통(南門通) 길이 메어지도록 늘어서서 전별을 하는 것이었다.

내가 정성을 다해 가르쳤지만 한 푼의 훈료(訓料)도 받지 않았기 때문에 나에 대한 동정이 더 두터웠다.

그날로 서울 공덕리(孔德里) 박태병(朴台秉) 진사 집에 도착했다. 이 춘백은 먼저 안사랑으로 들어갔다. 얼마 후 중키가 조금 못되고, 얼굴이 그을어 가무잡잡한 사람과 함께 나왔다. 망건에 흑립을 쓰고 의복은 검소하게 입은 생원이었다.

"나는 유완무요. 오시기에 고생 많으셨소. 남아하처 불상봉(男兒何處不相逢)이 오늘 창수 형에게 비유한 말인가 보오."

그리고 이춘백을 보고는 이렇게 말했다.

"무슨 일이든 한두 번 실패를 한다고 낙심할 것이 아니고, 끝내 구하면 필득할 날이 있다고 내 전날 말하지 않던가?"

이는 곧 나를 만나기 위해 그동안 자기네들이 얼마나 고심하며 찾아 헤매었는가를 말함이었다.

나는 유완무를 보고 말했다.

"내가 강화 김씨 댁에서 선생이 이만한 사람을 위해 많은 수고를 하신 것을 알고, 오늘 존안을 뵈옵거니와, 세상은 침소봉대의 허전(虛傳)이 많은 탓으로, 들으시던 말과 실물이 용두사미이온즉, 부끄럽기 그지없습니다."

유는 빙그레 웃으면서,

"배암의 꼬리를 붙들고 올라가면 용두를 볼 터지요."

하여, 주객이 다 웃었다.

주인 박태병은 유씨의 동서라 한다. 저녁밥을 먹은 뒤에 성안에 있는 그의 유숙처로 가서 잤다. 그 후 며칠은 쉬기도 하고 더러는 요릿집에 가서 음식도 사먹고, 구경도 다녔다.

유씨는 내게 편지 한 통과 노자를 주며 충청도 연산(連山) 광이다리 앞의 도림리(桃林里) 이천경(李天敬)에게로 가라고 부탁했다.

그날로 길을 떠나 이천경 집을 찾아 편지를 전하니 반가이 맞아주었다. 그리고 날마다 닭을 잡는 등 좋은 음식으로 잘 대접받고, 한담설화로 한 달을 재미있게 지냈다.

하루는 이천경이 편지 한 통을 써주며 무주읍내 삼포업(蔘圃業)을 하는 이시발(李時發)에게로 가라고 하는 것이었다. 그래서 나는 또 이시발을 찾아가 편지를 전했다. 그는 나를 하룻밤 유숙시킨 뒤, 다음날 또 편지 한통을 주며 지례군(知禮郡) 천곡(川谷)이란 동네의 성태영(成泰英)에게 가라고 한다.

성태영 집을 찾아가니, 택호(宅號)가 성원주(成原州)란 집인데, 성태영의 조부가 원주목사를 지냈다고 한다. 사랑에 들어가 보니 수청방·상노방에 하인이 수십 명이고, 사랑에 앉은 사람은 거의가 귀족의 풍도가 있었다.

주인 성태영이 편지를 보고 환영하여 상객(上客)으로 대하게 됨에 따라 상노·별배들이 더욱 존경하는 것이었다. 성태영은 자(字)가 능하(能河), 호는 일주(一舟)였다. 그와 함께 산에 올라 나물도 캐고, 물에 나가 고기 노는 것도 보는 등 한가로운 생활을 하는 한편, 고금의 일이나 어렵고 의아스러운 문제들을 애기해가면서 또 한달 남짓을 보냈다.

하루는 유완무가 성씨의 집을 찾아왔다. 다음날 아침 나는 그가 이주해 가는 무주읍내로 같이 가서 그의 집에서 묵게 되었다.

유씨의 장성한 딸은 이충구(李忠求) 조카며느리로 성혼을 했고, 아들 형제로는 한(漢)·경(卿) 두 아이가 있었다. 당시 무주군수 이탁(李倬)과도 먼 인척인 것 같았다.

유완무는 어느 날 나를 보고 이런 말을 했다.

"창수는 경성으로부터 이곳까지 오는 동안 심히 의아하셨지요? 그 실정을 말하리다."

그런데 유완무의 말을 꺼내기 전에 조금 누락된 것을 먼저 말해야겠다. 창수란 이름을 내놓고 쓰기에는 심히 불편하다 하여 성태영과 유완무가 이름과 호를 고쳐 지어준 것이다.

이름은 김구(金龜)라 하고, 호는 연하(蓮下), 자는 연상(蓮上)이라 했다.

다시 유완무의 말로 가서,

"연산 이천경(李天敬)이나 지례 성태영이나 다 내 동지인데, 서로 동지가 생길 때 반드시 몇 곳으로 돌아가며 한 달씩 같이 살면서 각기 관찰한 바와 시험한 것을 모두 모아 어떤 사업에 적의한 자격인가를 판정한 후에, 사환(仕宦)에 적당한 자는 벼슬을 하도록 주선하고, 상(商)·농(農)에 적합한 인물은 상·농으로 인도, 종사케 하는 것이 우리 동지들의 정한 규칙이오. 연하는 동지들이 시험한 결과, 아직 학식이 얕기 때문에 공부를 더 하되, 경성 방면의 동지들이 맡아 성격(成格)되도록 해나갈 작정이오. 연하의 출처가 상인계급에 속하지만, 신

분부터 양반에게 눌리지 말게. 앞으로 할 일이 급한지라, 현재 이경천의 가택·논밭·가구 전부를 그대로 연하 부모에게 물려줄 테니 이 고을 대성(大姓) 몇몇만 단속하면 족히 양반의 생활을 할 수 있네. 그리고 연하는 경성에 유학하다가 간간이 근친이나 하게 할 터이네. 그런즉 곧 고향으로 가서 2월에는 부모님 몸만 모시고 서울까지만 오면 서울서 연산까지의 행장은 내가 직접 차릴 것이네."

이런 얘기였다. 이렇게 얘기하고는 서울로 같이 동행했다.

김경득의 집에 들어가기는 여러 가지 염려되어 비밀히 주진사 집을 내왕했다.

주진사는 백동전 4천 냥을 유씨에게 보냈는데 나는 그것을 온몸에 둘둘 감고 서울에 왔다. 주진사 집은 해변이라도 11월인데도 감나무에 감이 달려 있었다. 또한 어산(魚産)이 풍족한 곳이므로 나는 여기에 머물면서 잘 지낸 후 그 돈으로 노자를 해서 귀향길에 올랐다.

철도가 아직 부설되지 않아 나는 육로로 출발했다. 출발하기 전날 꿈에 아버님이 나에게 '黃泉(황천)' 두 자를 쓰라고 하셨다. 그런 꿈을 꾸고 유씨와 꿈 이야기를 했다.

봄에 병환이 계시다 좀 나으신 것을 보고 떠난 후 서울에 와서 우편으로 탕약보제도 지어 보내고 하면서도 마음을 놓지 못하고 있었는데, 이런 흉몽까지 보게 되었으니 더 이상 지체할 수 없었다.

때는 동짓달이었다. 송도에 일찍 도착하고, 다음날에도 급한 걸음으로 걸어 4일 만에 해주 비동(飛洞)에 닿았다. 거기서 나는 고선생 보고 싶은 마음에 그 댁을 찾아들어갔다.

산중턱 작은 집에서 선생을 배알하게 되었다. 5, 6년 사이 그다지 늙지는 않았지만, 돋보기안경을 쓰지 않고는 글을 못 보는 모양이었다.

내가 고선생을 뵙고 앉아서 두어 마디 시작할 때, 사랑 안문이 방긋이 열리더니 10여 살 먹은 소녀가,

"아이구, 아저씨 왔구나.

하고 뛰어 들어왔다.

청계동에서 살 때 고선생 사랑에 가면 늘 나와서 내게 매달려 업어달라고 하던 그 원명(元明)의 차녀가 아닌가. 그때는 고선생에 꾸지람을 듣다가, 나중에 원명의 장녀와 나와의 혼약이 성립된 뒤에는 고선생이 전과 같이 책망하지도 않을 뿐 아니라, 나를 가리켜 아저씨라 부르라고 하였다. 그런 말을 들은 후에는 한층 거리낌 없이 내게 매달리고 온갖 응석을 부리곤 했다.

내심으로는 극히 반갑고, 또 부모가 없이 숙모의 손에 자라는 정경을 잘 아는 나로는 가여운 마음을 품고 있었다.

그러나 아저씨 칭호를 그대로 들으며 아는 체하기는 미안한 일이었다. 그 광경을 보시던 고선생은 흉중에 감회가 있는지 침묵한 채 담벽만 건너다보고 앉아 있었고, 나도 아무 말대답을 못한 채, 눈으로만 그 소녀를 보고 반가운 표정을 지었을 뿐이었다.

고선생이 예전에 나와 혼약을 파하고 돌아가자 과부인 둘째 자부가 아무 댁과 혼인을 합시다, 또 아무댁 자제가 학문도 상당하고 문벌도 상당하고 재산도 유족하니 거기다 통혼을 합시다, 김창수는 상놈이고 게다가 가산이 적빈한데, 거기에 더더구나 전혼처에서 그같이 괴악을 부리니, 김창수에게 딸을 주었다가는 가문이 망하겠다고 떠들어대며 야단법석을 떨었다.

그래서 그것에 화증이 났던지, 당장 청계동의 미미한 한 농꾼 김사집(金土集)이란 사람의 아들, 역시 농꾼인 떠꺼머리 총각에게 자청하여 그날로 혼약을 결정지었다고 한다.

　한참 동안이나 고선생과 나는 서로 말없이 앉아 있었다. 각기 지난
일들을 회상한 것이었다.
　고선생이 이윽고 말했다.
　"나는 그간에 자네의 살왜거의(殺倭擧義)를 듣고, 평소 기대하던 남
아였다 싶어 매우 경복했다네. 내가 유의암(柳毅菴—柳麟錫. 한말의 학자·
의병장) 선생에게 말씀드렸더니, 선생이 저작한 〈소의신편 속편(昭義新
編續編)〉에 김창수는 의기남아라고 찬(讚)한 것도 보았네. 자네가 인
천으로 간 뒤 의암이 의병에 실패하고, 평산으로 와서 서로 만나서
장래방침을 의논할 때에 내가 연전의 자네가 서간도(西間道) 시찰한
보고의 내용을 선생께 보이고, 지금의 형세로는 양서(兩西)에 발을 붙
일 땅이 없으니 속히 압록강을 건너서 적당한 지대를 택해 장래를 도
모함이 상책이라 한즉, 의암도 심히 좋게 여겨 나도 동행하여 전자에
자네가 말하던 곳을 탐사했다네. 그리고 그곳에 의암을 모시고 공자
의 성상(聖像)을 봉안하여 제자(諸子)들의 모성심(慕聖心)을 증진케 하
고, 한편으론 내지에서 종군하던 무사들을 모집 훈련하고 있는 중이
니, 자네도 속히 선생께로 가서 장래의 대계를 함께 도모함이 어떠한
가?"
　이런 청이었다.
　나는 그 사이 내가 깨달은바 세상 사정이라든지, 또는 선생님이 평
소 교훈하시던 존중화(尊中華)·양이적(壤夷狄)의 주의가 정당한 주의가
아니라는 말과, 눈이 쑥 들어가고 코가 큰 심목고준(深目高準)이면 덮
어놓고 오랑캐라고 배척하는 것은 옳지 않다는 것을 말했다.
　"어느 나라를 막론하고, 그 나라 사람들의 경국대강을 보아서 오랑
캐의 행실이 있으면 오랑캐로 대우하고, 사람의 행실이 있으면 사람으
로 대우함이 가합니다. 우리나라 탐관오리가 사람의 면목을 가졌으나

금수의 행실이 많으니 그것이 참으로 오랑캐입니다. 지금은 임금이 스스로 벼슬 값을 매겨 멋대로 팔아대고 있으니, 곧 오랑캐 임금이 아니겠습니까. 내 나라 오랑캐도 배척하지 못하면서, 저 대양 건너 멀리 사는 다른 나라를 오랑캐라 할 수 있습니까. 그런 나라에는 공·맹의 그림자도 보지 못하고도 공맹의 법도 이상 국가제도와 문화가 발달된 곳도 있습니다. 그럼에도 불구하고 오랑캐 오랑캐 하고 배척만 한다면 이게 어디 옳은 일이라 할 수 있겠습니까?"

나는 이렇게 반대한다는 의견을 밝히고 이어서 말했다.

"제 소견에는 오랑캐에게서 배울 것이 많고, 공·맹에게는 버릴 것이 많다고 생각합니다."

고선생이 말했다.

"자네, 개화꾼과 많이 상종했지? 나도 몇몇 개화꾼을 보니까 자네 말과 같더구만."

나는 다시 선생의 의견을 물었다.

"그러시면 선생님이 보시는 바 장래 국가대계는 어떠하신지 하교해 주십시오."

"선왕의 법이 아니고, 선왕의 도가 아닌 것은 거론할 필요가 없네. 잘못하면 피발좌임(被髮左衽)의 오랑캐가 될 것뿐이니…."

"선생님이 피발좌임을 말씀하니 말씀이외다. 머리털은 곧 혈여(血餘)요, 피는 곧 음식이 소화된 정액(精液)이니, 밥을 먹지 않으면 머리털도 자라 날 수 없고, 설사 장발천장(長髮千丈)이 되어 부처같이 큰 상투를 머리 위에 얹었기로 왜놈이나 양놈이 그 상투를 무서워하지 않는데 어찌할 것이며, 심의(深衣)·복건(幞巾)을 아무리 훌륭하게 했다 해도 왜·양놈이 그것으론 숭배도 무릎 꿇지도 않을 것입니다. 오히려, 학문·도덕을 공부한 상류인물이 인민을 잔학하게 다루기에 최상의 도부수(刀斧手)요, 진실로 허물없는 자는 나라 안 사람들 중 거의 모두가 일자무식꾼뿐이니, 사람이 이(利)를 좇아 달리는 것과 같은즉, 인류가 야박한 까닭에 자기의 권리 의미는 모르고, 탐관오리·토호의 능학을 받으면서도 의당 받는 것으로 알게 됩니다. 탐관오리·토호들 역시 자기 백성에게 능학함과 같이 왜놈·양놈을 능학한다면 왜·양은 멸종되고, 그들은 천하를 호령하겠지만, 그들이 내 백성의 고혈을 빨아다가 왜·양놈에게 아첨하면서, 자기네 백성을 잔인하게 죽이는 것은 도부(刀斧)의 기능이 출중한 것만 자랑하게 됨이요, 나라는 망하고야 마는 것입니다. 세계 문화적인 각국의 교육제도를 모방하여 학교를 세우고, 전국인민의 자녀를 교육하여 건전한 2세 국민을 양성하고, 애국지사를 규합하여 전국민에게 망국의 고통이 어떤 것인지, 흥국의 복락이 어떤 것인지를 알도록 하는 것이 구망(救亡)의 도라고 제자는 생각하나이다."

"박영호(朴泳孝)·서광범(徐光範) 역적들이 주장하던 것을 자네가 말하네그려. 만대 천하에 장존하는 나라 없고, 만대 천하에 장생하는 사람 없느니. 우리나라도 망할 운명이 당한 바엔 어찌하겠나? 구망지도(救亡之道)라고 하여 왜놈도 배우고 양인도 배우다가, 구망도 못하고 절의까지 배반하고 죽어 지하에 가면 선왕(先王)·선감(先監)을 무슨 면목으로 대하겠나?"

애기하는 동안에 자연 신·구의 충돌이 생겼다. 그런데 고선생의 가정에는 외국 물건이라곤 당성냥 한 가치도 쓰지 않는 것을 보면 고상하게도 보였다.

하룻밤을 같이 자고, 다음날 인사 올리고서 떠났다.

어찌 뜻 하였으리요, 이때 인사 올린 것이 곧 영결이 되리란 것을. 그 후에 들으니 고선생은 제천(堤川) 동문의 집에서 객사하셨다는 것이다.

오호, 애절하도다! 이 말을 기록하는 오늘 이때까지 30여 년, 나의 그간 처심행사(處心行事)에 만에 하나 좋은 점이 있다고 한다면 그것은 순전히 당시 청계동에서 고선생이 나를 특히 사랑하여 심혈을 기울여 구전심수(口傳心授)하신 훈자(薰炙)의 보람일 것이다.

다시 이 세상에서 그같이 사랑하시던 자애로운 얼굴을 뵙고, 참되고 거룩한 애정을 받지 못하겠으니, 오호! 애절하고 슬프구나!

# 12. 기독교에 입문하다

그날로 텃골 본가에 당도했다. 황혼녘이었다. 안마당에 들어서니 부엌에서 어머님이 나오셨다.

"너의 아버지가 병세 위중한데, 아까 이 애는 왔으면 들어오지 않고 왜 뜰에 서 있느냐 하기로 헛소리로 알았더니, 정말 네가 오는구나."

나는 급히 들어가 아버님을 뵈었다. 아버님은 매우 반가워하셨지만, 병세는 상당히 위중하신 것 같았다.

약간의 시탕(侍湯)으로 약효도 내지 못하고, 14일 동안 내 무릎을 베고 계시다가 경자년(庚子年) 12월 9일, 힘껏 내 손을 잡았던 손의 힘이 풀리시며 먼 나라로 길을 떠나시는 것이었다.

운명하시기 전날까지도 나의 생각으로는, 평생지기인 유완무·성태영 등을 만나 그들의 주선으로 연산(連山)으로 이사를 가버렸으면 백발성성한 아버님이 이웃 마을 강씨·이씨에게 상놈대우를 받아온 뼈에 사무치는 아픔만은 면할 수 있었는데, 아주 먼 길을 떠나시고 말았으니 천고 유한이 아닐 수 없었다.

산촌 가난한 집에서 고명한 의사를 부른다거나 기사회생의 명약을 복용하기는 형편상 안 되는 일로, 우리 할머님 임종시에 아버님이 단지(斷指)를 하신 것도 이런 절경(絶境)에 처한 때문에 하신 것이었다.

그런데 내가 또 단지를 할 것 같으면 어머님의 마음이 상하실 터이니, 나는 할고(割股)를 하리라 하고, 어머님이 안 계신 때를 틈타 왼쪽 허벅지에서 고깃점 한 점을 떼 내었다. 그래서 고기를 불에 구워 잡수시게 하고, 흐르는 피를 마시게 입에 넣어드렸다.

분량이 적은듯하여 다시 칼을 들어 그보다 크게 떼려고 했다. 그래서 먼저보다 천백 배의 용기를 내어 살을 베었지만 살점이 떨어지지를 않았다. 고통만 심한지라 두 번째는 다리 살을 베어 썰어놓기만 했을 뿐, 손톱만큼도 떼 내지 못했다.

나는 혼자서 탄식했다.

"단지나 할고는 진정한 효자가 하는 것이지, 나와 같은 불효로 어찌 효자가 되랴."

초종(初終)을 마치고 성복날에 원근에서 조객이 온다. 설한풍이 뼈에 스며드는 때 뜰에 상청(喪廳)을 배설하고 조위를 받는데, 독신상주로 잠시도 상청을 비울 수가 없고, 썰어만 놓고 떼 내지도 못한 다리는 고통이 심하기만 했다. 그렇다고 어머님에게 말할 수도 없고 조객 오는 것이 괴로울 지경이었다. 할고한 것을 후회하고 싶은 생각까지 나는 것이었다.

유완무와 성태영에게는 부고를 하고, 이사 가는 것을 중지하도록 일렀다. 경성에 체류 중이던 성태영은 5백여 리 길을 말을 타고 달려와 조위해주는 것이었다.

인마는 돌려보내고, 성군은 며칠 휴식한 뒤에 구월산 구경이나 시켜 보내기 위해 나귀에 태워 옛 친구인 월정동(月精洞) 송종서(宋鍾瑞)의 집에 찾아갔다. 그리하여 시산(是山) 정덕현(鄭德鉉)에게 청해 닭을 잡아 음식을 내게 했다. 백악(白嶽)의 승경을 구경한 후 성군은 귀로에 올랐다.

아버님 장지는 텃골 오른쪽 산기슭에 잡아 직접 안장했다. 나는 집상중(執喪中)에 아무 데도 가지 않고 준영 계부의 농사를 거들어드리며 있었다. 계부는 그런 나를 심히 기특하게 생각하고, 2백 냥을 내놓으며 이웃에 사는 상인의 딸에게 장가들라고 권했다. 나는 굳이 사양했다. 상인의 딸은 고사하고 정승의 딸이라도 돈 가지고 하는 결혼은 죽어도 못한다고 말했다.

계부의 생각에는 형님도 없는 조카에게 자기가 힘을 내어 결혼시키는 것을 당연한 의무로 여기며, 영광으로 알았다. 그런데 내가 끝까지 반대하자 격분한 나머지 낫을 들고 달려드는 것이 아닌가. 어머님이 중간에서 가로막고 나는 그 틈에 도망쳤다.

임인년(壬寅年) 정월이 되어 여기저기 세배를 다니다가 장연(長淵) 무산(茂山)의 먼 일가들 집에 갔다. 나는 원족(遠族) 조모에게, 내 나이 거의 30에 가까운데 장가들 딸을 줄 사람이 있을지 그것도 의문이요, 설혹 있다 해도, 내가 장가들 마음이 생길 만한 처녀가 있을지도 의문이외다 했더니 그 할머님은 웃으면서 묻는 것이었다.

"네가 의합한 처녀는 어떤 처녀인지 말해봐라."

그래서 나는 대답했다.

"첫째 재물을 따지지 않을 것 둘째 처녀가 학식이 있어야 할 것, 셋째 상면하여 마음 있는 얘기를 하다가 맞으면 결혼할 수 있지요."

그러자 그 할머님은 첫째·둘째는 의문이 없지만, 셋째는 매우 곤란하다며 난색을 보인다.

나는 그래서 물었다.

"할머님, 어디 혼처가 있습니까?"

"내 본가 당질녀가 금년 17세로 과댁(寡宅) 어머니를 모시고 지내는데, 약간 학식은 있고, 아무리 가난해도 재물을 따지는 것은 옳지 못한 것으로 안다. 마땅한 남자가 있으면 허혼하겠다는구나. 그렇다는 것을 형님에게 들었지만, 어떤 표준으로 남자를 택하는지는 알 수 없구나. 내가 먼저 만나서 알아보기나 하겠지만, 자네 말대로 직접 만나서 속에 있는 얘기를 한다는 것은 어려운 일이 아닐까 싶네."

"그것을 그렇게 어려운 일로 생각한다면 나와 혼인할 자격이 없는 것이겠지요."

이렇게 얘기하는 가운데 할머님이 말씀하셨다.

"우리 형님에게 네 인격을 일찍이 언급한 바 있는데, 형님 말씀이 자네를 한번 데리고 자기 집에 와달라는 부탁이 있었네. 한번 동행함이 어떤가?"

"오늘 가서 처녀 면회를 시킨다면 가보겠습니다."

이래서 두 사람은 장연 속내(束內) 텃골의 조그마한 오막살이집에 도달했다. 그 집 과댁은 나이 늙어 아들도 없고, 다만 네 여식만을 두었는데, 3형제는 이미 출가하고 막내딸 여옥(如玉)만을 데리고 있었다. 문자는 겨우 국문을 가르쳤을 뿐이고, 바느질·베짜기 등을 주로 가르쳤다.

나를 맞아 안방에 앉히고, 저녁 식사를 마친 뒤에 할머님의 소개로 늙은 과댁에게 납배했다.

그전에 부엌에서 셋이서 회의를 하는 모양이었다. 듣지는 못했지만, 원족 할머님이 나의 구혼조건을 제시한 모양이었다. 이야기가 착실히 많았던 모양인데, 할머님이 단도직입으로 혼인문제를 꺼냈다.

"자네 말대로 거반 되겠으나 규중처녀가 어찌 모르는 남자와 대면을 하겠나. 병신이 아닌 것은 내가 담보할 테니 대면하는 것은 면해주게."

"꼭 해야겠습니다. 만나서 얘기하는 것뿐 아니라, 혼인할 생각이 있으면 또 조건 한 가지가 있습니다."

그러자 할머님은 웃으면서 말한다.

"조건이 또 있어? 들어보세."

"다른 것이 아니라, 지금 약혼을 한다 해도 내가 탈상한 뒤에 성례할 터이니, 그 기한 이내는 낭자가 나를 선생님이라고 하고, 한문공부를 정성껏 하다가 탈상 후에 성례할 조건을 이행하겠다고 해야 됩니다."

"여보게, 혼인해서 데려다가 공부를 시키든지 무엇을 하든지, 자네 마음대로 할 것이 아닌가."

"근 일 년 동안이나 세월을 허송할 필요가 어디 있습니까?"

늙은 과댁과 할머님은 빙긋이 웃고 무슨 말을 하더니 낭자를 불렀다.

처녀는 걸음을 가만가만히 하여 들어와 자기 모친 뒤에 앉는다. 내가 먼저 인사를 했지만 처녀는 아무 대답도 못하고 있다.

내가 다시 물었다.

"낭자가 나와 혼인할 마음이 있소? 있으면 그렇다 치고, 성례하기 전에 나에게 학문을 배울 생각이 있소?"

그러면서 나는 할머님 말을 들어, 할머님 말씀은 성례 후에 공부를 시키든지 마음대로 하라고 하시지만, 지금 세상에는 여자라도 무식해서는 사회에 용납되지 않으며 여자의 공부는 20세 이내가 적당한데, 일 년 동안이라도 세월을 허송하는 것은 어리석은 일이라고 이유를 설명해주었다.

처녀의 말소리가 나에게는 들리지 않았지만, 할머님과 그 모친은 처녀가 그렇게 하겠다고 했다 한다.

그 밤을 지내고, 다음날 아침에 집으로 돌아가서 어머님과 계부에게 약혼한 보고를 했다. 준영 계부는 좀처럼 믿기지 않는 모양으로 어머님에게 친히 가서 낭자도 보고 약혼여부를 알아보라고 한다. 그래서 어머님이 직접 다녀오신 뒤에야 계부는 내 말을 믿고, 혼잣말처럼 중얼거린다.

"세상에 참 어수룩한 사람도 다 있다."

나는 곧 여자독본(女子讀本)처럼 책자를 초잡아가지고 지·필·묵까지 준비해가서 미혼처를 가르치기 시작했다. 하지만 그 집에서만 오래 머물면서 가르칠 형편이 되지 못해, 가사도 돌보고 탈상한 후에 교육에 헌신 할 결심을 했다.

그런 관계로 문화(文化)의 우종서(禹鍾瑞) 목사와 송종성(宋鍾聖)과 장연 장의택(張義澤)·오인형(吳寅炯)·정창극(鄭昌極) 등과 신교육 실시를 협의하기 위해 각처로 다니다가 틈만 있으면 처가로 가서 낭자를 가르쳤다.

당시 김선생은 본성명이 손경하(孫景夏)로서 원산(元山) 사람인데, 박영효(朴泳孝) 동지와 일본에서 여러 해 체류하다가 귀국 후 정부로부터 체포령을 받은 사람이었다. 그는 구월산으로 망명하여 우종서·송종호 등에게 보호받으며 숨어사는 처지였다.

그는 박영효가 귀국한 뒤로부터 손영곤(孫泳坤)으로 지금껏 행세해오고 있었다. 또 장의택은 장연의 사족(士族)으로, 학식도 풍부하며 신학문에 대한 포부도 해서(海西) 제일이었다. 큰아들 응진(膺震)을 경성·일본·미주(美洲) 등지로 유학시키고, 신교육에 노력하는 지사이므로, 구식양반들에게는 심한 비난을 받고 있었다.

장씨는 자기 자신 신학문을 국민에게 널리 보급하는 것이 시급하다는 점을 깨닫고 있었다. 당시 평안도와 황해도에는 주로 예수교로부터 신학문이 전파되고 있었다. 신문화 발전을 도모하는 자는 거의 예수교에 투신하여, 겨우 서양 선교사들의 혀끝으로 문 밖 사정을 알게 되었다.

예수교를 신봉하는 사람은 대부분 중류 이하였고, 실제 학문으로 배우지는 못하고 있었다. 다만 선교사의 숙달하지 못한 반벙어리 말을 그래도 많이 들은 자가 신교심(信敎心) 외에도 애국사상을 갖게 되었다. 애국심을 갖고 신교육을 주장하는 대다수가 이 예수교 신봉자임은 숨길 수 없는 사실이었다.

우종서는 당시 전도조사(傳道助師)로서 나와 여러 해 친교한 때문에 예수교 신봉을 힘써 권했다. 나도 탈상 후 예수교도 믿고, 신교육을 장려하기로 결심하고 있었다.

계묘년(癸卯年) 2월에 담사(禫祀-禫祭)가 끝나자 어머님은 성례준비에 여념이 없으셨다. 그해 정초에 또 나는 무산(茂山) 원조댁(遠祖宅)에 세배를 갔다.

세배한 후 앉아서 담화하던 중, 장연 텃골 미혼 처가에서 급보가 왔다. 낭자의 병세가 위중하니 김상주에게 통기하라는 기별이었다. 나는 깜짝 놀라 즉시로 처가에 갔다. 방문을 열고 들어가니 낭자는 병세가 위중한 중에도 나를 심히 반가워한다.

병은 장감(長感)인데, 약을 쉽게 구하기 어려운 산중이라 2, 3일 뒤에 그만 죽고 말았다. 나는 내 손으로 직접 염습하여 남산에 영장(永葬-안장)하고, 묘전 영별했다.

장모는 금동(金洞) 김윤오(金允五) 집으로 인도하여 예수교를 믿게 하고 돌아오던 중, 소식을 듣고서 허둥지둥 오시는 어머님을 만났다. 나는 어머님을 모시고 집으로 돌아왔다.

이해 2월 우리 집은 장련읍 사직동으로 이사했다. 장련읍 오진사(吳進士) 인형(寅炯)이 자기가 산 사직골 집을 산림·과수와 함께 30여 두락의 전답을 내게 맡기면서, 내가 집안일에 대한 염려 없이 공공사업에만 전력하도록 권했던 것이다.

해주 고향에서 사촌형 태수(泰洙) 부처를 데려다가 집안일을 맡아

보게 한 후, 나는 오진사 집 큰사랑에 학교를 세워 오진사의 큰딸 신애(信愛)와 아들 기수(基秀), 오봉형(吳鳳炯)의 두 아들, 오면형(吳勉炯)의 자녀, 오순형(吳舜炯)의 두 딸을 중심 학도로 하고, 그밖에 몇 명을 더 모집하여 함께 가르치기로 했다.

그래서 방 중간을 칸막이로 막아 남녀가 따로 앉게 했다. 인형(寅炯)의 셋째아우 순형은 성품이 지극히 관후 근검하여 나와 잘 맞았다. 그래서 함께 예수교를 믿으며 교육에 전력하기로 마음을 모았다.

그리하여 일 년도 채 안 되어 교세도 커졌고 학교도 점차 발전해갔다. 나는 장련읍에서 주색장(酒色場)으로 돌아다니던 백남훈(白南薰)을 인도하여 예수교를 믿게 한 뒤에 공립인 봉양학교(鳳陽學校)의 교원으로 가게 되었다.

황해도에서 학교로는 공립으로 해주에 하나 설립되었다. 그러나 해주에서는 아직 사서(四書)·삼경(三經)의 구학문을 가르쳤다. 강사가 칠판 앞에서 산술·역사·지지(地誌) 등을 가르치는 곳은 장련공교(長連公校)뿐이었다.

그 학교 설립시초에 교원은 허곤(許坤)이었다. 그 후 장의택(張義澤)과 임국영(林國永) 그리고 내가 교원으로 들어가 함께 일을 보았다. 평양에서 예수교 주최로 이른바 선생공부(先生工夫), 즉 사범강습이란 것이 있어서 여름에 각지 교회학교 직원과 교원들에 대한 강습이 있을 때 나도 가서 참여했다.

평양 방목사(邦牧師) 기창(基昌) 집에서 유숙할 때 최광옥(崔光玉)이라는 사람을 사귀게 되었다. 그는 당시 숭실(崇實) 중학생으로, 교육과 애국의 열성으로 학계와 종교계·일반사회에 명성이 높았다. 나는 최군과 친밀히 교제하며 장래 일을 논의했다.

어느 날 최군은 나의 결혼 여부를 물어왔다. 그래서 나는 과거에 여러 차례 실패한 것을 대략 이야기해주었다. 최군은 내게 안신호(安信浩) 양과 결혼하라고 권고했다. 신호는 안창호(安昌浩)의 누이동생으로 당년 20여 세로서, 성격이 활발하고, 처녀 중의 명성(明星)이라는 것이다.

그래서 나는 일단 만나보고 처녀와 마음이 맞으면 성례하기로 했다. 그리하여 이석관(李錫寬) 즉, 안도산(安島山)의 장인 집으로 신호를 오도록 하고, 나는 최광옥·이석관과 함께 자리하여 신호와 면대했다. 그래서 몇 마디 의사교환을 한 후 사관(舍館)으로 돌아왔다.

곧이어 최군이 뒤따라와 내 의향을 물었다. 나는 합의를 표시했다. 그러자 최군 역시 신호의 합의를 전하고, 아예 내일 약혼까지 하고 고향으로 돌아가라는 것이다.

그런데 또 일이 묘하게 꼬이게 되었다. 다음날 아침 일찍 이석관과 최군이 달려와, 신호가 어젯저녁에 편지 한 통을 받고는 밤새껏 고통으로 마음속에 큰 풍파가 생겼다는 것이다. 사연인즉 이러했다.

안도산이 미국에 갈 때 상해에 들른 적이 있었다. 그때 상해 모 중학에 재학 중인 양주삼(梁柱三) 군에게 자기 누이와 혼인하라고 권했다는 것이다. 그러나 양군이 자기는 아직 재학 중이므로 졸업 후에 결정하겠다고 말했다는 것이다.

그런데 어제 형과 면회하고 돌아가니, 마침 양군에게서, 자기는 이제 졸업했으니 허혼여부를 알려달라는 편지가 왔다는 것이다. 이렇게 되니, 양손에 떡을 쥔 꼴이 된 신호는 결정을 못 내리고 어찌할 줄을 모르고 애를 쓰는 중이었다. 그래서 신호의 확정된 의사를 듣고 떠나라는 이야기였다.

아침 식사 뒤 최광옥이 다시 와서 신호가 결정한 바를 말했다. 신호는 자기 처지로서 양주삼이나 김구 두 사람 중 누구를 취하고 누구를 버리는 것은 도저히 못할 일이니 양쪽을 다 버리고, 어려서부터 한 동네에서 생장한 김성택(金聖澤)으로 정할 수밖에 없다고 말했다는 것이다.

김성택으로 말하면 이미 청혼해놓고 있는 중이었으나 여자 집에서 그의 몸이 약한 점을 꺼려 허혼하지 않고 있었다. 그러나 지금 와서 이렇게 되니 김·양 두 사람을 사절하고 김성택과 결혼하기로 결심했다는 것이다.

도리 없는 일이었지만, 내심으로는 매우 섭섭한 노릇이었다.

얼마 후 신호는 나를 찾아와서 말했다.

"나는 지금부터 선생님을 오라버님으로 섬기겠습니다. 정말 미안합니다. 하지만 사정이 그리된 것이오니, 너무 섭섭하게 생각지 마십시오."

나는 신호의 명쾌한 결단과 해답하는 도량을 보고서 더욱 흠모의 마음이 들었다.

그러나 이미 지난 일이 아닌가. 나는 다시 장련으로 돌아가 교육과 종교에 온 마음을 쏟았다.

하루는 군수 윤구영(尹龜榮)으로부터 청첩이 왔다. 윤군수의 말이 지금 정부에서 잠업을 장려할 목적으로 해주에 뽕나무 묘목을 내려 보내 각 군에 심어서 가꾸라는 공문이 왔다고 하는 것이다.

"본군 내에는 오직 군(君)이 이 일을 맡아서 해주면 성적이 좋을 것 같으니 해주에 가서 뽕나무 묘목을 가지고 오라."

이 일은 군(郡)의 토반(土班)들이 영예직이라 하여 앞 다투어 나서는 것이었다. 그러나 군수는 수리(首吏) 정창극(鄭昌極)의 말을 듣고 나에게 이 일을 맡긴다는 것이다.

민생 산업에 막중한 일임을 알고 나는 기꺼이 승낙했다. 정창극이

2백 냥 여비를 내주면서 말했다.

"해주에 가면 관찰부에 농상공부 주사들이 뽕나무 묘목을 가져왔을 터이니, 한번 청해 연회나 하게. 그리고서 부족액은 군으로 돌아온 뒤에 다시 청구하게나."

나는 그러겠다고 하고 길을 떠났다. 말을 타든 가마를 타든 마음대로 하라는 말을 들었지만 나는 해주까지 걸어서 갔다.

관찰부에 공문을 전달하고 사관(舍館)으로 돌아온 이튿날 아침, 관찰부의 부름에 의해 부에 들어가니, 농부(農部) 특파 주사가 장련군에 분배하는 뽕나무 묘목 몇 천 본을 가져가라고 내주었다.

내가 뽕나무 묘목을 검사해보니 묘목이 다 말라 있는 게 아닌가. 나는 그 주사에게 가지고 가지 않겠다는 뜻을 말했다. 주사는 발끈 성을 내며 상부명령에 불복한다는 둥 말을 붙여가며 위협했다.

나도 대로하여 소리쳤다.

"주사는 경성에서 사는 까닭으로 장련이 산골 군임을 모르는 모양이구려. 장련군은 땔나무가 넉넉해서 경성 땔감까지 갖다 때지 않아도 되오."

이렇게 말하고, 이어

"그대가 본부에서 뽕나무 묘목을 가지고 오는 사명은 묘목의 생명을 보호하여 분배하고 심게 하는 것일진대, 이같이 묘목을 말라죽게 해서 위협으로 분배하려는 것이오? 나는 그 책임소재를 알고자 하오. 또 관찰사에게 이 사유를 보고하고 그냥 군으로 돌아갈 것이오."

그러자 주사는 겁이 나서 빌어댔다.

"장련으로 갈 뽕나무 묘목은 산 것으로만 귀하가 골라서 가지고 가시구려."

나는 묘목에서 산 것만을 골라가지고 사관으로 돌아왔다. 그리고 곧 물을 뿌리고 잘 보호해서 말에 실어 군으로 돌아왔다.

정창극에게 여비계산을 해 1백 30여 냥 남은 액수를 돌려주었다. 정창극은 여비를 쓴 하기(下記)를 보다가 짚신 한 켤레 얼마, 냉면 한 그릇 얼마, 떡·마대(馬貸)·반비(飯費)를 합해 도합 70냥이란 것을 보고는 경탄해 마지않았다.

"우리나라 관리가 다 김선생만 같으면 백성의 질고(疾苦)가 없겠습니다. 박가나 신가(申哥)가 갔다 왔으면 적어도 몇백 냥을 더 청구했을 것이오."

정창극은 비록 수리(首吏)이긴 하나 지극히 검박하여 노닥노닥 기운 의복을 입고, 관이 정한 요금 외에는 한 푼도 더 쓰는 일이 없었다. 그러한 까닭으로 군수가 감히 탐학을 못하는 것이다.

전국에서 제일인 전주의 이속은 천역(賤役)의 이름으로 재상의 권도를 가졌고, 각도 이속이 다 여우가 되어 호위(虎威)를 부려대면서 양반에 의지해서 양민의 고혈을 빨아대는 시대에 정창극은 구우일호의 귀한 존재라 할 만하겠더라.

며칠 뒤 농부(農部)에서 종상위원(種桑委員)이란 임명서가 왔다. 이 소문이 전파된 뒤로는 군의 하인들과 노동자 중에는 내가 지나는 곳마다 담뱃대를 감추며 경의를 표하는 자들이 있었다.

오진사는 어선업(漁船業)을 시작한 지 2년 만에 가산을 홀랑 날려버리고 그로 인해 생병이 나서 작고하고 말았다. 그래서 내가 살던 사직골 집을 유족에게 돌려주었다. 가사를 맡아보던 사촌형 태수가 나를 따라와서 예수교에 입교하도록 해주었는데, 뜻밖의 일이 생기고 말았다.

사촌형 태수는 어릴 때부터 배운 것이 없이 일자무식이었지만, 예수교를 받들게 된 뒤로 국문에 능통하게 되어 종교서적을 능히 볼 뿐만 아니라, 강단에서 교리를 강전(講傳)하게도 되었다. 나는 장래에 많은 도움을 받을 것으로 믿었다. 그런데 교당에서 예배하다가 뇌출혈로 갑자기 사망 하고 말았다.

나는 종형수를 본가로 보내 개가하게 하고, 우리 집은 사직동을 떠나 장련읍내로 이사했다.

사직동에서 근 2년을 사는 동안에 겪은 것을 대략 들면, 유완무가 주진사 윤호(潤鎬)와 함께 직접 찾아와서 며칠 묵고 간 적이 있었다. 그러면서 자기는 종전에 북간도에 가서 관리사(管理使) 서상무(徐相茂)와 그곳에서의 장래의 일을 계획했는데, 잠시 국내로 돌아와 동지들과 방침을 협의 한 후 곧 북간도로 가겠다는 것이다.

그러면서 우리 집에 며칠 묵었다. 어머님은 밤을 삶고 닭을 삶아서 갖다 주시는 등 대접이 극진했다. 우리 세 사람은 밤도 까서 먹고, 닭고기도 먹어가면서 연일 밤을 세워가며 대소사를 토의하곤 했다.

강화도 김주경의 소식을 물으니, 경운(耕雲-유씨의 당시 통용하던 별호. 북간도에 가서는 白樵로 행세했다)은 탄식부터 했다.

"김주경은 강화를 떠난 뒤 10여 년 동안 붓장사를 해서 여러 만 원의 금전을 저축하여, 자기 몸에다 숨겨가지고 다니다가 작년 연안(延安)에서 불행히 객사했다네. 그 아들이 찾아가서 주인을 걸어 송사까지 했지만 별효과가 없었다는 거요. 김주경이 부모 친척에게 알리지 않고, 비밀행상으로 그같이 거액의 금전을 모은 것은 그 심중에 어떤 경륜이 있었던 모양이나, 이제는 다시 세상에서 김주경의 포부와 위략(偉略)을 알 길이 없구려."

그러면서 유완무는 그 3형제 중 김진경도 전라도에서 객사하고, 그 집안은 말 못할 형편이라고 하는 것이다.

다시 내 혼사문제가 나왔다. 신천(信川) 사평동(謝平洞)의 예수교회

당 시령(時領)인 양성칙(梁聖則)이 그 교회의 여생(女生) 최준례(崔遵禮)
와 결혼하라는 권유가 있었다.

최준례는 그때 사평동에 사는 의사 신창희(申昌熙)의 처제였다. 준
례의 모친 김부인은 경성 태생으로 젊어서 과부가 되어 두 여식과 함
께 예수교를 믿는다고 한다. 그는 제중원(濟衆院)이 임시로 구리재[銅
峴]에 세워졌을 때 원에 고용되어 그 원내에 살고 있었다. 그러면서 그
원의 의과생인 신창희를 큰사위로 맞게 되었다.

그러다가 생업을 위해 사평(謝平)으로 이사하게 되어, 준례가 8살
때 모친과 같이 신창희를 따라와서 같이 살게 된 것이다.

모친이 작은딸 준례를 이웃동네의 청년 강성모(姜聖謨)에게 주겠다
고 허혼했었는데, 준례는 장성한 뒤에는 어머니 명을 순종하지 않고,
그 혼약을 거부한다는 것이다.

그것이 교회에서도 큰 문제가 되어, 미국 선교사 한위렴(韓衛廉)·군
예빈(君芮彬) 등이 준례를 달래 강성모에게 출가시키려 하다가 준례의
항의로 해결을 보지 못하고 말았다. 준례는 당시 나이 18세로, 마땅
한 남자를 골라 자유결혼을 하려는 마음을 굳히고 있는 터인데, 양성
칙이 나에게 의향이 있는지 묻는 것이다.

나는 당시 조혼으로 말미암아 생겨나는 여러 가지 폐해를 절감하
고 있던 터이라, 준례에 대해 지극히 동정심이 갔다. 사평동에 가서
준례와 면대한 후 혼약이 성립되게 되었다. 그러자 강성모측에서 선교
사에 고발하여, 교회에서 나에게 그만두길 권하고, 친구 중에도 만류
하는 자가 많았다.

그럼에도 불구하고 나는 준례를 사직동의 우리 집으로 대려다가 혼
약을 굳게 정하고, 경성 경신학교(敬信學校)로 유학을 보냈다.

애초에는 교회의 중지권고를 듣지 않았다고 교회 책벌을 선언했으

나, 내가 끝내 불복할 뿐 아니라, 구식조혼을 인정하고 개인의 자유를 무시하는 것은 교회로서 잘못이며, 사회악풍을 조장하는 것이라고 항의했다. 결국 군예빈이 혼례서(婚禮書)를 작성해주고, 책벌을 해제시켜 주었다.

## 13. 신교육 사업에 뛰어들다

을사년에 이른바 신조약(新條約)이 체결되었다. 사방에서 지사들이
구국의 도를 강구하며, 산림학자들은 의병을 일으켰다. 경기·충청·
경상·황해·강원 등지에서 항일전쟁이 계속되어, 동에서 패하면 서에
서 일어나고, 서에서 패하면 동에서 일어났다. 허위(許蔿)·이강년(李康
年)·최익현(崔益鉉)·신돌석(申乭石)·연강우(延康羽)·홍범도(洪範圖)·이
범구(李範九)·강기동(姜基同)·민긍호(閔肯鎬)·유인석(柳麟錫)·이진룡(李
震龍)·우동선(禹東善) 등의 의병장들이 군사지식이 없이, 다만 충천하
는 의분심만 가지고 뒤이어 일어났지만, 도처에서 실패하기만 하는 것
이었다.

바로 이런 때 나는 진남포 의법청년회(懿法靑年會) 총무의 소임을 맡
아 동회 대표로 경성에 파견되었다. 경성 상동(尙洞)에 가서 몇몇 청년

도처에서 의병은 일어났지만−

전국 각처에서 기병한 의병들을 일본 경찰은 재판도 없이 그 자리에서 무참히 교수했다.

회에 대표위임장을 제출했다. 그때 각도의 청년회 대표가 모여 겉으로
는 교회 일을 토의하는 척했으나 사실은 순전히 애국운동이었다. 우
선 싸움을 일으킨 산림학자들을 구사상이라 하면, 예수교인들은 신
사상이라 하겠다.

　그때 상동에 모인 인물들로 말하면, 전덕기(全德基)·정순만(鄭淳
萬)·이준(李儁)·이석(李石-東寧)·최재학(崔在學-평양사람)·계명륙(桂明
陸)·김인집(金仁濈)·옥관빈(玉觀彬)·이승길(李承吉)·차병수(車炳修)·신
상민(申尙敏)·김태연(金泰淵-지금은 鴻)·표영각(表永珏)·조성환(曹成煥)·
서상팔(徐相八)·이항직(李恒稙)·이희간(李僖侃)·기산도(奇山濤)·전병헌
(全炳憲-지금은 王三德)·유두환(柳斗煥)·김기홍(金基弘)·김구(金龜) 등
인데, 이들이 모여 회의한 결과 상소하기로 하고, 소문(疏文)은 이준이
지었다.

　제1회 소수(疏首-疏頭)는 최재학이고 그밖에 네 사람을 더해 5인이
대표의 명의로 서명했는데, 이것은 1회, 2회로 계속할 작정으로 그렇

게 한 것이다.

정순만의 인도로 회당에서 맹도(盟禱)하고, 대한문(大漢門) 앞에 일제히 나아가서 서명한 다섯 사람만 궐문 밖에서 형식상으로 개회하고, 상소 의결했다. 그러나 솟장은 벌써 별감들의 내응으로 상감께 입람(入覽)된 뒤였다.

그때 갑자기 왜놈 순사대가 달려와 간섭했다. 다섯 사람은 모두 왜순사에게 달려들어 내정간섭을 공박했다. 그러자 대한문 앞은 금세 왜놈들의 검광이 번쩍번쩍 하는 가운데 다섯 지사들의 맨주먹 싸움이 시작되었다.

부근에서 호위하던 우리는 소리를 벽력같이 질러댔다. 왜놈들이 국권을 강탈하고, 조약을 억지로 체결하여, 우리 인민은 원수 놈들의 노예가 되었다는 내용의 격분한 연설을 곳곳에서 하게 되니, 인심은 흉흉하고, 다섯 지사는 경무청에 감금되었다.

처음에 다섯 사람만 나선 것은 상소를 하게 되면 틀림없이 사형될 것이고, 사형되면 다시 다섯 사람씩 몇 차례든 계속 하기 위함이었다. 그런데 맨 처음 나선 다섯 지사를 경무청에 끌어다 가두고 심문하는 것이 필경은 훈계 방면할 모양이었다.

그래서 상소를 그만두고, 다음으로는 종로에서 공개연설을 하기로 했다. 당국에서 금하고 막으면 대대적으로 육박전을 하기로 하고 종로에서 연설을 시작했다. 얼마 후 왜놈 순사가 칼을 빼들고 달려왔다. 그때 마침 어전도가가 화재를 당한 뒤라 기왓장이 산처럼 쌓여 있었던 때여서, 연설 하던 청년들은 기왓장을 들고 왜놈 순사대와 접전이 시작되었다.

이렇게 되니 왜놈 순사들은 중국인 상점에 뛰어 들어가 총을 쏘아대는 것이 아닌가. 군중들은 기왓장을 중국인 점포에 비오듯이 던졌다.

그러자 왜놈들 보병중대가 포위공격 해왔다. 인산인해의 군중들은 제각기 흩어질 수밖에 없었다. 왜놈들은 한인들을 붙잡는 대로 포박하여 수십 명이 잡혀갔다.

그리고 그날 민영환(閔泳煥)이 칼로 자살했는데, 그 보도를 접하고 몇 사람 동지들과 같이 민영환 집에 가서 조례를 했다. 그리고 돌아와서 대로에 나왔을 때, 나이가 40 안팎의 한 남자가 피칠갑한 옷차림으로 인력

을사조약에 항거하여 자결한 민영환 (18619~1905)

거에 태워지고 있는 것을 보았다. 흰 명주 저고리에 갓도 망건도 없이 맨상투 바람으로, 여러 사람이 옹위한 가운데 인력거에 태워 가는데, 마구 소리치고 울부짖고 하는 것이었다.

누구냐고 물으니 참찬(參贊) 이상설(李相卨)로, 자살미수라고 한다. 그이도 나랏일이 날로 그릇되어 감을 보고 의분을 못 이긴 나머지 자살하려 했던 것이다.

당초 상동회의에서는 5, 6인이 한 조가 되어 몇 번이든지 전자가 죽으면 후자가 이어 나서서 상소하기로 계획했지만, 상소하여 체포당한 지사들은 몇 십 일씩 구류에 처해지고 말 것 같아 더 이상 그런 일을 계속할 필요성이 사라지고 말았다. 아무리 급박해도 국가 흥망에 대한 절실한 각오가 민중으로부터 나오지 않으면 무슨 일이고 실효를 거둘 수가 없는 법이다. 바꿔 말하면 지금의 민중은 애국사상이 박약한 것이다. 7년 병에 3년 묵은 쑥을 구한다는 격으로, 늦었지만

을사조약에 찬성한 매국5적에 대한 1905년 11월 15일자의 성토문

인민의 애국사상을 고취하여 인민으로 하여금 국가가 바로 자기 집이란 걸 깨닫게 하고, 왜놈이 바로 자기의 생명·재산을 빼앗고 자기의 자손을 노예로 삼는다는 것을 분명히 깨닫도록 하는 외에는 다른 방도가 없다고 생각되었다.

그래서 그때 모였던 동지들이 사방으로 흩어져서 애국사상을 고취하는 한편 신교육을 실시하기로 하고, 나도 다시 황해도로 돌아와 교육에 전념했다. 장련에서 떠나서 문화(文化) 초리면(草里面) 종산(鍾山)에 거주하며, 그 동네 사립 서명의숙(西明義塾)에 교사가 되어 농촌아동을 가르치다가, 그 이듬해 정월 18일 다시 안악읍으로 이사했다.

그 읍에서 새로 설립된 사립 양산학교(楊山學校)의 교사로서 근무하기 위해서였다. 장련에서 종산으로 올 때는 우종서(禹鍾瑞) 교사의 간청으로 그랬던 것이지만, 서명의숙이 산촌에 있는 까닭으로 발전성이 보이지 않는데다, 안악의 김용제(金庸濟) 등 몇 사람 지우들의 초청을 받아 안악읍으로 전임하게 되었던 것이다.

서명의숙에서 근무할 때, 의병장 우동선(禹東善)이 10리가량의 안골(內洞)에 진을 치고 있다가 왜병의 야습으로 달천(達泉) 부근에서 많은 희생자를 냈다. 그중 17명의 의병시체가 안골 바깥 동구 길에 깔렸다는 소식을 들었을 때, 마침 왜병 3명이 총기를 휴대하고 종산동(鍾山洞)에 나타났다는 말을 들었다. 놈들은 동장을 불러내 집집마다

달걀과 닭을 토색하며 다닌다는 것이 아니겠는가. 그래서 동장이 겁을 먹고 달려와 어떻게 하면 좋으냐고 문의하는 것이었다.

나는 동장과 같이 그의 집에 갔는데, 왜병이 산 닭과 달걀을 마음대로 뒤져내고 있었다. 나는 그 왜병에게 조용한 말로 물었다.

"군대에서 징발하는 것이오? 아니면 매수하는 것이오?"

그러니 매수하는 것이라 한다. 나는 다시 물었다.

"만일 매수한다 하면 달천 시장에서도 가능한 것인데, 하필이면 마을사람들을 압박하는 것이오?"

하고 물었다. 왜병은 이에 대하여는 아무 대답도 없이 되물어온다.

"당신이 문화군 군수요?"

"나는 서명의숙 교사요."

이렇게 왜병 한 놈과 내가 문답하고 있는 사이, 그 밖의 왜병들은 밖으로 나가 앞집 뒷집에서 닭을 잡기 위해 안마당으로 뛰어들었다. 부인과 어린 아이들이 놀라서 외치는 소리가 여기저기서 들려왔다.

나는 동장을 보고 호령했다.

"그대가 동임(洞任)이면서 도적이 집집마다 돌입한다는데 가서 실지로 알아보지도 않는가?"

나와 문답하던 왜병이 호각을 불자 밖에 나갔던 놈들이 닭을 한 손에 두세 마리씩 가지고 들어왔다.

놈들이 서로 무슨 말을 하더니 강탈한 닭을 내어버리고 동네 밖으로 나갔다. 그러나 아랫동네에선 집집마다 닭을 붙들어 몇 짐씩 지고 갔다는 이야기였다. 그 때문에 동네 사람들은 후환을 두려워했다. 그래서 뒷일은 내가 맡겠다고 해주었다.

종산(鍾山)에서 첫아기로 여아 하나를 낳았는데, 산후 며칠도 안 되어 모녀를 교자에 태워왔더니 찬 기운을 쐬었던 탓인지, 아기는 안악에 온 지 얼마 안 되어 죽었다.

안악군에는 당시 10여 명의 동지가 있었는데, 김용제(金庸濟)·김용진(金庸震)·김홍량(金鴻亮)·이시복(李始馥)·이상진(李相晉)·최재원(崔在源)·장윤근(張允根)·김종원(金鍾元)·최명식(崔明植)·김형종(金亨鍾)·김기형(金基瑩)·표치정(表致貞)·장명선(張明善)·차승용(車承用)·한필호(韓弼浩)·염도선(廉道善)·전승근(田承根)·함덕희(咸德熙)·원인상(元仁常)·원정부(元貞溥)·송영서(宋永瑞)·송종서(宋鐘瑞)·김용승(金庸昇)·김용정(金庸鼎)·한응조(韓應祚) 등은 중년 및 청년이요, 김효영(金孝英)·이인배(李仁培)·최용화(崔龍化)·박남병(朴南秉)·박도병(朴道秉)·송한익(宋漢益) 등 선배들은 다 군내 중견인물들이었다.

그래서 이들은 신교육의 필요성을 절감하여 김홍량·최재원 이외 몇 사람 청년은 경성과 일본에 유학하고, 선배 등은 교육발달에 진력하여, 동읍내에 예수교회로 제1차 안신학교(安新學校)가 설립되고, 그 다음은 사립 양산학교(楊山學校)가 설립되었다.

그 뒤에 공립보통학교가 설립되고, 동창(東倉)에 배영학교(培英學校), 용순(龍順)에 유신학교(維新學校) 등 교육기관이 계속 설립되었다.

황해·평안 양도의 교육계로나 학생계로나 평양의 최광옥(崔光玉)이 제일 신망을 가진 청년이었으므로, 그를 초빙하여 양산학교에서 하기 사범강습을 베풀었다. 그래서 황해도에서 교육에 종사하는 인사는 마을의 사숙훈장까지 소집하고, 남북 평안도의 유지·교육자들과 경기·충청도에서까지 강습생들이 모여들어 4백여 명에 달했다.

강사로는 김홍량·이시복·이상진·한필호·이보경(李寶慶)·김낙영(金洛英)·최재원 외 몇 사람과, 여교사는 김낙희(金樂姬)·방신영(方信榮)이요, 강습생에는 강구봉(姜九峰)·박혜명(朴慧明) 등 승도(僧徒)까지 있었다.

박혜명은 전에 말한 일이 있는 마곡사 시대의 사형(寺兄)으로 연전 서울서 서로 작별한 뒤에는 소식을 몰랐다가 이번 강습회에서 서로 만나니 반갑기 그지없었다. 그는 당시 구월산 패엽사(貝葉寺)의 주지였다. 나는 그를 내 친형으로 대우하기를 청했다.

혜명에게 들은즉, 내 은사 보경당·하은당은 석유 한 초롱을 사다가 그 호부(好否)를 시험하기 위해 불붙은 막대기를 석유통에 넣었다가 그것이 폭발하여 포봉당까지 세 분이 일시에 죽었고, 그 남긴 재산을 맡기기 위하여 금강산에 내가 있는 곳을 두루 찾았으나 종적을 몰라서 할 수 없이 유산 전부를 사중(寺中)에 붙였다고 하였다.

재후면(載後面)의 당시 7순이 넘은 김효영(金孝永) 선생은 김홍량의 조부로서, 젊었을 때는 한학을 연구하다가 가세가 빈곤해지자 상업에 종사했다. 그는 본도에서 나는 포목을 사들여 직접 어깨에 지고 강계·초산 등지로 다니면서 행상했다.

그 무렵 그는 기아가 심할 때면 허리띠를 바짝 졸라매고, 극도로 절약하여 재산을 모았다고 한다. 내가 뵌 때는 기골이 장대하고 용모가 탈속했지만, 허리가 'ㄱ'자 모양으로 굽어 지팡이에 의지하여 뜰과 마당에 출입하는 것이었다.

구식 인물이긴 했지만 두뇌가 명석하여 시세의 관찰력이 당시의 신진 청년들로서도 더불어 의논하기가 벅찰 정도였다.

군에 안신학교가 신설되고, 직원들이 경비곤란으로 회의를 개최할 때에 투함(投函)에 '무명씨(無名氏) 정조(正租) 1백 석 의연(義捐)'이라고 들어왔다. 뒤에 알고 보니 김효영 선생이 자기 자손들에게도 알리지 않고 혼자서 의연한 것이었다.

장손 홍량을 일본에 유학시킨 것만 보아도 선생의 교육열은 가히 짐작할 만했다. 선생은 바둑과 술을 즐기는 편이라, 원근에 몇몇 바둑

친구가 있었는데, 자기 사랑에서 바둑과 술로 노년행락을 삼으시는 것
이었다.

내가 보아하니 해주 서촌(西村) 강경희(姜景熙)는 본시 우리 고향 침
산(砧山) 강씨로서 대대로 집안이 거부였다. 그는 젊었을 때 방랑 파산
한 자인데, 선생의 친우 중 한 사람이었다.

하루는 선생을 문안하고자 사랑에 갔다. 강씨는 내가 아이 때부터
보고 알던 노인이요, 내 조선(祖先)을 압박하던 양반이지만, 아버님과
친분이 비교적 두텁던 구의를 생각하면서 절을 드렸다.

그로부터 며칠 후 시봉(侍奉)하던 용진(庸震)군에게서 강 노인이 바
둑을 두다가 말다툼이 벌어졌다는 얘기를 들었다. 강노인이 용진의
부친에게 이런 말을 했다.

"노형은 팔자가 좋아서 노년에 가산도 풍족하고, 자손이 번성하며
또 효순하구먼."

그의 부친이 이 말을 듣자 단박에 분기 대발하여, 바둑판을 들어
문 밖 에 내던지고 호되게 강씨를 꾸짖었다.

"군의 지금 말은 결코 나를 위하는 말이 아니다. 70 노구가 며칠
뒤면 왜놈들의 노적(奴籍)에 편입하고, 나쁜 운명을 가진 놈을 가르치
는데, 그게 팔자 좋은 것이냐?"

이런 모양으로 고함을 치시는데, 자손 된 처지로 강씨를 대하기가
미안하고, 부친이 그같이 국사를 우려하시는 것을 볼 때 황송도 하고
비분도하여, 오늘 아침에 노자를 많이 드려 강씨를 고향으로 돌아가
게 했다는 것이다.

나는 이런 말을 듣자 피눈물이 눈시울에 가득히 차오름을 금할 수
없었다. 자기 자손과 동배(同輩)요, 학식으로나 인품으로나 선생의 사
랑을 받을 자격이 없는 나에게, 선생은 며칠에 한 번씩은 반드시 문전

에 와서,

"선생님, 평안하시오?"

하는 말씀을 하고 가시는 것이 아니겠는가.

그것은 2세 국민을 가르치는 중임을 존대하는 마음에서 나온 것임이 틀림없었다. 나에게뿐 아니라, 애국자라면 누구에게든지 뜨거운 동정을 가지는 것을 보았다.

나는 장련에서 살 때 해주 고향에 성묘 차 갔다. 계부 준영씨에게, 장련에서 사촌형제가 한 집에서 단란하여 형은 농업과 가사 전부를 맡아보고 나는 교육에 종사하여 생활의 안정과 집안이 화락함을 보고했다.

계부는 심히 의아해했다.

"너 같은 난봉을 누가 도와주어서 그렇게 사느냐?"

"저의 난봉은 계부 보시기에 위험시하지만, 난봉이 아니라고 보는 사람도 더러는 있는 게지요."

대답을 하고 나는 웃었다.

계부가 다시 물었다.

"네가 빈손으로 간 뒤, 네 종형도 뒤미처 가고, 네 사촌 매부 이갑근(李甲根)의 식구까지 너를 따라가서 동거한다니, 생활의 근거는 어떻게 하고 사느냐?"

"제가 그 군에 몇 아는 사람이 있어서 오라 하여 이주한 것이고, 지우(知友) 중 오진사 인형(寅炯)군은 일찍이 그 군 갑부인 오경승(吳景勝) 진사의 장손입니다. 아직도 유산을 가지고 괜찮게 살고 있는 처지라서 인형군이 특별히 천냥 가치의 한 가옥과 전답·원림을 다 갖춰 내주면서, 언제든지 사는 동안에는 내 물건과 같이 사용하여 의·식·주의 근거로 삼으라 하면서, 농우 한 마리까지 사주고 집안 쓸 것도 수시로 인형군에게 청구하여 쓰도록 그렇게 해주었습니다."
하고는, 여러 식구가 살아가는 내용을 일일이 보고했다.

계부는 듣고 나서 감탄한 듯이 말했다.

"이 세상에 어찌 그렇게도 후한 사람이 있느냐?"

계부는 속으로 혹시 내가 무슨 협잡이나 하고 다니는 게 아닌가 의심하는 것이었다.

평소 숙질 사이에 정의가 가깝지 못한 데는 그럴 만한 이유가 있었다. 인근 부호의 자질들이 왜놈에게 돈 백 냥을 차용할 때 증서에는 천 냥이라고 써주어서, 왜놈이 돈을 받을 때면 천 냥을 다 받는다. 당자의 가산이 부족 되면 일가붙이에게 족징(族徵)하는 것을 계부가 자주 보아왔기 때문이다.

그래서 내가 서울이나 남도에 내왕할 때, 왜놈의 돈이나 얻어 쓰고 다니지 않는가 하여, 어디를 간다면 야단을 한다. 그렇기 때문에 나는 어디 갈 때 조용히 떠나버리는 것이다.

그해 가을에 계부는 장련에 오셨다. 사직동 집만 좋을 뿐 아니라 추수한 곡물도 당신 집 살림보다 나은 것이 괴이하기만 한 모양이었다. 그리고 오진사를 찾아가 직접 자기 눈으로 보고서는 어머님에게 말하는 것이다.

"조카가 타인에게 그같이 존경을 받을 줄은 생각도 못했군요."

이리하여 나에 대한 오해가 풀린 뒤 계부는 나를 심히 사랑하는 것이었다.

안악에 이주한 뒤에도 교무를 담임하다가 휴가에 성묘 차 고향에 갔다. 여러 해 만에 어릴 때부터 공부도 하고 놀기도 하던 고향 땅을 방문하니 그 감회가 형언할 수 없었다.

당시 나를 안아주고 사랑해주던 노인들은 태반이나 보이지 않고,

내가 어리게 보았던 어린아이들은 거의가 다 장성해 있었다.

성장한 청년 중에 쓸 만한 인재가 있는가 살펴보았지만, 모양만 아니라 정신까지 상놈이 되고 말았다. 그런 사람들에게는 민족이 무엇인지 털끝만한 각성도 없고 다만 곡식벌레에 지나지 않는다. 젊은 사람들에게 교육을 말하니 모두 신학문은 예수교나 천주교로만 안다.

이웃 동네 즉, 양반 강진사 집을 찾아가보았다. 그 양반들에게 전과 같이 절을 올릴 자에게는 절을 올리고, 말로 존경하던 자에게는 인사를 하면서 그전 하던 것과 똑같이 상놈의 본신으로 대접해주었다. 그리고 양반들의 태도를 살펴보았다. 그같이 교만하던 양반들이 나에 대해 경대도 아니고 하대도 아닌 말로, 나의 지극한 공경을 감히 감당해내지 못하겠다는 태도를 보였다.

생각하건대, 작년 강경희 노인이 안악의 김효영 선생과 바둑 친구가 되어 놀 때, 나를 가까이 접하는 김효영 선생이 일어나서 나를 맞는 것을 보고, 또 양산학교에 사범생 4, 5백 명이 모인 가운데 내가 앞에서 주선하는 것을 보고는 고향의 자기 집안사람들에게 이야기한 것 같았다.

여하간 양반의 세력이 쇠퇴된 것은 사실이었다. 당당한 양반들로서 아무것도 아닌 상놈 하나를 접대하기에 힘이 부쳐 애를 쓰는 것을 볼 때 나는 더욱 가련한 생각이 들었다.

나라가 죽게 되니까 국내의 중견세력으로 온갖 못된 위세를 다 부려대던 양반부터가 저 꼴이 된 것이 아닌가. 만일 양반이 삶으로써 국가가 독립할 수 있다면, 나는 양반의 학대를 더 받더라도 그렇게 되었으면 좋겠다는 생각이 들었다.

나는 평소 재사로 자인하며 호기를 부리던 강성춘(姜成春)에게 구국의도를 물어보았다. 강군은 망국의 책임이 당국자에 있고, 자기와 같은 촌사람은 관계가 없는 것처럼 조심하여 대답한다. 내 집안의 상놈이나 양반인 그대의 상놈이나 상놈 맛은 일반이라고 생각되었다.

자제를 교육하라고 권하니, 단발이 문제라고 말한다. 교육이 단발하는 것이 목적이 아니고, 인재를 양성하여 장래 완전한 국가의 일원이 되어 자기 나라로 하여금 강성하게 하고, 훤히 빛나게 함에 있다고 역설했지만 그의 귀에는 천주학이나 하라는 줄 알고, 자기 가문 중에도 예수교에 들어간 사람이 있다고 하며, 담화를 회피할 뿐이었다.

저주하리로다! 해주 서촌 양반들이여, 자기네가 충신의 자손이니, 공신의 자손이니 하면서 평민을 소나 말같이 노예시하던 기염이 오늘은 어디로 가버렸느냐!

저주하리로다! 해주 서촌 상놈들이여, 5백 년 기나긴 세월을 양반 앞에서 담배 한대, 큰 기침 한번 마음 놓고 못하다가 이제는 썩은 양반보다 신선한 신식양반이 될 수 있건만 지금 너희들이 하는 것은 무엇이냐?

구식양반은 군주 일개인에 대한 충성으로도 자자손손이 그 혜택을 입었지만, 신식양반은 3천리 강토 2천만 민중에게 충성을 다해 자기 자손과 2천만 민중의 자손에게 만세 장래까지 복음(福蔭)을 끼칠지라.

그 얼마나 훌륭한 양반일까보냐. '양반도 깨어라! 상놈도 깨어라!'고 절규한 것은 고향에 갔을 때 등(燈) 기구를 가지고 가서 인근의 양반 상놈을 다 모아놓고, 환등회(幻燈會) 석상에서 한 말이었다.

안악에서 사법강습을 끝낸 후, 양산학교를 확장하여 중학부와 소학부를 두게 되었다. 김홍량이 교장이 되어 교무를 맡아보고, 나는 최광옥 등 교육자와 힘을 합쳐 해서교육총회(海西敎育總會)를 조직, 그 회의 학무총감의 직임을 맡아 전도·교육기관을 설립, 운영하는 책임을 지고서 각 군을 순행했다.

배천군수(白川郡守) 전봉훈(全鳳薰)의 청구에 의해 배천읍에 당도하니, 전군수가 각 면에 훈령하여 면내 두민(頭民)과 신사(紳士)를 오리정(五里亭)으로 소집하고 기다리다가, 군수가 먼저 김구 선생 만세하고 부르자, 군중이 따라서 일제히 만세를 부른다.

나는 전군수의 입을 막고 망발 말라고 하였다. 나는 그때까지 만세 두자는 황제에게만 하는 전용축사요, 황태자에게는 천세(千歲)를 부르는 것으로만 알았다. 전군수가 내 손을 잡으며 말했다.

"김선생, 안심하시오. 내가 선생을 환영하며 만세를 부르는 것이 통례요, 망발이 아닙니다. 친구 상호간에도 영송에 만세를 부르는 터이니, 안심하고 영접하는 여러 분과 인사나 나누시오."

배천읍에서 전군수 사저에 묵으면서 각 면 유지들과 회동하고, 교육 시설 방침을 협의 진행했다.

전봉훈은 본시 재령(載寧) 이속으로, 해주읍에서 총순(摠巡)으로 여러 해 복무하면서 교육을 적극 장려한 인물이다. 그는 해주에 정내학교(正內學校)를 설립하여 야학을 권장할 때, 시내의 각 전방 사환들을 야학에 보내지 않는 전주(廛主)는 처벌한다는 등 별별 수단을 다 써 교육에 많은 업적을 남겼다.

그 후 배천군수가 되어서 군내 교육시설 설립에 열성을 보였다. 전군수는 외아들이 일찍 죽고, 장손 무길(武吉)이 5, 6세였다.

그때 왜놈들은 수비대·헌병대를 각 군에 주둔시켜 거의 모든 군이 관아를 뺏겼지만 유독 배천만은 전군수가 완강히 지키고 앉아 뺏기지 않았다. 그러나 왜놈들은 이러한 전군수를 눈엣가시처럼 생각하여 여러 가지 곤란한 교섭을 들이대기 일쑤였다.

그렇지만 전씨의 본의는 군수를 화직(華職)으로 알아서가 아니요, 군수의 권리를 가지고 교육에 힘을 보태려 할 따름이었다. 그는 최광

옥을 초빙하여 사범강습소를 설치하고, 청년을 모집하여 애국심을 고
취하기에 전력했다. 최광옥은 배천읍에서 강연하다가 피를 토하며 죽
고 말았다. 원근 인사들이 최씨의 고심·열성을 알고, 그러한 청년지사
가 중도 사망함을 애석하게 여긴 나머지 임시로 배천읍 남산 상학교
(上學校) 운동장 곁에 장사를 지내주었다.

그러고 양서(兩西) 인사들이 최선생의 성충을 영원히 기념하기 위해
장지는 사리원 정거장 근처로 정하고, 비석은 평양 정거장에 이등박문
(伊藤博文)의 기념비보다 훨씬 뛰어나게 세워 내왕하는 사람들에게 영
원한 인상을 주기로 했다.

그리하여 안태국(安泰國)에게 비석의 모양까지 정해 평양에서 제조
하도록 했으나, 합병조약이 체결되는 바람에 그 이상은 진척되지 못하
고, 그의 유해는 아직도 배천에 그대로 묻혀 있다.

나는 재령 양원학교(養元學校)에서 유림을 소집하여 교육에 대한 방
침을 토의하고 장연에 갔다. 그쪽 군수 이씨가 영접한 뒤에 자기 관할
각면에 훈령을 발하고, 김구 선생의 교육방침에 성심껏 복종하라고 지
시했다. 그런 뒤 내게 각 면을 순행해달라고 간청했다.

나는 이 간청을 물리치지 못하고, 읍내에서 1차로 환등대회를 개최
했는데, 수천 명의 남녀노소가 모여들어 성황을 이루었다. 그런 뒤에
전택(笭澤)·신화(薪花) 등 면에 순회하다가, 안악학교의 사무가 급박해
서 귀로에 올랐다.

송화(松禾) 수교시(水橋市)에 도착했을 때, 시내 유력자인 감승무(甘
承武) 등 몇몇 유지들의 청구로 부근 5, 6개소에 소학교를 소집하고
환등회를 열기도 했다. 그곳을 떠나려 할 무렵, 송화군수 성낙영(成樂
英)이 대표를 파견해 와서,

"초면인 장연 군수는 인사만 하고도 각 면을 순회강연까지 해주고,

친숙한 나는 찾아주지도 않고 그냥 지나가려 하느냐?"

하면서 간청하는 것이었다.

이 군의 세무 소장인 구자근(具滋根)도 교육에 열성이 있는 탓으로 친숙한 터이어서, 구군의 초청까지 받은 나는 할 수 없이 송화군 읍내로 들어갔다. 이 소문을 접한 성낙영은 즉시 각 면의 10여 개소 학교와 읍내 유지인사와 부인·아동까지 소집했다.

나는 몇 년 만에 송화읍의 광경을 보게 되었다. 이곳은 해서의병을 토벌하던 요지로, 읍내 관사(官舍)는 거의 모두 왜놈들이 점령하고 있었다. 수비대·헌병대·경찰서·우편국 등 기관들이 들어섰고, 이른바 군청이란 것은 사가(私家)에서 집무하고 있었는데, 나는 이 광경을 보고 분한 마음이 머리끝까지 치밀어 올랐다.

환등회를 열고, 대황제의 진영(眞影)이 나오자 일동에게 기립 국궁을 명했다. 한인(韓人) 관리는 물론이고, 왜인 장령(將領-장교)과 경관 무리까지 국궁을 시킨 뒤에, '한인이 배일하는 이유가 어디에 있는가?' 라는 연제하에 강연했다.

과거 아일(俄日)·중일(中日)전쟁 당시만 해도 한인의 일본에 대한 감정은 지극히 중후했다. 그 후 강압조약이 체결됨에 따라 점차 악한 감정이 격증했다. 내가 연전에 문화 종산에서 직접 겪은 사실로, 일병이 마을 집에서 약탈을 감행하는 것을 목도했다면서, 일본인들의 악행이 바로 한인들의 배일 원인이 되는 것이라고 큰 소리로 부르짖었다. 그러면서 열석한 성낙영·구자록(具滋祿)을 보니 얼굴이 흙빛이고, 왜놈들은 노기가 등등하는 것이었다.

갑자기 경찰이 환등회를 해산하고 나를 경찰서로 데려갔다. 군중은 분이 나도 감히 말을 못했지만, 대단히 격앙된 분위기였다. 경찰서로 끌려간 나는 한인 감독순사의 숙직실에서 동숙하게 되었다. 그러자 각 학교에서 학생들이 서로 번을 갈아 차례로 와서 방문하며, 위문대를 조직하여 쉴 새 없이 위문하는 것이었다.

경찰서에서 하룻밤을 잔 다음날, 하얼빈 전보(電報)로, 이등박문(伊藤博文)이 한인(韓人) 안응칠(安應七-안중근의 자가 응칠)에 의해 피살되었다는 신문을 보았다. 처음에는 '은치안'으로 나와 매우 궁금했는데, 다음날 아침에 안응칠, 즉 안중근으로 명백하게 신문에 기재되었다. 그때에서야 나는 비로소 내가 구류당한 원인을 알게 되었다.

그날 저녁 환등회에서 일본 놈을 꾸짖고 욕설을 퍼부었으나, 그만한 일쯤은 도처에서 벌어지는 것을 하필 송화(松禾) 경찰이 나에게 손을 댄 것이 이상하다 싶었다. 그러나 며칠 뒤면 곧 방면될 것으로 알았으나, 하얼빈 사건의 혐의라면 좀 길게 고생할 것 같은 생각이 들었다.

며칠 뒤에 예사로운 말 몇 마디를 질문하더니, 유치장에서 한 달을 지나 해주 지방재판소로 압송했다. 수교시 감승무(甘承武) 집에서 밥을 먹을 때, 시내 학교직원과 유지들이 일제히 모여들어 호송하는 왜놈 순사에게 요청한다.

"김구 선생은 우리 교육계 사표인즉, 위로연을 베풀고 한 차례 접대하고자 합니다."

그러자 순사는,

"후일에, 해주 다녀온 뒤에 실컷 위로하구려."

하면서, 그날은 안 된다고 거절한다. 해주에 도착하는 즉시 감옥에 수감되었다. 하룻밤을 지나서 검사가 안중근과의 관계 유무를 질문했다. 나는 종전 세의(世誼)의 관계뿐이고, 이번 하얼빈 사건과는 아무런 관련이 없다는 것을 말했다.

그러자 검사는 나에게 지방에서 일본관헌과 반목하는 증거인 〈김구〉라고 쓴 백여 페이지 가량의 한 책자를 내놓고 신문했다. 내용은 전부가 수년간 각처에서 행한 나의 행적을 집성한 것이었다.

그러나 결국은 불기소로 방면되었다. 나는 행장을 가지고 박창진(朴昌鎭)의 책사에 갔다. 마침 박군과 만나 경과를 이야기하고 있을 때, 곁에 있던 유훈영(柳薰永) 군이 인사를 하더니, 자기 부친의 생신연에 함께 참석해달라고 청했다.

나는 거기에 응하여 수연(壽宴)에 나갔다. 그런데 유옹(柳翁)은 다름 아닌 해주 관호(官豪)의 한 사람인 유장단(柳長湍)이었다. 연회가 끝난 뒤, 송화경찰서에서 나의 호송에 가담했던 한·일 순사들 중 한인 순사들이 사건의 진행을 알고 싶어 하면서 아직 떠나지 않고 있었다.

나는 이들 순사 전부를 음식점으로 불러 경과를 말하고, 돌아가게 했다.

그러고서 이승준(李承駿)·김영택(金泳澤)·양낙주(梁洛疇) 제군을 방문하고 있는데, 안악 친구들이 한정교(韓貞敎)를 파견해왔다.

나는 동지들이 걱정할 것을 생각하고 하루라도 일찍 돌아가기 위해 한정교와 함께 안악으로 돌아갔다.

당시 안악 양산학교에는 중(中)·소(小) 양부(兩部)를 두고 있었다. 처음에는 이인배(李仁培)가 교장이었고, 그 후에는 김홍량(金鴻亮)이 교주(敎主) 겸 교장이 되고, 나는 소학부의 유년(幼年) 교수를 담임하고 있었다.

그러면서 재령 북률면(北栗面) 무상동(武尙洞)의 보강학교장(保强學校長)으로 겸하여, 그 학교의 유지·발전을 위해 종종 왕래하고 있었다.

그 학교는 처음에 노동자들이 주동이 되어 설립되었으나 나중에는 부근 동네 유지들이 유지하면서, 동교 진흥책으로 나를 뽑은 것이다.

전승근(田承根)을 주임교사로 임명하고, 장덕준(張德俊)은 교반학반

(敎牛學牛)을 목적으로 한 동생 덕수(德秀)와 함께 교내에서 숙식하며, 교감 허정삼(許貞三) 등의 협력으로 교무를 발전시켜나갔다. 그때 학교 교사는 새 건축으로 아직 완공하기도 전에 개교했던 것이다.

학교는 무상동에서 멀리 떨어진 야외에 있는 교사였는데, 때때로 도깨비불(鬼火)이 발생한다는 보고가 있었다. 나는 교직원 한 사람에게 비밀히 지시를 내렸다.

"학교에서 화재가 매일 밤 깊어서 일어난다고 하니 3일 한으로 은밀한 곳에서 학교에 인적이 있는가 없는가 지켜보다가, 만일 인적이 있거든 가만히 추적하여 행동을 살펴보라."

과연 그 다음날 급보가 왔다. 학교에 중대사고가 있으니 교장이 출석해 달라는 것이었다.

급보를 받은 즉시 떠나서 학교에 들어가니 수직(守職)하던 직원이 불을 지른 범인 한 사람을 포박하고, 죽인다 살린다 하는 소동이 났다. 범인을 직접 심문해보니, 그 동네에 사는 서당 훈장이었다. 내가 동네 부형들을 청해 신교육의 필요성을 설명하고, 자기가 가르치던 아동 4, 5명까지 뺏어가 전부 학교에 입학하고 보니, 자기는 고역인 농사일밖에 생활방도가 없게 되었다. 그래서 옳지 못한 수단으로 학교사업을 방해하고자 불을 지른 것이라고 자백했다.

나는 일찍이 학교 사무원을 불러 학교에 화재가 난 진상을 물었던 적이 있었다. 그들은 확실히 도깨비불이라고 말했다. 학교 부근 땅에 그 동네에서 해마다 제사를 드리는 이른바 부군당(府君堂-신당)이 있고, 그 부군당 주위에는 아름드리 큰 고목들이 늘어서 있다. 교사를 새로 지은 뒤에 그 고목을 찍어 베어 연료로 사용했다.

그 때문에 동네 사람들이 도깨비불로 알게 되고, 그래서 학교에서도 그 부군당에 제사를 지내지 않으면 화재를 피하지 못한다는 미신설이 분분 하다는 이야기였던 것이다.

그래서 나는 그 학교 직원에게 비밀히 일러놓았던 것이다. 직원 보고에 의하면, 2차 화재가 난 뒤에 매일 밤 교사 부근에 은신하여 감찰하던 그 바로 다음날 한밤에 무상동으로부터 교사로 가는 길에 인적이 있어 가만히 뒤따라가며 지켜보았다고 한다.

그 사람은 황급히 교사로 달려가더니 교정에 서서 강당의 지붕과 그 앞 사무실 지붕에 무슨 물건을 던지는 것이 아닌가. 강당 지붕에서는 불꽃이 일어나고, 사무실 지붕에서는 반딧불과 같이 반짝 반짝거릴 뿐 아직 불이 일어나진 않고 있었다. 그것을 본 괴한은 도주하려고 하는 참에 수직(守職)하던 직원에게 붙들리고 만 것이다. 직원은 그를 결박 짓는 한편 동네 사람들을 불러 불을 끄게 한 후 나에게 급고한 것이다.

범인을 신문하니 하나하나 자백했다. 아니나 다르랴, 학교가 설립됨에 따라 자기에게 손해가 미치기로 불을 질렀다는 것이었고, 불을 일으키는 방법으로는 손가락만한 화약심지 끝에 당성냥 한 춤을 약두(藥頭)로 뭉쳐놓고, 다른 한끝에는 돌을 달아매어 지붕 위로 던져 불붙게 한 것이다.

범행 행위를 모두 자백 받은 뒤에 경찰에 고발하지 않는 대신 조용히 이 동네로부터의 퇴거를 명했다.

안악에서 이 학교까지 20리 거리이므로 나는 1주에 한 번씩 보강교(保强校)에 나갔다. 안악읍에서 신환포(新換浦) 하류를 건너 학교로 가는데, 여름철에 학교에 가기 위해 나루터를 향해 가노라면, 학교에서는 소학생들이 나를 보고 영접하노라 몰려나오고 직원들도 뒤를 이어 나온다.

내가 나루터에 도착하여 보니, 건너편에 와 있던 소학생들이 모두 옷들을 훌훌 벗어던지고 강 속으로 뛰어드는 것이다. 나는 놀라 고함을 쳤다. 그러나 직원들은 강변에서 웃으면서 안심하라고 말하는 것이다.

나룻배에 올라 강 가운데로 나아가자 가뭇가뭇한 학생들의 머리가 물위로 나타나서 뱃전에 매달리는 것이 마치 쳇바퀴에 개미가 떼 붙듯 했다.

나는 장차 해군을 모집하게 되면, 연해 촌락에서 모집하는 것이 편리하겠다고 생각했다. 무상동 역시 재령(載寧) 여지평(餘地坪)과 한 동네이다. 평내(坪內)에는 특별히 거부는 없지만 그다지 빈곤하지는 않은 곳이다. 토지가 거의 궁장(宮庄)이고, 극히 비옥하기 때문에 인품이 명민(明敏)·준수함은 물론, 시대변천에 순응하여 학교로는 운수(雲水)·진초(進礎)·보강(保强)·기독(基督) 등이 설립되어 자제를 교육하고, 농무회(農務會)를 조직하여 농업발달을 꾀하는 등, 공익사업에 착안함이 실로 눈여겨볼 만 할 정도였다.

나석주(羅錫疇) 의사는 당시 나이 스물 전후의 젊은 청년으로, 나라의 형세가 날로 그릇되어 감을 한스럽게 생각한 나머지 그 평내의 남녀 소년 8, 9명을 배에 싣고 비밀리에 중국으로 도망쳐 철망 밖을 벗어나서 교양하고자 출발했으나, 장련 오리포(梧里浦)에서 왜경에게 발각되어 여러 달 옥고를 치렀다.

출옥 후에는 겉으로는 상업·농업에 종사하면서 속으로는 독립사상을 굳게 하고, 교육에 열성을 다해 그 평내 청년들의 우두머리로 신임을 받았다.

나도 종종 여물평을 내왕하게 되었다. 노백린(盧伯麟)이 군직(軍職)을 풀고 풍천(豊川) 자택에서 교육사업에 종사하던 때였다. 하루는 경성에 가는 도중 안악에서 그를 만나 함께 여물평 진초동(進礎洞)의 교육가인 김정홍(金正洪) 군의 집에서 같이 잤다.

진초학교 직원들과 식사를 하던 중, 갑자기 동네에서 큰 소동소리가 났다. 진초학교장 감정홍이 황급히 달려와 사실을 말했다.

그 학교 여교사 오인성(吳仁星)은 이재명(李在明)의 부인인데, 이군이 자기 부인에게 무슨 요구를 강경하게 했던지 단총으로 위협하는 바람에 오여사는 두려운 나머지 학교수업도 맡을 수가 없다고 사정을 말하고는 이웃으로 피신해 숨어버렸다는 것이다. 이군은 미친 사람처럼 행동하면서 동네 어귀에서 총을 팡팡 쏘고, 매국하는 국적을 모조리 총살하겠노라고 떠들어댔다.

그래서 동네에 일대 소동이 났다고 하는 것이다.

노백린과 상의하여 이군을 오도록 청했다. 누가 알았으랴, 그가 바로 며칠 뒤 조선 천지를 진동케 했던 그 이재명이었던 것을. 그는 경성 이현(泥峴)에서 군밤장수로 가장하며 충천의 의기를 품고 이완용(李完用)을 저격했던 것이다. 그때 그는 먼저 차부(車夫)를 죽이고, 이완용의 생명은 다 뺏지 못하고서 피체되어 순국하고 말았다.

우리의 청에 응한 이재명은 당시 나이 23, 4세의 청년이었다. 이마에 분기를 띠고 들어서는데, 우리 두 사람이 번갈아 인사를 하니, 자기는 이재명이고, 몇 달 전에 미주(美州)로부터 귀국하여 평양의 오인성 여인과 결혼하여 지내는 바라고 하면서,

"내 아내의 가정은 과댁(寡宅)인 장모가 딸 셋을 데리고 지내는데, 가세는 넉넉하여 딸들을 교육시키지만 국가대사에 충성을 바칠 용기가 없고, 다만 일시적 평안한

명동 성당에서 나오는 매국노 이완용을 자격한 이재명 의사 (1890~1910) 이완용은 중상에 그치고 왜경에 피체 1910년 12월 22일 교수형으로 순국했다.

것만을 탐하며 거기에 늘어붙어 나의 의기와 충정을 이해하지 못합니다. 그래서 그 점을 가지고 우리 부부간에도 때때로 다툼이 생겨 학교에 손해가 될까 우려하는 바입니다."

하고, 아무 기탄없이 말하는 것이다.

계원(桂園) 형과 나는 이 의사에게 장래 목적하는 일과 그밖에 과거 경력·학식 등을 하나하나 물어보았다.

그러자 그는 자기는 어려서 하와이에 건너가 공부를 하다가 조국이 섬놈 왜놈들에게 강점되었다는 말을 듣고 귀국했으며, 지금 하려는 일은 매국적 이완용을 위시하여 몇 놈을 죽이려고 준비 중이란 것이다. 그러면서 단총 한 자루와 이완용 등의 사진 몇 장을 품속에서 내놓았다.

계원과 나는 그가 시세의 격변으로 허열(虛熱)에 들뜬 청년으로만 보이는 것이었다. 계원이 이의사의 손을 잡고 간곡히 말했다.

"군이 나랏일에 비분하여 용기를 가지고 활동함은 지극히 가상하나, 대사를 경영하는 남아로 총기를 가지고서 자기 부인을 위협하고, 동네에서 함부로 총을 쏘아 민심을 소란하게 하는 것은 의지가 확고하지 못한 표징이오. 그러니 지금은 칼과 총을 나에게 맡기고, 의지도 더욱 강하게 수양하고, 동지가 될 사람도 더 사귄 후 거사를 실행할 때 찾아가는 것이 어떻겠소?"

의사는 계원과 나를 번갈아 눈여겨보다가 총과 칼을 계원에게 내놓았다. 그러나 얼굴에는 탐탁한 기분이 아님이 분명하게 드러나 있었다.

우리는 그와 작별하고 사리원역에서 기차에 탔다. 차가 막 떠날 무렵이 의사가 나타나 계원에게 그 물품의 반환을 요구했다. 계원은 웃음을 띠면서 말했다.

"경성 와서 찾으시오."

그러자 기차가 떠났다.

그렇게 한 지 한 달이 못되어 의사는 동지 몇 사람과 회동하여 경성에 도착했다. 그리고 이현에서 이의사는 군밤장수로 가장하고 길가에서 밤을 팔았다. 그러다가 이윽고 이완용을 만나 칼로 찌른 것이다. 이완용은 생명이 위험하고, 이의사와 김정익(金正益)·김용문(金龍文)·전태선(田泰善)·오(吳XX) 제군이 피체되었다는 기사가 신문에 게재되었다.

나는 깜짝 놀랐다. 이의사가 단총을 사용했으면 이완용놈의 명줄을 끊었을 것이 확실한데, 공연히 우리가 간섭한 때문에 성공하지 못한 것이다. 나는 뉘우치며 한탄해 마지않았다.

## 14. 안악사건
安岳事件

기록의 선후가 전도되었다. 오호라! 국가는 합병된 것이다. 국가가 합병의 치욕을 입은 당시 인심은 심히 흉흉했다. 원로대신들 중에도, 내외 관인들 중에도 자살하는 자가 많았고, 교육계에는 배일사상이 극도에 달했다. 오직 듣지 못하고 알지 못하는 농민들 중에서만은 합병이 무엇인지, 망국이 무엇인지 모르는 자가 많았다.

나부터 망국의 치(恥)를 당하고 나라 없는 아픔을 느끼나, 사람이 사랑하는 자식을 잃고 상망(喪亡)을 슬퍼하면서도 혹 살아날 것만 같은 생각이 들기도 하는 것처럼 나라가 망하기는 망했지만 국민이 일치 분발하면 곧 국권이 회복될 것 같은 생각도 드는 것이었다.

1910년 8월 29일 부터 제국주의 일본은 경복궁 근정전에 일장기를 걸어놓고 국권찬탈을 철저히 상징화 했다.

그러면서 후생들로 하여금 애국심
을 양성하여 장래에 광복하는 길 외
에 다른 길이 없으리라고 생각되어,
계속하여 양산학교를 확장하고 중학
부의 학생을 더 많이 모집하여 교장
의 임무를 다하기로 마음먹었다.

국내 국외에서 정치적 비밀결사가
조직되었다. 그중 하나가 신민회(新
民會)였다. 안창호(安昌浩)는 미주(美
洲)로부터 귀국하여 평양에 대성학교
(大成學校)를 창설하고, 청년을 교육
한다는 것을 표면사업으로 내세웠으
나, 이면으로는 양기탁(梁起鐸) · 안태
국(安泰國) · 이승훈(李承薰) · 김덕기(金

'신민회'를 주도한 안창호(1878~1938)
선생. 비밀정치결사 '신민회'를 중심으
로 〈대한매일신보〉를 대변지로 삼아
평양과 대구에 '태극서관'을 세워 출판
계몽사업, 평양에 도자기 회사를 세워
민족산업 육성, 평양에 대성학교를 세워
인재 양성에 진력했다.

德基) · 이동녕(李東寧) · 주진수(朱鎭洙) · 이갑(李甲) · 이종호(李鍾浩) · 최광
옥(崔光玉) · 김홍량(金鴻亮) 외 몇 사람을 중심 인물로 하여 당시 4백여
명 정수분자로 조직된 단체를 훈련 · 지도했다. 그러다가 안창호는 용
산 헌병대에 수감된 일도 있었다.

합병된 후에는 이른바 주의인물을 일망타진할 것을 예상한 것인지,
안창호는 장연군 송천(松川)에서 위해위(威海衛)로 비밀히 건너갔고, 이
종호 · 이갑 · 유동열(柳東說) 동지가 뒤이어 압록강을 건너갔다.

경성에서 양기탁 주최로 비밀 회의를 연다는 통지를 받고 나도 회
의에 참석하러 갔다. 양기탁의 집에 모인 사람은 나 외에 양기탁 · 이동
녕 · 안태국 · 주진수 · 이승훈 · 김도희(金道熙) 등이었다. 이들이 비밀회
의를 열고, 지금 왜놈들이 경성에 총독부를 신설해놓고 전국을 통치

하고 있으니, 우리도 경성에 비밀히 도독부(都督府)를 두어 전국을 다스리고, 만주에 이민계획을 실시함과 아울러 무관학교를 설립, 장교를 양성하여 광복전쟁을 일으킬 준비를 하기로 뜻을 모았다.

우선 이동녕을 만주에 파견하여 토지매수·가옥건축 등의 일을 맡도록 하여 떠나보내고, 그밖에 나머지 인원으로는 각 지방대표를 선정하여 15일 내에 황해도에서 김구가 15만 원, 평남에서 안태국이 15만 원, 평북에서 이승훈이 15만 원, 강원에서 주진수가 10만 원, 경기에서 양기탁이 20만 원을 각각 모금하여 이동녕의 뒤를 이어 파송하기로 의결했다.

동지들은 즉시 출발했다. 경술년 11월 20일 이른 아침, 나는 양기탁의 친동생인 인탁(寅鐸)과 그의 부인과 함께 사리원역에서 하차했다. 거기서 인탁 부부는 재령으로 떠나고 나는 안악으로 갔다. (인탁은 재령재판소 서기로 부임하는 길에 동행한 것뿐이고, 우리의 비밀계책을 모르고 있었다. 그것은 기탁이 자기 동생에게 사정을 말하지 말라고 우리에게 부탁한 때문이었다.)

안악으로 돌아온 후 나는 김홍량과 협의하여 토지·가산을 방매에 붙이는 한편, 신천(信川)의 유문형(柳文馨) 등 이웃 고을 동지들에게도 장래 방침을 알리고 일을 진행해나갔다. 그러던 중, 장연의 이명서(李明瑞)가 안악으로 돌아왔다. 그는 자기 모친과 친아우 명선(明善)을 먼저 서간도에 보낸 뒤에 건너가는 동지들의 편의를 제공해주게 하고 안악으로 돌아온 것이다. 나는 그에게 북행(北行)을 권해 출발시켰다.

안악에 돌아와 소문을 들으니, 안명근(安明根)이 안악에 와서 여러 번 나를 찾았으나, 나의 경성행과 서로 어긋나 그냥 돌아가곤 했다는 것이다. 그 안명근이 어느 날 한밤중에 양산학교로 나를 찾아왔다.

내가 찾아온 까닭을 묻자 그가 말했다.

"해서 각 군 부호들과 교섭한 결과 모두가 독립운동자금을 내놓겠다고 하면서도 선뜻 응하지 않는 즉, 안악읍 몇 집 부호들을 총기로 위협하여 다른 쪽에 영향을 미치게 하고자 하니 응원 지도하기를 바란다."

나는 구체적으로 장래 방침을 물었다. 그러자 그는,

"황해도 일대 부호들에게 자금을 모아 동지들을 규합하여 전신·전화를 단절하고, 각 군에 산재한 왜놈들을 각기 그 군에서 도살하라는 명령을 발포하면 왜병대대가 도착하기 전 5일간은 자유의 천지가 될 터이니, 더 나아갈 능력이 없다 하여도 당장의 설분만은 충분하지 않겠느냐?"

하는 것이었다. 나는 명근을 붙잡고 만류했다.

"형이 여순사건을 목도한 나머지 더구나 혈족의 관계로도 가일층 분혈(憤血)이 용출하는 데서 이러한 계획을 생각해낸 듯하나 5일간 황해도 일대를 자유천지로 만들려 해도, 금전보다 동지의 결속이 더욱 필요한데, 동지가 될 사람은 몇이나 얻었는가?"

하고 물었다. 그러자 매산(梅山-명근의 호)이 대답하는 것이다.

"나의 절실한 동지도 수십 명 되지만, 형이 동지가 되어준다면 동지를 모으는 일은 용이할 줄로 안다."

나는 간곡히 만류했다. 장래 대규모 전쟁을 하려면 많은 인재를 양성하지 않고는 성공을 기할 수 없고, 일시적 격발한 것으로는 5일은 커녕 3일도 버티기 어렵다. 분기를 인내하고 많은 청년을 북쪽 지대로 인도하여 군사교육을 실시함이 가장 시급한 일이라고 설득했다.

매산 역시 수긍은 하지만 자기 생각과는 맞지가 않는 듯 불만을 품은 채 돌아갔다.

그로부터 얼마 후 안명근은 체포되어 경성으로 압송되고, 신천·재령 등지에서 연루자들이 잇달아 체포되었다는 소식이 신문지상에 발표되었다.

신해년 정월 초닷새, 내가 양산학교 사무실에 출근하여 기침도 하기 전인데, 왜헌병이 하나 오더니 헌병소장이 잠시 면담할 일이 있다면서 동행을 청했다. 같이 가니 벌써 김홍량·도인권(都寅權)·이상진(李相晋)·양성진(楊成鎭)·박도병(朴道秉)·한필호(韓弼鎬)·장명선(張明善) 등 교직원을 차례로 불러다놓았다.

헌병소장은 경시총감부의 명령이라며 임시구류에 처한다고 선언한 다음, 2, 3일 뒤에 우리를 모두 재령으로 옮기고, 황해 일대의 평소 애국자로 지목된 인사들을 거의 모두 체포해 들였다.

이 일이 있기 얼마 전, 배천군수 전봉훈이 나에게 상의해온 적이 있었다. 국가대세가 기우니 군수란 직책도 심사에 역겨워 소임을 해내기 어려우므로 형 등이 종사하는 안악의 양산학교 부근에 가옥 한 채를 사서 손자 녀석 무길(武吉)의 학업에나 오로지 힘쓰고 싶은 생각이라는 것이다. 그는 곧 습락현(習樂峴)에 기와집 한 채를 사서 수리했다. 그때 그는 수안(遂安)군수로 있었다. 그 전봉훈이 솔가하여 안악으로 옮겨오는 바로 그 날, 우리는 재령에서 사리원으로, 사리원에서 다시 경성으로 피송된 것이다.

전봉훈이 우리의 소식을 듣고, 안악으로 이사하던 심회가 어떠했을까? 해서 각 군에서 체포되어 경성으로 이송되던 인사 중 송화의 반정(泮亭) 신석충(申錫忠) 진사는 재령강 철교를 건너다가 투강 자살했다. 그는 본시 해서의 저명한 학자일 뿐 아니라 큰 자선가이기도 했다.

석충의 아우 석제(錫悌) 진사 자손의 교육문제로 내가 한 번 방문하고, 하룻밤 같이 자면서 담화한 일이 있었다. 그때 석제 진사를 방문하기 위해 동구까지 들어갔을 때, 신씨 댁에서 소식을 듣고서 석제의 자손 즉, 아들 낙영(洛英), 손자 상호(相浩) 등이 동구 밖까지 나와 맞아주는 것이었다.

그래서 나는 모자를 벗고 절하자 낙영 등은 흑립(黑笠)을 벗고 답례를 하려 했다. 내가 웃으면서 갓끈 끄르는 것을 만류하자 낙영 등은 송구스러운 빛을 띠는 것이었다.

"선생께서 면관을 하시는데, 우리가 그냥 답례할 수 있습니까?"

나는 도리어 미안하여, 내가 쓴 모자는 양인이 쓰는 물건인데, 양인의 통례가 인사할 때 탈모하는 것이니 용서하라고 했다.

석제 진사를 보고 국가문명에 교육이 급선무인 것을 하룻밤 동안 모든 것을 다 털어 이야기하고, 손자 상호에 대한 교육 의뢰를 받았던 것이다.

사리원에서 호송하는 헌병 몇 명과 함께 경성행 차를 타고 가던 중 차 속에서 이승훈을 만났다. 이승훈은 우리가 포박되어가는 것을 보고, 차창 밖으로 머리를 내밀고는 남몰래 하염없이 눈물을 흘리는 것이었다.

차가 용산역에 도착하자 형사 한 명이 남강(南岡-승훈의 호)에게 인사를 청하고 묻는 것이 아닌가.

"당신, 이승훈 아니오?"

"그렇소."

"경시총감부에서 영감을 부르니, 좀 갑시다."

하고, 하차 즉시로 이승훈을 포박했다. 그리하여 이승훈도 우리와 같이 끌려가게 되었다.

이승훈(1864~1930)

왜놈들이 한국을 강점한 뒤 제1차로 국내의 애국자들을 죄다 휘몰아 체포하는 것이었다. 황해도를 중심으로 먼저 안명근을 잡아가두고는, 계속하여 도내의 지식계급과 부호들을 대거 잡아 올렸다. 경성에 미리 지어 놓은 감옥 구치감, 각 경찰서 구류소에는 다 수용할 수도 없을 정도였다. 그래서 임시로 짐물창고와 사무실까지 구금소로 사용했다. 그 창고 안에 벌집 모양으로 간을 막아 감방을 만들었는데, 나도 그 속에 가두어졌다.

한 방에 두 사람 이상은 들어갈 수 없는 넓이였다.

황해도에서 안명근을 위시하여, 군별로 보면, 신천에서 이원식(李源植)·박만준(朴晚俊)은 이미 기회를 타서 도망쳐버렸고, 신백서(申伯瑞), 석효(錫孝)의 아들, 이학구(李學九)·유원봉(柳元鳳)·유문형(柳文馨)·이승조(李承祚)·박제윤(朴濟潤)·배경진(裵敬鎭)·최중호(崔重鎬), 재령에서 정달하(鄭達河)·민영룡(閔泳龍)·신효범(申孝範), 안악에서 김홍량(金鴻亮)·김용제(金庸濟)·양성진(楊星鎭)·김구(金龜)·박도병(朴道秉)·이상진(李相晋)·장명선(張明善)·한필호(韓弼浩)·박형병(朴亨秉)·고봉수(高鳳洙)·한정교(韓貞敎)·최익형(崔益亨)·고정화(高貞化)·도인권(都寅權), 장련에서 장의택(張義澤)·장원용(莊元容)·최상륜(崔商崙), 은율에서 김용원(金容遠), 송화에서 오덕겸(吳德謙)·장홍범(張弘範)·권태선(權泰善)·이종록(李宗錄)·감익룡(甘益龍), 장연에서 김재형(金在衡), 해주에서 이승준(李承駿)·이재림(李在林)·김영택(金榮澤), 봉산에서 이승길(李承吉)·이효건(李孝健), 배천에서 김병옥(金秉玉), 연안에서 편강렬(片康烈) 등이었다.

그리고 평남에선 안태국(安泰國)·옥관빈(玉觀彬), 평북에서 이승훈(李昇薰)·유동열(柳東說)·김용규(金龍圭) 형제, 경성에서 양기탁(梁起鐸)·김도희(金道熙), 강원에서 주진수(朱鎭洙), 함경에서 이동휘(李東輝)

등이었다.

나는 이동휘와는 상면이 없었지만, 유치장에서 명패를 보고서 역시 체포된 것을 알았다.

나는 이런 고난을 받게 된 것은 나라가 망하기 전에 구국사업에 성의·성력을 십분 쏟지 못한 죄라고 생각했다. 이와 같이 위난한 때를 만나 응당 지켜 갈 신조가 무엇인가에 대해 나는 깊이 생각했다.

질풍(疾風)에 경초(勁草-억센 풀)를 알고, 판탕(板蕩-국정의 문란)에 성신(誠臣)을 안다는 옛 가르침과, 고후조 선생의 강훈에 육신(六臣)·삼학사(三學士)가 죽기에 이르러도 굴하지 않았다던 말을 다시금 생각했다.

하루는 이른바 신문실에 끌려갔다. 처음에는 연령·주소·성명을 묻더니 다시 묻는 말이 이랬다.

"네가 어찌하여 여기 오게 됐는지 알겠느냐?"

나는 잡아오니 끌려왔을 뿐이고, 이유는 알 수 없다고 말했다.

그들은 더 묻지 않고 내 수족을 결박하여 천장에 달아맨다. 처음에 고통을 느꼈으나 나중에 눈을 떠보니 고요히 내리는 달빛 아래 신문실 한 귀퉁이에 가로누워 있었다. 얼굴과 전신에 냉수를 끼얹은 감각이 남아 있을 뿐, 지금까지 무슨 일이 있었는지 알 수 없었다.

정신을 차리는 것을 본 왜놈은 비로소 안명근과의 관계를 물었다.

내가 대답했다.

"안명근은 서로 아는 친구일 뿐이고, 같이 일한 사실은 없소."

그놈은 분기 대발하여 다시 천장에 매달고, 세 놈이 돌아가며 태(笞)와 장(杖)으로 무수히 난타했다. 나는 또 한 차례 정신을 잃고 말았다.

세 놈이 마주 들어다가 유치장에 뉘일 때는 동녘이 벌써 훤했다. 내가 신문실에 끌려갔던 때는 어제 일몰 직후였다.

처음에 성명부터 신문을 시작하던 놈이 촛불을 켜고 밤을 새던 일과, 그놈들이 성과 힘을 다해 나의 신문에 충실하던 것을 생각할 때에 스스로 부끄러움을 견딜 길이 없었다.

나는 평일에 무슨 일이든지 성심껏 본다 하는 자신만은 있었다. 그러나 나라를 구원코자, 즉 나라를 남에게 먹히지 않겠다는 내가 나라를 한꺼번에 삼키고, 그러고도 또 깨물어 씹는 저 왜놈들처럼 일을 밤새워가며 해 본 적이 그래 몇 번이나 있었던가?

이렇게 자문해볼 때, 전신이 바늘방석에 누운 듯이 통절한 가운데도, 내게 과연 망국노(亡國奴)의 근성이 있지 않은가 싶어, 부끄러운 눈물이 눈시울에 가득 차는 것이다.

비단 나뿐이 아니다. 이웃 간막이 방에 있는 김홍량·한필호·안태국·안명근 등도 끌려갔다 돌아올 때는 거반 죽어서 들려온다는 소식을 들을 때면 애처롭고 분개한 마음을 억제할 길이 없었다.

명근은 소리를 지르면서,

"너 이놈들아! 죽일 때 죽일지언정 애국의사의 대접을 이렇게 하느냐?"

고성대갈하면서 간혹 한 마디씩 말했다.

"나는 내 말만 했고, 김구·김홍량 들은 관계없다 하였소."

감방에서는 무선통화를 한다. 양기탁이 있는 방에서 안태국이 있는 방과 내가 있는 방으로, 이재림이 있는 방과 그 좌우 20여 개 방, 40여 명이 서로 밀어를 전하는 것이다. 그래서 놈들이 사건을 두 가지로 나누어, 이른바 보안법 위반과 모살(謀殺) 및 강도로 한다는 것을 알았다.

우리는 누가 신문을 당하고 오면 내용을 각 방에 전달하여 그에 대

한 대책을 세우곤 했다. 왜놈들이 사건의
범위가 축소됨을 기이하게 생각하고, 그 가
운데 한순직을 불러다가 감언이설로 꾀어
각 방에서 밀어하는 내용을 탐지해 알리게
했다.

하루는 양기탁이 밥구멍(食口)에 손바닥
을 대고 말하는 것이었다.

"우리의 비밀히 전하는 말은 한순직이
전부 고발하니, 이제부턴 밀어 전달을 폐지
하자."

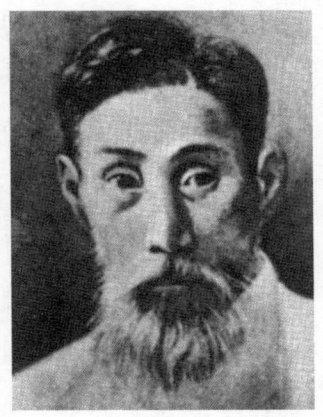

양기탁(1871~1938)

당초에 명근 형이 한순직을 내게 소개할 때는 용감한 청년이라고
하였다. 이와 같이 위기에 접어들면 그렇게 되는 것이 어찌 한순직 한
사람뿐이겠는가. 최명식(崔明植)도 밀고하지는 않았지만, 놈들의 혹형
에 못 이겨서 거짓 증언한 것을 후회한 나머지 자호(自號)하여 '긍허
(兢虛)'라 한 것이다.

나는 결심에 결심을 더했다. 당시 형세는 나의 혀끝에 사람들의 생
사가 달렸다고 생각했다.

어느 날 나는 또 신문실로 끌려갔다. 왜경이 물었다.

"너의 평생지기가 누구냐?"

"평생 지기지우는 오인형이오."

왜놈이 반가운 낯으로, 그 사람은 어디서 무엇을 하느냐고 묻는다.

"오인형은 장련에서 살았으나 연전에 사망했소."

놈들이 또 내게 정신을 잃도록 혹형을 가해댔다.

"학생들 중에 누가 너를 가장 사랑하더냐?"

나는 그때 얼떨결에 내 집에 와서 공부하던 최중호(崔重鎬)를 말하고서는 그만 혀를 끊고 싶었다.

젊은 것이 또 잡혀오겠구나 생각한 것이다. 그런데 눈을 들어 창밖을 보니 벌써 언제 잡혀왔는지 최중호가 반이나 죽은 것같이 되어 끌려가는 것이었다.

이른바 경시총감부인 이현(泥峴) 산기슭에는 밤이나 낮이나 도살장에서 소와 돼지를 타살하는 듯한 소리가 여기저기서 끊이지 않고 들려왔다. 하루는 한필호 의사가 신문을 갔다 와서 밥구멍으로 겨우 머리를 들어 나에게,

"모든 것을 부인했더니, 혹독한 형구를 당해 이제 나는 죽습니다."
하고서, 나와 작별하는 것이 아니겠는가.

나는 그를 위로하고, 물이라도 좀 마시라고 일렀다. 한의사는 물도 먹을 필요가 없다고 대꾸했다. 그러고는 다시 어디로 끌려갔는데, 그 후 간 곳을 알 수 없었다. 나중에 소위 공판 때에야 동지들로부터 신석충(申錫忠)의 철교 투신자살과 한의사가 살해당한 것을 비로소 알았다.

하루는 최고 신문실에 끌려갔다. 누가 뜻했으랴. 전에 인천경무청에서 심문당할 때 나에게 호령을 당하고,

"칙쇼[畜生]!"
하면서 후문으로 도망갔던 바로 그 와타나베 순사를 만난 것이다. 전과 똑같이 검은 수염을 길러 늘어뜨리고, 면상에 약간 노쇠한 빛을 띤채 총감무 기관과장의 제복을 입고 있었다. 위의가 자못 엄숙한 모양으로, 17년 만에 다시금 나의 앞에 턱 마주앉게 될 줄이야.

와타나베 놈이 입을 떼기가 무섭게 이렇게 해댄 말이 있다.

"나의 가슴에는 엑스 광선을 대놓고 있는 것이니, 너의 일생 행동에 대해 역사적으로 일체의 비밀을 모두 명백히 알고 있다. 털끝만큼

도 숨김이 없이 자백하면 그만이려니와 만일에 끝까지 숨긴다면 이 자리서 때려죽일 테다!"

나는 연전에 여순사건(旅順事件)의 혐의로 해주검사국에서 〈김구(金龜)〉라고 제목이 쓰인 책자를 내어놓고 신문당하던 일을 생각했다.

필연코 그 책자에는 각처 보고를 수집한 가운데, 경향이 떠들썩하고, 더욱 황(黃)·평(平) 양서에서는 배일연설의 연제가 되고, 평시 담화의 화제가 되던 치하포(鴟河浦) 살왜(殺倭)와 인천의 사형정지와 파옥도주에 대한 사실이 기재되었으리라 생각했다. 그러나 나는 와타나베가 먼저,

"네가 17년 전 인천 경무청에서 나에게 질욕하던 일을 생각하느냐?"

하는 말을 하기 전에는 입을 열지 않으리라 결심했다. 그리하여 와타나베의 X광선이 맞는가 안 맞는가 시험해볼 생각이었다.

"나의 일생은 어떤 으슥한 곳에서 은사의 생활을 한 것은 없고, 일반사회에 헌신적인 생활을 한 탓으로 일언일동이 자연 공개적이고, 비밀이 없소."

와타나베는 순서대로 묻기 시작했다.

"출생지는?"

"해주 기동이오."

"교육은?"

"사숙에서 한문을 배웠소."

"직업은?"

"농촌 출신이라 나무하고 밭 갈고 하다가 25, 6세에 장련으로 이사해서 종교와 교육에 종사하기 시작했소. 지금은 안악 양산학교 교장의 직으로 새로 임명되어 있는 중에 피체되었소."

와타나베 놈이 버럭 성을 내며 말했다.

"종교교육은 다만 허울이고 이면으로 불순한 음모를 꾸미려는 것을 내가 분명히 알고 있다. 서간도에 무관학교를 설립하여 후일 독립전쟁을 준비하려는 사실, 안명근과 공모하여 총독 모살과 부자의 금전을 강탈한 사실을 우리 경찰에서는 환히 알고 있다. 그래도 네가 끝내 숨기려 한단 말이냐?"

그는 노기가 사뭇 등등했다.

그런데 나는 공포보다는 그 와타나베 놈의 가슴에 붙여놓고 있다는 X광선이 별것도 아니라는 사실을 알고 잠시 우스운 생각이 들었다. 그러나 그런 내색을 일절 숨기고, 안명근과 전혀 관계가 없다. 서간도에는 가난한 농가를 이주하도록 권고하여 생활의 근거를 마련해주려던 것뿐인데, 지방 경찰의 안광이 너무 좁아서 걸핏하면 배일이니 무엇이니 하는 통에 교육 사업에도 방해가 많다. 앞으로는 지방경찰을 주의시켜 우리 같은 사람들이 교육이나 잘하도록 해달라, 개학기가 이미 지났으니 속히 내려가 개학이나 하게 해달라고 말했다.

그러자 와타나베 놈은 악형도 하지 않고, 그냥 유치장으로 보내는 것이다.

내가 국모(國母)의 원수를 갚은 사건은 비밀이 아니고, 세상이 다 아는 공공연한 사실이다. 왜놈들은 각 경찰기관에 주의인물로 붉은 줄을 그어 나의 온갖 행동을 조사해, 그것을 가지고 만들어 해주 검사국에 비치한 〈김구〉라는 책자에도 필연코 쓰지타[土田讓亮] 사건이 기재되어 있으리라 생각된다. 뿐만 아니라, 이번에 총감부 경시 한 명이 안악에 출장 조사했으니, 그 사실이 발각된다면 내 일생은 여기서 끝나리라는 생각이었다. 그런데 와타나베 놈이 그 사실을 모르고 있는 게 아닌가.

  그러고 보니 나라는 망했지만, 인민은 망하지 않았다는 생각이 들
었다. 내가 평소 우리 한인 정탐꾼을 제일 미워해서 여지없이 공격했
다. 그런데 나에게 공격을 받은 정탐배까지도 자기가 잘 아는 그 사실
만은 밀고하지 않고 왜놈에 대해 비밀을 지켜준 것이다.

  다른 사람들은 두어놓고, 나의 제자로서 형사가 된 김홍식(金弘植)
과 동교 직원으로 있는 원인상(元仁常) 등부터 비밀을 지켜준 것이다.
그리고 보면 각처의 한인 형사와 고등 정탐까지도 그 양심에 애국심
이 약간이나마 남아 있었던 것이다.

  사회에서 나에게 이 같은 동정을 주었으니, 나로서는 최후의 한숨
까지 동지를 위해 분투하고, 원수의 요구에 불응하리라고 더욱 결심
을 굳혔다. 그리고 김홍량은 여러 가지로 나보다 능력이 낮고, 품격도
나은 만큼 신문 할 때 홍량에 이롭도록 말하여 방면되게 하리라 마음
먹었다.

  그렇게 생각하며 나는 혼자 이렇게 읊곤 했다.

  "구(龜-거북)는 진흙 속에 빠져버릴 테니, 홍(鴻-기러기)은 해외로 날
으라!"

  나는 모두 일곱 차례의 신문을 받았다. 처음 와타나베에게 신문 당
했을 때만 고문을 받지 않았을 뿐, 나머지 여섯 차례의 신문에서는 매
번 정신을 잃은 뒤에야 유치장으로 끌려왔다. 그렇게 끌려올 때 나는
각 방 동지들의 사기를 북돋아주기 위해, 내 생명은 빼앗을 수 있어도
내 정신만은 빼앗지 못하리라는 말을 외쳐대곤 했다. 그러면 왜놈들
은

  "나쁜 말이 해소데 다타꾸(때리다는 뜻)"

라는 등 위협을 가했다 그러나 내 말을 듣는 동지들은 더욱 마음을
굳게 가지는 것이었다.

제8차 신문에는 각 과장과 주임경사 7, 8명이 열석하고 물었다.

"너의 동료가 거의 자백했는데도 너 한 놈만이 자백을 않으니, 심히 어리석고 완고하다. 지주가 토지를 사들이면 그 전토(田土)에서 뭉우리돌을 골라내는 것은 당연한 일이 아니냐. 네가 아무리 입을 봉하고 혓바닥을 묶어 한마디도 토하지 않으려 하지만, 여러 놈의 입에서 네 죄가 다 발각 되었으니, 지금이라도 곧 자백만 하면 그만이려니와 계속 고집하면 이 자리서 당장 때려죽일 것이다."

나는 그래서,

"내가 당신네 전토 중의 돌자갈로 알고 파내려는 그대들의 노고보다 파내어지는 내 고통이 더 심하니 내가 자재(自裁-자결)함을 보라!"

하고, 머리로 기둥을 들이받고 정신을 잃고 말았다.

여러 놈들이 인공호흡을 하고 얼굴에 냉수를 끼얹어서 다시 정신이 돌아섰다. 한 놈이 능청스럽게 청원을 한다.

"김구는 조선 사람들 중에 신앙을 받는 인물인데, 이같이 대우하는 것은 적당치 않으니, 본직에게 위임 신문케 하옵소서."

놈은 즉시 승낙을 얻어 나를 자기 방으로 데리고 갔다. 그리고서는 말도 깍듯이 하고 담배도 주는 등 특별대우를 하는 것이다. 또한 자기가 황해도에 출장하여, 김구의 온갖 행동을 하나하나 조사해보니, 교육 사업에도 열성인 것은 학교에서 월급을 받든 못 받든 교무를 한결같이 보아온 것으로 알 수가 있고, 일반 민중의 여론을 들어보아도 정직한 사람이란 것을 알 수가 있었다고 늘어놓았다.

"총감부에 와서 김구의 신분을 모르는 역인(役人)들에게 형벌도 많이 당한 모양이니, 매우 유감이오. 신문도 순경(順境)으로 해야 실고(實告)하는 사람이 있고, 역경으로 할 사람이 따로 있는데, 김구에게는 실례가 많소."

하고, 뻔뻔스럽게 말하는 것이다.

왜놈의 신문하는 방법에는 대략 세 가지 수단이 있다. 첫째는 혹형으로 편장(鞭杖)으로 난타하는 것과, 두 손을 등 뒤에 얹고, 붉은 밧줄로 결박하여 천장의 쇠고리에 달아 끌어올린 다음 수형인을 등자(橙子-둥근 걸상) 위에 세웠다가, 붉은 밧줄의 한끝을 잡아매고 그 등자를 빼내면 전신이 공중에 매달려 질식된다. 그런 뒤에 결박을 풀고 냉수를 전신에 뿌려 숨을 돌리게 한다. 그리고 화로의 쇠막대기를 불에 벌겋게 달군 뒤에 그것으로 함부로 전신을 지지는 것과, 손가락 크기의 마름모꼴 나무 세 개를 세 손가락 사이에 끼우고서 나무 양끝을 노끈으로 꽉 묶는 것과, 거꾸로 매단 뒤 콧구멍에 냉수를 붓는 일 등이다.

둘째는 굶기는 것이다. 신문하는 때에는 보통 죄수의 음식을 반으로 줄여 간신히 목숨만 유지하게 해놓는다. 이때에는 친척이 사식을 청원해도 신문주임에게 허가를 얻지 못하면 금지된다.

신문주임 되는 놈은 그 수인의 사실유무를 상관하지 않고 자기 사건이나 타인에게 불리한 거짓말이라도 저놈들이 좋아할 만한 말을 한 자에게는 사식을 주게 허락해주지만, 반항의 기미가 조금이라도 있으면 절대로 불허하는 것이다.

따라서 유치장에서도 사식을 받아먹는 자는 자연 강경하지 못한 것으로 보여 지게 마련이었다.

그밖에 한 가지는 온화한 수단으로, 좋은 반식도 대접하고, 훌륭히 장식한 아카시(明石-당시 총감부총장)의 방으로 데리고 간다. 그리고 지극히 존경하는 듯이 점잖게 대우하는 것이다. 그러면 혹형을 견뎌낸 자도 그 자리에서는 실토해버리는 수가 더러 있었다.

나는 체형에는 한두 번 참아보았고, 제 놈이 발악을 하면 나도 감정이 나서 자연 저항력이 생기므로 견딜 수 있었지만, 둘째와 셋째 방법을 당해보니 참으로 참기 어려운 경우를 많이 겪었다.

셋째 기아이다. 처음에도 밥이라야 절반은 껍질 섞인 보리밥과, 쓴 장아찌 꽁댕이를 주는데, 입맛이 없어서 안 먹고 도로 보내기도 했다.

며칠 뒤는 죽도록 맞은 날이 아니면 그런 밥이라도 기다려서 맛있게 먹는다. 그때까지 근 석 달간 인(仁)의 모(母)는 매일 아침저녁으로 밥을 가지고 유치장 앞에 와서 소리 높여 말한다.

"김구의 밥을 가지고 왔으니 들여 주시오."

그러면 왜놈은

"김 가메(龜-가메는 거북), 나쁜 말이 했소데, 사시이레 이리 옳소다."

하여 매양 돌려보낸다.

나는 몸이 말이 아니었다. 그놈이 달아매고 때릴 때는 박태보(朴泰輔)가 보습 단근질을 당하면서

"이 쇠가 아직 차니 더 달구어 오너라."

했다는 말을 암송하는 것이다. 겨울철이라 놈들은 내 겉옷만 벗기고, 양직(洋織) 속옷(白衣)은 입은 채로 결박하고 때리는 것이다.

그때 나는 속옷을 입어서 아프지 않으니 속옷을 다 벗고 맞겠다 하여 매양 알몸으로 매를 맞아서 온전한 살가죽이라곤 없었다.

그런 때 남이 문 앞에서 사식을 먹으면 고기와 김치 냄새가 코에 들어 와 그만 미칠 듯이 먹고 싶어진다. 나도 남에게 해될 말이라도 하고 가져 오는 밥이나 다 받아먹을까, 또는 아내가 묘년(妙年)이니 몸을 팔아서라도 좋은 반식을 늘 해다 주면 좋겠다. 매일 조석으로 밥 냄새가 코에 들어올 때마다 더러운 생각이 나는 것이었다.

박영효(朴泳孝)의 부친이 옥에서 섬거적을 뜯어먹다가 죽었다는 말과, 소무(蘇武)가 절모(節旄)를 씹으며 19년 동안 한절(漢節-한나라 天子

가 준 節. 節은 使者에게 주는 신표. 旄는 節에 붙어 있는 旄牛 꼬리의 털)을 지켰다는 글을 생각했다.

그러면서 전날 알몸으로 고초를 받던 일을 생각하며, 나의 육체의 생명은 뺏을 수 있을지언정 내 정신은 결코 뺏을 수 없으리라고 수감 동지들에게 주창하던 기개와 절조를 돌이켜보는 것이었다. 그러니 인성(人性)은 멸망하여 없어지고 수성(獸性)만 남는 것이 아니겠는가.

스스로 이렇게 자책하고 있을 때, 아카시의 방에서 나를 극진히 우대하며 회유하는 것이다.

"신부민(新附民)의 자격으로 충성만 표시하면 즉각 총독에게 보고하여 이와 같은 고통도 면하게 할 뿐 아니라, 조선을 통치하는 데 순전히 일인만으로 하는 것이 아니고, 조선 사람 중에도 덕망 있는 인사를 얻어 정치를 실시하려는 터이니, 당신같이 충후한 장자로서 시세 추이에 몰각하지 않을 터인 즉 순응함이 어떠하뇨?"

그러고서 안명근 사건과 서간도 사건을 실토하는 것이 어떠냐고 내 의견을 구했다. 내가 간단히 대답했다.

"당신이 나의 충후를 인정하거든, 내가 처음부터 공술한 것까지 다 인정하라."

그러자 놈은 점잖은 체모를 지키려고 애썼지만 언짢은 기색을 보이면서 나를 돌려보내는 것이었다.

그리고 며칠을 지나서, 오늘은 처음에는 당장 처죽인다고 발악하던 끝에 이놈에게 끌려온 것이다. 그놈은 이른바 구니토모[國友]라는 경시(警視─그놈 자칭)라나 무어라나 하는 놈으로, 연전에 대만(臺灣)의 범죄자 한명을 담임 신문했는데, 오늘 김구와 같이 고집하다가 검사국에 가서 일체를 자백했다고 편지한 것을 내게 보여주었다.

"김구도 이제는 검사국으로 넘어갈 터이니, 거기 가서 실고하는 것이 더욱 검사의 동정을 받을 수 있다."

그는 전화로 국수·장국밥에 고기를 많이 가지고 오라고 해서 내 앞에 놓게 하고는 먹기를 청했다.

그러나 나는 버티었다.

"당신이 나를 무죄로 인정한다면 대접하는 음식을 먹겠지만 만약 죄가 있다고 생각한다면 먹을 수 없소."

"김구는 한문병자(漢文病者)이다. 그대는 지금껏 내게 동정하지 않았지만 나는 자연 동정할 마음이 생겨 변변치 못하나 대접하는 것이니, 식기 전에 들라."

이러면서 권했지만 나는 한사코 사양했다.

구니토모는 웃으면서 한자로 '君疑置毒否(군의치독부)' 다섯 자를 써 보이고, 이제부터는 사식도 들여보내게 허가할 것이라고 말했다. 그리고 신문도 종결된 것이니 그리 알라고 하는 것이다.

나는 독을 넣었는가 의심한 것은 아니라며, 그 밥을 먹고 돌아왔다.

다음날부터 사식이 들어왔다. 같은 방에 있는 이종록(李宗錄)은 어린 청년이라 따라온 친지가 없었다. 자연 사식을 갖다 줄 사람이 없는데, 방안에서 먹게 되면 나눠먹기라도 하겠지만, 사식은 반드시 방 밖에서 먹게 하는 것이다.

그러한 까닭으로 종록이 먹고 싶어 하는 형상은 차마 볼 수가 없었다. 나는 방 밖에서 밥을 먹다가 고기 한 덩이와 밥 한 덩이를 입에 물고 방안에 들어와서 입 안에서 도로 꺼내어 마치 어미 새가 새끼 새를 먹이듯이 했다.

## 15. 17년 형을 언도받다

다음날 종로 구치감으로 넘어갔다. 비록 독방에 있었지만 총감부보다는 훨씬 편하고, 이른바 감식(監食)도 전에 비해 분량이 많았다.

왜놈이 나의 신문에 의해 사실대로만 법률을 적용한다면 이른바 보안법 위반으로 징형 2년밖에는 지울 수 없기 때문에, 안명근의 이른바 강도 사건에다 억지로 끌어 붙일 작정이었다.

그러나 내가 경성 양기탁 집에서 서간도 문제에 대해 회의하여 이동녕을 파송케 한 날짜가 곧, 안명근이 안악에 와서 원행섭(元行燮)·박형병(朴亨秉)·고봉수(高鳳洙)·한정교(韓貞敎) 등과 안악 부호를 습격하자고 회의했다는 그날이었다. 그때 안악에 있었던 김홍량·김용제(金庸濟)·도인권(都寅權)·양성진(楊星鎭)·장윤근(張允根) 등은 물론 안명근의 종범으로 되었지만, 나에게는 그날 경성에 있었다는 움직일 수 없는 증거가 있었다.

그리하여 안악에 안명근이 와서 만난 날짜만 이십 며칠이라 적은 다음, 경성회의 날짜는 모월 중순 양기탁 집에서 서간도에 대한 일을 회의했다고 어름어름 기입했다. 놈들은 내가 그날 안악에서 회의에 참석한 것을 보았다는 증거인으로 양산교 교직(校直)의 아들인 14세의 이원형(李元亨) 학생을 잡아 올렸다.

내가 이른바 검사신문을 당할 때에 벽 신문실에서 이원형의 말소리가 들렸다.

왜놈이 원형에게 물었다.

"안명근이 양산학교에 왔을 때 김구도 그 자리에 있었지?"

"나는 안명근도 누구인지 모르고, 김구 선생님은 그날은 어디 가시고 없었습니다."

왜놈들이 죽일 것 같은 위협조로 얼러대는 한편, 조선인 순사놈은 원형을 꾀기 시작했다.

"이 미련한 놈아, 안명근과 김구가 같이 있는 것을 보았다고 대답만 하면, 네가 지금이라도 네 아버지를 따라 집에 돌아가도록 말을 잘 해 줄 테니 내가 시키는 대로만 하거라."

그러자 원형이 대답했다.

"그러면 그렇게 말하겠어요. 때리지만 마세요."

검사놈이 나를 신문하다가 초인종을 울리니, 원형을 문 안으로 들여세웠다. 검사는 원형을 향해 물었다.

"양산학교에서 안명근이 김구와 같이 앉은 것을 네가 보았느냐?"

"네"

하는 말이 끝나자마자 원형을 문 밖으로 끌고 나갔다.

검사놈은 나를 보며 말했다.

"네가 이런 증거가 있는데도……."

나는 태연한 목소리로 대꾸해주었다.

"5백여 리나 떨어진 땅에 같은 날 같은 때에 두 곳 회의에 다 참석한 김구가 되게 하느라 매우 수고롭겠습니다."

말을 마치자 곧 이른바 예심종결이었다.

그때 우리 사건 외에 의병장 강기동(姜基東)은 원산에서 체포되어 경시 총감부에서 같이 취조를 받고 이른바 육군법원에서 사형을 받은 사건이 있었다. 또 김좌진(金佐鎭) 등 몇 사람은 애국운동을 하다가 강도죄로 징역을 받아 우리와 함께 동고했다.

105인 사건은 1911년 9월, 신민회 주동 인물을 포함, 서북지방 민족주의 자 700여명을 소위 '데라우치 총독 암살음모' 라는 혐의로 검거하여 105인에게 5~10년의 형을 내린 날 조극으로, 사진은 피의자들이 공판정으로 끌려가는 모습.

　강기동은 처음에 의병에 참가했다가 이내 귀순 형식으로 헌병보조 원이 되어 경기지방에서 복무했다. 그 후 왜놈들이 의병을 총검거하 여 수십 명의 의병이 일시에 총살당할 운명에 처하게 되었다. 강기동 과는 옛 동지들이기 때문에 강은 자기의 수직(守直) 시간에 잡힌 의병 들을 전부 해방시키고, 사무소 한곳에 비치해둔 총기를 끌어내어 각 기 무장했다. 그리하여 야간에 경계망을 돌파하고 강원·경기·충청 각 지에서 수년 동안 왜놈들과 싸웠던 것이다.

　종로 감옥에서 하루는 안악군수 이모(李某)가 면회를 와서 양산학 교 교사는 원래 관청건물이니 환부하라고 강요하고, 교구(校具)와 집 물도 공립 보통학교에 인도한다는 요구서에 도장을 찍으라는 것이었 다.

　그래서 나는 교사는 공물(公物)로 탈환해간다면 어쩔 수 없겠지만, 비품과 교구는 안신학교에 기부하겠다고 말했다. 그러나 결국은 학교 전부를 공립보통학교의 소유로 강탈당하고 말았다.

양산학교 소학생들은 나라에 대한 관념이 부족하지만, 중학생인 손두환(孫斗煥)은 여느 애들과 달랐다. 내가 장련읍 봉양학교(鳳陽學校—예수교에서 설립. 뒤에 進明으로 개칭)에 있을 때 두환은 초립동이었다. 그 부친 창렴(昌濂)이 늦게 얻은 아들로서 애지중지 키운 탓에 부모와 존장은 물론, 군수까지도 두환으로부터 해라 하는 말을 들었고, 어떤 사람이고 두환에게 경대를 받아본 사람이 없을 정도였다.

황·평 양도에는 특히 지방 풍습으로 성년 되기까지 부모에게 해라 하는 습속이 있으므로 그 누습을 개량하기에 주의하던 때였다. 나는 두환을 살살 꾀어 학교에 입학하게 한 후, 어느 날 수신 시간에 학생 중에 아직 부모나 존장에게 해라 하는 이가 있으면 손을 들라 하고 학생석을 둘러보았다.

몇 아이가 손을 들었는데 그중에 두환도 끼어 있었다. 나는 하학 때 두환을 별실로 불러 이렇게 꾸짖었다.

"젖을 먹는 유아는 부모나 존장에게 경어를 쓰지 않는다고 탓할 수 없지만, 너와 같이 어른 된 표로 상투도 짜고 초립을 쓰고서도 부모나 존장에게 공대할 줄 모르고, 또 그러고서도 부끄러워하지 않는단 말이냐?"

그러자 두환이 물어왔다.

"언제부터 공대를 하오리까?"

"잘못인 줄 안 시간부터니라."

다음날 이른 아침에 문전에서 김구 선생님을 부르는 이가 있었다. 나가 보니 손의관(孫議官) 창렴 씨다.

하인에게 백미를 한 짐 지우고 와서 문 안에 들여놓고, 희색이 만면하다. 너무 기쁜 나머지 무슨 말부터 해야 할지 모르는 것 같았다.

"우리 두환이 놈이 어젯저녁에 학교에서 돌아온 후부터 내게 공대를 합니다. 또 저의 모친에게는 전과 같이 해라를 하다가도 깜짝 놀라, 이크 잘못 했습니다 하고 말을 고치며, 선생님 교훈이라고 합니다. 선생님, 진지 많이 잡수시고 그놈 잘 교훈해주십시오. 밥맛 좋은 쌀이 들어왔기로 좀 가져왔습니다."

나는 그 얘기를 들으니 적이 흡족했다.

그때 학교를 신설하고 학령아동이 있는 집을 두루 찾아다니며 입학을 권했다. 학생들의 머리는 깍지 않겠다는 조건부로 애걸하며 아동들을 모았다. 어떤 아이들은 부모들이 머리를 자주 빗겨주지 않아서 이와 서캐가 득실거렸다.

하릴없이 얼레빗·대빗을 사다가 두고 매일 몇 시간씩은 학생들의 머리를 빗겼다. 점차 아이들이 많아짐에 따라 학과시간보다 머리 빗기는 시간이 늘어갔다. 그래서 다음 수단으로 하나씩 둘씩 머리를 깎아주되, 부모의 승낙을 얻어서 실행했다.

두환이 부모의 승낙을 구하다가는 자칫 퇴학시키겠다고 나올지 몰라 먼저 두환과 상의해보았다. 두환은 상투 짜는 것도 귀찮고, 초립도 무거워 깎기가 소원이라 한다.

곧 깎아서 집에 보낸 뒤에 슬그머니 따라가 보았다. 손 의관이 눈물이 비 오듯 하며 분이 머리끝까지 났으나 유없이 사랑하는 두환을 심하게 책하기는 슬프고, 다만 나에게 분풀이를 할 작정이었다.

그런데 두환이 내가 뒤따라온 것을 보고 기뻐하자 손 의관은 분한 마음이 그새 어디로 가버렸는지 눈에서는 눈물이 뚝뚝 떨어지는데도 얼굴은 웃고 있었다.

"선생님, 이것이 웬일이오? 내가 죽거든 머리를 깎아주시지 않고!"

나는 미안함을 나타내면서 간곡히 말했다.

"영감께서도 두환을 지극히 사랑하시지요? 나도 영감 다음으로는 사랑합니다. 나는 두환이 목이 가는데다가 큰 상투를 짜고 망건으로 조르고 무거운 초립을 씌워두는 것이 생활에 크게 불편할 것을 알기 때문에 나도 아끼고 사랑스러운 생각으로 깎았습니다. 두환이 앞으로 몸이 튼튼해지면 내가 영감에게 고맙다는 인사를 듣게 될 겁니다.”

그 후 두환은 나를 따라 안악으로 유학하게 되고, 손 의관도 같이 따라와서 여점(旅店)에서 살면서 두환이 공부하는 것을 보는 것이었다.

두환은 사람됨이 총명할 뿐 아니라, 망국의 한을 같이 느낄 줄 알았다.

중학생 중 우기범(禹基範)은 내가 문화(文化)의 종산(鍾山) 서명의숙에서 가르치던 애였다. 그는 과부의 자식으로 입학하여 수업을 받았다. 어느 날 나는 그 모친에게 이렇게 청했다.

“기범을 내게 맡기면 데리고 안악으로 가서 내 집에 두고 공부를 계속하게 하겠습니다.”

모친은 매우 고마워했다.

“만일 선생님께서 그같이 생각하시면 나는 따라가서 엿장사를 하며 기범의 공부하는 모양을 보겠소.”

그러면서 기범이 9살 때 집에서 기르며, 공부는 안신학교 소학교를 졸업하고, 양산교 중학부에 입학하게 되었다.

그러나 왜놈들이 양산학교를 해산하고 교구 전부를 강탈해갔으니, 이제는 교육사업도 춘몽이 되고 말았다. 목자(牧者)를 잃은 양떼 같은 학생들은 원수의 채찍 아래서 신음하게 되었으니 원통할 뿐이었다.

같은 죄수인 김홍량은 내가 애를 써서 화를 벗어나 고비(高飛)하여 해외에서 활동하기를 기도했지만, 자기가 안명근의 촉탁을 받아서 신천 이원식(李源植)을 권고하였다고 자백한 점으로 보아 석방되기는 어렵게 된 것 같았다.

어머님은 상경하여 매일 사식을 들여보내시고, 통신도 종종 편지로
하셨다. 안악의 가산·집물을 전부 매각해서 서울로 오다가 두 번째
낳은 2살짜리 딸 화경(化敬)과 아내는 평산에 있는 장모와 처형의 집
에 들러본 후 상경한다는 것이다.

어머님이 손수 담은 밥그릇을 열고 밥을 먹으면서 생각해보니, 어
머님의 눈물이 밥에 점점이 떨어졌을 것 같았다. 18년 전 해주 옥바
라지로부터 인천까지 옥바라지를 하실 때는 슬프고 황송한 중에도
내외분이 서로 위로하고 서로 의논하시며 지냈으나, 지금은 당신이 과
수의 몸으로 어느 누가 살뜰하게 위로해줄 사람도 없다.

준영 삼촌이 재종형제가 있지만 거의가 다 토민(土民)이라 말할 여
지도 없고, 다만 약처(弱妻)·유아(幼兒)가 어머님에게 무슨 위안을 할
수 있겠는가. 또한 아내가 젖먹이 화경을 데리고 자기 모친이 잠시 머
물러 살고 있는 처형의 집으로 갔다는 말에는 만감이 교차했다.

처형으로 말하면, 본시 신창희 군과 결혼하고 황해도에 솔가해 와
서 살았다. 내가 신군의 처제인 준례와 결혼한 후 신군은 다시 의과
졸업을 위해 세브란스 의학교에 입학할 계획으로 아내·장모와 함께
다시 경성으로 이사해 갔다.

얼마 후 내가 장련읍에 있을 때 모녀 두 사람만 평양을 둘러서 장
련의 우리 집에 찾아왔다. 어찌된 사유인지는 모르지만 신창희 군과
의 사이가 어긋난 빛이 보이는데다가, 처형의 거동이 상궤를 일탈하
는 경향을 보이는 것이었다.

기독신자로서 이를 본 우리 부부는 그대로 있을 수 없어 처형과 장
모에게 권해 신창희에게로 보냈다. 그 후 내가 안악으로 갔을 때 역시
처형과 장모가 찾아왔다. 처형은 신창희와 부부의 관계를 해제했다는

것이다.

나와 어머님은 그런 처형을 한때도 집안에 용납할 생각이 없었지만, 아내는 어머님과 형에 대해 강경한 태도를 보이지 못하는 것이었다. 이런 일들이 가정을 심히 불안에 빠뜨렸다.

나는 아내에게 먼저 비밀히 말한 후, 장모에게 큰딸을 데리고 나가지 못한다면 작은딸까지 데려가라고 말했다. 내 말을 못 알아듣는 장모는 좋다 하고, 세 사람이 함께 집을 나서 경성으로 출발했다.

나는 얼마 후에 경성에 가서 동정을 살펴보았다. 아내는 어머니와 형을 떠나서 어느 학교에 몸담을 계획을 세우고 있었다. 나는 아내에게 비밀히 약간의 여비를 건네준 후, 재령의 미국인 선교사 군예빈(君芮彬)을 찾아가 아내 일을 부탁했다. 그는 당분간 준례를 데려다가 자기 집에 있게 하고, 사태가 가라앉은 다음 데려가라고 한다.

나는 곧 경성의 준례에게 오라는 편지를 띄우고, 사리원 역두에서 기다렸다. 준례 혼자서만 차에서 내렸다. 재령 군목사 집에 데려다두고 나는 안악으로 와서 어머님에게 사리를 해명했다.

"장모나 처형이 비록 여자의 도리에 위반되는 죄상이 있다 하더라도, 죄가 없는 가처까지 쫓아내는 것은 도리가 아닌즉 용서하십시오."

그러니 어머님은 그 자리서 승낙하시고,

"그렇다. 네가 데려오는 것보다 내가 직접 가서 데려오마."

하시고, 그날로 재령에 가서 아내를 데려왔다.

가정의 파란은 이로써 가라앉게 되었고, 아내 역시 친모·친형에 대해 친속관념을 단절하고 지냈다. 처형은 평산에서 헌병보조원의 처인지, 첩인지 되어 살고, 장모도 동거한다는 풍설이었다.

그런 풍설만 듣고 있다가, 이번에는 전부 경성으로 잡혀 와서, 이른바 공판을 본다고 오던 길에 평산 처형의 집에 아내와 화경이는 두고 어머님만 경성으로 먼저 오신 것이다. 공판일자를 통기하여 아내를 서울로 오게 했다는 어머님의 편지를 보았다.

이제는 내가 주장하던 것과 힘써온 것은 모두 물거품으로 돌아갔다. 내가 학교에서 학생들을 교도할 때 늘 이렇게 말했다. 너희들이 나를 숭배하는 것보다 나는 너희에게 천배 만배의 숭배·존대·희망을 두고 있다. 나는 일찍이 교육을 충분히 받지 못함으로써 망국민이 되었으나, 너희들은 후일 모두가 건국영웅이 되어라. 그렇게 바라던 마음도 이제는 헛된 것이 되고 말았다.

아내도 자기 형이 헌병의 첩질을 한다는 말을 들은 뒤로는 영구히 만나지 않으리라고 결심을 했지만, 내가 이 지경이 되니까 할 수 없이 갔을 것이다.

그럭저럭 이른바 공판일자가 정해졌다. 어머님이 왜놈 나가이[永井]란 변호사를 고용했는데, 예심심문 때 나가이란 놈이 내게 이런 말을 묻는 것이다.

"총감부 유치장에 있을 때에 판자벽을 두드리면서 양기탁과 무슨 말을 했는가?"

나는 나가이를 노려보며 말했다.

"이것은 신문관을 대리한 것인가? 나의 사실은 신문기록에 상세히 기재되었으니, 내게 더 물을 것이 없다."

그러자 놈은 검사놈과 눈을 끔적이면서 실패란 뜻의 신호를 보내는 것 같았다.

이른바 재판날이 되었다. 수인 마차에 실려 경성지방재판소 문전에 당도하니, 어머님이 화경이를 업고 아내와 같이 문 안에서 기다리고 있었다. 나는 그들을 보면서 2호 법정으로 끌려들어갔다.

수석에 안명근, 다음에 김홍량, 나는 제3석에 앉혀졌다. 그리고 이승길(李承吉)·배경진(裵敬鎭)·한순직·도인권·양성진(楊星鎭)·최익형(崔益馨)·김용제(金庸濟)·최명식·장윤근·고봉수·한정교·박형병 등 40명이 출석했고, 방청석을 돌아보니, 각 학교 남녀 학생과 각 인의 친척·친지가 모였고, 변호사들과 신문기자도 열석해 있었다.

동지들에게 한필호·신석충 두 사람의 결과를 들어보니, 한필호 선생은 그때 경시총감부에서 피살되고, 신석충은 재령강 철교까지 끌려오다가 강에 투신자살했다는 아픈 사연을 비로소 알게 되었다.

대강 신문을 끝낸 뒤, 이른바 판결이란 것이 내려졌다. 안명근은 징역 종신이요, 김홍량·김구·이승길·배경진·한순직·원행섭(元行燮)·박만준(朴萬俊) 7명은 15년(원·박은 결석), 도인권·양성진은 10년, 최익형·김용제·장윤근·고봉수·한정교·박형병은 7년에서 5년으로 논고한 후 판결도 그대로 언도되었다.

이상은 강도사건으로 그렇게 된 것이고, 그 뒤 이른바 보안사건으로 또 재판할 때는 수석에 양기택·안태국·김구·김홍량·주진수·옥관빈·김도희·김용규(金用圭)·고정화·정달하(鄭達河)·감익룡(甘益龍), 그리고 김용규의 족질(族姪)인데, 판결되기는 양기탁·안태국·김구·김홍량·주진수·옥관빈은 2년 징역, 그밖에는 1년에서 6개월이었다.

그밖에 이동휘·이승훈·박도병·최종호·정문원·김병옥 등 19명은 무의도(舞衣島)·제주도·고금도·울릉도로 1년 유배를 정송(定送)했다. 며칠 뒤 우리는 서대문 감옥에 이감되었다.

동지들은 전부가 선후 구별 없이 그곳에서 복역하게 되어 매일 서로 대하는 것이 큰 위로가 되었다. 간간이 대화를 나누어 사정을 알리며 지내는 까닭에 고중락(苦中樂)의 감이 없지 않았다. 뿐만 아니라, 5년 이하로는 세상에 나갈 희망이 있지만, 7년 이상이면 옥중혼이 되

기 십상이기 때문에, 육체로는 복역을 하나 정신으로는 왜놈들을 금
수 할아비로 여기며 쾌활한 마음으로 죽는 날까지 낙천생활을 하기
로 마음먹었다. 동지들의 마음도 모두 나와 같았다.

그러한 까닭으로 옥중에서 하는 일이 서로 말하지 않고도 같을 때
가 많았다. 오월동주란 옛말이 진짜 허언이 아닌 것을 깨달을 만했다.

옥중에서 종신징역을 살게 된 동지들은 거의 모두가 장유간에 아
들을 두었으나, 유독 나는 첫딸 화경이만 있고, 또한 누이도 없는 독
자임을 가석하게 생각했다. 김용제는 4남 1녀를 두었는데, 장남은 선
량(善亮)이고, 그 아래로는 근량(勤亮)·문량(文亮)·순량(順亮)이다. 그
는 자원하여 문량을 나에게 양자 들이기로 언약했다.

나의 심리상태가 체포된 이전에 비해 크게 변했다는 것을 스스로
알 것 같았다. 체포 이전에는 십 수 년래 성경을 들고 회당에서 설교
하거나, 교편을 들고 교실에서 학생을 교훈했으므로 한가지 일, 한 가
지 사물에 양심을 본위로 삼았고, 사심(邪心)이 생길 때마다 먼저 자
신부터 자책치 않고는 남의 잘못을 책하지 못하는 것이 거의 습관이
되었다.

그러한 까닭으로 학생들과 지우들 사이에 충실하다는 믿음을 받으
며 살았다. 그리하여 범사에 내가 생각하는 대로 남을 생각하는 추기
급인(推己及人)이란 것이 습관이 되어 있었는데, 어찌하여 불과 반년도
안 된 사이 심리에 이처럼 큰 변화가 일어났는가를 곰곰 생각해보았
다.

돌이켜보면, 경시총감부에서 신문받을 때, 와타나베란 놈이 17년
만에 다시 만나, 오늘의 이 김구가 17년 전 김창수인 것도 모른 채, 오
만하게도 자기 가슴팍에 X광선을 붙여놓았느니 어쩌느니 할 때부터
나는 변했던 것이다. 놈이 그렇게 한껏 위엄을 부려대던 때, 태산만큼

이나 크게 상상되던 왜놈들이 개자(芥子)와 같이 작아 보이는 것이었다.

무릇 일곱 차례나 매달려 혼절한 뒤 냉수를 끼얹어 깨어나곤 했지만 그럴수록 심지(心地)는 점점 강고해지고, 왜놈들에게 국권을 빼앗긴 것은 우리의 일시적 국운쇠퇴일 뿐, 일본이 우리 조선을 영구 통치할 자격이 없음이 명약관화하게 생각되는 것이었다.

이른바 고등관이라고 모자에 금테를 둘 셋씩 붙인 놈들이 나에게 일본 천황의 신성불가침인 위권(威權)을 과장하고, 천황이 재가한 법령에 대해 행정관리가 터럭만큼도 범위에 벗어나 행사하지 못한다고 하는가 하면, 또 조선인민도 천황의 적자인즉, 일시동인(一視同仁)하는 행복을 누리게 되고, 공이 있는 자는 상을 주고, 죄가 있는 자는 벌을 주는 법령대로 관리가 법령에 의해 공평하게 준행할 따름이라고 늘어놓는 것이다.

그러니 구한국 관리들과 같이 자기에게 좋게 하는 사람에게는 죄가 있어도 벌하지 않고, 자기가 미운 자는 가벼운 죄도 무겁게 벌하는 그런 시대와는 천양지판이라고 혀가 닳도록 과장하는 놈의 입에 대고 내가 반문했다.

"당신이 그때 말했듯이 안악에 가서 보니 김구는 학교 일을 보아도 봉급의 후박을 따지지 않고, 오직 성심으로 학교만 잘되도록 애쓰는 선생이라고 인민 일반에게 신앙 받는 것을 보면 지방의 유공자 중 하나라고 하지 않았느냐? 더욱이 나에게서 오늘날까지 범죄 사실이 없은즉, 상을 받을 자의 열(列)에는 있을지나, 벌을 받을 사실로 인정될 것은 없으니 어서 풀어주면 곧 학교로 돌아가 개학하겠다."

"네가 그런 줄 안다마는, 전답을 매수한 지주로서 그 전답에 뭉우리돌을 골라내는 것은 상례가 아니냐. 너는 끝까지 범죄사실을 자백하지 않았으나 너의 동류가 다 너도 죄괴(罪魁)라 말했으니 증거가 되며, 끝내 면하기 어렵다."

나는 또 반문했다.

"관리로서 법률을 무시하지 않았느냐?"

그런즉 이놈은 미친 개 모양으로 관리를 기롱한다며, 분기충천하여 죽도록 매질해댔다.

그러나 왜놈이 나를 뭉우리돌로 인정하는 것은 참 기쁘다. 오냐, 나는 죽어도 왜놈에게 대해 뭉우리돌의 정신을 품고 죽겠고, 살아도 뭉우리돌의 책무를 다하리라는 생각이 마음 깊이 새겨지는 것이었다.

나는 죽는 날까지 왜마(倭魔)의 이른바 법률을 한 푼이라도 파괴할 수만 있으면 단행하고, 왜마 희롱을 유일한 오락으로 삼고, 보통 사람으로 맛보기 어려운 별종생활의 진수를 맛보리라고 결심했다.

서대문으로 이감될 때에 옥관(獄官)이 나에게 말했다.

"김구는 지금 제 옷을 벗어 집물고에 봉해두는 것과 같이 네 자유까지 맡겨두고 옥수를 입고 입감하니, 첫째는 관리에게 복종하는 것뿐이다."

나는 이 말을 듣고 머리를 끄덕였다. 간수가 다음날 복역시킨다면서 수갑을 풀지 않고 오히려 꼭 죄어놓은 바람에 하룻밤 사이에 손목이 퉁퉁 부어서 보기에도 끔찍하게 되었다.

다음날 아침 검사 때 간수들이 보고 놀라면서 이유를 물었다. 내가 대답했다.

"관리가 알지 죄수가 어찌 아느냐?"

간수장이 와서 보고 꾸짖듯이 말했다.

"손목이 이 지경이 되었으면 수갑을 늦추어달라고 청원할 것이 아니냐?"

"어제 전옥의 훈계에 일체를 관리가 다 알아서 할 터이니 너는 복종만 하라고 하지 않았느냐?"

즉시 의사가 와서 치료했지만 손목뼈까지 수갑 끝이 들어가서 창구(瘡口)가 컸던 까닭에 근 20년이 지난 오늘날까지 손목에 헌 자리가 아직도 그대로 남아 있다.

간수장이 말했다.

"무엇이나 재감자가 불편한 사정이 있을 때는 간수에게 신청하여 전옥을 면회하고 사정을 말할 수 있으니 주의하라."

옥규(獄規)에 보면 수인들이 상호간에 담화를 하거나 무슨 소식을 통하지 못하게 금하고 있으나, 기회만 있으면 얼마든지 말을 하고, 소식을 서로 재빨리 주고받곤 한다.

40명에 가까운 우리 동지들은 무슨 일에나 충분히 의견을 교환하며 지냈다. 심리상태가 변한 것은 나뿐 아니라 동지들도 마찬가지였다.

그중 고정화(高貞和)는 용모부터 험상궂은데다가 심리상태가 사뭇 변해 옥중에서도 관리를 괴롭히기로 유명했다. 그는 밥을 먹다가 밥에 돌이 있는 것을 발견하곤 바닥 흙을 집어 입에 넣었다. 그리고 밥과 뒤섞인 것을 싸가지고 전옥 면회를 신청했다. 그 자리에서 자기가 받은 1년 징역을 종신역으로 고쳐 달라 하면서 이유를 말했다.

"인간은 모래를 먹고 살 수 없는데, 내가 먹는 한 그릇 밥에서 골라낸 모래가 밥의 분량만 못하지 않으니, 이것을 먹고는 반드시 죽을 것이다. 기왕 죽을 바엔 징역이나 무겁게 지고 죽는 것이 영광이다. 일신(一身)은 종신(終身)이요, 종신도 종신이 아닌가?"

전옥은 얼굴빛이 벌겋게 되어가지고 식당 간수를 꾸짖으며 밥 짓는 데 극히 주의하여 모래가 없도록 하게 했다.

며칠 뒤 고군은 또 감방에서 같은 죄수들이 옷에서 이를 잡는 것을 보았다. 그는 비밀히 사람들에게 부탁하여 이를 거둬 모은 후 뒤썻이 종이에 싸놓고 간수에게 전옥 면회를 청했다. 그리고 전옥 앞에 이 구린 것을 내놓고 항의했다.

"전날 전옥장 덕으로 돌 없는 밥을 먹는 것은 감사하나, 옷에 이가 끓어 잠도 잘 수 없고, 깨어도 이 때문에 온몸이 근지러워 견디기 어렵소."

옥중에 전래하는 이야기가 있다. 이강년(李康年) 선생과 허위(許蔿) 선생은 왜적에게 체포되어 신문과 재판도 받지 않고, 사형되기까지 왜적을 타매하다가 순국했다고 한다. 서대문 감옥에서 사용하던 자래정(自來井)이란 우물이 있는데, 선생이 복역하던 날부터 갑자기 우물물이 벌겋게 흐려져 폐정(廢井)이 되었다는 이야기였다.

그러한 서리와 눈 같은 절의를 듣고 생각하니 스스로 부끄럽기 한이 없었다. 정신은 정신대로 보중하지만, 왜놈의 짐승같이 야만스러운 대우를 받는 나로서는 당시 의병들의 자격을 평론할 용기조차 없었다.

지금 내가 의병수(義兵囚)들을 무시하지만, 그 영수인 허선생·이선생의 혼령이 내 앞에 나타나 엄절한 질책을 하는 것 같았다.

"그전 의병들은 네가 보던 바와 같이 낫 놓고 기역자도 모르는 무식한 것들이니, 나라에 대한 의무도 알지 못하는 것은 사실이나, 너는 일찍이 고후조에게 의리가 어떤 것인지 직접 가르침을 받아 알지 않느냐? 네가 그이에게서 배운 금언 중 삼척동자라도 개와 양을 가르쳐 절을 시키면 반드시 대로하여 불응한다는 말로 강단에서 신성한 2세 국민에게 말하던 네가 머리를 숙여 왜놈 간수에게 절을 하느냐? 네가 언제나 염송하던 고인의 시, 식인지식의인의(貪人之貪衣人衣), 소지평생막유위(所志平生莫有違)란 글귀를 잊어버렸느냐? 네가 어려서 늙을 때까지 스스로 밭을 갈아 먹고 스스로 베를 짜서 입지를 않고, 대한(大韓)의 사회가 너를 입히고 먹이고 한 것이 오늘 왜놈들이 먹이는 콩밥이나 먹고, 붉은 의복이나 입히는데 순종하라고 그랬는줄 아느냐? 명색이야 의병이든 적병이든 왜놈들이 순민(順民)이 아니라고 보고 종신이니, 10년이니 감금해두는 것만으로도 족히 의병의 가치를 용인할 수 있지 않느냐? 남아는 의로 죽을지언정 구구하게는 살지 않는다고 평일에 어린 학생들을 가르치더니, 그런 네가 오늘 사는 것이냐, 죽는 것이냐? 네가 개 같은 생활을 참아내고, 17년 뒤에 과연 공을 가지고 속죄할 자신이 있느냐?"

이와 같은 생각을 하고 있는 사이에 심신이 극도로 혼란해졌다.

그러던 차에 마침 안명근 형이 나를 보고 조용히 이런 말을 하는 것이었다.

"내가 입감 이후 아무리 생각해보아도, 하루를 살면 하루의 욕됨이 있고, 이틀을 살면 이틀의 욕됨이 있으니 그만 굶어죽으려 한다."

그래서 나는 쾌히 찬성했다.

"가능하거든 단행하시오."

그날부터 명근 형은 단식에 들어갔다. 자기 몫의 밥을 다른 수인들에게 돌려주고 굶었다. 연 4,5일을 굶으니 기력이 탈진하여 운신도 못하게 되었다.

간수가 물으면 배가 아파서 밥을 안 먹는다고 했지만, 눈치 밝은 왜놈들이 그 말을 그대로 믿을 리 없었다. 병원으로 이감해놓고 진찰해봐도 아무 병이 없으므로 명근 형을 뒷짐을 지우고, 계란을 풀어서 억지로 입에 부어 먹였다.

이 봉변을 당한 명근 형이 나에게 기별했다.

"제(弟)는 부득이 오늘부터 음식을 먹습니다."

그래서 나는 이렇게 일러주었다.

"살활(殺活) 자유라는 부처님이라도 이 문 안에 들어오면 화해하지 않고는 못 배길 것이니 자중하구려."

옥중에서 고 이재명 의사의 동지들을 만나게 되었다. 김정익(金正益)·김용문(金龍文)·박태은(朴泰殷)·이응삼(李應三)·전태선(田泰善)·오복원(吳復元) 등이었고 안중근(安重根) 의사의 동지 우덕순(禹德順) 등도 끼어 있었다.

처음 만났지만 옛 친구를 만난 듯 반갑고 서로 사랑하는 마음이 일었다. 또한 그들은 마음가짐, 일 처리에도 다른 의병 수들에 비하면 모두가 봉황 아님이 없었다.

김좌진(金佐鎭)은 강의·용감한 청년으로 국사를 위해 무슨 운동을 하다가 투옥되었으므로 친애의 정을 서로 느끼지 않을 수 없었다. 이리하여 점차 옥중생활에도 낙을 붙여갔다.

내가 서대문 옥에 들어온 지 며칠 뒤 또 중대한 사건이 발생했다. 왜놈들의 이른바 뭉우리돌 주워내는 두 번째 사건이다.

첫 번째는 황해도 안악을 중심으로 하여 40여 명이 체포되어 형을 받은 것이었지만, 이번 것은 이른바 데라우치[寺內正毅] 총독 암살음모라는 맹랑한 사건으로 전국에서 무려 7백여 명 애국자가 검거되어, 경무총감부에서 우리가 당한 악형을 다 겪은 뒤에 1백 5명이 공판에 회부된 사건이다.

105인 사건이라고도 하고, 신민회 사건이라고도 한다. 2년 형의 집행 중에 있던 양기탁·안태국·옥관빈이 이에 연루했으며, 도로 정배갔던 이승훈도 체포되어 올라왔다. 왜놈들은 새로 산밭에 뭉우리돌을 다 골라내고야 말려는 심산인 것이었다.

다시 옥중생활 이야기로 돌아가자. 밥 때가 와서 밥을 일제히 분배한 뒤에는 간수가 고두를 시킨다. 수인들은 호령에 따라 무릎을 꿇고, 그 위에 손을 올려놓고, 머리를 숙인다.

그러다가 왜놈의 말로 '모토이(우리의 軍號 바롯과 같다)!' 하면 일제히 머리를 들었다가, '깃빵[喫飯]!' 해야 먹기 시작한다.

죄수들에게 경례를 시키는 간수의 훈화는 대개 다음과 같다.

"식사는 천황이 너희 죄인을 불쌍히 여겨 주는 것이니, 머리 숙여 천황에게 절하고 감사의 뜻을 표하라."

그런데 매양 '경례!' 하고 할 때에 들어보면 죄수들이 입안 소리로 무어라고 중얼거리는 말이 있다.

나는 이상하게 생각되었다. 밥을 천황이 준대서 천황을 향해 축의를 표하는 건가 했다니, 뒤에 낯익은 죄수에게 물어보니 모두가 똑같은 대답을 하는 것이다.

"당신 일본 법전을 보지 못했소? 천황이나 황후가 죽으면 대사(大赦)가 내려 죄인을 풀어준다고 하지 않았소. 그래서 우리 죄수들은 머리를 숙이고, 상제께 '명치(明治)란 놈을 즉사시켜주소서.' 하고 기도하는거요."

나는 그 말을 듣고 대단히 기뻐하며, 나도 그렇게 하겠다고 다짐했다.

그 후에는 나도 노는 입에 염불 격으로 매일 식사 때만 되면 상제께 기도했다.

"동양의 대악괴인 왜황을 나에게 전능을 베풀어 내 손에 죽게 해주소서!"

죄수들 중 때때로 감식벌(減食罰)이란 것을 받는 자가 있었다. 제 밥을 남을 주거나, 남의 밥을 내가 얻어먹다가 간수에게 발각되면 무거운 자는 3분의 2를 감하고, 가벼운 자는 2분의 1을 감하여, 3일 혹은

7일을 시행 하는데, 감식벌을 당하기 전에 간수놈들이 죽지 않을 만큼 함부로 구타한다.

그러고 나서 이른바 옥칙이란 것을 내세우는데, 그 옥칙에 의하면 감식도 벌칙 중의 하나라는 것이다.

이 점에 대해 나는 깊이 연구해보았다. 표면으로 나도 붉은 옷을 입은 복역수지만 정신적으로는 나는 결코 죄인이 아니다. 왜놈들의 소위 신부지민(新附之民)이 아니고, 나의 정신으로는 죽으나 사나 당당한 대한의 애국자인 것이다.

될 수 있는 대로 왜놈들의 법률을 복종하지 않는 실행이 있어야만 한다. 또, 그러는 것이 나의 살아 있는 본뜻이기도 하다.

나는 하루 한 끼, 혹은 두 끼 사식을 먹는다. 밥이 부족해 고통 받는 죄수들을 먹이더라도, 나는 한 끼나마 자양 있는 음식을 먹으니 건강에는 큰 지장이 없을 것이다.

그 점을 깨닫고 나는 매일 내 밥은 곁에서 먹는 죄수를 주어먹게 했다. 첫 번째 먹기를 시작할 때 곁에 앉은 죄수의 옆구리를 꾹 찌르면 그는 얼른 알아차리고서 재빨리 자기 몫을 먹은 뒤에 내 앞에 빈 그릇을 갖다 놓는다. 그러면 나는 내 밥그릇을 얼른 그 사람 앞에 밀어놓는 것이다.

간수놈 보기에는 내가 밥을 계속 먹고 있는 것으로 보여 진다. 그런데 죄수들의 품행이 문제였다. 열 번 내 밥을 먹을 때는 은혜를 죽어도 잊지 못하겠다고 고마워하던 자라도, 아침밥을 얻어먹고 저녁밥을 다른 사람에게 주면 그 즉시로 욕설을 퍼붓는 것이다.

"저놈이 네 의부(義父)냐? 효자 정문(旌門) 세우겠다!"

그러면 또 밥을 얻어먹는 자는 나를 편들고 나선다. 그래서 맞대고 욕설하다가 간수에게 발각되어 다 벌을 받는 것이다.

그러한 까닭으로 선을 행함이 도리어 악을 행하게 되는 경우가 많았다. 그러나 나에 대해서는 함부로 못하는 이유가 몇 가지 있었다. 죄수 중에 정수분자인 이재명 의사의 동지들이 모두 일어에 능숙하여 왜놈들에게 크게 신임을 받는데, 그 사람들이 나에게 극히 존경하는 빛을 보였다. 죄수들을 임시 신문할 때는 그들이 통역으로 나섰다. 성행 사나운 자는 하루에도 몇 번씩 불려 다니는 터에 통역에게 잘못 보였다가는 자기에게 직접 해가 돌아올까 두렵기 때문이었다. 게다가 내가 날마다 밥을 다른 사람들에게 주는 것을 보면 후일 자기도 소망이 있겠다 싶은 것이다.

통틀어 말하자면 우리 동지들의 인격과 재능이 발군하고, 5,60명이 정신적으로 단결되어 멸시할 수 없는데다, 다른 사건으로 들어온 사람이라도 똑똑한 분자는 모두 우리와 정의를 나누며 지내기 때문에 자연 죄수들의 영도적 위치를 차지하게 되었다.

죄수의 표면 감독은 왜놈이 하지만, 정신상 지도는 우리 동지들이 하게 되었다. 숙소는 감방에서 잡거하는데, 왜놈 짚자리[草席-다다미] 석 장 반에 해당하는 방안 면적에 죄수 10여 명은 보통이고, 어떤 때는 20여 명을 함께 몰아넣는 경우도 가끔 있었다.

그래서 앉아 있는 시간에는 죄수의 번호에 수차(數次)를 따라 1,2,3,4열을 지어 저녁 식사 뒤 몇 시간은 자유 시간으로 책도 보게 하고, 문맹들은 귓속말로 이야기도 하게 하지만, 큰 소리로 글 읽는 것은 못하게 하고, 더욱 이야기하는 것은 엄금이었다.

무슨 말소리가 나면 간수가 와서 누가 무슨 말을 했나 묻는 것인데, 이야기를 했다고 자백하면 그 죄수는 쇠창살 사이로 손을 내놓게 해서 흠씬 때려준다. 그런 터이므로 앉아 있는 동안에 이방 저방에서

"아이구! 아이구!"

하는 소리와 사람 치는 소리가 끊일 때가 없었다.

처음에는 그 맞는 소리와 야차(夜叉) 같은 왜놈들의 만행을 차마 볼 수 없었으나, 나중에는 하도 자주 봐서 그런지 점점 신경이 둔해져서 봐도 그저 그런 때도 있었다.

우리 독립운동이 시작된 뒤 장덕준(張德俊) 의사가 동아보(東亞報) 종군기자로 북간도에 출장하여 왜놈들이 독립군이나 평민이나 잡히는 대로 끌어가 개 패듯 하는 광경을 보고 의분을 참지 못해 왜놈 대장에게 엄중히 항의했다.

그러자 그 대장놈은 사과를 하고, 장 의사를 문 밖에 작별한 뒤 비밀리 체포하여 암살했다는 얘기가 떠돌았다. 내가 옥중 체험으로 미루어보건대 그 얘기가 틀림없는 사실이라고 믿는다.

하루는 내가 최명식(崔明植) 군과 너무 오래 떨어져 지내 울적한 회포를 풀기 위해 한 방에 같이 있게 되도록 계획을 짰다. 나는 옴을 만들어 감옥의(監獄醫)에게 진찰을 받은 후 같은 방에 있게 되었다.

옴을 만드는 방법은, 가는 철사를 구해 끝을 뾰족하게 만들어서 감춰두었다가, 의사가 각 공장과 감방으로 돌아다니며 병수(病囚)를 진찰하기 30분 전에 철사 끝으로 좌우 손가락 사이를 꼭꼭 찔러두면 찌른 자리가 옴과 같이 부어오르며, 그 끝에 서는 맑은 물이 솟는다. 그러면 누가 보든지 옴병으로 보게 된다. 그 방법을 쓰자 그날로 옴방으로 전방되어 둘이 같이 그 방에 들어갔다. 그날 저녁에 하도 그리웠던 판에 이야기를 하다가 사토[佐藤]란 간수놈에게 발각되었다.

누가 먼저 말을 했나 묻기로, 내가 먼저 했다고 대답했다. 창살 밑을 나오라 해서 나가서니 놈이 곤봉으로 난타하기 시작했다.

나는 아무 소리도 내지 않고 한참 동안을 맞았다. 그때 맞은 상혼으로 왼쪽 귀의 연골이 상해 봉충이가 되어서 지금껏 남아 있다.

명식에 대해서는 용서하고, 다시 왜말로,

"하나시(이야기) 했소데 다다꾸도(때려줄 테야)!"

하고는 물러가는 것이었다.

그때 일부러 옴을 만들어서 방을 옮긴 이유가 하나 더 있다. 감방이 죄수 수효가 너무 많았던 것이다. 많은 죄수가 앉아 있을 때엔 마치 콩나물 대가리 나오듯이 되었다가, 잘 때에는 한 사람은 머리를 동쪽, 한 사람은 서쪽으로 해서 모로 눕는다.

그러고도 더 누울 자리가 없으면 나머지 사람들은 일어서고, 좌우에 한사람씩 힘이 센 사람이 판자벽에 등을 붙이고 두 발로 먼저 누운 자의 가슴을 힘껏 내어민다. 그러면 드러누운 자들은,

"아이구! 가슴뼈 부러진다!"

야단을 하지만, 내미는 쪽에서는 또 드러누울 자리가 생겨난다.

그러면 서 있던 자들이 그 사이에 끼어 눕는 방법으로 그 방에 있는 자가 다 누운 후에야 밀어 주던 자까지 최후로 눕는 것이다.

따라서 모말집과 같이 사개를 물려 짜서 지은 방이 아니면 방은 터져 나갈 수밖에 없는데, 힘껏 내어밀 때는 사람의 뼈가 부러지는 소리인지, 판자벽이 부서지는 소리인지, 우두둑 나는 소리에 소름이 끼칠 정도다.

그런 광경을 보고 감독하는 간수놈들은 떠들지 말라고 개 짖듯 하고 서서 들여다본다.

종일 노역을 했던 죄수들이므로 그같이 끼여 누워서도 잠이 든다. 그렇게 잠이 들어 자다가도 가슴이 답답하여 잠이 깨면 방향전환하자는 의사가 생겨나고, 그래서 일치하면 남을 면한 쪽은 북면하고, 북을 면한 쪽은 남면으로 돌아눕는다.

그것은 고통을 바꾸는 것과 같다. 잠이 깊이 들었을 때 보면, 서로

입을 맞대고 자는 자가 많고, 약한 자는 솟구쳐 올라와 사람 위에서 자다가 밑에 든 자에게 몰려 이리저리 굴러다니기도 한다. 그러다가 날이 밝는다. 이것이 바로 옥중의 하룻밤이다.

옥고는 여름, 겨울 양계절이 더욱 심한데, 여름에는 감방에서 죄수들의 호흡과 땀에서 증기가 자욱히 올라와 서로 얼굴을 분간 못할 정도가 된다. 가스에 불이 나서 죄수들이 질식하면 방 안으로 무소대를 들이쏘아 진화하고, 질식한 자는 얼음으로 찜질하여 살리는데, 죽은 사람도 여러 번 보았다.

죄수들이 가장 많이 죽는 때는 여름철이다. 겨울에는 감방에 20명이 있다면 면옷 네 장을 들여 주는데, 턱밑에서 겨우 무릎 아래만 가려지는 것이다. 버선 없는 발과 무릎은 거의 동상에 걸리고, 귀와 코가 얼어서 보기에도 참혹하다.

발가락과 손가락이 물러나서 불구자가 된 죄수도 여럿 보았다.

간수놈들의 심술은, 감방에서 무슨 말소리가 났는데, 누가 말을 했는가 물어도 말한 자가 자백하지 않고 누가 말했다는 고발도 없을 때 나타난다. 여름에는 방문을 닫아 붙이고, 겨울에는 방문을 열어 제치는 것이 그 들 감시의 묘방이다.

감옥생활에서 제일 고생을 많이 하게 되는 자는 신체가 장대한 자인데, 나는 5척 6촌이니 중키에 불과하나, 큰 사람은 잘 때 가끔 발가락이 남의 입에 들어가고, 추위도 더 받는다. 노쇠한 자가 흉골이 상해 죽는 경우를 여러 번 보았다.

그놈들이 내게 대해서는 유다른 대우를 했다. 일을 시킨다고 말만 하고, 실지로 일을 시키지 않는 것이다. 서대문 감옥에 가서도 백일 동안 수갑을 채워두었다. 그같이 좁은 방에서 두 손을 묶인 채 잠자리에 드는 것이 너무 고통스러웠다.

같은 죄수들도 잠결에 나의 수갑이 몸에 닿으면 죽는다고 야단이다. 좀 넓은 방에 거처할 생각으로 그런 계획을 짠 것은 맞았으나, 모처럼 이야기를 좀 하다가 이 봉변을 당한 것이다.

행동에 대한 구속은 더욱 심해, 아침에 잠을 깨어도 마음대로 일어나지 못하게 한다. 반드시 일정한 시간을 지켜서 일시에 호령으로 기침시킨다. 그러고는 즉시로 간수들이 각 방 죄수들을 꿇어앉힌 후 한 놈이 방안을 향해 왜말로,

"기오쓰케(우리말로 차렷)!"

를 외치면 죄수들은 일제히 머리를 숙인다. 한 놈이 명패를 들고 첫자리에 앉은 죄수의 번호를 부른다. 그래서 끝까지 내리읽으면 죄수마다 자기 가슴에 붙인 번호가 읽혀지면,

"하이(예)!"

하고 머리를 든다.

그리하여 끝자리 앉은 죄수까지 마친 뒤 잘 때 입은 의복은 벗어 꾸려 놓고, 수건 한 장씩으로 허리 아래를 가리고 알몸으로 공장까지 간다. 공장은 멀면 백보, 가까우면 50보 정도이다. 그 거리를 알몸, 맨발로 빨리도 못 걷고 천천히 걷는다. 손 활개도 못 친다. 벽돌 한 장씩 편 것을 밟으며, 공장으로 가서 각각 자기의 역의(役衣—일복)를 입는다.

그런 다음 또 열을 지어 쪼그려 앉힌 다음 인원을 점검하고, 세수를 시킨 뒤에 아침밥을 먹인다. 그러고 나서는 곧 역사(役事)를 시작한다. 일의 종류는 간단한 철공·목공·직공·피복공·가마니짜기 등을 비롯, 궐련제조·새끼꼬기·김매기·빨래·밥짓기 그밖에도 여러 가지가 있다.

죄수 중에 품행이 방정하다고 보여진 자는 내감외역소(內監外役所)의 소제부, 병감(病監)의 간병부와 취사장의 취부로 쓰이는데, 이상 특

종 역사에 쓰여 지는 자는 정승 부럽지 않다고들 한다. 그들은 대우도 좀 후하고, 고통도 비교적 덜 받는다.

감장(監場)에서 공장으로 갈 때나 들어올 때, 여름철은 보통이지만, 각 절기에는 온몸이 꺼멓게 죽어서 들어오고 나가는데, 겨울에 공장으로 가서 옷을 풀어보면 틈틈이 눈이 들어가 있는 것이라 하더라도 입기만 하면 훈훈히 더운 기운이 돌아온다.

공장에서 노역을 마친 후, 저녁밥을 먹고 감방으로 들어올 때도 역시 역의를 벗고, 알몸에 수건만 두른 채 들어와 아침과 같이 번호를 점검한다. 그런 뒤에야 앉아 있다가 정한 시간이 되어야만 자게 한다.

이처럼 구속을 넘어서 더없이 사람을 가혹하게 다루는 까닭에 죄수의 심성도 따라서 악화되어 횡령·사기죄로 입감한 자라도 절도나 강도질을 연구해서 만기 출옥 후 다시 중형을 받고 입감하는 자들이 더러 있었다.

이 감옥은 물론 이민족의 압박을 받는다는 감정이 충만한 곳이므로, 왜놈들의 지력 정도로는 털끝만큼도 감화를 줄 수 없음은 당연한 일이다. 내 민족끼리 감옥을 다스린다 해도 이런 식으로 해서야 감옥 설치에 조금도 이익이 없겠다고 생각된다.

후일 우리나라를 독립시킨 뒤 감옥 간수부터 대학교수의 자격으로 충당하고, 죄인을 죄인으로 보는 것보다는 국민의 일원으로 보아 선으로 지도하는 데 주력해야 하겠고, 일반사회에서도 입감자라고 멸시하지 말고, 대학생의 자격으로 대우해야 그만한 가치가 생기겠다고 생각되었다.

# 16. 서대문 감옥의 감옥살이

앞에서 의병들의 결점은 대개 말했으나, 여기서는 일반 죄수들의 성행(性行)과 나의 견문을 대강 말하겠다.

감옥 밖의 일반사회에서는 듣도 보도 못할 괴이한 특정(特情)을 발견했다. 보통사회에서는 아무리 막역한 친구 사이라 하더라도 내가 누구 집에 가서 강도나 살인이나 절도를 했노라고 말할 자는 없겠다. 그렇거늘 하물며 초면 인사 후에 서슴지 않고 내가 아무개를 죽였다고 말하는 것이다. 세상이 다 아는 죄로 벌을 받는 중이면 이해할 수 있는 일이지만, 숨기고 말하지 않았던 사실까지 들어가며 내가 죽였다라든가 아무 집에서 불한당 질한 사실을, '나와 아무개가 했다'는 식으로 아무 거리낌 없이 공개하고 이야기하는 것이다.

우선 한 가지 먼저 말할 것은, 어느 날 가마니 짜는 제3공장에서 있었던 일이다. 최명식 군과 내가 청소부의 일을 하던 때였다. 우리는 제조 원료를 죄수들에게 나눠준 후 뜰 소제에 들어갔다.

청소가 끝난 다음 죄수들이 가마니 짜는 것을 구경하는 것이다. 왜놈간수가 한 시간 지킬 때는 자유가 없으나, 조선 간수가 반시간 볼 때는 자유로워 더욱 한가하다. 그런 때면 죄수 전부가 담화회라도 연 것같이 모두가 수근 거리게 된다.

그러면 조선 간수도 왜간수와 같이 '말 말라!'는 호령만은 왜간수보다 더 크게 소리치지만, 실지는 왜간수장이나 부장놈이 오는가 망을 보는 데 지나지 않는 것이다.

그 틈에 최씨와 나는 서로 보는 바가 같고 다름을 시험해 보기로 했다. 2백여 명을 한번 죽 지나가면서 살펴본 후 내려오면서 또 본다. 그렇게 본 뒤에는 그중 어느 자리에 앉은 자라고, 그 번호를 써가지고 서로 맞추어 본다. 물론 특이한 인물을 표준으로 하는 것이

당시의 서대문 형무소의 감방

지만, 그렇게 보아서 서로 본 바가 같으면 그자의 인격을 조사해보기로 하고, 한 차례씩 시찰하고 돌아왔다. 그래서 각기 번호 적은 것을 맞추어보니, 보는 바가 서로 부합되었다.

그런 뒤에 내가 한 차례 먼저 조사를 하기로 하고, 그자를 찾아가서 인사를 청했다.

나이는 마흔이 넘어 보이고, 똑같은 역의를 입었지만, 몸가짐이나 눈의 정기가 우리 눈에 띄었던 것이다.

"당신은 어디가 본향이며, 역한(役限)은 얼마나 되시오."

그자가 선선히 대답했다.

"나는 괴산(槐山)에서 살았으며, 역한은 강도 5년이고, 재작년에 입감되어 앞으로 3년이면 출감하오."

그러고서 반문한다.

"당신은요?"

"나는 안악에서 살았고, 역한은 강도 15년에, 작년에 입감했소."

"하아! 짐이 좀 무겁게 되었소. 초범이시오?"

"네, 그렇소."

이렇게만 문답하고, 왜간수가 오기로 일어서서 와버렸다.

그자에게 내가 이야기하는 것을 본 죄수가 나중에 내게 와서 말을 붙였다.

"56호는 그 사람을 이전에 아셨소?"

"몰랐소. 당신은 그가 누구인지 아시오?"

"알고말고요. 남도 도적 치고 그 사람 모를 자는 없을 거요."

나는 흥미를 느끼며 다시 추궁해 물었다.

"그런데 대체 어떤 사람이오?"

"바로 삼남 불한당 괴수 김진사(金進士)입니다. 이 감옥에 그의 동당이 여러 명 있었는데, 더러는 병이 나서 죽거나 사형도 받고, 방면된 자도 많지요."

그날 저녁에 감방에 들어오니, 그 김진사란 자가 발가벗고 우리 뒤를 따라 들어왔다.

"오늘부터는 이 방에서 괴로움을 끼치게 됐습니다."

나는 반기며 물었다.

"이 방으로 전방되셨소?"

"네, 노형 계신 방이구려."

겨울 의복을 입고 점검을 끝낸 뒤 나는 죄수들에게 철창 좌우에 귀를 대고 간수의 신발 끄는 소리가 들리거든 알려달라고 부탁했다.

그러고 나서 그자와 담화를 시작했다.

"공장에서 잠시 인사를 했지만, 정다운 이야기 한마디 못하고 갈라지게 된 것을 퍽 유감으로 생각하며 들어오는 차에 노형이 곧 전방이 되어 동거하게 되니, 정말 기쁩니다."

"네, 나 역시 동감이올시다."

진사는 그렇게 대답하고, 나에게 마치 예수교 사명목(師名牧)이 교인에 세례 문답하듯 묻기 시작했다.

"노형은 강도 15년이라고 하셨지요?"

"네, 그렇습니다."

"그러면 계통으로 추설이오, 목단설이오? 행락은 얼마 동안이오?"

나는 한마디도 대답을 못했다. 진사는 빙긋이 웃으면서,

"노형은 북대인 것 같구려."

나는 모두 처음 들어보는 말이라, 북대올시다라고 대답도 못하고 앉아 있을 뿐이었다.

내 옆에 앉아 이야기를 듣던 죄수 중의 한 자가 끼어들었다.

"이분은 국사범 강도랍니다. 그런 말씀을 물어서야 대답 못할 겁니다."

그자는 감옥 말로 찰(札)강도이니, 말하자면 계통 있는 도적이었다.

김진사는 그 말을 듣고는 고개를 끄덕였다.

"내 어쩐지 했지요. 공장에서 노형이 강도 15년이란 말을 할 때에 아래위로 살펴보아도 강도 냄새를 맡지 못하겠기로 북대인가 보다 했구려."

나는 문득 양산학교 사무실에서 여러 교사들과 함께 지낼 때의 일이 생각났다. 그때 우리나라의 이른바 활빈당(活貧黨)이니 불한당이니 하는 비밀결사가 있어서 마을이나 읍을 약탈하고, 사람을 죽이고 재물을 빼앗고 하던 것을 연구한 적이 있었다. 활빈당이나 불한당들은 그러한 일을 하고서도 동에서 번쩍, 서에서 번쩍 동작이 민활하여 포역(捕役)이나 병대를 풀어서도 뿌리를 뽑지 못하고 있었다.

그런 것을 보면 그들의 공고한 단결과 기민한 훈련이 틀림없이 있으리라 짐작되었다. 우리도 언젠가 독립운동을 하자면 견고한 조직과 기민한 훈련이 없으면 성공하지 못할 것이므로, 도적의 결사와 훈련을

연구해볼 필요가 있다 하여, 몇 달을 두고 각 교사가 연구했지만 결국 아무런 성과도 없이 끝나고 말았다.

보통 인정으로 사흘 굶어 도둑질할 마음이 나지 않는 자 없다. 하지만, 도적의 마음만 가지고 도적이 될 수는 없는 일이다. 한두 명의 좀도둑, 작은 도둑은 가능할지 몰라도 수십 명의 군도가 되어 기민하게 움직이려면 반드시 지휘명령을 내리는 기관과 주동인물이 있어야만 한다.

따라서 그만한 인물이라면 그 능력과 지량(智量)이 정부관리 이상의 자격자라야 할 것이니, 연구 조사해볼 필요가 있다고 해서 한 것이지만, 끝내 단서를 얻지 못하고 만 것이다.

나는 이런 일을 떠올리고, 김진사에게 바싹 들러붙어서 묻기 시작했다. 그러나 김진사가 내가 자기네와 동류가 아님을 알게 된 이상 자기네 내막을 다 말해줄는지가 의문이었다.

그렇지만 평소에 애써오던 것을 이 기회가 아니면 알 수 없다 생각하고, 먼저 나의 신분에 대해 대강 설명한 다음 물어보았다.

"평소에 귀단체의 조직·훈련을 연구해보았으나, 단서를 얻지 못했소. 연구목적이 도적을 박멸하려는 것이 아니고, 후일 국사(國事)에 참고 응용하자 함이니 분명하게 설명해줄 수 있겠습니까?"

진사가 말했다.

"우리의 비밀결사의 유래가 여러 백 년이 되어 이제는 자연 공연한 비밀이 되었으나, 나라가 망함에 따라 예로부터 지켜오던 사회 강기가 여지없이 타락된 오늘에도 조선의 벌[蜂]의 법과 도적놈의 법이 그대로 남아 있다고 봅니다. 노형을 북대로 생각하고 알지 못하는 말로 물은 데 대해 미안합니다. 그런즉 내가 노형에게 물은 어구에 대해 먼저 설명하고, 이어 조직과 훈련·설행을 몇 가지 예를 들어 말씀하오리다."

이렇게 허두를 내걸고 김진사는 말을 이었다.

"우리나라 이조(李朝) 이전은 상고할 수 없으나, 이조 이후에 도적의 계파와 시원(始源)은 이렇습니다. 도적이란 이름부터 명예스럽지 못한 것입니다. 누가 도적질을 좋은 직업으로 알고 자행할 자 있겠습니까만, 대개가 불평자가 반동적 심리에서 자행하는 것이외다. 이성계가 이신벌군(以臣伐君)하고 나라를 얻은 이후에, 당시 두문동(杜門洞) 72인 같은 사람들 외에도 왕조(王朝)에 충지(忠志)를 가지고 있었던 자들이 많았을 것은 누구나 알 수 있는 일이지요.

그러한 지사들이 비밀로 시종되게 집단으로 단결하여, 약하고 어려운 사람들을 구제하려는 선의와 질서파괴의 보복적 대의(大義)를 표방하고 유벽한 곳에 동지들을 소집했습니다. 그리고 이조의 관록을 먹는 자나 족속들로, 이른바 양반이라 하여 백성들을 착취하는 자들을 응징, 부유한 자들의 재물을 탈취하여 가난한 백성들을 구제하던 것을 도적이란 이름이 붙여져 5백여 년 동안 이조에게 압박 도살당해왔단 것이외다.

그런데 강원도에 근거를 둔 자들의 기관 이름은 '목단설'이요, 삼남에 있는 기관은 '추설'이라 일컬어왔습니다. '북대'라는 것은 어리석고 완고한 자들이 임시로 작당해서 민가나 털고 약탈하는 자들을 이름한 것인데, 목단설과 추설 두 기관에 속한 도당끼리는 서로 만나면 초면이라도 동지로 인정하고 서로 돕지만, 북대에 대해서는 두 설에서 똑같이 적대시하는 규율을 정했기 때문에 만나기만 하면 무조건 사형(死刑)을 하는 것이외다.

목단과 추 양설의 최고수령은 노사장(老師丈)이요, 그 밑에 총사무는 유사(有司)라 하고, 각 지방 주관자도 유사라 합니다. 양설에서 같

이 부하를 소집하는 공동대회를 큰[大] '장' 부른다 하고, 각기 단독
으로 부하를 소집하는 것을 '장' 부른다 하는 것이외다. 큰 '장' 은 종
전에는 매년 1회씩 불렀지만, 지금에 이르러서는 재알이(왜놈을 지칭)가
하도 심하게 구는 탓으로 폐지되었습니다. 종전에는 큰 장을 부른 뒤
에 어느 고을을 털든지 큰 시장을 치는 운동이 생긴 것이외다.

큰 장을 부르는 본의는 도적질만 하는 것이 아니고, 설의 공사(公事)
를 아울러 처리하는 것인데, 그때에 대시위적(大示威的)으로 한 차례
하는 것이외다. 큰 장을 부르는 통지가 각도 각지의 책임자에게, 그 부
하 누구누구 몇 명을 파송하게 하면 어김없이 시행되는데, 흔히 큰 시
장이나 사찰로 부르게 됩니다. 소명을 받고 나서서 떠나가는 데는 형
형색색입니다. 돌림 장수로, 중으로, 상제로, 양반 행차로, 등짐장수로,
별별 모양으로 다가장해서 떠나갑니다.

일례를 들면, 하동(河東) 화개장(花開場)에서 큰 장이 서는데 볼 만
했습니다. 그 장날을 이용한 것이지요. 사방에서 장을 보러 오는 사람
들이 길에 꽉 차서 몰려들어오는데, 거기에 섞여서 도적놈들도 들어오
는 것입니다. 중장(中場)이나 되어서는 어떤 행상(行喪)이 들어오는데,
상주가 3형제요, 그 뒤에는 복상제들과 호상하는 사람들도 많고, 상
여는 비단으로 맵시 있게 꾸몄고, 상여꾼들도 차림차림을 일제히 소
복으로 입혀놓습니다.

그래가지고 장터로 들어와서 큰 주점(酒店) 뜰에 상여를 내려놓고,
상주들은 죽장을 짚고, 아이고 아이고 상여 앞에서 곡을 합니다. 상
여꾼들은 술을 먹입니다. 그런 때 어떤 호상객 한 명이 갯국[狗湯] 한
그릇을 사가지고 상주에게 권합니다.

상주는 온순하게 그자를 향해 '무슨 희롱을 못해서 상제에게 갯국
을 권하는가? 그리 말라.' 하지만, 갯국을 권하던 호상객은 도리어 강

청하여 억지로 상제들을 갯국을 먹이려 합니다. 온순하던 상주들도 차차 노기를 띠며 완강히 거절합니다. '아무리 무식한 놈이기로 초상난 상제에게 갯국을 먹으라는 놈이 어디 있느냐?' 그러면 '친구가 권하는 갯국을 좀 먹으면 못쓰느냐?' 이래가면서 차차 싸움이 됩니다.

다른 호상인들도 싸움을 말리느라고 야단을 치지요. 그러니 장터 바닥장꾼들의 눈이 다 그리로 집중되고, 웃음바다를 이룰 즈음에 상주 3형제가 죽장을 들어 상여를 부수고 널판을 깨어 널의 뚜껑을 휙 잡아 제친즉, 시체는 없고, 5연발 장총이 가득 들었습니다. 상주 호상꾼 상여꾼들이 총 한 자루씩 들고 사방 길목을 파수하고 출입을 막고, 시장에 놓인 돈과 집에 쌓아둔 부상(富商)의 돈 전부를 탈취해가지고 쌍계사(雙溪寺)에서 공사를 마치고 헤어진 것이지요."

김진사는 이렇게 죽 이야기하고, 다시 계속했다.

"노형이 황해도에 사신다니, 연전에 청단(靑丹) 장을 치고, 곡산군수를 죽인 소문을 들었을 것이외다. 청단장을 쳤을 때는 내가 총지휘로 도당들을 영솔했었는데, 나는 어떤 양반의 행차로 가장하여 사인교를 타고, 구종 별배를 늘어세우고서 호기 있게 달려들었지요. 그래서 시장사무를 무사히 마치고, 질풍뇌우와 같이 곡산군아를 습격하여, 군수놈이 하도 인민을 짓밟아 어육(魚肉)을 만들었기로 그 자리에서 죽여 버렸습니다."

그래서 나는 물었다.

"노형의 이번 징역은 그 사실이오?"

"아니오. 만일 그 사실이라면 5년만 지겠습니까? 기왕 면키 어렵게 되었다 싶어 간이한 사건을 토실했더니 5년형을 받았소."

김진사는 다시 자기 이야기로 돌아갔다.

"조직방법에 대해서는 근본 비밀결사인만큼 엄밀하고 기계적이어서 설명을 충분히 해드리기 어려우나, 노형이 연구해보아도 단서를 얻지 못했다는 점에서부터 말씀하지요. 도당의 수효만 많고 정밀하지 못한 것보다는 수효가 적어도 정밀한 것을 목적하기 때문에, 각도 각 지방 책임유사에게 노사장으로부터 매년 각 분(分)설에서 자격자 1명씩을 정사하여 보고케 합니다.

그 자격자란 것은, 첫째 안채(眼彩)가 강명(剛明)하고, 둘째 아래가 맑고, 셋째 담력이 강실하고, 넷째 성품이 침착한 자, 이상 몇 가지를 갖춘 자를 비밀히 보고하면, 위(上)설에서는 다시 조사하는 것을 전연 알지 못하게 비밀조사를 한 후 책임유사에게 전임하여, 그 합격자로 도적놈을 만듭니다.

합격자는 물론 자기에 대해 보고를 하지요. 그러나 자기에 대해 조사를 하는 것은 전혀 모르게 합니다. 책임유사가 노사장의 분부를 들으며, 자격자에게 착수하는 방법은, 먼저 그 자격자가 즐기고 좋아하는 것을 알아보아서 색을 좋아하는 자에게는 미색으로, 술을 잘 마시는 자에게는 술로, 재물을 좋아하는 자는 재물로 극진히 대접하여 환심을 사는 것이지요. 그래서 친형제 이상으로 정의가 밀착케 된 뒤에는 훈련을 시작합니다. 방법의 일단을 말하면, 책임자가 자격자를 동반하여 어디에 가서 놀다가 야심한 뒤에 동행하여 돌아옵니다. 그러다가 책임자가 어떤 집 문전에 와서 자격자에게 이렇게 말합니다. 그대는 잠시 동안만 이 문 밖에서 기다려주면 내가 이 집에 들어가서 주인을 만나보고 곧 나오겠다하면, 자격자는 무심코 문 밖에서 나오기를 기다리고 섰을 것이외다.

느닷없이 안마당에서 도적이야 고함이 일어나면 그 집 주위에선 벌써 포교가 달려들어 우선 문 앞에 서 있던 책임자를 포박하여 깊은 산골로 끌고 갑니다. 거기서 신문을 개시하고, 주로 자격자에게 70여

가지의 악형으로 고문을 해봐서 자기가 도적이라고 거짓 실토하면, 그 자리에서 죽여서 흔적을 없애버리고, 끝끝내 도적이 아니라고 고집하는 자는 결박을 푼 뒤 유벽한 곳으로 데리고 가서 며칠 동안 술과 고기를 잘 먹인 후 입당식을 거행합니다.

입당식에는 책임유사가 정석(正席)에 앉고, 자격자를 앞에 꿇어앉히고, 입을 벌리라고 한 뒤 칼을 빼어 칼끝을 입안에 집어넣고, 자격자에게 호령하기를 위아래 이빨로 칼끝을 힘껏 물라 합니다. 그런 뒤에 칼을 잡았던 손을 놓습니다. 그러고서 다시 호령하기를, '네가 하늘을 쳐다보아라, 땅을 내려다보아라, 나를 보아라.' 한 뒤에 칼을 입 안에서 꺼내 칼집에 넣고, 자격자에게 선고하지요. '너는 하늘을 알고 땅을 알고 사람을 안즉 확실히 우리의 동지로 인정한다.'

이렇게 선고하고서 식을 마친 뒤에는 입당자까지 영솔하고, 예정방침에 의해 정식으로 강도질을 한 차례 합니다. 그래가지고 신입당원까지 고르게 장물을 나눠주고, 몇 번만 동행하면 완전한 도적놈이 되어집니다."

나는 또 김진사에 물었다.

"동지가 사방에 산재하여 활동하는데, 동지들이 서로 낯을 모를 사람도 많을 터이니, 서로 만나서 피차 동지인 줄을 모르면 충돌을 피하기 어렵고, 여러 가지 불편이 있을 터인즉, 거기 대해서 무엇으로 표별합니까?"

"그렇지요. 우리의 표별은 자주자주 고치는 까닭으로 영구히 정해진 것은 없지만 반드시 표별은 있습니다. 일례를 들면, 연전에 어떤 여점(旅店)에 큰 상고(商賈) 몇몇이 숙박함을 알고 야반에 도당을 이끌고 침입하여 재물을 뒤져 뺏는데, 그때 바닥에 낯을 대고 꿈쩍을 못하는 여러 사람들 가운데 한 자가 반벙어리 말로 '에쿠! 나도 장담을 때 추렴돈 석 냥을 내었는데요.' 합디다.

그래서 '저놈, 방자스럽게 무슨 수작을 하니, 저놈부터 동여 앞서 세우라!' 하여, 끌고 와서 문답한 결과 확실히 동지입디다. 그런 경우에는 그 동지까지 장물 나누기를 같이하는 법입니다."

"내가 혹시 듣건댄, 도적을 해서 장물을 나누다가 싸움이 되고, 그로 인해 탄로 체포된다고 하던데, 그것이 결점이 아니오?"

"그것이 이른바 북대가 하는 짓들입니다. 우리 계통 있는 도적들은 절대로 그런 추태는 없습니다. 첫째 우리는 그때그때 도적질을 자주하는 것이 아니라, 연(年)차로 많아야 두세 번에 불과합니다. 장물 나누는 것도 예로부터 내려오는 바른 규칙에 의해 분배하되, 백분의 얼마는 노사장에게로, 그 다음은 각 지방의 공용(公用) 얼마, 난을 만난 자의 유족 구제비 얼마, 이렇게 먼저 제한 후에도 가장 위험한 일을 한 자에게는 상금까지 주고 나서 고르게 분배하므로 그런 흠은 절대 없습니다.

우리 법에 사대(四大) 사형죄가 있습니다. 제1조는 동지의 처첩을 통간한 자, 제2조는 체포되어 신문 때 같은 도당을 털어놓은 자, 제3조는 도적질하러 갈 때에 장물을 은닉한 자, 제4조는 같은 도당의 재물을 강탈한자 입니다. 포교는 피해 멀리 도망치면 혹시 생명을 보존할 수도 있으나, 우리 법에 사형을 선고받고 빠져나가기는 지극히 힘듭니다. 그리고 도적질을 하다가 하기 싫든지, 나이 늙어 퇴당(退黨) 청원을 해도, 동지가 급한 경우에 자기 집에 숨기를 요구하는 한 가지 일만은 반드시 응한다는 서약을 받고 행락(行樂)을 면제해줍니다."

"행락이 무엇이오?"

"즉, 도적질을 이름하여 행락이라 합니다."

나는 다시 물었다.

"만일 행락을 하다가 포교에게 체포되면 생환시킬 방법은 없습니까?"

"여보, 우리가 잡히는 족족 다 죽는다면 여러 백 년 동안에 근거가 다 소멸되었을 것이오. 우리 '떼설'이 민간에만 있지를 않고 사환계(仕宦界-官界)에, 더구나 포도청과 군대에 요직을 가지도록 하고 있습니다. 그러다가, 어느 도에서 도적이 잡힌 뒤에 서울로 보고가 오면 자연 정적(正賊) 곧, 설과 북대를 구별할 수 있으니, 북대는 지방 처결에 맡기고, 정적은 서울로 압상(押上)하게 합니다. 그런 다음 같은 도당을 털어놓은 자는 사형하게 하고, 자기 사실만 공술한 자는 기어코 살려 옷이나 음식을 공급하고, 그렇게 하다 출옥시킵니다."

김진사의 말을 듣고 나는 생각해보았다. 내가 나랏일을 위해 가장 원대한 계획을 품고 비밀결사로 일어난 신민회 회원의 한 사람이나, 저 강도단에 비하면 아무것도 아니다.

조직과 훈련이 극히 유치한 것을 깨닫고 자괴를 금할 수 없었다.

당시 옥중의 죄수들 중에도 이와 같은 강도의 인격이 제일이므로, 왜놈에게 의뢰하여 순사나 헌병보조원 등 왜관리를 하다가 입감된 자는 감히 죄수들 중에 머리를 들지 못하고, 사기·절도·횡령 등의 죄수도 강도 앞에서는 꼼짝을 못한다. 그렇기 때문에 수인계(囚人界)의 권위는 강도가 잡고 있는 것이었다.

그러나 우리 동지들 중에는 목단계(系) 작은 강도보다 월등한 위세를 가진 자가 많은데, 그중에는 고정화의 의식(衣食)항쟁을 들 수 있다. 고봉수(高鳳洙)의 경우는 담임간수가 그의 발에 채여 거꾸러졌다가 일어난 뒤에도 벌을 주지 않고 도리어 상표를 주었다. 이것도 특이한 일이지만, 그럴 만한 이유가 없지 않았다. 그 왜놈이 죄수에게 봉욕한 것을 상관에게 보고하자니 자기 체면이 말이 아닐 것 같아서, 고봉수의 품행이 극히 모범이라고 보고했던 것이다.

그런가 하면 김홍량은 간수들을 매수해서 비밀히 보약을 갖다 먹고, 각 신문을 들여다가 보았다. 그중에서도 특별한 행동을 하는 자는 도인권이었다.

도군은 본시 용강 사람으로, 노백린(盧伯麟)·김의선(金義善)·이갑(李甲) 등 여러 장령(將領)들에게서 무학(武學)을 배워, 일찍이 정교(正校)의 군대가 해산된 뒤 향리에 있던 중 양산학교 체육교사로 초빙 받아 일하게 되었다.

위인이 민활·강고하여 10년 징역을 살던 중에 예수교를 독실하게 믿게 되었다.

이른바 교회사(敎誨師)가 일요일 불상 앞에 각 죄수들로 하여금 머리 숙여 예불을 명하던 때였다. 죄수들은 마음속으로 천황 급살을 빌면서도 겉으로는 머리를 숙인다.

수백 명이 호령 한 번에 머리를 나란히 맞추는 것인데, 그러한 가운데 도인권 한 사람만은 머리를 꼿꼿이 세운 채 앉아 있는 것이다.

간수가 이유를 묻자 도는, 자기는 예수교도이므로 우상에 절하지 않는다고 대답했다. 왜놈들은 분이 나서 도의 머리를 억지로 짓눌렀다. 그러나 도는 반항하며 눌리려 하지 않았다.

누르려느니 눌리지 않으려니 대소동이 났다. 도는 일본 국법에도 신교 자유가 있고, 감옥법에도 죄수들이 불교만 신앙하라는 조문이 없는데, 어디에 근거하여 이 같은 짓을 하는가 하면서,

"일본인의 안목으로 보아 도인권이가 죄인이라 하나, 신의 안광으로 보면 일본인이 죄인이 될지도 알 수 없다!"

하여 큰 시비가 벌어졌다.

결국에는 교회 때 배불하는 한가지만은 죄수들 자유에 맡긴다는

전옥(典獄)의 교시가 있었다. 그뿐 아니다. 전옥이 도인권에게 상표·상장을 주었지만 도는 결코 받지 않았다.

"죄수의 상표는 개전의 정이 있는 자에게 주는 것인데, 나는 당초에 죄가 없었고, 죄수가 된 것은 일본세력이 나보다 우월해서 그렇게 되었을 뿐이거늘, 상이 무슨 관계인가?"

하며 끝내 상을 거절했다.

그러고 그 뒤에 이른바 가출옥을 시키는데도,

"나의 죄 없는 것을 지금에는 깨달았거든 판결을 취소하고 아주 석방 할 것이지 뭔가. 가출옥이란 '가(假)' 자가 정신에 상쾌하지 못하니 달이 찰 때까지 있다가 나가겠다."

하니, 왜놈들도 어떻게 하지를 못하고 기한을 채워서 방면했다.

도인권의 행동은 강도로서는 능히 가질 수 없는 것일 뿐만 아니라, 만산고목(滿山枯木)에 일엽청(一葉靑)의 기개를 뉘라서 흠탄하지 않으리오.

불서(佛書)에 이런 구절이 있다.

嵬嵬落落赤裸裸 (외외락락적라라)
獨步乾坤誰伴我 (독보건곤수반아)

도군을 위해 나는 이 불서의 구절을 외어보았다.

같은 죄수 중에 나이 겨우 20살인 이종근(李鍾根)이란 청년이 있었다. 의병장 이진룡(李震龍)의 족제(族弟)로서, 어렸을 때부터 일어(日語)를 알아 아일전쟁(俄日戰爭) 때 왜장 아카시[明石]의 통역이 되었다. 그 후 헌병 보조원으로 부려지던 때에 이진룡이 거의(擧義) 초에 종근을 불러가지고 사형을 집행하려고 했다.

그러자 종근은 이의사를 보고,

"족제가 연소하여 대의를 모르고 왜의 주졸(走卒)이 되었으나, 지금이 라도 형님을 따라 의병이 되어 왜병을 섬멸하고, 장공속죄(將功贖罪)하게 해주심은 어떠오?"

하니, 이의사는 집행을 정지했다.

종근은 곧 보조원의 총기를 그대로 메고, 이의사가 패하기까지 종군하다가 왜놈들에게 생포되어 사형을 받게 되었다. 그래서 종근은 전에 신임 받았던 아카시의 면회를 청해 용서를 구한 결과 5년 징역으로 감형 받았다.

그런 자인데, 종근은 왜 간수에게 청해, 자기는 낫 놓고 기역자도 모르는 일자무식자이니, 56호와 같이 한 방에서 자고, 한 공장에서 일하게 해주면 문자를 학습할 수 있겠다 하여 허가를 얻었다.

그래서 2년 동안이나 글을 가르치다 보니 나도 종근의 애호를 많이 받았다. 그러하다가 종근은 가출옥으로 풀려나게 되었다.

그 후 집에서 보내온 편지를 보니 종근이가 아내를 데리고 안악까지 와서 어머님께 뵈었다는 말이 있었다.

어느 날 나가서 일하던 중 갑자기 역사를 중지하고 죄수를 한 곳에 모으는 것이었다. 그리고 명치(明治)의 사망을 선언한 뒤 이른바 대사(大赦)를 발표했다. 선착으로 보안(保安) 2년은 면형되어, 보안율(保安律)로만 징역을 살던 동지들은 당일로 출옥되고, 강도율로는 명근 형에게는 감형도 안 되나, 15년 징역에는 한 사람만 8년을 감하여 7년으로 하고, 김홍량 이외 몇 사람은 거의 모두 7년, 5년들도 차례로 감형되었다.

그리고 불과 몇 달이 안 가서 명치의 처가 또 사망했다. 그리하여 남은 형기의 3분의 1을 감하니, 5년 남짓의 가벼운 형으로 되었다. 그

때는 명근 형도 종신을 감해 20년으로 되었지만, 명근 형은 가형(加刑)을 해서 죽여줄지언정 감형은 받지 않겠다고 버텼다.

그러나 왜놈의 말은 죄수에 대해서는 일체를 강제로 집행하는 것이니, 감형을 받고 안 받고도 죄수의 자유에 있지 않다는 것이었다. 그때는 공덕리(孔德里)에 경성 감옥을 준공한 후여서, 명근 형은 그리로 이감되었다. 그 후로는 얼굴이나마 다시는 서로 보지 못했다.

명근 형은 전후 17년 동안을 감금되었다가 연전에 방면되어, 신천 청계동에서 부인과 같이 일년 남짓 지내다가 중아령(中俄領) 지대의 자기 부친과 친아우를 찾아 그쪽으로 솔권 이주해갔다.

그러나 워낙 긴 세월을 혹독한 고생을 한 탓으로 저항력이 완전히 없어져버려, 그다지 심하지도 않은 신병으로 만고 분한(憤恨)을 품은 채 중령(中領) 화룡현(和龍縣)에서 마침내 불귀의 객이 되었는데, 이것은 나중의 일이다.

그럭저럭 내가 서대문 감옥에서 지낸 것이 3년 남짓이고, 남은 기한은 불과 2년이었다. 이때부터는 마음에 확실히 다시 세상에 나가 활동할 신념이 보이는 것이었다.

그리하여 밤낮으로 세상에 나가서는 무슨 사업을 할까 생각하는 것인데, 본시 왜놈이 지어준 이름이 뭉우리돌이다. 뭉우리돌의 대우를 받은 지사들 중에도 왜놈의 화부(火釜), 즉 감옥에서 인류로는 차마 당치 못할 학대를 받고서도, 세상에 나가서는 도리어 왜놈들에게 순종하여 남은 목숨을 이어나가는 자도 있었다. 그런 자들은 뭉우리돌 중에도 석회질이 섞였다고나 할까. 그리하여 다시 세해(世海)에 던져지면 평소 굳은 의지가 석회같이 풀리는 모양이었다.

그러므로 나는 다시 세상에 나가는 데 대해 우려가 적지 않았다. 만일 나도 석회질을 가진 뭉우리돌이라면, 만기 이전에 성결한 정신을 품은 채로 죽었으면 좋지 않을까 싶었다.

　나는 결심의 표로 이름을 '구(九)'라 하고, 호(號)를 '백범(白凡)'이라 고쳐가지고 동지들에게 알렸다. 구로 한(限)함은 왜놈 민적에서 떨어져나 감이요, 연하(蓮下)를 백범(白凡)으로 고침은 감옥에서 다년 연구에 의해 우리나라 하등사회, 곧 백정(白丁)·범부(凡夫)들이라도 애국심이 지금의 나 정도는 되어야 완전한 독립국민이 되겠다는 바람을 가지자는 뜻에서였다.

　복역 때 뜰을 쓸거나 유리창을 닦을 때는 이런 생각을 했다.

　"우리도 어느 때 독립정부를 건설하거든 나는 그 집의 뜰도 쓸고 창문도 잘 닦는 일을 해보고 죽게 해주소서."

하고, 상제께 기도하곤 했다.

　나는 잔기를 2년을 채 못 남기고 서대문 감옥을 떠나 인천으로 이감케 되었다. 원인은 내가 제2과장 왜놈과 싸운 적이 있었는데, 그놈이 비교적 고역이 심한 인천 축항공사를 시키는 곳으로 나를 보낸 것이다.

　서대문에는 우리 동지들이 많이 있어서 정리 상 위로도 되고, 노역 중에도 편의가 많아 비교적 즐겁게 지냈다고 할 수 있었다. 그런데 그런 곳을 떠나, 철사로 허리를 묶고 3, 40명의 적의군(赤衣軍)에 편입되어 함께 인천옥 문 앞에 당도했다.

　무술년 3월 9일 한밤중에 파옥, 도주한 내가 17년 후 철사에 묶인 몸으로 다시 그 도망친 곳에 갇힐 줄을 누가 알았으랴. 옥문 안에 들어서며 살펴보니 새로 감방을 증축했지만, 전날 내가 앉아 글을 읽던 방과 산보 하던 뜰이 그대로 있었다.

　와타나베 놈을 호랑이같이 통매했던 경무청은 매음녀의 검사소가 되었고, 감리사가 시무하던 내원당(來遠堂)은 감옥 집물고가 되었으며,

옛날 순검주사들이 들끓던 곳은 왜놈의 세계로 화해버렸다.

마치 사람이 죽었다가 몇 십 년 뒤에 다시 살아서 자기 놀던 고향에 돌아와 보는 듯하다. 감옥 뒷담 너머 용동(龍洞) 마루턱에서 옥중에 갇힌 불효한 나를 보기 위해 날마다 우두커니 서서 내려다보시던 선친의 얼굴이 보이는 것 같았다.

그러나 세상 바뀌고 때 변한 탓으로 오늘의 김구가 옛날의 김창수로 알 자는 없으리라 생각되었다.

감방에 들어가 보니, 서대문에서 먼저 전감된 낯익은 자들도 더러 있었다. 그런데 한 사람이 곁에 섰다가 앉으며 나를 보고 불쑥 내뱉는 것이다.

"이분 낯이 매우 익은데, 당신 김창수 아니오?"

참말 청천벽력이었다. 놀라서 자세히 보니, 17년 전에 절도 10년 역을 받고 함께 감방살이하던 문종칠(文種七)이 아닌가. 나이는 늙었을 망정 소시 면목은 그대로 알겠으나, 전에 없던 천정(天庭) 이마에 쑥 팬 구멍이 있다.

나는 짐짓 머뭇거렸다. 그자는 내 얼굴을 자세히 보면서,

"창수 김서방, 지금 내 면상에 구멍이 없다고 보시면 아실 것 아니오. 나는 당신이 파옥한 후에 죽도록 매를 맞은 문종칠이오."

"그만 하면 알겠구려."

나는 반갑게 인사를 했다. 밉기도 하고, 무섭기도 했지만.

문종칠이 묻는다.

"당시 항구가 진동하던 충신이 이번엔 무슨 사건으로 입감되었소?"

"15년 강도요."

문은 듣더니 입을 삐쭉거리며,

"충신과 강도는 거리가 아주 먼데요. 그때 창수는 우리 같은 도적 놈들과 동거케 한다고 경무관까지 통매를 하던 것 보아서는 강도 15년 맛이 꽤 무던하겠구려."

나는 문의 말을 탓하기는 고사하고 도리어 빌붙었다.

"여보, 충신 노릇도 사람이 하고, 강도도 사람이 하는 것이오. 한때는 그렇게 놀고, 한때는 이렇게 노는 거지요. 대관절 문서방은 어찌하여 다시 고생을 하시오?"

"나는 이번까지 감옥 출입이 일곱 차례인즉, 일생을 감옥에서 보내게 됐소."

"역한은 얼마요?"

"강도 7년에서 5년이 되어, 한 반년 후에는 다시 나가 다녀오겠소."

"여보, 끔찍한 말씀도 다 하시오."

"자본 없는 장사는 걸인과도 적이지요, 더욱이 도적질에 입맛을 붙이면 별수가 없습니다. 당신도 여기서는 별 꿈을 다 꾸리다만은 사회에 나가만 보시오. 도적질하다가 징역한 놈이라고 누가 받자를 하오. 자연 농·공·상에 접촉을 못하지요. 개 눈에는 똥만 보인다는 말과 같이 도적질해본 놈은 거기에만 눈치가 뚫려서 다른 길은 밤중이라우."

"그같이 여러 번이라면 감형은 어찌 되었소?"

"번번이 초범이지요. 역사적으로 공술하다가는 바깥바람도 못 쐬게요."

나는 서대문 감옥에서 도적질을 하다가 중형을 지고 복역하는 자를 보았다. 그런데 한동아리로 도적질을 하다가 횡령죄로 들어온 동료를 만나같이 지내다가, 중형자가 경형자인 동료를 고발하여 종신역을 받게 하고, 자기는 그 공로로 형을 감하고서 후한 대우를 받게 되었지만, 같은 죄수들에게는 질시를 받는 것을 보았다.

만일 문가를 덧뜨려 놓으면, 감옥 눈치가 훤한 자라 어떤 괴악한 행동을 할는지 알 수가 없었다. 나의 신문기록에 3개월 징역의 사실도 없는데 17년이나 지워주는 왜놈들이고 보면, 저희 군관을 죽이고 파옥한 사실이 발각되는 날이면 아주 마지막이다.

처음 체포됐을 때 뒤에 그 사실이 발각되었다면 죽든 살든 상쾌하게나 지내버렸을 터인데, 만기가 1년 남짓에 그동안 당치 못할 욕, 감당키 어려운 가학을 다 견디고 나서 출세의 희망을 가진 지금 문가가 고발한다면, 나의 일신은 고사하고, 늙은 어머님, 어린 처자의 정경이 어떠할까?

그래서 나는 문가에 대해 친근 또 친근하게 대우했다. 집에서 부쳐주는 사식도 틈을 타서 문가에게 주워 먹게 하고, 감식이라도 그자가 곁에만 오면 나는 굶으면서도 문가에게 주었다. 그러다가 문가가 먼저 만기출옥을 하고 보니, 시원키가 내가 출옥한 것에 못지않았다.

아침저녁 쇠사슬로 허리를 마주 매고 축항공사장에 출역을 했다. 흙 지게를 등에 지고 10여 길 높이인 사다리를 밟고 오르내린다.

여기서 서대문 감옥생활을 회고하면 속담에 누워서 팥

인천감옥에서 죄수들이 축항공사장에 투입되어 작업하고 있는 모습

떡 먹기다. 불과 반날에 어깨가 붓고, 등창이 나고, 발이 부어서 운신
을 못하게 되었다.

그러나 면할 도리가 없었다. 무거운 짐을 지고 사다리를 올라갈 때,
여러 번 떨어져 죽을 결심을 했다. 그러나 쇠사슬을 마주 맨 자는 거
반이 인천항에서 남의 구두 켤레나 담뱃갑이나 도적질한 죄로 두달
석달 정도 징역 사는 가벼운 죄수다. 그런 자까지 내가 죽이는 것은
도리가 아니다 싶어 일에 잔꾀를 부리지 않고 사력을 다해 일을 했다.

여러 달 뒤에 이른바 상표를 준다. 도인권과 같이 거절할 용기도 없
고, 도리어 다행이라 여겨지기도 했다. 감옥문 밖에서 축항 공사장에
출입할 때 왼쪽 첫 집이 박영문(朴永文)의 물상객주 집이다. 17년 전
부모 두 분이 그 집에 계실 때, 박씨가 후덕한 사람인데다가 더욱 나
를 사랑하여 나에게 심력·물력을 많이 쓰고, 아버님과 동갑이므로
친밀히 지내던 노인이다. 그 노인이 문전에서 우리가 들어가고 나오는
것을 보고 있다.

나는 나의 은인이요, 겸하여 부집존장(父執尊長—아버지의 동년배 친구
이신 어른)이라, 곧 달려가서 절하고,

"나는 김창수입니다."

하고 싶었다. 그렇게 하면 그이가 오죽이나 반가워할까.

왼쪽 맞은편 집에는 그 역시 물상객주인 안호연(安浩然) 집이다. 안
씨 역시 나에게나 부모님에게 극진히 정성을 다하던 노인으로, 그도
여전히 그 집에 그대로 살고 있기에 나는 지나갈 때면 종종 마음으로
절을 하며 지냈다.

6,7월 더위가 심한 어느 날, 느닷없이 죄수 전부를 교회당(敎誨堂)에
모으므로 나도 가서 앉았다. 이른바 분감장(分監長)인 왜놈이 좌중을
향해 55호를 부른다.

내가 대답하자 곧 일어나 나오라는 호령이 내려져 강단으로 올라갔다. 가출옥으로 방면한다는 뜻을 선언한다.

나는 꿈인 듯 생시인 듯, 좌중 죄수들을 향해 꾸벅 고개 숙여 절을 하고, 곧 간수의 인도로 사무실에 갔다.

벌써 준비한 백의 한 벌을 내어준다. 그때부터 적의군은 변하여 백의인이 되었다.

맡겨두었던 금품과 출역공전(出役工錢)을 계산해 내준다. 옥문 밖에 나와 생각했다. 박영문이나 안호연을 의당 찾아뵈어야겠지만, 여전히 두 집에는 객주 문패가 붙어 있으니, 집안이 조용하지 못할 것은 불문가지다. 또한 내가 두 분을 찾아보면 김창수란 본명을 말해야 그이들이 알아볼 것이고, 그이들이 안 다음에는 자연 그들 내정(內庭)에 이야기가 될 것이다. 남자는 그렇다 치더라도 부인들이 내가 왔다는 말을 들으면, 20년 동안이나 생사를 모르던 터에 기이하게도 살아왔다고 자연 말이 나돌 것이니 위험천만한 노릇 아닌가. 이런 생각이 들었다.

박씨와 안씨 집 앞을 지날 때에 차마 발길이 떨어지지 않는 것을 억지로 걸어 지나갔다. 그리하여 옥중에서 친해진 중국인을 찾아가 하룻밤을 자고, 다음날 아침 전화국에 가서 안악으로 전화를 걸어 아내를 불렀다.

안악국에서 전화를 받는 직원이 이름을 묻기에 김구라 대답했더니 깜짝 놀랐다.

"선생님, 나오셨소?"

"네, 나와서 지금 차 타러 나갑니다."

"그러시면 제가 댁에 가서 말씀 전해드리겠습니다. 알겠습니다."

알고 보니 그는 나의 제자였다.

## 17. 3·1 만세 운동

　당일로 경성역에서 경의선 차를 타고 신막(新幕)에 내려서 하룻밤 잤다. 그러고 다음날 사리원에서 차를 내려 선유진(船踰津)을 넘어 여물평(餘物坪)을 건너갔다.

　그러면서 살펴보니 전에 없던 신작로로 수십 명이 쏟아져 나오는데, 그 선두는 어머님이 오시는 것이 아닌가.

　어머님은 나를 보시고 눈물을 흘리며 와서 붙드신다.

　"너는 오늘 살아오지만 너를 그렇게 늘 보고 싶다던 네 딸 화경이는 너덧 달 전에 죽었구나. 네게 알게 할 것 없다고 네 친구들이 권하기로 기별도 하지 않았다. 그뿐 아니라, 일곱 살도 안 된 어린 것이 죽을 때에 부탁하기를, 나 죽었다고 옥에 계신 아부지에게는 기별 마시요, 아부지가 들으시면 오죽이나 마음이 상하겠소 그러더라."

　나는 그 후 시간이 나자 곧 안악읍 동쪽 기슭 공동묘지에 있는 화경의 묘지를 찾아갔다.

　뒤로 김용제(金庸濟) 등 수십 명 친구들이 다투어 달려들어 기쁘고 반가워서 어쩔 줄을 모르는 얼굴로 인사를 한다. 돌아와 안신학교로 들어갔다. 그때까지 아내가 안신교 교원사무를 보며, 교실 한 칸에서 생활하고 있었기 때문에 나는 예배당에 앉아서 오는 손님을 맞았다.

　아내는 많이 수척한 얼굴로 여러 부인들과 같이 잠시 나의 얼굴을 보는지 마는지 하고는 식사 준비하기에 여념이 없었다. 어머님과 아내가 상의하고, 내가 전에 친하던 친구들과 같이 앉아 식사하는 것을 보겠다는 마음으로 성심을 다해 식사를 준비하는 것이었다.

며칠 뒤에 읍내 친구들이 이인배(李仁培) 집에서 나를 위한 위로회를 열고 나를 초청했다. 한편에는 노인들과, 한편에는 중노(中老), 즉 나의 친구들과, 또 한편에는 평소 나의 제자들이었던 청년들이 모였다.

식사가 시작될 즈음에 갑자기 기생 한 떼와 악기가 들어와, 나는 놀랐다.

최창림(崔昌林) 등 몇몇 청년들이,

"선생님을 오래간만에 뵈온 즉 너무 좋아서 저희들은 즐겁게 놀려는 겁니다. 선생님은 아무 말씀도 마시고 여러분과 같이 진지나 드십시오."

노인들 중에도 나에게,

"김선생은 젊은 사람들 일을 묻지 마시고, 이야기나 합시다."
하는 것이었다.

청년들이 지정하기를, 아무 기생은 김선생 수배(壽杯)를 올려야 하는 것인데, 그 말이 끝나자 한 기생이 술잔에 술을 부어들고 권주가를 한다.

청년들이 일시에 기립하고 나에게 청원한다.

"저희들이 성의로 올리는 수주(壽酒) 일배 마셔주옵소서."

나는 웃으며 사양했다.

"내가 평일에 술 마시는 것을 자네들이 보았는가? 먹을 줄 모르는 술을 어찌 마시는가?"

"물마시듯 마셔봅시다."
하고, 기생의 손에 든 술잔을 뺏어 나의 입에다 대며 강권한다.

나는 청년들의 감흥을 식게 하지나 않을까 하여 술 한 잔을 받아

마셨다. 청년들이 나에게 술을 권하는 사이 기생들의 가무가 시작되었다.

이인배의 집 앞이 곧 안신학교이므로 악기 소리와 기생의 노래 소리가 어머님과 아내의 귀에 들린 모양으로 곧 어머님이 사람을 보내어 나를 부르신다. 그 눈치를 안 청년들이 어머님께 가서 고했다.

"선생님은 술도 아니 잡수시고, 노인들과 이야기나 하십니다."

그 말을 들으시고 어머님이 직접 오셔서 부르신다. 어머님 따라 집으로 오자 어머님이 분노하시어 책망을 내리신다.

"내가 여러 해 동안 고생을 한 것이 오늘 네가 기생 데리고 술 먹는 것을 보려 함이었더냐?"

나는 무조건 잘못했습니다, 하고 빌었다.

어머님도 어머님이지만 아내가 어머님께 고발하여 나를 퇴석시킬 꾀를 낸 것이었다. 아내와 어머님 사이에는 종전에는 고부간에 충돌되는 점도 없지 않았으나, 내가 잡혀간 뒤부터는 6,7년 동안 경향으로 전전하며 별별 고생을 다 하는 가운데, 고부끼리 일심동체가 되어 반점의 충돌도 없이 지냈다는 얘기를 들었다.

그리고 경성에서 지낼 때에는 연동(蓮洞) 안득은(安得恩) 여사와 곽귀맹(郭貴孟) 여사로부터 많은 도움도 받았다. 아내는 살림이 어려워지자 화경이는 어머님에게 맡겨놓고, 매일 왜놈의 토지국(土地局) 제책공장(製冊工場)에 나가 일했다. 그 무렵 어느 서양여자가 아내의 학비를 부담하고 공부를 시켜주겠다고 했으나, 설움에 피맺힌 어머님과 어린 화경이를 돌보리라는 결심으로 그 제의를 뿌리쳤다고 한다. 그런 연유로 아내는 가끔 내가 자기 의사와 맞지 않을 때는 반드시 그때 얘기를 하며 나를 괴롭게 만드는 것이었다.

다른 가정에서는 보통 부부간의 말다툼이 생기면 대개 어머니는 자기 아들의 편을 들건만, 우리 집에서는 아내가 나의 의견을 반대할 때는 어머님은 열배나 백배의 권유로 나를 몰아세우시는 것이다.

가만히 겪고 보면 고부간에 귀엣말이 있은 뒤에는 반드시 내게 불리한 문제가 발생한다. 그러므로 집안일에 대해서는 한 번도 내 마음대로 해본 적이 없다고 해도 과언이 아니다.

내가 아내의 말에 반대하기만 한다면, 어머님이 만장의 기염으로 내게 호령하시는 것이었다.

"네가 옥에 간 뒤 네 동지들 중에 젊은 처를 둔 사람이 그 처가 남편이 죽을 곳에 있는 것도 상관하지 않고 이혼을 하든지, 추행을 하든지 하는 판에 네 처의 절행은 나는 고사하고, 너의 오랜 친구들이 다 인정하였나니, 네 처는 결코 박대하면 못쓴다."

이런 말씀을 하시기 때문에 내외 싸움에 한 번도 승리를 얻지 못하고 늘 지기만 했다.

어머님 말씀에,

"네가 잡혀간 뒤에 우리 세 식구는 해주 고향엘 다녀서 경성으로 가려 하니, 네 준영 삼촌이 극력으로 만류하며 집이나 한 간 짓고 살림을 차려드릴 테니 다른 곳으로 가지 말라, 세 식구 살아가는 범절은 형수와 질부(姪婦)로 고생은 시키지 아니하고 조밥이라도 먹으면서 조카가 살아서 돌아올 때까지 뒷받침할 터이다, 젊은 며느리를 데리고 다니다가 무지한 놈들에게 빼앗기면 어찌하느냐, 이러고 야단을 했지만, 내가 네 처의 굳은 삼지를 알기 때문에 그 같은 만류도 상관 않고 경성으로 출발하였구나. 네가 장기로 판결이 난 뒤에 아무리 고생을 하더라도 네가 있는 근처에 머물러 살고자 했으나, 그것도 여의치 못하므로 다시 고향으로 돌아왔다. 돌아온 뒤에 종산 우종서 목사의 주선으로 그곳에서 지낼 때 준영 삼촌이 또 쌀가마를 소달구지에 싣고 그곳까지 찾아왔더라. 네 삼촌이 너에 대한 정분이 전보다 매우 애절하더라. 네가 출옥한 줄만 알면 와서 볼게다. 편지나 하여라. 네 장모도 너에 대해서는 전보다 더 애중히 여겼은 즉 어서 통지하여라." 이러며 분부하신다.

나는 서대문에서 한번은 어머님을, 한번은 아내를 면회한 뒤로는 매번 면회기간이면 장모가 늘 오는 것을 보고서, 전날 큰딸의 관계로 너무 박하게 한 것을 후회하고, 매양 면회해주는 것을 감사히 여겼다.

준영 삼촌과 장모에게 출옥된 사연을 편지로 써서 보냈다.

안악 헌병대에 출두하니, 장래 취업에 대하여 질문한다. 나는 평소에 아무 기술이 없고, 다만 학교에서 다닌 일을 보았고, 또 안신학교에서 내 아내가 교편을 잡고 있으니 조교수나 하면 어떠한가 물었다.

그러자 왜놈이 말했다.

"공식으로는 안 되지만 비공식으로 조무(助務)한다면 경찰은 묵과하겠노라."

나는 날마다 안신학교에서 어린아이들을 가르치며 세월을 보냈다.

내 편지를 본 장모는 반가워했지만, 이미 부절(婦節)을 잃고 헌병보조원의 첩이 되었다가 폐렴까지 얻고 돌아온 큰딸과 같이 살고 있어 곤경에 처해 있었다. 그런 때 더구나 염치를 불구하고 병든 딸을 데리고서 집에 들어왔다.

전과 같이 헌병 보조원의 첩이라면 문 안에 들여놓지 않을 터인데, 죽을 병이 들어 자기 동생의 집으로 오는 것이니, 미운 마음보다 불쌍한 마음이 앞서 같이 살게 되었다.

울적한 나머지 이리저리 다니며 바람이나 쐬고 싶은 마음도 있었지만 이른바 가출옥 기간이 7, 8개월 남아 있었다. 무슨 볼일이 있어 어디를 가려면 반드시 사유를 헌병대에 보고하여 허가를 얻어야 하고,

그런 뒤에야 비로소 나갈 수가 있는 것이다.

　따라서 청원을 제출하기가 싫어 이웃 군 출입도 하지 않았다. 그 뒤 해제가 되어 김용진(金庸震) 군의 부탁을 받고 문화의 궁궁(弓弓)농장 추수를 검사해주고 돌아왔다.

　그 사이 해주 준영 계부가 방문했다고 한다. 점잖은 조카를 보러 가는데 가볍게 갈 수 없다 하여 남의 마필을 빌어 타고 와서 이틀이나 묵었지만 내가 언제 돌아올지 몰라 섭섭하게 그냥 돌아갔다고 한다.

　나도 역시 섭섭하나 그해 연말이 멀지 않았고, 정초를 기다려서 삼촌에게 신정 문안도 하고, 선친 묘 성묘도 하기로 작정했다.

　새해 정초가 되었다. 초 3, 4일 사이는 나도 그곳 존장(尊丈)도 찾아보고, 어머님을 뵈러 오는 친구들을 접대하기도 하고, 5일에 해주 가기로 작정했다.

　그런데 4일 저녁때 재종제 태운이 와서 고하기를,

　"준영 당숙이 별세하셨습니다."

하지 않겠는가.

　경악을 금할 길 없었다. 여러 해 동안 옥중 고생을 하던 내가 보고 싶어서 찾아오셨고, 정초에는 볼 줄 알고 기다리다가 마침내 내 얼굴도 보지 못하고 먼 길을 떠나셨으니, 그 마음이 어떠했을까?

　게다가 딸은 하나 있지만 아들은 없고, 4형제 소생이 오직 나 하나뿐인 조카가 아닌가. 그 조카를 대해 영결하고 싶은 마음이 얼마나 간절했을까?

　백부 백영(伯永)은 아들 관수(觀洙)·태수(泰洙)가 있었으나, 관수는 20여 세에 성례까지 했는데 죽고 말았고, 태수는 나보다 2개월 먼저 난 동갑으로, 장련에서 나와 동거하다가 급졸하여 역시 자손이 없다.

딸 둘도 모두 출가하여 죽고 뒤이은 자손이 없었다. 필영(弼永) 숙부는 딸 하나뿐이고, 준영 숙부 역시 딸 하나뿐이었다.

다음날 아침 태운을 동반하여 텃골에 도착, 장례를 맡아 치르고, 텃골 고개 동쪽 기슭에 입장했다.

그러고 집안일을 대강 처리하고, 선친 묘소에 갔다. 내 손으로 심었던 나무 두 그루를 보살핀 후, 다시 안악으로 돌아왔다. 그런 뒤로는 정 많고 한 많았던 텃골 산천을 다시는 보지 못했고, 아직 생존해 계신 당숙모와 재종조를 찾아뵙지도 못했다.

이 해에 셋째딸 은경(恩敬)이 태어났다. 나는 마침내 안신학교에서 교편을 잡고 있었고, 해마다 추수 때에는 김용진의 농장에 타작을 보러 다녔다.

농부로서 읍중(邑中) 생활에 취미가 없어져서 홍량과 용진·용정을 보고 농촌생활을 부탁했다. 그들은 자기네 소유 중 산천이 맑고 아름다운 곳을 택해서 드리겠으니, 감농(監農)이나 하라고 권하기에 쾌락했다.

나는 해마다 감수(監收) 시찰한 바에 가장 성가시고 말썽 많고, 또는 토질(土疾) 구덩으로 예로부터 이름이 나있는 동산평(東山坪)으로 보내 달라 요구했다.

그들 숙질은 놀라 물었다.

"동산평이야 되겠습니까? 소작인들이 심히 거칠 뿐 아니라, 수토가 자못 좋지 못한 곳에 가서 어찌 견디겠습니까?"

"나 역시 몇 년 동안 그 뻘(坪)안 소작인들의 악습·폐속(弊俗)을 자세히 살펴보았으므로, 그런 곳에 가서 농촌 개량에나 취미를 붙일까 하네."

수토에 대한 것은 주의하여 지낼 셈 잡고, 기어이 동산으로 가겠다고 강청했다. 그들은 고소원이 불감청으로 다행히 생각하는 듯도 싶었다.

동산평은 예로부터 궁장(宮庄)으로 감관(監官)이나 소작인이 서로 협잡하여 추수에 천 석을 수확하면 몇백 석이라고 궁에 보고하고, 감관이 자작으로 하는 한편 소작인들은 수확기에 벼를 베어도 곡량이 얼마 안 된다. 게다가 감관이 또 자감(自監)을 하는 것인데, 이렇게 해 오기를 여러 백 년에 작인들의 악한 풍습만 그 극에 달해 있었다.

김씨 집에서 이 농장을 매수한 것도, 시초에 진사(進士) 용승이 독단으로 매입하여 큰 손해를 입은 나머지 파산지경에 빠지게 되었다. 그래서 여러 아우들이 그 손해를 분담하고, 동산평은 김씨 집안 공유가 된 것이다.

예로부터 노형극(盧亨極)이란 자가 그 뻘 감관으로 소작인 등을 자기 집에 모아들여 도박을 하게하고 추수 때 작인들 몫의 곡물을 전부 뺏어 가버린다. 도박에 응하지 않는 자는 농작지를 얻기가 어려웠다. 따라서 작인인 아버지는 도박을 하고, 아이들은 경찰이 오는 것을 망을 보며 지키는 것이 보통 습속이 되어버렸다.

내가 이 동산평 간농(看農)을 요구한 본뜻은 바로 이러한 풍기를 개선코자 함이었다.

정사년 2월에 우리 집은 동산평으로 이사를 갔다. 내가 먼저 어머님에게 주의를 드렸다.

"작인들 중에 뇌물을 가지고 오는 자가 있으면 내가 없는 사이라도 일절 거절하십시오."

그러나 내 앞에 담배·닭·생선·과품(果品) 등 물건을 갖다 주는 자들이 있었다. 그런 자들은 반드시 농작지를 달라는 부탁을 한다. 그럴 때면 나는 늘 이렇게 말했다.

"그대가 빈손으로 왔으면 생각해볼 여지가 있지만, 뇌물을 가지고 와서 청구하는 데는 그 말부터 듣지 않은 것으로 하겠소. 그러니 물건을 도로 가지고 가고 후일 다시 빈손으로 와서 말하오."

"뇌물이 아니올시다. 선생께서 새로 오셨는데, 내가 그저 오기 섭섭하여 좀 가져왔을 따름입니다."

"그대 집에 이러한 물건이 많다면 구태여 남의 토지를 소작할 것 없으니 그대의 농작지는 다른 사람을 줄 터이오."

그자들로서는 처음 들어보는 말인 까닭에 어쩔 줄을 모른다.

"이것은 전에 감관님께 항용 해오던 것입니다."

"먼저 감관이 어찌했던지 본 감관에게 그런 수단을 써선 안 되오."

나는 소작인 준수규칙 몇 가지를 반포했다.

1. 작인으로 도박을 하는 자는 소작을 허락하지 않음.
2. 학령 아동이 있는 자로 학교에 입학시키는 자는 1등지 두 마지기씩을 덧붙여줌.
3. 집에 학령 아동이 있는데도 입학을 시키지 않는 자는 기왕의 소작지에서 상등지 2마지기를 거둬들임.
4. 농업에 근실한 성적이 있는 자는 조사하여 추수 때 곡물로 상을 줌.

이상 몇 가지 조항을 포고한 뒤에 평내(坪內)에 소학교를 설립하고, 교사 한 명을 초빙, 학생 20여 명을 모집하여 개교했다.

교원이 부족하므로 나도 시간으로 교과를 담임했다. 소작인으로 토지를 청구하려고 하는 자는 학부형이 아니면 말붙이기가 어렵게 되었다.

전 감관 노형극 5, 6형제는 여전히 내 방침에 따르지 않고, 나의 농촌 개혁에 반대하는 입장에 있었다. 노가 형제의 소작 전지는 평내의 상등 땅이었다. 그 토지 전부의 소작권을 회수한다는 통지를 보냈다.

그리고 학부형에게 그 토지를 분배하려 했지만 한 명도 감히 경작하겠다는 사람이 나서지 않았다. 이유를 물으니, 노가를 두려워해서였다.

그래서 나는 내 소작지를 분배해주고, 내가 노가에게서 회수한 농지를 경작하기로 작정했다.

어느 날 어두운 밤에 문 밖에서 김선생을 부르는 자가 있었다. 집 밖으로 나가니 어둠 속에서 한 사내가 소리쳤다.

"김구야, 좀 보자!"

나는 그자의 음성을 듣고서 노형극임을 알아챘다.

"야간에 무슨 일로 왔소?"

그러자 노가는 와락 달려들어 나의 왼쪽 팔을 힘껏 물고 늘어졌다. 그리고 힘을 다해서 저수지 쪽으로 나를 끌고 갔다.

이웃에 사는 동네 사람들이 둘러섰으나 한 사람도 감히 싸움을 말리려는 자가 없었다. 그 와중에 나는 생각했다. 이같이 무리한 놈에게는 의라도 소용이 없고, 완력으로 대항할 수밖에 없는데, 노가는 나에게 비하면 연부역강한 놈이다.

그러니 눈에는 눈, 이에는 이로 나갈 수밖에 없다.

나는 그놈의 오른쪽 팔을 힘껏 물고, 치하포에서 하던 식의 용기를 내어 저항했다. 그러자 노가는 그만 물었던 나의 팔을 놓고 물러섰다.

나는 노가 형제들과 도당들이 몰려와서 이웃집에 숨어 있고, 노형극을 선봉으로 파송한 것을 한눈에 알아챌 수 있었다.

나는 고성으로 소리쳤다.

"형극이 한 명만으로는 내 적수가 못되니, 너희 노가 무리는 숨어 있지만 말고, 도적질을 하든지 사람을 죽이든지 계획대로 해보라!"

과연 숨어서 형세를 엿보던 노형극 무리들은 웅성거리기만 할 뿐, 썩 나서는 자가 없었다.

형극이 소리쳤다.

"이애, 김구야! 이전에 당당한 경감(京監)도 저수지 물맛을 보고 쫓겨 간 놈이 얼마나 되는지 아느냐?"

잠복중인 자들 중에서 한 자가 툭 튀어나와 다른 곳으로 가며 말했다.

"어느 날이고 바람 잘 부는 날 두고 보자!"

나는 겹겹이 둘러서서 싸움 구경하는 자들을 보고,

"여러 사람들은 저자의 말을 명심하시오. 어느 날이고 내 집에 화재가 나면 저놈들의 소위일 것이니, 여러 사람들은 그때에 증인이 되어주시오."

형극이가 물러간 뒤에 여러 사람들은 나에게 노가 형제들과 원수를 맺지 말라고 권한다.

나는 준엄하게 책하고 그날 밤을 지냈다. 어머님은 이 사실을 밤으로 안악에 알리셨다. 다음날 용진·홍량 숙질이 의사 송영서를 동반하여 급한 걸음으로 달려왔다. 송의사는 내 상처를 진단한 후 고발할 수속을 준비했다.

얼마 후 노가 형제들이 몰려와서 머리를 조아리며 사죄했다. 나는 진(震)·홍(鴻) 양군을 말리고, 노가에게 다시는 이런 행위가 결코 없으리라는 서약을 받은 후 이 문제를 낙착 지었다.

이후로는 이미 반포한 농규(農規)를 그대로 시행했다. 나는 날마다 일찍 일어나서 작인의 집을 찾아다니며 늦잠을 자는 자가 있으면 깨워서 책하며 집일을 보도록 독려했다.

그러고 집안이 더러운 자는 청결히 하도록 하고, 땔나무로 쓰는 마른 풀[柴草]을 베게 하며, 짚신·미투리·자리 짜기 등을 장려했다.

평시에 작인들의 근만부(勤慢簿)를 비치했다가 열심히 농사를 지은 자에게는 추수 때 후한 상을 주고, 태만한 자에게는 다시 태만하면 경작권을 허가하지 않겠다고 예고했다.

종전 추수 때는 타작마당에서 채무자가 모여들어 곡물을 몽땅 가져가고, 작인은 타작 기구만 들고 집으로 갔다. 그런데 그런 자가 나의 감독을 받은 뒤에는 곡식 부대를 자기 집으로 운반해다가 쌓게 된 것이다.

이렇게 되자 농가 부인들이 더욱 감심하여 나를 집안 늙은이 모양으로 친절하게 대우하고, 도박의 풍조는 거의 근절되었다.

이때 장덕준(張德俊) 군이 재령에서 명신여교(明信女校) 소유 장토(庄土)를 관리하게 되어, 장군이 평소 연구와 일본 유학시에 시찰한 농촌개발의 방안을 갖춰 장래 협조하기로 여러 차례 서신이 오갔다.

동산평에서 같이 농토 간검하는 동업자요, 겸하여 동지인 지일청(池一淸) 군은 옛날 교육시대부터 지기이므로 힘을 합쳐 진행하였다. 그래서 그 효과가 더욱 크게 나타났다.

딸 은경이가 죽고, 처형 역시 사망하여 이곳 공동묘지에 매장했다.

무오년 11월에 인(仁)이 출생했다. 인이 태중에 있을 때에 어머님 소망은 물론이고, 여러 친구들이 아들 낳기를 바랐던 것은 내 나이가 40이 넘었을 뿐만 아니라 누이조차 없는 독자였기 때문이다.

인이 태어난 뒤에 김용제는 어머님을 치하하면서 말했다.

"아주머님, 손자 장가보낼 제 내가 후행 가오리다."

김용승 진사는 이름 짓기를 맡아 김인(金麟)이라 한 것을, 왜의 민적에 등록된 까닭에 인(仁)으로 고쳤다.

인이 출생한 지 석 달, 무겁게 구름이 드리워진 추운 겨울을 지나 양춘화풍의 기미년 2월이 돌아왔다.

청천에 벽력과도 같이 경성 탑동(塔洞)공원에서는 독립만세 소리가 일어났고, 독립선언서가 각 지방에 배포되자, 평양·진남포·신천·안악·온정(溫井)·문화 각지에서 벌써 인민들이 궐기하여 만세를 불러댔다.

안악에서도 기다리던 때라 장덕준 군이 사람을 시켜 자전거를 태워서 편지를 보내왔다.

"국가대사가 일어났으니 같이 재령에 앉아서 토의 진행하자."

나는 기회를 보아 움직이마고 답신을 보내고 몰래 진남포로 갔다. 그래서 진남포를 건너 평양으로 가려 하니, 그곳 친구들이 평양까지 무사히 도달하기는 어려우니 고향으로 돌아가라고 권고한다. 그 말을 듣고 즉일로 귀환했다.

집에 돌아오니 청년들이 찾아와 안악에서는 이미 준비 완료되었으니 함께 나가 만세를 부르자는 것이다. 나는 그들에게 만세운동에는 참가할 마음이 없다고 말했다.

그들이 반문했다.

"선생님이 참가하지 않으면 누가 창도합니까?"

"독립이 만세만 불러서 되는 것이 아니고, 장래 일을 계획 진행해야 되는 것이다. 나의 참·불참이 문제가 아니니, 어서 가서 만세를 부르라."

하여 돌려보냈다.

그들은 그날 안악읍에서 만세를 불렀다. 나는 그 다음날 아침 평내

독립선언서

각 작인들에게 지휘하여 농구를 가지고 모두 모이라 하고, 안악읍에 도착하니 김용진 군이 내게 말했다.

"홍량더러 상해로 가랬더니 10만 원을 주어야 가지, 그렇지 않으면 떠나지 않겠다고 합니다. 그러니 우선 선생님부터 가시고, 홍량은 추후로 가게 하지요."

지체할 수 없는 형편임을 보고 즉시 출발하여 사리원으로 갔다. 사리원에 도착하여 김우범(金禹範) 군 집에서 하룻밤 자고, 다음날 아침 신의주행 차에 올랐다.

# 18. 상해로 가다
上海

차중에서는 물끓듯 하는 말소리가 모두 만세 이야기뿐이다. 평안도 금천(金川)은 어느 날 불렀고, 연백은 어느 날 불렀고, 황해도 봉산에서 어떻게 불렀고 하는 이야기들이었다.

평안을 지나니, 역시 어디서 만세를 부르다가 사람이 몇 명이 상했다 하는가 하면, 어떤 사람은 우리가 죽지 않고 독립이 된다고 흥분하는 것이었다.

또 어떤 사람은,

"우리 독립은 벌써 되었지요. 아직 왜가 물러가지만 않은 것뿐인즉, 전국의 인민들이 다 들고 일어나 만세를 부르면 왜놈들이 자연 쫓겨나고야 말 테지요."

이런 이야기에 배가 고픈 것도 잊은 채 있다가 신의주 역에서 차를 내렸다. 그 전날에 신의주에서도 만세를 부르고 21명이 구금되었다 한다.

개찰구에 왜놈이 지키고 행객들을 엄밀히 검색한다. 나는 아무런 짐도 없이 수건에 여비만 싸서 요대에 잡아매고 있었다.

무엇이냐 물으면 돈이라 했고, 무엇하는 사람이냐 물으면 재목상(材木商)이라 했다. 왜놈은,

"재목이 사람이야?"

하고, 가라고 한다.

신의주 시내에 들어가 요기를 하며 공기를 살펴보니, 그곳 역시 민

심이 흥흥했다. 오늘밤에 또 부르자고 아까 통지가 돌았다는 등 술렁
술렁한다.

　나는 중국인 인력거를 불러 타고 바로 큰 다리 위를 지나서 안동현
(安東縣)의 어떤 여관에서 변성명하고, 좁쌀장수를 표방했다.

　거기서 이레를 보낸 후 이륭양행(怡隆洋行) 배를 타고 상해로 출발
했다. 황해안(黃海岸)을 지날 때 일본 경비선이 나팔을 불고 따라오며
정선을 요구했다. 그러나 영국인 함장은 들은 체도 않고 전속력으로
경비구역을 지나갔다.

　그리하여 나흘 뒤 무사히 황포(黃埔)선창에 정박했다. 그 배에 탄
동지는 모두 15명이었다.

　안동현에서 아직 얼음덩이가 첩첩이 쌓인 것을 보고 떠났건만, 황
포 선창에 내려서 바라보니 녹음이 우거져 있었다. 우리는 그날 공승
(公昇) 서리(西里) 15호에서 하룻밤을 잤다.

　이때 상해에 모인 인물들 중에 평소 나와 친숙하던 이는 이동녕(李
東寧)·이광수(李光洙) 등 네 사람만 들어 알겠고, 일본에서 건너온 인
사들과 중아령(中俄領)과 내지(內地-본국)에서 모여든 인사, 그리고 전
부터 중국에서 유학이나 상업을 하던 동포가 많이 있었다. 그 수를
통계하면 5백여 명이란 이야기였다.

　다음날 아침 미리부터 상해에 솔권해 와서 살던 김보연(金甫淵) 군
이 와서 그의 집으로 따라가 숙식을 함께 했다.

　김군은 장연읍 김두원(金斗元)의 맏아들로, 경신학교 출신이었다. 옛
날 내가 장연에서 학교 일을 맡아볼 때부터 나에게 성심 애호하던 청
년이다.

　동지들을 심방하여 이동녕·이광수·김홍서(金弘敍)·서병호(徐丙浩)
등 동지들을 만났다. 임시정부는 그때 조직되었다. 이에 대해서는 국

大韓民國臨時政府國務院
大韓民國元年十月十一日

제6차 임시의정원 폐회 후 새로 성립된 국무원 요인의 기념촬영. 총장 이상의 국무원들이 상해로 도착하기 전이어서 안창호 노독 국총판과 차장들의 얼굴이 보인다.

사에 자세히 실리게 될 터이므로 약하고, 나는 내무위원의 한 사람으로 피선되었다.

그 후 안창호 동지는 미주로부터 상해에 건너와 내무총장으로 취임하고, 제도는 차장제(次長制)를 채용했다.

경무국장인 나는 안씨에게 정부의 문지기를 시켜줄 것을 청원했다. 내지에 있을 때 스스로의 자격을 시험하기 위해 순사시험과목을 보고 혼자 슬며시 시험해본 결과 합격이 어려울 것임을 알았다. 그러한 이유도 있었고 또 허명을 탐해 실무에 소홀히 할 염려가 있었기 때문이었다.

안 내무총장은 내 청을 쾌히 받아들였다. 자기가 미국에서 본 바에 의하면 특히 백궁(白宮–백악관)만 지키는 관리를 두었더라고 말하는 것이었다.

"우리도 백범 같은 이가 정부청사를 수호케 되는 것이 좋으니, 국무회의에 제출하여 결정하리다."

다음날 도산(島山)은 나에게 느닷없이 경무국장 사령서를 교부하여 취임·시무할 것을 강력히 권했다.

국무회의의 각부 총장들이 아직 다 취임하지 않았으므로 각부 차

장이 총장의 직권
을 대리하여 국무
회의를 진행하던
때였다. 그때 차장
등은 윤현진(尹鉉
振)·이춘숙(李春
塾) 등 젊은 청년
들이었다.

그러한 까닭으
로, 노인으로 문

상해 '임정' 경무국장 시절의 김구 선생 가족.

을 여닫게 하고 그리로 지나다니기가 미안하다 하며, 백범이 다년의
감옥생활로 왜놈 실정을 잘 알 터이니 경무 국장이 합당하다고 인정
되었다는 것이다.

나는 한사코 사양했다.

"순사의 자격조차 되지 못하는데, 경무국장이 어찌 당한가?"

그러나 도산은 굽히지 않았다.

"백범이 만일 사양하고 피하면, 청년 차장들의 부하되기가 싫다는
것으로 여러 사람들이 생각될 터이니, 사양하지 말고 공무를 집행하
시오."

나는 부득이 응낙하고 취임할 수밖에 없었다.

2년(대한민국 2년)에 아내가 인(仁)을 데리고 상해에 와서 동거했다.
내지에는 어머님이 장모와 같이 동산평에 계시다가 장모 또한 별세하
여 그곳 공동묘지에 안장하고, 4년에 어머님까지 상해에 오셔서 모처
럼 재미있는 가정을 이루었다.

그해 8월 신(信)이 출생했다. 경무국에서 접수한 내지 보도에 의하

면 왜놈들이 나의 국모보수(國母報讐)사건을 24년 만에야 비로소 알 았다고 한다.

이 비밀이 이같이 오랜 세월, 더구나 양서(兩西)에선 모르는 사람이 없는 일을 그같이 오랜 동안 왜놈들에게 감추어진 것은 참으로 드물 고 놀라운 일이라 하겠다.

내가 학무총감의 직을 띠고 해서(海西) 각 군을 순회할 때, 학교에 나 공중들에게 왜놈을 다 죽여 우리 원수를 갚자고 연설할 때는 항상 나를 본받으라고 치하포 사실을 말했던 것이다.

해주 검사국과 경성 총감부에서 각 방면의 보고를 수집하여 나의 일언일동을 김구란 제목을 붙인 책자에 상세히 실어놓고 있었지만, 어 떤 정탐꾼도 그 사실만은 왜놈에게 발설하지 않았던 것이다.

그러다가 나의 몸이 본국을 떠나서 상해에 도착한 줄을 알고서야 비로소 그 사실이 왜에게 알려졌다고 한다. 나는 이것 한 가지 일만 보아도 우리 민족의 애국 정성이 족히 장래에 독립의 행복을 누리게 하리라고 예견한다.

내무총장이 출국하여, 5년에 내무총장으로 시무했다. 그 사이 아 내는 신(信)을 해산한 후 낙상으로 인해 폐렴을 얻어 몇 년을 고생하 다가 상해 보륭의원(寶隆醫院)에서 진찰을 받고, 역시 서양인 시설의 격리병원에 입원하게 되었다.

그래서 나는 보륭의원에서 마지막 작별을 하고, 아내는 홍구(虹口) 폐병원에 입원했다가 6년 1월 1일, 영원한 길을 떠났다. 아내는 법계 (法界-불란서 조계) 숭산로(嵩山路) 포방(捕房) 후면인 공동묘지에 매장 되었다.

나의 본의는 우리의 독립운동 기관에서 혼례나 장례의 성대한 의식 으로 금전을 소모함을 찬성하지 않았다. 따라서 아내의 장래도 극히 검약하게 하기로 했다. 그러나 여러 동지들이, 아내가 오랜 세월 나로 인해 비길 데 없는 고경을 겪어왔고, 그것이 바로 나랏일에 공헌한 것이라 하여 나의 주장을 불허하고, 각기 연금하여 성대한 장의를 지내고 묘비까지 세웠다.

그중에 유세관(柳世觀) 인욱(寅旭)군은 병원교섭과 묘지주선에 성과힘을 다했다.

아내가 병원에 입원할 때 인(仁)도 병이 중하여 공제의원(共濟醫院)에 입원 치료하다가 아내의 장례 후에는 완전히 나아 퇴원했다.

신(信)은 겨우 걸음마를 배우고 젖을 먹을 때여서, 먹는 것은 우유를 먹이지만, 잘 때는 반드시 할머님의 빈 젖을 물고야 잠이 드는 것이었다. 차차 말을 배울 때는 할머니만 알 뿐 어머니가 무엇인지도 몰랐다.

8년에 어머님은 신을 데리고 고국으로 가셨다. 9년에는 인까지 보내라는 어머님 명령에 의해 환국시키고, 상해에는 나 한 몸만 형영상수(形影相隨)로 외롭게 떨어졌다.

동년 11월 나는 국무령(國務領)에 피선되었다. 나는 의정원(議政院) 의장 이동녕에게 말했다.

"내가 일개 김존위(金尊位)의 아들로서 아무리 추형(雛形-모형)일망정한 나라의 원수(元首)가 됨은 국가의 위신을 떨어뜨리게 함이니, 소임을 당할 수가 없소이다."

그러나 이동녕 의장은 혁명시기에는 관계할 것이 없다고 강권하므로

임시의정원 초대 의장 이동녕 선생

부득이 승낙할 수밖에 없었다. 그래서 윤기섭(尹琦燮)·오영선(吳永善)·김갑(金甲)·김철(金澈)·이규홍(李圭洪) 등으로 내각을 조직한 후에 헌법 개정안을 의원에 제출했다.

개정헌법의 골자는 독재제(獨裁制)인 국무령제(國務領制)를 고쳐 평등인 위원제(委員制)로 실시하여, 국무위원의 한 사람으로 국무령을 피임, 시무하는 것이었다.

지금에 와서 나의 60평생을 회고하면 너무도 상리(常理)에 벗어나는 일이 한두 가지가 아니다. 대개 사람이 귀하면 궁한 것이 없겠고, 궁하면 귀가 없을 것이나, 나는 귀역궁(貴亦窮), 궁역궁(窮亦窮)으로 일생을 지내 왔다.

국가가 독립을 하면 3천리 강산이 다 내 것이 될는지는 모르나, 천하가 넓고 큰 지구 표면에 한 치의 땅, 반 칸의 집도 소유한 것이 없었다.

그러한 까닭으로 과거에는 영귀를 누리고자 하는 심리를 가지고서 궁을 면해보려고 버둥거려보기도 하고, 독장수셈(甕算)도 많이 해보았다.

지금에 와서는 이런 생각을 한다.

"옛날에 한유(韓愈)는 송궁문(送窮文)을 지었지만 나는 우궁문(友窮文)을 짓고 싶으나, 문장도 아니므로 그도 할 수 없다. 자식들에 대해서도 아비 된 의무를 조금도 못했으므로 나를 아비라 하여 자식 된 의무를 해 주기도 원치 않는다. 너희들은 사회의 은택을 입어서 먹고 입고 배우는 터이니, 사회의 아들인 심성(心誠)으로 사회를 아비로 알고 효사(孝事)하면 나의 소망은 이에서 더 만족이 없을 것이다."

기미년 2월 26일이 어머님 환갑이므로 약간의 술과 안주를 장만하여 친구들이나 모아 축연이나 하자고 아내와 의논했던 적이 있었다.

그래서 진행하려는 참인데 눈치를 아신 어머님이 극구 말리시는 것이다.

"네가 1년 추수만 더 지내도 좀 생활이 나아질 터이니 한다만, 네 친구들은 다 청하여 하루 놀아야 하지 않느냐? 네가 곤란한 중에서 무엇을 장만한다면 도리어 내 마음이 불안하니 후년으로 미루라."

이러시므로 결국 이루지 못했다.

그로부터 며칠도 안 가서 나는 나라를 버리고 이국으로 떠나게 되었던 것이다. 그 후 어머님이 상해에 오셨으나 공사간 경제적으로도 사정이 허락되지 않았지만, 설사 역량이 있다 하더라도 독립운동을 하다 살신망가(殺身亡家)하는 동포들의 수가 날로 수십 수백으로 늘어나는 참보(慘報)를 듣고 앉은 마당에 어머님의 수연(壽宴)을 준비할 용기부터 나지 않았다.

그래서 나의 생일 같은 것은 입 밖에 내지 않고 지내다가, 8년에 나석주(羅錫疇)가 식전에 많은 고기를 사가지고 와서 어머님에게 드린다.

"오늘이 선생님 생신이 아닙니까? 그래서 돈은 없고, 의복을 전당하여 고깃근이나 좀 사가지고 왔습니다."

그리하여 가장 영광스런 대접을 받은 것을 영원히 기념할 결심을 함과 함께, 어머님에 대해서는 너무도 죄송하여 내가 죽는 날까지 내 생일을 기념하지 않게 하고, 날짜를 기입하지 않게 되었다.

상해에서 인천의 소식을 들건대, 박영문(朴永文)은 별세했고, 안호연(安浩然)은 생존해 있다는 것이다. 나는 믿을 만한 인편에 회중시계 하나를 사서 보내며, 나의 참된 자취를 전해주라고 부탁했지만 끝내 회보는 받지 못했다.

성태영(成泰英)은 그간 길림(吉林)에 와서 살므로 서로 통신을 했다. 유완무(柳完茂)는 북간도에서 피살되었고, 아들 한경(漢卿)은 아직 북간도에서 살고 있다고 한다.

이종근(李鍾根)은 아국(俄國) 여자를 얻어 상해에 와서 만나보았다. 김형진 유족의 소식은 아직 듣지 못하고 있으며, 김경득 유족은 탐문 중이다.

나의 지난 기사 중에 연월 일자를 기입한 것은 내가 기억하지 못해 내지(內地)의 어머님에게 서신으로 물어서 쓴 것이다.

나의 일생에서 가장 큰 행복이라 할 수 있는 것은 튼튼한 기질이라 하겠다. 감옥의 고역이 근 5년에 하루도 병으로 휴역(休役)한 적이 없었다. 다만, 인천감옥에서 학질에 걸려 반날 동안 일을 쉰 적이 있을 뿐이다.

병원이란 곳에는 혹 떼기 위해 제중원에서 1개월, 상해 온 뒤에 서반아 감기로 20일 동안 치료한 것뿐이다.

기미년 도강(渡江) 이후 지금까지 10여 년 사이 겪은 일에 대해서 중요하고 또 진기한 사실이 많지만, 독립완성 이전에는 절대 비밀로 해야 할 것이므로 너희들이 알도록 기록하지 못하는 것이 극히 유감이다. 이해해 주기를 바라고 그만 그친다.

이 글을 쓰기 시작한 지 1년이 넘은 11년 5월 3일에 끝을 보게 되었다.

임시정부 청사에서.

백범 김구 자서전

# 백범일지

● 하권

下卷

상해 프랑스 조계 마랑도 보강리 소재 '대한민국 임시정부' 청사, 이 청사는 1919
년 6월 안창호가 가져온 미국 '국민회' 독립의연금 2만 5천 달러 중에서 전세를 얻
은 것이다.

# 1. 상해 임시정부의 탄생

안동현(安車縣)에서 기미년 2월 어 날, 영국 상인의 윤선(輪船)을 타고 동행들 15명과 같이 4일간의 항해 끝에 상해 포동(浦東) 선창에 닿았다. 상륙하려고 할 때 눈에 선뜻 들어오는 것은 췬쯔(裙子-치마)도 입지 않은 여자들이 삼판선(三板船) 노를 저으면서 선객들을 실어 나르는 광경이었다.

불조계(佛租界)에 상륙하니, 안동현에서 승선할 때는 얼음덩이가 쌓인 것을 보았는데, 이곳 거리의 가로수는 녹음이 우거져 있었다. 배 안에서 옷을 입고도 추위에 고생했는데, 이제는 등과 얼굴에 땀이 솟는 것이다.

그날은 일행들과 같이 공승서리(公昇西里) 15호, 우리 동포의 집에서 담요만 깐 채 방바닥 잠을 잤다. 그리고 다음날은 상해에 집합한 동포들 중 친구를 알아보니, 이동녕 선생을 위시하여 이광수·서병호·김홍서·김보연(金甫淵) 등인데, 김보연은 장연군 김두원의 장자로, 몇 년 전에 처자를 거느리고 상해에 와서 사는 중이었다.

그런 관계로 나를 찾아와 자기 집에 함께 있기를 청했다. 그 청에 응하여, 그로부터 나의 상해생활이 시작되었다.

주인 김군을 안내자로 하여 10여 년 동안을 밤낮으로 그리던 이동녕 선생님을 찾았다. 이분은 연전 양기탁 집의 사랑에서 서간도 무관학교의 설립과, 지사들을 소집하여 광복사업을 준비할 무거운 짐을 위임하던 그 때에 비하면 10여 년 동안 숱한 고생을 겪은 탓인지 그

같이 풍성하던 얼굴에 주름살이 잡혀 있었다.

서로 악수하고 나니 감개무량하여 무슨 말부터 해야 할지 생각이 나지 않았다. 당시 상해 한인(韓人)은 5백여 명 가량 되었다. 그 가운데 약간의 상업 종사자와 유학생, 그리고 열 명 남짓한 전차회사(電車會社) 사표원(在票員)을 제외하고서는 대부분이 독립운동을 목적으로 본국·일본·미주·중국·러시아령 등지에서 모여든 지사들이었다.

내지 13도 각 대도시는 물론이고, 벽항(僻巷)·궁촌에서라도 독립만세를 부르지 않는 곳이 없이 물끓듯했고, 해외 한인들도 어느 나라에 살든지 정신으로나 행동으로나 독립운동을 일치하게 전개했다.

그 원인으로 말하면 대체로 두 가지로 분석할 수 있다.

첫째, 이른바 한일합병의 참된 의미를 그때까지 모르고 있었기 때문이다. 단조(檀祖) 개국 이후 명의상으로 외족의 속국이 된 때도 있었고, 자족(自族)으로도 이씨(李氏) 외 3씨가 혁명하여 자립 왕이 된 전례가 있었기 때문에, 왜놈에게 병탄 당해도 당(唐)·원(元)·명(明)·청(淸) 등 시대와 같이 우리가 속국이 되는 줄로만 알았던 동포가 대다수였다. 안남(安南)·인도에 행하는 영·불의 정치를 절충하려는 왜놈의 독계(毒計)를 꿰뚫어본 인사는 백분의 2,3에 불과했다. 그러나 합병 후 제1착으로 안악 사건을 조작해낸 것과, 제2차로 선천(宣川) 105인 사건의 참학무도한 것을 보고서는 이대로 앉아서 죽을 수 없다는 절박감이 온나라 안에 널리 퍼졌던 것이다.

둘째, 제1차 세계대전이 종료되고, 파리강화회의에서 미국 대통령 윌슨이 민족자결주의를 제창한 것이다. 이상 두 가지 원인으로 우리의 만세 운동이 폭발되었다.

그러므로 상해에 모여든 5백여 명의 인원은 어느 곳에서 모여들었든 간에 우리의 지도자인 연로한 선배와 연부역강한 청년투사들이다.

파리강화회의 임시정부대표단 일행. 파리강화회의에서의 임정 외교활동은 전권대사 자격
으로 파리에서 활약한 김규식에 의해 진행되었다. 통신국을 설치하여 유럽 각 신문에 한
국독립운동의 정보를 제공하기 위해 <홍보(Circulaire)>지를 발행했고 1919년 5월 10일
20개 항의 '독립청원서'를 강화회의와 각국 정부에 발송했다. 앞줄 왼쪽부터 여운홍, 대
표단 고문이며 사무소 주인 블라베 부처, 김규식 대표, 뒷줄 왼쪽 둘째부터 이관용, 조소
앙 오른쪽이 황주환, 나머지는 통역과 타자수들

　당시 상해에 갓온 인사들이 벌써 신한청년당(新韓青年黨)을 조직하
여, 김규식(金奎植)을 파리회담 대표로 파송했고, 김철(金澈)을 본국 대
표로 내지에 파견하여 활동하고 있었다.

　그래서 여러 청년들 중에 정부조직이 운동 진전에 안팎으로 절대
필요하다는 소리가 점차 높아져, 각도에서 상해에 온 인사들이 각기
대표로 선출되어 임시 의정원(議政院)을 조직하고, 암시정부가 태어나
게 되었다.

　이것이 곧 대한민국 임시정부다. 이승만(李承晚)을 총리로 임하고,
내·외·군·재(財)·법·교(交) 등 각 부서가 조직되었다.

　안창호는 미주에서 상해로 와서 내무총장으로 취임했고, 각부 총

장은 먼 곳에서 미처 오지 못했기 때문에 차장들을 대리로 하여 국무회의를 진행시켰다. 그러던 중 이동휘(李東輝)·문창범(文昌範)이 러시아령으로 부터 모여와 정부 사무가 실마리를 잡기 시작했다.

이럴 즈음, 한성(漢城-서울)에서 비밀히 각도 대표가 모여 이승만을 집정관(執政官) 총재로 하는 정부를 조직했다. 그러나 내지에서는 활동하기 어려워 그 권한을 상해로 보내니, 뜻하지 않게도 두 개의 정부가 나타나게 되었다.

여기서 두 개의 정부를 개조하여 이승만을 대통령으로 임하고, 4월 11일에 헌법을 반포했다.

이러한 문구는 운동사(運動史) 임시정부 회의록에 자세히 실었으니 약기하고 나에 대한 사실만을 쓴다.

그런가 하면 이름자는 구(九)로, 호(號)는 백범(白凡)으로 고쳤다. 이런 것을 들어, 진정한 평소 소원이란 것을 말했다.

도산은 쾌락을 하고, 자기도 미국에서 본즉 백궁(白宮-백악관)을 지키는 관원이 있는 것을 보았다며,

"백범 같은 이가 우리 정부 청사를 수호함이 적당하니, 내일 국무회의에 제출하리다."

하며, 기쁜 마음으로 자부했다.

그런데 다음날 아침, 도산은 내게 경무국장 임명장을 주며 취임·시무를 권하는 것이다.

나는 굳이 사양했다.

"순사의 자격에도 못 미치는 내가 경무국장의 직은 감당할 수 없다."

그러나 도산은,

"국무회의에서 백범은 다년 감옥에 있어서 왜놈의 사정을 잘 알고,

제6차 임시의정원 폐원식 기념 촬영. 앞줄 왼쪽부터 이유필, 신익희, 윤현진, 안창호, 손정도, 정인과 제2열 오른쪽이 김구, 제3열 3번째나용균, 4열 왼쪽 첫 번째 여운형.

또 혁명기 인재는 정신을 보아서 등용하는 것이오."

하면서, 기왕 임명된 것이니 사양하지 말고 공무를 집행하라고 강권하는 것이다. 그래서 나는 그대로 취임, 시무했다.

5년 동안 복무할 때에 경무국장이 신문관·검사·판사로 집형(執刑)까지 하게 되었다. 요약하면, 범죄자 처분에 있어 말로 타이르는 것이 아니면 사형이다.

예를 들면 김도순(金道淳)이 정부 특파원의 뒤를 따라 상해에 와서 왜(倭) 영사에 협조, 특파원을 체포하기 위하여 여비 10원을 받았다. 이미 성년을 부득이 극형하는 따위는 기성국가에서는 보지 못할 특종사건이다.

경무국 사무는, 남의 조계에 붙어 지내는 임시 정부인만큼 현재 세계 기성 각국의 보통 경찰행정이 아니고, 왜적의 정탐활동을 방지하고, 독립운동자의 투항자 유무를 정찰하여 왜의 마수가 어느 방면으로 침입하는가를 살피는 일이다.

그러기 위해 정복과 편의(便衣) 경호원 20여 명을 임명해 썼다.

홍구(虹口)의 왜영사관과 우리 경무국이 대립되어 암투했다. 당시 불조계 당국이 우리 독립운동에 대해 특별 동정적이었으므로, 일본영사로부터 우리 운동자를 체포요구가 있을 때에는 우리 기관에 통지하고, 체포할 때가 되면 일본경관을 대동하여 빈 집을 수색하고 갈 뿐이었다.

왜구 다나카 기이치[田中義一]가 황포(黃埔) 선창에서 오성륜(吳成倫) 등에게 폭탄을 맞았으나, 불발로 끝나고 말았다. 오의사는 권총을 발사했다. 그 때문에 미국 여행인 여자 하나가 총에 맞아 치사한 후, 일·영·불 세 나라의 합작으로 불조계 한인(韓人)들을 대거 수색, 체포한 일이 있었다.

이때에는 우리 집 모친까지 본국에서 상해로 와서 계시던 때인데, 하루는 이른 아침에 왜경 7명이 노기등등하여 침실에 침입했다. 그중 불란서 경관 서대납(西大納)은 나와 친숙한 자로서, 사전에 나인 줄만 알았으면 잡으러 오기조차 않았을 터인데, 왜말과 불어가 같지 않아 체포장의 이름자가 김구(金九)인 줄도 모르고 온 것이다.

단지 한인 강도로만 알았던 모양이었다. 그런데 와서 보니 잘 아는 친구가 아닌가. 왜놈들이 달려들어 수갑을 채우려 할 때 서대납이 나서서 못하게 하며, 나에게 명령했다.

"옷을 입고 불란서 경무국으로 가자."

나는 그 말에 따라 숭산로(嵩山路) 포방(捕房)으로 가서 보니, 원세훈 등 다섯 명을 먼저 잡아다가 유치장에 구금해놓고 있었다.

내가 유치장에 들어간 뒤에 왜경이 와서 신문하려 하자 불인이 그들을 제지했다. 일본영사가 인도를 요구하는 것도 거부하며, 나에게 물었다.

"체포된 이 사람들은 김군이 잘 아는 사람들이오?"

"다섯 사람이 다 좋은 동지요."

"김군이 이 다섯 사람을 담보하고 데리고 가기를 원하오?"

"원합니다."

하니, 즉시 석방하는 것이 아닌가.

내가 다년간 경찰국에 한인 범죄자들이 체포될 때는 배심관으로 임시 정부를 대표하여 신문 처리하던 터이므로, 불란서 경무국에서는 나만 인도하지 않을 뿐 아니라, 내가 보증하면 현행범 이외는 즉시 풀어주었다.

이러한 관계를 안 왜는 이후부터 체포요구를 하지 않고, 정탐으로 하여금 김구를 유인하여 불조계 밖 영조계나 중국지계에만 데리고 오면 거기서 붙잡아 결박하여 중·영 당국에 통보만 하고 잡아갈 셈이었다.

이런 의도를 안 뒤부터 나는 불조계에서 한걸음도 넘어가지 않았다. 불조계 생활 14년 동안 겪은 기괴한 사건을 일일이 기록할 수는 없고, 연월이나 일시를 잊어버려 더구나 순서를 차리기도 어렵다.

5년 동안 경무국장의 직책을 맡고 있던 때, 고등정탐 선우갑(鮮于甲)을 유인하여 포박 신문한 적이 있었다. 그는 사죄(死罪)를 자인하고 스스로 사형집행을 원하는 것이었다. 그래서 내가 말했다.

"살려줄 터이니 공을 세워 속죄할 것이냐?"

그러자 그가 소원이라 하기로 결박을 풀어 보내주었다.

얼마 후 그로부터 연락이 왔다. 상해에서 정탐한 문건을 임시정부에 바치겠다는 것이다. 그래서 나는 시간을 약조하고 김보연·손두환(孫斗煥) 등을 왜놈의 승전여관(勝田旅館)에 보내주었다. 그가 왜에게 고발했다면 동지들이 체포되었겠지만 그런 일은 없었다. 또한 내가 전화로 호출하면 즉시 와서 대기했다. 그러다가 나흘 뒤에 본국으로 도망쳐가서는 임시정부의 덕을 칭송하더라는 것이다.

강인우(姜麟佑)는 왜 경부(警部)로서, 비밀사명을 띠고 상해에 와서, 자기가 상해에 온 임무를 김구 선생께 보고하겠으니 면대를 허락해달라는 글을 보내왔다. 그런데 만나는 장소가 왜놈과 동행하면 충분히 나를 체포할 수 있는 영계(英界) 신세계(新世界) 음식점이었다.

정각에 가서 보니 강인우 혼자 있었다. 총독부에서 사명을 받은 것은 이러이러한 사건인즉, 그 점을 주의하라면서 이렇게 말했다.

"선생께서 거짓 보고 자료를 주시면 귀국하여 책임이나 얼버무리도록 하겠습니다."

나는 쾌락하고 자료를 잘 제작해 건네주었다. 그랬더니 귀국 후에 강인우는 그 공로로 풍산(豊山) 군수가 되었다는 것이다.

구한국 내무대신 동농(東農) 김가진(金嘉鎭) 선생은 한일합병 후 왜에게 남작을 받았지만, 기미년 3·1선언 이후에 대동당(大同黨)을 조직, 활동하다가, 아들 의한(毅漢)군을 데리고 여생을 독립운동 책원지에서 보내는 것을 대영광·대목적으로 생각하고 상해에 왔다.

김가진 선생이 상해에 온 뒤 왜 총독은 남작 중에서 독립운동에 참가한 것은 일본의 수치로 보고, 의한 자부의 사촌 오빠가 되는 정필화(鄭弼和)를 밀파하여 선생에게 은밀히 권고, 귀국을 종용했다. 이것을 안 정부에서는 정필화를 비밀히 검거, 신문했다. 그가 낱낱이 자백하므로 처교(處絞)했다.

해주 사람 황학선(黃鶴善)은 독립운동 이전에 상해에 온 청년으로,

우리운동에 가장 열정이 있어 보였다. 그래서 각처에서 상해로 온 지사들을 황의 집에 숙식케 했는데, 이것을 기화로 하여 황학선은, 임시정부는 성립이 며칠도 안된 정부라며 악평하기 시작했다. 그 때문에 새로 온 청년 중에, 동농 선생과 같이 경성에서 열렬히 운동하던 나창헌(羅昌憲) 등이 그의 독계에 걸려 정부에 대해 극단적인 악감정을 품기에 이르렀다.

그리하여 김기제(金基濟)·김의한(金毅漢) 등 십 수 명이 임시정부 내무부를 습격한 사건이 발생했다. 그러자 당시 정부를 옹호하던 청년들이 극도로 분격하여 서로 간에 육박전이 벌어져, 나창헌·김기제 두 사람이 중상을 입었다.

내무총장 이동녕 선생의 명령을 받아 붙잡혀 결박당한 청년은 말로 타이른 후 풀어주고, 중상을 입은 나·김 두 사람은 입원, 치료케 했다.

경무국에서는 이 분란의 원인을 깊이 조사해보았는데, 그 결과 놀라운 사실을 알게 되었다. 나·김 등의 배후에는 황학선이 활동자금을 공급했고, 황의 배후에는 일본 영사관에서 자금과 계획을 제공한 것이었다.

황학선을 비밀히 체포 신문한 결과, 나창헌 등의 애국 열정을 이용하여 정부의 각 총장과 경무국장 김구까지 전부 암살하기 위해 외딴 곳에 3층 양옥을 세 내어 대문에 민생의원(民生醫院)이란 큰 간판을 붙이고(나군은 의과생이었다), 정부 요인들을 유치, 암살하려 했다는 것이다.

황의 신문기록을 가지고 나창헌에게 보이자, 나군은 대경하여, 처음부터 황에게 속아서 자기도 모르게 대죄를 범할 뻔했다면서 그간의 사연을 설명하며, 황가의 극형을 주장했다. 그러나 그때 형(刑)은 이미 집행되었고, 나군 등의 행위를 조사중이었다.

한번은 박(朴)모라는 우리 청년이 경무국장 면회를 청해 만나보았는데, 초면에 눈물을 흘리며 품속에서 단총 한 자루와 왜놈이 준 수첩 하나를 내어놓으며, 자기는 며칠 전에 본국에서 생계차(生計次) 상해에 오게 되었다면서,

"초두(初頭)에 일본 영사관에서 내 체격이 튼튼한 것을 보더니, 김구를 살해하고 오면 돈도 많이 주고, 본국 가족들은 국가 토지를 주어 경작케 하겠다. 그러나 만일 불응하면 '불령선인'으로 취체한다고 하기에 그러겠다 하고, 불조계에 와서 선생을 멀리서 보기도 하고, 독립을 위하여 애쓰시는 것을 보았습니다. 그렇지만 나도 한인의 한 분자로 어찌 감히 선생을 살해할 마음을 품을 수 있겠습니까? 그런 까닭으로 단총과 수첩을 선생께 바치는 것입니다. 그리고 중국 어디 지방으로 가서 상업이나 경영코자 하나이다."

하는 것이 아니겠는가.

나는 감사의 뜻을 표했다.

나의 신조는 일을 맡기면 의심하지 말고, 의심하면 일을 맡기지 않는다는 것이니, 일생을 통해 이 신조대로만 나아가, 그 때문에 종종 해를 당하면서도 천성이라 고치지 못했다.

경호원 한태규(韓泰奎)는 평양 사람으로 위인이 부지런하고 착실하여 7,8년을 써오는 사이에 안팎 사람들의 신망이 심히 두터웠다. 내가 경무국장을 사면한 뒤에도 여전히 경무국 사무를 보고 있었다. 계원(桂園) 노백린(盧伯麟) 형이 어느 날 아침 일찍 나의 집에 와서 말했다.

"뒤 노변에 어떤 젊은 여자의 시체가 하나 있는데 한인이라고 중국 사람들이 떠드니, 백범, 나가서 같이 봅시다."

나는 계원과 같이 가서 보았다. 명주(明珠)의 시체였다. 명주는 하등

(下等) 여자로 어떻게 상해에 와서 정인과(鄭仁果)·황진남(黃鎭南) 등의 취모(炊母-식모)로도 있었고, 젊은 남자들과 야합하는 행위도 있었던 모양이었다.

어느 날 밤중에 한태규와 동반하여 와서 있는 것을 보고, 나는 무심히 생각했다.

"한군도 청년이니 서로 가까운 관계가 있는가 보다."

그런 지 얼마 되지 않았던 것으로 기억된다. 시신을 자세히 살펴보니, 피살임이 분명했다.

처음에는 타박으로, 머리 위에 혈흔이 있고, 목 부분에 노끈으로 조른 자국이 있었다. 그 교살한 수법이 내가 서대문 감옥에서 김진사(金進士)에게 활빈당에서 사형하는 방법을 배운 것을 경호원들에게 연습시켜, 정탐 처치에 응용하던 수법과 흡사했다.

나는 불란서 경무국에 달려가서 서대납에게 고발하고, 협동조사에 착수했다.

한태규가 명주와 야간 출입하던 집에 모양이 어떠한 남녀가 세 얻어 살았는가, 그러한 일이 있었는가 탐문해나갔다. 그 결과 1개월 전에 한과 명주가 동거한 사실이 있었던 것을 발견했다.

그러나 명주의 시체가 있는 곳과는 거리가 멀다. 시체가 놓여 있던 근처 집 주인의 셋방 명부를 조사해보니, 10여 일 전 방 하나를 한씨 성에게 빌려준 형적이었다.

그래서 그 방문을 열고 자세히 살펴보니, 마루 위에 핏자국이 있었다. 한에게 혐의가 집중되지 않을 수 없었다. 서대납에게 한태규 체포를 상의하고, 나는 한태규를 불러서, 요즘은 어디서 숙식을 하는가 물었다.

"방을 얻지 못해 이리저리 다니며 숙식합니다."

이때 불란서 순포(巡捕)가 들어와 한을 체포했다.

나는 배심관으로 신문했는데, 내가 경무국장을 사면한 뒤 한은 여러 가지 환경 탓으로 왜놈들에게 매수되어 밀탐을 하며 명주와 비밀 동거하고 있었다. 그러던 중 명주에게 왜의 주구로 알려지게 되었다. 명주는 비록 배운 것 없는 하류 여자지만 애국심이 강하고, 나 김구를 극히 신앙하고 있었다.

그런즉 반드시 고발할 형세이므로, 흔적을 없애기 위해 암살했다는 사실을 자백했다. 한은 종신징역에 처해졌다.

이 사건에 대한 조사를 할 때 동관(同官)이던 나우(羅愚) 등은 말하기를,

"저희는 한이 돈을 물 쓰듯 하는 것과 괴상한 행동을 하는 것을 보고 십중팔구 정탐꾼이라고 추리한 지 오래였습니다. 그러나 확실한 증거를 못 잡고, 다만 의심만으로 선생께 보고했다가는 도리어 동지를 의심한다는 책망이나 들을 것 같아 함구하고 있었던 것입니다."
하는 것이었다.

그 후 한태규는 감옥 죄가 무거운 중수(重囚)들과 같이 탈옥을 공모하여 양력 1월 1일 이른 아침에 거사키로 했다. 그러나 한은 그 사실을 불란서 옥관에게 밀고했다.

그래서 약속된 시간에 간수들이 총을 메고 경비중인데, 각 옥 방문이 일시에 열리면서 칼과 몽둥이·석회를 든 죄수들이 튀어나오자 일제히 총을 쏘아, 8명의 죄수들이 즉사하고 말았다.

그런 뒤 다른 죄수들은 감히 움직일 수도 없었고, 그래서 옥란(獄亂)도 진정되었는데, 재판 때 한이 8구의 송장관 머리에 서서 증인으로 출정하더라는 말을 들었다.

그런 말을 들었을 때에, 그런 악한을 절대 신임했던 나야말로 세상

에 머리를 쳐들기 어렵다는 자괴심으로 비할 수 없는 고민을 가지고
서 지냈다.

그러던 때인데, 하루는 한태규의 서신이 날아들었다. 감옥 죄수로
동고하는 옥우를 8명이나 잔해하고 그것을 불란서 옥관이 큰 공으로
인정하여 특전으로 풀려났는데, 전죄를 용서하고 써주기를 바란다는
내용이었다.

그러나 그는 나의 회답이 없음을 보고 겁이 났던지 귀국했다고 하
며, 그 후 평양에서 소매상으로 돌아다니더라는 소문을 들었다.

## 2. 이봉창 의사의 왜왕 폭살 미수사건
倭王

상해의 우리 시국을 논하면, 기미년, 즉 대한민국 원년(元年)에는 국내·국외가 일치하여 민족운동으로만 진전했으나, 세계사조(思潮)가 점차 봉건이니, 사회(社會)이니 복잡화함에 따라 단순하던 우리 운동계에서도 사상이 갈라지고, 따라서 음으로 양으로 투쟁이 개시되는가하면 임시정부 직원들 중에도 공산주의니 민족주의니 하는 분파적 충돌이 격렬해졌다.

(민족주의는 세계가 규정하는, 자기 민족만 강화하여 타민족을 압박하는 주의가 아니고, 우리 한국민족도 독립, 자유하여 다른 민족과 같은 완전 행복을 향유하자는 것이다—原註)

심지어 정부 국무원에서도 대통령과 각부 총장들간에 민주주의 혹은 공산주의로 각기 자기가 옳다는 대로 달리니, 그 큰 줄기를 들면, 국무총리 이동휘는 공산혁명을 부르짖고, 대통령 이승만은 데모크러시를 주창하여 국무회의 석상에서도 의견이 일치하지 않았다.

그래서 종종 쟁론이 일어나고 국시(國是)가 서지 못해 정부 내에 기괴한 현상이 자꾸만 거듭해서 일어났다. 예를 들면 국무회의에서 아라사(俄羅斯—러시아) 대표를 여운형(呂運亨)·안공근(安恭根)·한형권(韓亨權) 3인을 뽑아 보내기로 결정하고 여비를 판출(辦出)하던 중, 금전이 입수됨을 보고서 이동휘는 자기 심복인 한형권을 비밀히 먼저 보내 시베리아를 통과한 뒤에야 공개하니 정부나 사회에 물의가 분분했다.

이동휘는 호가 성재(誠齋)인데, 해삼위(海蔘威-블라디보스톡)로 가서 이름을 바꿔 대자유(大自由)라고 행세하던 일도 있었다고 한다.

어느 날 이총리는 나에게 공원 산보를 청하기로 동반했더니, 이씨는 조용히 자기를 도와달라는 말을 한다. 나는 좀 불쾌한 생각이 들어서 이같이 대답했다.

"제가 경무국장으로 총리를 보호하는 터에 직책상 무슨 잘못된 일이 있습니까?"

이씨는 손을 저으며 말했다.

"아니오, 아니오. 대저 혁명이란 유혈사업이니, 어느 민족에나 대사(大事)인데, 현하 우리 독립운동은 민주주의가 아니오. 따라서 이대로 독립한 후 다시 공산혁명을 하게 되면 두 번 유혈을 겪게 되어 우리 민족의 큰 불행이오. 그래서 나와 같이 공산혁명을 하자는 요구인데, 뜻이 어떠하오?」

나는 반문했다.

"우리가 공산혁명을 하는 데는 제3국제당(國際黨-제3인터내셔널. 코민테른)의 지휘·명령을 받지 않고 우리가 독자적으로 공산혁명을 할 수 있습니까?"

이씨는 고개를 저었다.

"불가능하오."

나는 강경한 어조로 말했다.

"우리 독립운동은 우리 한족의 독자성을 떠나서 어느 제3자의 지도·명령을 받는다는 것은 자존성을 상실하고, 곧 의존성 운동이니 선생은 우리 임시정부 헌장에 위배되는 말을 하심이 크게 옳지 못하고, 제(弟)는 선생 지도를 따를 수 없으며, 선생의 자중을 권고합니다."

그랬더니 이씨는 불만스러운 낯빛으로 나와 헤어졌다.

이씨가 밀파한 한형권은 단신으로 시베리아에 도착하여 아라사 관리에게 자기가 온 사명을 전달하니, 관리는 즉시 모스크바 정부에 보고했다. 그 결과 아라사 정부에서 한국대표를 환영하니, 연로 한인들을 동원시켜 한형권이 도착하는 정거장마다 한인 남녀들은 태극기를 손에 들고 임시정부 대표를 열렬히 환영했다.

그리하여 모스크바에 도착한즉 아라사국 최고수령 레닌 씨가 친영(親迎)하여 한형권에게 독립자금은 얼마가 필요 하느냐 물으니, 한은 입에서 나오는 대로 2백만 루블을 요구했다.

레닌은 웃으면서 반문했다.

"일본과 대항하는 데 2백만으로 될 수 있는가?"

"본국과 미국에 있는 동포들이 자금을 조달합니다."

"자기 민족이 자기 사업을 하는 것은 당연하다."

하고, 즉시 아라사 외교부에 명령, 2백만 루블을 현금으로 내주게 했다.

자금의 운반은 우선 시험적으로 40만 원을 한형권이 휴대하고 귀로에 올랐다. 그가 시베리아에 도착할 즈음, 이동휘는 비서장 김입(金立)을 밀파하여 한형권을 종용, 그 돈을 임시정부에 바치지 않고 중간에서 빼돌렸다.

김입은 그 돈을 북간도 자기 식구를 위해 토지를 샀고, 이른바 공산운동자라는 한인·중국인·인도인 등에게 얼마씩을 지급했다. 그러고서 자기는 상해에 비밀히 잠복하여 광동(廣東) 여자를 첩으로 삼아 향락하는 것이었다.

그래서 임시정부에서는 이동휘에게 문죄케 된즉, 이씨는 총리의 직을 사면하고 아라사국으로 도망쳤다. 그리고 한형권은 다시 아라사 수도에 가서 통일운동을 하겠다는 이유를 설명하고 재차 20만 루블을 가지고 상해에 잠입했다.

그리하여 공산당들에게 금력을 풀어 이른바 국민대표대회를 소집
했다. 그러나 한인 공산당도 3파로 분립되어 있었다. 상해에서 설립된
것은 상해파로 우두머리는 이동휘이고, 이르쿠츠크에서 조직된 것은
이르쿠츠크 파로 그 우두머리는 안동찬(安東贊)·여운형(呂運亨) 등이
며, 일본에서 공부하던 유학생들로써 일본에서 조직된 것은 엠엘파로
일본인 후쿠모토 가즈오[福本和夫]와 김준연(金俊淵) 등을 우두머리로
한 것이었다.

공산주의자들이 비록 상해에서는 세력이 미약했으나, 만주에서는
맹렬한 활동을 전개했고, 있을 것은 다 있어서 이을규(李乙奎)·이정규
(李丁奎) 형제와 유자명(柳子明) 등은 무정부주의를 신봉하여 상해·천
진 등지에서 활동이 맹렬했다.

상해에서 개최된 국민대표대회는 잡종회(雜種會)라 할 만한 것이었
는데, 일본·조선·중국·아라사국 등 각처 한인단체의 대표라는 형형
색색의 명칭으로 2백여 대표가 회집했다. 그중 이르쿠츠크·상해 양파
공산당이 서로 경쟁적으로 민족주의자 대표들을 분열시켜 양파가 서
로 끌어당겼다. 상해 임시정부에 대해 이르쿠츠크 파는 창조(創造), 상
해파는 개조(改造)를 각각 주장했다.

이른바 창조는 현 임시정부를 해체하고 새로 정부조직을 하자는 것
이고, 개조파는 현정부의 개조를 주장했다. 그러다가 필경은 하나로
의견일치를 보지 못하고, 회의가 분열되었다. 결국 창조파에서는 '한
국정부'를 조직하고, 그 정부 외부총장인 김규식은 이른바 한국정부
를 끌고서 블라디보스톡까지 가서 아라사국에 출품했지만, 아라사국
이 상관하지도 않으므로 축에 끼이지도 못했다.

국민대표대회가 양파 공산당이 서로 투쟁하여 순진한 독립운동자

들까지도 창조, 혹은 개조로 양분되는 바람에 전체가 요란하게 되므로, 나는 당시 내무총장의 직권으로 국민대표대회의 해산령을 발했고, 그래서 시국은 안정되었다.

정부의 공금 횡령범 김입(金立)은 오면직(吳冕稙)·노종균(盧宗均) 등 청년들에게 총살 당하니, 인심은 잘했다고들 하는 것이었다.

임시정부에서는 한형권을 아라사국 대표에서 파면하고, 안공근을 주아(駐俄) 대표로 파송했으나 별효과가 없었고, 아라사국과의 외교관계는 이로부터 단절되었다.

상해에서는 공산당들의 운동이 국민대회에서 실패한 뒤에도 통일의 미색(美色)으로 끊임없이 민족운동자들을 종용하는가 하면, 공산당 청년들은 여전히 양파로 갈라져서 동일한 목적, 동일한 명칭의 재중국청년동맹(在中國靑年同盟)과 주중국청년동맹(住中國靑年同盟)이 각기 상해 우리 청년들을 쟁탈하며, 처음 주장이던 독립운동을 공산운동화하자고 절규해댔다.

그러다가 레닌이 공산당 사람들에게 발론하기를, 식민지운동은 복국운동(復國運動)이 사회운동보다 우선한다는 말에 따라, 어제까지 민족운동, 즉 복국운동을 조롱하며 비웃던 공산당원들이 졸지에 변해 독립운동·민족운동을 공산당 당시(黨是)로 주창했다. 여기에 민족주의자들이 찬동하고 나서 유일독립당촉성회(唯一獨立黨促成會)를 성립시켰다.

그런데 내부에서는 여전히 양파 공산당의 권리 쟁탈전이 안팎으로 치열하게 일어나 한 걸음도 나아가기가 어려우므로 민족운동자들도 차차 사태를 알아차리고 공산당의 속임수에서 벗어나게 되었다. 그래서 이를 안 공산당의 음모로 유일독립당촉성회 역시 해산되고 말았다.

1940년 5월 8일, '한국독립당' 창당 기념사진. 앞줄 왼쪽부터 김붕준·이청천·송병조·조완구·이시영·김구·유동열·조소앙·차이석 제씨·뒷줄 왼쪽부터 엄항섭·김의한·조경한·양우조·조시원·김학규·고운기·박찬익·최동오 제씨

　그 후 한국독립당(韓國獨立黨)이 조직되니, 순전한 민족주의자 이동녕·안창호·조완구(趙琬九)·이유필(李裕弼)·차이석(車利錫)·김붕준(金朋濬)·김구(金九)·송병조(宋秉祚) 등을 수뇌로 창립되었다. 이로부터는 민족운동자와 공산운동자는 조직을 완전히 따로 가지게 되었다.

　공산당들은 상해의 민족운동자들이 자기네의 수단에 농락되지 않음을 깨닫고서 남북 만주로 진출해서는 상해에서의 활동보다 십배 백배 더 맹렬하게 움직였다.

　이상룡(李尙龍)의 자손은 살부회(殺父會)까지 조직하고 있었다. 살부회에서도 체면은 생각해서였던지, 회원이 직접 자기 손으로 자기 아비를 죽이는 것이 아니라, 너는 내 아비를 죽이고, 나는 네 아비를 죽이는 식의 규칙이란 이야기였다.

　남북 만주의 독립운동 단체로 정의부(正義部)·신민부(新民部)·참의부(參議部)가 있었고, 그밖에 남군정서(南軍政署)·북군정서(北軍政署) 등이 있었지만, 각 기관에 공산당이 침입하여 조직을 여지없이 파괴하고 인명을 살해했다.

그러니 백광운(白狂雲)·정일우(鄭一雨)·김좌진(金佐鎭)·김규식(金奎植) 등, 우리 운동계에 없지 못한 건장(健將)들을 다 잃어버렸고, 그로 인해 내외지 동포의 독립사상이 날로 미약해져갔다.

그런가 하면, 화불단행(禍不單行)이라고, 동3성(東三省)의 왕이라 할 장작림(張作霖)과 일본과의 협정이 성립되어 독립 운동하는 한인들은 잡히는 대로 왜에게 넘겨지고, 심지어 중국백성들이 한인 한 명의 수급(首級)을 베어가지고 왜놈 영사관에 가면 몇 십 원 내지 3,4원씩 받고 팔기도 했다.

어찌 반드시 중국 사람들뿐이랴. 그곳 우리 한인들도 중국 경내에 거주한다 하나, 가가호호에서 매년 우리 독립운동 기관인 정의부(正義部)나 신민부(新民部)에 납세를 하지 않으면 안 되었다. 그래서 세금 바치기를 부지런히 해오던 순민(順民)들이었지만, 우리 무장 대오에게 지나친 위력과 침탈을 당하자 점차 반심이 일어나, 독립군이 오게 되면 비밀히 왜놈에게 고발하는 악풍까지 일게 되었다.

그리고 독립운동자 중에도 점차 왜에게 투항하는 자들이 생기게 되고, 그러다 보니 동3성의 운동 근거는 자연 취약해질 수밖에 없었다.

그러자 왜놈들의 난익(卵翼-안아 기른다는 뜻) 하에 만주제국이 생겨나고, 만주는 제2조선이 되어버렸다. 이 얼마나 아프고 쓰린 일인가.

동3성 정의·신민·참의 등 3부(部)의 임시정부와의 관계는 어떠했던가? 임시정부가 처음 조직될 때는 최고기관으로 인정하고 추대했으나, 나중에는 점점 할거화(割據化)하여 군정(軍政)·민정(民政)을 3부에서도 합작하지 않는 반면, 지반(地盤)을 다투어 피차 전쟁을 하기까지 했다.

스스로 업신여기면 남도 업신여기게 된다 하는 것이 바로 이를 가리킨 격언이라 할까.

정세로 말하면 동3성 방면의 우리 독립군이 벌써 자취를 감추었을 터이나, 30여 년(독립선언 이전 근 10년, 新興校 시대부터 무장대가 있었다)된 오늘날까지 김일정(金一靜) 등 무장부대가 의연히 산악지대에 엄존해 있었다. 이들이 압록강·두만강을 넘어 왜병과 전쟁할 수 있었던 것은 중국 의용군과 연합작전을 하고, 아라사국의 후원을 받았던 때문이다. 이렇게 하여 대체로 현상을 유지하는 정세였지만, 관내(關內) 임시정부 방면과의 연락은 극히 곤란하게 되었다.

종전의 정의(正義)·신민(新民)·참의(參議) 3부 중 참의부가 임시정부를 시종 옹호 추대했다. 나중에 이 3부가 통일하여 정의부로 된 후 서로가 짓밟아 종막을 고하게 된 데에는 공당(共黨)과 민당(民黨)의 충돌이 중요 원인이었다. 그리하여 공(共)이나 민(民)의 말로는 같은 운명으로 귀결되었다.

상해 정세도 대략 양패구상(兩敗俱喪)으로 서로가 망한 꼴이었으나, 임시정부와 한국독립당으로 민족진영의 잔해만은 겨우 남게 되었다.

그러나 임시정부가 인재도 극히 귀하고 경제도 아주 힘들어, 정부제도도 대통령 이승만이 체임(遞任)되고, 박은식(朴殷植)이 취임하여 대통령 제도를 변경하여 국무령제(國務領制)로 되었다.

그리하여 제1회에 이상룡(李尙龍)이 취임차로 서간도로부터 상해에 와서 인재를 고르다가 입각(入閣) 지원자가 없어 도로 간도로 돌아가고 말았다.

그리고 그 다음은 홍면희(洪冕喜)로 선거하여, 그가 진강(鎭江)에서 상해로 와서 취임한 후에 조각에 착수했으나, 역시 호응하는 인물이 없어 실패했다.

　그리하여 임시정부는 마침내 무정부상태에 빠졌다. 의정원에서 일
대 문제가 되었다. 의장 이동녕 선생이 내게 와서 국무령으로 조각하
라고 강권 했지만 나는 끝까지 사양했다.

　의장이 다시 강권하기로, 두 가지 이유를 가지고 고사했다.

　하나는, 나는 해주 서촌(西村) 김존위(金尊位)의 아들로서, 정부가
아무리 형상뿐인 추형시기(雛形時期)라 하더라도 한 나라의 원수(元首)
가 되는 것은 국가·민족의 위신을 떨어뜨리는 일이므로 불가하다.

　둘은, 이(李)·홍(洪) 양씨도 응하는 인재가 없어 실패했는데, 내가
나선다면 더욱 응할 인물이 없을 것이다.

　이상 두 가지 이유로 명에 따르지 못하겠다는 뜻을 언명했다. 그러
나 이씨는,

　"첫번 것은 이유가 될 것도 없고, 다음 것은 백범만 나서면 지원자
들도 있을 것이니 쾌히 응낙하시오. 그리하여 의정원의 수속을 거쳐
조각하여 무정부상태를 면케 하오."
하고 권고하기에, 결국 응하여 국무령으로 취임 조각하니, 윤기섭(尹琦
燮)·오영선(吳永善)·김갑(金甲)·김철(金澈)·이규홍(李圭洪) 등으로 조각
에 착수했다.

　그러나 조각이 심히 곤란함을 절감하여 국무령제로 개정, 위원제로
의정원에서 통과되었다. 이로써 나는 국무회의 주석의 명색이었지만,
다만 개회시에 주석이 되는 것일 뿐, 각 위원이 돌아가며 번을 바꾸어
할 따름이었다.

　이리하여 일단 무정부상태에서는 벗어났으나 경제적으로 정부 명
의라도 유지할 길이 막연했다. 청사 가옥의 집세가 불과 30원, 고용인
의 월급이 20원 미만이나, 집세 문제로 집주인에게 종종 소송을 당하
는 판이었다.

다른 위원들은 거의 식구들이 있으나, 나는 민국(民國) 6년에 상처하고, 7년에 모친께서 신(信)을 데리고 고국으로 돌아가신 후, 상해에는 나 혼자 인(仁)을 데리고 지내다가 모친의 명령에 의하여 인까지 본국으로 보내버린 상태였다.

그러고서 외롭게 혼자 떨어져 살았다. 잠은 정청(政廳)에서 자고 먹는 것은 직업을 가진 동포들의 집(전차공사와 버스공사 사표원이 6,70명 있었다)에 다니면서 먹고 지내니, 거지도 상거지였다.

나의 처지를 아는 까닭으로 누구나 차래식(嗟來食—푸대접으로 주는 음식)으로 대접하는 동포는 없었고, 조봉길(曹奉吉)·이춘태(李春泰)·나우(羅愚)·진희창(秦熙昌)·김의한(金毅漢) 등은 나에게 더없이 친절하게 대해준 동지이다.

그 밖의 동포들에게도 동정적으로 대접을 받았다. 엄항섭 군은 유지 청년으로, 지강대학(之江大學) 중학(中學)을 졸업한 후에 자기 집 생활보다도 석오(石吾—이동녕 선생님의 名號) 선생과 나 같은 의식이 어려운 운동자를 구제하기 위해 불란서 공무국에 취직, 월급을 받아 우리에게 음식을 제공해주었다.

그밖에도 그는 왜영사에서 우리를 체포하려는 계획을 탐지하여 피하게 해줬으며, 우리 동포 중에 범죄자가 있을 때에 편리를 봐주기도 했다.

엄군의 초취(初娶) 임씨(林氏)는 구식부인인데 아이는 없었다. 내가 자기 집에 갔다가 올 때는 문 밖까지 따라 나와 은전(銀錢)을 한두 개씩 내 손에다 쥐어주며 말하는 것이다.

"애기(仁을 지칭) 사탕이나 사주셔요."

그것은 자기 남편이 존경하는 노배(老輩)를 친절히 대접하기 위함이었다.

그랬었는데, 그이는 초산에 1녀를 해산하고, 불행히 사망하여 노가만(盧家灣) 묘지에 묻히게 되었다.

나는 그의 무덤을 볼 적마다 엄군이 능력이 부족하면 나라도 능력이 생기면 기념묘비나 세워 주리라 생각했다. 상해를 떠날 때 그만한 재력이 있었지만 환경이 여의치 못하는 바람에 결국 뜻대로 되지 않았다.

이 글을 쓰는 오늘에도 노가만 공무국 공원묘지 임씨의 무덤이 눈에 어른거린다.

당시 내가 맡은 중요 업무가 무엇이었던가를 말하기 위해서는 그때의 환경이 어떠하였던가를 말하지 않을 수 없다. 원년(元年)에서 3·4년을 지내고 보니, 당시에는 열렬하던 독립운동자들 중 하나씩 둘씩 왜놈들에게 투항하고 귀국하는 자들이 생겨났다.

임시정부 군무차장(軍務次長) 김의선(金義善)과 독립신문사(獨立新聞社) 주필인 이광수, 의정원 부의장 정인과(鄭仁果) 등을 위시하여, 점점 그 수가 증가되었다. 그런가 하면 다른 한편으로는 정부 밀파로 귀국하여, 정치로는 연통제(聯通制)를 실시하여 비밀조직으로 경성에 총무부를 두고, 13도에 독판(督辦)을 두기에 이르렀다. 또 각 군에는 군감(郡監), 각 면에는 면감을 두어, 이상 각 주무장관들을 임시정부에서 임명하여 이면으로는 전국을 통치하는 것이며, 인민들이 비밀납세도 성심으로 하여 상해 임시정부의 위신이 그만큼 발양 광대해졌다.

그러자 함남(咸南)으로부터 연통제가 왜놈들에게 발각되자 각도 조직이 파괴되었으며, 비밀사명을 띠고 갔다가 체포된 자가 부지기수였다. 그리고 처음에는 열성으로 큰 뜻을 품고 상해에 온 청년들도 점점 경제난으로 취직 혹은 행상으로 빠져나가, 천여 명에 달하던 상해 우리 독립운동자가 차차 줄어들더니 나중에는 수십 명에 불과하게 되었다.

그러니 최고기관인 임시정부의 현상을 족히 헤아릴 수 있다. 나는 최초에는 정부 문 파수를 청원했으나, 필경은 노동총판(勞動總辦)으로, 내무총장으로, 국무령으로, 위원으로, 주석(主席)으로 중임은 거의 모두 역임하게 되었다.

이렇게 역임한 것은 문 파수 자격이 진보된 것이 아니라, 임시정부가 인재난·경제난이 극도에 달해, 명성이 쟁쟁하던 사람들이 몰락되고, 고대광실이 걸인의 소굴이 된 것과도 흡사한 형편이라 하겠다.

당년에 이대통령이 취임 시무할 적에는 중국 인사는 물론이고, 눈 푸르고 코 큰 영·불·미 친구들도 더러 방문했었다. 그러나 이제 임시정부에 양인(洋人)이라고는, 경무국 불란서 순포(巡捕)가 왜놈을 대동하고 사람을 잡으러 오거나, 세금 독촉을 나오는 이 외에는 없었다. 서양 사람들 무리 중에 살아도 서양사람 친구라곤 한 사람도 찾아오는 자가 없었다.

그렇지만 매년 크리스마스에는 적어도 몇 백 원어치의 물품을 사서 불란서 영사와, 경무국, 그리고 그전 친구들에게 선물했다. 어떠한 곤란 속에서도 14년 동안 연중행사로 실행했던 것이다. 이는 우리 임시정부가 존재한다는 사실을 그들에게 인식시키기 위해서였다.

내가 한 가지 연구 실행했던 사무가 있었다. 곧 편지 정책이다. 사면을 돌아보아도 정부사업 발전은 고사하고, 명이라도 보전할 길이 막연했다. 임시정부가 해외에 있는 만큼 해외교포들에게 의뢰할 수밖에 없는 노릇이었다.

동3성이 제1위로 250여 만 명의 동포가 살고 있으나 본국과 같은 형편이 되었고, 러시아령이 제2위로 150여 만 명 살고 있었지만 공산

국가라 민족운동을 금지하므로 그곳 동포들에게 의뢰하기도 어려웠다. 제3위 일본에는 4,50만 명이 거주하나 역시 의뢰할 것이 없다.

미국·하와이·멕시코·쿠바가 제4위로 만여 명으로, 그들 대다수가 노동자였다. 그러나 애국심이 극히 강했다. 그곳에 서재필(徐載弼) 박사·이승만 박사·안창호·박용만(朴容萬) 등이 있고, 그들의 훈도를 받았기 때문이었다.

그런 까닭으로 그곳 동포들에게 사정을 알리고 정부에 성금을 바치게 할 계획을 세웠으나, 나는 영문(英文)에 문맹이라 겉봉도 쓸 수 없고, 동포들 중에 몇 사람 친지가 있으나 주소도 알 수 없었다.

나는 엄항섭·안공근(安恭根) 들의 조력으로 그곳 동포들의 주소·성명을 알아낸 후, 임시정부의 현상을 극진히 설명하여 동정을 구하는 편지를 썼다. 그리고 엄군이나 안군에게 피봉을 쓰게 하여 우송하는 것이 내 유일의 사무였다.

수신인이 없어서 반환되어 돌아오는 경우도 있지만, 대개는 회답하는 동포들이 점차 늘어났다. 그중 시카고의 김경(金慶) 같은 이는 집세를 주지 못해 정부 문을 닫게 되었다는 보도를 보고, 즉시 공동회(共同會)를 소집하고, 미국돈 2백여 달러를 의연금으로 받아 상해로 부친 일도 있었다.

김경씨는 일면식도 없는 사람이나 애국심으로 이와 같은 의거를 한 것이다.

미국·멕시코·쿠바의 동포들이 이같이 애국심이 강했지만, 어찌하여 정부에의 헌성(獻誠)이 소홀했던 것인가? 다름이 아니라, 정부에서 1년에도 몇 차례씩 각원(閣員)들이 바뀌고 헌법이 자주 변경됨에 따라, 정부 위신이 떨어진 데에 그 원인이 있었다. 또한 정부 사정을 자주 알려주지 않아서 동포들이 정부를 불신임했던 것이다.

그러다가 나의 통신이 진실성이 있는 데서 점차 신념이 생기기 시
작하여, 하와이에선 안창호·가와이(加哇伊)·현순(玄楯)·김상호(金商
鎬)·이홍기(李鴻基)·임성우(林成雨)·박종수(朴鍾秀)·문인화(文寅華)·조
병요(趙炳堯)·김현구(金鉉九)·안원규(安源奎)·황인환(黃仁煥)·김윤배
(金潤培)·박신애(朴信愛)·심영신(沈永信) 등 제씨가 나와 정부에 정성을
쓰기 시작했고, 샌프란시스코 신한민보(新韓民報) 쪽에서도 점차 정부
에 관심을 쏟기에 이르렀다.

그래서 김호(金乎)·이종소(李鍾昭)·최진하(崔鎭河)·송헌수(宋憲樹)·
백일규(白一圭) 등 제씨와, 멕시코의 김기창(金基昶)·이종오(李鍾昨), 쿠
바의 임천택(林千澤)·박창운(朴昌雲) 등 제씨가 임시정부에 후원했다.

동지회(同志會) 방면의 이승만 박사를 머리로 하여 이원순(李元淳)·
손덕인(孫德仁)·안현경(安賢卿) 제씨도 정부 후원에 참가하니, 미국·멕
시코·쿠바 교포들은 전부가 정부의 유지 발전에 공동 책임을 지게 되
었다.

하와이의 안창호·임성우·현순 등 제씨가 편지로 물어왔다.

"당신이 정부를 지키고 있는 것은 감사하다. 당신 생각에 무슨 사
업을 하고 싶은가? 우리 민족에 큰 생색이 될 것을 하고 싶은데, 거기
쓸 돈이 문제된다면 주선하겠다."

나는 회답하기를,

"무슨 사업을 하겠다고 미리 말할 수는 없으나, 간절히 하고 싶은
일이 있으니 조용히 돈을 모아두었다가 보내라는 통지가 있을 때에
보내라."

하였더니, 그러겠다는 승낙이 있었다.

나는 그때부터 민족이 빛이 날 일이 무엇이며, 내가 그런 일을 할
수 있을까 연구하기 시작했다. 재무부장이면서 민단장(民團長)을 겸임

하던 때인데, 하루는 중년 동포 하나가 민단을 찾아왔다.

"일본에서 노동을 하다 독립운동이 하고 싶어, 상해에 가정부(假政府—일인들이 가정부라 지칭했다)가 있다기로 일전에 상해에 왔습니다. 그러고 다니다가 전차표 검사원에게 물어서 보경리(普慶里) 4호로 가라기에 이렇게 찾아왔습니다.

경성의 용산(龍山)에서 살았으며, 성명은 이봉창(李奉昌)이라 한다.

"상해에 독립정부가 있으나 운동자들을 입히고 먹일 역량이 아직 없는데, 말하자면 돈이 있습니까?"

"지금 소지한 돈은 여비하고 남은 것이 불과 10여 원입니다."

"그러면 생활문제를 어찌할 방법이 있소?"

"그런 것은 걱정하지 않습니다. 나는 철공장에서 일할 수 있으니까요. 노동을 하면서는 독립운동을 못합니까?"

이러기로 나는,

"힘이 진했으니 근처 여관에 가서 쉬고, 내일 다시 이야기합시다."

하여, 민단 사무원 김동우(金東宇)에게 여관을 잡아주라 일렀다.

그런데 이봉창은 쓰는 말이 절반은 일어이고, 동작이 일인과 흡사했다. 특별히 조사해볼 필요가 있을 것 같았다. 며칠 후 그는 민단 주방에서 민단 직원들과 함께 술과 국수를 사다가 같이 먹으며, 술이 얼큰해지자 직원들과 주담을 늘어놓았다.

그 말소리가 문 밖에까지 흘러나왔다. 곁에서 듣자니 이씨는 이런 말을 하는 것이다.

"당신들 독립운동을 한다면서 일본천황을 왜 못 죽입니까?"

"일개 문무관(文武官)도 죽이기 쉽지 않은데, 천황을 죽이기가 어디 쉽겠소?"

"내가 작년 동경에서 천황이 능행(陵行)한다고 행인을 엎드리라고 하기에 엎드려서 생각하기를 내게 지금 폭탄이 있다면 쉽게 죽일 수 있지 않을까 싶었습니다."

나는 이씨의 말을 관심 있게 듣고, 그날 저녁에 이씨가 묵고 있는 여관을 조용히 방문했다.

이씨와 나는 피차 간담을 털어놓고 마음속에 있는 것을 죄다 토론했다. 이씨는 과연 의기남자로, 일본에서 상해로 건너올 때에 살신성인할 대결심을 가슴에 품고 임시정부를 찾아온 것이었다.

이씨는 이런 말을 했다.

"제 나이 30세입니다. 앞으로 다시 30세를 더 산다 해도 과거 반생에서 맛본 방랑생활에 비한다면 늙은 생활이 무슨 취미가 있겠습니까? 인생의 목적이 쾌락이라 하면, 30년 동안 한 몸으로 누릴 만한 인생 쾌락을 대강 맛봤으니, 이제는 영원한 쾌락을 도모키 위해 우리 독립 사업에 헌신할 결심을 하고 상해로 왔습니다."

나는 이씨의 위대한 인생관을 보고 눈물이 눈시울에 가득 차오름을 금할 길이 없었다.

이봉창 선생은 공경하는 의지로 국사에 헌신할 수 있도록 내게 지도를 청했다. 나는 쾌락했다.

"1년 이내에 군의 행동에 대한 준비를 할 터인데, 지금 우리 정부의 형편이 궁핍하여 군을 부양하기가 어렵고, 군의 장래 행동을 위해 우리 기관 가까이 있는 것이 불리하니, 어떻게 하면 좋겠소?"

"그러시다면 더욱 좋습니다. 제(弟)가 어려서부터 일어에 익숙해서 일본서 지낼 때 일인의 양자가 되어 성명을 기노시타 쇼조[木下昌藏]라 행세했습니다. 이번 상해에 오는 도중에도 이봉창(李奉昌)이라는 본성명을 쓰지 않았으니, 앞으로도 일인으로 행세하겠습니다. 그리고 준비하실 동안은 제가 철공을 할 줄 아니, 일인 철공장에 취직하면 높은 월봉을 받을 수 있습니다."

나는 그의 의견에 대찬성했다.

"우리 기관이나 우리 사람들과 교제를 빈번히 하지 말고, 순전히 일인으로 행세하면서 매월 한 차례씩 밤에만 찾아오라."

고 주의시켜 같이 홍구(虹口)로 출발했다.

수일 후에 그가 다시 와서 고했다.

"일인 철공장에 매월 80원 월급으로 취직했습니다."

그 후부터는 종종 술과 고기·국수를 사가지고 민단 사무실로 와서 직원들과 함께 술을 마시고, 취하면 일본 노래를 유창하게 부르며, 호방하게 노는 것이었다.

그러한 까닭으로 별명이 일본 영감으로 되었다. 어느 날 그는 일본인 행색으로 하오리에 게다를 신고서 청사문을 들어서다가 중국하인에게 쫓겨난 일도 있었다.

그리하여 이동녕 선생과 다른 국무원들로부터 한인인지 일인인지 분간하기 어려운 혐의인물을 정부 문 안에 출입하게 하여 직수(職守)에 소홀했다는 꾸지람까지 있었다.

그러나 나는 이에 대해 조사 연구하는 사건이 있다고 변명했다. 그러자 크게 책망하지는 못하지만, 여러 동지들이 불쾌하게 생각하기는 마찬가지였다.

이봉창을 만난 지도 이럭저럭 1년이 가까워오고 있다. 미국·하와이의 통신은 아직 항공이 통하지 못하는 때라 왕복에 거의 두 달이 걸렸다. 그럴 때, 하와이에서 명목을 정하고 몇백 달러의 돈을 상해에 보내왔다.

그 돈을 받아 거지 복색인 호주머니 속에 감춰둔 채 식생활은 예전 그대로 계속하니, 나의 남루 속에 천여 원의 거액이 있다는 것은 나

한 사람 외에는 아는 이가 없었다.

이해 12월 중순, 나는 이봉창 선생을 비밀히 법조계(法租界-불란서조계) 중흥여사(中興旅舍)로 불러 최후로 하룻밤을 같이 잤다.

이때 이씨는 이런 말을 했다.

"그저께 제가 선생께서 해진 옷 호주머니에서 많은 액수의 돈을 꺼내 주시는 것을 받아가지고 갈 때는 눈물이 나더이다. 왜 그런고 하니, 제가 일전에 민국 사무실에 가본즉, 직원들이 밥을 굶는 것 같아서 제 돈으로 국수를 사다가 같이 먹은 일이 있습니다. 그런데도 밤에 같이 주무시면서 하시는 말은 일종 훈화로 들었는데, 작별하시며 생각도 못한 돈뭉치를 주시니 뭐라고 말을 못하겠더이다. 법조계 밖으로는 한걸음도 나서지 못하시는 선생이, 내가 이 돈을 가지고 가서 마음대로 써버리더라도 돈을 찾으러 못 오실 터이지요. 과연 영웅의 도량이로소이다. 내 일생에 이런 신임을 받은 것은 선생께 처음이요, 마지막입니다."

그 길로 우리는 안공근(安恭根) 집으로 가서 선서식을 행했다. 그리고 폭탄 두 개와 돈 3백 원을 주면서 말했다.

"선생은 마지막 가시는 길이니, 이 돈은 동경 가시기까지 다 쓰시고, 동경 도착 즉시로 전보하시면 다시 송금하오리다."

우리는 기념사진을 찍기 위해 사진관으로 갔다. 사진을 찍을 때 내

1931년 12월 13일, 일황 저격을 위해 상해를 떠나기 앞서 이봉창 의사는 '한인애국단' 앞으로 일황 저격 선서를 하고 태극기 앞에서 폭탄 2개를 주먹에 쥐고 찍은 기념사진

얼굴에 처연한 기색이 있었던지, 이씨가 오히려 나를 위로하는 것이다.

"나는 영원한 쾌락을 누리고자 이 길을 떠나는 터이니, 우리 두 사람이 기쁜 얼굴빛을 띠고 사진을 찍으십시다."

나는 억지로 미소 띤 얼굴을 하고 사진을 찍었다.

자동차에 올라앉은 이봉창은 머리를 숙여 최후의 인사를 했고, 무정한 자동차는 한번 경적 소리를 내고선 홍구(虹口) 쪽을 향해 질주해 갔다.

10여 일 후 동경에서 온 전보를 받았다. 1월 8일에 물품을 방매하겠다는 내용이었다. 2백 원을 마지막으로 부쳤더니, 그 후 다시 편지가 왔다.

"돈을 미친 것처럼 다 써버려서 주인댁 밥값까지 빚이 져 있었는데, 2백 원을 받아다 다 갚고도 돈이 남겠습니다."

1년 전부터 우리 임시정부에서는 하도 운동계가 침체되어 있으니, 군사 공작을 못한다면 테러 공작이라도 하는 것이 절대 필요하게 되었다. 그런데 왜놈이 중·한(中韓) 양민족의 감정을 악화시키기 위해 이

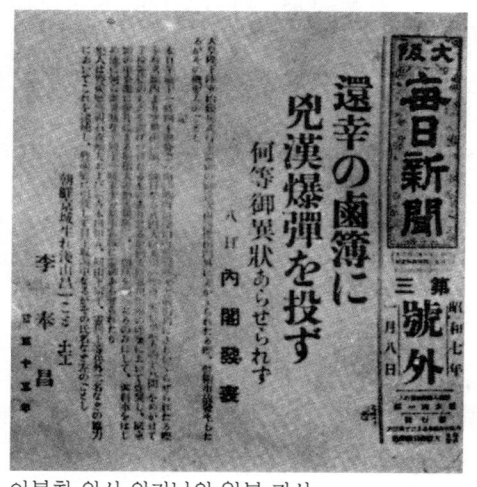

이봉창 의사 의거날의 일본 기사

른바 만보산(萬寶山) 사건을 날조해냈던 것이다. 이리하여 조선에서 중국인 대학살사건이 일어나게 되었다. 인천·평양·경성·원산 등 각지에서 일인의 사주를 받은 한인 무리배들이 중국인을 닥치는 대로 타살했다.

왜는 또 만주에서 9·18 전

쟁을 일으켜 중국은 굴욕적으로 왜와 강화했다. 이 전쟁중에 한인 부랑자들이 중국인에게 왜의 권세를 빌어 극단의 악행을 저질러댔기 때문에 중국인의 무식계급은 물론이고, 유식계급 인사들까지 우리 민족에 대해 적대시하기에 이르렀다.

이러한 사태를 우리 정부에서 지극히 우려하지 않을 수 없었다.

상해에서도 거리에서 중·한 노동자들간에 이따금 충돌이 일어났다. 이런 때 나는 정부 국무회의에서 한인애국단을 조직하여 암살·파괴 등 공작을 실행하되, 비용과 인물 선택에 대해서는 전권을 얻게 되었다. 다만 성공·실패의 결과는 보고하라는 명령을 받았다.

그래서 제1착으로 동경사건을 주관하게 되었던 것이다. 1월 8일이 임박하여 국무원에 한해 경과를 보고하고, 만일 사건이 곧 결행됐을 때는 우리가 좀 곤란하겠다고 보고했다.

마침내 1월 8일 신문에, 이봉창이 '저격일황부중(狙擊日皇不中)' 이라는 기사가 보도되었다.

나는 극히 애통해했다. 여러 동지들이 나를 위로했다. 일황이 즉사한 것만은 못하나, 우리 한인이 정신으로는 일본의 신성불가침의 천황을 죽였으며, 이것은 곧 세계만방에 한인이 일본에 동화하지 않은 것을 웅변으로 증명한 것이니, 족히 성공으로 칠 수 있다, 다만 이로부터 백범은 주의하라는 것이었다.

이런 권고까지 받았는데, 아니나 다르랴, 다음날 아침 불란서 경무국으로부터 비밀통지가 있다.

"10여 년간 불란서국에서 김구를 지극히 보호해왔으나 이번에 김구가 부하를 보내 일황에게 폭탄을 던진 사건에 대해 일본이 반드시 체포 인도를 조회해올 터인즉, 불란서가 일본과 개전 결심을 하기 전에는 김구를 보호하기 불능하다."

중국의 국민당 기관지인 청도민국일보(靑島民國日報)는 대호(大號) 활자로,

'韓人李奉昌, 狙擊日皇不幸不中(한인 이봉창, 저격일황불행부중)'
이라고 보도했다.

이 때문에 당지 일본 군경이 민국일보사를 쳐들어가 파괴행동을 자행했다. 그러나 특별히 〈청도〉만 그렇게 보도한 것은 아니었다.

복주(福州)·장사(長沙) 기타 수많은 지방에서 '불행부중(不幸不中)'이라는 표현을 썼던 것이다.

그러나 이 '불행하게도 맞지 않았다'고 표현한 데 대해 왜국은 중국정부에 강력히 항의했기 때문에 중국정부는 어쩔 수 없이 신문사를 폐쇄처분하고 말았다.

일인들은 한인에게 당한 이 한 가지 사건만으로는 침략전쟁을 감행하기가 체면이 안 서든지, 상해에서 일본 승도(僧徒) 한 명을 중국인이 타살했다는 두 가지 이유(日本〈新語辭典〉에서 참조)를 들어 상해 1·28 전쟁을 일으키기에 이르렀다.

왜는 개전 중이라 그런지, 나를 체포하려는 교섭은 없는 모양이었다. 그러나 동지들은 안심을 못하고, 먹는 것 자는 것도 일정하게 하지 말라는 것이었다. 그리하여 낮에는 행동을 쉬고, 잠은 동지들의 집이나 창기(娼妓)의 집에서 잤다.

그리고 식사는 동포의 집으로 가면 단사호장(簞食壺奬)으로 누구나 정성으로 대접해주는 것이었다.

중일전쟁이 개시된 후, 19로군(路軍) 채정해(蔡廷楷) 군대와 중앙군 제 5군장 장치중(張治中)이 참전하여 중·일 양군간에는 격렬한 전투가 벌어졌다. 상해 갑북(閘北)에서는 일병이 불을 지르고, 화염 속에 남녀·노유를 가리지 않고 던져넣어 잔인하게 죽이는 만행을 저질렀고,

이 같은 참상이 곳곳에서 벌어져 차마 볼 수가 없을 정도였다.

법조계 안에서도 곳곳에 후방의원을 설립하고, 트럭으로 전사병 시체와 부상병들을 연일 실어 날랐다. 목판 틈으로 붉은 피가 흘러나오는 것을 보고 나는 만강의 열성으로 경의를 표했다. 눈물이 비오듯이 쏟아졌다.

우리도 어느 때나 저와 같이 왜와 혈전을 벌여 본국 강산을 충성된 피로 물들일 날이 있을까? 눈물이 쉴 새 없이 흘러서 사람들이 수상하게 볼까 그 자리를 떠났다.

동경사건이 세계에 전파되자, 미국·하와이·멕시코·쿠바의 우리 동포들은 크게 흥분해 마지않았다. 특히 그동안 나를 동정하던 동지들은 극도로 흥분하여, 애호 신임하는 서신이 태평양상으로 눈송이같이 날아오는 것이었다.

그중에는 임시정부를 반대하던 동포들도 태도를 고치고 임정의 사업을 적극 후원하겠다고 나섰다. 그들은 많은 돈을 광범위하게 모아 상해로 부치면서, 중일전쟁에 참전하여 우리 민족의 생광(生光)이 될 사업을 하라는 부탁을 해왔다.

그러나 목이 말라서야 우물을 판다고, 준비가 없이 무슨 일을 할 수 있으랴. 우리 청년들 중에 장지(壯志)를 품고 상해에 와 있던 제자 나석주(羅錫疇)·이승춘(李承春) 등이 있었는데, 나의사는 총과 폭탄을 품고 연전에 경성에 잠입, 7명의 일인을 사살한 후 자살했고, 이승춘은 천진에서 체포되어 사형 당했다.

상해에 거주하는 믿을 만한 청년 중에서, 1·28에 발생된 송호전쟁(淞滬戰爭) 때, 우리 민족의 광영이 될 만한 사업을 해보려는 지사들이 있었다. 왜군에서 우리 한인 노동자를 채용하는 것을 계기로 몇 사람의 청년이 결탁, 홍구 방면에 파송되어 일군 역군(役軍)으로 일하게 되었다. 그들 중 몇 명은 군용창고에 일인 노동자들과 같이 출입하면서 조사하여 폭탄고·비행기고에 연소탄을 장치하기로 계획을 세웠다. 그들은 왕웅(王雄)을 중간에 세워 상해 병공창(兵工廠)에 교섭, 연소탄을 제조키로 하고, 날마다 그 실행을 재촉했다. 그러던 차에 중·일간에 송호협정이 조인되는 바람에 그 계획은 무산되고 말았다. 그 일을 몹시 한탄하고 있을 즈음인데, 열혈청년들이 비밀히 나를 내방하여 나랏일에 몸을 바칠 터이니, 자격에 맞는 일감을 달라고 요구하는 것이었다.

이것은 동경사건을 보고 청년들이,

"김구의 머리 속에는 부단히 무슨 연구가 있을 것이다."

라고 생각한 모양이었다.

이덕주(李德柱)·유진식(兪鎭植)은 왜총독 암살을 명하여 먼저 파견, 입국했고, 유상근(柳相根)·최흥식(崔興植)에게는 만주로 보내 본장번(本藏繁-관동군 사령관) 등의 암살을 명해 기회를 보아 진행코자 했다.

## 3. 윤봉길 의사의 상해의거


그럴 즈음, 동포 박진(朴震)의 종품(鬃品-말총. 모자와 일용품을 만든다)
공장에서 공원으로 있던 윤봉길(尹奉吉) 군이 홍구(虹口)의 채소시장
에서 채소장사를 하다가 어느 날 조용히 나를 찾아왔다. 그리고 자기
가 채소 바구니를 등에 메고 날마다 홍구방면으로 다니는 것에 대해
얘기했다.

"제가 대지(大志)를 품고 상해에 천신만고로 왔던 목적을 이루기 위
해 그렇게 다녔던 것입니다. 그럭저럭 중일전쟁도 중국에 굴욕적인 정
전협정으로 결착되는 형세인즉, 아무리 생각해봐도 죽을 자리를 구할
길이 없을 것 같습니다. 하지만 선생님에게 동경사건과 같은 경륜이
계실 줄 믿고 찾아왔습니다. 지도해주시면 은혜 백골난망입니다."

나는 종전에 공장 구경을 다니며, 윤군이 진실한 청년 노동자로 학
식도 있는 것을 보고, 다만 생활을 위해 노동을 하는 것으로 생각했
었다.

그런데 이제 마음을 터놓고 이야기해보니, 살신성인의 대의(大義)·
대지(大志)를 품은 의기남아가 아닌가. 나는 감복해서 말했다.

"뜻이 있으면 일도 이룬다(有志者事意成)고, 안심하시오. 내가 근일
에 연구하는 바가 있으나, 마땅한 사람을 구하지 못해 번민하던 참이
었소. 전쟁중에 연구 실행코자 경영하던 일이 있으나 준비부족으로
실패했는데, 지금 신문을 보니 왜놈이 전승한 위세를 업고 4월 29일
에 홍구공원에서 이른바 천황의 천장절(天長節) 경축전례식을 성대히

거행하며 요무양위(耀武揚威)를 할 모양이오. 그러니 군(君)은 일생 대목적을 이날에 달함이 어떠하오?"

윤군은 쾌락했다.

"저는 이제부터는 흉중에 일점 번민이 없어지고 마음이 편안해집니다. 준비해주십시오."

하고, 자기 숙소로 돌아갔다,

운이 막히니 벼락까지 때린다는 격으로, 왜놈의 상해 일일신문(日日新聞)에, 영사관으로서 자기 주민에게 포고하기를, '식을 거행하는 터이니, 그 날 식장에 참례하는 데는 물병 하나와 도시락(辨當-벤또), 국기 하나씩을 가지고 입장하라!' 는 것이었다.

나는 즉시 서문로의 왕웅(王雄-金弘一)군을 방문하고, 상해 병공창장(兵工廠長) 송식마(宋式馬)에게 교섭케 했다.

"일인의 어깨에 메는 물통과 벤또를 사서 보낼 터이니 속에다 폭탄을 장치해 이틀 이내로 보내라."

이런 지시를 받고 간 왕군이 얼마 후 돌아와 내게 보고했다.

"내일 오전에 선생님을 모시고 병공창으로 와서 선생님이 직접 시험하는 것을 보시라고 하니 같이 가십시다."

다음날 아침, 강남조선소(江南造船所)를 찾아갔다. 내부에 일부 분병공창(分兵工廠)이 있는데, 규모는 크지 않고, 대포나 보총 등을 수리하는 것이 주된 작업인 듯했다.

기사 왕백수(王伯修) 영도 하에 물통과 벤또 두 가지 폭탄을 시험하는 방법을 지켜보았다. 마당 한곳에 토굴을 파고, 속에 사면으로 철판을 두른 후 그 속에 폭탄을 장치한다. 그러고서 뇌관 끝에 긴 끈을 매더니, 공원 한 사람이 끈을 잡고 수십 보 밖으로 기어가서 잡아당겼다. 그러자 토굴 속에서 벽력 소리가 진동하며 파편이 날아오르는 것이 일대 장관이었다.

시험법은 뇌관 20개를 시험하여 20개 전부가 폭발된 후에야 실물에 장치한다고 하는데, 이번 시험은 성적이 양호하다고 하는 말을 들었다.

상해 병공창에서 이와 같이 친절하게 20여 개 폭탄을 무료로 제조해주는 것은 바로 이봉창 의사의 은혜라고 할 수 있다.

창장(廠長)부터가 자기네가 빌려주었던 폭탄의 위력이 약해 일황을 폭살하지 못한 것을 유감으로 생각하고 있었던 것이다. 그러던 차에 김구가 다시 폭탄을 요구한다니, 성심으로 제조해주는 것이었다.

다음날 그들은 금물(禁物)을 우리가 운반하기 곤란할 것을 알고, 병공창 자동차로 서문로 왕웅 군의 집으로 갖다 주었다.

나는 그동안 입고 있던 거지 복색인 중국옷을 벗어버리고, 넝마전에 가서 양복 한 벌을 사서 입었다. 그러고 보니 엄연한 신사다. 나는 물통과 벤또를 한 개씩 두 개씩 운반하여 법조계 안 친한 동포들의 집에 갖다놓았다. 그러고는 귀한 약품이니 불만 조심하게 하고, 까마귀 떡 감추듯 했다.

당시 우리 동포들은 동경사건 이후에 내게 대한 동정이 비할 데 없이 깊었다. 그러므로 본국 풍속은 내외를 할 처지이지만 오랜 해외생활에 형제 친척과 같아져서 나에 대해서는 남자들보다 부인들이 더욱 따뜻이 보살펴주는 것이었다.

그래서 어느 집을 가든지,

"선생님, 아이 좀 안아주세요. 내 맛있는 음식을 만들어 드리리다."

한다. 내가 아이들을 안아주면 아이들이 잘 잔다고 부인들은 아이가 울면 내게 안겨주는 것이었다. 그러한 까닭으로 차래식(嗟來食-푸대접

음식) 음식은 안 먹은 듯하다.

4월 20일이 점점 가까이 다가오고 있었다. 윤봉길 군은 말쑥한 일본식 양복으로 갈아입고, 날마다 홍구공원에 가서 식장 설비하는 것을 살펴보며, 그날 자기가 거사할 위치를 점검했다. 한편으로 시라카와[白川] 대장의 사진을 구하고 태양기(太陽旗-일본기)를 사는 등등의 일로 매일 홍구에 내왕하며, 듣고 본 것을 보고하는 것이었다.

"오늘 홍구에 가서 식장설비를 구경하는데, 시리카와 이놈도 왔습디다. 제가 그놈의 곁에 섰을 때에, 어떻게 내일까지 기다리는고, 오늘 폭탄을 가졌더라면 이 자리에서 당장 쳐죽일 텐데 하는 생각이 들었습니다."

나는 윤군에게 이렇게 주의시켰다.

"그것이 무슨 말이오? 포수가 꿩을 쏠 때는 날게 하고 쏘아 떨어뜨리는 것이나, 숲속에서 자고 있는 사슴을 쏘지 않고 달리게 한 후에 사격하는 것은 다 쾌미(快味)를 위함인 것이오. 군은 내일 성공의 자신감이 박하여 그러는 거요?"

"아닙니다. 그놈이 내 곁에 선 것을 보았을 때 문득 그런 생각이 나더란 말씀입니다."

나는 다시 윤군에게 말했다.

"이번엔 성공할 것을 나는 확신하고 있습니다. 군이 일전에 내 말을 듣고서 한 얘기 중에, 이제는 가슴의 번민이 그치고 편안해진다는 것이 성공의 철증(鐵證)으로 믿고 있습니다. 내가 치하포에서 쓰지타를 죽이려 했을 때 가슴이 몹시 울렁거렸지만, 고능선 선생으로부터 들은 득수반지무족기(得樹攀枝無足奇), 현애살수장부아(懸崖撒手丈夫兒)란 구를 생각하니 마음이 가라앉았습니다. 군이 결심하고 일을 행하려는 것과 똑 같은 이치이오."

윤군은 내 말을 깊이 마음에 새기는 낯빛을 가지는 것이었다.

윤군을 여점으로 보 낸 후, 나는 폭탄 두 개 를 품고 김해산(金海山) 군의 집에 가서 그 내외 와 상의했다.

"윤봉길 군을 내일 아 침 일찍 중대 임무를 띠 워 동3성으로 파송할 터이니, 쇠고기를 사다 가 내일 새벽 조반을 부 탁하오."

다음날이 4.29이다.

1932년 4월 26일, 거사를 3일 앞둔 윤봉길 의사와 기념 촬영

새벽에 윤군과 같이 김해산 집에 가서 최후로 식탁을 같이하여 아침 밥을 먹으면서 윤군의 기색을 살펴보았다. 태연자약하다. 농부들이 들 에 일하러 나가기 위해 일찍 일어나 자던 입에 밥을 먹는 것을 보아도 할 일이 얼마나 힘든 것인가를 알 수 있다. 윤군의 밥을 먹는 모양은 담담하고 태연하다.

김해산 군은 윤군의 이러한 태도를 보고, 나에게 조용히 이런 권고 를 한다.

"선생님, 지금 상해서 우리의 활동이 있어야 민족적 체면을 보전하 게 되는 이때에 윤군을 구태여 다른 곳에 파송하려 하십니까?"

나는 두루뭉수리로 대답할 뿐이었다.

"모험사업은 실행자에게 전부 맡기는 것인즉, 윤군 마음대로 어디서나 하겠지요. 어디서 무슨 소리가 나는지 들어나 봅시다."

그러자 7시를 치는 종소리가 들렸다. 윤군은 자기 시계를 꺼내 나에게 주면서 내 시계와 바꾸기를 청했다.

"선서식 후에 선생 말씀에 따라 6원을 주고 산 것입니다. 선생님 시계는 2원짜리이니 나에게 주십시오. 나는 한 시간밖에 소용이 없습니다."

나는 그것을 기념품으로 받고, 내 시계를 내주었다.

윤군은 식장으로 떠날 때, 자동차를 타면서 소지한 돈을 꺼내 나의 손에 쥐어주었다.

"약간의 돈을 갖고 있는 것이 무슨 방해가 되는가?"

"아닙니다. 자동차 삯을 주고도 5,6원은 남겠습니다."

그러자 곧 자동차가 움직인다. 나는 목멘 소리로 말했다.

"후일 지하에서 만납시다."

윤군이 차창으로 나를 향해 머리를 숙일 때 자동차는 큰 소리를 내며 천하영웅 윤봉길을 싣고 홍구공원을 향해 달려갔다.

나는 그 길로 조상섭(趙尙燮)의 상점에 들어가서 편지 한 통을 써서 점원 김영린(金永麟)에게 주며 안창호 형에게 보내게 했다.

그 편지 속뜻은 이러했다.

"오늘 오전 10시경에서부터 댁에 계시지 마시오. 무슨 대사건이 발생될 듯합니다."

그 길로 또 석오(石吾-이동녕) 선생 처소로 가서 진행하는 일을 보고한 후, 점심을 먹고 무슨 소식이 있기만을 기다렸다. 오후 1시쯤 되자 곳곳에서 수많은 중국 사람들이 술렁거리기 시작했다. 그러나 하는 말들이 각기 달랐다.

홍구공원에서
중국사람이 폭탄
을 던져서 많은
일인들이 즉사했
다는 등, 고려사
람의 소위라는 등
말들이 분분한 것
이다.

우리 사람들도
어저께까지 채소
바구니를 메고 날

윤봉길 의사의 폭탄 세례 직후 사망자와 중상자를 끌어내리는 장면

마다 홍구로 다니면서 장사하던 윤봉길이 경천동지의 대사건을 연출
할 줄이야 짐작조차 못하고 있었다. 다만 이동녕·이시영·조완구 등
몇 사람만이 짐작하고 있을 뿐이었다.

그러나 그날의 거사는 나만 알고 있었던 까닭으로 석오 선생에게
가서 보고하고, 자세한 소식을 기다렸다. 오후 2,3시경에 신문 호외가
나왔다.

'홍구공원 일인의 경축 대상(臺上)에서 거량(巨量)의 폭탄이 폭발하
여 민단장(民團長) 가와하시[河端]는 즉사하고, 시라카와[白川] 대장과
시게미쯔[重光] 대사와 우에다[植田] 중장, 노무라[野村] 중장 등 문무
대관이 모두 중상 운운…'

일인 신문에서는 중국인 소위라고 하다가, 그 다음날에는 각 신문
에서 일제히 윤봉길의 이름자를 대호(大號)활자로 게재했다. 이어 법

1932년 4월 29일 12시 40분 일본 국가를 부르는 순간 기념식장 단상에 폭탄을 작열시 킨 후 일본군에 피체, 연행되는 윤봉길 의사의 모습. 의거에 사용한 폭탄은 중국군 병공 창에 근무했던 김홍일 장군이 특별제조한 도시락형과 물통형이었다.

조계에서 대수색이 벌어졌다.

나는 안공근·엄항섭 두 사람을 가만히 불러서,

"이로부터는 군등(君等)의 집안 생활은 내가 책임을 질 터이니 우리 사업에 오로지 힘써라."

고 부탁하고, 미국인 비오생(費吾生-피치)에게 피신처 교섭을 했다.

비씨는, 그의 부친 비목사(費牧師)가 생존시에 우리에게 크게 동정 하던 터이라 극히 환영하므로, 일강(一江) 김철과 안·엄 그리고 나까 지 4인이 비씨 집으로 이주했다. 우리는 2층을 전부 쓰며 식사까지 비씨 부인이 정성을 다해주어, 윤의사의 공덕을 벌써부터 받기 시작 하는 것이었다.

나는 비씨 댁 전화로 법조계 내 동포의 집에 연락하면서 때때로 우 리 동포의 피체되는 보고를 듣고, 그들을 위해 서양 율사(律師)를 고 빙하기도 했다. 그리하여 체포된 동포들을 법률적으로 구제하려 했지

만 별로 효과를 거둘 수
없었다. 다만, 돈을 주어
가족의 생계를 도우며,
피신하고자 하는 자에게
는 여비를 주는 등 하는
사무를 집행했다.

붙잡힌 사람으로는
안창호·장헌근(張憲根)·
김덕근(金德根) 외 소년
학생들이었다. 날마다
왜놈들은 사람을 잡으
려고 미친개와 같이 횡
행했다. 우리 임시정부
와 민단의 직원들은 말
할 것도 없고, 부녀단체

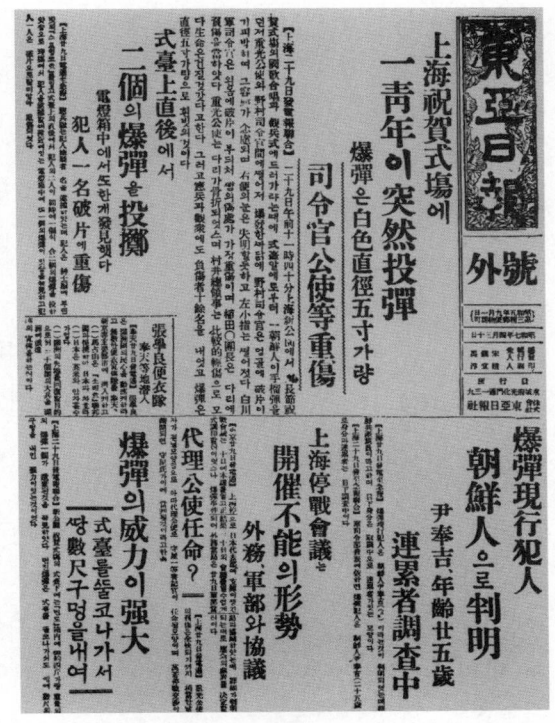

1932년 4월 30일, '상해의거'를 보도한 〈동아일보〉
호외 기사

인 애국부인회까지도 전혀 활동할 수조차 없게 되었다.

이렇게 됨에 따라 우리 동포들 사이에는 이와 같은 비난이 생기기
시작했다.

"이번 홍구사변의 주모 책획자는 따로 있으면서, 자기가 사건을 감
추고서 관계가 없는 자들만 잡히게 하는 것은 옳지 못하다."

이유필(李裕弼) 등 일부 인사의 말이었다. 이씨 집에 그날은 무방하
리라고 나의 편지를 보고서도 찾아갔던 안창호 선생의 체포는 그의
불찰 때문이 아닐 수 없었다.

그러나 주모자가 아무 발표가 없는 관계로 사람들이 함부로 체포된
다는 원성이어서, 나는 세상에 진상을 공개하자고 주장했다. 자리에

있던 안공근이 극단으로 반대한다.

"형님이 법조계에 계시면서 이 같은 발표를 한다는 것은 지극히 위험한 일입니다."

그러나 나는 한결같이 공개를 주장했다. 엄항섭으로 하여금 선언문을 기초하게 하고 비씨 부인에게 영문으로 번역케 하여, 로이타 통신사와 발고(發稿)로 세계 각국에 동경사건과 상해 홍구사건의 주모 획책자는 김구요, 집행자는 이봉창과 윤봉길이라는 사실이 보도되었다.

신천(信川) 사건과 대련(大連) 사건은 다 실패했지만, 아직 발표할 시기가 아니라고 판단했기 때문에 이상 양대 사건만을 우선 발표한 것이다.

상해에서 중대사건이 발생한 것을 알고서 남경(南京)에 머물러 있던 남파(南坡) 박찬익(朴贊翊) 형이 급히 상해로 왔다. 그가 중국 인사들과 만나면서 활동한 결과, 물질상뿐 아니라 여러 가지로 편의가 많았다.

낮에는 전화로 잡혀간 동포들의 가족을 위로하고, 밤에는 안(安)·엄(嚴)·박(朴) 등 동지들과 출근하여 피체 가족들의 구제와 제반 교섭을 하던 중에, 중국 인사들인 은주부(殷鑄夫)·주경란(朱慶瀾)·사량교[查良釗] 등의 면회 요구가 있었다. 나는 이에 응하기 위해 야간에 자동차를 타고 홍구방면과 정안사로(靜安寺路) 방면으로 나갔다. 평일에 한걸음도 법조계 밖으로는 내딛지 아니하던 나의 행동거지로 볼 때 큰 변동이 아닐 수 없었다.

여기서 나는 중국 인사들의 우리에 대한 태도를 말하고, 그 다음으로 미국·하와이·멕시코·쿠바 한교(韓僑)들의 나에 대한 태도와, 관내(關內) 우리 인사들의 나에 대한 태도를 말하겠다.

첫째, 중국 사람들인데, 만수산(萬壽山) 사건을 기화로, 왜구의 양민족 감정 악화 정책으로 조선 곳곳에서 한인 무뢰배들을 총동원하여 중국인 상인과 노동자들까지 만나는 대로 때려죽이게 한 감정을 말하면, 중류 이상은 왜구의 독계(毒計)로 알지만, 하류계급에서는 여전히

"까오리렌 따쓰으 중꿔렌(高麗人打死中國人-고려사람들이 중국사람들을 때려죽인다)! "

란 악 감정이 동경사건 후에도 다 가시지 않고 있었다.

그런 터인데, 1.28 상해전쟁 때에 왜병은 민가에 함부로 불을 지르는 한편, 최영택(崔英澤) 같은 악한을 사주하여 중국인 집에 들어가서 많은 사람들이 지켜보는 가운데 재물을 약탈케 했다. 이런 일로 인해 자동차와 전차의 한인 검표원들이 중국인 노동자들에게 억울하게 구타당하는 일이 종종 벌어지고 있었다.

그러나 4.29 사건으로 인해 한인들에 대한 감정은 놀랄 만큼 호전되었다.

둘째로, 이 거사로 인해 미국·하와이·멕시코·쿠바 등에 사는 한교들의 애국열정은 전무후무했으리라고 전하고 싶다. 동경사건이 비록 완전한 성공을 거두지 못했으나, 적지 않게 민족의 광영이 되었던 터에 이 홍구사건이 절대 성공을 거두었기 때문이었다.

과연 이로부터는 임시정부의 납

상해 임시정부 요인들과 중국 항일 구국 인사들을 수색하는 일본군

영국영사관에서 진행중인 중·일 양국 대표의 회담을 반대하는 상해 시민들의 데모 광경

세와 나에 대한 후원이 격증하여 점차 사업이 확장되는 단계로 나아가게 되었다.

관내 우리 독립운동자들의 나에 대한 태도는 낙관적이라기보다도 비관적인 쪽이었다. 4.29 이후로 자연히 신변이 위험하게 되어 평소 친지들의 면담요구에 함부로 응할수 없었던 불만이 나에 대한 그들의 유일무이한 감정이었다.

그렇지만 그들은 이런 일이 있었던 것은 알 것이다. 전차표 검사원, 별명 박대장(朴大將—沙里院 사람)의 혼인잔치 청첩을 받고 잠시 축하차로 그 집에 들렀다. 그리고 주방의 부인들을 보고

"나는 속히 가야겠으니 빨리 국수 한 그릇만 주시오."

하고 부탁하여, 냉면 한 그릇을 급히 먹고, 궐련 하나 피워 물고서 그 집 문을 나왔다.

그 집의 문간을 나서면 곧 우리 동포의 가게이다. 왔던 길이니 방문이나 하고자 가게로 들어갔다. 미처 자리에 앉기도 전인데, 앞의 주인이 내 옆구리를 쿡 찌르며, 손으로 거리[霞飛路]를 가리켰다. 그래서 보니 왜경이 10여 명이나 길에 늘어서서 전차가 지나기를 기다리고 있는 것이 아닌가.

나는 달리 피할 곳이 없어 유리창으로 왜놈의 동향을 살펴보았다. 그들은 쏜살같이 박대장의 집으로 들어갔다. 나는 곧 가게를 나와 전

차 선로를 따라 김의한(金毅漢) 군집으로 달려갔다. 그러고서 그 부인을 시켜 박대장의 집에 가보게 했는데, 바로 전에 왜놈들이 들어와서,

"방금 들어온 김구가 어디 있는가?"

물으면서, 심지어 아궁이 속까지 뒤지다가 갔다는 것이었다.

이러한 사실은 누구나 모를 사람이 없다.

이번 4.29사건 이후 왜는 제1차로 20만 원 현상을 붙이고, 2차로 일본 외무성과 조선총독부·상해주둔군 사령부 3부 합작으로 현상금 60만 원을 내걸었다.

나를 만나고자 하는 남경정부 요인에게 신변의 위험을 말했더니, '김구가 온다면 비행기라도 보내마.' 라기까지 했다. 또 '아무리 위험해도 모험하고 일을 하지 않고, 안전한 생활만 해서 되느냐.' 하는 등등의 비난도 있었다. 그 이면에는 자기들과 행동을 같이하고 일도 같이 하자는 것인데, 나로서 어찌 여러 사람들에게 다 만족을 줄 도리가 있겠는가.

누구는 후하고 누구는 박하게 할 수 없으므로 일체를 물리쳐 사양하고, 비씨(費氏) 댁에서 20여 일 동안 비밀활동을 하던 중, 하루는 비부인이 급히 2층으로 올라와서 알려주는 것이었다.

"정탐에게 우리 집이 발각된 모양이니, 속히 이 집을 떠나셔야겠어요.」

그러고서 이내 아래층으로 내려가서 전화로 자기 남편을 불렀다. 그리고 자기네 자동차에 부인은 나와 내외 모양으로 어깨를 나란히 하고, 비선생은 차부가 되어 문 밖으로 차를 몰고 나갔다.

나가면서 보니, 불란서 사람, 러시아 사람, 중국사람 (일인들은 보이지 않았다) 등, 각국 정탐들이 문 앞과 주위에 수풀처럼 에워싸 있었다. 그러나 미국인 집이라 어찌할 수가 없어 손을 쓰지 못하고 있는 것이었

상해 중국군 사단사령부 담벽에 대서 특필된 항일 포스터

다.

법조계를 지나 중계(中界)에 이르러 자동차를 멈추고, 나와 공근은 기차역으로 가서 그날로 가흥(嘉興) 수륜사창(秀綸紗廠)으로 피신했다. 이곳은 남파(南坡)형이 은주부와 저보성(楮補成) 제씨에게 주선하여, 며칠 전 엄군의 가족을 비롯, 김의한 일가와 석오(石吾) 선생이 이미 이사해 와 있었다.

상해에서 비부인이 보고한 내용은 이러했다.

자기가 아래층에서 유리창으로 문 밖을 살펴보니 어떤 동저고리를 입은 중국인 노동자 차림의 사람이 자기네 주방으로 들어가더라는 것이다. 곧 따라 들어가 물었다.

"누구요?"

그 사람의 대답이,

"나는 양복점 사람인데, 댁에 양복 지을 것이 있는가 물어보려고 왔습니다."

하기로, 비부인은

"그대가 내 주방 하인에게 양복 짓는 것을 묻겠다는 건가? 수상하다."

하니, 그 사람은 호주머니에서 불란서 포방(捕房) 정탐인 증명을 내보였다. 그래서 부인이 음성을 높여 말했다.

"외국사람 집에 함부로 침입하느냐?"

"뚜이 부치이(對不起-미안합니다)"

하고 나가더란 것이다.

그 집을 정탐들이 주의하게 된 원인을 생각해보면, 내가 비씨 집 전화를 남용했던 까닭인 듯하다. 어쨌든 나는 이로부터 가흥 생활을 계속하게 되었다. 성은 아버지 외가 성을 따서 장(張)성으로 하고, 이름은 진(震) 또는 진구(震球)라고도 했다.

가흥은 저보성(楮補成-호는 慧僧)의 고향인데, 저씨는 절강성장(浙江省長)도 지낸 경내(境內)에서 덕망 높은 신사이고, 그 맏아들 봉장(鳳章-漢雛)은 미국 유학생으로, 그곳 동문 밖 민풍지창(民豊紙廠)의 고등기사(高等技士)였다.

그 집은 남문 밖에 있는 구식 집으로, 그다지 굉장하지는 못하나 사대부의 저택으로 보여졌다.

저선생은 자기 수양아들 진동손(陳東蓀) 군의 호숫가에 정교하게 반양식(半洋食)으로 지은 정자 한 곳을 나의 침실로 정해주었다. 그 정자는 수륜사창과 가까이 접하고 풍경도 상당히 아름다웠다.

그런데 나의 정체를 아는 자는 저씨 댁 부자 고부(姑婦)와 진동손 내외뿐이었다. 여기 생활에서 가장 곤란한 것은 언어문제였다. 나는 광동인(廣東人)으로 행세했지만, 중국어를 너무도 모르는데다가 상해 말도 또 다르니 흡사 벙어리의 행동이었다.

가흥에는 산이 없으나 호수는 낙지 발같이 사통팔달하여, 7,8세 소아라도 다 노를 저을 줄 아는 모양이었다.

토지는 극히 비옥하여 각종 물산이 풍부하고, 인심과 풍속이 상해와는 딴 세상이다. 상점에 에누리가 없고, 가게에 고객이 무슨 물건을 놓고 잊어버리고 갔다가 며칠 후에라도 찾으러 오면 잘 보관했다가 공손히 내준다. 상해에서는 보기 드문 희귀한 미풍이었다.

진동손 내외는 나를 인도하며 남호(南湖) 연우루(烟雨樓)와 서문 밖 삼탑(三塔) 등을 구경시켜주었다. 이곳은 명조(明朝) 임진란(壬辰亂)에 일병(日兵)이 침입하여 인근 부녀들을 잡아다가 사원(寺院)에 가두고, 한 승도더러 지키게 했다는 곳이다. 그런데 밤에 그 중이 부녀들을 모두 풀어주어 도망치게 했다고 한다. 그래서 왜놈들이 그 중을 타살하여 아직도 그 핏자국이 돌기둥에 나타났다 없어졌다 한다는 것이다.

동문 밖 10리 되는 곳에는 한(漢)나라 주매신(朱買臣)의 묘가 있고, 북문 박에는 낙범정(落帆亭)이 있다. 주매신이 서치(書癡) 모양으로 자기 처 최씨가 농사일 나가면서 마당에 늘어놓은 보리 나락을 잘 보라고 부탁했건만, 밭에서 돌아와 보니 소낙비에 보리가 떠내려가는 줄도 모르고 책만 읽고 있었다고 한다. 그것을 본 최씨는 그만 목장(木匠)에게 개가를 해버렸다. 그랬더니 그 뒤에 주매신은 등과하여 회계태수(會稽太守)가 되어 돌아오는 도중, 길을 닦는 여자를 보니 옛날 자기 처가 아닌가. 수레를 멈추게 하고, 관사에 들어가 그 여자를 불렀다. 최씨는 주매신이 영귀(榮貴)함을 보고 다시 처되기를 원했다. 그러자 주매신은,

"물 한 동이를 길어다가 땅에다 쏟은 후 다시 주워담아 한 동이가 되거든 동거하자."

하였다. 최씨는 그대로 시험하다가 물이 동이에 차지 못하는 것을 보고, 낙범정 앞 호수에 빠져 죽었다는 것이었다. 그러한 사적을 두루 찾아보았다.

상해에서의 비밀보고에 의하면, 왜구의 활동이 더욱 사나워 김구가 상해에 있는 형적이 없으니, 필연코 호항산(湖杭線-상해~항주간 철도)이

나 경호선(京湖線) 방면으로 피해 숨었을 것으로 보고 밀정을 양철로 쪽으로 보내 밀탐하는 중이니, 극히 주의하라는 일본영사관 일인 관리의 밀보가 있었다. 그리고 오늘 아침에 수사대가 호항로로 출발했으니,

"만일 긴상[金樣]이 그 방면에 잠복했으면 그쪽 정거장에 사람을 보내 일경의 행동을 주목하라."
라는 것이었다.

이런 비밀보고를 받고, 정거장 부근에 사람을 보내어 살펴본즉, 일경이 변장하고 하차하여 여기저기 정탐하다가 가는 것을 보았다고 한다.

세상에 기괴망측한 일도 다 있다. 4.29 이후에 상해 일인의 삐라에 '김구 만세' 라는 인쇄물이 배포되었다는 것이다. 그러나 실물은 얻어보지 못했다.

일인으로서 우리 돈을 먹고 밀탐한 자도 여러 명 있었다. 민국 5년, 혜림(惠林)군의 알선으로 몇 명이 있었는데, 매우 신용이 있었다.

일이 이미 여기에 이르니, 부득불 가흥에 오래 있기는 위험하다 싶어 가흥을 떠날 생각을 했다. 그러나 떠나간들 안전할 수 있을 것인가.

저한추(楮漢雛)의 처가는 해염현성(海鹽懸城) 안에 있고, 거기서 서남방40여 리를 가면 해염 주씨(海鹽朱氏) 산당(山堂)이 있는데, 피서별장이었다.

한추 형은 나의 피신문제에 대해 자기 부인과 상의했다. 부인은 재취 후 첫아들을 낳은 미인인데, 나와 단 둘이 기선을 타고 하루 걸려 해염성내 주씨 댁에 도착했다.

주씨 저택은 해염현내의 최대라 한다. 규모가 엄청났다. 나의 숙소

는 후면 양옥 한 채인데, 대문 앞은 돌바닥의 큰 길이고, 그 밖으로는 호수로 선박들이 내왕했다. 그리고 대문 안으로는 정원이고, 협문으로 들어가면 사무실, 즉 가무(家務) 지배인이 매일 주씨 댁 생계를 맡아보는 곳이다.

종전에는 4백여 명이 공동식당에서 모여 식사했는데, 근래는 식구 대부분이 직업에 따라(士·農·工·商業) 분산했고, 그 밖은 개별취사를 원해 물품을 분배하여 자취한다고 한다.

옥우(屋宇)의 제도는 봉방(蜂房)과 같은데, 3,4개 방을 한 집으로 하고, 앞에는 화려한 응접실 한 칸씩이 딸렸으며, 구식건축 후면에는 몇 개의 2층 양옥이 있었다.

그 후면은 화원(花園)이고, 화원 뒤쪽은 운동장인데, 해염의 3대 화원 중 주씨 집 화원이 둘째요, 전(錢)씨 집 화원이 첫째라 한다. 나는 전씨 집 화원도 구경했다. 화원설비는 주씨 집보다 낫고, 방의 설비는 전씨 집 것이 주씨 집 것만 못했다.

주씨 집에서 하룻밤을 묵고, 기차를 타고 노리언(盧里堰)에서 하차하여 서남(西南) 산령(山嶺)까지 약 5,6리를 걸어갔다. 저부인은 하이힐 구두를 신고, 7,8월 염천에 친정 여복(女僕) 하나에게 나의 식료(食料)와 각종 물품을 들려가지고 손수건으로 땀을 씻으며 산고개를 넘는 것이다. 나는 그 모습을 보고, 활동사진 기구라도 있다면 내 일행의 이 행보 모습을 찍어서 영구적인 기념으로 만대 자손에게 전할 마음이 간절했지만, 어쩔 수 없는 일이었다.

우리 국가가 독립이 된다면 저 부인의 용감 친절을 우리 자손이나 동포가 누가 공경하고 우러러 사모하지 않으랴. 활동사진은 찍어두지 못하나 글로라도 기록하여 후세에 전하고자 이 글을 쓰는 것이다.

산꼭대기에 주씨가 지어놓은 노정(路亭)에서 잠시 휴식한 후 다시

걷기 시작하여 몇 백보를 가니 산중턱에 양옥 한 채가 유아(幽雅)하
게 보였다. 그 양옥에 들어가니 지키는 용인 가족들이 와서, 저부인은
용인에게 자기 친정에서 가지고 온 육류와 과채를 건네며, '저 양반의
식성은 이러하니 주의해서 모시고, 등산하면 하루 30전 받고, 어느
곳은 얼마, 응과정(鷹窠頂)에 가면 40전만 받아라.' 하고 명한 후, 그날
로 고별하여 본가로 돌아가는 것이었다.

토산당(土山堂)은 저부인 친정 숙부를 매장하기 전 피서하던 곳으
로서, 그의 묘소 제청(祭廳)이 되어 있었다. 나는 날마다 묘를 지키는
사람을 데리고 산과 바다 풍경을 완상하는 데 무한한 취미가 생겼다.

본국을 떠나 상해에 기착한 후 14년간 다른 사람들은 남경·소주
(蘇州)·항주(杭州)의 산천을 구경하고 이야기하는 말들도 들었지만, 나
는 상해에서 한 걸음도 밖으로 나서지 못해 산천이 무척이나 그립던
차에, 매일 산에 오르고 물가에 나가는 취미는 비할 데 없이 유쾌하기
만 했다.

산 위에서 전면으로는 바다 위에 범선·윤박(輪舶)의 왕래와, 좌우로
푸른 소나무, 붉은 단풍의 가지가지 광경은 유객에게 쓸쓸한 가을바
람의 느낌을 갖게 했다.

나는 세월 가는 것도 잊고, 나날의 일과가 산에 올라 놀고 물 구경
하는 것이었다.

14년 동안 산수(山水)의 주림이 십 수일 동안에 포만 되었다. 묘 지
키는 사람을 따라 응과정에 가니 산 위에 이고암자(尼姑庵子)가 하나
있는데, 한 늙은 이고(尼姑)가 나와서 맞아준다. 묘를 지키는 사람은
서로 아는 사이로, 인사하고 나를 소개했다.

"저 고빈(高賓)은 해염 주씨 댁 따꾸우냥[大姑娘]이 모셔온 손님입니
다. 광동인이고, 눈병 관계로 산당에 오셔서 머물러 계시며, 구경차 오

셨답니다.」

그러자 늙은 이구(여승)는 나를 보고 고개를 끄떡 끄떡 하며,

"어미투어퍼(阿彌陀佛)! 원지에서 잘 오셨는지요? 어미투어퍼, 내당
으로 들어갑시다. 어미투어퍼 !"

나는 감사해 마지않으며 염불하는 도(道) 높은 이고를 따라 암자
안으로 들어갔다.

각 방에 승복을 맵시 있게 입고 목에 긴 염주를 걸고, 손에는 짧은
염주를 쥔 주순분면(朱唇紛面) 묘령의 이고들이 나와서 고개 숙여 추
파를 보내는 듯한 식의 인사를 하는 것이었다. 그것을 보자 나는 팔선
교(八仙橋)의 야계굴(野雞窟-하등 창녀촌) 구경을 하던 광경이 회상되었
다.

묘를 지키는 사람이 나의 시곗줄 끝에 작은 지남철이 있는 것을 보
고 말했다.

"후면 산 곁에 바위가 하나 있는데, 그 암석 위에 지남침을 놓으면
곧 변하여 지북침(指北針)이 된답니다."

식사를 한 뒤에 따라가 보니, 암석 위에 동전 한 개를 놓을 만한 우
묵하게 팬 자리가 있었다. 거기에 지남침을 들여놓으니 과연 지남침이
지북침이 된다. 나는 광학(礦學)을 모르나, 필시 자석광이나 자철광인
듯했다.

하루는 해변 5리 되는 곳에 진(鎭-鄕鎭. 鎭集하면 시장)이 있는데, 그
날이 장날이라, 구경하겠는가 하기로 좋다고 따라갔다.

지명은 잊었으나 보통 진이 아니고 해변 요새였다. 포대도 있는데,
옛날에 건축한 작은 성으로, 임진란 때 건조한 것이라 한다.

성안에는 인가도 즐비하고, 약간의 관청도 있는 모양이었다. 성안
을 일주하면서 대강 구경하니, 벽진이라 그런지 장꾼도 드물었다. 한

국숫집에 들어가 점심을 먹을 때였다. 노동자와 경찰과 일반 백성들이 수근 거리며 나를 주시하더니, 묘지기를 불러가고, 나에게도 직접 캐물었다.

나는 광동상인이라고 서투른 중국말로 대답하면서 옆의 묘지기가 답변하는 말을 들었다. 해염 주씨 댁 따꾸우냥[大姑娘]이 산담에 모셔 온 빈객이라고 대답하는 것이다.

그 말하는 것을 보아도 주씨 집의 세력을 알 수 있었다. 나는 무슨 연유인지도 모르고 산으로 돌아왔다. 묘지기에게 물으니 그가 대답했다.

"그까짓 경찰들, 영문도 모르고 장선생이 광동사람이 아니고 일본사람이 아니냐 묻기로, 주씨 댁 따꾸우냥이 일본인과 동행하겠는가 했더니 아무 말도 못하던데요."

며칠 뒤 안공근·엄항섭·진동손(原文은 처음 한 곳 위에는 줄곧 陳搢同生으로 쓰고 있다—筆者注) 등이 찾아와서 응과정 승경을 구경한 후 그들과 함께 다시 가흥으로 돌아왔다.

거기에는 그럴 만한 까닭이 있었다. 전날 어느 진에서 경찰의 추궁이 있은 뒤로부터 즉시로 산당을 비밀히 감시했다. 그러나 별반 단서를 얻지 못하자 경찰국장이 해염 주씨 집에 출장하여, 산당에 머무는 광동인의 정체를 조사했는데, 저부인의 부친이 사실대로 말하였다.

그러자 경찰국장은 크게 놀라, 과연 그러하면 힘을 다해 보호하겠다고 말하더란 것이다. 그러나 지각없는 시골 경찰을 믿기 어려워 즉시 가흥으로 돌아온 것이다.

그 길에 해령현성(海寧縣城)에 들어가 청나라 건륭황제(乾隆皇帝)가 남순했을 때 음식을 들었다는 누방(樓房)을 구경했다.

가흥에 돌아와 날마다 작은 배를 타고 남호(南湖) 방면으로 선유하는 것을 일로 삼고, 시골에서 산 닭을 배에서 삶아먹는 취미가 진진했다.

가흥 남문 밖 운하로 10여 리 떨어진 엄가빈(嚴家濱)이란 농촌에는 진동생의 전지(田地)가 있으며, 그 마을의 손용보(孫用寶)란 농민은 진동생과 극히 친한 터이므로 나는 손용보의 집에 머물러 지내게 되었다.

나는 거기서 아주 시골 늙은이가 되어서 식구들이 전부 밭으로 나가고, 빈 집에 젖먹이 아기가 울면 아기를 안고 밭으로 어미를 찾아간다. 그러면 아기 엄마는 황공하여 몸둘바를 모르는 것이다.

5,6월은 잠업(蠶業) 때이다. 집집마다 양잠하는 것을 돌아다니며 고찰하여 부녀들이 실을 뽑는 것을 보았다.

60여 세 노파가 일을 하는데, 물레 하나에 그 곁에 솥을 걸고, 물레 밑부분에 발판을 달아 오른발로 누르면 바퀴가 돌아가고, 왼손으로 장작불을 지펴 삶으면서 오른손으로는 실 가닥을 물레에 감는다.

내가 어려서부터 동국(東國)서 부인들이 길쌈하는 것을 본 것에 비하면 천양지판이라, 나는 물어보았다.

"금년 춘추가 얼마나 되시오?"

"육십 좀 넘었어요."

"몇 살부터 이 기계를 사용했습니까?"

"일곱 살 때부터요."

"그러면 60년 이전에도 고치 켜는 기계가 이것이오?"

"네, 달라지지 않았어요."

나는 실지로 7,8세 어린 아이가 실을 뽑는 것을 목격하고 의심하지 않았다.

농가에 기숙하는 만큼 농구를 자세히 조사하고 그 사용하는 것을 보니, 우리 본국의 농구에 비하면 비록 구식이라도 퍽 진보된 것 같았다. 전답에 관개하는 일만 보아도, 나무 톱니바퀴로, 우마(牛馬)로, 남녀 여러 사람이 밟아 굴려 한 길 이상이나 호숫물을 끌어올려서 관개하니 그 얼마나 편리한가.

모를 심는 이앙의 일만 하더라도 미리 벼를 베는 날짜를 잡는데, 올벼(早稻)는 80일, 중도(中稻)는 100일, 만도(晚稻)는 120일이라 한다. 우리나라에서 줄모는 일인의 발명으로 알았으나, 중국에서는 고대로부터 줄모를 심었다는 것은 김매는 기계를 보아도 알 수 있었다.

농촌을 시찰한 나는 한마디 아니할 수가 없다. 우리나라에서 한·당·송·원·명·청 각 시대에 거의 사절들이 왕래했다. 북방보다도 남방 명조(明朝)시대에 우리의 선인들이 사절로 다닐 때 그들은 거의 모두 눈이 멀었던 자들이었던가. 국계(國計) 민생(民生)이 무엇인지를 생각조차 못했던 것이 어찌 통한스러운 일이 아닐 수 있겠는가.

문영(文永)이란 선민(先民)은 면화씨를 빼고 실을 잣는 물레라는 기계를 중국에서 수입했다 하나, 그밖에는 언필칭 오랑캐라 지칭하면서도, 명대(明代)의 의관 문물을 다 중화제도에 따른다 하면서, 실제에 아무 이익도 없고 불편 고통스럽기만 한 망건·입자(笠子) 등 망종(亡種) 기구들만을 수입해 따랐으니, 이야말로 생각만 해도 이가 신 노릇이다.

우리 민족의 비운은 사대사상이 만들어낸 것이라 하지 않을 수 없다. 국리민복의 실지는 도외시하고, 주희(朱熹) 학설 같은 것은 주희 이상으로 공고한 이론을 주창함으로써 사색파당이 생겨, 여러 백 년 동안 다투기만 하다가 민족적 원기가 소진되어 남는 것이 없게 되었다.

따라서 발달된 것이라곤 오직 의타심뿐이니 망하지 않고 어쩔 것인가. 오늘도 두고 보아도, 청년들이 오랜 것들을 업신여겨 노후니, 봉

건 잔재니 하며 인정하지 않는 점이 없지 않는 것이다. 그런데도 사회
주의자들은 강경 주장하기를, 혁명은 유혈적 사업이라 한번은 가(可)
하거니와 민족운동 성공 후에 또다시 사회운동을 하는 것은 절대반대
라 하더니, 아라사국 국부 레닌이 식민지 민족은 민족운동을 먼저 하
고, 사회운동은 그 후에 하는 것이 옳다는 말을 하자 조금도 주저 없
이 민족운동을 한다고 떠들어대지 않는가.

　정·주(程朱)가 방귀를 뀌어도 향기롭다고 하던 자들을 비웃던 그
입으로 레닌의 방귀구멍은 감물(甘物)이라도 핥듯 하니, 청년들, 좀 정
신 차릴 지어다.

　나는 결코 정주학설을 신봉하는 자가 아니며, 마르크스 레닌주의를
배척하는 자도 아니다. 우리 국성(國性)·민도(民度)에 맞는 주의·제도
를 연구·실시하려고 머리를 쓰는 자 있는가? 만일 없으면 이에 더한
슬픔은 없을 것이다.

## 4. 동포가 쏜 총탄에 맞다

엄가빈에서 다시 사회교(砂灰橋)의 엄항섭 군집으로 와, 오룡교(五龍橋) 진동생 집에서 숙식하며, 낮에는 주애보(朱愛寶)의 작은 배를 타고 인근 운하로 다니며 각 농촌 구경을 유일한 임무로 삼았다.

가흥 성내에는 몇 군데 고적이 있었다. 그 중 고대 치부(致富)로 유명한 도주공(陶朱公)의 가대[家垈-鎭明寺]가 있고, 다섯 암소를 기른 축오자(畜五牸) 외에 못을 파서 양어장을 만든 착지양어장(鑿池養漁場)이 있는데, 문전에 도주공유지(陶朱公遺地)라는 비석이 서 있었다.

하루는 무료하여 동문으로 가다가 대로변 광장에 군경의 조련장을 보았다. 군대가 훈련하는데, 오가는 사람들이 운집, 조련하는 광경을 보기에 나도 걸음을 멈추고 구경했다.

그러자 조련장에서 군관 하나가 나를 유심히 보더니, 갑자기 달려와서 묻는 것이다.

"광동사람이오."

얼른 대답했지만, 그 군관이 광동사람일 줄이야 어찌 알았으랴.

당장에 보안대 본부로 끌려가서 취조를 받게 되었다. 나는 중국 사람이 아니다, 그대의 단장을 면대케 해주면 본래의 내 신분을 직접 필담으로 설명해주겠다고 했다.

그러나 단장은 나오지 않고 부단장이 얼굴을 내밀었다. 나는 한인인데, 상해 홍구폭탄사건 이후에 상해 거주가 곤란하여 이곳 저한추의 소개로 오룡교 진동생 집에 잠시 묵고 있으며, 이름은 장진구(張震

球)라 한다고 했다.

경찰은 그 길로 남문 저씨 댁과 진씨 집에 가서 엄밀 조사를 한 모양이었다. 4시간쯤 뒤에 진형이 와서 보증한 후에야 풀려났다.

저한추 군은 나에게 이렇게 권고했다.

"김선생이 마침 환거(鰥居-홀아비)시니, 내 친구 중 과부로 나이 근 30인 중학교 교원이 있으니 보시고 합의하시면 부인으로 맞이함이 어떠시오?"

그러나 나는 중학교 교원이라면 즉시로 나의 비밀이 탄로날 테니 안 된다 하고, 차라리 배를 젓는 여자와 가까이하여 의탁하면 좋겠다, 주씨 여자 같은 일자무식한 여자면 비밀을 지킬 수가 있겠다고 말했다.

그 후로는 숫제 배 안에서만 살았다. 오늘은 남문 호수에서 자고, 내일은 북문 강가에서 자고, 낮에는 땅에서 걷기나 할 뿐이었다.

나는 잠복한 반면에 박남파·엄일파(嚴一波)·안신암(安信菴) 세 사람은 끊임없이 외교와 정보 방면에 치중 활동했다. 물질적으로 중국인 친우의 도움을 받고, 미주동포들도 내가 상해를 탈출한 소식을 알고, 점차 원조가 증가되어 활동 비용은 그다지 어렵지 않게 되었다.

박남파 형은 원래 남경에서 중국 국민당 당원으로 중앙당부에 취직해 있던 관계로 중앙요인 중에도 잘 아는 사람이 많았다. 그를 통해 중앙 방면으로 교섭한 결과, 중앙당부 조직 부장이자 강소성(江蘇省) 주석인 진과부(陳果夫)의 소개로 장개석(蔣介石) 장군의 면담 통지를 받고 안공근·엄항섭을 대동하고 남경으로 갔다.

공패성(貢沛城)·소쟁(蕭錚) 등 요인이 진과부의 대표로 마중 나와 중앙반점에 숙소를 정했다. 다음날 밤에 진과부의 자동차를 타고 중앙군교(中央軍校) 내 장장군의 자택으로 갔다. 남파가 통역으로 따라

왔다.

장씨는 중국옷을 입고
온화한 얼굴빛으로 맞아준
다. 피차 인사말을 마친 뒤,
장씨는 간단한 어조로 동
방 각 민족은 손중산(孫中
山) 선생의 삼민주의(三民主
義)에 부합되는 민주적 정
치를 하는 것이 마땅할 듯
하다고 말했다. 나는 그렇
다고 대답했다.

1925년 3월, 손문이 죽자 중국 국민혁명군 총사령
관을 거쳐 중화민국 총통이 된 장개석은 '결사항일,
최후의 관두'를 다짐하며 일본 식민지하에서 신음
하는 한국인에게 깊은 관심을 갖고 '임정'을 물심
양면으로 도와주었다.

그런 뒤 나는 일본의 대륙 침략의 마수가 각일각으로 중국에 뻗쳐
오고 있으니, 좌우를 물리쳐주면 필담으로 몇 마디 진달(陳達)하겠다
했다. 장씨가

"하오! 하오!(好好)"

하니, 진과부·박남파는 문 밖으로 물러났다.

장씨가 붓과 벼루를 친히 갖다 주었다. 나는 그것으로 필담을 시작
했다.

"선생이 100만 원 돈을 허락해주면 2년 이내에 일본·조선·만주방
면에 대폭동을 일으키게 하여 일본의 대륙침략의 교량을 파괴할 터이
니, 선생의 뜻은 어떠하오?"

장씨는 붓을 들어 쓰기를,

"계획을 상세히 적어 보이시오."

하기로, 그러겠다고 하고 물러나왔다. 그리고 그 다음날로 간략한 계
획서를 보냈다. 진과부 씨가 자기 별장에서 연회를 베풀고, 장씨 의사

1933년 5월, 남경군관학교에서 있었던 김구(金九)·장개석 회담은 '임정'을 기사회생케 했다. 당시 장개석 총통은 윤봉길 의사의 '상해의거'에 큰 감명을 받고 '임정'을 적극 지원할 것을 다짐했다

를 대리하여 진씨가 말한다.

"특무공작으로 천황을 죽이면 천황이 또 있고, 대장을 죽이면 대장이 또 있지 않은가? 장래 독립하려면 무인을 양성해야 하지 않는가?"

"소원 불감청(所願不敢請)이오. 그러나 장소와 물력(物力)이 문제요."

그리하여 장소는 낙양분교(洛陽分校)로, 물력은 발전에 따라 공급한다는 약속하에 1기에 군관(軍官) 100명씩 양성하기로 합의를 보았다.

그런 다음 동3성에 사람을 보내 전날의 독립군 사람들을 소집했다. 이때 이청천(李靑天)·이범석(李範奭)·오광선(吳光善)·김창환(金昌煥) 등 장교와 그 부하 수십 명의 청년들과, 관내·북평(北平)·천진(天津)·상해·남경 등지에 있던 청년들을 있는 대로 모아 100명을 제1차로 진교(進校)케 하고, 이청천·이범석은 교관(敎官)·영관(領官)으로 입교하여 시무케 했다.

이때 우리 사회에서는 또다시 통일 바람이 일어나, 대일전선 통일동맹의 발동으로 의론이 분분했다. 하루는 의열단장(義烈團長) 김원봉(金元鳳)군이 내게 특별면회를 청해, 남경 진회(秦淮)의 하반(河畔)에서 비밀리에 만났다.

김군이 먼저 말했다.

"현하 발동되는 통일운동에 부득불 참가하겠으니, 선생도 동참함이 어떠오?"

내가 김군에게 물었다.

"내 소견에는 통일의 대체(大體)는 동일하나, 동상이몽으로 간파되니, 군의 소견은 어떻소?"

"제(弟)가 통일운동에 참가하는 주요 목적은 중국 사람들에게 공산당이란 혐의를 면하고자 함이올시다."

"나는 그런 목적이 각기 다른 통일운동에는 참가하길 원치 않소."

그로부터 이른바 5당통일회의(五黨統一會議)가 개최되니, 의열단·신한독립당(新韓獨立黨)·조선혁명당(朝鮮革命黨)·한국독립당(韓國獨立黨)·미주대한인독립단(美洲大韓人獨立團)이 통합하여 조선민족혁명당(朝鮮民族革命黨)으로 출세(出世)되었다.

5당통일 속에는 임시정부를 눈엣가시로 보는 의열단원 김두봉(金枓奉)·김약산(金若山) 등의 임시정부 취소운동이 극렬했다. 당시 국무위원 김규식·조소앙·최동오(崔東昨)·송병조(宋秉祚)·차이석(車利錫)·양기탁·유동열(柳東說) 7인 중 김규식·조소앙·최동오 등 5인이 통일에 심취하여 임시정부 파괴에 무관심함을 본 김두봉은 임시 소재지인 항주에 가서 송병조·차이석 양인을 보고,

"5당통일이 된 이때에 명패만 남은 임시정부를 존재케 할 필요가 없으니 해체해버리자."

고 강경하게 주장했다.

송·차 양씨는 이에 강력히 반대했다. 그럼 국무위원 7인 중 5인이 직을 버리고 보니 국무회의를 진행시킬 수가 없었다. 그리하여 무정부 상태가 되고 말았다는 내용의 조완구 형의 친서를 받고 나는 심히 분개하여 급히 항주로 달려갔다. 그곳에 살고 있던 김철(金澈)은 이미 병사했고, 5당통일에 참가했던 조소앙은 벌써 민족혁명당에서 탈퇴해

있었다.

그때 항주에 살던 이시영·조완구·김붕준(金朋濬)·양소벽(楊少碧)· 송병조·차이석 등 의원들과 임시정부 유지 문제를 협의한 결과, 의견 이 일치되므로, 일동이 가흥에 도착하여 이동녕·안공근·안경근·엄 항섭·김구 등이 남호(南湖)의 유정(遊艇－놀잇배) 한 척을 띄우고, 선중 에서 의회(議會)를 열었다.

여기서 국무위원 3인을 보선하여 위원은 이동녕·조완구·김구와 송 병조·차이석 5인이 되었다. 이로써 국무회의를 진행할 수 있게 되었 다.

5당통일이 형성될 당시로부터 우리 동지들은 별도의 단체조직을 주장했으나 나는 극히 만류했다. 다른 사람들은 통일을 하는데, 내부 변화의 복잡으로 인해 아직 참가하지는 않았지만, 또 다른 단체를 조 직할 수 없는 일이었던 것이다.

그러나 지금은 조소앙의 한독(韓獨) 재건설이 출현했다. 따라서 이 제는 내가 단체를 조직해도 통일 파괴자는 아니다. 임시정부가 종종 위험을 당하는 것은 튼튼한 배경이 없었기 때문이었다. 이제 임시정 부를 형성했으니, 정부 옹호를 목적한 단체가 필요하겠다 싶어, 한국 국민당(韓國國民黨)을 조직했다.

낙양군교 한인학생 문제로 남경 일본영사 스마(須麻)가 중국에 엄 중 항의했다. 더욱이 경비사령 곡정륜(谷正倫)에 교섭하기를,

"대역 김구를 우리가 체포하려 하는데 그때 가서 체포할 때에 입적 (入籍)이니 무엇이니 딴말을 해선 안 된다."

했다는 이야기였고, 곡씨(谷氏)는,

"일본서 중상(重賞)을 걸고, 김구를 내가 체포하면 상금을 달라고 했으니, 남경에서 근신하라."

부탁하는 말을 내가 직접 들었다.

이리하여 낙양군교 한인학생은 1기를 졸업한 후 다시는 수용하지 말라는 상부명령에 따를 수밖에 없게 되었다. 중국에서의 한인 군관 양성은 이로써 종막을 고하게 되었다.

나의 남경생활도 점점 위험기에 들어섰다. 왜가 나의 족적(足跡)이 남경에 있다는 냄새를 맡고, 상해에서 암살대를 남경으로 파송한다는 것이었다. 그 보도를 접하고 부자묘(夫子廟) 근처에 사람을 보내 시찰해보니, 편의(便依) 차림의 일경(日警) 7명이 대를 지어 순탐하더라는 보고가 들어왔다.

나는 부득이 가흥의 주애보 뱃사공 여자를 그 본가에 매달 15원 주고 데려다가 회청교(淮淸橋)에 집을 얻어 동거하며, 직업은 고물상이라 하고, 여전히 광동 해남도(海南島) 사람으로 행세했다.

경찰이 호구조사를 와도 애보가 먼저 나서서 설명하고, 나와는 직접 이야기하는 것을 삼가고 피하도록 했다.

그러자 곧 노구교사건이 터지고, 중국은 항일전을 개시하기에 이르렀다. 한인들의 인심도 불안하게 되었다. 5당통일이 되었던 민족혁명당은 조각조각 분열되고, 조선혁명당이 또 하나 결성되었다.

미주 대한인 독립단은 탈퇴한 후 근본 의열단 분자들만이 민족혁명당을 지지하게 되는데, 그같이 분열되는 것은 내용은 겉으로는 민족운동을 표방하지만, 이면으로는 공산주의를 실행하려 했기 때문이었다.

시국이 점점 급박하게 되자 우리 한국국민당과 조선혁명당·한국독립당, 미국·하와이 각 단체들을 연결하여 민족진영을 결성하고 임시정부를 옹호 지지하게 되어, 정부는 점점 건전한 길을 나아갈 수 있게 되었다.

상해전쟁은 날로 중국측이 불리하게 되어 남경의 왜비행기 폭격은 나날이 심해져갔다. 내가 거주하는 회청교 집에서 초저녁에 적기의 곤란을 받다가 경보해제 후에 잠이 깊이 들었는데, 느닷없이 잠결에 공중에서 기관포 소리가 들렸다.

급히 애보를 부르니 죽지는 않았다. 후면 가방의 동주자(同住者)들이 먼지흙 속에서 다들 나오는데, 뒷벽이 무너지고 그 바깥에는 시체가 무수했다.

각처에 불빛이 환한데, 하늘은 붉은 담요와 같았다. 이윽고 날이 밝아 마로가(馬路街) 모친 댁을 찾아갈 때는 여기저기 죽은 자, 부상한 자가 거리에 가득한 것을 보았다.

그렇게 보면서 가니 모친께서 친히 나오셔서 문을 열어주신다. 그래서

"놀라셨지요?"

했더니, 모친은 웃으시면서,

"놀라기는 무엇을 놀라? 침상이 들썩들썩하더군 그래 사람이 많이 죽었나?"

"네, 오면서 보니 이 근처에서도 사람이 상했던데요."

"우리 사람들은 상하지 않았나?"

"글쎄올시다. 지금 나가서 한번 보렵니다."

곧 나와 백산(白山) 집을 방문하니, 집의 진동으로 경황을 겪었으나 별고는 없었다. 남기가(藍旗街)에 많은 학생들이 살고 있었으나 모두 무사하여 다행이었다.

성암(醒菴) 이광(李光) 댁 자녀는 일곱인데, 심야 경보를 듣고 가다가 중도에서 천영(天英)이 자는 것을 모르고 왔음을 알고, 다시 담을 넘어들어가 자는 아기를 안고 나왔다는 얘기도 들었다.

남경의 각일각으로 위험해가자 중국정부는 중경(重慶)을 전시수도로 정하고, 각 기관이 분분히 옮겨갔다. 우리 광복진선(光復陳線) 3당 인원과 그 가족 100여 명도 물가가 싼 호남성(湖南省) 장사(長沙)로 우선 이주하기로 결정했다.

그리고 상해·항주에 있는 동지들과, 율양(律陽) 고당암(古堂菴)에서 선도(仙道)를 닦는 운강(雲岡) 양기탁 형을 비롯, 각지의 식구에게 남경에 올 여비를 보내고 소집령을 발했다.

안공근을 상해로 보내 자기 가족과 큰형수(重根 의사의 부인)를 꼭 모시고 오도록 거듭 부탁했지만, 결국 가족을 데려온 것을 보니, 자기 가족들뿐이고 큰형수는 없었다.

나는 그를 크게 꾸짖었다.

"양반의 집에 화재가 나면 사당부터 안고 나오나니, 혁명가가 피난을 하면서 국가를 위해 살신성인한 의사의 부인을 왜구의 점령구에 버려둠은 군의 가족은 물론이고, 혁명가의 도덕으로도 용인할 수 없는 일이다. 그런데 군이 가족도 단체생활 범위 안에 편입하는 것은 오늘 죽어도 고락을 같이한다는 본의가 아닌가?"

공근은 자기 식구만은 중경으로 이주하게 하고, 단체 편입을 원치 않아 자의에 맡겼다. 나는 안휘성 둔계중학(屯溪中學)에 재학중인 신(信)을 불러오고, 모친을 모시고 안공근 식구와 같이 영국 윤선으로 한구(漢口)로 향해 떠났다. 그리고 대가족 100여 식구는 중국 목선 한 척에 짐보따리까지 가득 싣고 남경을 떠났다.

나는 모친을 모시고 먼저 한구에 도착하여 장사로 가니, 선발대로 먼저 온 조성환(曹成煥)·조완구 등은 진강(鎭江)에서 임시정부 문부(文簿)를 가지고 남경 일행보다 며칠 먼저 와 있었고, 남경일행도 풍랑

중에 다 무사했다.

그러나 남기가의 사무소에서 물을 긷던 고용인 채군(蔡君)의 모친은 사람됨이 충실하니 동행하라는 명령을 받고 편입시켜 함께 오다가 무호(蕪湖) 부근에서 풍랑 중 물을 긷다가 실족하여 익사했으니, 이 일만은 불행이 아닐 수 없었다.

남경서 출발할 때 주애보는 본향인 가흥으로 보냈다. 그 후에 종종 후회 되는 것은, 송별시에 여비 100원밖에는 더 주지를 못했던 일이었다.

근 5년 동안 나를 위해 한갓 광동인으로만 알고 살았지만, 부지중 유사 부부이기도 했다. 나에게 공로가 없지 않은데, 후기(後期)가 있을 줄 알고 돈도 넉넉히 돕지 못한 것이 유감천만이었다.

한구까지 동행한 공군의 식구는 중경으로 이주했고, 100여 식구 동지·동포들은 공동생활을 할 줄 모르므로 각자 방을 얻어 각자 취

여덟 차례나 옮겨 다닌 '임정'의 이삿짐.

사했다.

모친의 생활관계가 빠졌으므로 거슬러 생각하며 쓴다. 내가 상처한 것은 상해에서 민국 6년 1월 1일이었다. 처가 신(信)을 낳은 뒤에 몸이 채 회복되지 않았을 때였다. 영경방(永慶坊) 10호 2층에서 세숫물을 모친더러 버리라기가 황송했던지 세면기를 들고 아래층으로 내려가다가 실족하여 층계에서 굴렀다.

그래서 협막염(脇膜炎)으로 폐병이 되어서 홍구의 서양인이 경영하는 폐병원에서 사망했던 것이다. 내가 그곳에 못 가는 까닭에 보륭의원(寶隆醫院)에서 나와 최후작별을 했다. 그리고 처의 임종에는 김의한(金毅漢) 부처가 방문해 임종을 보아주었고, 돌아와서 보고하는 것을 들었다.

미주에서 상해에 온 유세관(柳世觀)이 입원 때와 입장(入葬) 때 많은 수고를 해주었다.

모친은 3살인 신을 우유를 먹여 길렀는데, 밤에 잘 때는 모친의 빈 젖을 물려 재웠다. 상해에서의 우리 생활은 극도로 곤란했다.

그때 우리 독립 운동하던 동지들 중에 취직자·영업자를 제하면 수십 명에 불과했다. 모친께서는 이들 청년·노년들이 굶주리는 것을 애석히 생각하셨지만 구제할 방법이 없었다.

두 손자마저도 상해생활로는 보육하기 어려운 것을 보고 환국코자 하실 무렵, 우리 집 뒤 쓰레기통 안에 근처 채소상들이 배추 겉껍데기를 버린 것이 많아 매일 저녁 야심한 뒤에 그런 대로 먹을 만한 것을 골라다가 소금물에 담가 반찬거리로 하기 위해 여러 항아리 만들기도 하셨다.

아무리 생각해도 상해생활을 유지하기 어려움을 보신 모친께서 4살이 채 안된 신을 데리고 귀국 길에 오르시고, 나는 인을 데리고 여

반도(呂胖蹯)에서 단충집 하나를 빌려 석오 선생과 윤기섭·조완구 등 몇 분 동지들과 동거하며, 모친께서 담아주신 우거지 김치를 두고두고 먹었던 것이 기억난다.

모친께서 입국시에 여비를 넉넉히 드리지 못해 겨우 인천에 상륙하시자 여비가 모자라는지라, 떠나실 때 그런 말씀을 드린 바도 없었는데 인천 동아일보 지국에 가서 말씀하니, 지국에서는 상해소식으로 신문에 난 것을 보고 벌써 알았다면서, 경성 갈 노비와 차표를 사서 드렸고, 경성 동아일보사를 찾아 가신즉 역시 사리원까지 보내드렸다.

상해를 떠나실 적에 나는 부탁하기를, 사리원에 도착하신 뒤 안악 김홍량 군에게 통지해보아서 영접을 오거든 따라가시고, 소식이 없거든 송화 득성리(得聖里–水橋東 10여 리) 이모댁(張雲龍 이종제) 집으로 가시라고 했다. 어머님은 그 부탁대로 사리원에서 안악으로 오셨다는 통지를 했으나 아무 회보가 없으므로 송화로 가셨던 것이다.

2,3개월 뒤인 음력 정월 초에 안악에서 김선량(金善亮–庸濟의 長子) 군이 모친께 찾아와 뵙고, 안악으로 모셔갈 의사를 고했는데, 이유는

"할머님이 안악에 오시지 않고 중포에 계시게 하면서, 우리 집안에서 할머님 편으로 상해 계신 김선생님에게 독립운동자금을 공급한다고, 경찰서에서 일인이 누차 우리 집에 와서 야단을 하므로 집안 어른들이 가서 모셔 오라기로 왔습니다."

는 것이었다.

모친은 대로하시고,

"내가 사리원에서 왔다는 통지를 했는데도 아무 대답이 없다가, 지금 일본순사의 심부름으로 왔느냐?"

"곡절이 그리된 것도 정분이 부족해서가 아니옵고 환경관계이오니

용서하시고 같이 가십시다."

"잘 알았다. 일기가 온화하거든 해주 고향을 다녀서 안악으로 가마."

모친은 그렇게 말하시고, 선량을 돌려보냈다.

그리고 봄이 되어 득성리에서 떠나서, 도고로(陶古路) 임선재[林善在-셋째 삼촌의 사위] 집과 배석동(白石洞) 손진현[孫鎭鉉-고모아들] 집을 방문하시고, 해주 텃골 김태운[金泰運-재종제]과 몇몇 족인들과 부친 묘소를 마지막으로 다녀 안악으로 가셨다.

먼저 선량네 집으로 들어가셨는데, 김씨 집에서 알고 다정한 용진(庸震)·홍량 등이 찾아와 뵙고,

"모친 오시기 전에 주택과 모든 살림살이며 식량·옷들을 다 준비해두었습니다. 편안히 계십시오."

하고, 모셔가더라는 말씀을 하시는 것이었다.

모친께서는 밤낮으로 상해에 있는 자손들을 잊지 못하시고, 생활비에서 절약하여 약간의 돈도 부쳐 보내셨지만, 뜨거운 불에 눈(紅爐點雪)일 수밖에 없음을 아시므로, 인(仁)을 다시 보내라고 분부하셨다.

나는 명을 받고, 김철남(金鐵男-永斗) 군의 삼촌 편에 인까지 귀국시키게 되니 그 후로는 혈혈단신으로 일점의 집안 걱정도 없게 되었다.

세월이 흐르는 물과 같아 벌써 내 나이 50여 세라, 과거를 회상하고 장래를 미루어 생각하니 신세 가련하다. 서대문 감옥에서 원을 세우기를, 천우신조로 우리도 어느 때 독립정부가 성립되거든 정부 문 파수를 하다가 죽어도 한이 없으리라 했던 소원이 초과하여 최고직을 지낸 나의 책임을 무엇으로 이행할까 하는 생각에서 모험사업에 착수할 결심을 했었다.

그리고서 〈백범일지〉 상편을 쓰기 시작하여 1년 2개월에 상편을

다 썼다. 지난 사실의 어느 해, 어느 달, 어느 날을 기입한 것은 매양 본국에 계신 모친에게 글을 올려 하답을 받아 기입했다. 지금 하편을 쓰는 데도 모친께서 생존해 계시다면 도움이 많으련만, 슬프도다.

모친은 안악에 계시면서 동경사건이 발생된 후 순사대가 집을 포위하고 며칠을 경계했고, 홍구사건 때는 더욱 심했다 한다.

나는 어머님께 비밀히 알렸다.

"어머님께서 아이놈들을 데리고 다시 중국에 오셔도 그전같이 굶주림은 당하지 않을 형편이오니, 나올 수만 있으시거든 오십시오."

모친께서는 본시 용감하기가 다른 여류(女流)로는 당할 수가 없어, 안악경찰서에 출국원을 제출했다.

이유는 나이 늙어 죽을 날이 며칠 안 남았으니, 생전에 손자 둘을 데려다가 제 아비에게 맡기겠다는 것이었다.

다행히 안악경찰서의 허가를 얻으시고, 떠날 차비를 할 즈음에 경성 경시청에서 전원(專員)을 안악으로 파견하여 모친을 위협하고 타이르기를,

"상해에서 우리 일본경관들이 당신 아들을 체포하려 해도 찾지를 못하는 터이니, 노인이 까닭없는 고생을 할 것 없으므로, 상부명령으로 당신 출국을 불허하오. 그리 알고 집으로 돌아가서 안심하고 지내시오."

하는 말을 듣고 모친은 대로하여,

"내 아들을 찾는 데는 내가 그대들 경관보다 나을 터이고, 언제는 출국을 허가한다기로 가산집물을 다 처리했는데 지금에 와서 출국을 허가할 수 없다 하니, 남의 나라를 탈취하여 정치를 이같이 하고 오래갈 줄 아느냐?"

하고 소리를 쳤다.

노인이 너무 흥분되어 까무라치시므로 경찰은 김씨 집에 위탁하여 보호를 명하고, 모친께 다시 묻는 것이었다. 여전히 출국할 의사를 굽히지 않으시는 모친은

"그같이 말썽 많은 출국은 안하기로 결심한다."

하시고, 돌아오셔서 미장이 목수를 불러 집을 수리하며, 가구 집물을 준비하여 오래 살 계획임을 보이셨다. 그런 다음 몇 달 뒤에 송화(松禾) 동생의 병문안을 간다고 신(信)을 데리고 신천읍까지 차표를 사가지고 신천으로 떠나셨다.

그래서 신천에서는 재령으로, 사리원으로, 평양에 도착해서는 숭실중학에 재학중인 인을 불러 함께 안동현 직행차를 타셨다. 대련(大連)에서 일경 조사에, 인이

"어린 동생과 늙은 조모를 모시고 위해위 친척집에 의탁코자 가는 길입니다."

하니까,

"잘 가라."

고 특허를 하는 것이었다.

그리하여 상해 공근 군의 집에 들어가 하룻밤을 지내고, 가흥 엄항섭 군의 집으로 오셨다는 소식을 남경에서 들었다. 나는 즉시 가흥으로 가서 헤어진 지 9년 만에 어머님을 뵈었고, 그간 본국에서 지낸 일들을 하나하나 들었다.

9년 만에 모자 상봉하는 첫 말씀에 나는 큰 은전을 받았는데, 다른 것도 아니다. 어머님 말씀이,

"나는 지금부터 시작하여 네라는 말을 고쳐 자네라 하고, 잘못하는 일이라도 말로 책하고 회초리를 쓰지 않겠네. 이유는, 듣건대 자네가 군관 학교를 하면서 다수 청년을 거느린다니, 남의 사표가 된 모양

이라, 체면 보아주자는 것일세."

하시는 것이 아니겠는가.

나는 나이 만 60에 모친께서 주시는 큰 은전을 입었다.

그 후 남경으로 모셔다가 1년을 지낸 후, 남경 함락이 가까워져 장사(長沙)로 모시고 간 것이다.

이제부터는 다시 장사 생활의 대강을 기록하기로 하자. 100여 명의 남녀노유와 청년을 이끌고 사람도 땅도 생소한 호남성 장사에 온 것은, 다만 다수 식구를 가진 처지에 이곳이 곡식 값이 극히 싸다는 것과, 장래 향항(香港)을 통해 해외통신을 계속할 계획이었던 때문이다.

그래서 장사에 오게 되었고, 선발대를 보내놓고 안심을 못했으나, 뒤미쳐 장사에 도착하자 천우신조로 이왕에 친숙했던 장치중(張治中) 장군이 호남성 주석으로 전임되어 만사가 잘 풀렸다. 모든 편의와 보호를 받아 우리의 선전 등 공작도 유력하게 진전되었다. 그리고 경제 방면으로도 이미 남경서부터 중국 중앙에서 매월 다소의 보조가 있는데다 미국 한교(韓僑)의 원조도 있고 물가가 극히 싼 탓으로 다수 식구의 생활이었지만 고등난민의 자격을 보유하게 되었던 것이다.

내가 본국을 떠나 상해에 도착한 후 우리 동포들을 초면에 이사할 때외에는 본성명을 내어놓고 인사를 못하고, 매양 변성명의 생활을 계속했지만, 장사에 도착한 후에는 기탄없이 김구로 행세했다.

당시 상해·항주·남경에서 장사로 모여든 식구는 광복진선(光復陣線) 원동3당(遠東三黨) 당원 및 가족과 임시정부 직원들인데, 종종 3당 통일문제가 동행들 중에서 제기되었다. 3당은 첫째가 조선혁명당으로, 중요간부로는 이청천·유동열·최동오(崔東旿)·김학규(金學奎)·황학수(黃學秀)·이복원(李復源)·안일청(安一淸)·현익철(玄益哲) 등이었다. 다

음은 한국독립당으로, 간부는 조소앙·홍진(洪震)·조시원(趙時元) 등
이며, 내가 창립한 한국국민당은 이동녕·이시영·조완구·차이석·송
병조·김붕준·엄항섭·안공근·양묵(楊墨)·민병길(閔丙吉)·손일민(孫逸
民)·조성환 등이 간부였다.

그리하여 3당 통일문제를 협의하기 위해 5월 6일에 조선혁명당 당
부(黨部)인 남목청(南木廳)에서 모여 회식하기로 하고 나도 출석했다.
그런데 나중에 정신을 차리고 보니 내가 있는 곳이 병원인 듯하고, 몸
이 극히 불편한 것이 아닌가.

"내가 어디에 왔느냐?"

물으니, 남목청에서 술을 마시다가 졸도하여 입원했다는 것이다.

의사가 자주 와서 내 가슴을 진찰했다. 가슴에 무슨 상흔이 있는
듯해서 물어보았다.

"무슨 까닭이오?"

"졸도시에 상 모서리에 부딪쳐 약간 다치신 것 같습니다…."

운운하기로, 나 역시 믿고 별다른 의심을 하지 않았다. 그러자 한 달
가까이 되어서야 내가 입원한 진상을 엄항섭 군이 상세히 보고하는
것이었다.

"당일 남목청에서 회식이 시작되었을 때, 조혁당원(朝革黨員)으로 남
경서부터 상해로 특무공작을 가고 싶다 하여 금전보조도 해주던 이
운한(李雲漢)이 돌입해서 단총을 난사했습니다. 그 제1발에 내가 맞고,
제2발에 현익철(玄益哲)이 중상하고, 제3발에 유동열이 중상하고, 제4
발에 이청천이 경상을 입었는데, 현익철은 병원에 당도하자 절명하고,
나와 유동열은 입원치료 끝에 곧 나아 동시 퇴원하게 되었습니다."

그리고 범인은,

"성정부의 긴급명령으로 체포 구속되고, 혐의범 박창세(朴昌世)·강

창제(姜昌濟)·송욱동(宋郁東)·한성도(韓城東) 등도 수금되었다…."
운운하는 것이었다.

따라서 일대 의혹은 강창제·박창세 양인에게 있었다. 강·박 두 사람은 종전 상해에서 이비필(李秘弼)의 지휘로 병인의용대(丙寅義勇隊)라는 특무공작 기관을 설립한 일종의 혁명난류(革命亂類)로, 동포에게 돈을 강탈하고 일본의 정탐을 총살도 하며 직접 따르기도 하니, 우리 사회에 신용은 없으나 반혁명자로 규정하기는 어려웠다.

수십 일 전에 강창제가 나에게 청하기를,

"상해에서 박창세가 장사로 올 마음이 있으나 여비가 없어 못 온다니 여비를 보조하라."

하기로, 상해기관에 위탁하여 처리하마 했다.

그 이유는 박제도(朴濟道─昌世의 맏아들)가 일본영사관 정탐이 된 것을 내가 자세히 알고 있었기 때문이다.

여비가 없어 오지 못한다는 박창세는 장사에 와서 나도 한번 만나 보았다.

이운한은 필시 강·박 양인의 악선전에 넘어간 나머지 정치적 감정으로 격동되어 남목청 사건의 주범이 된 것이다.

경비사령부 조사로 알 수 있듯, 박창세가 장사에 도착한 이후 즉시 상해로 박창세에게 2백 원 돈이 송금되었으나, 이운한의 체포(수십 리 시골 기차역에까지 걸어갔다)된 후 신변에는 다만 18전만 소지한 것으로나, 이운한이 범행 이후 유동열의 의서(義壻) 최덕신[崔德新─東旿의 아들]에게 단총을 들이대고 10원을 탈취해가지고 장사를 탈출한 실정으로 보나 강·박의 마수에 이용된 것이 사실인 것 같다.

그리고 전쟁으로 장사도 위급한 경우에 처하게 되어, 중국법정에서 수(首)·종범(從犯)들을 의법 치죄하지 못한 채 거개 방면하고, 이운한까지 탈옥하여 귀주방면으로 거지꼴이 되어 오는 것을 구양군(歐陽群)이 만나서 말까지 나누었다는 보고를 중경에서 들었다.

이 사건으로 장사는 발칵 뒤집혀지다시피 했다. 경비사령부에서는 그때 장사에서 출발하여 무창으로 향해가던 기차를 다시 장사까지 후퇴시켜 범인 수색을 했고, 우리 정부로서는 광동으로 사람을 보내 중·한(中韓)합작으로 범인 체포에 노력했다.

그리고 성주석(省主席) 장치중 장군은 상아의원(湘雅醫院)까지 직접 와서 어떠한 방법으로든 나의 치료비는 성정부가 책임질 것이라고 말 했다 한다.

남목청에서 자동차에 실려 상아의원에 도착한 후, 의사가 나를 진 단해 보고는 가망이 없다고 했다는 것이다. 그래서 입원수속을 할 필 요도 없이 문간에서 절명을 기다릴 뿐이었는데, 1,2시간 내지 3시간 내 목숨이 연장되는 것을 본 의사는 4시간 동안만 생명이 연장되면 방법이 있을 듯하다고 하다가, 결국 4시간 뒤에 우등병실에 입원시켜 치료에 착수했다는 것이다.

그때 안공근은 중경에 편안하게 갖다놓은 자기 가족과 광서(廣西) 로 이주시켰던 중형(仲兄) 정근(定根)의 가족까지 향항(香港-홍콩)으로 이주시킬 일로 향항에 가 있었고, 인이 역시 상해 공작 가는 길에 향 항에 머물러 있었다.

그래서 내가 자동차에 실려 병원 문간에 가서 가망이 없다는 진단 을 받은 즉시 향항으로 발송한 전보는,

"남에게 총격을 받아 살 가망이 없다."

는 내용이어서, 수일 후 인과 공근이 장례에 참가하기 위해 장사로 돌 아왔던 것이다.

당시 한구(漢口)에서 전쟁 일을 주관하던 장개석 장군은 하루에도

여러 차례 전문(電問)이 있다가, 한 달 뒤 퇴원 후에는 장씨 대리로 나하천(羅霞天)씨가 치료비 3천 원을 가지고 장사에 와서 위문해주었다.

퇴원 후 즉시로 보행하여 모친께 가서 뵈었다. 모친께는 사실을 곧이곧대로 고하지 않고 지내오다가 거의 퇴원할 때에 신(信)이 알려드렸다고 하는데, 결국 가서 뵈었을 때도 말씀은 조금도 흔들리는 빛이 없으셨다.

"자네의 생명은 상제께서 보호하시는 줄 아네. 사불범정(邪不犯正)이지. 하나 유감인 것은 이운한이 정탐이나 그 역시 한인인즉, 왜놈 총을 맞고 죽는 것만 오히려 못하네."

이 말씀뿐이고, 당신의 손으로 만드신 음식을 먹으라 하시므로 먹었다.

그리고 엄창섭 군이 있는 데서 휴양중이었는데, 하루는 갑자기 신기가 불편하고 구역이 나며, 오른쪽 다리가 마비되므로 다시 상아의원에 가서 진찰받았다. X광선으로 심장 곁에 들어 있는 총알을 검사하니, 위치가 변동되어 오른쪽 갈비뼈 옆으로 옮겨가 있다는 것이었다.

"불편하면 수술도 용이하고, 그대로 두어도 생명에는 아무 관계가 없습니다. 오른쪽 다리의 마비는 총알이 큰 혈관을 압박하는 까닭이나 점차 작은 혈관들이 확대됨에 따라 감소될 것이오…."

나는 수술은 생각지도 않고 병원을 나왔다.

이때 장사에도 적기의 공습이 심하고, 중국기관들도 피난하는 중이라, 3당간부들이 회의한 결과, 일단 광동으로 간 후, 남경(南京)이나 운남(雲南) 방면으로 진출, 해외와의 교선(交線)을 만들 계획을 세웠다. 그러나 피난민들이 산 같고 바다 같은데, 먼 곳은 고사하고 100여 식구가 산처럼 쌓인 행리를 휴대하고 가까운 시골로 옮겨가기도 지극히 어려운 실정이었다.

　나는 실하지 못한 다리를 이끌고 성정부의 장주석(張主席)을 방문하여 광동으로 옮겨갈 것을 상의한 결과, 철도 기차 1량을 우리 일행에게 무료로 쓰게 명령을 발하고, 광동성 주석 오철성(吳鐵城)에게 소개 편지까지 친필로 써주는 것이었다.

　이로써 큰 문제는 해결되었다.

## 5. 광복군 창설

중국 중앙에 타전하여, 중경으로 갈 계획이니 회답해 달라 했더니, 오라는 회전(回電)이 왔다.

나태섭·조성환 두 동지에게 소개편지와 같이 귀양(貴陽) 차표 3매를 사서 보냈으므로, 서남자동차공사(西南自動車公司) 차로 험산준령을 넘어 10여 일 만에 귀양에 도착했다.

여러 해 화남지방에서 토지가 비옥하고 물산이 풍부한 곳만 보아서 그런지, 귀양시의 왕래하는 사람들 중 극소수를 제한 외에는 절대다수가 의복이 누덕누덕 기운 옷들이고, 얼굴이 누르께했다.

산천은 돌이 많고 흙이 적어, 농가에서 흙을 져다가 암석 위에 펴고 씨를 뿌린 것을 보아도 토양이 극히 귀함은 알 수 있겠다. 그중에도 한족(漢族)보다도 이른바 묘족(苗族)들의 형색이 지극히 궁핍하고, 행동이 야만하게 보이는 것이었다.

중국말을 모르는 나로서는 언어로는 한·묘족을 구별하기 어려웠지만, 묘족여자는 의복으로 구별하고, 묘족남자는 문야(文野)의 안광(眼光)으로 분별할 수 있으나, 묘족화한 한인들도 많은 듯했다.

묘족도 4천여 년 전 삼묘씨(三苗氏)의 자손이라니, 삼묘씨는 전생에 무슨 업보로 자손들이 저 지경인가? 여러 천 년 역사상으로 특이한 인물이 있었다는 사기(史記)를 보지 못했기에 나는 삼묘씨라는 것은 고대의 명칭을 남겨놓고 있을 뿐이고, 근대에는 없어진 줄만 알았었다.

그런데 이제 묘족도 몇 십, 몇 백의 종별(種別)로 변화하여 호남·광동·광서·운남·귀주·사천·절강 등지에 널리 퍼져 있는 형세인데, 근대의 한민족화한 무리들 중에는 영걸도 있다 했다. 풍설에 들으면 광서의 백숭희(白崇禧) 장군과 운남주석 용운(龍雲) 등이 묘족이라 하나, 그 선조를 알지 못하는 나로서는 진위를 말할 수 없다.

귀양에서 8월을 지나고서 중경까지 무사히 도착했으나, 그 사이 광주가 함락되었다. 대가족의 소식이 지극히 궁금하던 차 일행이 고요(高要)로, 계평(桂平)으로 해서 유주(柳州)에 도착했다는 전신을 받고서 적이 안심이 되었다.

그러나 중경 가까운 곳에 이사를 시켜달라는 데는 큰 문제였다. 중국 중앙에서조차 차량 부족으로 곤란을 겪고 있었다. 군수품 운수에 1,000량이 부족한데 보유량은 100량 밖에 없으니, 해주고 싶어도 해줄 수가 없는 처지라는 것이다.

교통부와 중앙당부에 누차 교섭한 끝에 자동차 6량으로 식구와 짐을 운반하게 되어 여비까지 챙겨 보냈다.

식구들을 정착시킬 안접지(安接地)를 어디로 하려느냐고 묻기에 귀양에서 중경 오면서 연로(沿路) 지나며 보았던 중에 기강(綦江)이 좋아 보였으므로 기강으로 정했고, 청래(晴萊) 형을 파견하여 집과 약간의 가구 등 물건을 준비하게 했다.

그리고서 미국·하와이에 우리가 중경으로 옮겨간 것을 통지하고, 날마다 회보(回報)를 보기 위해 우정총국에 직접 내왕했다.

하루는 우정국을 갔더니 인(仁)이 와서 인사를 하는데,

"유주서 할머니가 병이 나셨는데, 급속히 중경으로 가시겠다고 말씀하시므로, 신(信)과 형 저기문(儲奇門), 제가 모시고 왔습니다."

따라서 뵈니, 내가 묵는 여관인 홍빈여사(鴻賓旅舍) 맞은편이었다.

그래서 어머님을 모시고 홍빈으로 와서 하룻밤을 함께 지냈다. 그런 뒤 김홍서(金弘敍) 군이 자기 집으로 모시기로 하여 어머님은 다시 남쪽 언덕 아궁보(鵝宮保) 손가화원(孫家花園)으로 가셨다.

당신의 병은 인후증(咽喉症)이니, 의사의 말을 들건대, 광서의 수토병(水土病)이라 한다. 고령만 아니면 수술을 베풀 수 있으며, 병이 일어난 초기이면 방법이 있으나, 때가 또한 늦었다고 하는 것이다.

어머님께서 중경으로 오실 줄 알고, 노쇠하신 어머님을 시봉(侍奉)할 성심을 품고 중경으로 솔권해온 일가족이 있었다. 바로 상해에서 동제대학(同濟大學) 의과를 졸업하고 고령폐병요양원(估領肺病療養院) 원장으로 개업하다가, 고령이 전쟁 거점이 될 것을 간파하고, 의창(宜昌)으로, 만현(萬縣)으로 해서 중경까지 온 유진동(劉振東) 군과 그의 부인 강영파(姜暎波)이다.

이들 부처는 상해의 학생시절부터 나를 특별 애호하던 동지들이었다. 나를 애중하던 그들 부처가 내 형편이 모친을 모시지 못하게 된 것을 알고, 자기 부처가 모친을 시봉하겠으니 나는 마음 놓고 독립사업에 오로지 힘쓰라는 것이었다.

그들이 그러한 성심을 품고 남쪽 강안(江岸)에 당도한 때는 인제의원(仁濟醫院)에서도 손을 놓고, 마침내 퇴원하고 시일을 기다리던 때였으니 천고 유한이 아닐 수 없다.

다시 거슬러 올라가 중경에 처음 도착하여 진행한 일을 말하려 한다.

일단 세 가지이니, 첫째는 중국당국에 교섭하여 차량을 얻고, 이사비용을 마련하여 유주로 보내는 것이었다.

둘째는 미국·하와이 각 단체에 임시정부의 직원과 권속을 중령으로 이주시킨 것을 통지하고, 원조를 청하는 일이었다.

셋째는 각 단체의 통일문제를 제기하는 일이었다.

나는 이 일로 남안(南岸) 아궁보(鵝宮堡) 조선의용대와 민족혁명당 본부를 방문했다. 김약산(金若山－元鳳)은 계림(桂林)에 있었으나, 그 간부인 윤기섭(尹琦燮)·성준갑(成俊甲) 등이 민족주의 단일당(單一黨)을 주장하니 일치 찬성한다. 그런 까닭으로 한걸음 나아가 유주와 미국·하와이에 대해서도 일치를 구하였다.

미국·하와이에서 회답이 오기를,

"통일은 찬성하나 김약산은 공산주의자이니, 선생이 공산당과 합작하여 통일하는 날은 우리 미국교포와는 입장 상 인연과 관계가 끊어지는 줄 알고 통일운동을 하시오."

라는 것이었다.

나는 약산과 상의한 결과, 연명선언으로,

'민족운동이라야 조국광복에 필요하다'

고 발표했고, 유주 국민당으로부터는 좌우간 중경 가서 토론 결정하

1941년 '임정' 구미외교위원회 위원장 시절의 이승만 박사와 동지들

자는 회답이 왔다.

기강 선발대가 도착되고 이어서 백여 식구들은 다들 무사히 안착했다. 그러나 유독 어머님만은 병이 점점 중태에 들어, 당신도 회생하지 못할 것을 각오하시고,

"어서 독립이 성공되도록 노력하여 성공, 귀국할 때는 나의 해골과 인이 어미의 해골까지 가지고 돌아가 고향에 매장하라."

하시며, 50여 년 고생하다가 자유 독립되는 것도 보지 못하시고 원통하게 돌아가신 것이다. 대한민국 XX년 4월 26일 손가화원 안에서 어머님은 불귀의 길을 가셨다.

5리 가량 되는 화상산(和尙山) 공동묘지에 석실(石室)을 만들어 어머님을 모셨다.

모친은 생전에도 대가족 중 최고령이시라 존장 대접을 받으시더니, 죽은 뒤에도 매장지 부근에 현정경(玄正卿)·한일래(韓一來) 등 수십 명의 한인(韓人) 연하자들의 지하회장(地下會長)이신 듯싶다.

종전에 노복을 사용하던 시대는 물론하고, 국가가 병탄된 뒤는 경향을 물론하고 동포들의 양심 발동으로,

"내가 일인의 노예가 되고 어찌 차마 내 동포들을 종으로 사용하랴."

하고, 불모이동(不謀而同)으로 의견이 같아 노복제를 물리치고 고용제를 사용했다. 어머님은 일생생활에서 노복을 공대하는 것은 물론이고, 80 평생에 고용 두 글자와 상관이 없으셨다. 돌아가실 때까지 자신의 손으로 옷을 꿰매고, 자신의 손으로 밥을 짓고, 일생 동안 타인의 손으로 자기 일을 시켜보지 않은 것도 특이하다고 하겠다.

대가족이 기강에 안착한 후, 조완구·엄항섭 등 국민당 간부들을 불러 모아 통일문제를 토론해보니, 나의 의지와는 정반대였다. 간부들

은 물론이고, 국민당 전체 당원뿐 아니라 조혁(朝革)·한독(韓獨) 양당
도 일치하게 연합통일을 주장한다는 것이다. 이유는 주의가 같지 않
은 단체와는 단일조직이 불가능하다는 것이다.

나의 이상으로는 각 당이 자기 본신을 그대로 두고 연합조직을 한
다면 통일기구 안에서 각기 자기 단체의 발전을 도모하려 할 터이니,
도리어 마찰이 더욱 심할 것이다. 나의 주장은 이왕에는 사회주의자
들이 민족운동을 반대했으나, 지금은 사회운동은 독립 완성 후 본국
에 가서 하게 하고, 해외에서의 운동은 순전히 민족적으로 국권의 완
전회복에만 전력하자는 것이었다.

"공산주의자들도 극력 주장하니 하나로 만들 수 있지 않은가?"
하고 주장했더니,

"이사장(理事長) 의견이 그러시면 속히 기강에 동행하여 우리 국민
당 전체 당원들과 두 우당(友黨) 당우들의 의사가 일치되도록 노력하
지 않으면 성공하기 어려울 것입니다. 왜냐하면 유주에서 국민당은 물
론이고, 조혁·한독 우당 당원들까지도 연합론이 강합니다."
하는 것이었다.

나는 모친 상사 후에 몸이 건강하지 않아서 휴양 중이었으나, 일이
이렇게 되었으므로 기강 행을 강행하지 않을 수 없었다.

기강에 도착한 후 8일간은 국민당 간부와 당원회의로 단일적 통일
의 의견 일치를 얻게 되었다.

그리하여 기강에서 7당 통일회의가 개최되니, 한국국민당·한국독
립당·조선혁명당 등 광복진선(光復陣線) 원동(遠東) 3당과, 조선민족혁
명당·조선민족해방동맹·조선민족전위동맹·조선혁명자연맹 등 4개
단체는 민족 전선연맹이다.

개회 후에 대다수 쟁점이 단일화 되는 것을 간파한 해방·전위 양

동맹은 자기 단체를 해산하기를 원하지 않는다는 이유를 설명하고 퇴장해버렸다. 그들은 공산주의자 단체이므로 민족운동을 위해 자기네 단체를 희생시킬 수는 없다고 이왕부터 주장하던 터라, 별로 놀라거나 이상히 여길 일은 아니었다.

그들이 퇴장한 후 그대로 5당 통일의 단계로 들어가, 순전한 민족주의적 신당을 조직하여 8개조(個條)를 내세우고, 각 당 수석대표들이 8개 조항의 협정에 직접 붓을 들어 서명했다. 그러고 며칠간 휴식에 들어갔다.

그러자 민족혁명당 대표 김약산 등이 돌연 주장하기를,

"통일문제 제창 이래로 순전히 민족운동으로 역설했으나, 민혁당 간부는 물론이고, 의용대(義勇隊)들까지도 공산주의를 신봉하는 터인데, 지금 8개조를 고치지 않고 단일조직을 하면 청년들은 전부 반대할 것이므로 탈퇴한다."

고 선언하는 것이 아닌가.

이래서 통일회의는 깨졌다.

나는 3당 동지들과 미국·하와이 각 단체들에 대해 사과하고, 원동 3당 통일회의를 속개하여 한국독립당(韓國獨立黨)이 새로 생겼다.

7당·5당의 통일은 실패했지만, 3당 통일이 완성될 때의 하와이 애국단과 하와이 단합회가 자기 단체를 해소하고, 한국독립당 하와이 지부를 성립시키니, 내용적으로는 3당이 아니고 5당이 통일된 것이다.

한국독립당 집행위원장은 김구(金九), 집행위원으로는 홍진(洪震)·조소앙·조시원(趙時元)·이청천·김학규·유동열·안훈·송병조·조완구·엄항섭·김붕준·양묵·조성환·박찬익·이이석·이복원(李復源) 등이고, 감찰위원장은 이동녕, 위원은 이시영·공진원(公鎭遠)·김의한 등이

34차 '임시의정원' 의 기념촬영

었다.

임시의정원에서는 임시정부 국무위원을 개선하고, 국무회의 주석을 종래와 같이 돌아가며 하던 윤회 주석제를 폐지하고, 회의의 주석인 이외에 대내·외에 책임을 지는 권리를 부여케 했다. 그래서 나는 국무회의 주석으로 피임되었고, 미국의 수도 워싱턴에 외교위원부를 설치, 이승만 박사를 위원장으로 임명하여 취임케 했다.

내가 중경에 온 이후 중국당국에 교섭한 결과, 교통기구가 곤란할 때에도 자동차 5,6량을 무료로 빌려 대가족과 많은 짐으로 수 천리 험로에 무사히 운반하게 했으며, 진제위원회(振濟委員會—구호위원회)에 교섭하여 토교 동차폭포(土橋東次瀑布) 위쪽 지대를 매입한 후 기와집 3동을 건축했고, 시중에도 2층 기와집 1동을 매입하여 백여 식구를 모두 수용했다.

그밖에 우리 독립운동에 관한 원조를 청했으나, 이에는 냉담한 태도가 보이므로 중앙당부에 교섭하기를,

"중국의 대일항전이 이와 같이 곤란한 때에 도리어 원조를 구함이 심히 미안하오. 미국에 만여 명의 한교(韓橋)들이 있어 나를 오라 하므로, 미국은 부국이며 장차 미·일 개전을 준비 중이니, 대미 외교도 개시하고 싶소. 여비도 문제가 없으니, 여행권 수속만을 청구하오."

하였다. 그러자 당국자의 말이,

"선생이 중국과의 약간의 관계를 지닌 터에 출국하심은 좋지 않을 듯하오."

운운한다. 나는 그래서,

"나 역시 그런 뜻에서 여러 해를 중국 수도만 따라온 것이나, 중국이 5,6개 대도시를 상실한 나머지 중국의 독자적인 항전만으로도 극도로 곤란한 것을 보고, 한국독립을 원조하라는 요구를 하기가 극히 미안한 까닭이오."

이랬다. 당사자 서은증(徐恩曾)은,

"책임을 지고 선생의 계획서를 상부에 보고 올릴 터이니, 1부를 만들어 보내주시오.」

하기로, 이에 대해 광복군(光復軍), 즉 한국 국군을 허락하여 베풀어 주는 것이 3천만 한족(韓族)의 총동원적 요소임을 설명하여 장개석 장군에게 보냈다. 그러자 즉시로 김구의 광복군 계획을 가찬한다는 회신이 왔다.

임시정부에서는 이청천을 광복군 총사령으로 임명하고, 모든 힘(3,4만원, 미국·하와이 동포들이 원조한 것)을 다해, 중경의 가릉빈관(嘉陵賓館)에서 중(中)·서(西) 인사들을 초청하고, 우리 한인을 총동원하여 광복군 성립 전례식(典禮式)을 거행했다.

이어 30여 명의 간부를 선발하여 서안(西安)으로 보내, 연전에 서안에 파견했던 조정환 일행을 합해 한국 광복군사령부를 설치한 후,

한국광복군총사령부 성립 전례식에 선 '임정' 국무령 김구 선생

나월환(羅月煥)이 광복군으로 예편되어 광복군 제5지대(支隊)가 되었다. 또 재래 간부 중 이준식(李俊植)을 제1지대장으로 임명하여 산서성 방면으로, 고운기(高雲起-公鎭遠)를 제2지대장으로 임명하여 수원성(綏遠省) 방면으로, 김학규를 제3지대장으로 임명하여 산동성 방면으로 각각 배치하여 모병·선전·정보사업을 착수, 진행하게 했다.

강남(江南)의 강서성 상요(上饒)에 중국 제3전구 사령부 정치부에서 시무중이던 황해도 해주 사람 김문호(金文鎬) 군은 일본 유학생으로, 대지(大志)를 품고 중국으로 건너와 각지를 유랑하다가, 절강성(浙江省) 동남 금화(金華) 방면에서 정탐 혐의로 체포되었다. 그래서 신문을 받던 중 마침 중국인 일본 동학(同學)을 만나, 동학들과 같이 제3전구 사령부에 복무하게 되었던 것이다.

그러다가 김구(金九)란 이름이 신문지상에 오르내리는 것을 보고, 먼저 서신으로 사정을 통하였고, 그러다가 후일 중경으로 나를 찾아와 모든 것을 보고했다.

그래서 상요에 한국광복군 징모처 제3분처(分處)를 두고, 김문호를 주임으로, 신정숙(申貞淑-鳳彬)을 회계조장으로, 이지일(李志一)을 조장으로, 한도명(韓道明)을 훈련조장으로, 선전조는 주임 김문호 겸임으로 각각 임명하여 상요로 파견했다.

모든 당·정·군의 비용은 미국·하와이·멕시코·쿠바의 한교들이 만강(滿腔)의 열의로 거두어 보내주는 것을 각기 분배하여 3부 사업을 진행해 나갔다.

그러던 중 장부인(蔣夫人) 송미령(宋美齡) 여사의 부녀위로총회(婦女慰勞總會)에서 한국광복군에 주는 중국돈 10만 원의 위로금을 받기도 했다.

1940년 12월 26일 서안에서 찍은 '광복군 총사령부' 총무처 직원 일동 사진. 대일 공작 추진을 위해 한 달 전인 11월 29일 '광복군총사령부'는 전방전선인 서안으로 옮겨왔다. 총사령 대리는 황학수, 장군이었다. 이청천 총사령과 이범석 참모장은 중경에 남아 중국 군사위와 군사협의를 진행했다.

제3징모처 신봉빈 여사의 내력이 하도 이상하므로 기록하기로 하자. 내가 연전에 장사의 상아의원에서 가슴에 총을 맞고 치료하던 때이다.

하루는 병상에 앉아 바깥을 바라보고 있노라니, 방문이 열리면서 한 여자가 편지 한 통을 내 방에 투입한 후 그대로 사라지지 않겠는가.

전임(專任) 간호부 당화영(唐華英)이 마침 방안에 있었으므로 그 편지를 집어달라고 하여 펼쳐보았다. 정말 영문을 알 수 없는 일이었다. 우편으로 온 서신이 아니라 인편으로 보내온 것인데, 신봉빈이란 여자가 상덕포로수용소(尚德俘虜收容所)에 포로의 한 사람이 되어 해방시켜주기를 청원한 진정서였다.

자기는 상해에 유거(留居—남편과 같이 삶)하다가 4·29 홍구 폭탄사건 후 붙들렸는데, 이근영(李根永)의 처제요, 민국(民國) 사무원으로 피체 귀국한 송진표(宋鎭杓—진짜 이름은 張鉉根)의 처이다. 언니나 남편에게서 선생님이 언니의 집에 오시면 냉면을 차려 접대했다는 이야기를 잘 들었고 앙모했는데, 상사(商事) 일로 산동 평원(平原)에서 중국유격대에게 붙잡혀 이곳까지 오는 도중에 장사를 지나왔다. 그러나 선생의 계신 곳을 알 수가 없었고, 그 뒤로 상덕(尚德)까지 끌려왔으나,…… 대강 이런 내용으로 사지(死地)에서 구출해달라는 요청이었다.

나는 아무리 생각해도 이 편지의 내력을 알 수가 없었다. 이 여자가 이영근의 처제인 것만은 틀림없는 듯싶고, 일찍이 본국에서부터 나를 듣고 아는 것도 사실인 듯싶었다. 그러나 지금 내가 장사의 상아의원에서 입원 치료하는 것을 수 백리 떨어져 있는 상덕수용소에서 어떻게 알고 편지를 보냈는가? 우표도 없고, 일부인(日附印)도 없는 순전히 인편으로 보낸 편지이니, 아까 방문 밖에서 그림자만 얼른 비치고 없어진 여자는 천사였던가?

하여튼 조사해볼 필요가 있다고 인정되어, 퇴원 후 한구(漢口)의 장위원장(蔣委員長)에게 청구하여 포로 조사의 특권을 얻은 후 노태준(盧泰俊)·송면수(宋冕秀) 양인을 상덕에 파견 조사한 결과는 다음과 같았다.

상덕포로수용소에는 한인(漢人) 포로가 30여 명이고, 일인은 수백 명이었다. 한·일인을 한 방에 함께 섞어 있게 하는데다 포로로도 한인은 일인의 지휘를 받게 되는데, 운동체조에도 일인이 명령 지도하고, 일체 사물에 대해서도 일인의 권리가 많다. 그런 가운데 신봉빈은 극단으로 일인의 지휘 간섭을 받지 않고, 유창한 일어로 일인에 대해 극렬하게 항쟁하는 것을 본 중국관원들은 신봉빈이 인격자임을 알게 되어, 비밀신문으로 봉빈의 배일사상의 유래를 조사했다. 중국에서 활동하는 한국 독립운동자 중에 친숙한 사람이 있는가 물음에, 봉빈은

"김구를 잘 아노라."

했다는 것이다.

관원이 다시 물었다.

"그러면 김구가 지금 어디에 있소?"

"모른다."

"김구에게 편지를 보내고, 구원을 청하면 김구가 너를 구원해줄 신념이 있는가?"

"김구 선생이 알기만 하면 필연코 나를 구원할 것이오."

그 조사를 하던 관원은 다름 아닌 장사사람이었다. 5월 6일 사건으로 장사 일원에 큰 소동이 일어났으므로 김구가 저격을 당해 상아의원에서 치료중이라는 소식은 모르는 사람이 없던 때였다. 관원은

장사의 자기 집에 오는 편에 봉빈의 서신을 지니고 왔다. 그래서 상아
의원에 가서 김구가 어느 방에 있는가를 탐문한 후, 내 방문 밖에는
헌병 파출소가 감시하므로 직접 전하지는 못하고, 가까운 간호부로
하여금 편지를 방 안에 투입케 한 것이다. 그리고 그것을 본 관원은
급히 떠나 버렸다는 이야기였다.

이로부터 수용소에선 봉빈을 특대했다. 그리고 장사의 위급으로 광
주로 퇴거한 뒤, 나는 중경으로 가기 위해 다시 장사까지 기차를 타고
가서, 장사로에서부터는 자동차로 상덕을 지났다. 그러나 시간관계로
포로수용소를 찾아보지 못한 채 다만 신봉빈에게 한 통의 편지를 주
고, 중경에서 구원의 길을 강구했다.

중경에 와서 알아보니, 의용대에서 벌써 포로해방을 교섭하여 일부
포로와 신봉빈 등은 석방되었고, 신봉빈은 여러 차례 나에게 오기를
요구했다는 것이다.

그래서 김약산 군에게 편지를 보내, 신봉빈을 계림(桂林)에서 중경
으로 데려다가 직접 만나본 후, 기강과 토교(土橋) 대가족들과 함께
지내게 했다가 나중에 상해로 보냈다.

봉빈은 비록 여성이나 총명 과감하여 전시공작의 효과와 능률을
중국 방면에서까지 많이 올리고 있었으며, 봉빈 자신도 항상 경이적
인 공헌을 하리라고 스스로 마음먹고 있었다.

따라서 장래 촉망되는 바이다.

비통한 일이다. 대가족 중에 빠진 식구들이 있으니, 상해의 오영선
(吳泳善)·이의순(李義槟－李東輝의 딸) 내외와 그 자녀인데, 그들 중 오영
선 군은 신체의 고장으로 동작을 못하므로 대가족에 편입되는 것이
불가능했다.

그래서 오영선 군은 연전에 작고했다 하나, 상해가 완전히 적에게

실함되었으니 손을 쓸 여지가 없게 되었다.

그리고 이명옥(李溟玉) 군의 가족이니, 명옥 군은 본시 금천(金川)사람으로 3·1 운동에 참가하여 일본의 정탐을 암살한 뒤 상해로 건너와 민국 사무원이 되었다.

그러다가 그 처자가 나온 뒤로는 생활을 위해 영상전차(英商電車) 검표원으로 근무하면서, 내가 남경으로 이주한 후에도 종종 비밀한 공작으로 내왕하다가 왜구에게 체포되어 본국에 가서 20년 징역형을 받았다. 명옥군의 부인 이정숙(李貞淑) 여사는 자녀를 데리고 상해 생활을 계속했다. 그러므로 내가 남경에 거주할 때는 생활비를 보조하다가 대가족으로 편입하기를 통지하니, 부인은 상해생활을 하면서 본국 감옥에 있는 남편에게 두 달에 한 차례씩 왕복하는 서신을 보냈고, 그 성심에서 차마 상해를 떠나지 못하겠다는 것이었다.

그러던 중 맏아들 호상(好相)이 조선의용대에 참가하여 절동(浙東-浙江省 동부) 일대에서 공작하다가, 모친과 남동생·누이들이 그리웠던 모양으로, 두세 사람 동지들을 대동하고 상해에 잠입했다. 그리고 은밀히 활동하며 간간이 자기 모친에게 비밀 왕래하다가 왜구에게 발각되는 바람에 이부인이 체포되었다. 그래서 사랑하는 아들 호상의 사는 곳을 대라고 엄하게 신문받았으나 곧이곧대로 말하지 않아 당장에 타살 당했다. 그리고 호상은 동지 3명과 함께 기차를 타고 도망하다가, 차 안에서 4명이 모두 체포되었다. 호상도 함께 체포되어 내지(內地)로 호송되던 중 배 안에서 작은 친누이를 만났다.

그리하여 누이로부터 모친과 어린 동생은 왜놈에게 피살되었고, 자기는 내지로 압송되어 간다는 말을 듣고, 호상은 기절하여 죽었다…… 하는 사연인 것이었다.

아프다! 슬프다! 상천(上天)이 무심도 하지. 어린 아들, 어린 딸도 왜

의 독수(毒手)에 목숨을 잃었단 말인가. 그러고도 인간세계가 존속할
수 있단 말인가.

망국 이래에 왜구에게 온 가족이 도륙됨이 무릇 몇 백, 몇 천 집이
랴만은 기미년 이래 상해에서 운동하던 장면에는 이명옥(李溟玉) 군이
당한 참독이 첫째 자리라 하겠다.

무릇 우리 동포 자손들에게 한마디를 남기나니, 광복 완성 후에 이
명옥 일가를 위해 충렬문(忠烈門)을 수안(遂安) 고향에 세우고, 영구히
기념하게 하기를 부탁해두노라.


처음부터 대가족들과 같이 움직이던 중에 장사사건으로 인해 왜구
의 앞잡이 이운항에게 총맞아 순국한 현익철(默觀) 군은 나이 50 미
만이었고, 위인이 강개다지(慷慨多知)하며, 지난날 만주에서 정의부(正
義部) 수뇌로 왜구와 공산당, 장작림 부하 친일분자들에게 3면 포위된
가운데서도 독립운동을 위해 맹렬하게 투쟁한 동지였다.

그러다가 결국은 왜구에게 체포되어 신의주 감옥에서 무거운 징역
을 겪은 뒤, 만주는 완전히 왜구의 천지가 되었으므로 관내(關內)로
들어와 이청천·김학규 등 옛동지들과 조선혁명당을 조직, 남경에서
의열단이 주최한 민족혁명당을 같이 조직했다가(이른바 5당 통일) 탈퇴
하고, 광복진선 9개 단체(遠東의 조선혁명당·한국독립당·한국국민당·민주국
민당·하와이 국민회·愛國團婦人救濟會·단합회·동지회)에 참가했다.

그러다가 남경에서 장사로 갈 때, 대가족에 편입하여 부인 방순희
(方順熙)와 어린 아들 종화(鐘華)를 데리고 장사에 도착, 통일을 실현시
키자는 묵관(默觀) 자신의 제의에 모두가 응했고, 회의를 약속한 후,
나 역시 연석(宴席)에 참가했던 것이다. 그렇건만 불행하게도 묵관 한
사람만 목숨을 잃었던 것이다.

그 후 황주(黃州)서 조성환·나태섭 두 동지와 같이 중경으로 가던 길에 장사에서 귀양행 자동차를 기다리던 때, 이때는 바로 음력 추석절이었는데, 묵관의 묘소 심배(尋拜)를 주장했다.

그러나 두 동지는 나의 참묘를 극력 말리고, 두 동지만 술과 안주를 가지고서 참묘했다. 나의 몸이 완전히 회복되지 못하고, 멀리 떠나는 길인데, 나의 묵관의 묘 앞에 당도하면 애절·통절하여 정신상 신체상에 무슨 장애가 생길까 우려하여 말렸던 것이다.

결국 장사에서 귀양행 자동차를 타고 가다가 도중에 두 동지가, 길가의 산중턱에 선 비석을 가리키며,

"저것이 현묵관 묘입니다."

하기로 나는 차 안에서 목례를 보냈을 뿐이다.

군의 불행으로 인해 우리 사업에 다대한 지장이 생겼으나 그것을 어찌하랴.

"군은 안식하라! 귀부인, 귀자(貴子)들은 안전하게 보호하리다."

무정한 자동차는 비석조차 보여주지 않은 채 질주해버렸다.


어머님께서 중경에서 세상을 뜨시고, 대가족이 기강에 정착하여 산지도 1년이 지났을 때, 석오(石吾) 이동녕(李東寧) 선생이 71세 노령으로 작고하여, 그곳에 안장됐다.

선생은 내가 처음으로 30여 년 전 을사신조약(乙巳新條約) 직후, 경성 상동(尙洞) 예수교당에서 진자(進者) 이석(李石)으로 행세할 때 상봉하여 같이 상소운동에 참가했다. 합병 후에 경성 양기탁 사랑에서 다시 밀회, 서간도에 무관학교를 설립하여 장래의 독립전쟁을 목적하고, 선생이 그 업무를 위임받았었다.

그리고 기미년 상해에서 또 다시 만나, 20여 년 고초를 같이 나누

고 사업을 함께 하면서 일심일의로 지냈다.

선생은 재덕(才德)이 출중하나, 일생을 자기만 못한 동지를 도와서 선두에 내세우고, 자기는 남의 부족을 보완하고 개도함이 선생 일생의 미덕이다. 선생에게 최후의 일각까지 애호를 받은 사람은 나 한 사람이었다.

석오 선생이 돌아가신 뒤에는 일을 만나면 당장 선생 생각부터 하게 되었다. 선생만한 고문이 없었기 때문이다. 그럴 사람이 어찌 나 하나뿐이랴. 우리 운동계의 대손실이 아닐 수 없었다.

그 다음은 손일민(孫逸民) 동지의 사망이다. 나이 60을 넘어 항상 병을 지닌 포병객(抱病客)으로 지내다가 필경은 기강의 한 줌 분토(墳土)가 되었다. 그는 청년시대부터 복국(復國)의 큰 뜻을 품고, 만주방면에서 다년 간 활동하다가 북경으로, 남경으로, 장사로, 광주·유주로 다니다가 결국 기강까지 와서 대가족에 편입되었던 것이다. 그에게는 자녀가 없고, 근 60세 된 미망인이 있을 뿐이었다.

기강에서 대가족이 두 해 남짓 지내는 사이에 괴이한 상사(喪事)가 있었다. 조소앙의 부모가 다 같은 70여 세 고령이었다. 그런데 자당이 별세한 뒤에 부친이 물에 빠져 자살하고 말았다. 정사(情死)인지 염세(厭世)인지 모르겠지만, 보기 드문 일임에는 분명하다.

대가정이 토교(土橋)로 이사한 후로 근 양년(兩年) 되는 24년 2월, 김광요(金光耀)의 자당이 폐병으로 세상을 뜬 뒤, 송신암(宋新岩) 병조(秉祚) 동지가 나이 65세에 병사했다. 그는 임시의정원 의장이자 한국 독립당 중앙집행위원 겸 임시정부 고문이었으며, 겸하여 회계검사원 원장이었다. 일찍이 국무위원으로 동인(同人) 등 7인이 직을 버리고, 남경 의열단이 주창한 5당통일에 동조했을 때, 차이석 위원과 두 사람만이 정부를 고수한 공로자인데, 임시정부의 국제적 승인문제가 떠오르고 있는 이때에 천추의 한을 품은 채 불귀의 먼 길을 떠나 토교에 한줌 분토를 남긴 것은 장사영웅루만금(長使英雄淚滿襟)일 따름이다.

임시정부와 독립당·광복군은 삼위일체로, 중심인물이 거의 한독당원이었다. 여기 모인 사람들은 한국혁명의 노배(老輩)들이 많았기 때문에 생산율보다 사망률이 초과함은 어찌할 수 없는 일이었다.

이제 대가족 명부를 작성하여 후세에 전하고자 하노니, 기미운동으로 인해 상해에 와서 살던 5백여 동포가 거의 대가족이라 말할 수 있으나, 여기 〈일지(逸志)〉에 기재하는 대가족은 홍구폭탄사건으로 말미암아 상해를 빠져나온 동지들과 그 가족들이 대부분이다. 손일민(孫逸民)·이광(李光) 등 동지들은 북경 방면에서 여러 해 거주하다가, 노구교(蘆溝橋) 전사(戰事) 폭발 이후에 가족들과 함께 남하하여 남경에서 합류한 자들이다.

대부분 상해를 빠져나온 가족들이지만 남경을 빠져나온 사람들도 일단을 이루고 있었다. 김원봉(金元鳳) 군의 조선민족혁명당 계열이 곧 그들이다. 우리 측으로는 한국국민당·조선혁명당·한국독립당 3당이었다. 남경을 빠져나온 김원봉은 동지들과 권속을 이끌고 한구(漢口)를 거쳐 중경으로 이주했고, 나는 동지들과 그 권속을 이끌고 한구를 거쳐 장사로 갔다. 장사에서 8개월 있다가 광주로 갔고, 광주에서 3개월 있다가 유주로 갔다. 또 유주에서는 다시 몇 달 뒤 기강을 갔던 것이다.

기강에서 근 1년 있다가 토교의 동감에 왔다. 이곳은 새로 지은 가옥 3동에 대가족이 거주했다. 그리고 중경에는 당부(黨部)·정부·군부의 기관에서 시무하는 동지들과 그 가족들이 있었다.

대가족 명부는 별지로 작성한다.

## 6. 그 후의 일들


이 모양으로 광복군이 창설되었으나, 인원도 많지 않아 몇 달 동안을 유명무실하게 지냈다. 그러던 중 한 사건이 일어났다. 그것은 50여 명의 청년이 가슴에 태극기를 붙인 채 중경에 있는 임시정부 정청으로 애국가를 부르며 들어온 것이다.

우리 학병 대학생들이었다. 이들은 학병으로 일본군대에 편입되어 중국 전선에 출전했다가 탈주하여, 안휘성(安徽省) 부양(阜陽)의 광복군 제3지대를 찾아온 것을 지대장 김학규가 임시정부로 보낸 것이었다.

이 사실은 중국인에게 큰 감동을 주어 중한문화협회(中韓文化協會)에서 환영회를 개최해주었다. 서양 각국의 통신기자들과 대사관원들도 이 자리에 출석하여 우리 학병들에게 여러 가지 질문을 던졌다. 어려서부터 일본의 교육을 받아 국어도 잘 모르는 그들이 조국의 독립을 위해 목숨을 바치려고 총살의 위험을 무릅쓰고 임시정부를 찾아왔다는 그들의 말에 우리 동포들은 말할 것도 없이 목이 메었거니와 외국인들도 감격에 넘친 모양이었다.

이것을 인연으로 우리 광복군이 연합국의 주목을 끌게 되어, 미국의 OSOS를 주관하는 서전트 박사는 광복군 제2지대장 이범석과 합작하여 서안(西安)에서, 윔스 중위는 제3지대장 김학규와 합작하여 부양에서 우리 광복군에게 비밀훈련을 실시했다. 예정대로 3개월의 훈련을 마치고 정탐과 파괴 공작의 임무를 띠고 그들을 비밀히 본국으

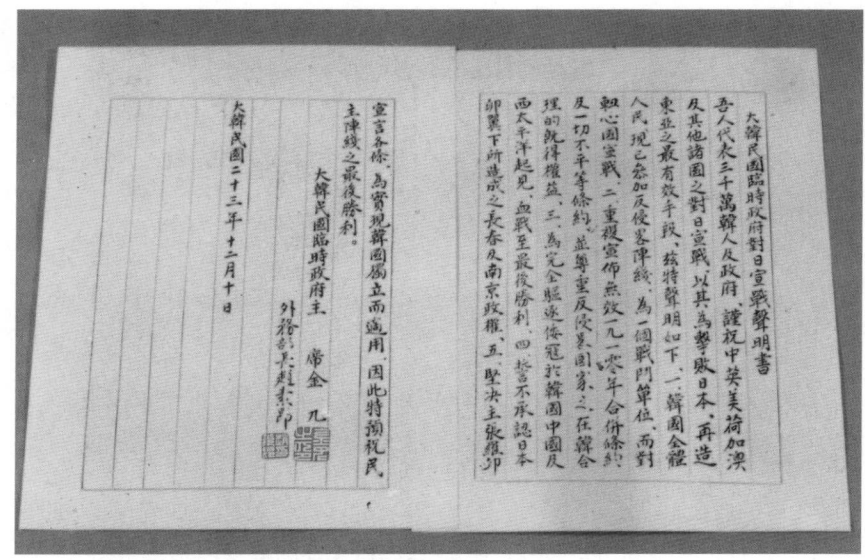

1943년 12월 8일, 일본의 진주만 기습으로 태평양전쟁이 발발한 이틀 뒤 '임정'은 '대일선전'을 포고했다. 김구 주석과 조소앙 외무부장 명의의 '대한민국 임시정부 대일선전 포고' 문서.

로 파견할 준비가 끝났을 때, 나는 미국 작전부장 다노배 장군과 군사협의를 하기 위해 미국 비행기로 서안으로 갔다.

회의는 광복군 제2지대 본부 사무실에서 열렸는데, 정면 오른편 태극기 밑에는 나와 제2지대 간부가, 왼편 미국기 밑에는 다노배 장군과 미국인 훈련관들이 앉았다.

다노배 장군이 일어나 선언했다.

"오늘부터 아메리카 합중국과 대한민국 임시정부와의 적 일본을 항거하는 비밀공작이 시작된다."

다노배 장군과 내가 정문으로 나올 때에 활동사진의 촬영이 있고 식이 끝났다.

이튿날 미국군관들의 요청으로 훈련받은 학생들이 실지의 공작을 시험하기로 하여 두곡(杜曲)에서 동남으로 40리, 옛날 한시(漢詩)에 유명한 종남산(終南山)으로 자동차를 몰았다.

동구에서 차를 버리고 5리쯤 걸어가면 한 고찰(古刹)이 있는데, 이 것이 우리 청년들이 훈련을 받은 비밀훈련소였다. 여기서 미국 군대식으로 오찬을 먹고 참외와 수박을 먹었다.

첫째로 본 것은 심리학적으로 모험에 능한 자, 슬기가 있어서 정탐에 능한 자, 눈과 귀가 밝아서 무선전신에 능한 자를 고르는 것이었다. 이 시험을 한 심리학자는 한국 청년이 용기로나 지능으로나 모두 우수해서 장래에 희망이 많다고 결론했다.

다음에는 청년 7명을 뽑아서, 한 사람에게 밧줄을 이어 한 끝을 바위에 맨 후 그 줄을 붙들고 일곱이 다 내려가서, 나뭇잎 하나씩을 따서 입에 물고 다시 그 줄에 매달려 7명이 차례차례로 다 올라왔다. 시험관은 이것을 보고 크게 칭찬했다 그는 이렇게 말했다.

"내가 중국학생 4백 명을 모아놓고 시켰건만 그들이 해결하지 못한 문제를 한국 청년 일곱이 훌륭하게 해냈소. 참으로 한국 사람은 전도가 유망한 국민이오."

7명의 청년이 이 칭찬을 받을 때에 나는 대단히 기뻤다.

다음에는 폭파술·사격술과 비밀히 강을 건너가는 재주 같은 것을 시험하였다. 여기서도 좋은 성적을 얻은 것을 보고 나는 만족하여 그날로 두곡으로 돌아왔다.

이튿날은 중국친구들을 찾아볼 작정으로 서안에 들어갔다. 두곡서 서안이 40리였다.

호종남(胡宗南) 장군은 출타하여 참모장만 만났다. 성주석(省主席) 축소주(祝紹周) 선생은 나와 막역한 친구라 이튿날 그의 사저에서 식사를 같이 하기로 했다. 성당부(省黨部)에서는 나를 위해 환영회를 개최한다 하고, 서안 부인회에서도 나를 환영하기 위해 특별히 연극을

광복군 제2지대의 사열 행렬(지대장 이청천)

준비한다 하며, 서안의 각 신문사에서도 환영회를 개최하겠으니 출석해달라는 초청이 왔다.

나는 그 밤을 우리 동포 김종만(金鍾萬) 씨 댁에서 지내고, 이튿날은 서안의 명소를 대강 구경한 후 저녁에는 어제 약속대로 축주석 댁의 만찬에 불려갔다. 식사를 마치고 객실에 돌아와 수박을 먹으며 담화하는 중에 문득 전령(電鈴)이 울렸다.

축주석은 놀라 자리에서 일어났다. 중경에서 무슨 소식이 있나 보다고 전화실로 가더니, 잠시 후에 뛰어나오며 외치는 것이다.

"왜적이 항복했소!"

"아! 왜적이 항복?"

이것은 내게는 기쁜 소식이라기보다는 하늘이 무너지는 듯한 일이었다. 천신만고로 수년간 애를 써서 참전 준비를 한 것도 다 허사로 돌아가 버렸구나.

서안과 부양에서 훈련받은 우리 청년들에게 각종 비밀무기를 주어

산동에서 미국 잠수함에 태워 본국
으로 들여보내서 국내의 요소를 파
괴하고 점령한 후, 미국 비행기로 무
기를 운반할 계획까지 미국 육군성
과 다 약속이 되었던 것인데, 한번
해보지도 못하고 왜적이 항복했으니,
진실로 전공이 가석하거니와, 그보다
도 걱정되는 것은 우리가 이번 전쟁
에 한 일이 없기 때문에 앞으로 국제

훈시를 하고 있는 이범석 장군

간에 발언권이 박약하리라는 것이다.

　나는 더 있을 마음이 없어서 곧 축씨 댁에서 나왔다. 내 차가 큰길
에 나설 때에는 벌써 거리는 인산인해를 이루고, 만세 소리가 성중에
진동했다. 나는 서안에서 준비되고 있던 나를 위한 모든 환영회를 사
양하고 즉시 두곡으로 돌아왔다.

광복군 제3지대의 훈련 광경(지대장 김학규)

광복군은 제 임무를 하지 못하고 전쟁이 끝난 것을 실망하여 침울한 분위기에 잠겨 있는데, 미국교관들과 군인들은 질서를 잊을 만큼 기뻐서 뛰고 있었다. 미국이 우리 광복군을 수천 명을 수용할 병사를 건축하려고 일변 종남산에서 재목을 운반하고 벽돌 가마에서 벽돌을 실어 나르던 것도 이날부터 일제히 중지하고 말았다.

내 이번 길의 목적은 서안에서 훈련받은 우리 군인들을 제1차로 본국으로 보내고, 그 길로 부양으로 가서 거기서 훈련받은 이들을 제2차로 떠나보낸 후에 중경으로 돌아가려 한 것인데, 그 계획도 다 수포로 돌아가고 말았다. 내가 중경서 올 때에는 군용기를 탔으나, 그리로 돌아갈 때는 여객기를 타게 되었다.

중경에 와보니, 중국인들은 벌써 전쟁 중의 긴장이 풀어져서 모두 혼란한 상태에 빠져 있고, 우리 동포들은 지향할 바를 모르는 형편에 있었다.

임시정부에서는 그동안 임시의정원을 소집하여 임시정부 국무위원이 총사직하자는 주장과, 이를 해산하고 본국으로 들어가자는 반론이 분분하여 귀결이 나지 않다가, 주석인 내가 돌아온다는 소식을 듣고 3일간 정회를 하고 있었다.

나는 의정원에 나가 해산도 총사직도 천만부당하다고 단언하고, 서울에 들어가 전체 국민의 앞에 정부를 내어 바칠 때까지 현상대로 가는 것이 옳다고 주장하여 전원의 동의를 얻었다. 그러나 미국 측으로부터, 서울에는 미국 군정부가 있어 임시정부로는 입국을 허락할 수 없으므로 개인자격으로 오라 하기로 우리는 할 수 없이 개인자격으로 고국에 돌아가기로 결정했다.

이리하여 7년간의 중경생활을 마치게 되니, 실로 감개가 많아서 무슨 말을 써야 할지 두서를 찾기가 어렵다.

나는 교자를 타고 강 건너 화상산에 있는 어머님 묘소와 아들 인의 무덤에 가서 꽃을 놓고, 축문을 읽어 하직하고, 묘지기를 불러 금품을 후히 주며 수호를 부탁했다.

그리고는 가죽 상자 8개를 사서 정부의 모든 문서를 넣었다. 또 중경에 거류하는 5백여 명 동포들의 선후책을 정한 후, 임시정부가 본국으로 돌아간 뒤 중국정부와 연락하기 위해 주중화대표단을 설립하고, 박찬익을 단장으로, 민필호(閔弼鎬)·이광(李光)·이상만(李象萬)·김은충(金恩忠) 등을 단원으로 임명했다.

우리가 중경을 떠나게 되자, 중국공산당 본부에서는 주은래(周恩來)·동필무(董必武) 제씨가 우리 임시정부 국무원 전원을 청해 송별연을 열어 주었고, 중앙정부와 국민당에서는 장개석 부처를 위시하여 정부·당부·각계 요인 2백여 명이 모여 우리 임시정부 국무위원과 한국독립당 간부들을 초청하여, 국민당 중앙당부 대례당에서 중국기와 태극기를 교차하고, 융숭하고 간곡한 송별연을 열어주었다.

장개석 주석과 송미령 여사가 선두로 일어나, 장래 중국과 한국 두 나라가 영구히 행복 되도록 하자는 축사가 있고, 우리 편에서도 답사가 있었다.

중경을 떠나던 일을 기록하기 전에 7년간 중경생활에서 잊지 못할 것 몇 가지를 적으려 한다.

첫째, 중경에 있던 우리 동포들의 생활에 관해서다. 중경은 원래 인구 몇 만밖에 안되던 작은 도시였으나, 중앙정부가 이리로 옮겨온 후로 일본군에게 점령당한 지방의 관리와 피난민이 모여들어서 일약 인구 백만이 넘는 대도시가 되었다. 아무리 새로 집을 지어도 미처 다

중경을 떠나기에 앞서 연화지 '임정' 청사 앞에서의 한국독립당 요인들과 김구 선생(앞줄 중앙)

수용할 수 없어서 여름에는 한데서 사는 사람이 수십만이나 되었다.

식량은 배급제여서 배급소 앞에는 언제나 장사진을 치고, 서로 욕하고 때리고 하여 분규가 안 일어나는 때가 없었다. 그러나 우리 동포들은 따로 인구를 선책해서 한 몫으로 양식을 타서 집집에 배급하기 때문에 대단히 편했고, 뜰을 쓸기까지 했었다.

먹을 물도 사용인을 시켜 길었다. 중경시 안에 사는 동포들뿐 아니라, 교외인 토교에 사는 사람들도 한인촌을 이루고, 중국 사람의 중산계급 정도의 생활을 유지할 수가 있었다. 간혹 부족하다는 불평도 있었으나, 그런대로 규율 있고 안전한 단체생활을 유지할 수가 있었다.

나 자신의 중경생활은 임시정부를 지고 피난하는 것이 일이요, 틈틈이 먹고 잤다고 할 수 있다. 중경의 폭격이 점점 심해가자 임시정부도 네 번이나 옮겼다.

첫 번 정청인 양류가(楊柳街) 집은 폭격에 견딜 수가 없어서 석판가 (石版街)로 옮겼다가, 이 집이 폭격으로 일어난 불에 전소하여 의복까지 다 태우고 오사야항(吳師爺巷)으로 갔다. 그러나 이 집 역시 폭격을 당해 무너진 것을 고쳤으나, 정청으로 쓸 수는 없어서 직원의 주택으로 하고, 네 번째로 연화지(蓮花池)에 70여 칸 집을 얻었는데, 집세가 1년에 40만 원이었다. 그러나 이 돈은 장주석의 보조를 받게 되어 임시정부가 중경을 떠날 때까지 이 집을 쓰게 되었다.

이 모양으로 연이어 오는 폭격에 중경에는 인명과 가옥의 손해가 막대했으며, 동포 중에 죽은 이로는, 신익희 씨 조카와 김영린의 아내 두 사람이 있었다.

이 두 동포가 죽던 때가 가장 심한 폭격이어서, 한 방공호에서 4백 명이니 8백 명이니 하는 질식자를 낸 것도 이때였다. 그 시체를 운반하는 광경을 내가 목도했는데, 화물 자동차에 짐을 싣듯 시체를 싣고 달리면 시체가 흔들려 굴러 떨어지기도 했다. 그러면 그것을 다시 싣기가 귀찮아서 모가지를 매어 자동차 뒤에 매달면 그 시체가 땅바닥으로 엎치락뒤치락하며 끌려가는 것이었다.

시체는 남녀 할 것 없이 옷들이 다 찢겨서 살이 나왔는데, 이것은 서로 앞을 다투어 발악한 형적이었다.

가족을 이 모양으로 잃어 한편에 통곡하는 사람이 있으며, 다른 편에는 방공호에서 시체를 끌어내는 인부들이 시체가 지녔던 금은보화를 뒤져서 대번에 부자가 된 예도 있었다.

이렇게 질식의 참사가 일어난 곳이 밀매음녀가 많기로 유명한 교장구(較場口)이기 때문에, 죽은 자의 대다수가 밀매음녀였다.

중경은 옛날 이름이 파(巴)다. 지금은 성도(成都)라고 부르는 촉(蜀)과 아울러 파촉(巴蜀)이라고 하던 데이다. 시가의 왼편으로 가릉강(嘉

陵江)이 흘러와서 오른편에서 오는 양자강과 합하는 곳으로서, 천 톤 급의 기선이 정박하는 중요한 항구다.

지명을 파라고 하는 것은 옛날 파(巴)장군이란 사람이 도읍했던 때 문인 데, 연화지에는 파장군의 분묘가 있다. 중경의 기후는 심히 건강 에 좋지 못해 호흡기병이 많다. 7년간에 우리 동포들도 폐병으로 죽 은 자가 80명이나 된다. 9월 초승부터 이듬해 4월까지는 운무가 끼어 볕을 보기가 어렵고, 기압이 낮은 우묵한 땅이라 지변의 악취가 흩어 지지 않아 공기가 심히 불결하다.

내 맏아들 인도 이 기후와 희생이 되어서 중경에 묻혔다.

11월 5일에 우리 임시정부 국무위원과 기타 직원은 비행기 두 대에 갈라 타고 중경을 출발하여 다섯 시간 만에 떠난 지 13년 만인 상해 땅을 밟았다. 우리 비행기가 착륙한 비행장이 곧 홍구신공원(虹口新公 園)이라 하는데, 우리를 환영하는 남녀 동포가 장내에 넘쳤다.

나는 14년을 상해에 살았건만 홍구공원에 발을 들여놓은 일이 한 번도 없었다.

신공원에서 나와서 시내로 들어가려 하니, 아침 6시부터 우리를 기 다리고 있다는 6천 명 동포가 열을 지었다. 나는 한 길이 넘는 단 위 에 올라가서 동포들에게 인사말을 했다.

나중에 알고 보니 그 단이야말로 13년 전 윤봉길 의사가 왜적 시 라카와 대장 등을 폭살한 자리에 왜적들이 그 일을 기념하기 위해 단 을 모으고 군대를 지휘하던 곳이라고 한다. 세상에 우연한 것은 없다 고 생각되었다.

나는 양자반점(揚子飯店)에 묵었다. 13년이란 사람의 일생에는 긴 세월이다. 내가 상해를 떠날 적에 아직 어리던 이들은 벌써 장정이 되 었고, 장정이던 사람들은 노쇠했다.

1945년 11월 5일 중경을 떠나 귀국길에 상해 비행장에 기착한 '임정' 김구 주석과 광복군 총사령 이청천 장군.

이 오랜동안에 까딱도 하지 않은 채 깨끗이 고절을 지킨 동지 선우혁(鮮于爀)·장덕로(張德櫓)·서병호(徐丙浩)·한진교(韓鎭敎)·조봉길(曺奉吉)·이용환(李龍煥)·하상린(河相麟)·한백원(韓栢源)·원우관(元宇觀) 제씨와 서병호 댁에서 만찬을 같이 하고, 기념촬영을 했다.

한편으로는 상해에 재류하는 동포들 중에 부정한 직업을 가진 이가 적지 않다는 말은 나를 슬프게 했다. 나는 우리 동포가 가는 곳마다 정당한 직업에 정직하게 종사해서 우리 민족의 신용과 위신을 높이는 애국심을 가지기를 바란다.

나는 법조계 공동묘지에 있는 아내의 무덤을 찾아보며 상해에서 10여일을 묵은 후 미국 비행기로 본국을 향해 상해를 떠났다. 이동녕 선생, 현익철 동지 같은 이들이 이역에 묻혀서 함께 고국으로 돌아가지 못하는 것이 유감이었다.

# 조국 땅에 들어와서

나는 기쁨과 슬픔이 한데 엉클어진 가슴으로 27년 만에 조국의 신선한 공기를 마시고, 그리운 흙을 밟으니 김포비행장이다. 상해를 떠난 지 3시간 후였다.

나는 조국의 땅에 들어오는 길로 한 가지 기쁨과 한 가지 슬픔을 느꼈다. 책보를 메고 가는 학생들의 모양이 심히 활발하고 명랑한 것이 한 기쁨이요, 그와는 반대로 동포들이 퍽 가난해 보이는 것이 한 슬픔이었다.

동류들이 여러 날을 우리를 환영하려고 모였더라는 데, 비행기 도

귀국길에서의 김구 선생과 이시영 선생

착시일이 분명히 알
려지지 않아 이날에
는 우리를 맞아주는
동포가 많지 않았다.
늙은 몸을 자동차에
의지하고 서울에 들
어오니, 의구한 산천
이 반갑게 나를 맞아
주었다.

　나의 숙소는 새문
밖 최창학(崔昌學) 씨
의 집이었다. 국무원
일행은 한미 호텔에
머물도록 우리를 환
영하는 유지들이 미
리 준비해 주었었다.

'임정' 초대 대통령 이승만과 '임정' 김구 주석의 악수

　나는 곧 신문을 통해 윤봉길·이봉창 두 의사와 강화 김주경 선생
의 유가족을 만나고 싶다는 뜻을 밝혔다. 그러자 얼마 후 윤의사의 아
드님이 덕산(德山)으로부터 찾아오고, 이의사의 조카따님이 서울에서
찾아왔다. 그리고 김주경 선생의 아드님 윤태(允泰) 군은 최근 38선
이북에 있어서 못 보았지만, 그 따님과 친척들이 혹은 강화에서, 혹은
김포에서 와서 만나니 반갑기도 하고 슬프기도 했다.

　그러나 선조의 분묘가 계시고, 친척과 옛 벗이 사는 그리운 내 고
향은 소위 38선의 장벽 때문에 가보지 못하고, 재종형제들과 종매들
의 가족이 나를 위해 상경하여 반갑게 만날 수 있었다.

하지 중장과 김구 선생

　군정청에 소속한 각 기관과 정당·사회단체·교육계·공장 등 각계에서 빠짐없이 연합 환영회를 조직했다. 우리는 개인의 자격으로 들어왔지만 '임시정부 환영'이라고 크게 쓴 깃발을 태극기와 아울러 높이 들고 수십만 동포가 서울시가로 큰 시위행진을 하고, 그 끝에 덕수궁에 식탁이 4백 여로 환영연을 배설하고, 하지 중장 이하 미국 군정청 간부들도 출석하여 덕수궁 뜰이 좁을 지경이었으니 참으로 찬란하고 성대한 환영회였다.

　나는 이러한 환영을 받을 공로가 없음이 부끄럽고도 미안했으나, 동포들이 해외에서 오래 고생한 우리를 위로하는 것을 생각하고 고맙게 받았다.

　어느덧 해가 바뀌었다. 나는 38선 이남만이라도 돌아보리라 하고, 첫 노정으로 인천에 갔다. 인천은 내 일생에 있어 뜻깊은 곳이다. 22

살에 인천옥에서 사형선고를 받아 23살에 탈옥 도주했고, 41살에 17년 징역수로 다시 이 감옥에 이수되었다.

저 축항은 내 피땀이 배어 있는 것이다. 옥중에 있는 이 불효를 위해 부모님이 걸으셨을 길에는 그 눈물 흔적이 남아 있는 듯하여 49년 전 기억이 어제인 듯 새롭다. 인천서도 시민들의 큰 환영을 받았다.

두 번째 노정으로 나는 공주 마곡사를 찾았다. 공주에 도착하니 충청남북도 11군에서 10여만 동포가 모여 환영회를 열어주었다.

공주를 떠나 마곡사로 가는 길에 김복한(金福漢)·최익현(崔益鉉) 두 선생의 영정 모신 데를 찾아서 배례한 후 그 유가족을 위로하고, 동민의 환영하는 정성을 고맙게 받았다.

정당·사회단체의 대표로 마곡사까지 나를 따르는 이가 3백 50여 명이었고, 마곡사의 승려 대표는 공주까지 마중을 나왔다. 마곡사 동구에는 남녀 승려가 도열하여 지성으로 나를 환영하니, 옛날 이 절에 있었던 한 중이 일국의 주석이 되어서 온다고 생각해서였다.

48년 전 머리에 줄 갓을 쓰고 목에 염주를 걸고 출입하던 길이다. 산천도 예와 같거니와 대웅전에 걸린 주련도 옛날 그대로다.

却來觀世間(각래관세간)
猶如夢中事(유여몽중사)

그때는 무심히 보았던 이 글귀를 오늘에 자세히 보니, 나를 두고 이른 말인 것 같았다.

용담(龍潭) 스님께 보각서장(普覺書狀)을 배우던 점화실(拈花室)에서 뜻깊은 하룻밤을 지냈다. 승려들은 나를 위해 이날 밤에 불공을 드렸다.

그러나 승려들 중에 내가 알던 사람은 하나도 없었다. 이튿날 아침에 나는 기념으로 무궁화 한 포기와 향나무 한 그루를 심고 마곡사를 떠났다.

셋째 노정으로 나는 윤봉길 의사의 본댁을 찾았다. 4월 29일이라, 기념제를 거행했다. 그리고 나는 일본 동경에 있는 박열(朴烈) 동지에게 부탁하여, 윤봉길·이봉창·백정기(白貞基) 세 분 열사의 유골을 본국으로 모셔오게 하고, 유골이 부산에 도착하는 날 나는 특별열차로 부산까지 갔다.

부산은 말할 것도 없고, 세 분의 유골을 모신 열차가 정거하는 역마다 사회·교육 각 단체며 일반 인사들이 모여 봉도식을 거행했다.

서울에 도착하자, 유골을 담은 영구를 태고사(太古寺)에 봉안하여 동포들의 참배에 편하게 했다가 내가 직접 놓은 효창공원 안에 있는 자리에 매장하기로 했다. 제일 위에 안중근 의사의 유골을 봉안할 자리를 남기고, 그 다음에 세 분 유골을 차례로 모시기로 했다.

이날 미국인 군정간부도 전부 회장했으며, 미국군대까지 출동할 예정이었으나 그것은 중지되고, 조선인 경찰관, 육해군 경비대, 정당·단체·교육기관·공장의 종업원들이 총출동하고, 일반 동포들도 구름같이 모여서 태고사로부터 효창공원까지 인산인해를 이루어, 일시 전자·자동차·행인까지도 교통을 차단 당했다.

선두에는 애도하는 비곡을 연주하는 음악대가 서고, 다음에는 화환대, 만장대가 따르고, 세 분 의사의 영여(靈輿)는 여학생대가 모시니 옛날 인산(因山)보다 더 성대한 장의였다.

나는 삼남지방을 순회하는 길에 보성군 득량면 득량리 김씨 촌을 찾았다. 내가 48년 전 망명 중에 석 달이나 몸을 붙여 있던 곳이요,

김씨네는 나와 동족이었다. 내가 온다는 선문을 듣고 동구에는 솔문을 세우고, 길까지 닦았다.

남녀 동민들이 동구까지 나와서 도열하며 나를 맞아주었다.

내가 그때 유숙하던 김광언(金廣彦) 댁을 찾으니, 집은 예와 다름없는데 주인은 벌써 세상을 떠났다. 유족의 환영을 받아 내가 그때 상을 받던 자리에서 한 끼 음식대접을 한다 해서 마루에 병풍을 치고 정결한 자리를 깔고 나를 앉혔다.

모인 이들 중에 나를 알아보는 이는 늙은 부인네 한 분과 김판남(金判南) 종씨 한 분뿐이었다. 김씨는 그때 내 손으로 쓴 책 한 권을 가져다가 내게 보여주었다.

내가 이곳에 머물고 있을 때 자별히 친하게 지냈던 나와 동갑인 선(宣)씨는 이미 작고하고, 내가 필낭을 기워서 작별선물로 주었던 그의 부인은 보성읍에서 그 자손들을 데리고 나와 나를 환영해주었다. 부인도 나와 동갑이라 했다.

광주에서 나주로 향하는 도중에서 함평 동포들이 길을 막고 들르라 하므로, 나는 함평읍으로 가 학교 운동장에서 열린 환영회에서 한차례 강연을 한 후 나주로 갔다. 나주에서 육각정(六角亭) 이 진사의 집을 물은즉, 이 진사 집은 나주가 아니라 지금 지내온 함평이며, 함평 환영회에서 나를 위해 만세를 선창한 사람이 바로 이 진사의 종손이라고 하는 것이었다.

오랜 세월에 나는 함평과 나주를 혼동한 것이다. 그 후 이 진사(나와 작별한 후에는 이승지가 되었다 한다)의 종손 재승(在昇)·재혁(在赫) 두 형제가 예물을 가지고 서울로 나를 찾아왔기로, 함평을 나주로 잘못 기억하고 찾지 못한 데 대한 사과를 했다.

이 길에 김해에 들르니, 마침 수로왕릉의 추향이었다. 김씨네와 허씨네가 많이 참배하는 중에, 나도 그들이 준비해준 평생 처음인 사모와 각대를 차리고 참배했다.

전주에서는 옛 벗 김형진의 아들 맹문(孟文)과 그 종제 맹열(孟悅), 그 내종형 최경렬(崔景烈) 세 사람을 만난 것이 기뻤다. 전주의 일반 환영회가 끝난 뒤에 이 세 사람의 가족과 한데 모여서 고인을 추억하며 기념으로 사진을 찍었다. 강경에서 공종렬의 소식을 물으니, 그는 젊어서 자살하고, 자손도 없으며, 내가 그 집에 잤던 날 밤의 비극은 친족 간에 생긴 일이었다고 한다.

그 후 강화의 김주경 선생 집을 찾아 그의 친족들과 사진을 같이 찍고 내가 그때 가르쳤던 30명 학동 중 하나였다는 사람을 만났다.

나는 개성·연안 등을 순회하는 노차에 이효자(李孝子)의 무덤을 찾아보았다.

故孝子李昌梅之墓(고효자 이창매지묘)

내가 해주감옥에서 인천감옥으로 끌려가던 길에 이 묘비 앞에 쉬었던 49년 전 옛날을 생각하면서 묘전에 절하고, 그날 어머님이 앉으셨던 자리를 눈어림으로 찾아서 그 위에 내 몸을 앉혔다.

그러나 어머님의 얼굴을 뵈올 길이 없으니 앞이 캄캄했다. 중경서 운명 하실 때에 마지막 말씀으로, '내 원통한 생각을 어찌하면 좋으냐.' 하시던 것을 추억했다.

독립의 목적을 달성하고 모자가 함께 고국에 돌아가 서로 지난 일을 이야기하지 못하신 것이 그 원통하심이 아니었을까?

그런데 저 멀고 먼 서쪽 화상산 한 모퉁이에 손자와 같이 누워 계신 것을 생각하니 비회를 금할 수가 없었다. 혼이라도 고국에 돌아오

셔서 내가 동포들에게 받는 환영을 보시기나 해도 다소 어머님 마음
에 위안이 되지 않으실까.

배천에서 최광옥 선생과 전봉훈 군수의 옛일을 추억하고, 장단 고
랑포(皐浪浦)의 나의 선조 경순왕릉(敬順王陵) 참배할 적에는 능말에
사는 경주 김씨들이 내가 오는 줄 알고 제전을 준비하고 있었다.

나는 대한 나라 자주독립의 날을 기다려서 다시 이 글을 계속하기
로 하고, 지금은 붓을 놓는다.

서울, 새문 밖에서.

# 〈백범일지〉 하권을 쓰고

하권은 중경 화평로(和平路) 오사야항(吳師爺巷) 1호,
임시정부 청사에서 67세 때 집필했다.

본 〈일지(逸志)〉 상권은 53세 때, 상해 법조계(法租界) 마랑로(馬浪
路) 보경리(普慶里) 4호, 임시정부 청사에서 1년여의 시간을 가지고 기
술한 것이다. 그 동기로 말하면, 약관(弱冠)에 붓을 던지고, 나이 근 이
순(耳順)이 되도록 큰 뜻을 품은 채 내 역량의 박약함과 재지(才智)의
고루함에도 불구하고, 성패도 따지지 않고 영욕도 불문하며 국가와
민족을 위해 30여년을 분투했으나 하나도 이룩한 것이 없었다.
  그리하여 임시정부를 10여 년 동안 고수해왔으나, 기미년 이래 독
립운동이 점점 퇴조기에 접어들어 정부의 명의를 보지하는 것마저 어
려워졌다. 당시 떠들던 말과 같이 몇몇 동지들과 더불어 고성낙일(孤
城落日)에 슬픈 깃발을 날리며 스스로 헤아리기를, 운동도 부진하고,
나이도 죽을 때가 가까워졌으니, 호랑이 굴에 들어가지 않으면 호랑
이 새끼를 얻지 못한다는 말처럼 무슨 일인가 하지 않으면 안 된다는
생각을 갖게 되었다. 그리하여 침체된 국면을 벗어날 목적으로 미주 ·
하와이 동포들에게 편지하여 금전의 후원을 빌며, 한편으로는 철혈남
아들을 물색하여 테러(암살 · 파괴)운동을 계획하던 때에 상권 기술을
마친 것이다. 그리고 곧 동경사건과 홍구폭탄사건 등이 진행되었던 것
이다.

다행으로 성공되어, 한낱 송장의 최후를 고하지나 않을까 하여, 본 국에 있는 자식들이 장성하여 해외로 건너오거든 틀림없이 전해주라 는 부탁으로 상권을 등사하여 미주·하와이의 몇몇 동지에게 보냈다.

그러나 하권을 쓰는 오늘에는 불행으로 천한 목숨이 그대로 부지 되었고, 자식들도 이미 장성했으니, 상권으로 부탁한 것은 문제가 없 게 되었다. 지금 하권을 쓰는 목적은 해내외(海內外) 동지들로 하여금 나의 50년 분투한 사적(事蹟)을 열람하고, 허다한 과오로 은감(殷鑑) 을 삼아 전철을 밟지 않게 하려 함이다.

전후(前後) 정세를 논하면, 상권을 기술하던 때 임시정부는 외인은 고사하고, 한인으로도 국무위원들과 십 수 명의 의정원 의원 이외에 는 찾아오는 사람이 없었으니, 당시 일반의 평판과 같이 이름뿐으로 실이 없었다.

그러나 하권을 기술하는 때는 의원·위원들의 시들한 분위기도 싹 가시고, 내(內)·외(外)·군(軍)·재(財) 4부 행정이 비약적으로 진전되었 다고 말할 수 있겠다.

내정(內政)으로 말하더라도 관내(關內)의 한인들이 각 당 각파가 일 치하게 임시정부를 옹호 지지할 뿐 아니라, 미주·멕시코·쿠바 각국의 한교 만여 명이 독립 지원금을 정부에 열성으로 상납하는 것이었다.

그런가 하면 외교로 논하더라도, 원년(元年) 이후로 국제외교에 노 력하지 않은 것은 아니나, 중·소·미 등은 장래 한국이 완전 독립해야 함을 전 세계에 공식으로 방송했고, 중국의 입법원장 손과(孫科) 씨는 우리 23주(周) 공공석상에서,

"일본 제국주의를 박멸하는 중국의 양책(良策)은 먼저 한국 임시정 부를 승인하는 것밖에 없다."

라고 주창했다. 한편 임시정부에서도 워싱턴에 외교 위원부를 설치하

고, 이승만 박사로 위원장을 임명하여 외교와 선전에 노력하고 있다.

그리고 군정(軍政)으로는, 한국광복군이 정식 성립되어 이청천으로 총사령을 임명하고, 서안(西安)에 사령부를 두어 징모·훈련·작전을 계획 실시중이다.

그리고 재정(財政)으로 논하면, 민국 원년에서 2·3·4년까지는 본국으로부터의 비밀 연납(捐納)과, 미주·하와이 한교의 세연(稅捐) 상납 실적이 점차 떨어져갔다. 원년보다 2년의 금액이 감소되고, 3·4·5·6년 이하로 점점 더 줄어들었다. 원인은 왜의 강압과 운동의 퇴조 등을 들 수 있겠다. 임시정부 직무도 따라서 정체되고, 총(總)·차장(次長) 중에도 투항 귀국자가 많이 나왔다. 그러니 그 후의 사정은 말하지 않더라도 알 만하다.

따라서 임시정부의 당면 문제는 경제곤란이었다.

그러던 현상이 홍구 폭탄사건 이후 내·외 국민의 임시정부에 대한 태도가 호전됨에 따라 정부의 재정 수입고가 해마다 증가되어, 23년에 이르자 수입이 53만 원 이상에 달하게 되었다. 이는 임시정부 설립 이래 없었던 기록이다. 이후부터 몇 백 몇 천 배로 증가될 단계에 들어섰다.

당년 상해 법조계 보경리 4호 2층에서 참담하고 곤란한 환경을 극복하기 위해 최대 최고의 결심을 하고 〈일지〉 상권을 쓰던 때에 비하면 공체(公體)로는 약간의 진보상태로 볼 수 있겠으나, 내 자신으로 논하면 날마다 노병(老病)·노쇠(老衰)를 맞기에 골몰하게 되니, 상해시대를 '죽자꾸나 시대'라 하면 중경시대는 '죽어가는 시대'라 하겠다.

누가 묻기를, 어떻게 죽기를 원하느냐 한다면, 나의 최대 욕심은 독립 성공 후 본국에 돌아가 입성식(入城式)을 하고 죽는 것이나, 작게는 미주·하와이 동포들을 만나보고 돌아오다가 비행기 안에서 죽으면 시체를 내던져달라는 것이다. 그래서 산중에 떨어지면 금수의 뱃속에 들어갈 것이고, 바다 속에 떨어지면 어류의 뱃속에 영장(永葬)될 것이다.

세상은 고해라더니, 살기도 어렵고 죽기도 어렵다. 타살보다 자살은 결심만 강하면 쉬울 듯도 하지만, 자살도 자유가 있는 데서 가능한 것이다.

옥중에서 나도 자살수단을 쓰다가 두 차례나 실패(인천옥에서 장질부사 때와 17년 뒤 축항공사 때)한 적이 있고, 서대문감옥에서 안매산(安梅山) 명근(明根) 형이 굶어죽기를 결심하고, 나에게 조용히 묻기에 쾌히 찬성하기도 했던 것이다.

급기야 명근 형이 실행에 들어가 3,4일 절식을 하다가 배가 아프니, 머리가 아프니 하는 핑계로 간수의 질문에 응했으나, 눈치 빠른 왜놈이 의사에게 진찰하게 하고, 매산을 결박한 후 달걀을 풀어서 입을 억지로 벌리고 흘려 넣었다. 그래서 자살을 단념 하노라는 통고를 받았었는데, 이런 것들을 보면 자유를 잃으면 자살도 쉽지 않다는 것을 알 수 있다.

나의 70 평생을 회고하면, 살려고 하여 산 것이 아니라, 살아져서 산 것이고, 죽으려 해도 죽지 못한 이 몸이 필경은 죽어져서 죽게 되리라.

# 나의 소원
### 所願

## 1. 민족국가

"네 소원이 무엇이냐?"

하고 하나님이 물으시면, 나는 서슴지 않고,

"내 소원은 대한독립이오."

하고, 대답할 것이다.

"그 다음 소원은 무엇이냐?"

하면, 나는 또,

"우리나라의 독립이오."

할 것이요, 또

"그 다음 소원이 무엇이냐?"

하는 세 번째 물음에도, 나는 더욱 소리를 높여서,

"나의 소원은 우리나라 대한의 완전한 자주독립이오."

하고 대답할 것이다.

동포 여러분! 나 김구의 소원은 이것 하나밖에는 없다. 내 과거의 70평생을 이 소원을 위해 살아왔고, 현재에도 이 소원 때문에 살고 있고, 미래에도 나는 이 소원을 달하려고 살 것이다. 독립이 없는 백성으로 70평생에 설움과 부끄러움과 애탐을 받은 나에게는 세상에 가장 좋은 것이 완전하게 자주독립한 나라의 백성으로 살아보다가 죽는 일이다.

나는 일찍이 우리 독립정부의 문지기가 되기를 원했거니와, 그것은 우리나라가 독립국만 되면 나는 그 나라에 가장 미천한 자가 되어도 좋다는 뜻이다. 왜 그런고 하면, 독립한 제 나라의 빈천이 남의 밑에 사는 부귀보다 기쁘고 영광스럽고 희망이 많기 때문이다.

옛날 일본에 갔던 박제상(朴堤上)이,

"내 차라리 계림의 개돼지가 될지언정 왜왕(倭王)의 신하로 부귀를 누리지 않겠다."

한 것이 그의 진정이었던 것을 나는 안다.

박제상은 왜왕이 높은 벼슬과 많은 제물을 준다는 것도 물리치고 달게 죽임을 받았으니, 그것은

"차라리 내 나라의 귀신이 되리라."

함에서였다.

근래에 우리 동포 중에는 우리나라를 어느 이웃 나라의 연방에 편입하기를 소원하는 자가 있다 하니, 나는 그 말을 차마 믿으려 아니하거니와 만일 진실로 그러한 자가 있다 하면, 그는 제 정신을 잃은 미친놈이라고 밖에 볼 길이 없다.

나는 공자·석가·예수의 도를 배웠고, 그들을 성인으로 숭배하거니와 그들이 합하여서 세운 천당·극락이 있다 하더라도, 그것이 우리 민족이 세운 나라가 아닐진대, 우리 민족을 그 나라로 끌고 들어가지 아니할 것이다.

왜 그런고 하면, 피와 역사를 같이하는 민족이란 완연히 있는 것이어서 내 몸이 남의 몸이 못됨과 같이, 이 민족이 저 민족이 될 수는 없는 것은 마치 형제도 한 집에서 살기에 어려움이 있는 것과 같은 것이다. 둘 이상이 합하여서 하나가 되자면 하나는 높고 하나는 낮아서, 하나는 위에 있어서 명령하고, 하나는 밑에 있어서 복종하는 것이

근본문제가 되는 것이다.

이에 대하여 일부 소위 좌익의 무리는 혈통의 조국을 부인하고, 소위 사상의 조국을 운운하며, 혈족의 동포를 무시하고, 소위 사상의 동무와 프롤레타리아트의 국제적 계급을 주장하여, 민족주의라면 마치 이미 진리권(眞理圈) 외에 떨어진 생각인 것같이 말하고 있다.

심히 어리석은 생각이다. 철학도 변하고 정치·경제의 학설도 일시적인 것이나, 민족의 혈통은 영구적이다.

일찍 어느 민족 안에서나 종교로 혹은 학설로, 혹은 경제적·정치적 이해의 충돌로 두파 세파로 갈려서 피로써 싸운 일이 없는 민족이 없거니와, 지내어놓고 보면 그것은 바람과 같이 지나가는 일시적인 것이요, 민족은 필경 바람 간 뒤의 초목 모양으로 뿌리와 가지를 서로 걸고 한 수풀을 이루어 살고 있다.

오늘날 소위 좌우익이란 것도 결국 영원한 혈통의 바다에 일어나는 일시적인 풍파에 불과하다는 것을 잊어서는 아니 된다.

이 모양으로 모든 사상도 가고 신앙도 변한다. 그러나 혈통적인 민족만은 영원히 성쇠 흥망의 공동운명의 인연에 얽힌 한 몸으로 이 땅 위에 남는 것이다.

세계 인류가 네요, 내요 없이 한 집이 되어 사는 것은 좋은 일이요, 인류의 최고요, 최후인 희망이요, 이상이다. 그러나 이것은 멀고 먼 장래에 바랄 것이요, 현실의 일은 아니다. 사해동포의 크고 아름다운 목표를 향하여 인류가 향상하고 전진하는 노력을 하는 것은 좋은 일이요, 마땅히 할일이나, 이것도 현실을 떠나서는 안 되는 일이니, 현실의 진리는 민족마다 최선의 국가를 이루어, 최선의 문화를 낳아 길러서, 다른 민족과 서로 바꾸고 서로 돕는 일이다.

이것이 내가 믿고 있는 민주주의요, 이것이 인류의 현 단계에서는 가장 확실한 진리다.

그러므로 우리 민족으로서 하여야 할 최고의 임무는 첫째로 남의 절제도 아니 받고 남에게 의뢰도 아니 하는 완전한 자주독립의 나라를 세우는 일이다. 이것이 없이는 우리 민족의 생활을 보장할 수 없을 뿐더러, 우리 민족의 정신력을 자유로 발휘하여 빛나는 문화를 세울 수가 없기 때문이다.

이렇게 완전 자주독립의 나라를 세운 뒤에는, 둘째로 이 지구상의 인류가 진정한 평화와 복락을 누릴 수 있는 사상을 낳아 그것을 먼저 우리나라에 실현하는 것이다.

나는 오늘날의 인류의 문화가 불완전함을 안다. 나라마다 안으로는 정치상·경제상·사회상으로 불평등·불합리가 있고, 밖으로 국제적으로는 나라와 나라의, 민족과 민족의 시기·알력·침략, 그리고 그 침략에 대한 보복으로 작고 큰 전쟁이 그칠 사이가 없어서 많은 생명과 재물을 희생하고도 좋은 일이 오는 것이 아니라, 인심의 불안과 도덕의 타락은 갈수록 더하니, 이래 가지고는 전쟁이 그칠 날이 없어 인류는 마침내 멸망하고 말 것이다.

그러므로 인류세계에서는 새로운 생활원리의 발견과 실천이 필요하게 되었다. 이야말로 우리 민족이 담당한 천직이라고 믿는다.

이러하므로 우리 민족의 독립이란 결코 삼천리 삼천만의 일이 아니라, 진실로 세계 전체의 운명에 관한 일이요, 그러므로 우리나라의 독립을 위하여 일하는 것이 곧 인류를 위하여 일하는 것이다.

만일 우리의 오늘날 형편이 초라한 것을 보고 자굴지심을 발하여 우리가 세우는 나라가 그처럼 위대한 일을 할 것을 의심한다면 그것은 스스로 모욕하는 일이다.

우리 민족의 지나간 역사가 빛나지 아니함이 아니나, 그것은 아직

서곡이었다. 우리가 주연배우로 세계역사의 무대에 나서는 것은 오늘 이후다. 삼천만의 우리 민족이 옛날의 그리스 민족이나 로마 민족이 한 일을 못한다고 생각할 수 있겠는가.

내가 원하는 우리 민족의 사업은 결코 세계를 무력으로 정복하거나 경제력으로 지배하려는 것이 아니다. 오직 사랑의 문화, 평화의 문화로 우리 스스로 잘 살고, 인류 전체가 의좋게 즐겁게 살도록 하는 일을 하자는 것이다.

어느 민족도 일찍 그러한 일을 한 이가 없었으니, 그것은 공상이라고 하지 말라. 일찍 아무도 한 자가 없기에 우리가 하자는 것이다.

이 큰 일은 하늘이 우리를 위하여 남겨놓으신 것임을 깨달을 때에 우리 민족은 비로소 제 길을 찾고 제 일을 알아본 것이다. 나는 우리 나라의 청년 남녀가 모두 과거의 조그맣고 좁다란 생각을 버리고, 우리 민족의 큰 사명에 눈을 떠서 제 마음을 닦고 제 힘을 기르기로 낙을 삼기를 바란다.

젊은 사람들이 모두 이 정신을 가지고 이 방향으로 힘을 쓸진대 30년이 못하여 우리 민족은 괄목상대하게 될 것을 나는 확신하는 바이다.

## 2. 정치이념

나의 정치이념은 한마디로 표시하면 자유(自由)다. 우리가 세우는 나라는 자유의 나라라야 한다.

자유란 무엇인가? 절대로 각 개인이 제멋대로 사는 것을 자유라 하면 이것은 나라가 생기기 전이나, 저 레닌의 말 모양으로 나라가 소멸된 뒤에나 있는 일이다.

국가생활을 하는 인류에게는 이러한 무조건의 자유는 없다. 왜 그런고 하면, 국가란 일종의 규범의 속박이기 때문이다. 국가생활을 하는 우리를 속박하는 것은 법이다. 개인의 생활이 국법에 속박되는 것은 자유 있는 나라나 자유 없는 나라나 마찬가지다.

자유와 자유 아님이 갈리는 것은 개인의 자유를 속박하는 법이 어디서 오느냐 하는 데 달렸다. 자유 있는 나라의 법은 국민의 자유로운 의사에서 오고, 자유 없는 나라의 법은 국민 중의 어떤 일개인, 또는 일계급에서 온다.

일개인에서 오는 것을 전제, 또는 독재라 하고, 일계급에서 오는 것을 계급독재라 하고, 통칭 파쇼라고 한다.

나는 우리나라가 독재의 나라가 되기를 원치 아니한다. 독재의 나라에서는 정권에 참여하는 계급 하나를 제외하고는 다른 국민은 노예가 되고 마는 것이다.

독재 중에서 가장 무서운 독재는 어떤 주의, 즉 철학을 기초로 하는 계급독재다. 군주나 기타 개인 독재자의 독재는 그 개인만 제거되면 그만이거니와, 다수의 개인으로 조직된 한 계급이 독재의 주체일 때에는 이것을 제거하기는 심히 어려운 것이니, 이러한 독재는 그보다도 큰 조직의 힘이거나 국제적 압력이 아니고는 깨뜨리기 어려운 것이다.

우리나라의 양반 정치도 일종의 계급독재이거니와 이것은 수백 년 계속하였다. 이탈리아의 파시스트, 독일의 나치스의 일은 누구나 다 아는 일이다.

그러나 모든 계급독재 중에도 가장 무서운 것은 철학을 기초로 한 계급독재이다.

수백 년 동안 이조 조선에 행하여온 계급독재는 유교, 그 중에도 주자학파의 철학을 기초로 한 것이어서, 다만 정치에 있어서만 독재가 아니라, 사상·학문·사회생활·가정생활·개인생활까지도 규정하는 독재였다.

이 독재정치 밑에서 우리 민족의 문화는 소멸되고, 원기는 마멸된 것이다. 주자학 이외의 학문은 발달하지 못하니, 이 영향은 예술·경제·산업에까지 미치었다.

우리나라가 망하고 민력이 쇠잔하게 된 가장 큰 원인이 실로 여기 있었다. 왜 그런고 하면, 국민의 머릿속에 아무리 좋은 사상과 경륜이 생기더라도 그가 집권계급의 사람이 아닌 이상, 또 그것이 사문난적(斯文亂賊)이라는 범주 밖에 나지 않는 이상 세상에 발표되지 못하기 때문이었다.

이 때문에 싹이 트려다가 눌려 죽은 새 사상, 싹도 트지 못하고 밟혀버린 경륜이 얼마나 많았을까. 언론의 자유가 얼마나 중요한 것임을 통감하지 아니할 수 없다. 오직 언론의 자유가 있는 나라에만 진보가 있는 것이다.

시방 공산당이 주장하는 소련식 민주주의란 것은 이러한 독재정치 중에도 가장 철저한 것이어서, 독재정치의 모든 특징을 극단으로 발휘하고 있다. 즉, 헤겔에게서 받은 변증법, 포이에르 바하의 유물론 이 두 가지와, 아담 스미스의 노동가치론을 가미한 마르크스의 학설을 최후의 것으로 믿어, 공산당과 소련의 법률과 군대와 경찰의 힘을 한데 모아서, 마르크스의 학설에 일점일획이라도 반대는 고사하고 비판만 하는 것도 엄금하여, 이에 위반하는 자는 죽음의 숙청으로써 대하니, 이는 옛날의 조선의 사문난적에 대한 것 이상이다.

만일 이러한 정치가 세계에 퍼진다면 전 인류의 사상은 마르크스주의 하나로 통일될 법도 하거니와, 설사 그렇게 통일이 된다 하더라도 그것이 불행히 잘못된 이론일진대, 그런 큰 인류의 불행은 없을 것이다.

그런데 마르크스 학설의 기초인 헤겔의 변증법 이론이란 것이 이미 여러 학자의 비판으로 말미암아 전면적 진리가 아닌 것이 알려지지 아니하였는가.

자연계의 변천이 변증법에 의하지 아니함은 뉴턴·아인슈타인 등 모든 과학자들의 학설을 보아서 분명하다.

그러므로 어느 한 학설을 표준으로 하여서 국민의 사상을 속박하는 것은 어느 한 종교를 국교로 정하여서 국민의 신앙을 강제하는 것과 마찬가지로 옳지 아니한 일이다.

산에 한 가지 나무만 나지 아니하고, 들에 한 가지 꽃만 피지 아니한다. 여러 가지 나무가 어울려서 위대한 삼림의 아름다움을 이루고, 백 가지 꽃이 섞여 피어서 봄들의 풍성한 경치를 이루는 것이다.

우리가 세우는 나라에는 유교도 성하고, 불교도 예수교도 자유로 발달하고, 또 철학을 보더라도 인류의 위대한 사상이 다 들어와서 꽃이 피고 열매를 맺게 할 것이니, 이렇게 되어야만 비로소 자유의 나라라 할 것이요, 이러한 자유의 나라에서만 인류의 가장 크고 가장 높은 문화가 발생할 것이다.

나는 노자(老子)의 무위(無爲)를 그대로 믿는 자는 아니거니와, 정치에 있어서 너무 인공을 가하는 것을 옳지 않게 생각하는 자이다. 대개 사람이란 전지전능할 수가 없고, 학설이란 완전무결할 수 없는 것이므로, 한 사람의 생각, 한 학설의 원리로 국민을 통제하는 것은 일시 속한 진보를 보이는 듯 하더라도 필경은 병통이 생겨서 그야말로 변증법적인 폭력의 혁명을 부르게 되는 것이다.

모든 생물에는 다 환경에 순응하여 저를 보존하는 본능이 있으므로, 가장 좋은 길은 가만히 두는 길이다. 작은 꾀로 자주 건드리면 이

익보다도 해가 많다. 개인생활에 너무 잘게 간섭하는 것은 결코 좋은 정치가 아니다.

국민은 군대의 병정도 아니요, 감옥의 죄수도 아니다. 한 사람, 또 몇 사람의 호령으로 끌고 가는 것이 극히 부자연하고, 또 위태한 일인 것은 파시스트 이탈리아와 나치스 독일이 불행하게도 가장 잘 증명하고 있지 아니한가.

미국은 이러한 독재국에 비해서는 심히 통일이 무력한 것 같고, 일의 진행이 느린 듯 하여도, 그 결과로 보건대 가장 큰 힘을 발하고 있으니, 이것은 그 나라의 민주주의 정치의 효과이다. 무슨 일을 의논할 때에 처음에는 백성들이 저마다 제 의견을 발표하여서 헌헌효효하여 귀일할 바를 모르는 것 같지만, 갑론을박으로 서로 토론하는 동안에 의견이 차차 정리되어서 마침내 두어 큰 진영으로 포섭되었다가, 다시 다수결의 방법으로 한 결론에 달하여 국회의 결의가 되고, 원수의 결재를 얻어 법률이 이루어지면, 이에 국민의 의사가 결정되어 요지부동하게 되는 것이다.

이 모양으로 민주주의란 국민의 의사를 알아보는 한 절차, 또는 방식이요, 그 내용은 아니다. 즉, 언론의 자유, 투표의 자유, 다수결에 복종, 이 세 가지가 곧 민주주의이다.

국론(國論), 즉 국민의 의사의 내용은 그 때 그 때의 국민의 언론전으로 결정되는 것이어서, 어느 개인이나 당파의 특정한 철학적 이론에 좌우되는 것이 아님이 미국식 민주주의의 특색이다.

다시 말하면 언론·투표·다수결 복종이라는 절차만 밟으면 어떠한 철학에 기초한 법률도 정책도 만들 수 있으니, 이것을 제한하는 것은 오직 그 헌법의 조문(條文) 뿐이다.

그런데 헌법도 결코 독재국의 그것과 같이 신성불가침의 것이 아니라, 민주주의의 절차로 개정할 수가 있는 것이니, 이러므로 민주, 즉 백성이 나라의 주권자라 하는 것이다.

이러한 나라에서 국론을 움직이려면 그중에서 어떤 개인이나 당파를 움직여서 되지 아니하고, 그 나라 국민의 의견을 움직여서 된다. 백성들의 작은 의견은 이해관계로 결정되거니와, 큰 의견은 그 국민성과 신앙과 철학으로 결정된다. 여기서 문화와 교육의 중요성이 생긴다.

국민성은 보존하는 것이나, 수정하고 향상하는 것이 문화와 교육의 힘이요, 산업의 방향도 문화와 교육으로 결정됨이 큰 까닭이다.

교육이란 결코 생활의 기술을 가르치는 것만을 의미하는 것이 아니다. 교육의 기초가 되는 것은 우주와 인생과 정치에 대한 철학이다. 어떠한 철학의 기초 위에, 어떠한 생활의 기술을 가르치는 것이 곧 국민 교육이다.

그러므로 좋은 민주주의의 정치는 좋은 교육에서 시작될 것이다. 건전한 철학의 기초 위에 서지 아니한 지식과 기술의 교육은 그 개인과 그를 포함한 국가에 해가 된다. 인류 전체를 보아도 그러하다.

이상에 말한 것으로 내 정치이념이 대강 짐작될 것이다. 나는 어떠한 의미로든지 독재정치를 배격한다. 나는 우리 동포를 향하여서 부르짖는다. 결코 독재정치가 아니 되도록 조심하라고. 우리 동포 각 개인이 십 분의 언론자유를 누려서 국민 전체의 의견대로 되는 정치를 하는 나라를 건설하자고.

일부 당파나, 어떤 한 계급의 철학으로 다른 다수를 강제함이 없고, 또 현재의 우리들의 이론으로 우리 자손의 사상과 신앙의 자유를 속박함이 없는 나라, 천지와 같이 넓고 자유로운 나라, 그러면서도 사랑의 덕과 법의 질서가 우주 자연의 법적과 같이 준수되는 나라가 되도록 우리나라를 건설하자고.

그렇다고 나는 미국의 민주주의 제도를 그대로 직역하자는 것은 아니다. 다만 소련의 독재적인 민주주의에 대하여 미국의 언론자유적인 민주주의를 비교하여서 그 가치를 판단하였을 뿐이다. 둘 중에서 하나를 택한다면 사상과 언론의 자유를 기초로 한 자를 취한다는 말이다.

나는 미국의 민주주의 정체제도가 반드시 최후적인 완성된 것이라고는 생각지 아니한다. 인생의 어느 부분이나 다 그러함과 같이 정치형태에 있어서도 무한한 창조적 진화가 있을 것이다. 더구나 우리나라와 같이 반만년 이래로 여러 가지 국가형태를 경험한 나라에는 결점도 많으려니와, 교묘하게 발달된 정치제도도 없지 아니할 것이다.

가까이 이조시대로 보더라도 홍문관(弘文館)·사간원(司諫院)·사헌부(司憲府) 같은 것은 국민 중에 현인(賢人)의 의사를 국정에 반영하는 제도로 멋있는 제도요, 과거제도와 암행어사 같은 것도 연구할 만한 제도다.

역대의 정치제도를 상고하면, 반드시 쓸 만한 것도 많으리라고 믿는다. 이렇게 남의 나라의 좋은 것을 취하고, 내 나라의 좋은 것을 골라서 우리나라 독특한 좋은 제도를 만드는 것도 세계의 문운(文運)에 보태는 일이다.

## 3. 내가 원하는 우리나라

나는 우리나라가 세계에서 가장 아름다운 나라가 되기를 원한다. 가장 부강한 나라가 되기를 원하는 것은 아니다. 내가 남의 침략에 가슴이 아팠으니, 내 나라가 남을 침략하는 것을 원치 아니한다.

우리의 부력(富力)은 우리의 생활을 풍족히 할 만하고, 우리의 강력은 남의 침략을 막을 만하면 족하다. 오직 한없이 가지고 싶은 것은 높은 문화의 힘이다. 문화의 힘은 우리 자신을 행복 되게 하고, 나아가서 남에게 행복을 주겠기 때문이다.

지금 인류에게 부족한 것은 무력도 아니요, 경제력도 아니다. 자연과학의 힘은 아무리 많아도 좋으나, 인류 전체로 보면 현재의 자연과학만 가지고도 편안히 살아가기에 넉넉하다.

인류가 현재에 불행한 근본이유는 인의(仁義)가 부족하고, 자비가 부족하고, 사랑이 부족한 때문이다. 이 마음만 발달이 되면 현재의 물질력으로 20억이 다 편안히 살아갈 수 있을 것이다.

인류의 이 정신을 배양하는 것은 오직 문화이다. 나는 우리나라가 남의 것을 모방하는 나라가 되지 말고, 이러한 높고 새로운 문화의 근원이 되고, 목표가 되고, 모범이 되기를 원한다.

그래서 진정한 세계의 평화가 우리나라에서, 우리나라로 말미암아서 세계에 실현되기를 원한다. 홍익인간(弘益人間)이라는 우리 국조(國祖) 단군의 이상이 이것이라고 믿는다.

또 우리 민족의 재주와 정신과 과거의 단련이 이 사명을 달하기에 넉넉하고, 국토의 위치와 기타의 지리적 조건이 그러하며, 또 1차·2차 세계대전을 치른 인류의 요구가 그러하며, 이러한 시대에 새로 나라를 고쳐 세우는 우리의 서 있는 시기가 그러하다고 믿는다. 우리 민족이 주연배우로 세계의 무대에 등장할 날이 눈앞에 보이지 아니하는가.

이 일을 하기 위하여 우리가 할 일은 사상의 자유를 확보하는 정치양식의 건립과 국민교육의 완비다. 내가 위에서 자유의 나라를 강조하고, 교육의 중요성을 말한 것이 이 때문이다.

최고 문화 건설의 사명을 달할 민족은 일언이폐지하면, 모두 성인을 만드는 데 있다. 대한 사람이라면 간 데마다 신용을 받고 대접을 받아야 한다.

우리의 적이 우리를 누르고 있을 때에는 미워하고 분해하는 살벌·투쟁의 정신을 길렀었거니와, 적은 이미 물러갔으니, 우리는 증오의 투쟁을 버리고 화합의 건설을 일삼을 때다. 집안이 불화하면 망하고, 나라 안이 갈려서 싸우면 망한다.

동포간의 증오와 투쟁은 망조(亡兆)다. 우리의 용모에서는 화기가 빛나야 한다. 우리 국토 안에는 언제나 춘풍이 태탕하여야 한다. 이것을 우리 국민 각자가 한번 마음을 고쳐먹음으로써 되고, 그러한 정신의 교육으로 영속될 것이다.

최고 문화로 인류의 모범이 되기로 사명을 삼는 우리 민족의 각원은 이기적 개인주의자여서는 안 된다. 우리는 개인의 자유를 극도로 주장하되, 그것은 저 짐승들과 같이 저마다 제 배를 채우기에 쓰는 자유가 아니요, 제 가족을, 제 이웃을, 제 국민을 잘살게 하기에 쓰이는 자유다. 공원의 꽃을 꺾는 자유가 아니라, 공원에 꽃을 심는 자유다.

우리는 남의 것을 빼앗거나 남의 덕을 입으려는 사람이 아니라, 가족에게, 이웃에게, 동포에게 주는 것으로 낙을 삼는 사람이다. 우리말에 이른바 선비요, 점잖은 사람이다.

그러므로 우리는 게으르지 아니하고, 부지런하다. 사랑하는 처자를 가진 가장은 부지런할 수밖에 없다. 한없이 주기 위함이다.

힘 드는 일은 내가 앞서 하니, 사랑하는 동포를 아낌이요, 즐거운 것은 남에게 권하니 사랑하는 자를 위하기 때문이다. 우리 조상들이 좋아하던 인후(仁厚)의 덕(德)이란 것이다.

이러함으로써 우리나라의 산에는 삼림이 무성하고, 들에는 오곡백과가 풍성하며, 촌락과 도시는 깨끗하고, 풍성하고 화평한 것이다.

그리하여 우리 동포, 즉 대한 사람은 남자나 여자나 얼굴에는 항상 화기가 있고, 몸에서는 덕의 향기를 발할 것이다. 이러한 나라는 불행하게 하여도 불행할 수 없고, 망하려 하여도 망할 수 없는 것이다.

민족의 행복은 결코 계급투쟁에서 오는 것도 아니요, 개인의 행복이 이기심에서 오는 것이 아니다. 계급투쟁은 끝없는 계급투쟁을 낳아서 국토의 피가 마를 날이 없고, 내가 이기심으로 남을 해하면 천하가 이기심으로 나를 해할 것이니, 이것은 조금 얻고 많이 빼앗기는 법이다.

일본의 이번 당한 보복은 국제적·민족적으로도 그러함을 증명하는 가장 좋은 실례다.

이상에 말한 것은 내가 바라는 새 나라의 용모의 일단을 그린 것이거니와, 동포 여러분! 이러한 나라가 될진대 얼마나 좋겠는가. 우리네 자손을 이러한 나라에 남기고 가면 얼마나 만족하겠는가.

옛날 한토(漢土)의 기자(箕子)가 우리나라를 사모하여 왔고, 공자께서도 우리 민족이 사는 데 오고 싶다고 하셨으며, 우리 민족을 인(仁)을 좋아하는 민족이라 하였으니, 옛날에도 그러하였거니와 앞으로는 세계인류가 모두 우리 민족의 문화를 이렇게 사모하도록 하지 아니하려는가.

나는 우리의 힘으로, 특히 교육의 힘으로 반드시 이 일이 이루어질 것을 믿는다. 우리나라의 젊은 남녀가 다 이 마음을 가질진대 아니 이루어지고 어찌하랴!

나도 일찍 황해도에서 교육에 종사하였거니와 내가 교육에서 바라던 것이 이것이었다. 내 나이 이제 70이 넘었으니, 직접 국민교육에 종사할 시일이 넉넉지 못하거니와, 나는 천하의 교육자와 남녀 학도들이 한번 크게 마음을 고쳐먹기를 빌지 아니할 수 없다.

1947년
새문 밖에서

# 백범 김구 연보

| 서기(나이) | 행 적 | 시 사 |
|---|---|---|
| 1876 (1) | 8월 29일(음력 7월 11일), 안동 김씨 김자점(金自點)의 방계(傍系)후손으로 해주읍 서쪽 80리 되는 백운방(白雲坊) 텃골(基洞)에서 출생. 아버지 김순영(金淳永), 어머니 곽락원(郭樂園). 난산한 독자. 김자점이 역적이었으므로 멸문지화를 면하기 위하여 숨어서 살면서 스스로 상놈이 되어 지내온 집안이었음. 아버지는 술로 자포자기. 어릴 때 이름은 창암(昌岩). | 고종 13년. 단기 4209년. 정월, 일본 전권대신 구로다(黑田淸隆)·부대신 이노우에 (井上馨) 입국. 2월, 한·일수호조규(병자조약·강화조약) 조인. |
| 1878 (3) | 이 해인지, 다음 해인지 3,4세 때 마마(天然痘) 앓음. 어머니가 부스럼 짜듯 고름을 짜, 얼굴에 굵은 벼슬자국 있음. | 8월, 일본 군함, 전라·충청 해안 측량. 11월 일본 참모본부 설치. |
| 1880 (5) | 강령(康翎) 삼거리로 이사. | 8월, 수신사 김홍집 일본 갔다 돌아옴. 11월 일본 변리공사(辨理公使) 하나부사(花房義質) 입경. |
| 1881 (6) | 아버지가 아랫목 이부자리 속에 숨겨둔 엽전 20냥을 가지고 나가 떡을 사 먹으려다 들켜 아버지한테 되게 매를 맞았다. 장연(長連) 할아버지(재종조)가 들어와 구해 주었음. | 4월, 일본 육군소위 호리모토(堀本禮造)를 雇聘, 신식훈련을 실시. |
| 1882 (7) | 해주 본향(本鄕) 텃골로 다시 이사. 농사로 살아감. 아버지 김순영(金淳永)은 술을 먹으면 인근 양반들인 강씨. 이씨를 때려 해주 감영에 잡혀가 갇히기를 한 해에도 몇 번씩이었다. | 6월, 임오군란 일어남. 민비 변복으로 충주로 피난. 7월, 대원군 청국으로 끌려감. 11월, 일본 공사 다케소노(竹添進一郞) 착임. |
| 1884 (9) | 국문을 배워 이야기책을 읽었고, 천자문도 이 사람 저 사람에게서 언어 배움. 상놈의 서러움을 알고, 진사(進士)가 되기 위하여 아버지에게 글방 보내달라고 조름. 청수리 이생원을 선생으로 모셔다가 동네 상놈 아이들끼리 글방을 차려 글공부를 시작, 석달 뒤 중존위(中尊位) 집 사랑으로 글방을 옮김. | 10월, 갑신정변 일어남. 김옥균·박영효 등, 일본으로 망명. 청·일 양국 병 충돌. |
| 1886 (11) | 아버지가 갑자기 전신불수 뒤에 반신불수로 나아짐. | |
| 1889 (14) | 학오동(鶴鳴洞) 정문재(鄭文哉)씨에게서 통학하며 글을 배움. 정씨(鄭氏)는 당시 굴지의 큰 선비였음. | 3월, 미국공사 하드 착임. |

| 서기(나이) | 행 적 | 시 사 |
|---|---|---|
| 1892 (17) | 정씨(鄭氏)의 지도로 임진 경과를 해주에서 차작(借作)으로 보려했으나 실망. 집에 돌아와서 마의상서(麻衣相書)로 관상 공부 시작, 관상 공부 그만두고 "손자(孫子)" "오자(吳子)」등 병서(兵書) 읽기 시작. | 12월, 동학교도, 전라도 삼례역에 집합. |
| 1893 (18) | 정초, 갯골(浦洞) 오응선씨(吳膺善氏) 찾아가 동학 입도식 밟음. 이때부터 김창수(金昌洙)로 이름을 바꿔 씀. 접주가 되어 아기접주로 불림. 황해도 15명 도유(道儒)의 하나로 뽑혀 성관(成冠)하고, 충청도 보은에 있는 대도주(大道主)를 뵈러 감. 접주 첩지를 받음. | 3월, 동학교도들, 보은에 집결. 4월 해산. 6월, 인천부 이민(吏民) 수백명, 관공서 습격. |
| 1894 (19) | 황해도 동학당도 일어남. 입봉도소(入峰都所)를 설치. 경군(京軍)·왜병과 싸움. 선봉이 되어 말을 타고 해주성을 향해 전진. 서쪽 80리 되는 회학동(回鶴洞)으로 후퇴, 실패함. 같은 동학당 이동엽(李東燁)과 마찰이 생겨 대패. 황해도 동학당 전멸. 몽금포 근동에서 석달 숨어 삶. | 정월, 동학란 일어남. 2월, 김옥균 상해에서 암살됨. 6월 청·일전쟁 일어남. 12월, 전봉준 순창에서 잡혀 경성으로 압송됨. 홍범14조 제정, 자주독립을 종묘(宗廟)에 서고(誓告). |
| 1895 (20) | 2월, 패군지장으로 구월산 밑에 사는 정덕현(鄭德鉉)과 함께 신천군 청계동 안태훈(安泰勳) 진사(안중근 의사의 아버지)를 찾아감. 접대를 받음. 부모까지 모셔다가 우접하게 되었음 여기서 의기 있는 학자 고능선(高能善)의 훈도를 받음. 큰 영향을 받다. 남원 사람 김형진(金亨鎭)과 함께 만주 쪽으로 방랑길을 떠남. 혜산진(惠山鎭)까지 가서 압록강을 넘나들며 유랑. 만주 통화(通化)까지 감. | 3월, 전봉준 처형됨. 8월 을미사변 일어남. 민비 시해됨. 11월, 단발령 내림. |
| 1896 (21) | 청계동으로 돌아옴. 고능선(高能善) 선생과 재회. 고선생의 장손녀와 약혼. 그러나 아버지가 전에 술집에서 허락한 약혼자가 생겨나 파혼됨. 다시 방랑길 떠남. 평양으로 감. 단발령으로 국내가 소연해져 다시 발길을 돌려 귀로에 올라 고향으로 돌아오는 도중, 치하포(鴟河浦)에서 변장한 왜놈 육군 중위 쓰지타(土田)를 때려죽임. 해주로 잡혀가 거기서 다시 인천옥으로 이감됨. 살인강도로 사형을 받음. 어머니가 식모살이를 하며 옥바라지. | 정월, 지방 각처에서 의병 일어남. 7월, 서재필(徐載弼) 등 독립협회 조직. |

| 서기(나이) | 행 적 | 시 사 |
|---|---|---|
| 1897 (22) | 국모 원수를 갚았대서 황제로부터 사형 정지가 내려짐. 죄수로 있는 동안 독서에 힘써 「大學」을 읽고, 「태서신사(泰西新史)」·「세계지지(世界地誌)」등 신학문도 접함. 아버지와 어머니가 옥바라지를 함. | 8월, 연호를 광무(光武)로 고침. 11월, 민비의 국장(國葬) 거행. |
| 1898 (23) | 파옥하고 탈옥. 도주. 경성으로 갔다가 남도(南道)로 방향을 바꿔 유랑하며 피신. 공주 마곡사에 들어가 중이 되기도, 법명 원종(圓宗). | 2월, 대원군 사망. 8월, 이등박문 내한. 12월 서대문·청량리 간 전차 공사 준공. |
| 1899 (24) | 다시 방랑길. 서대문 밖에서 풍기(豊基)의 혜정(慧定)을 만나 북상. 해주 수양산 신광사(神光寺) 부근에 북암(北庵)에 머물며 혜정을 시켜 부모를 모셔오게 하여 만남. 함께 평양으로 감. 평양에서 극암(克菴) 최재학(崔在學)을 만남. 영천암(靈泉菴) 방주가 되어 부모와 같이 지냄. 늦가을 환속하여 상투를 짜고 선비의 의관을 하고서 부모 모시고 고향으로 돌아감. | 5월, 경성 전차 개통. 6월. 일본공사 하야시(林權助) 착임. 9월, 경인철도 인천·노량진 간 개통. |
| 1900 (25) | 계부(季父)가 농사일이나 하라며 끌고 다님. 마음이 안 붙어 몰래 강화로 도망침. 김두래(金斗來)라는 이름으로 행세. 김주경의 집에서 글방 차려 아이들을 가르침. 유인무(柳仁茂)와 만난 것을 계기로 사대부 양반들 집을 전전. 유인무가 이름을 구(龜)로 지어주고, 자(字)는 연상(蓮上), 호(號)는 연하(蓮下)로 지어주기도. 양반 지사(志士)들의 대접을 받으며 잘 지냄. | 2월, 노국공사 파브로프 재차 내임. 7월, 한강교 준공. 경인철도 전선 개통. |
| 1901 (26) | 불길한 꿈을 꾸고 급히 고향으로 돌아감. 도중 고능선 선생 찾아뵙고, 이제는 세대가 다른 것을 느낌. 2월, 아버지 상을 당함. | 9월, 중국의 이홍장(李鴻章) 사망. 청국공사 허태신(許台身) 경질. |
| 1902 (27) | 정월, 장연(長淵) 먼 일가댁에 세배 가서, 그 할머니 중매로 유여옥과 약혼. | 3월, 경성·개성 간 경의철도 부설공사 착수. |
| 1903 (28) | 2월, 약혼녀 여옥(如玉)이 병으로 사망. 직접 염습하여 장사 지냄. 장연읍 사직동으로 이사. 오인형(吳寅炯) 진사가 집을 줌. 공립학교 교원이 됨. 여름, 평양 예수교 주최 사범강습소에서 최광옥(崔光玉)과 만남. 최(崔)의 주선으로 도산 안창호의 딸 안신호(安信浩)와 약혼까지 갔으나, 이내 파혼. | 12월, 노국(露國) 동양함대 사령관, 인천 입항. |

| 서기(나이) | 행 적 | 시 사 |
|---|---|---|
| 1904 (29) | 신천(信川) 사평동(謝平洞) 최준례(崔遵禮)와 결혼. | 2월, 러일전쟁 발발. 8월, 이용구(李容九) 동학 교도들을 모아 진보회(進步會)를 조직. |
| 1905 (30) | 진남포 엡윌 청년회 총무로 경성의 상동교회(尙洞敎會)에서 열린 전국대회에 참가. 이때 모인 인물은 김덕기(金德基)·정순만(鄭淳萬)·이준(李儁)·이동녕(李東寧)·최재학(崔在學) 등 다수. 도끼를 메고 상소하기로 결의, 대한문 앞으로 몰려감. 교육사업에 힘을 쓰기로 결의. 황해도로 돌아가 문화 종산(鍾山) 서명의숙(西明義塾) 교원이 됨. | 9월, 러일 강화조약 체결. 11월, 일본 특파대사 이등박문 경성에 옴. 제2차 한일협약(을사보호조약 또는 5조약) 체결. 사방에서 의병 일어남. 민영환 등 자결. |
| 1909 (34) | 정월 18일, 김용제(金庸濟) 등의 초청으로 안악(安岳)으로 이사. 양산학교(楊山學校) 교원이 됨. 첫딸 사망. 최광옥(崔光玉) 등 교육가들과 해서교육총회를 조직, 학무총감이 됨. 도내 각 군 순회. 해주 감옥에 수감, 불기소로 방면. 양산학교 소학부 유년반 담임, 재령군 북율면 무상동 보강학교(保强學校) 교장 겸무. 안악에서 노백린(盧伯麟) 만남. 이재명(李在明)을 만남. | 10월, 안중근 의사 하얼빈역에서 이등박문 사살. 12월, 일진회장 이용구, 한일합방을 정부에 건의. 이재명, 종현(鐘峴)에서 이완용을 습격. |
| 1910 (35) | 신민회의 멤버인 양기탁(梁起鐸)이 경성서 비밀회의를 한다고 출석통지가 와 출석. 모인 인사는 양기탁·이동녕(李東寧)·안태국(安泰國)·이승훈(李昇薰)·주진수(朱鎭洙)·김도희(金道熙)·김구(金龜). 만주에 이민계획을 세우고, 무관학교를 창설, 장교 양성하기로 결의. 11월, 경성을 떠나 양기탁 아우 양인탁(梁寅鐸)과 동행하여 돌아감. 안명근(安明根)이 양산학교(楊山學校)로 찾아옴. | 3월, 안중근 의사 여순 감옥에서 사형됨. 5월, 일본 육군대신 데라우찌(寺內正毅) 통감 겸임. 8월 22일, 한일합방조약 조인. 10월, 조선총독부 관제 공포. 12월, 안명근 의사, 사내(寺內) 총독 암살 계획하다 미연에 발각됨. 안창호, 미국에서 돌아와 대성학교 세우고, 신민회 조직. 안명근 잡혀감. |
| 1911 (36) | 정월 초 5일, 새벽 왜 헌병에게 불려감. 김홍량(金鴻亮)·도인권(都寅權) 등과 함께 구류되어, 재령으로 넘어감. 다시 경성으로 압송. 총독부 임시 유치장에 잡아넣고 고문 시작. 혹독한 악형을 여러 번 받음. 종로 구치감으로 넘어감. 어머니가 옥바라지. 2호 법정에서 재판 받음. 징역 | 7월, 양기탁·안명근 등 40여 인 기소됨. 10월, 압록강 철교 완성. |

| 서기(나이) | 행 적 | 시 사 |
|---|---|---|
| | 17년 판결. 서대문 감옥으로 넘어감. 삼남불한당 (三南不汗黨) 괴수 별호 김 진사에게서 장차 활용하기 위해 도적 떼의 비밀 결사 실상을 강의 받음. | |
| 1912 (37) | 대사면(大赦)으로 8년 감하여 7년이 됨. 명치처(明治妻)가 죽어 또 5년 감형. 형기가 2년가량 남음. 이름 김구(金龜)를 고쳐 김구(金九)로 하고, 호(號) 연하(蓮下)를 버리고 백범(白凡)으로 함. 왜놈들이 지목한 이른바 뭉우리 돌의 길을 굳게 가려는 결심에서였다. 감옥에서 뜰을 쓸고 유리창을 닦으면서 장차 독립하면 정부의 뜰을 쓸고 유리창을 닦게 해달라고 하느님께 빌었다. | 7월, 왜(倭) 명치천황(明治天皇) 사망. 9월, 대사면(大赦). |
| 1914 (39) | 인천 감옥 이감. 17년 전의 감방 동수(同囚) 문종칠(文種七)과 만남. 그는 강도 7년형을 받고 들어와 있었음. 매일 아침 다른 죄수와 쇠사슬로 함께 묶여 인천항 축항 공사장에 끌려가 흙지게를 등에 지고서 10여 길 사닥다리를 오르내림. 투신하여 죽으려다 마음 고쳐잡고 열심히 일함. 그 때문에 상을 받음. 죄수 번호 55호. 7월, 가출옥. 영치한 돈, 물건과 품삯 받고 나옴. 그날로 경성으로 올라가 경의선 기차 타고 신막(新幕)을 거쳐 사리원에서 내려 여물평(餘物坪)을 지나 안신학교(安新學校)로 감. 어머니가 마중 나옴. 딸 화경(化敬)이 서너 달 전에 죽었음. 아내는 안신학교 교원으로 있었다. | 9월, 조선호텔 낙성. 11월, 일본군 중국 청도 점령. |
| 1915 (40) | 김홍량(金鴻亮)·김용진(金庸震) 일문의 호의로 동산평(東山坪) 간농(看農)에 매달려 농촌개량 사업에 힘씀. | 5월, 총독부 관제 개정. |
| 1917 (42) | 딸 은경(恩慶)이 죽음. 처형 역시 사망. 공동묘지에 매장. | 3월, 러시아 혁명 일어남. 11월, 혁명 성공으로 레닌 소비에트 정부 수립. |
| 1915 (43) | 11월, 아들 인(仁) 출생. | 11월, 동삼성(東三省)의 독립운동자들. 독립선언서 발표. |
| 1919 (44) | 3·1 독립운동 발발로 전국이 독립 만세 소리에 뒤덮이자, 김용진(金庸震)의 권고를 받고 평양·신의주·안동을 거쳐 상해로 감. 이동녕·이광수 | 정월, 고종 이태왕(李太王) 승하. 2월, 동경에서 유학생들이 모여 독립운 |

| 서기(나이) | 행 적 | 시 사 |
|---|---|---|
| | 등과 만나 임시정부 조직. 안창호 동지도 미국에서 건너와 내무총장이 되고, 자신은 정부 문호를 지키겠다고 하였으나 경무국장으로 낙착. 국무총리 이동휘(李東輝)와 알력. 마찰이 생김. | 동 회의 개최. 대한청년단 여운형·김규식 등 상해 불조계(佛租界)에서 독립운동계획. 3월, 3·1운동 발발. 상해에서 임시정부 수립. |
| 1920 (45) | 아내가 인(仁)을 데리고 상해로 옴. | 3월, 해삼위에서 한인사회당 조직됨. 10월, 청산리전투. 10월. 유관순, 옥중에서 순사. |
| 1922 (47) | 어머니도 상해로 옴. 차남 신(信) 출생. 아내 낙상(落傷)으로 폐렴 병발. | 10월, 여운형 등 상해 불조계에서 한국노병회(韓國勞兵會) 조직. |
| 1923 (48) | 임시정부 내무총장이 됨. | 3월, 조선청년단대회 종로 청년회관에서 개회. 9월, 일본 관동대지진. |
| 1924 (49) | 1월 1일, 아내 상해 홍구폐(虹口肺) 병원에서 격리된 채 사망. 불조계 숭산로(嵩山路) 공동묘지에 매장. | 임시정부 국무총리 이동녕(李東寧), 대통령 직무 대행. |
| 1926 (51) | 어머니 신(信)을 데리고 고국으로 돌아감. | 4월, 양기탁 등 길림에서 고려혁명당 조직. 6월, 6·10 만세 사건. 12월, 의열단원 나석주(羅錫疇) 의사, 동척회사에 투탄 자결. |
| 1927 (52) | 인(仁)도 고국으로 보냄. 11월, 국무령으로 피임. 임시의정원 의장은 이동녕. | 2월. 신간회 조직. |
| 1928 (53) | 이동녕 등과 한국독립당 조직. 백범일지 상권 쓰기 시작. 임시정부 저조. 독립운동가들 떠나가고, 변절하고, 수십 명도 못 되는 형편. 미주 교포들에 편지 보내기 정책. | 10월, 장개석, 정부 주석이 됨. 본국에서 연통제 발각, 붙들린 자 많음. |
| 1931 (56) | 거류민 단장 겸임. 이봉창(李奉昌)과 비밀 접촉. 이봉창을 일본에 보내고 윤봉길(尹奉吉) 찾아옴. | 6월, 우가키(宇垣一成) 총독 임명. |
| 1932 (57) | 이봉창 의사 일황 히로히토(裕仁)에게 수류탄 던졌으나 실패. 4월, 윤봉길 의사 상해 홍구공원에서 일황 생일 경축식장에 폭탄 던져 시라카와(白川) 대장 등을 즉사케 함. 미국인 피치씨 집 | 정월, 상해사변. 3월, 만주국 독립선언. 상해 임 |

| 서기(나이) | 행 적 | 시 사 |
|---|---|---|
| | 에 숨었다가 가흥(嘉興)·해염(海鹽) 등으로 피신. 장진구(張震球) 또는 장진(張震)으로 행세. | 시정부는 항주(杭州)로 옮김. |
| 1933 (58) | 중국 국민당 당원이던 박찬익(朴贊翊)을 통해 장개석의 자택으로 가서 면담. 필담한 결과 낙양군관학교 분교를 만들기로 약속. 이청천(李靑天)·이범석(李範奭)을 데려와 교관·영관으로 맡김. 그러나 겨우 1기생만 내고 폐쇄. | 정월, 중·일 양군, 산해관에서 충돌. |
| 1934 (59) | 5당 통일론으로 무정부상태였던 임시정부를 지키기 위하여 항주(杭州)로 달려감. 대한국민당 조직. 그리고 남경으로 돌아옴. 회청교(淮淸橋) 근처에 집을 얻어 가흥(嘉興)에서 알게 된 배 젓는 여자 주애보(朱愛寶)를 월 15원씩 주고 동거. 광동성 해남 도인(島人)으로 행세. | 9월. 중국공산당 강서 근거지 떠남. 김원봉·김두봉 등이 나서서 5당 통일회의 개최. 조선민족혁명당 탄생시킴. 그러나 곧 흐지부지. |
| 1937 (62) | 중일전쟁으로 남경 폭격. 집이 파괴, 중국여자 주애보와 함께 겨우 살아남. 마로가(馬路街)에 있던 어머니도 무사. 호남성 장사(長沙)로 피난하기로 하고, 안휘성 둔계중학 재학 중인 아들 신(信)도 불러오고, 어머니 모시고 영국 기선으로 우선 한구(漢口)로 떠남. 대가족 백여 식구는 목선으로 남경을 떠남. | 7월, 중·일 양군 노구교에서 충돌. 전면전쟁 발발. 제2차 국공합작. |
| 1938 (63) | 장사(長沙)에 와선 본명 김구로 행세. 중국 중앙정부의 보조와 미국 교포들의 후원으로 생활에 곤란은 없었음. 3당 합당 문제가 활발해져 조선혁명당 본부인 남목청(南木廳)에서 회집하였으나, 갑자기 저격을 받고 의식을 잃음. 한 달간 입원. 이 사건으로 현익철(玄益哲)은 절명. 장사가 또 위험하여 광주(廣州)로 갔다가 귀양(貴陽)을 거쳐 중경(重慶)으로 들어감. 어머니는 인후병(咽喉病)으로 고생. 어머니 사망. | 정월, 일본군 청도 상륙. 10월, 광동 함락. 무한 삼진(武漢三鎭) 함락. |
| 1940 (65) | 민족 진영 3당만을 모아 한국독립당 만듦. 집행위원장 김구. 감찰위원장 이동녕. 위원 이시영(李始榮). 임시의정원에서 국무회의 주석에 피임. 광복군 조직. 이청천을 광복군 총사령으로 임명, 중경 수릉빈관(壽陵賓館)에서 광복군 성립식을 가짐. 사령부를 서안(西安)에 두고 30여 명 간부를 그쪽으로 보냄. 장개석 부인 송미령(宋美齡)이 10만원 기부. 인원이 많지 못하여 몇 달 동안은 유명무실. | 3월, 왕조명, 남경에 국민정부 수립. 11월, 일본군 산서의 팔로군 공격. 임시의정원 의장 이동녕, 중경에서 서거(逝去). |

| 서기(나이) | 행 적 | 시 사 |
|---|---|---|
| 1941 (66) | 맏아들 인(仁) 사망. | 10월, 일본 도조 내각 (東條內閣) 성립. 12월, 태평양전쟁 시작됨. |
| 1943 (68) | 일본군에 끌려간 학병 50여 명 도망처 임시정부로 넘어옴. 중한문화협회 식당에서 환영회 개최. 광복군이 이것으로 하여 연합군의 주목을 끌게 됨. | 11월, 미·영·중 3국 거두 카이로 회담. 28일, 미·영·소 3국 거두 테헤란 회담. |
| 1944 (69) | 3월, 임시국무위원 개선. 주석 김구. 부주석 김규식(金奎植). | 7월, 일본 도조내각(東條內閣) 총 사직. 고이소 (小磯)·요나이(米內) 협력 내각 성립. |
| 1945 (70) | 미국 작전부장 다노베 장군과 군사협의를 하기 위하여 미국 비행기로 서안에 감. 학생들의 훈련 참관. 합서성(陝西省) 주석 축소주(祝紹周)의 만찬에 초대되어 감. 식사 끝나고 일본 항복 소식 들음. 광복군 계획 모두 수포로 돌아감. 여객기를 타고 중경으로 돌아옴. 개인의 자격으로 고국으로 돌아가기로 결정. 11월 5일, 임시정부 국무위원들과 같이 비행기 2대에 나뉘어 타고 중경을 떠나 상해로 옴. 미국 비행기로 고국을 향해 상해를 떠남. 27년 만에 김포비행장에 도착, 조국의 땅을 밟음. 숙소는 서대문 최창학(崔昌學) 씨 집. 국무위원들은 한미호텔. 덕수궁에서 성대한 환영회를 받음. | 7월, 미·영·중 3국 거두 포츠담 선언. 8·15 일본 무조건 항복. |
| 1946 (71) | 조국의 땅 여기저기 찾아봄. 윤봉길·이봉창·백정기(白貞基)의 유골을 맞음. 비상 국민회의 조직. 총리가 됨. | 3월, 제1차 미소공동위원회. 4월, 정부수립 촉성 시민대회. |
| 1947 (72) | | 7월, 여운형 저격, 피살. 12월, 장덕수 피살. |
| 1948 (73) | 4·19, 김규식(金奎植)과 함께 평양행. 남북 정당 및 사회단체협의회 참석. 남북협상을 마친 뒤 5월 5일 서울로 돌아옴. | 5·10 총선거. 제헌국회 개원. 초대 대통령 이승만, 부통령 이시영 피선. 대한민국 정부 수립 선포. 10월, 여순반란 사건. |
| 1949 (74) | 6월 26일 12시 36분, 경교장(京橋莊)에서 육군 소위 안두희(安斗熙)의 총에 맞아 운명. 7월 5일, 국민장(國民葬) 거행, 효창공원에 안장. | 1월, 미국, 대한민국을 승인. |

김구 선생의 국민장 장례 행렬

# 해  설

  백범 김구 선생이 비운의 흉탄을 맞고 가신 지도 벌써 40년이 된
다. 해방 직후 툭하면 쏘고 쓰러지고 하던 때여서 그때를 살아온 사
람들은 아직도 허무한 감을 잊을 수가 없으리라. 나 한 사람 지금까지
살아 있다는 것 자체가 이상하게 여겨질 정도로 말이다.

  선생은 저격을 받은 그 전 해, 그러니까 1948년 남북협상을 마치
고 서울로 돌아와 남한만의 정부가 수립된 뒤로는 정치에 희망을 잃
은 것같이 보였다. 필자는 당시 서울신문 병아리 기자로 국가보안법인
가 무언가, 자못 무서운 법을 처음으로 제정한다 어쩐다 할 때, 경교
장(京橋莊)으로 앙케트를 받으려고 찾아간 적이 있었다. 국민당 당수
에 한성일보 사장으로 있던 안재홍(安在鴻)씨의 앙케트를 받은 뒤라서
쉽게 될 줄 알았으나 선생은 단호히 거절했다. 2층의 거실에서 붓글씨
쓰기에 열중하고 있을 뿐이었다. 아래층에서 엄항섭·선우진 그런 이
들이 무슨 제사 차림이라도 있었던 모양으로 큰 테이블에 푸짐한 제
사음식을 벌여 놓고 먹어가며, 이거나 먹고 가라고 하여 한두 점 집어
먹다 나왔는데, 선생은 그때 벌써 세상은 재미없게 돌아간다고 아예
체념해버린 것 같았다.

  그렇게 겨울을 넘기고, 다음해 얼마 안 가서 그 끔찍한 사건이 발생
했던 것이다.

  국민장 때, 남들도 그랬던 것처럼 필자도 눈시울이 뜨거워지는 것
을 어쩔 수가 없었지만, 필자는 솔직히 말하여 김구 선생에 대해 별로

아는 것이 없었다. 그분의 출신이나 지내온 생활이나, 투쟁 또는 사상을 잘 몰랐다. 건성으로 남들이 하는 말만 듣고 위대한 독립투사라는 정도로 쳐놓고 있었다고나 할까.

이번에 그분 자신이 기술한 평생의 기록을 대하고, 책으로 내도록 문장을 만들어 나가면서 공연한 수치심이 일 정도였다. 백범이 글을 쓰는 직업인이었다면 그분은 확실히 독자들에게 재미있는 글을 늘 제공해 주었으리라고 믿어진다.

김구씨는 대여섯 어린 나이 때부터 혼자서 자기 자신을 길렀고, 그래서 남에게 사표가 되는 자리를 쌓아 나갔다. 한 가지도 예사로 보지 않고 깊이깊이 생각하고, 철저하게 해내는 다부진 성향이었다고나 할까. 혼자서 서 온 사람의 모범이라고 하여도 좋겠다. 〈백범일지〉라는 이 탁월한 자서전은 그의 정신이 넘쳐흐르는 듯싶다. 자기를 털어놓는다는 게 결코 쉽지 않은 일이다. 김구는 그것을 해냈다. 차근차근히 읽어나가면서 그랬다는 생각이 든다. 약점도 강점도 숨기지 않았다.

그러나 백범은 한문책을 많이 읽었고, 인용구절도 적절하고 광범위하여 단장취의(斷章取義)의 묘미를 십분 터득한 분이었다. 〈백범일지〉를 읽고 김구의 김구다운 인간 형성을 생각하지 않을 수 없다.

김구가 살아오면서 그때그때 영향을 받은 스승이 몇 분 계시다. 20세 전후에는 고능선(高能善)이란 산림학자(山林學者)와 청계동의 안태훈(安泰勳—安重根 의사의 부친) 진사, 그리고 독립운동을 하면서 평생 동안 모시고 함께 일해 온 석오(石吾) 이동녕(李東寧) 선생 등이 있다. 고능선이나 안태훈은 나이 어린 젊은 시절인 사상형성기에 눈을 뜨게 했다고 하면, 이동녕 선생은 평생 동안 길을 터 준 독립운동의 선배요. 동지였다. 상해 임시정부를 김구가 그만큼 이끌어온 것도 바로 석오 이동녕 선생의 후원이 컸기 때문이다.

이동녕 선생은 기강에서 작고하여 살아서 조국 땅을 밟지 못했으나, 김구에겐 잊지 못할 소중한 인물이었다. 김구도 그 점을 여러 차례 일관되게 강조하고 있다.

〈백범일지〉를 읽으면서 김구를 생각할 때, 그의 어머니를 놓칠 수가 없다. 아버지도 하나밖에 없는 아들을 위해 글공부하게 하고 옥바라지하고, 여러 면으로 헌신을 했다. 그러나 어머니 곽씨(郭氏)의 정성은 지극하였다. 모든 여성, 모든 어머니들의 귀감이 되기에 충분했다. 〈백범일지〉에서 곽씨의 어머니상 하나만 떼어내도 이 땅 여인들이 읽어야 할 필수독본이 될 수 있으리라.

나는 백범의 문장 습관도 대화 습관도 그대로 살리려고 해보았다. 그것이 이 간본(刊本) 출판의 취지요, 목적이기도 하다. 김구의 인물, 체취를 살리기 위해서도 그렇다. 따라서 독자들에게는 다소 난삽한 곳도 있을 것이다. 백범 본인도 그랬던 것처럼 중국에 오래 있었으면서도 중국말을 모르고 중국식 말을 써왔다. 또 한문(漢文)병에 걸렸다는 평을 들었을 정도로 한문 투의 표현과 말을 써왔다. 그것이 기술에 그대로 나타난다. 그래서 더욱 혼란스럽기만 한 문장을 김구식으로 살리는 것은 역시 쉽지 않았다. 그 동안의 〈백범일지〉가 많은 부분 재구성되었다는 것만 보아도 알 수 있다.

이 책은 마지막까지 측근이었던 엄항섭을 시켜 원래의 것을 등사하게 하여 미국의 동지들에게 후세에 전하도록 당부하여 보낸 것이다. "大韓民國 臨時政府 主席用箋(주석용전)"이라고 번듯하게 찍힌 괘지에 펜으로 빽빽하게 필사한 것이다. 그냥 읽기조차 힘든 것을 가지고 번역, 문장을 만든 것이다. 한 자, 한 구도 소홀히 하지 않고 모두 옮겼다.

이 책을 내는 데는 여러분의 아낌없는 협조가 있었다. 우선 석오 이동녕 선생의 직손이신 이석희(李奭熙)씨가 귀중한 원저를 입수·제공하여 출판의 계기를 만들어 주신 데 대하여 감사를 드린다. 다음은 서문당(瑞文堂) 최석로(崔錫老) 사장의 격려와 독촉, 그리고 편집실 여러분의 노고에 감사를 드리지 않을 수 없다.

뒤에 연보(年譜)를 붙임에 있어, 〈일지〉 속에 나오는 것을 중심으로 새로 작성하였으므로 읽는 데 참고가 되길 바란다.

중간 제목은 원래 원저에는 없는 것이나, 독자들의 편의를 위해 붙인 것임을 밝혀둔다.

1989년 3월 15일
우현민(禹玄民)

원본
# 백범일지

2019년 8월 15일 / 수정 신판 발행
지 은 이 / 김　　구
현대어 역 / 우 현 민
발 행 인 / 최 석 로
발 행 처 / 서 문 당
주　　소 / 경기도 고양시 일산서구 덕산로 99번길 85(가좌동)
우편번호 / 10204
전　　화 / 031-923-8258　팩　　스 / 031-923-8259
창립일자 / 1968년 12월 24일
창업등록 / 1968.12.26 No.가2367
출판등록 / 제 406-313-2001-000005호
등록일자 / 2001. 1.10
초판발행 / 1975년 8월 10일
ISBN　　978-89-7243-691-1
* 값은 뒤면에 표기되어 있습니다.
* 잘못된 책은 구입하신 서점에서 바꾸어 드립니다.